天 津 市 重 点 出 版 扶 持 项 目

《散文海外版》
2018年精品集

何似在人间

《散文海外版》编辑部 /编

天津出版传媒集团

百花文艺出版社

图书在版编目（ＣＩＰ）数据

何似在人间：《散文海外版》2018年精品集 /《散文海外版》编辑部编. -- 天津：百花文艺出版社，2019.1

ISBN 978-7-5306-7583-0

Ⅰ. ①何… Ⅱ. ①散… Ⅲ. ①散文集–中国–当代 Ⅳ. ①I267

中国版本图书馆 CIP 数据核字(2018)第 262278 号

何似在人间 :《散文海外版》2018 年精品集

Hesizairenjian Sanwen Haiwaiban 2018 Nian Jingpinji

《散文海外版》编辑部编

编辑统筹：王　燕	装帧设计：郭亚红

责任编辑：王　燕　徐　姗

出版发行：百花文艺出版社

地址：天津市和平区西康路 35 号　　邮编：300051

电话传真：+86-22-23332651（发行部）

　　　　　　+86-22-23332656（总编室）

　　　　　　+86-22-23332478（邮购部）

主页：http://www.baihuawenyi.com

印刷：山东临沂新华印刷物流集团有限责任公司

开本：787×1092 毫米　　1/16

字数：300 千字

印张：27

版次：2019 年 1 月第 1 版

印次：2019 年 1 月第 1 次印刷

定价：49.80元

如有印装质量问题，请与山东临沂新华印刷物流集团有限责任公司联系调换

地址:山东省临沂市高新技术产业开发区新华路 1 号

电话:(0539)2925659　邮编:276017

目录

特别推荐

作家视野

性情写作

作家专栏

别具只眼

海外华文散文

特别推荐

我与泰山的情缘

◎ 冯骥才

在人生的几十年里，我登过各地各处乃至各国的大山小山名山不止数百座；然而泰山是与我纠结着的一座山。它绝不只是风光卓然地竖立在我的面前，而好像原本就在我的世界里……我有那么多诗歌、散文、绘画，以及文化事件乃至人生故事都与泰山密切关联在一起。一个人能与一座堪称国山的名山如此结缘，是一种少有的福分。

一、初识挑山工

初登泰山的情景如今已经化作一团烟雾，因为中间相隔了四五十载，然而一些记忆碎片却像一幅幅画在岁久年深的烟雾里忽隐忽现。

那年我二十二岁，正处在一种向往着挺身弄险的年龄。一天，在老画家溥佐先生家里学画，溥先生忽对我们几个师兄弟说："跟我去泰山写生吗？"先生胖胖的脸充满兴致。那年代难有机会登山，我和几个师兄弟更没去过泰山——这样的天下名山，便立刻呼应同往。行前的几天兴奋得夜里闭不上眼，还跑到文具店买了一个绿帆布面的大画夹，背在背上，把自己武装成一个"艺术青年"。

泰山对我有种天生的魅力，这可能来自姥姥那里。姥姥家在济宁，外祖父在京做武官，解甲后还乡，泰山是常去游玩的地方。姥姥好读书，常对我讲泰山的景物和传说。那时家中还有几张挺大的"蛋白"照片，上面是一九二二年外祖父与康有为结伴游泰山的情景。照片里母亲那年五岁，还是一个梳着一双抓髻的活泼好看的小姑娘。背景的山水已教我领略到五岳之宗的博大与尊贵。

记得那次在泰安下了车，隔着一大片山野就是泰山，远看就像谁用巨笔蘸着绿色及蓝色、混着墨色在眼前天幕上涂出一片屏障似的崇山峻岭。待走进山里，层层叠叠，幽夐深邃，蜿蜒的石径把我带进各种优美的景色里。那时没有相机，我掏出小本子东画西画，不知不觉就与溥先生和几个师兄弟都跑散了。

那次，我们好像是坐着夜车由天津来到泰安的，火车很慢，中间经过许多小站。德州站的记忆很深，车到站一停，没见月台上的小贩，就见一只只焦黄、油亮、喷着香味的烧鸡给一张纸托进车窗。当然，我们没有钱买烧鸡吃，我口袋里仅有的三十块钱有一半还是向妻子（那时是女朋友）借的呢；我只能在山脚下买些煮鸡蛋和大饼塞进背包，带到山上吃。我还记得坐在经石峪刻满经文的石头上，一边吃大饼卷鸡蛋一边趴下来喝着冰凉的溪水，一边看着那些刻在石头上巨大而神奇的字。还记得一脚踩空，掉到一个很大的草木丛生的石头缝里，半天才爬出来。我想当时的样子一定很狼狈。

在这陌生的山上走着走着，就走入姥姥讲过的泰山故事里。比方斗母宫，它真像姥姥讲的是座尼姑庵。里里外外收拾得幽雅洁静，松影竹影处处可见，坐在回廊上可以听见隐藏在深谷里层层绿树下边的泉响。还有一种刚刚砍伐的碧绿的竹杖修长挺直，十分可爱。姥姥多次提到斗母宫的青竹杖，可惜姥姥已不在世，不然我一定会带给她一根。

再有便是回马岭。姥姥当年对我说："登泰山到回马岭，山势变得陡峭，骑马上不去，所以叫回马岭。你外祖父属马，当年到这里不肯再登，没过两年人就没了。你也属马，将来要是到回马岭一定要上去。"于是那次穿过回马岭的石头牌坊时，是一口气跑上去的。

我一路上最重要的事当然是写生。我在山里写生时，完全不知上边的山还有多高路有多长，到了中天门，见溥佐先生已经到达，坐在道边一家店前边喝茶歇憩边等候我们，待人会齐一同登朝阳洞，上十八盘。那个时代，没有旅游，上山多是求神拜佛的香客；种种风物传说都是从山民嘴里说出来的，也都是山民深信不疑的。我在小店里买到一本乾隆年间刊印的线装小书《泰山道里记》，版味十足，软软厚厚的一卷拿在手里很舒服，低头看看书中记载的古时的泰山风物，抬头瞧瞧眼前的景物，对照古今，颇有情味。那时没有真正的旅游业，这是唯一的一本堪作导游的小书了。我也不知道山上小店里怎么会有这么古老的书卖。比起当今已陷入旅游市场里被疯狂"发掘"和"弘扬"的泰山，那时才是真正的原生态。这一次种种感受与见闻都被我记录在后来所写文章《十八盘图题记》《泰山题刻记》《挑山工》和《傲徕峰的启示》中了。

那次登山还很浪漫。在十八盘中间有个小小的方形的琉璃瓦顶的古屋，名唤"对松亭"，里边空无一物，只有粉墙。溥佐先生忽生兴致，拿出笔墨在墙上画起画来，我们几个师兄弟也跟着在壁上"涂鸦"，我还题一首诗在壁上：

已克十万八千阶，

天门犹在半天中；

好汉不做回步计，

直上苍穹索清风。

现在读来，犹感那时年少，血气愤张，心有豪情。

诗中"清风"二字，源自李白《游泰山诗》中的"天门一长啸，万里清风来"。

待登上南天门，还真的使出全身的气力来，呼啸一声，然而天门四外寥廓,没有回音,声音刚喊出口,便即刻消失在空气里。

那次登岱还识得一种特殊的人就是挑山工。一个人,全凭肩膀和腰腿的力气,再加一根扁担,挑上百斤的货物,从山底登着高高的台阶,一直挑到高在云端的山顶。而且,天天如此。这是一种怎样的人?

虽然我和他们不曾交流,甚至由于他们低头挑货行路,无法看清他们的模样,但是他们留在了我的心里。成为二十年后我写《挑山工》的缘起。

至于那次写生收获最大的,乃是对我所学习的宋代北宗山水的技法有了深切的认识。泰山岩石的苍劲、雄浑以及刀刻斧砍般的肌理都使我找到了宋人范宽、董源、李唐和马远的北宗技法(大斧劈皴和钉头鼠尾皴)的生命印证。泰山的大气更注入了我"胸中的丘壑"。

头次登岱,目的在于绘画,收获却何止于绘画?

二、山中半月记

一九七六年春天我在天津工艺美术工人大学教书,学员都是各个工艺美术厂的美术设计。我任教国画山水和绘画史。一天我和教授工笔花鸟画的周俊鹤老师商量,决定带着学生去山东上写生课。我们计划由周老师先带着学生去鲁南的牡丹之乡菏泽上写生花卉课,同时我到泰山采景,等候学生画完牡丹来泰山,接着上写生山水课。我去过泰山,知道中天门一带下为快活三里,上为云步桥、御帐坪、五大夫松和朝阳洞,此处山重水复,怪石嶙峋,林木葳蕤,景象多变,十分适合写生。所以我这次进山后便径直上山,直抵中天门住下来。中天门位居山腰,正好是上山路程的一半,因而是香客、游者和挑山工的歇脚处,自然就有几家小饭铺、茶摊和客店。也有一些世居在此的山民,这些山民住着一种就地取材的泥石小屋,有的在路边,有的在大树横斜的山坡上。我下榻的是一座大队建造的两层砖砌的小旅舍,正好可以作为过几天从菏泽来写生的学生们的住房。

在等候学生的那几天，一边在山中写生，一边采景备课。这便以中天门为圆心，往山上山下山前山后赏寻景色，探幽寻奇，捕捉好的画境。每到一处，见到一奇松一怪石一古寺一先人题刻，不但驻足观赏，还要向山民询问其中的典故。山民一说，原来处处皆有动听的传说。比方经石峪那一大片刻在光光的山石上的大字经文。山民说这是唐僧取经路过这里时，猪八戒身笨腿拙，一脚踩滑栽倒，把肩挑的经文掉在溪水中。唐僧气得火冒三丈。孙猴出主意，将湿淋淋的经文纸一张张揭开，放在石头上晒，待晒干揭下来时，经文竟在石头上留下了这神奇又深凹的字迹。由此叫我得知泰山人文的深厚。

记得一次随同盘山道转来转去，见一古庙，庙门紧锁，翻墙而入，院内大树垂下的古藤有如巨帘，拨开沉重的藤条，却见庙内异常肃穆冷寂，仔细看，殿内塑像东倒西歪，全被打翻，应是"文革"初之所为，然而一种历史的苍凉令我震栗。我没相机，只能用画笔将它记下来。

那时，山上没电话，我与菏泽方面周老师的联系只能依靠信件。信写好，托付给挑山工带下去，扔进泰安的邮筒；菏泽方面的信到了，也都是由挑山工带上来。从信中得知在菏泽画牡丹的学生受困于连日的大雨，不能按时过来。我就安心在山上画画、等候。由此便与挑山工有了进一步的接触。

这些汉子虽然大多沉默寡言，却如这大山一样纯朴、真实、踏实和可信。在他们几乎永远重复着的缓慢而吃力的动作中，我读出一种持久、坚韧与非凡的意志。后来我写散文《挑山工》中那个黑黝黝、穿红背心的汉子，就是这次在山里遇到的。比起别的挑山工，他好像稍稍活泼一些，与我有一些无言的交流，也给我一种唯挑山工才能给予我的启示。

我从当年写生的速写本中，还能看到挑山工的影子呢。

在山里爬上爬下时，我还常常碰到一间摧毁的小庙，或遗弃在坡上砸碎的碑石的碎块，碎块上的文字还有寺庙和一些建筑的名字。这些都是

"文革"暴力的遗物,现在想,"文革"对泰山的破坏应是历史上最为暴烈与惨重的。南天门门楼后边的那座关帝庙像被炸掉似的,只剩下断壁残垣,唯有一块嵌墙的石碑上线刻的关公的画像完好地幸存着,线条精美而流畅,叫我十分痛惜和珍爱。我磨墨展纸,费了很大的劲,把它拓了下来。这成为我那次登岱一个"重大"的收获。

此外,还有一件小事留在记忆里。一天写生回来,天色已晚,见到中天门石坊下坐着两位老年妇女,一看就知是到山顶碧霞祠还愿,下山到了这里时,天黑路黑,无法到山下边了。可她们是穷人,没钱住店。四月的山里夜间很冷,总不能叫她们在这儿坐一夜。我在这里的小旅店已住多日,与管理员混熟了,有时晚上还一起喝酒聊天,便去与旅店的管理员说能不能帮助一下这两位老人。山里的人都很厚道,同意两位老妇在旅店里免费住一宿。第二天两位老妇走时,对我吭吭半天,没说出一个字来,我知道她们想说"谢"字却说不出来,但这个说不出来的谢字比说出来的谢字大得多。她们便从山边折一枝鲜黄的迎春给了我。这礼物带不回来,却叫我记得山里人的情真意切与纯朴可爱。

我还记得那天站在中天门的山口,等着学生们到来的情景。那条上来的山道特别陡。我足足等了两个小时,忽见一片连喊带叫、爬山爬得个个红头涨脸的年轻人从下边上来了。

我和学生们在山里画了五天,下山时,还有一件事印象很深——我遇到一个女挑山工。我问过许多人,包括泰山的人都说没见过女挑山工,却叫我遇到了。

我住在中天门这半个月里,捡到几块好看的泰山石。泰山石很重,但这种泰山特有的石头绿底白花,很特别,便决心带回去。我把石头塞进背包。离开中天门时信心满满,以为自己能背回去,可是才走过快活三里就肩酸腿软,力气不济。

这时,见到道边树下站着一个三十多岁的女子,方脸宽肩,模样憨厚,脸蛋红红，眼睛很亮，手执一根扁担，上边缠着绳子。她问我要不要她来挑。我说你挑不动，她笑了笑上来把我的背包行囊挑起来，说也没说便向山下走去。她走起来生龙活虎，扁担随着步伐一颤一颤很带劲，而且一直走在我前头。待到泰安车站，我离她至少半里远。她把我的东西撂在地上，使块毛巾擦汗，脸儿似乎更红。她只找我要四角钱，我说我这包里有石头，太重了，给你五角吧。她笑着说：俺知道是石头。那笑，好像笑话我自己喜欢石头却叫别人受累，使我挺尴尬。

我带了很多写生稿回来。然而四个月后唐山大地震，我家房倒屋塌，画稿损失大半。第一次登岱的画稿多半毁于"文革"抄家，第二次登岱的画稿大半毁于地震。也正为此，两次劫后幸存的几页泰山画稿，一直被我视如昔日的老照片珍藏着；还有那本古版的《泰山道里记》，时不时拿出来翻翻。

三、陪母亲上极顶

一九八九年是我悲伤的一年。父亲辞世，母亲不能自拔，必须由我们兄弟姐妹帮她渡过难关。我想过并用过各种办法，都不能拂去母亲脸上浓重的愁云。当年十月我在天津艺术博物馆举办画展，不少文艺界好友由北京来津祝贺。母亲终于露出难得的笑容，这使我决定用画展——外出各地巡回画展来扭转母亲的心境。所选择外出的第一站便是母亲的家乡山东。画展在山东省美术馆举行，然后陪母亲经泰山、曲阜、孟县、梁山到济宁。母亲出生于济宁，在济南长大。这一带山山水水都在母亲童少年的记忆里。唯独这段记忆中没有父亲——父亲母亲是青年时期在天津认识的；而且，母亲自一九三六年来到天津之后就再没有回到过家乡。我想让母亲进入时空隧道，以摆脱现实的悲痛。

经过精心准备，画展在济南热热闹闹开幕。先陪母亲看过昔时生活过的魏公庄，重游大明湖，跟着到达泰安。这一年母亲七十六岁，此时上山已有缆车，可先乘汽车到中天门，再换坐缆车直抵南天门。我们一行人便陪着母亲到南天门后，经由天街上极顶。天街也是一段不短的路，有高高矮矮的石级，有的坡度很陡，母亲竟不觉累，兴致颇高。我说："待您到了山顶上，我要给您发奖。"母亲仿佛明白我的意思，身上更生一股劲，一路看景观景说说笑笑，居然到达极顶。碧霞元君祠的张道长知我母亲七十多高龄，居然登上极顶，特意陪母亲交谈良久。张道长对我说："你陪老母上山很好，老人上一次泰山，对自己身体的信心会增加百倍。"我便把一枚写着"我登上泰山"的纪念章作为"奖品"别在母亲胸前。一位朋友还把母亲此刻洋洋自得的神气拍摄了下来。

张道长的话不错。由此我们一路南行，游览颇多，母亲神采奕奕。在孔庙中行走竟有"如飞"之感，面上已经毫无先前那种愁云了。因使我对泰山感到惊讶——只有泰山能给我母亲如同新生一般神奇的力量。

我感谢泰山。

这次登山我发现，我写的《挑山工》有了效应。这散文是一九八一年写的，最初发表在《散文》杂志上；一九八二年进入教材，到了这时已有八年。而我上山的路上，多次见到一些小学生与挑山工合影，有的孩子认出我，还和我合影。我发现孩子们看挑山工的眼神不是好奇，而是敬佩。这不是我写《挑山工》时所期望的吗？

由此，我感到我和泰山的关系非同一般了。

四、泰山给我金钥匙

第四次登岱的缘由是我不曾想到的，就是因为我上边说的那篇散文——《挑山工》。

前边说了，这篇散文写于一九八一年，正是我写作的鼎盛期。那年我写了七十万字，有点发狂。大概那时我最需要挑山工背重百斤、着力攀登的精神。散文发表出来不久，就被选入教材中。由是而下，直至今日。不少孩子学过此文，便去泰山看挑山工，就像那年陪母亲登岱所遇到的情形。据一九九六年泰安市政府调查，当时近两亿中国人在课本上读过这篇散文。没想到我与中国一座名山竟有如此深刻的缘分。泰安市政府决定授我为"荣誉市民"，赠一把声称可以"打开"这座世界名山的金钥匙给我。

在授我"荣誉市民"的仪式上，我接受了煌煌夺目的金钥匙，并以"荣誉市民"名义回赠一幅《泰山挑山工图》给泰安市政府；还在与泰安小学生见面时，为孩子们写下"爱我泰山"四个字。随后便第四次登岱。

由于上次是从中天门上山，这次决定由中天门步行下山。重温一下昔日在山腰以下画画时美好的记忆。我们一行人——几位好友、妻子、学生一同乘车到中天门，然而沿路而下，这才感受到"上山不如下山难"的滋味。虽是下山，每一步同样都要踩实，以防翻滚而落，由此想到我的人生。

这一路上逢胜景必观之，遇题刻自读之。学生怕我累，代我背着相机；妻子担心我口渴——我有消渴症，一直拿着一瓶水跟在我身后。我常常会指着某一山坳，某一深谷，某一树石，某一老屋，说起先前登山作画时难忘的情景，惹起一阵怀旧的情怀，也会为某一野店的消失不在唏嘘不已。这些感觉不是很像回到自己的故乡了吗？于是在红门、一天门以及斗母宫前一一拍照留念，并和路遇的挑山工殊觉亲切地合了影。最令我惊喜的是在斗母宫前发现仍有小店出售那种姥姥提到过的青竹杖。这次选了一根，竹皮青碧光亮，竹竿挺直峻拔，回去后用墨笔题记，请擅长雕刻的友人刻上。

同行朋友笑道："看你到了这山，好像回到你的老家。"

我说："有了金钥匙更可随时回来，不用再敲门了，用钥匙一拧就进来。"

可是，此后不久便开始投入城市历史保护和民间文化抢救，经年累月各地跑，竟然无暇再来登岱。然而巍巍泰山包括挑山工的影子并没有在心中被淡漠。可是一次听说当今在泰山难见到挑山工了，还有一个说法——"最后一代挑山工"——十分牵动我的心。怎么会"最后一代"？时代变化得太剧烈，连挑山工也濒危了？这是真的吗？我想，我该抓紧时间专门去泰山访一访挑山工了。

五、寻访"最后一代的挑山工"

这次登岱纯粹是为了挑山工了。

都是源自挑山工日渐减少的信息一次次传来。还有一次与一位刚刚游过泰山的朋友聊天，当我向他询问关于挑山工的见闻时，他竟然说："挑山工？没有见到挑山工呀。"

于是抢在入九之前赶往泰山，寻访"最后一代"挑山工。这次事先的工作准备得好，联系到两位真正的"老泰山"。一位是中天门索道运营的负责人葛遵瑞。当年他主持泰山索道修建时，所有重型钢铁构件都是挑山工连背带抬搬上去的，这位负责人对挑山工知之甚深。一位是学者型泰山管理者刘慧，他有过几部关于泰山历史文化的研究著作，学术功力相当不错，还身兼泰山文博研究员。这两位老泰山为我的安排很专业。分三步，先在山下对两位老挑山工做口述；再到中天门路上去看"泰山中天门货运站"，从那里也可了解到当今挑山工的一些生活状况；最后到中天门对另两位正在"当职"的中年挑山工做口述调查。

这样的安排既全面又有层次，使我不长时间便能抓住我所关心问题的要害。我真要感谢这两位长期工作在山上的主人。

我的口述调查很顺利，也充分。我已将这次登岱最重要的内容写在长篇的《泰山挑山工口述史》中了。

口述完成后，天色尚好，幸运的是这天的天气不冷。西斜的太阳照在苍老嶙峋的山岩上发红发暖，山谷中一些松柏依旧苍翠。如果只盯着这松柏看,就像还在夏日里。我想既然人在山中不能不到山顶,可是如今我腿脚的力量不比年轻时,已经爬不动十八盘了,便乘缆车到南天门,一路景物都在不断与记忆重合,无论是天门左边巨石那"果然似我"四个豪气张扬的题刻,还是关帝庙前那块嵌墙的珍罕的石刻关公像,都是五十年前打动我的,至今未忘,再次看到,如见故人般的亲切。

在天街一侧,头一次看到我题写的石刻泉名"万福泉",亦亲切,又欣然。我拉着妻子在这个地方留个影——我喜欢这个泉名:万福。这两个字可以把你对所有事情美好的祈望都放在里边。

然而,我还是更留意挑山工的生态。此次在山上,不论从南天门向十八盘俯望,还是站在岱宗坊前向天街仰望,竟然未见一位挑山工。是由于他们晌后收工了,还是真的已然日渐稀少?一种忧虑和苍凉感袭上心头。这正是这些年来那种抢救中华文化常有的情感,竟然已经落到挑山工的身上。谁与我有此同样的感受?于是我和泰山博物馆馆长刘慧先生谈论到建立"泰山博物馆"的话题了。

说到博物馆里的文物,刘慧对我说,他给我找到一件挑山工的文物——一根真正挑山工使用过的扁担。这扁担就是我头天的口述对象老挑山工宋庆明的,他使用了一辈子,决定送给我作为纪念。

我和刘慧都喜欢做博物馆,好似天性能从历史的证物中感受历史的真切。同时,感受到刘慧动人的心意,还有老挑工朴实的情意。

我已经将这两端带着铁尖、几十年里磨得光溜溜的扁担立在我的书房的一角。它不是一个过去生活的遗物,而是一个昂然、苍劲又珍贵的历史生命。凡历史的生命都是永恒的。

临行时,我送给泰山管委会一幅字,以表达我对泰山几乎一生的敬意:

岱宗立天地,由来万古尊,
称雄不称霸,乃我中华魂。

也是冬天，也是春天

◎ 迟子建

在我这样的外地人眼中，上海是中国城市历史中，最具沧桑美感的一册旧书，蕴藏着万千风云和无限心事。这里的每一处老弄堂，都是一句可以不停注释的名言，注脚层叠，于我来讲是陌生的。但有一处地方，在记忆中却仿佛是熟知的，就是四川北路。这条路留下了许多历史名人的足迹，而其中最难抹去的，当数鲁迅先生了。鲁迅曾在致萧军萧红的信中，提到这条路："知道已经搬了房子，好极好极，但搬来搬去，不出拉都路，正如我总在北四川路兜圈子一样"；而萧红一九三六年在日本写给萧军的一封信中，也提到它——"在电影上我看到了北四川路"，她也因之想到了鲁迅先生。

二〇一七年岁尾，在《收获》杂志六十周年庆典上，在太热闹的时刻，很想独自出去走走，有天上午得空，我吃过早饭，叫了一辆的士，奔向四川北路。

我先去拜谒原虹口公园的鲁迅先生墓，这座墓从当年的万国公墓迁葬于此，已经一个甲子了。天气晴好，又逢周末，园里晨练的人极多。入园处有个水果摊，苹果橘子草莓等钩织的芳香流苏，连缀着世界文豪广场。红男绿女穿梭其间，不为膜拜文豪，而是踏着热烈的节拍，跳整齐划一的舞。他们运动许久了吧，身上热了，大多将外套脱掉，只穿绒衣。广场边一棵粗大的悬铃木，此刻成了衣架，被拦腰系了一圈白带子，穿着吊钩，紫白红黄的外套挂在其上。我努力避让舞者，走进广场。文豪们的铜雕均是全身像，或坐或站。可怜的托尔斯泰，他右手所持的手杖，挂着一个健身者的挎包，一副苍凉出走的模样，可惜我不吸烟，不然会在他左手托着的烟斗上，献一缕烟丝，安抚一下他。与他一样不幸的，是手握鹅毛笔的莎士比亚和狄更斯，鹅毛笔成了天然挂钩，挂着色彩艳丽的超轻羽绒衣。最幸运当数巴尔扎克，他袖着手，深藏不露，难以附着，这尊雕像也就成了一首流畅的诗作。

出了世界文豪广场，再向前是个卖早点的食肆，等候的人，从屋里一直排到门外。想着多年前萧红在这一带，有天买早点，发现包油条的纸，居然是鲁迅先生一篇译作的原稿。萧红愕然告知鲁迅，先生却淡然，复信调侃道："我是满足的，居然还可以包油条，可见还有一些用处"，也不知这里的早点铺，如今用什么包油条？还能包裹出这拨云见日般的绮丽文事吗？

绕过食肆向前，更是人潮汹涌。我望见了推着童车散步的中年妇女，玩滑板的疾驰而过的少年，聚集在电动车上打牌的老人，立于树间吊嗓子的小生，以及在路中央手持毛刷、蘸着水写下"江山如此多娇"的歪戴帽子的男人。当然更多的是占据着每一处空地，跳广场舞的人。尽管立在路旁的音频显示器，提示分贝不超，但各路音乐汇聚起来，还是无比喧嚣，将自然的鸟语湮没了。只见鸟儿一波一波飞过，却听不到它们的叫声。

这幅世俗生活的长轴画卷，在渐次打开的时候，我也领略了背景上的植物风光。槭树正在最美时节，吊着一树树红红黄黄的彩叶，被阳光照得晶莹剔透，看上去激情饱满，像要与旧时代决裂的起义者。除了槭树呈现壮丽之色，也有耐寒的杜鹃绽放，那红的粉的花朵，在我这个刚经历了哈尔滨十二月飞雪的北方人眼里，无疑是日历牌上被漏撕的春日，零零散散，却透着春的消息。

鲁迅墓很好寻，无论哪条甬道，都有通往那里的指示牌。赏过如火的槭树，直行约三百米左转，绕过一群咿呀唱戏的人，再右转北上，在公园的西北角，就是鲁迅先生的墓地了。

墓前广场比较开阔，最先看到的是长方形草坪上矗立着的鲁迅塑像（这块草坪是不是一册《野草》呢），他坐在藤椅上，左手握书，右手搭着扶手，默然望着往来的人。由于塑像有高大的基座，再加上草地四围，有密实的冬青做了天然藩篱，肃穆庄严。不过基座过高了，感觉鲁迅是坐在一个逼仄的楼台看戏，让人担忧他的安危。

墓地两侧的石板路旁，种植着樟树、广玉兰和松柏，树高枝稠，长青的叶片在阳光下如翻飞的翠鸟，绿意荡漾。我随手摘下一片广玉兰的叶子，拈着它走向鲁迅先生长眠之所，将它轻轻摆在墓栏上，想着烘托了一季热闹花事的叶片，是从花海中荡出的一叶扁舟，心房还存有花儿的芳香吧，权当鲜花。何况在我的阅读印象中，鲁迅是不怎么写花儿的，《从百草园到三味书屋》和《秋夜》中，提到蜡梅一类的花儿，要么一笔带过，要么对所描述的花儿，连名字也叫不出来。他最浓墨重彩的写花，是在《药》中，结尾处瑜儿坟头的那圈红白的花儿（也是无名之花）。可见他笔下的花儿，是死之精魂。

鲁迅墓由上好的花岗石对接镶嵌，其形态很像一册灰白的旧书，半是掩埋半是出土的样子。因为是园中独墓，看上去显赫，却也孤独。其实无论是鲁迅的原配夫人、为他寂寞空守了四十年的朱安，还是无比崇敬鲁迅的萧红，都曾在遗言中表达了想葬在鲁迅身旁的想法，可惜都未能如愿——怎么可能如愿。鲁迅曾在文章中交代过后事："赶快收敛，埋掉，拉倒"，也曾在《病后杂谈》中表达过，他不喜欢被追悼，不喜欢挽联，倘有购买纸墨白布的闲钱，不如选几部明清野史来印印，这些表述绝非是故作超拔，这像他的脾气，这像一个目光如炬的人穿行于无边的黑暗后，留给自己的大解脱——最后的光明。可鲁迅的一生，是雷电的一生，身后必将带来风雨，不会是寂寞。

鲁迅墓前并不安静，左右两侧的石杆花廊下，一侧是两个男人在练习格斗，互为拳脚；另一侧是三位大妈，在热聊什么。我脱帽向着这座冷清的墓,深深三鞠躬,静默良久,之后转身,眺望鲁迅长眠之所面对的风景,有树,有花,有草,有路,也算旖旎,也算开阔,只是那尊端坐于藤椅上的雕像,阻碍着视线。也就是说,不管鲁迅是否愿意,他每天要面对自己高高在上的背影。

墓前甬道尽头相连的路,人流不息,向右望去,可见虹口足球场的一角穹顶,像一团铅灰的云压在那里。健身和娱乐的各路音乐,此起彼落,让我有置身农贸市场的感觉。我想鲁迅被葬在这闹市的园子中,纵有绿树青草点缀,春花秋月相映,风雨雷电做永恒的日历,但终归少了一个人去后,最该拥有的宁静清寂,所以我不知道他是否真的安息了。

当我怅然离开墓地的时候,忽然间狂风大作,搅起地面的落叶和尘土,在半空飞舞。公园所有的树,这时都成了鼓手,和着风声,发出海潮般的轰鸣。我回身一望,我献给鲁迅先生的那片玉兰叶,已不见踪影,我似乎听到了他略含嘲讽的笑声:敬仰和怀念,不过是一场风,让它去吧!

离开鲁迅墓地,迎着风中被撕扯下来的艳丽的槭树叶,我去参观鲁迅纪念馆。馆藏丰富,我留意的是那些曾与鲁迅相依相伴的实物,他戴过的硬硬的礼帽,这礼帽是再也不能为他挡风了;他穿过的棉袍以及蓝紫色的带花纹的毛背心,这样的衣物也再也不能为他御寒了;他用过的白瓷茶碗依然好看,但它再也不能为他送去茶香了;他用过的吸痰器,不能再为他排解胸中郁积之物了(真正的郁积,靠它也是排解不了的吧),而那一支支笔,也再也不能随他在纸上叱咤风云了。展厅里还陈列着鲁迅逝世后,送殡者登记册,我俯身辨识那上面的名字时,有面对星空的感觉,因为那里登记着的,都是些灼灼闪光的名字。

离开纪念馆,风小了一些,我出了公园,一路打听,步行去鲁迅在大陆新村的最后寓所——山阴路一百三十二弄九号。

大陆新村是一带红砖的三层小楼,木格高窗,旧时住的多是日本侨民,鲁迅故居在九号最深处。一走进去,先看见一家紧闭的店门外,挂着一个牌子，上写"老板出去流浪了，月末回来"，而有烟火气的地方，窗前和檐下多摆着盆栽的花草。我走进鲁迅故居售票处时，已是正午，只有一个保安坐在里面，他告诉我参观要等到五十分钟后，因为故居开放是分时段的。见我沮丧，他说你不也得吃午饭吗，出去吃点东西，回来后时间就到了。我接受了他的建议，走出九号院，去了对面的万寿斋。这家小吃店是上海的老字号吧，店面不大，食客甚众，无一闲位。我排队买了一屉蟹粉小笼，打包出来，又回到鲁迅故居售票处，问保安可否容我坐下，边吃边等开馆时间？保安同意了。一屉汁水浓厚的蟹粉小笼包落肚，卖票的回来了，她身后跟着四位要参观的游客，一对母女，还有两个中年男人。我们买了票，由保安带领，出了售票处。

一壁之隔的鲁迅故居门前，已有一个纤细的女孩迎候在那里，她是鲁迅故居的志愿者讲解员。保安像个大管家，掏出钥匙，打开黑漆的铸铁门，将我们带进去。由于屋内没有开灯，加之房间格局紧促，虽是坐北向南的房子，一进去还是给人阴冷的感觉。讲解员介绍着一楼会客室的陈设，餐台餐椅，墙上的画等等，而我的目光聚焦在了瞿秋白寄存此处的那张著名的书桌上了。只三两分钟吧，就被保安吆喝着去二楼。二楼是鲁迅的书房兼卧室，不很宽敞，南窗和西墙摆放着书桌、藤椅、镜台、茶几、台灯等旧物。最让人触目惊心的是近门处东墙边的那张黑色铁床，上面还摆放着棉被和枕头，鲁迅先生就是在这张床上，吐出最后一口气的。而那最后一口气是真的散了，还是附着在了室内的台灯上，做夜的眼？或是附着在了南窗的窗棂上，做曙光的播撒器？

保安又催促着上三楼了，海婴的住屋，以及客房都在此。看着小小的客房，想着瞿秋白曾在此避难，也曾在此奋笔疾书，无比伤怀。这时参观者中最年轻的初中生模样的女孩发现了问题，她问讲解员，二楼有鲁迅的床，三楼有海婴的，许广平睡在哪里呀？讲解员一时被问住了，女孩的母亲赶紧说，许广平要么和鲁迅睡一张床，要么就是海婴。我加了一句，海婴有保姆的。女孩依然很不满地嘟囔道:许广平为什么没有自己的床啊!

保安已下到一楼,他在下面大声呼唤讲解员,让她赶快带游人出来,说是时间到了,其实我们进来不过一刻钟。下楼时我走到最后,又在二楼鲁迅卧室门前驻足片刻。等我下去,保安在训斥讲解员,说她不该把游人留在最后,说这是重点文物保护区,好像我走在最后,似有不轨意图。

我郁郁出了鲁迅故居。其实我很想看看灶房的陈设,萧红不是在这儿为鲁迅烙过东北特色的韭菜合子和油饼吗?

我回到山阴路上,风又起来了,这条路成了风匣,回荡着风声。我去寻访不远处的瞿秋白故居。走到近前,见黑漆大门紧闭,按了门铃,无人应答。铁门中央留有的菱形贴纸印痕,分明昭示着"福"字曾居其上,想来这里还住着人家吧。而这扇门,却也是瞿秋白生命中难得的一扇福门,因为在此期间他与鲁迅交往频繁,纵有时时被捕的危险,但有倾心长谈的挚友,仍是人生的黄金时光吧。

鲁迅先生与很多青年人结下了深厚的友谊,萧军、萧红、台静农、瞿秋白等等。读鲁迅书信时,发现他最喜欢与两个人谈病情(当然他们也深切关心着他的身体),一个是母亲,一个是小他二十几岁的台静农。谈病如同谈隐私,多半是对亲人才讲的话题。而同样比鲁迅年轻许多的瞿秋白,更是深得他欣赏,有鲁迅赠予瞿秋白的手书"人生得一知己足矣,斯世当以同怀视之"为证。瞿秋白就义后,鲁迅抱病为他编校《海上述林》。我读瞿秋白的《多余的话》时,感觉他在生命的最后时刻,流露的还是对做一个文人的万般不舍。

在瞿秋白故居吃了闭门羹,我赶紧折回,因为午后《收获》杂志有作品朗诵会,我怕迟到,所以赶紧打车,想回到酒店稍事休整。可是往来的出租车,基本都载客,显示空载的车辆,停下的一瞬,总问我是约车的人吗?我这才明白,因为我不用手机上网,不能随时网上预订出租车,空驶的出租车与我这个不与时俱进的人来说,多半无关了。也就是说,我在漂泊的河流上，看见灯塔闪亮，那也不是引我上岸的。

这倒让我淡定起来，轻松起来，想着万一迟到，那是为着鲁迅先生而迟到，不无美好。我迎着风，在山阴路上徘徊。

相比鲁迅的杂文，我更偏爱他的小说，尤其喜欢《故事新编》，尽管他在致捷克汉学家普实克的信中，说这本用神话和传说做材料的书，并不是好作品（我以为那是自谦的说法）。其中的《铸剑》，惊心动魄，我是把这个短篇当史书来看的。鲁迅是个高超的人物雕塑家，他小说的人物，像是青铜锻造的，叩击时会有深沉的回声。而且这些人物身上洋溢着一股动人的光芒——悲凉的诗意之光，像《孔乙己》《阿Q正传》《祝福》《风波》《药》《伤逝》《在酒楼上》《明天》等堪称经典的篇章，那些栩栩如生的人物，是一个人以笔蘸着自己的生命之血，化解心中块垒时，播撒于春日晚雾中的纯美幽灵。因为他们充满了有筋骨的象征性和寓言性，成了精了，因而太阳出来也不会被照散。我想鲁迅公园中世界文豪广场的雕塑，如果换成阿Q、祥林嫂、孔乙己、单四嫂子、九斤老太、闰土、眉间尺、吕纬甫，也是极相宜的——这些人哪个不是负重的高手呢。

我还喜欢鲁迅与许广平在厦门广州间的一封通信，鲁迅说那里的点心很好，但不敢多买，因为有小而红的蚂蚁，无处不在，啃噬点心，害得他常把附着蚂蚁的点心丢掉；许广平给他回复，让他在点心周围，用石灰粉画一个圈，就可以防蚁，他的点心就不会被蚂蚁糟蹋了。记得当时我读这段时，会心一笑，因为我想起了幼时，祖父怕小孩子去偷他菜园的瓜果，常给熟了的瓜果拦腰拴上线绳做记号。我去偷摘他的柿子吃时，得先把那"护身符"小心解下。对待如我这般偷吃的孩子和蚂蚁来说，许先生所言的石灰粉，祖父的那圈"绳索"，多半是不顶用的，但从中可以看出他们感情的美好。

走在山阴路上，我浮想联翩，鲁迅在厦门所钟爱的点心，还在年复一年地出炉吧？那样的红蚂蚁也还在妖娆地匍匐吧？可当年为蚂蚁所烦恼的人，是另一个世界的星辰了，教他趋避蚂蚁之法的"小鬼"（许广平与鲁迅通信时常用的自称）也与高天为伍了。在鲁迅的各种纪念日上，有多少人是真心地怀念，视他为奇迹和爝火？

从鲁迅谢世之所到他长眠之地，并不遥远。但这条路在我眼里却很长很长，它仿佛记录着一个人半个多世纪的跋涉。走在异乡的街头，只觉得这里的冬天与我故乡相比，更像春天，因为闪烁的花朵，像黑夜的笑声，从苍绿中挣扎而出。这样的花朵也就格外明亮和湿润，就像感动的泪。我想起了看过的一个报道，对东方音乐很感兴趣的俄裔音乐家齐尔品，曾托贺绿汀带信给鲁迅，想请他写歌剧《红楼梦》的剧本，而鲁迅也答应了，可他不久就告别了世界。

鲁迅曾在文章中几次提到《红楼梦》，他对最终"披大红猩猩毡斗篷和尚"的宝玉，有个评价，说是和尚多矣，但披这样阔斗篷的能有几个；他在《言论自由的界限》中，说贾府是言论颇不自由的地方，而仗着酒醉骂主子的焦大——"实在是贾府的屈原"。我想鲁迅若写歌剧的《红楼梦》，最华彩的乐章，会出现在焦大、刘姥姥这类人物身上吧？因为那是鲁迅熟谙的人物，也是照映繁华终归是虚妄一梦的最透彻的镜子。

神化鲁迅，将他符号化；矮化鲁迅，将他妖魔化；强化鲁迅作品无人能及的思想性，视他作品的艺术创造性而不见，都不是客观评价。作为一个读者和文学后来人，我更认同一个文学上的鲁迅，一个也彷徨也呐喊的鲁迅，一个也会面对人生很多无言以对时刻的鲁迅，一个在《社戏》和《故事新编》等篇章中，洋溢着动人的浪漫主义情怀的鲁迅。

快走出山阴路时，我终于打到一辆车。这辆车虽然破旧，但司机健谈而随和。我一上去，他就说听你口音，是东北人吧？我说是。他又问你知道有一个歌手叫李健吗？我说知道。司机说你听过他的《贝加尔湖畔》吗？我说当然，非常好听。这时我才反应过来，他是因为一首歌的地名，才对来自东北的我格外热情——觉得贝加尔湖离东北比较近吧。司机放慢车速，放出《贝加尔湖畔》。那舒缓忧伤的旋律,让我在异乡有了特别的感动。我惆怅地对司机说,我去过贝加尔湖,爱极了它,要是它还在我们手里就好了。司机惊讶地说:它什么时候是我们的,不可能吧？我不知该怎样对他讲贝加尔湖的前世今生,那不是三言两语能解释清楚的。

司机见我无语,又放了一遍歌曲。我将目光放在窗外,往来的车辆都急匆匆的,车辆侧面,是缩着脖子仄身而行的人,是摇晃着的树和招幌,一种呜呜的声音,让《贝加尔湖畔》的独唱变成了合唱。

风很大——很大很大的风。

过去的年

◎ 莫言

退回去几十年,在我们乡下,是不把阳历年当年的。那时,在我们的心目中,只有春节才是年。这一是与物质生活的贫困有关——因为多一个节日就多一次奢侈的机会,当然更重要的还是观念问题。

春节是一个与农业生产关系密切的节日,春节一过,意味着严冬即将结束,春天即将来临。而春天的来临,也就是新的一轮农业生产的开始。农业生产基本上是大人的事,对小孩子来说,春节就是一个可以吃好饭、穿新衣、痛痛快快玩几天的节日,当然还有许多的热闹和神秘。

我小的时候特别盼望过年,往往是一进了腊月门,就开始掰着指头数日子,好像春节是一个遥远的、很难到达的目的地。对于我们这种焦急的心态,大人们总是发出深沉的感叹,好像他们不但不喜欢过年,而且还惧怕过年。他们的态度令当时的我感到失望和困惑,现在我完全能够理解了。我想我的长辈们之所以对过年感慨良多,一是因为过年意味着一笔开支,而拮据的生活预算里往往没有这笔开支,二是飞速流逝的时间对他们构成的巨大压力。小孩子可以兴奋地说:过了年,我又长大了一岁;而老人们则叹息:嗨,又老了一岁。过年意味着小孩子正在向自己生命过程中的辉煌时期进步,而对于大人,则意味着正向衰朽的残年滑落。

熬到腊月初八,是盼年的第一站。这天的早晨要熬一锅粥,粥里要有八样粮食——其实只需七样,不可缺少的大枣算一样。据说在中华人民共和国成立前的腊月初八凌晨,庙里或是慈善的大户都会在街上支起大锅施粥，叫花子和穷人们都可以免费喝。我曾经十分地向往着这种施粥的盛典，想想那些巨大无比的锅，支设在露天里，成麻袋的米豆倒进去，黏稠的粥在锅里翻滚着，鼓起无数的气泡，浓浓的香气弥漫在凌晨清冷的空气里。一群手捧着大碗的孩子们排着队焦急地等待着，他们的脸冻得通红，鼻尖上挂着清鼻涕。为了抵抗寒冷，他们不停地蹦跳着，喊叫着。我经常幻想着我就在等待着领粥的队伍里，虽然饥饿，虽然寒冷，但心中充满了欢乐。后来我在作品中，数次描写了我想象中的施粥场面，但写出来的远不如想象中的辉煌。

过了腊八再熬半月，就到了辞灶日。我们那里也把辞灶日叫作小年，过得比较认真。早饭和午饭还是平日里的糙食，晚饭就是一顿饺子。为了等待这顿饺子，我早饭和午饭吃得很少。那时候我的饭量大得实在是惊人，能吃多少个饺子就不说出来吓人了。辞灶是有仪式的，那就是在饺子出锅时，先盛出两碗供在灶台上，然后烧半刀黄表纸，把那张灶马也一起焚烧。焚烧完毕，将饺子汤淋一点在纸灰上，然后磕一个头，就算祭灶完毕。这是最简单的。比较富庶的人家，则要买来些关东糖供在灶前，其意大概是让即将上天汇报工作的灶王爷尝点甜头，在上帝面前多说好话。也有人说是用关东糖黏住灶王爷的嘴。这种说法不近情理，你黏住了他的嘴，坏话固然是不能说了，但好话不也说不了了嘛！

祭完了灶，就把那张从灶马上裁下来的灶马头儿贴到炕头上，所谓灶马头，其实就是一张农历的年历表，一般都是拙劣的木版印刷，印在最廉价的白纸上。最上边印着一个小方脸、生着三绺胡须的人，他的两边是两个圆脸的女人，一猜就知道是他的两个太太。当年我就感到灶王爷这个神祇的很多矛盾之处，其一就是他整年累月地趴在锅灶里受着烟熏火燎，肯定是个黑脸的汉子——乡下人说某人脸黑：看你像个灶王爷似的——但灶马头上的灶王爷脸很白。灶马头上都印着来年几龙治水的字样。一龙治水的年头主涝，多龙治水的年头主旱，"人多乱，龙多旱"这句俗语就是从这里来的,其原因与"三个和尚没水吃"是一样的。

过了辞灶日,春节就迫在眉睫了。但在孩子的感觉里,这段时间还是很漫长。终于熬到了年除夕,这天下午,女人们带着女孩子在家包饺子,男人们带着男孩子去给祖先上坟。而这上坟,其实就是去邀请祖先回家过年。上坟回来,家里的堂屋墙上,已经挂起了家堂轴子,轴子上画着一些冠冕堂皇的古人,还有几个像我们在忆苦戏里见到过的那些财主家的戴着瓜皮小帽的小崽子模样的孩子,正在那里放鞭炮。轴子上还用墨线起好了许多的格子,里边填写着祖宗的名讳。轴子前摆着香炉和蜡烛,还有几样供品。无非是几颗糖果,几块饼干。讲究的人家还做几个碗,碗底是白菜,白菜上面摆着几片油炸的焦黄的豆腐之类。不可缺少的是要供上一把斧头,取其谐音"福"字。这时候如果有人来借斧头,那是要遭极大的反感的。院子里已经撒满了干草,大门口放一根棍子,据说是拦门棍,拦住祖宗的骡马不要跑出去。

那时候不但没有电视,连电都没有,吃过晚饭后还是先睡觉。睡到三更正响时被母亲悄悄地叫起来。起来穿上新衣,感觉到特别神秘,特别寒冷,牙齿嘚嘚地打着战。家堂轴子前的蜡烛已经点燃,火苗颤抖不止,照耀得轴子上的古人面孔闪闪发光,好像活了一样。院子里黑得伸手不见五指,仿佛有许多的高头大马在黑暗中咀嚼谷草。——如此黑暗的夜再也见不到了,现在的夜不如过去黑了。这是真正的开始过年了。这时候绝对不许高声说话,即便是平日里脾气不好的家长,此时也是柔声细语。至于孩子,头天晚上母亲已经反复地叮嘱过了,过年时最好不说话,非得说时,也得斟酌词语,千万不能说出不吉利的话,因为过年的这一刻,关系到一家人来年的运道。

做年夜饭不能拉风箱——呱嗒呱嗒的风箱声会破坏神秘感——因此要烧最好的草,棉花柴或者豆秸。我母亲说,年夜里烧花柴,出刀才,烧豆秸,出秀才。秀才嘛,是知识分子,有学问的人,但刀才是什么,母亲也解说不清。大概也是个很好的职业,譬如武将什么的,反正不会是屠户或者是刽子手。因为草好,灶膛里火光熊熊,把半个院子都照亮了。锅里的蒸汽从门里汹涌地扑出来。饺子下到锅里去了。白白胖胖的饺子下到锅里去了。每逢此时我就油然地想起那个并不贴切的谜语:从南来了一群鹅,扑棱扑棱下了河。饺子熟了,父亲端起盘子,盘子上盛了两碗饺子,往大门外走去。男孩子举着早就绑好了鞭炮的竿子紧紧地跟随着。父亲在大门外的空地上放下盘子,点燃了烧纸后,就跪下向四面八方磕头。男孩子把鞭炮点燃,高高地举起来。在震耳欲聋的鞭炮声中,父亲完成了他的祭祀天地神灵的工作。回到屋子里,母亲、祖母们已经欢声笑语了。

神秘的仪式已经结束,接下来就是活人们的庆典了。在吃饺子之前,晚辈们要给长辈磕头,而长辈们早已坐在炕上等待着了。我们在家堂轴子前一边磕头一边大声地报告着被磕者:给爷爷磕头,给奶奶磕头,给爹磕头,给娘磕头……长辈们在炕上响亮地说着:不用磕了,上炕吃饺子吧!晚辈们磕了头,长辈们照例要给一点磕头钱,一毛或是两毛,这已经让我们兴奋得想雀跃了。年夜里的饺子是包进了钱的,我家原来一直包清朝时的铜钱,但包了铜钱的饺子有一股浓烈的铜锈气,无法下咽,等于浪费了一个珍贵的饺子,后来就改用硬币了。现在想起来,那硬币也脏得厉害,但当时我们根本想不到这样奢侈的问题。我们盼望着能从饺子里吃出一个硬币,这是归自己所有的财产啊,至于吃到带钱饺子的吉利,孩子们并不在意。有一些孝顺儿媳白天包饺子时就在饺子皮上做了记号,夜里盛饺子时,就给公公婆婆的碗里盛上了带钱的,借以博得老人的欢喜。有一年我为了吃到带钱的饺子,一口气吃了三碗,钱没吃到,结果把胃撑坏了,差点要了小命。

过年时还有一件趣事不能不提,那就是装财神和接财神。往往是你一家人刚刚围桌吃饺子时,大门外就起了响亮的歌唱声:财神到,财神到,过新年,放鞭炮。快答复,快答复,你家年年盖瓦屋。快点拿,快点拿,金子银子往家爬……听到门外财神的歌唱声,母亲就盛上半碗饺子,让男孩送出去。扮财神的,都是叫花子。他们提着瓦罐,有的提着竹篮,站在寒风里,等待着人们的施舍。这是叫花子们的黄金时刻,无论多么吝啬的人家,这时候也不会舍不出那半碗饺子。那时候我很想扮一次财神,但家长不同意。我母亲说过一个叫花子扮财神的故事,说一个叫花子,大年夜里提着一个瓦罐去挨家讨要,讨了饺子就往瓦罐里放,感觉到已经要了很多,想回家将百家饺子热热自己也过个好年,待到回家一看,小瓦罐的底儿不知何时冻掉了,只有一个饺子冻在了瓦罐的边缘上。叫花子不由得长叹一声,感叹自己多舛命运实在是糟糕,连一瓦罐饺子都担不上。

现在,如果愿意,饺子可以天天吃,没有了吃的吸引,过年的兴趣就去了大半,人到中年,更感到时光的难留,每过一次年,就好像敲响了一次警钟。没有美食的诱惑、没有神秘的气氛、没有纯洁的童心,就没有过年的乐趣,但这年还是得过下去,为了孩子。我们所怀念的那种过年,现在的孩子不感兴趣,他们自有他们的欢乐的年。

时光实在是令人感到恐慌,日子像流水一样一天天滑了过去。

拣尽寒枝不肯栖

◎ 韩美林

"三江源"就在那里……

我每年都开着大篷车带上我的学生下厂、下乡，几十年如一日，从不间断。

十年前的一次万里行，我们走了三万公里，从北京出发，历经九个省市（北京、河北、山西、陕西、河南、山东、江苏、浙江、江西），当从山西行进到陕北横山县时，在黄土高坡上，我们六辆汽车上的人一齐向下看，不约而同地嚷着停车——我们看到下面一群男女老少顶着七月的骄阳，坐在洼地上看戏……

见到这民间社戏，那高兴劲儿就甭提了！我们车上的人全部出动，电视台的那几架摄像机这下可派上用场了。

红红绿绿的"舞台"上正演着《霸王别姬》，那条紫色灯芯绒上几个黄色大字"横山县艺术剧团"，寒酸的横标被太阳烤成"M"形，没精打采地耷拉着，并没给演出提起什么精神头，天太热了。

我们走了过去，看到坐在土里的老乡。这里很少下雨，不论是人、车，还是毛驴，走起来都像"土上漂"，更形象地说像"一溜烟儿"。

那个舞台还叫舞台吗？薄薄的一层土铺上一些高粱秆，演员在台上深一脚浅一脚，上来下去，可真难为他们。我的泪花不由自主地在眼里打转，我在想，这种天气、这种条件放到我们城里的"名角""大腕"身上，扛得住吗？那些口口声声下去"为人民服务"的腕儿们，无论穷乡僻壤还是水灾旱灾，他们打着"慈善""捐献""访贫问苦"的旗号，少一分钱也绝不上场，拿了钱也一分不捐，撒腿就走。

我在贵州凯里就见到一位女歌星去苗乡"慈善"演出，临上场时才狮子大开口，要十五万，这穷地方哪里去弄那么多的钱！可没钱她就不上场，结果开幕式愣是没参加，下午谈判结果是——给五万元另加一个"爱心大使"称号。

当时，我们的大篷车带着几十万准备去那儿捐建一所希望小学，然而那些干部根本就不理我这个傻"大腕儿"，他们花了那么多人民的钱却得意地当了回"大头粉丝"。我看这希望小学的事是没戏了，就带着钱没希望地回到了北京……

我已经被横山县艺术剧团的演出弄得走了神，来不及收拾这一串串的"浮想联翩"，不相信现在还有这样的"下乡送戏"的人民艺术家？！

本来下乡是汲取中华民族艺术的营养，但我怎么也没想到，在做人上他们给予我们的启示远比艺术上汲取得多。

我看到三伏天里，这些"霸王""虞姬"穿的都是露胳肢窝的戏装，可这并没有影响他们认真执着的演出。这汗水如洗的大热天，他们是人还是神？我百思不解。

民间艺术家们虽步履艰难，仍执着不疲地活着、演着、苦着、唱着。

我没有忘记下乡的目的——为了艺术，来向生活求教。

我看到那个兵败如山倒的霸王退到乌江边，见到虞姬自刎的那一场。本来秦腔的做派、唱腔就有一股豪里有悲的气吞山河之势，霸王一上场"哇呀呀"一声吼，见到虞姬三步并作两步弯腰将她托起，仰天高啸，吼着那绝了望的、触及灵魂的秦腔。他抓住虞姬那把乌丝往嘴里一叼，左腿一抬，金鸡独立……顿时我感到一股英雄气概，没想到这拔山盖世的楚霸王也有这落魄的今天！但见他把头一扭、大吼一声向前冲去，自刎于那滚滚乌江里，千古英雄就这么与美人同归于尽，死不瞑目地走了……

这托着美人、叼着头发、金鸡独立，挪着那碎碎的哆嗦步的场景……我作为一个艺术家，见到过各个剧种的霸王与虞姬永诀的艺术处理，都没有他们处理得那么悲怆。

这三伏天气，我流汗，我流泪，我心潮澎湃。在这小小的山洼洼里，我惊讶地发现她竟是藏龙卧虎的中华民族创作源，是现今艺术家们还未开垦的处女地，即便我有八张嘴也讲不完对这几千年丰富文化积淀的感受。

演出结束后，我们赶紧去了"后台"，看到化了最简单不过的妆的"演员"，最千金不卖的破烂"戏装"和没了盖的道具箱（几根烂得再也不能烂的烂绳子，一个十字捆就算打包了）。没有什么可以表达我们的感动，我给了他们每个人一千块钱，他们以惊讶加丈二和尚的表情呆呆地看着我，噙着眼泪向我跪谢，"谢谢！谢谢！"一个劲儿地唠叨……

我赶紧拉起了"霸王"（他是团长），我说："要说感谢的应该是我们，我们全国的艺术家都是延安来的艺术前辈培养的，我们是来学习的……"

在热浪里我找了个箱子坐下来，我们聊得不错，什么话都说。剧团在这个贫穷的老革命根据地每天演三场，老百姓没有钱，都是给一分、二分的，给五分算是大钱了，一天的收入才七八元钱，却养着十七八口人，饿不着就是了，至于吃肉那是天上的事。

回奔延安的路上，我心里思绪万千，他们也是文艺工作者，每天收入不到十元就能满足，给他们一千元就下跪，我们呢？我们一些大腕儿们呢？他（她）们有"光环"，有"德艺双馨"，还有"访贫问苦"的"慈善"事业，他（她）们不给钱就不干，给了钱就走，有的腕儿们下了飞机还要求铺红地毯呢！

我们高高在上的"艺术家"们不应该反思吗？

一趟陕北下来，我深知我们下面的"艺术家"（没人把他们当作艺术家），他们虽步履艰难，尚且那么执着不疲地活着、演着、苦着、唱着。他们招待我们喝的浑浑的苦水是从二百米深的井里打上来的，他们吃的是黑粑粑的糠窝窝，像当年老八路到老百姓家里吃"派饭"一样，好心的大妈大娘为他们贴粑粑，至于他们的戏装，走到哪个村，哪个村的"四妹子""兰花花"帮着缝了又补、补了又缝……真是"鱼水"之情，我能不感动吗？

"人民"的艺术家，还是"人民币"的艺术家？

我经常低头自忖，我们算"人民"的艺术家吗？还是改革开放以来的"人民币"的艺术家呢？首先我们的"艺术"在哪里？现在不仅歌唱界在走穴，美术界、书法界不也是在走穴吗？而且还是这些部门的头头们带头走穴。旧社会有李百万，现在可不仅仅是李百万了，现在是张百万、刘千万……

没有上过学的农民艺术家不一定没有文化，上过大学或吃了洋饭的"艺术家"梳的把子再大也不一定有文化。我们的歌曲不乏"想你、想你、想你……""我的泪、我的心……""给你一个吻，还我一份情……"来到陕北我才知道，我们一些"艺术家"不懂什么是"情"、什么是"想"，因为他们根本没动过"情"，更不会去"想"，一句话，他们还真不如陕北的那些"三哥哥""四妹子"来得实在。为了表现思念，他们在歌中唱道："心想着你，喝油也不长肉了……"表现走西口的哥哥为了早早回家见亲人，在歌中唱道："不大大的小青马多给它喂上二升料，让它三天的路程两天到……"这些词你不觉得有灵气吗？拿了灾民三十万不留一分钱的腕儿们能唱出这种挖心窝子的歌来吗？

那个"霸王"就更甭说了，我们看过多少让霸王拉着空架子装腔作势的动作设计，再和这悲怆、触人灵魂的秦腔根本成不了正比，难道这些不值得导演们一思吗？

霸王临走叼着头发的处理，尤其是那单手抓发，一拨、一拧、一叼、一托、一抬，在视觉形象上处理得天衣无缝，这种处理，用他们最简练的回答是："头都杀了，能让他耷拉着脑袋走吗？"这个"走"字也用得很精彩，虽然解释得通俗,但说的绝对准确。

为此,我想到我们当前的一些"艺术家"只顾"实际"地去赚钱,不去做学问,不知道中华民族艺术上的巨大"财富""规律"和"贡献"全都寓于民族民间艺术中。不下去生活,不体验千百年的中华民族艺术的真谛,得意扬扬地陶醉在自封的"天王""皇帝""歌后""巨匠""大师""鬼才"等这些自作多情的称呼上,那是艺术?

艰难拉水的"长征"队伍,澎湃起我们强烈的社会责任感。

三十多年前,艺术家们都是经常下去"采风"的,现在有几个采风的呢? 那时的艺术家比起现在的"三栖""两栖""想你想你"不知要高上多少倍!

我深深感念三十多年前艺术家创作的歌曲:"九里里的山疙瘩,十里里的沟,一行行青杨一排排的柳,毛驴驴结帮柳林下过,花布的驮子晃悠悠……九里里的山疙瘩,十里里的沟,一座座水库,像一洼洼的油,羊羔羔叼着野花在大坝上逗,绿坝绣上了白绣球……"

还用说吗? 这些音乐家在色彩的修养上,都是高手。一句话,他们根本就没离开人民,没离开这块生养他们的文化土壤,这是中华民族,这是中华文化。

我们下去感受什么? 是旅游吗? 不是。是走马观花、玩表演、搞炒作吗? 更不是。我所见到的一切——草滩、高原、小曲、高亢、羊群、马嘶、枯井、涩水、姑娘、小伙、暮老、佝媪以及喜、怒、哀、乐、酸、甜、苦、辣、看、画、聊、做、哼、讲、捏、剪……还有锣鼓、戏曲、民歌、舞蹈、岩画、土陶、剪纸、村长、农夫、大官、小官、县长、秘书、司机……信不信由你,下去以后这些概念会让你有翻天覆地的新认知,你会重新塑造你创作的艺术典型。

水,本来不值钱,但到了西北,即使一滴发黑的水,也是他们的命。在西北的小学生、老教师、老黄牛、小毛驴,他(她)们是一群相依为命的群体,为了水他们放下功课去四五十里地的黄河边拉水。这个长长的队伍,使你能想起长征时期的老弱病残队伍,想起爬雪山吃皮带的真实的、镜头式的联想……这里连小鸟都很少来,因为没有水。

这个"长征"队伍艰难地向前挪着脚步,队伍后面万里无云,湛蓝的天空和路旁的羊群、小鸟,上天落地似的跟在这个拉水的"长征队伍"后面,他们就是为了追上这个"水队"抢啄那一滴滴水花……

这铺天盖地的人、鸟、羊、驴,说不出多么壮观的场面——这不是求亲送嫁,而是追求那一滴黑黑的活命水呀!

你绝不会为"壮观"二字而感动而赞叹,你这时的所有的感知就只有一个"心酸"而已!

让我们的艺术家来感受一下吧!这里是现实的生活,是活生生的娃儿、牛儿、鸟儿、羊儿……但绝不是那些装腔作势的"啊!祖国……""啊!那晴空里飞翔的鸟儿……""啊!那迎风摇曳的花儿……"

为了生存,为了一滴水而造就了如此壮阔的场面,不要讲有血有肉的艺术家见到这种场面,即使是小偷掺在这个真实的队伍里,起码他也要屏住呼吸而有感于人生艰辛。而此时心潮澎湃的艺术家所感受到的是强烈的社会责任感,是绝对的、抓心挠肺的表现欲和创作欲,于是他们发誓要写出那种可歌可泣、摄人精魂的作品来!

心灵的升华,一定来自于生活、来自于现实,这里所讲的不仅仅是艺术,它同时带动了人生境界、生活视角、人生选择等种种方面的飞跃。我所强调的是,艺术家把这种上来下去的机会多给自己安排一些,甚至应该把它当作与自己终生事业不可分割的天职。

我是中国的艺术家,是中国"陕北老奶奶"的接班人。

已古稀之年的我绝对没有古稀之惑,我的头发未脱,四周一圈没一根白发,看晚报不戴眼镜,一画十几个小时从没感觉累……这是画家的起飞之年,是画家的黄金年龄段,是结果不是开花的时节,因为什么?很简单,画家就是一个积累的职业,灵气算什么?没有积累就只能画老生常谈,一辈子几朵牡丹,几朵梅花,几个印刷一样的人云亦云的题材。

这样的职业不仅仅是艺术家,作家、医生、船长、编辑……都是越老越出色。

艺术家活到这个年龄对这个炎凉世界早已与"少年不知愁滋味"站在楼上假叹息的年少朋友不在一个层面上,一生走下来什么没有见过呢!学到的、读到的、看到的、听到的,身历其境的酸甜苦辣喜怒哀乐,太多了!而那些磨灭不掉的记忆,却是一生筛选下来的浓缩的精华,它们是艺术家黄金创作年龄段的最有价值的素材,它决定了画家、作家、音乐家们独特的风格、形式选择和起跑航线。

画家在这个年龄上方才一显身手:齐白石、黄宾虹、朱屺瞻、黄秋园等大家们,都是起飞在这个年龄段上。别看不起那一笔一墨,那不是两下子的事,那是用一辈子求索才换来的点点滴滴。

人生就是这么一次,选择艺术作为终生事业,那也就认了,但是这个职业绝不是鲜花、美女、金钱、地位,它的确是像科学家(地质学家、古脊椎动物学家等)那样沧桑一生,枯燥无味,默默无闻。他们为了一个公式、一个发现而长年漂泊在荒山大野或与小白老鼠、玻璃试管为伍的生活空间里,他们来到这个世上就是为了那个分子式、一加一、白垩纪、三叠纪、第二曲线、第三曲线……这些伟大的科学家们才是人类中更值得鲜花、掌声一片的拥有者,试想今朝无电、无车、无房、无药,没有这一切,你那"天王""歌后"上哪儿吼去!

不言而喻,我为什么要大篷车,要下厂、下乡,要和老乡们一起捏、一起画、一起唱、一起舞、一起聊、一起哭,我和他们的关系已经不可分割。我所有的创作没有悲伤、没有倾诉,和这个中华民族一样,再受伤害、再遭洗劫,仍然屹立在二十一世纪,而且是那样朝气蓬勃地走在世界的最前列。

我走这条民族现代化的路,虽然看我笑话的有之,尖酸刻薄批判我的有之,但我不在乎。我心想,我跟着中国大地的"陕北老奶奶"们是没错的。

她们的后方是长城、黄河、长江、喜马拉雅山,那里屹立着千古不灭的龙门、云冈、贺兰山、黑山、沧源、石寨山、良渚、安阳、莫高窟……我自己是"中国的儿子"。我也大言不惭、问心无愧地讲,我是中国的艺术家,是中国"陕北老奶奶"的接班人。

至死不忘叼在霸王嘴里的那把黑头发,至死不忘那个长长的人、鸟、牛、驴、老少男女艰难拉水的新的"长征"队伍……我没忘了人民,没忘了祖国……

我还要不断地创作下去,深入下去,大红大绿下去,"野、怪、乱、黑"下去,为了中华民族,为了中华民族文化——她的风采远远还没在世界人民面前展现……

我希望每年有成千上万的大篷车驶向民族艺术的"三江源"。那里有俯拾即是、取之不尽的艺术上的宝藏。

"三江源"就在那里……

双族之城

◎ 熊育群

钟声浩荡

很长时间里,我都难以把赤坎琢磨透。她小,小得不经意间常遭人忽略。赤坎就像路途上不断出现的那些乡镇一样,无非是岭南充满五邑之地风味的一个小镇,这些圩镇大都留不下什么印象。但赤坎却不一样,她并不寻常,她的身上能够读到世界风云,甚至是人间传奇。

三百五十多年的历史,赤坎前两百年很平静,后面的一百多年,风云骤起,赤坎就像登上了戏台,戏剧一幕幕上演,一幕谢了一幕又来,新奇的事情总在发生着。无论生活在小镇的人,还是异乡过客,突然就找不到真实感了。

赤坎巨大变化的缘由,光从人文风土上去找,恐怕是只见树木不见森林。你得抬起头来,把目光掠过眼前的丘陵和平川,看到海洋,看到海洋深处的世界——这似乎有点难为人了。但这风潮正从远方涌入,弥漫于原野的八面来风——刮过了万里之遥的海洋。

如果你从船上来,在潭江登岸,走过江岸的堤西路、堤东路,你眼里看到了一字排开的骑楼:砖石水泥的楼房,高高的立柱,沿街的走廊,简洁或讲究的券拱,巴洛克风格卷纹的山墙。既有扑面的南洋建筑风味,更有欧陆风情的横移,而地方风土味在这仿造中亦顽强呈现,活脱脱一个岭南乡土版的欧陆小镇。如果你是一个内陆人,你一定会迷惑:这还是中国吗?二十世纪二三十年代,赤坎就是这副模样,迎接着四方宾朋。

站在堤东路司徒氏通俗图书馆,你会恍然置身于葡萄牙的街道。而从堤西路走近关族图书馆,进入欧式院门,你就像步入了罗马庭院。这是赤坎最醒目的两栋建筑,它们在潭江岸边拔地而起,门前南洋杉与它一比高下似的,高擎如臂。波光粼粼的倒影中,小镇有些恍惚,时空仿佛是另一片大陆的,是南欧还是北美?

赤坎之外,开平的土地上,充满异国情调的碉楼正在阡陌间纷纷耸立,一场乡村造楼运动开始了。二十世纪初,人们都在努力用遥远国度的建筑样式筑成自己的美庐。短短二三十年间,开平就变成了一个万国建筑博览场。几十年后,这些被称作碉楼的建筑列入了世界文化遗产。在这些建筑中,图书馆是另类的,它象征了乡村文化的觉醒,乡村宗族文化极少有像赤坎关氏、司徒氏这样,把读书摆到核心地位,当作宗族的荣耀。正是这两座图书馆,昭示了两大宗族人才辈出的未来。

司徒氏通俗图书馆、关族图书馆可谓建筑的精品。前者气势夺人,雍容、典雅,轩昂却不傲慢,散发着葡萄牙建筑风味。三层的楼高,正中一座钟楼,上两层贯通的葡萄牙式立柱,借钟楼的气势,生发出一种飞升的姿态。下面一层,建筑立面接应其上的动态,六条立柱四条延伸而下,另外两条与窗户两边红砖垒砌的窗柱呼应着。设计既有变化,又保持整体的气势。

同样的手法用在顶层古罗马券拱与底层三角形窗楣上,在呼应与变化中达成了丰富性与整体性的统一。上两层与一层,走廊与实体墙,开放与封闭,本难协调的立面,以底层打开的高大门窗来呼应,获得了稳重感,又避免了立柱一贯到底的单调。

司徒氏通俗图书馆不算高,却有高耸巍峨之感。最能体现情调的钟楼,大钟来自美国波士顿,拜占庭式的穹顶,高高立于屋顶,半圆的券拱,圆的时钟,如同画龙点睛,气韵神态毕现。

关族图书馆则稍晚修建，它是标准的欧洲建筑，门是营造的重点。正门两边各立一根粗壮的科林斯柱、半根方形柱，方柱似嵌入墙体。半圆形的拱门，顶起拱门的柱头是向上升起如花瓣的雕饰，繁简对比中它是繁，点缀精准恰似点睛之笔。

三层的楼房，四根方柱从底到顶，柱顶一个涡券和璎珞组成的雕饰，有柱头装饰的味道。这是文艺复兴时期建筑柱头常用的造型。楼顶正中三角形门楣中，卷草纹的图案充满巴洛克风情。屋顶的钟楼，大钟来自德国，谁也想不到它走了九十年，直到今天依然咔嚓咔嚓响着，精密的齿轮与钟摆嗒嗒而动，推动指针转动，向着小镇准确地报时。关族图书馆建筑之精美不输于欧美本土建筑，甚至直追圆明园建筑的水准。

司徒氏图书馆由旅居美国、加拿大、菲律宾的司徒氏人捐建，广州市永和建筑公司承建，一九二五年建成。关族图书馆也是旅居美加的关氏后人捐款修建，承建商是旅港关族建筑商关穆的远利建筑公司，一九二九年落成。它们是两个家族颉颃互竞的产物，却成了两个家族的标志物。洪亮的钟声每天每时从各自的钟楼响起，数十年如一日，昭示着两大家族的光荣与使命。

沿着潭江，一栋栋异国风味的建筑成排连片地建起来了，它们以骑楼相通，采用方柱、外挑阳台、直线条的门窗，也有采用罗马柱、券拱的，阳台各有不同，墙面装饰有浮雕、窗洞、线脚。变化最大的在顶层与女儿墙的处理上，顶层罗马柱和券拱很多，女儿墙造型大都为欧式与中式混合，有的采用传统"金"字形瓦顶，有的山花之顶用扇贝饰件，底层还有做成伊斯兰建筑尖拱门的，有的把罗马柱和券拱贯通到了二楼。在这里，你既可领略西方巴洛克、洛可可遗风，也可以品鉴岭南风情、吉祥纹饰和中国古典卷草图案的坚守。

这些把坡屋顶、锅耳山墙等本土民居风格抛开的建筑，占据着潭江两岸，骑楼数量多达六百栋，宽度相加长度超过了三千米！大大的玻璃窗门不再是封闭的生活空间，生活也不再是日出而作、日落而息的农耕方式。司徒氏、关氏两族人走进了图书馆，除了读中文书籍，还开办了英语培训班。两族人又在下埠鱼筍庙合建了开平中学。从此，弦歌之声不绝，民智广为开化，一个新的世界正在为他们打开。

家族圩集

赤坎原属新会，是各县交界之地，从前盗贼横行，匪患严重，是"四不管"地带。清顺治六年，朝廷设开平县，取开太平之意。赤坎曾做过开平县治。

开平地势由西北向东南倾斜，潭江由西往东流过开平全境，形成潭江冲积平原。赤坎地处潭江上游，形如海棠叶，西南有百足山，东南有三圭山，四周支流水系围绕，米岗冲、滘口冲、镇海等形成河网，于是得舟楫便利，从木帆船到"蓝烟囱"电轮船，赤坎人乘船可直通港澳。中华东路海颈码头便是赤坎人当年出门远行的起点。

赤坎方圆几十平方公里，人口数万，村落平畴相望。赤坎镇区三平方公里，两大家族在此开埠兴市——上埠为关氏族人地盘，下埠是司徒氏族人领地。

据《驼驸关氏族谱》记载，关族原籍福建建宁县，入粤始祖为关景器，北宋开宝年间，他于太子东宫左春坊学士位上，因"以言事奏封失序"而贬职冈州，冈州即新会。任职五年辞官归田，定居新会县如今的司前镇。

北宋中后期，其六世孙关兴义从新会迁至赤坎驼驸冈大梧村。明代隆庆年间关氏成为当地望族。民国《开平县志》有云："有乡驼冈，庙水之旁，陇西关氏，族巨且彰。"

司徒氏迁自汴京，入粤始祖司徒宣翁随宋室南迁，由安徽、江西入粤，翻大庾岭、珠玑巷，先居广州，后定居新会水东石坑村。其七世孙司徒新唐元代后期迁至赤坎滘堤洲。

关氏、司徒氏先人初来赤坎，这里还是芦苇丛生的荒滩野地。他们同居一岛南北两边。司徒氏在清代顺治年间于东端潭江边开设集市，逢农历三、八日赶集。康熙十二年，关氏家族也在驼骈横头岭设立交易地，逢农历二、七日开圩。不久，赤坎设驿所，司徒氏集市越做越红火，于是，关氏家族把圩集也搬到了潭江边，一东一西，两族集市相距不过五百米。关氏的圩集也由农历二、七日开圩改成司徒氏的农历三、八日。

关氏家族的集市以买卖耕牛为主，兼做鱼苗生意。司徒氏家族则以生猪交易为主。两家还做三鸟、甘蔗和农副产品生意，随后发展出粮食加工、食品加工销售。每逢圩日，前一天晚上，长堤沿岸停满了运猪船，镇上大小旅馆住满了操各地方言的牛贩子。到了圩日，满街是人，走路都困难。

于是，关氏家族在西边建起了丛兴街、西隆街和东兴街，人称上埠；司徒氏家族在东边建起了拱北街、长兴街和联心街，人称下埠。随着圩镇规模越来越大，东西两个圩镇慢慢延伸，相互靠拢，空地没有了。两个家族开始争夺地盘，几次险些发生械斗，每次都是官府出面调解，才将事态平息。最后，一条塘底街成了界街，塘底街以东归属司徒氏，塘底街以西为关氏地盘。

赤坎兴盛，至此只不过与中国沿海普通的圩镇一样，它真正的巨变与一场大灾难有关。

小镇之"囵"

平静的生活出现了不祥的预兆。从遥远的大海上驶来了大船，在上下川岛海域游弋。有的渔民突然失踪了。亲人们痛哭不已，以为是被海盗害了。又有一些村庄的青壮年被人掳了去。这时，人们才醒悟，这一切不是海盗所为，他们是被"猪仔头"和土匪当奴隶赎卖到遥远的美洲大陆去了。

一条只容得三百人的三桅帆船，塞进了六百人。船舱内黑暗一片，空气中腥臭味弥漫。有闷死的，有病死的，还有自杀的，他们被不断地从船舱内抬出来扔进大海。昼夜航行在似乎永无尽头的太平洋上，七千海里的航程，数月漂浮，船板上饭和咸虾酱都长出了虫子。抵达美洲大陆时，船舱内的人胡子长有几寸，眼睛深陷发黑，见人犹如隔世。他们中有近半的人已经葬身鱼腹。

这些男人，被运到美国、秘鲁、古巴、加拿大、智利等国。巴西的茶工、秘鲁和圭亚那的鸟粪工、古巴的蔗工、美国的筑路工和淘金工、哥伦比亚的矿工、巴拿马的运河开挖工、加拿大的筑路工……都出现了他们的身影。

一八四八年、一八五一年和一八五八年，美国、澳大利亚、加拿大先后发现金矿，随后美加两国开始修建连接东西部的铁路，需要大量廉价劳动力。一八五一年维也纳会议提议废除"黑奴买卖"，黑人劳工减少，中国人便成了最廉价的替补。"契约华工"（即"猪仔"）名是自由身，因雇佣者无须顾及其衣食与生死，比作为资本家庄园主私有财产的黑奴命运更为悲惨，他们死不足惜，在工头皮鞭下，一天劳动十四到二十小时，报酬却极低。有的地方针对华工订有"十杀令""二十杀令"。秘鲁一地，四千华工开采鸟粪，十年之后，生存下来的仅一百人。他们死于毒打、疾病、自杀、掉落粪坑……巴拿马运河开掘，又不知有多少华工丧命。加利福尼亚的铁路、古巴的蔗林、檀香山的种植园等处，都埋下了华工的白骨。

深重的苦难，源头无疑来自那场影响东西方格局的战争——鸦片战争。国家的衰败改变了每个人的命运。

当年的开平，人口快速增长，"地不足以容人"，粮食供不应求。加之土客械斗，战乱频仍，死伤、外逃者无数。美国、加拿大的矿主和铁路公司委托华侨回国招工，有的人为了家族、家庭的生存，为求得一条生路，不惜离乡背井，从香港、澳门出洋到美国、加拿大、澳大利亚"淘金"。有的新婚数日即与新娘离别,白发苍苍才回来团聚;有的甚至一去不回。开平有领"螟蛉子"的风气,"螟蛉子"即空房独守的女人所领养的子女。开平超过一半的人跑去海外谋生,赤坎司徒氏、关氏族人自然也不例外。鸦片战争后三十多年间,美洲的华工达五十万人,仅美国就有二十五万之多。其时赤坎去海外的人数有四点六一万人,去港澳的人数有二点五万人。

司徒乔是著名油画家,他是赤坎镇塘边村人。一九五〇年他从美国搭乘威尔逊邮船回国,船上他遇到了李东号、汤心海、郑进禄三位华工,从他们身上,司徒乔知道了一个人间惨剧。他为三位老人画了一幅速写,在画上写下了他们的遭遇:"四邑农民六百人于一八九七年被美帝资本家骗至檀香山高威岛垦荒。在汽船枪手的警戒下被逼与外界完全隔绝。五十三年中备受严酷之压榨,至一九五〇年已死亡殆尽,只余李东号、汤心海、郑进禄等九人,血枯力尽,耳聋眼瞎,始被中华公会遣送回国……"

这段华侨痛史也被司徒美堂写进了《我痛恨美帝》一书中。司徒美堂也是赤坎人。这六百人就是被"猪仔头"骗去的。他们在高威岛种甘蔗、稻谷。九位华工是夏威夷中华公会给每人募了一张船票和四十八美金,才踏上了归国之途。

华侨在饱受歧视与欺凌的同时,也目睹了西方先进的文明。西方国家进入工业化时期,社会变化巨大。华侨中有人站稳了脚跟,赚了一些钱,他们首先想到让亲人过上好日子,其次想到自己没有文化,才吃尽了苦头,因此家乡要发展教育。

华侨回乡,叶落归根,有人模仿西方建筑砌房,有人把西方的生活方式带回家乡,成功者衣锦还乡的冲动与改变家乡面貌的愿望混合着,带动开平生活风尚的变化。于是,融合中西建筑风格的碉楼、骑楼大量出现,赤坎街道一栋栋楼房比肩而起,俨然广州十三行的缩影。

堤西路、堤东路变成了商业一条街,米饼铺、米店、金铺、烧鹅店、洋布洋服店、杂货店、副食店、酒店、笔庄、染布店、茶楼、书局、电影院等纷纷开张。在中华西路、中华东路、塘底街、河南路、圩地街、牛圩路，铁铺、藤器店、钟表修理店、油漆店、木屐店、木材店、石材店、洗衣馆、当铺、妓院、中西医诊所、医馆、药材铺、邮政局、侨批局相继营业。

商埠慢慢形成专业化分工，从建材、纺织、粮油、牲畜等各行业，到各商会成立，一座具有浓郁欧洲风味的小城出现了。

小城是一座罕有的家族之城，由两大家族竞争与合作得来，两大家族主导着宗族传统文化向现代城市文明的转型，充满着血缘的气息，也充满了血缘的力量。

赤坎镇突变的历史就这样开始了：一九〇一年镇里出现了中西医诊所；一九〇二年出现了邮局；一九〇八年成立了商会；一九一四年有了西医产科诊所，并形成了"医生街"；一九一四年小火轮开始航行于赤坎与外埠；一九二三年第一家金银专营店汇通银号开张；一九二四年百赤茅公路建成通车，美国福特牌公共汽车开行在乡间公路上；一九二四年"发明"电灯公司成立；一九二六年百赤茅公路公司开通电话；一九二五年、一九二九年司徒氏图书馆、关族图书馆相继建成；一九二六年全镇统一进行规划；一九三三年第一家电影院东升影画院落成；一九三六年两族合力兴建开平第一县立中学……

赤坎汇聚起人才，仅"医生街"医馆里的高学历医学人才就有北京协和医学院毕业的司徒梓居，广东光华医学院毕业的关梓权、关公度，广东医学院毕业的司徒珙，上海国防医学院毕业的张景辉，上海同济医学院毕业的余锡洪，上海医科大学毕业的余严等。毕业于芝加哥大学电讯工程系的司徒植楠在镇里开办了"美孚"汽油贸易公司，还与美商合营，在赤坎镇东堤开设了夏巴洋行，经营福特长途汽车及零配件。

小镇居民的生活也越来越新奇了，男人流行戴礼帽、穿西装、打领带、穿进口牛皮鞋。最时尚的是抽雪茄、喝咖啡、饮洋酒、吃牛排、看电影，出门骑自行车、摩托车。女人则喜欢穿"玻璃丝袜"，喷法国香水，抹"旁氏"面霜,涂英国口红。在造型各异的骑楼、碉楼里,人们开始使用暖水瓶、座钟、留声机、收音机、柯达相机、三支枪牌单车、风扇、打印机、浴缸、抽水马桶、抽水机……

赤坎人不再节俭,日渐奢侈,好浮夸,斗富,贪慕虚荣。"无论男女老幼,都罹奢侈之病。昔日多穿麻布棉服者,今则绫罗绸缎矣;昔日多住茅庐陋巷者,今则高楼大厦矣。至于日用一切物品,无不竞用外洋高价之货。就中妇人衣服,尤极华丽,高裤革履,五色彩线,尤为光煌夺目。甚至村中农丁,且有衣服鞋袜俱穿而牵牛耕种者。至每晨早,潭溪市之大鱼大肉,必争先夺买。买得者视为幸事……其余宴会馈赆,更为数倍之奢侈。""衣食住行无一不资外洋。凡有旧俗,则门户争胜;凡有新装,则邯郸学步。至少宣统间,中人之家虽年获千金,不能自支矣。"(见民国时期《开平县志》)

"衣服重番装,饮食重西餐"成为时尚的同时,连说话也混入了英语,外来词汇这一时期纷纷进入开平方言,男女老少自觉不自觉,见面叫"哈罗",分手说"拜拜",称球为"波",饼干叫"克力架",奶油叫"忌廉",夹克叫"机恤",杂货店叫"士多",对不起叫"疏哩",好球叫"古波",球衣叫"波恤",冰棍叫"雪批",奶糖叫"拖肥",蛋糕叫"戟",沙发叫"梳化",护照叫"趴士钵",帽子叫"唥",商标叫"麦头",面子叫"飞士"……

生活方式变化了,赤坎人的精神世界也在变,"婚姻讲自由,拜跪改鞠躬",西方的国家意识、民族意识和民主意识也在民众中传播,很多家庭竖起了旗杆,重大节日挂出了国旗,他们不用"國",而用一个独创的"圀",意思是以民为主、以民为中心的国家。西方民主原则与公司股份制管理方式进入家族事务管理,多种自治性民间组织成立了,实行股份制管理。乡规民约被章程取代,章程成了处理事情的依据,譬如宅基地分配、转卖,建筑物高低、排水系统铺设、厕所位置、垃圾处理等等,村务管理的各个环节都追求公开、公平、公正的原则。

久远的骄傲

关族与司徒族当年兴建的家族图书馆,至今仍是赤坎标志性建筑。他们不约而同选择图书馆作为显示家族实力与地位的象征,如此耗费巨资,绝非一时心血来潮。另一个标致性建筑便是红楼,它是关族与司徒族共建的开平中学。崇文重教本就是两大家族的传统,咸丰七年他们就集资兴建了康乐书院,建立开平中学前就已经开办了二十所小学,各种书局更多,如良友书局、越华书局、大陆书局等,高峰时期开了十三家。读书慢慢成为赤坎人心目中最神圣的事情。

关族图书馆、司徒氏图书馆表达的正是两大家族对文化的深刻体认,它们昭示着族人的希冀。谁也想不到,这样做的结果带给后人如此多的意外惊喜,带给家族更加久远的骄傲,也给小城带来了生机。用人才辈出这个词都不足以表达它的作为,小镇出现的人才都是国家级的栋梁之材!

譬如科教人才,来自赤坎西头嘴塘基头村的司徒璧如,他在旧金山与冯如一起研制飞机,制成了第一架在中国人手中诞生的飞机。来自赤水镇沙洲回龙村的司徒梦岩,作为中国人首次设计和制造了万吨巨轮,他还是我国第一位小提琴制造家。来自赤坎深塘村的司徒赞,在印尼创办华侨学校,成为著名的华侨教育家。来自赤坎联塘的司徒惠,曾任多届香港行政立法两局议员,是著名的建筑设计师。而司徒辉成了香港船王。

艺术人才更是群星灿烂,闪耀在南中国的上空。来自赤坎中股乡桂郁里的司徒奇,是一位国画大师,他受岭南画派鼻祖高剑父之邀,加入春睡画院,与关山月、黎雄才并称"春睡三友"。来自赤坎塘边村的司徒乔,是著名的油画家,创作了取材于同名抗战街头剧的名作《放下你的鞭子》。画面捕捉人物瞬间表情,表现人物内心强烈情感,纷乱的道具、地上的皮鞭和强烈的色彩,让内心冲突达至高潮。人物刻画之深,在中国现代美术史上也不多见。他还最早进入新疆写生,创作了《套马图》《巩哈饮马图》等大批表现新疆少数民族同胞生活的油画。著名雕塑家司徒兆光,来自赤坎永坚新村东闸村。早年留学苏联,后任中央美术学院雕塑系主任,第四套人民币一百元券四大伟人头像就是由他创作的。毛主席纪念堂、郭沫若故居、宋庆龄故居、国家奥林匹克体育中心、裴多菲故居博物馆、西昌卫星发射中心等都有他创作的铜像。赤坎两堡塘美村的关金鳌,曾留学美法,是中国最早的油画家。

沙飞(司徒传)是赤坎中股乡书楼村人,他是中国摄影史上第一个提出摄影武器论的人,曾任晋察冀画报社社长。他拍摄过鲁迅最传神的照片,抗战期间,他用相机记录了许多珍贵的历史瞬间:八路军古长城战斗、百团大战、聂荣臻与日本小姑娘、白求恩抢救伤员……此外,飞行教官关荣是中国空中摄影骨干。来自赤坎灵源乡樟村岭美新村的关光宗,摄影同样成就不凡。

赤坎人在中国电影事业上也做出了了不起的功绩。中国电影的拓荒者关文清,赤坎大梧村朝阳里人。他留学美国主攻编导,回国先是拍摄纪录片,后开创拍摄粤语片先河,他编导过《边防血泪》《公敌》等五十多部影片。司徒慧敏开创中国有声电影先河,他是赤坎永坚乡新楼村人,左翼艺术家同盟成员,曾任中国文化部副部长、中国电影家协会副主席。关德兴,赤坎莲塘村人,著名粤剧武生,香港武打片创始人之一,创作《黄飞鸿传》并编成七十七部《黄飞鸿》系列电影,影响巨大。

而表演艺术赤坎也同样不乏人才。著名音乐指挥家、作曲家司徒汉,曾任上海乐团团长兼指挥,中国合唱协会副理事长,担任过《黄河大合唱》、音乐舞蹈史诗《东方红》的指挥,他是赤坎联向西村人。著名高胡演奏家余其伟,赤坎北炎东兴里人,任过广州乐团、广东歌舞剧院乐队首席,曾任广东省音乐家协会副主席。来自赤坎护龙永安里的邓韵,曾任广州歌剧学会名誉会长,是美国纽约大都会歌剧院第一个签约的中国歌唱家,一九九四年获得美国纽约"杰出妇女明星奖"。还有赤坎广安里的胡均,他是著名作曲家、音乐理论家。

　　当然,赤坎最有影响的人物还是司徒美堂,在赤坎中股牛路里他的故居前,立有司徒美堂的塑像。清代砖木结构的平屋,门前蓝色门牌写着:牛路里第四巷六号。青砖山墙,白色雕像,毛泽东、廖承志、何香凝的题词就刻在塑像基座上。毛泽东的题词是"爱国旗帜、华侨楷模"。

　　司徒美堂是一个传奇式的人物,他六岁丧父,十四岁借钱买了一张船票漂洋过海前往美国,在旧金山中国杂碎馆"会仙楼"当厨子。他加入洪门致公堂,进行"反清复明"活动。有一天,他把一个跑到华人商店滋事的白人流氓打死,被捕入狱险些被判死刑,从此名声大振。

　　他以"锄强扶弱、除暴安良"为号召,创立了洪门安良堂。富兰克林任美国总统前做过他的法律顾问。他把孙中山请到家中居住了五个月,亲任其厨师和护卫。广州起义失败,同盟会急需十五万美元救急,司徒美堂不惜以北美四所致公堂大厦作典押,帮助筹足了款项。武昌起义成功,孙中山从美国回国,又是司徒美堂提供旅费。他组织领导了美国华侨抗日救亡运动,为淞沪会战筹款,为支持国内经济建设,在重庆等地设立华侨兴业银行……其爱国赤子之心,赢得了海内外华人的尊敬。受毛主席亲邀,他参加了第一届全国政协会议,代表华侨民主人士致辞。他担任过中央人民政府委员、全国政协委员、全国人大常委会委员和中央华侨事务委员会委员。

异乡来的人

　　赤坎与大千世界的联系,一方面是赤坎人走向世界,带回八面来风;另一方面,外面的人也走进小镇,给赤坎带来故事与传奇。

　　亚历克西斯·赖特走到了赤坎,就像一个小说里的情节:一个中国人背井离乡,去到了遥远的世界,不知道什么缘由,他再也没有回来,多少年后,他的后人来寻找他出生的地方。这样的寻找异常艰难——他留给后人的信息太少太少,他的信息在漫长岁月里被湮没了,只留下了他的名字和省份。但偏偏有这样一位后人,渴望着踏上先辈的大地,寻觅自己的故乡。

亚历克西斯·赖特认识广州美术学院的一个朋友,朋友知道她的心愿后,又向她介绍了自己的朋友,朋友的朋友在五邑大学研究华侨史,名叫谭金花。于是,二〇一七年五月四日,谭金花把她带到了开平,带到了赤坎。她只能从亚历克西斯·赖特曾祖父徐阿保的名字上寻找依据。

广东华侨主要集中在粤东的潮汕、梅州和粤中南的五邑侨乡,潮州、梅州人去东南亚的多,五邑人去美国、加拿大、澳大利亚的多,他们大都是一个家族一群人集体出发的。五邑人那个时期很多是冲着淘金去的,现在,海外华人的人数与本地人数几乎相同。徐阿保到了澳大利亚,最有可能是五邑人。徐姓在五邑地区大多是疍家人,疍家人主要有徐、周、温、张、黄、李、林七大姓氏,尤以徐姓最多。疍家人生活在船上,没有自己的故乡,徐阿保留下了广东省人的信息,却没有留下自己故乡的信息,可能就因为是疍家人的缘故。赤坎是疍家人主要的聚居地,赤坎三圭里村聚居了很多徐姓疍家人,他们以前靠打鱼为生。

亚历克西斯·赖特来到三圭里村,受到了疍家人的欢迎。看着这些笑脸相迎的人,赖特产生了一种说不出的感情,只觉得心里暖洋洋的,那是一种遥远又亲近、熟悉又陌生的感觉。村里人找出徐氏族谱,按辈分往上找,却没有出现徐阿保的名字。善良的村人还是认下了她这个徐氏后人,毕竟他们的祖先是共同的。赖特按照村里的规矩,在震耳的鞭炮声中,走进徐氏宗祠,上香、跪拜,向先人祭胙。这一刻,她心里开始接受自己是个疍家人后裔的事实。

赖特又来到潭江边,这是从前疍家人赖以生存的江河。潭江上仍有渔艇停泊,艇尾系着小艇,高高的竹竿上晾晒着渔网。小艇打鱼,捕虾捞蚬,渔艇供人起居。河南洲的渔业村是疍民最集中的地方,岸边停满了机动的缯艇和渔艇。这里也是徐姓人多。她眺望宽阔的江面,心中无限感慨。

赤坎下埠鱼筍庙曾经是疍家人祭神的地方,八十年前关族和司徒族在这里建起了开平中学,有名的红楼便坐落在这里。赖特来到了鱼筍庙旧地,看着新旧楼房,时空在她眼里开始翻涌、回退。

在广州我见到赖特,她已是年过花甲的人,粗眉毛,深陷的眼睛大而锐利,透着一种执拗和善良,特别是她轮廓分明的方脸,这是一张澳大利亚土著人、汉人和西方人多次混融后的脸,我实难找出多少中国人的影子。跟我谈起开平之行,她问我最多的是疍家人的问题。

在荔湾湖公园泮溪酒家,我指着窗外的荔湾湖说,当年这个湖中就有很多疍家人的渔艇,他们在艇上卖艇仔粥,这是一种有名的粥,现在很多粤菜馆还在卖。她睁大眼睛,一直盯着湖面,好像那些渔艇隐藏在什么地方似的。我说起了疍家人的生活,特别是惠州大亚湾一个海岛上的疍家人,他们至今与岸上人家没有往来,内部通婚,海上打鱼,船上迎亲,说自己的语言,逢年过节也是请闽西或者潮汕的戏班,人死后骨骸装入瓦坛,一排排放在山坡上……赖特听得入神,不等我说完,她就问我为什么不写写他们,疍家人值得写!

赖特是澳大利亚最杰出的作家之一,她的小说写的就是澳大利亚原住民的生活。她的长篇小说《卡彭塔利亚湾》获得了澳大利亚最高文学奖迈尔斯·富兰克林文学奖。二〇一二年翻译成中文在人民文学出版社出版,同时还被翻译成了波兰文、意大利文、法文、孟加拉文和日文出版。赖特写卡彭塔利亚湾原住民古老的传说、神话,与现实生活交融,这是一个告慰祖宗亡灵的故事。

赖特在卡彭塔利亚湾南部高原瓦安伊部落出生成长。她的外曾祖父徐阿保十九世纪下半叶从广东来到了澳大利亚,流落到卡彭塔利亚湾,在这里他与当地土著女人结婚。赖特的父亲是白人农场主,在她五岁时去世,她随母亲、祖母在昆士兰州的克朗克里长大。她现在担任西悉尼大学文学院研究员,为皇家墨尔本理工大学荣誉博士。

一百多年过去了,对亚历克西斯·赖特的家族来说,外曾祖父在中国的生活始终是一个难解的谜。赖特一直有个心愿,就是寻找外曾祖父的足迹,找到他出生与成长的地方。

我问她还要不要继续寻找下去,赖特心情复杂,黧色的脸上是深远而凝重的表情。她幽幽地说,就认开平吧,有机会我还想再去。

赤坎被她认为是祖先的故土。

赖特代表的是一个外国人对赤坎的认同。

外省人与赤坎的缘分也同样富有意味。

去年到赤坎,我遇见山西人厉齐。

厉齐在深圳生活和工作,他拍纪录片。二〇一三年的一天,他和女儿开车来开平玩,走错了路,误入了赤坎。车经过赤坎老街,厉齐突然有一种穿越时空隧道的感觉,他不像走错了路,而是误入了另一片时空!

穿过赤坎后,他仍然神思恍惚。这时他唯一的想法就是尽快回来。

一个月后,他又来到了赤坎,这次他不是作为一个游客来的,他把自己日常起居用品都带来了,他要在这里居住下来。

关族图书馆的关玉权老人带我来到厉齐的家。他在堤西路租下了一间门面,在赤坎生活四年后,厉齐对赤坎历史文化非常了解,当地人都把他当作专家了。

门店十分平常,主人几乎没有改动什么,只在原来的门面挂了一个"隐没堂茶馆"大木匾,大门挂了一副楹联,上写:聊聊上网品茶,看看休息发呆。门廊下吊了一盏玻璃灯,六边形的玻璃罩上写着"隐没堂"三个红色字。

他占着一个好铺面却不做生意,茶馆内根本没有喝茶的地方,满屋堆的是旧物什。老式电影放映机、木质三脚架照相机,旧的座钟、案几、座椅、门匾、楹联、线装书、照片、青花瓷、布偶等,他也不做博物馆,他喜欢收集这些旧物并生活于其间。时空在这里是模糊、混淆的。主人的穿着打扮也看不出年代，长长的胡子，混搭的衣着，落拓的神情，他与自己的时代脱节了。

我一进房门，门口横挡一部老式电影放映机，里面一架老旧的照相机，高大的三脚架伸得太开，我差点被它绊倒。在不知哪个朝代的木椅上落座，我听他谈赤坎。他说有人说赤坎原名赤墈，因红土而得名，但这是错的。这里并无红土。坎是周易的坎卦，坎是险陷之名，"险峭之极，故水流而不能盈"。坎在文王八卦方位指南方。因此，这里原本是军事要地。在他眼里，赤坎与道家关系深厚，江门有陈白沙，是儒学之地，赤坎却是道学的。赤坎以军事与文化开埠。康熙之后赤坎文举人出了二十八个，武举人却有三十一个，当年南楼七壮士抵挡日军，就是司徒氏四乡自卫队打的……

有人不赞同他的说法。我疑惑他何以谋生。若是收藏，又似不像。但他独特的探究方式却引发了我的好奇心。

八十三岁的司徒亮老人带着我在堤东路、堤西路上走，从素庵楼、素直楼，一栋一栋楼告诉我，从前是做什么的。对当年巴黎酒店之豪华无比赞叹，对高高立于骑楼之顶的坚翁祖祠则唏嘘不已，当年的兴旺与现今的冷清恰成对比，对已成危房的大同戏院则满是怀念。老人走过的时空既是现在的，又是从前的。在潭江边喝茶，深秋的潭江，江水浩荡，静静奔流，携带一块块浮萍而下。宽阔的江面却船只难觅。只有老街上的汽车、摩托车轰鸣而过。

黄昏后街道静悄悄

多次来到赤坎，常常在堤西路走一走，曾误以为小镇的繁华处只有临江的街道。去年秋天住在开平影视城酒店，出酒店便是中华西路。夜幕降临，沿着长长的中华西路走过，我被深深震撼了！

街道两面全是堤西路一样的建筑，甚至比它们还要高，在漆黑一团的夜色里，街道静悄悄的，不见人影。店铺都是空的，人也空了，门窗内更黑。所有的人似乎是一夜之间消失的。偶尔有一两家亮着灯，仍然开着店，感觉他们不知来自哪个年代，开的是哪个时候的店铺。飘浮的话声遥远又亲近。一股无形的压力——幻觉中他们也许会随时消失。

这情景在赤坎一个叫加拿大村的村庄也出现了。一个建造得美轮美奂的村庄，四豪楼、华德楼、安庐、国涛楼、春如楼、逸庐、煜庐、国根楼、耀东居庐、俊庐、鋆庐，十一栋高楼立于田野之上。大白天，村庄里却空无一人，只有这些罗马柱、圆拱、欧式雕花、桄榔树。原来全村人都移民去了加拿大。我找到村边的墓地。坟墓青草萋萋，不知经历了多少个春秋。这里不会再有新坟了，最新的坟是不愿离弃故土的老人的，他们离开人世也不知有多久了。站在装饰了一枚枫叶标徽的房屋前，从前的生活只能想象，哪怕我进入了楼内，一切仍是虚幻。

突然就有了舞台的感觉，一百年就是一台戏，演的是一场时光游戏。老旧的东西依然故我，旧时生活的现场抵御着时光的侵蚀，它们没有退场。就像古代罗马城，它们仍然矗立在城市中央，你仿佛感觉到从前的气息与人的活动，他们的眼神、呼吸，在某些瞬间晃动，那么生动。两千年的时光从石柱石礅的苍老里丝丝透露，祖先们的眼神与呼吸隐隐约约，他们活在时光中又超越于时间，让人置身于从前却又分明站在现实的喧嚣中……

这样奇妙的感受在赤坎同样出现了。赤坎的时空幻觉是逼真的、立体的，仿佛同一个舞台，不过换了一批演员登场。一间间沿街的店铺沿着中华西路、中华东路、堤西路、牛圩路、解放路、塘底街、河南路、圩地街打开，叫卖的吆喝声响起，突突的机船从潭江鱼贯而入，靠近长长的码头，突然有人喊了一声"停"，一切便戛然而止，一切瞬间退场。刚才的街道突然变成了时间的布景与道具。堤西路阿伯阿婆碗里的牛杂汤还没有喝完，他们抬起头来,不明白眼前的街景怎么就成了文物。

这时,中华西路跑过摩托车,偶尔有小车、货车驶过,引擎声在相峙的街墙上轰轰回响。声音空荡荡,只有洞开的或紧闭的门窗发出空洞的回音。这便是历史?时间的大幕如此匆迫,那在人民桥头吃着牛杂汤的阿伯阿婆头发似在瞬间变白,他们抱着不甘的情绪在堤西路一一指认,这是谁的铺头,那是谁的旅馆,电影院当年如何人头攒动,家族的祠堂里那炷香火似乎还在燃着。他们搞不清楚这一切是怎么发生的,他们心里有一种把主人唤回来的冲动。

司徒亮耳边总是响起半夜街上煤油桶哐隆哐隆滚动的声音,这是亚细亚的煤油在通宵运货。四处是发电机的响声、碾米机的嗒嗒声、轮船汽笛的鸣叫声,小镇的繁忙在他耳边还没有散去。

关玉权老人在教伦中学退休后,就在关族图书馆调那口德国钟。在他的看护下,精密的齿轮没有一点锈迹,嚓嚓嚓的走动声,就像一个人的心脏,仍然那么强有力地跳动着。时间还是老时间。

他们守着一天一天的日子,似乎什么也不曾发生,但一切却不一样了。

明天,赤坎会是何种模样?两大家族是聚还是散?他们与新城市还有怎样的勾连?

松浦居随笔

◎ 张炜

葡萄园

我不知还有什么比一座葡萄园更好。拥有这样一片园子将是幸福的。它是生机盎然和甜美的代名词,是和平与安怡、勤奋与劳动的代名词。如果这片葡萄园在半岛地区,享受了湿润的海风和明丽的阳光,那么简直就是无与伦比的美好了。

什么人拥有这样的一片园子更好?首先是种植葡萄的行家里手。半岛上有许多这样的人,他们的一辈子劳作就为了北风吹出的葡萄香气,为了人们口中的甜汁和酒厂的佳酿。他们因为日日操劳而变得肤色黢黑,脸上闪着光亮。

如果一个读书人做了葡萄园,那可能也是上上之选。为了不致太孟浪,这样一个人最好和老葡萄把式合伙干,这样才稳妥一些。这种工作不像想象般的浪漫,它甚至一点都不浪漫。这是一种辛苦的农活,也是技术含量很高的园艺。如果只看到一片茂盛的葡萄树而忽略了其中的奥秘,那是太天真了。以为施用了充足的肥水就可以享用适时而至的收获,那也太过奢望了。这是古老而神秘的种植,从地球的另一面算起,关于它的记载汗牛充栋。《圣经》典籍上的尤其要注意,那些神圣的记录不可不牢记在心。

葡萄园会被学贯中西的人士看成某种象征。这个意思自然是存在的。

这不是书生意气，更不是偏见。有葡萄园的地方该有完全不同的气氛，似乎属于另一种生活。这种生活质地甚至在现代工业化浪潮中也无法改变。

大量收获物都运到了酒厂。这是葡萄的合理归宿。也有一部分运到了鲜果市场上，由包着头巾的妇人看护和照料，向客人时不时地夸耀。葡萄产自哪片园子是重要的，葡萄摊前的人从不忘申明这一点。

有一些很大的园子工业化的痕迹很重。这除了它与酒厂有一种联合的关系，再就是整齐划一的机械化操作、一望无际的矮架，一切都给人这样的感觉。现代化的工业生产形式将古老的葡萄园的诗意冲洗净尽，这里就像大农场上等待大型收割机的麦田。

开进畦垄里的小型施肥机、一架架自动喷雾器，都向人展示了规模生产的最新方式。这样的葡萄园告别了古老的诗句，也从圣典记录中剥离了。

我们在心底奢求的那种葡萄园还有吗？它在何方？

在半岛地区的确还有一些小型的葡萄园，它们安安静静地待在一些角落，同样茂盛或更加茂盛。由于拥有园子的人往往把这里当成了自己的家，所以总有一幢不大的屋子，有水井，有堆房，有看护园子的狗和无所事事的猫。这儿鸟雀比较多，它们好像更喜欢这里的烟火气，这里的错落有致。它们或许在这里看到了古老记忆中的园子。

小型的葡萄园一般并不使用中大型机械，所以并没有统一的矮架，而是矮架与高大的棚架兼备。比如那些园中的宽道就由高高的棚架罩起来，这样既可通行车辆又可收获果实。这样的棚架使园子看上去更加神秘庄重，增加了层次感和立体感，绝不像一片矮架那样单调、一览无余。

一座园中小屋就紧依在一道道棚架旁，像童话中的情形差不多。绿色移到、攀爬到高处，人们可以更好地享受它的荫护。夏天和秋天都是这里的好季节，园子凉爽、繁茂、朴素而静谧。每一座这样的园子都有花椒之类的矮树围成的栅栏，上面还有密密的蔷薇或凌霄。这是一道厚实的彩色镶边,加强和美化了一座葡萄园的概念。

侍弄这样一片园子,因为更多地依靠传统的手工,所以会更加辛苦。这辛苦本身也透露出一点古典信息。辛苦是愉快的组成部分,正像劳动是幸福的组成部分一样。

夜晚,点亮一盏桅灯,在小屋的白木桌前记下一些文字。粗手捏住小小的笔杆有些吃力,但显然更加有力了。一笔一笔画在厚厚的笔记本上,像是用刀子刻字一样。许多事情需要写下来:园子里的事,往事回忆,某本书,对朋友的思念,愤愤不平的心绪。很多很多。

只有葡萄园而没有记述,这对于某些种植者来说是极大的缺失。除了夜晚还有雨天,只要是不适宜在园里劳作的时刻,种植者都要在屋子里书写。

消逝的灯火

现在的灯比过去更亮也更多了。城街的灯璀璨逼人,形状各异,是现代城市最得意的装饰,已经超出了实际照明的需要。这是一种浪费,还是适得其所的艺术,还得好好讨论一下才好。

增多的灯饰使一切场所变得更亮,在给人方便和享受的同时也似乎有了另一种不适。白天无阴之日就已经很亮了,夜晚如果太亮,就使日与昼的区别减少了。我们还会想念朦胧的灯火,想念街巷里的阴郁感。大树滴着夜露,月亮爬上来,地上的一层莹光。这一切都会被强大的现代照明给破坏。

另有一些灯火消失了。它们曾经也是先进和文明的象征,不久又成为落后的代表。煤油灯、罩灯、桅灯、油气灯,它们当年使人产生了多少惊喜,连关于它们的回忆都是温暖和亲切的。

在野外,那些远远闪亮的灯火可能是看林人的煤油灯,也可能是鱼铺老人的桅灯。在瓜田里,看瓜老汉的灯也是桅灯,它就挂在草铺的柱子上。神秘可人的夜之原野,有多少美好的感觉是源自这些闪烁的、若有若无的灯火?如果没有它们,那么原野就是空洞的,没有眼睛的,没有召唤的,没有希望的。

夜晚的点点灯火从遥远处透出来,那是多么好的安慰和期许。只要走近它就有故事,有水甚至有吃的东西,有未知的一切。孩子们像天上的星星一样单纯,他们不会过多地想到其他危险,而只会热情地兴冲冲地走过去。如豆的光明也有更大的感召力,他们只需迎向它。

鱼铺里的老人是最有意思的,他们让童年百读不厌。老人日夜伴着海浪,听着噗噗的声音,孤独了只会抽烟喝酒。太孤独了,所以他们的酒喝得太多,烟也抽得太多。他们的酒气直顶人的鼻子,见了小孩子两眼发亮,像打鱼的人发现了大鱼。他们捉住小孩,想让他哭。小孩不哭,他们就掀开羊皮大衣,把他收到衣襟内,然后往他头上喷出浓浓的烟。一番捉弄之后,小孩就哭了。为了哄得小孩止住哭声,他们就拿出鱼干和地瓜糖之类,小孩就笑了。之后就是讲故事,讲有头无尾的妖怪的故事,小孩又吓哭了。

看林人的铺子比鱼铺高爽,主人个个有枪。他们的故事总是与枪有关。这些人的枪筒子上堵了一撮棉花,这个印象让人永远不忘。看林子的人身体比鱼铺老人强壮,因为他们常常要离开铺子去林中追赶什么。这些人到了夜晚就把大狗唤进铺子里,让它挨紧他睡觉。大狗偶尔抬头谛听,嘴里发出一声:"唔!"大人就丢下一句:"毛病!"大狗于是又垂头睡了。主人讲故事时,大狗又抬起了头,听着,再高一点抬头,叫:"唔?唔唔!"主人于是说:"又来人了。"他迎出一看,又来了几个少年。

瓜铺里的老人烦烦的,把一切夜间来玩的人都当成了不怀好意的人。他们吝啬至极,这是职业的特征。来的人逗他说:"口渴了,给咱点水喝吧!"他说:"喝水水不开。那就给咱个瓜吃吧!"他恶声恶气地:"吃瓜瓜不熟!"不过他偶尔也有高兴的时候,那会儿整个人就像全变了似的,轻手轻脚出去一趟,回来时就抱着一个又大又亮的瓜。在灯光下,这个瓜真好看,还散发出浓浓的香味。他不是用刀,而是用拳:"嘭"一声将瓜击碎。不规则的瓜片格外甜。看瓜老头说:"知道吗?瓜一沾了刀,就有一股馊味儿。什么都不能沾铁器。"

桅灯是野外才有的,它不怕风。它挂在木柱上,提在手上,无论怎样都让人喜欢。

我有三十多年没有见过桅灯了。

一些美好的树

相信人人都有关于树木的记忆,或一片,或一棵,或几株,是它们的故事和印象,甚至是一份情感。它们大半在远处,在依稀可辨的遥远之地,或早已经模糊了,消逝了。

一些美好的树留在了昨天,在原地,而我们自己移动了。有时候正好相反,是我们自己留在了原地,而树木离开了,不见了。

总之我们与它们的故事,是分别离散的故事,是伤感的故事。这种分离往往是人间最不幸的,它或许根本就不该发生。想想看,当我们离开一片土地很久之后,归来时一眼又看到了它们待在原地,那是怎样的欣喜。这时会有一句滚烫的话在胸间泛动:又回来了。它像昨天一样沉默、含蓄、深情,也像昨天一样细语和注视。你想听清它的每一句话,你抚摸它,亲近它。它从不主动对你说些什么,现在仍旧如此。但是它镇定自尊地站在那儿,满怀期待或一无所求。

我还记得少年时代的那片白杨。它们高大、洁净,挺立在白色的沙滩上。每一株都英姿勃发,树干粗粗的,泛着鸭蛋青色,叶片油亮。它们相互之间并不密挤,而是恰到好处地疏离,相距有五六米或十几米不等。它们组成了不大的一片疏林,自成一个世界。这是我度过了许多美好时光的地方,我迷恋关于它们的一切。冬天春天,夏秋,它们都有自己的故事,自己的表情和模样。洁净的沙地上偶尔走过一只小虫,它在树下徘徊一会儿,然后就沿树干爬向高处。蝴蝶飞来了,从这一棵飞向那一棵,亲近过一株白杨才离开。有五个大喜鹊窝建在了树顶,这些一尘不染的大鸟与这些白杨是最好的朋友。牵牛花开了,一朵朵仰向天空,似乎要与高大的白杨对视。

如果穿过这片白杨树往西北方向走,大约是五六华里的地方,还会遇到七棵高大的橡树。人们都说这七棵树是年纪最大的了,到底多大年纪谁也不知道。它们是兄弟七人,从很远的地方走啊走啊,一直走了几千里,直至看到了这片沙滩。它们大吸一口清新甘甜的空气,看看脚下和四周,就决定生活在这里了。它们驻足不前,从一棵棵不到碗口粗的小树,长成了如今这样的苍劲大树。它们不像白杨那样笔直,而是略带弯曲,看上去就像探身说话一般。它们相距也有五六米的样子,每到风大起来,就要大声地费力地说话。它们是兄弟,它们总是有说不完的话。

在我的心目中,没有什么树比橡树再严肃的了。它们黑黑的粗粗的皮肤,说明这是一种在风霜里毫不畏惧的生命。它们一律都是男子汉,刚直,坚定,眼神沉重。树木像人一样,有目光。我试着感受过不同的目光。柳树的眼神是顽皮的,白杨的神色是温暖的,槐树的眼睛是闪烁的。橡树有时严厉地看着我,让我小心翼翼地挨近它,或退开一点。但我喜欢它们,有些离不开它们。我每隔几天一定要来看望这七棵橡树。

我们居所正北方是园艺场。在场部的边缘那儿有东西一排大银杏树。它们奇异而旺盛,漂亮极了,那么神奇的叶子,简直是画出来的一样。我看过了多少树木的叶子,就从来没见过一种叶子像银杏的一样美丽。每一片叶子就像一面小小的扇子,又像一只小巴掌。它有均匀的掌纹,有涩涩的手感。银杏的表情就来自叶子,这叶子是娟秀而羞涩的。

银杏树从第一眼看到就是那么高大。它们一定是先于我很多年来到这片沙滩上的,那时这里可能是清静的,没有多少人烟的。它们见证了这里的一切,将所有的故事都记在心里。我不知道它们与那片白杨和橡树是否互通消息,只知道不同的树林是难以相见的,因为它们无法像人一样移动,只要生在了那里,差不多也就要待在那里一辈子,直到生命的结束。

我认为银杏树全都是女性。它们温柔细腻,有和善的面容。它们的身材高爽而美丽,几乎比人世间一切的生灵都要好看。是的,植物和植物、植物和动物,所有的都可以比较,比性格,比容貌和身材,比力气和品德。当然这种比较是十分困难的,有时真的难以判断。比如一只洁白的小羊和白杨之间,它们谁更洁净和可爱?再比如一头青牛和一棵橡树,它们谁更有力和顽强倔强?还有,我们班新来的女老师,她不知为什么越看越像一棵银杏树。

在离我们家不远处有一棵紫叶李。它长得有屋檐那么高的时候,简直茂盛到了极点。叶子浓浓的,枝条疏密有致。我几乎每天都要从它身边走过,除了高兴也没有什么其他的感觉。可是这一年夏末的一天,大约是黄昏时分,我正从它的西面走来,当走到它的旁边时,突然就将脚步放慢了。我在看它,渐渐一动不动了,我觉得它太美了,太可爱了。我这时才意识到:我爱上了这棵紫叶李。

一连许多天,我都要远远近近地望向这棵紫色的树。我甚至觉得我们之间彼此拥有。我有许多话要向它倾诉,而它也不停地向我诉说。我在依偎它的时候,感受到了来自它的痒痒的抚摸。那时我已经清晰无误地明白了,这是发生在人与树之间的一场爱恋。这也算初恋。

时光飞逝,转眼十年二十年过去了,三十年四十年过去了。我走向远方,树木们留在原地。我向它们告别,然后一步步远去。我在几年后也曾回过那片沙滩,那时就有一次难忘的相逢。后来我越走越远,返回的机缘越来越少。我在异地他乡想念着那些树。

我特别想念那棵紫叶李。

我想念我的白杨林,七棵橡树和一排高大的银杏。我想念所有的树。

直到有一天,我又一次归来了。这是可怕的遭遇,因为那无边的沙滩上所有的一切都在改变,时代之劫终于开始了。我看到了塔吊、围墙、人流。唯独没有了树木。荒原被剖开,一条条壕沟里是铁锈色的水,让人想起血汁。那棵紫叶李早就没有了,我甚至无处指认它原来的、具体的生长之地。七棵橡树没了,一排银杏没了,一小片白杨没了,一切都没了。

那些可爱的树都没有了,它们因为完美和正直,所以难以存活人间。人世间的杀伐是如此惨烈,以至于没有留下什么。当几十年过去之后,谁能在故地找到记忆中的大树? 一片,一株,一丛? 都没有了。

管理一片林子

看来我这一生是没有这样的幸运了。人生来可以做许多工作,它们对于一个人的意义是多么不同。比如说如果有这样的机缘,我能否拥有和管理这样的一大片树林? 拥有是一种自由,是为了更好地管理;不拥有而管理,那也不错,但会发生与管理者的意志相去很远的事情。那将十分痛苦。

这片林子很大很大。多么大? 开车或骑马走上一会儿才行。树木很高大,树种很杂,有的地方稀疏,有的地方密挤,密挤处望上去黑乌乌吓人。有林中空地,那是到了冬天泛出金色的草地。

所有的植物都长得健硕生旺,因为这片土地太肥沃了。剖开泥土就是油黑发亮的所谓膏壤,有一种沃土才有的美感逼近。林中气息厚重而沉郁,是大林子大树木大沃土才会滋生孕育的,走贫瘠之地是绝不会有这种嗅觉感受的。

柳树林有一种闲适感,让人想起春天,想起朴素的民居和不远处的庄稼。松树沉穆踏实,冷,和冬天的意象混在一起。多么好的威严的大橡树,至少有五十年的树龄,苍黑的枝干给人无以匹敌的力量感。没有大橡树就让人想不起北方,想不起严肃的辽阔的北方。最美的树木大概是白杨,它的挺拔和树干的颜色,都像青年英气勃发的一个。白杨既不过分严厉,又没一丝嬉闹,温煦而庄重,是最舒展最优雅的树木了。

这是一片北方的树林,大部分树木冬天都要落叶。在秋天的苍凉里,如果没有风,就会感受一种异样的肃穆。即便是夏天,浓重的荫色深处也不会有令人烦恼的湿热。林子里时常看到深棕色的兔子,还有在枝叶下闪烁一双美目的狐狸。黄鼬胆子很大,许多时候并不怕人,在离人十几米远处提起一对前爪观望。野鸽子在远处鸣叫,这使林子变得更加幽深。

有一条浅渠从林子里流过,清澈见底,渠边长满了长胡须般的草叶,那里藏了各种鱼。一些大一点的鱼如河鳗在渠底无声滑过,水面的小蜻蜓循着鱼迹飞过。渠水在最茂密的杂树林那儿拐弯,旋出小小的半月形的沙地。这片沙地洁净得一尘不染,是最适合驻扎帐篷的地方了。

在不冷不热的中秋,一顶小帐篷坐落在渠边。帐篷里有折叠床,有一些日用杂物,有老茶和烈酒,还有一只装满了书籍的木箱。在帐篷处边一点,离开渠水三五米的地方有一只炉灶,它用来兴炊。老茶煮得发黑了,浓浓的香气一直飘进帐篷。

帐篷离林中小屋有六华里。那座小屋才是主要居所。小屋由老树桩做墙,内壁涂抹了厚厚的草泥;屋顶是苦草做成的,风雨把它洗成了苍黑色。院墙由碗口粗的木桩和砖块一样厚的木板围起来,将小屋和一旁的堆房绕在一起。鸡舍也离得不远,它们需要依傍着主人。鸡舍旁的一条小路连接起一片空地,那里是一个打理得很好的菜园,里面的豆角和韭菜长得油旺旺的。

在这片树林的东南部,有一块更大些的空地,那里经过了几年的操劳,已经成为一个人人羡慕的葡萄园、一个小果园了。这是林子里的大芳香和大甘甜,是让林子主人最骄傲的地方。主人有几个帮手,这些人和他的家里人是同样亲密无间的。从形貌上看不出哪个才是主人,因为林中生活让这些人变得皮肤一样，黑中透红。他们都常常打赤膊，绑裹腿，手粗，眼亮，口角常常被野果染上颜色。

在靠近葡萄园处有另一处稍大些的屋子，它也是草顶，只不过是粗石做基的泥墙，窗户开得也大。原来这个屋子除了住人，还包括一个小小的葡萄酒作坊、一个豆腐房。一条和善的大狗在屋子近旁走来走去。

因为要在这片大林子里做没完没了的工作，所以每个人都很忙碌。这种忙碌也使他们心情愉快，只偶尔有些小厌烦，比如不小心被马蜂蜇了、一些有害的杂草疯长之类。常常有一些外面的人走入林子，他们一般都是采药人、养蜂人和猎人。猎人是不受欢迎的，结果总是被不无严厉地劝走。还有采蘑菇的，这些人都受到了和气对待。其实在林子里常年劳作的人最擅长采药之类，他们知道怎样医治自己的病，很少到林子外边求医。

在外来养蜂人的帮助下，林子主人也有了几箱蜜蜂，于是也就有了吃不完的甜蜜了。

他们还尝试过做了个很大的暖窖，这样就能在冬天栽种嫩绿的蔬菜了。除此而外还试种过茶树，结果失败了。

说不定什么时候会有一两个有趣的客人。这些人来自天南海北，大致是主人的朋友。他们需要和林子里的主人席地而坐说说话，或者在木桌旁喝茶聊天。最受欢迎的礼物是客人的新茶和书，主人回报的大致是蘑菇和草药之类。

那条日夜不息的水渠在林子北部积起了一个大水潭，经过林中人几个季节的挖掘修整，已经成为一个水面开阔的小湖。湖边林木翁郁，湖心水浪微微，时不时还有跳鱼。夏天的小湖是大家的最爱，几乎每个人都能横渡湖水，顺便逮一两条鱼回家。小湖中有蛤蜊和毛蟹，有细细长长的银鱼。

林子主人有忠诚的大狗，还有顽皮的猫儿。猫儿分别在主居所、葡萄园屋安家，还随主人蜷在帐篷里呼呼大睡。这是林子里最幸福的生灵，它一天到晚工作清闲,尽情玩耍,爬树或钻灌木丛,有吃不完的东西。所有的猫儿都洁净、聪慧、有一张俊俏的脸。

春天繁花,夏天浓绿,秋天果实,冬天冰雪。比起前三个忙碌异常的季节,冬天的林子要悠闲多了。不过在北方的冬天,的确需要好好对付这些极严肃的日子。大风吹拂几天之后,严寒就凝结在白杨树梢了。大橡树愈加沉默,它们脸色如铁。柳树、白蜡树、火炬松、苦楝、洋槐,都抱紧了自己的衣服。

渠水结冰,一路结到那个小湖。小湖亮闪闪的,真的成了一面镜子。林子里的人有一两个会滑冰的,他们试着滑到湖心,听到嘎嘎一响,又赶紧滑向岸边。

小屋是不怕严寒的,因为里面有一个泥坯垒成的大炕,它连了灶口,并且有长长的烟道通着墙壁的空腔。灶火燃起来时,半个墙壁都是热的。灶口上滚动沸水,煮了糯香的吃物。白天在暖融融的屋子里喝茶,讲前三个季节积累的故事,真是惬意至极。冬天的夜晚太长了,这样的时光被一盏桅灯照亮,让人尽情享受。该把自酿的米酒和葡萄酒端出来了,还有自制的鱼冻和香肠。

身上的热力

从心上漫开来,继而涌遍全身的一股热力,会让人坚持和不倦地去做一件事、做成一件事。这种热力是由生命力的强弱来决定的,拥有强大的生命力,涌遍全身的灼热感就会频频出现。这也可以看成是生命的冲动。但冲动的性质和结果是不同的,强有力的冲动会把一个人的行动推向很远。

随着年龄的增长,人会变得沉稳和迟缓。一般来说年轻人是更长于行动而少些顾虑的。从生理上讲年轻的心脏推动血流更有力,生命还是簇新的,外部的世界也是簇新的。一个人在渐渐走向衰老之后,会涌起多少年轻的记忆,总是回忆翻过的一座座山岭、跋涉的一条条长路。

为什么要动身?就因为心头一热,再也不能停息,于是就行动起来。去结识、去倾诉、去辩论、去劳作、去寻找、去歌唱。汗水浸湿了浓密乌黑的头发,迎着冰凉的北风毫不畏惧。这就是青春的优势,青春很少叹息。

还记得那些黑漆漆的夜晚,因为月光还没有升起,所以丛林和沙地显得神秘吓人。听多了鬼怪故事,认定所有的鬼怪都在这样的夜晚。可是心口发热,这热力一点点散到全身,当从胸部扩展到双腿双脚的时候,也就再也按捺不住了。

不管随时从黑暗里溜出的鬼魅,也不在乎荆棘刺破双腿,翻过一座座沙岭,穿过一片片丛林,还要过一条河,去对岸找一个能够聆听的人。这个人是少年伙伴,他能够欣赏我刚刚写出的这篇文字。

一路上想象着灯下诵读和倾听的情景,那是多么有趣又多么幸福啊。不记得还有什么比这样的经历更诱人,它可以深深地吸引我,并让我久久地记在心底。

因为走得急促,我的衣服很快汗湿了,头发粘在前额上。月亮刚刚升起,黑影处有什么沙哑地叫了一声。不知是否看花了眼,好像有一只大鸟扎到了旁边的灌木中。天上的星光渐渐稀了,这个夜晚清明极了。

终于踏上了窄窄的独木桥。这小桥滑滑的,走到中间就颤颤悠悠的。因为心急和兴奋,我几乎是跳着跑着过了河的。

小村紧紧伏在河岸不远处,差不多没有什么灯火。我多么喜欢这样的小村和夜晚,甚至喜欢它的气味:有一股白杨花的气息从小巷里飘出,一直钻到鼻子深处。鸡鸭入窝了,它们为了缓解一天的辛劳而不断发出哼哼声。狗打哈欠的声音尽管不大,但十分清晰。猫在院墙上守候了一会儿,开始扭动着走路,偶尔止步,自信地望着远方。

敲开了朋友的门。啊,不吭一声,一只手搭到肩上,就接通了最隐秘的暗号。我们急急地奔到小屋的东半间里,脱鞋上炕,炕上有一张小木桌,桌上是如豆的油灯,我们盘腿相对坐下。

我读起来,声音不高,就像深夜里的溪水在流淌。他垂睫倾听,一会儿发出轻到不能再轻的一声:"啊!"他的嘴巴微微张开,露出稍大一点的门牙。我只停了一秒,然后又让溪水流动起来。

当诵读完毕的那一刻,我已经知道了他将说出的一切。他的话在腹中跃动时,我就能一字不差地捕捉它们。这事多么奇怪,可差不多是真的。他赞叹,重复我说过的一些句子,找出我自己最得意的字句和段落。我知道,任何有趣的字眼儿和意思,都别想逃过他的耳朵。有时我想把最好的东西藏在文字的丛林里,再盖上一层茅草,可是一切都没用,他全能翻找出来。

这是少年的至宝,彼此都将对方作为至宝,珍惜,庆幸,依赖,羡慕。真不知道人世间还有什么能够抵得上这种相知和友谊,和这一切的价值。一人因为感激和幸福,鼻尖上生出了汗粒;另一人在特别的冲动中,使劲扭动着双手。

夜深了。但是必须离去,因为第二天还要起早上学。再说家里大人一旦发现孩子彻夜不归一定会分外焦急。

就像去的时候一样,回程再次经过那条河、那些起伏的沙岭,还有丛林。不过最大的不同是月亮更高了,整个大地都笼罩在晶莹的光色里,而且四野愈加安静了。

我心上充满了异样的感觉,这是语言难以表述的压抑了的冲动,一种表面上的满足和平静。我正为自己的创造而自豪和得意,并像一个领取了最大奖赏的人那样,用自信和欣喜的目光打量周围的一切。

高考记

◎ 江子

一

  我疑心我的女儿虫的眼睛里新长出了一层荫翳。因为我发现她看人和物,远不像过去那样清澈、活泛,而是充满了成年人的忧心忡忡。她总是不由自主地皱起眉头, 好像在很费力地等着前方的影像一点点地变得清晰。我担心她是患上了近视。可她的回答是否定的。她说她们前不久还进行了体检,她的视力是 1.5。

  我的女儿进入九月之后就开始发生了许多变化。她不再读小说,不再像过去,动不动就在饭桌上摆出一副与我讨论马尔克斯、博尔赫斯、卡尔维诺、奥威尔的架势。她也不再爱看电影,虽然过去,她是一名资深的影迷,对世界电影明星、奥斯卡金像奖、戛纳电影节什么的如数家珍。她拥有两大本包括莱昂纳多与贝鲁奇在内的影星们的签名照片, 那是她向全世界的影星们写信索要的成果。她不再与动物们亲近,闯入家中的蟋蟀和路上的蚂蚁,她再也不闻不问,远不像过去,她迷恋与生物有关的一切,正经研习过数十本关于生物学的书籍,熟悉无数动物的生活习性,出门在外,一个蚂蚁窝就可以让她待上半天……

  她不再要求出门旅行、去书店购书、去肯德基吃炸鸡、去艺术中心欣赏音乐剧,不再故意饶舌、做鬼脸,五音不全地唱着宋冬野的摇滚……她把自己捆绑在学校与家之间只需十分钟的路上。她让自己钉在家里的书桌前。她总是陷入沉默,唯有笔在手指头上转动不已。她的面前,永远是一沓厚厚的试卷,她的周围,全都是作业、文具、课本、练习题、全攻略、一点通。

我叫着她,试图与她攀谈。我用十分亲切甚至起腻的语气叫着她,希望能得到过去那样的甜蜜回应。她的头从试卷上抬起来,可是我却从她惶然的眼睛里看不到我。我看到了她的瞳孔里上演着我所陌生的影像。一层荫翳,蒙在了她的眼睛表面,阻挡了我与她的对视与交流。

我知道那荫翳的来历。我也知道它的学名。它叫高考。

二

这是大年初一。这应该是与父母家人在家欢乐团聚的时刻。可我却在路上。天地间阳光正好,空气中洋溢着一股浓浓的年味儿。几乎没有车辆,路上空空荡荡。是呀,谁会大年初一驾车在路上奔跑呢。

我的车上坐着妻和虫。被高考催逼着的虫。从后视镜里看到,她的耳朵里塞着耳机,嘴里发出一个个英语单词。她在练习听力,复习英语。她凝神思考的样子,好像她不是坐在车里,而是在家里的书桌前。年于她仿佛并不存在。

而几日来,她其实是以年为敌的。快过年了,老家做喜事的多了。农历十二月二十八日,她的外公做七十大寿。我们从南昌回到了老家,为他祝寿。虫无疑懂得为外公祝寿的重要。可是祝寿的场面过于热闹,亲人们堆满了屋子,没有一寸安静的地方,她自然是无法看书写字。我看到她脸带微笑回应着亲人们的问候,却在无人的时候皱起了眉头。

第二日,我们回到了离她外公家八华里的她的爷爷奶奶家,就是那个赣江边叫下陇洲的村庄,我的故乡。为了让她能安静学习,我给她安排了一个楼上的房间,找来了我小时候读书用的桌子和椅子。我们以为她能对她的祖籍地有一定的认同感，能与老家的年和平共处，能做到在老家过年和学习两不误，可是我们错了。

她满脸悲愤地走下了楼。她说年没法过了。一个快过年的老家，到处乱哄哄的，两个侄子经常上来敲门，隔着一栋房子的马路上摩托车一辆接一辆，轰鸣声大得吓人，她一页书都读不下去。从昨天到今天她都浪费两天了，如果继续待着就要继续浪费下去。这怎么可以！你知道两天可以刷多少张卷子吗？你知道现在离高考还有几个两天吗？年每年都要过的，可是一个人一生高考只有一次你知道吗？回南昌吧，求你了爸！

立即回南昌，这怎么可以！陪父母过年，于我们是与虫高考同样重要的事情。费尽了口舌，我才把她劝住。这样就到了大年三十。老家巷落里依稀响起了鞭炮声，年已经近在眼前。这是人人高兴的一件事儿，可她是愁怨的。除夕的团圆饭无比丰盛，可她几乎没什么食欲。我们看着她强装欢颜，对着长辈马虎了事地说着祝福的话语，真是难受极了。

大年初一，我们草草向家乡的长辈们拜完年，就匆匆发动了汽车的引擎。我向年老的父母说着抱歉。颇有几分不安的父母点燃了鞭炮。——那专用来祝福虫高考准备的鞭炮是父亲精心挑选过的。

我们绝尘而去，奔向女儿的高考。

三

前面的黑板上，用白粉笔黑体写着离高考一百零三天的字样。后面的学习栏中，贴满了大概是学生们自己制作的清华、北大、浙大、复旦等名校的校徽——这当然是老师用来激励学生的伎俩。座位上，坐满了许多和我同龄的人。我们的身份是家长，现在正开着家长会。

老师们依次开始了演讲。他们的演讲风格，各有不同，有的轻言细语，有的语速迅疾，有的和颜悦色，有的一本正经。可他们的表情，集体凝重，如临大敌。他们所说的,无非是自己所教科目学生们的表现,最近考试班级排名情况,在离高考百天里,家长们应该注意的事项等等。我看见老师们在提到所教课目有进步孩子的名单时,不少家长都面有得意之色,而提到退步孩子的名字时,教室里有人不由得低下了头。不过这种情况并没有保持很久。所有人都恢复了正常——还有一百多天,谁知道谁才会笑到最后呢?

最后,一直含笑站在一旁的班主任走上了讲台。她是位并不年轻的女士,身体干瘦,疏于打扮。关于她的故事早在家长间流传:她足够敬业,是学校里的骨干,长期是高三把关老师,曾经为了教学,把恋爱、婚姻一推再推,至今孩子只有一岁。她肯定是为今天的家长会精心做了准备(可她没有对自己的仪表进行任何的修饰)。在演讲之前,她打开了电视设备。

电视屏幕上的一张张照片里,学生们一齐走上了街头。他们穿着整齐划一的校服,与交警、协警一起在一个个路口维护着交通秩序,并且拦住一个个路人,向他们进行有关交通规则的采访。班主任在旁边解释说,那是她设计的一个户外课程,目的是让孩子们减压。

然后她开始了演讲。她不断地夸赞她班上的学生,夸他们懂事、勤奋、聪明、乖巧,善于沟通和协调。夸他们一个个都非同凡响,身怀绝技,好像她的学生,都是未来的比尔·盖茨、华罗庚、钱学森、周华健(我由此怀疑她是周华健的粉丝)。她说她以他们为傲,她因他们而充盈。

她说着说着竟哭起来。她几乎不能继续她的演讲。她的嘴里只是在重复着说,他们都特别棒,他们个个都是好样的,我对他们充满了信心,毫无疑问他们都将考到全国最好的大学……

我们走出了教室。也许是被老师们的表情所传染,我们一个个表情凝重,如临大敌。在走廊上,原本陌生的我们忍不住交头接耳。大家都说,老师们太不容易了。

四

　　每晚九点,我和妻,有时候是我们中的一个,有时候是我们俩,会守在一盏离家不远的明晃晃的路灯下。——路灯的后面,是一个车辆众多、灯光昏暗的十字路口。路灯的前面,是一个繁忙的地铁口工地,装着巨大的搅拌机的工程车横冲直撞。路灯的更前方,就是虫就读的学校。虫每晚都要在学校上晚自习。每晚放学后穿过这么复杂的路,老实说我们不放心。

　　也许我们并不仅仅是不放心。我们也愿意以这样的方式,陪伴着不远处的虫。她在那个灯火通明的青春城堡里,寒窗苦读,挑灯夜战,我们愿意以这样的守候,来分担她的苦。

　　高考将近,当我们想到,相伴的日子会越来越少,这样的守候,顿时就增添了仪式之感。比如我会经常穿着一件黑呢子大衣,原因是她认为,我穿着它时最帅。比如我会久久向不远的那座青春城堡行注目礼,似乎是要帮着虫记住她的光和影。我们会对路灯旁的那棵景观树格外留意,因为我们会认为,在我们守候的时段,它的每一片叶子的荣枯都富有情意。

　　远远看到骑车或走路的虫,我就会跳起舞——或者是虫教我的一种简单的踢踏舞步,或者是几个夸张的滑稽的动作。虫大多数时候会笑一笑,偶尔会骂我一声神经。她的笑让我欣慰。我想,她笑了,就意味着沉浸于题海中的沉重的她从我的搞笑动作中获得了轻松一刻,意味着疲惫的她真切感受到了来自血缘的支持。

　　远远地看到无数个放晚自习的孩子。他们都穿着虫的学校统一的英伦风格的校服。那大衣款的校服一群群走在夜晚的路上,让人觉得他们是一群练习飞翔的大鸟。他们会在不久的将来一起找到自己满意的航线吗?

五

我站在菩萨的面前。——那是老家一座叫天玉山的山上寺庙里的菩萨。清明,我独自回到了老家祭祖。然后到县城约见同学、朋友。有朋友把我带到了这里。朋友介绍说近几年寺庙十分灵验,只要心诚,一定有求必应,所以香火极其旺盛。今天正好是菩萨的生日。朋友上山,是特备了香火,向山上的菩萨求福。

天上下着小雨。山有些海拔,越到高处,雨越大,气温更低。我觉得冷。山路上的行人和车辆络绎不绝。及至寺前,但见香烟弥漫,鞭炮声炸天。菩萨的面前无数的信众跪成一片。烟雾与雨雾缭绕中,我看到寺中的菩萨,宝相有失庄严,其眼耳口鼻不成比例,撒上金粉,完全是一副乡下改不了粗野的暴发户模样。可以想见那是来自乡下泥匠的手艺。

无须隐瞒我是个颇有阅历的人。我拜访过诸多名山大寺。而且我于这座山不过是个路人,是朋友临时把我带到山上的。我还是个无神论者。我从没有跪过任何一尊佛。按理此刻我只需袖手旁观,等着朋友求佛完毕即可下山。可我做不到心无挂碍,我有此刻无数向菩萨下跪的人心中同样的虚弱。我的女儿正值人生大考之际,她的高考成败关系到我全家的命运,我的家庭正处于重大的关隘。在菩萨面前,我心里念着:菩萨呀,请保佑我的女儿,考上理想的大学,让她的青春没有苦厄,让我的家庭能够安然渡过难关——

许是山上的寒气太重,从山上下来,感冒袭击了我。我冷,浑身发抖,面色发青。按理我应该沮丧才对,可我并不以为意,我甚至有点放了心。我想是菩萨显了灵向我发了力。他借此告诉我,我许下的愿,他是听见了的。

六

　　每天晚上，妻都要打开电脑，与虫的同班同学的家长们相会在 QQ 里。不知从什么时候开始，同一班的学生家长们背着孩子们建起了一个 QQ 群。在群里，他们都没有名字，孩子的名后面加上爸爸或妈妈，就是他们的称号。他们也没有面目，即使在一起开过家长会，除了少数家长，我们很难与他们的称号对上。可每到晚上，他们就像约好了似的相聚在 QQ 群里，老朋友一样郑重其事地讨论与高考有关的话题。高考，让原本素不认识的人们，成了同仇敌忾的盟友，患难与共的亲人。

　　他们在群里讨论的话题五花八门，比如最新的一套以全攻略命名的模拟试卷的购买地址，适合孩子们高考前营养的食谱（每周末我们必开车去离家不近的碟子湖大道上的清真寺门口买新疆维吾尔族人宰杀的牛羊肉。关于此处是全市最好的牛羊肉的消息，就是妻从群里得来），孩子们每次模拟考试的成绩排名（排名靠前的孩子家长自然就得到了祝贺，排名下滑的也相应会获得安慰），今年相关科目考试重点的猜测，历届高考状元的考前经验，家长与高考前孩子的相处之道……

　　在他们的讲述中，孩子们的临考状态也是千姿百态。有的孩子晚上会说梦话，表面温顺的孩子，梦里会说着诸如杀了你杀了你的狠话，只是不知道，他在梦里何以怀着如此深的仇恨，要杀的那个人又是谁。有的孩子会说着与题目有关的话语，似乎梦里依然在刷着试卷。有的孩子与父亲的关系恶化，有一个晚上甚至扬言要走出家门，被母亲死死抱住并反复劝说才慢慢冷静下来。有的对父母郑重其事地说要放弃高考，原因是他对高考这种形式已经厌恶至极。有的正陷入失眠的苦恼之中，总是到半夜也难以入眠，睡前喝牛奶和热水泡脚也不见效，家长在群里问怎么办才好。有的在家里不爱说话，父母百般问询也不置一词，不知道孩子心里在想些什么，让人徒然担心……

离高考还有一个多月时间。如履薄冰的家长们在群里相互打气:加油啊大家。忍耐吧同志。苦日子快熬到头了。

七

可我们还是听到了不好的消息。晚饭时虫告诉我们,本市某某中学一名高三的学生自杀了。

虫说,那学生上课时突然从座位上跃起,冲出了教室,跨过了教室外的走廊护栏,身体落在了五楼下的坚硬的水泥地上。

虫说,他的头先着地。流了好多血!

虫说,太可怕了!真是太可怕了!

——从九月以来就变得沉默寡言的虫一下子说了好多话。她的语调比平日快。从她的表情判断,她受到了轻微的惊吓。有一种不好的情绪在牵扯着她,而她出于本能,想挣脱出来。她的神态,隐约有了挣扎的痕迹。

我们对这消息并不陌生。整整一天,我们的手机短信、微博及 QQ 都充斥着它。关于这件事的原委,许多人的解读不一而足:有人说他是单亲家庭的孩子;有人说他长期受失眠折磨,终于到了无法忍受的程度;有人说他的成绩本来不错,可是最近几次模拟考试成绩排名连续下滑,他拒绝接受这样的结果,却选择了如此激烈的方式;有的说,当时老师批评了他几句——他本已不堪重负,老师的批评,成了压死他的最后一根稻草……

他的死让我们悲伤。英国宗教诗人堂恩说:"没有人是一座孤岛/可以自成一体/每个人都是大陆的一片,整体的一部分/如果海水冲掉一块,欧洲就减少。"现在,我们都站在那片叫作高考的陆地上。我们要防止这块大陆上更多的坍塌,防止他的死亡之血继续扩散,并给我的孩子造成精神上的血晕——为了搬移孩子们头上任何压负的阴影、重物,我们必须全力以赴。

我开始向她进行了表面漫不经心的宣讲。我批判他的鲁莽轻率。我强调生命永远大于高考——多少人们,没有通过高考的窄门,可一样有了成功的机会。我认为生命的真谛不在于得失,而在于给予——给予社会多寡,才是衡量一个人的价值所在。过于看重得失反而容易让自己的格局变小,患得患失往往是无数心理疾病的源头。我告诫做儿女的应该也要站在父母的角度想一想,对父母来说,儿女的平安远甚于成功与否。他的生命何尝是他一个人的?他纵身跳下一了百了,可他的父母亲人以后该怎么办……

我力求说得若无其事又语重心长,以免说教味太浓招致她的反感。我承认这有一定的难度系数。我掌控得不够好,及至后来,我都觉得我有些啰唆了。我想对她展开告诫,可我发现我充满了告饶。虫并没有说话。她接受了我的劝告吗?

八

必须让家中保持绝对的安静,以让虫能安心复习和做题。我们很早就关掉了电视,虽然妻,是狂热的韩剧粉丝。我们打开电脑,但把声音掐死在喇叭里。我们让手机调到振动,一有电话迅速躲到卫生间小声接听。我们把客人堵在门外,请月亮升起在窗前。我们甚至尽量减少在家中的走动,深感灯光下自己的影子都显得多余。

必须有丰富的营养,才能保证孩子应对高考的体力。我们的饭桌上,轮流做的是虫喜欢吃的红烧牛肉、红烧排骨、啤酒鸭、清蒸鲫(鳜)鱼、山药排骨汤、肉饼莲子汤和时鲜蔬菜。茶几上,摆满了苹果、梨子、猕猴桃、桃子、李子、哈密瓜等时鲜水果。储藏柜和冰箱里,奶粉、酸奶、蜂蜜等食品挤得满满当当。妻常为如何做出一顿好饭菜操碎了心。而我,热衷于扮演着采购员角色,大包小包地把食物领进了家门。

我减少了出门应酬的时间，为的是与虫一起备战高考。我改变了经常酒气熏天的形象，为的是让家中的气息更加清新平和。我们细心地给家里养的植物浇水，是希望它们陪着虫一起成长。我们把没看完的书放进书架，把脱下的衣服放进洗衣机，努力让家里变得井井有条，是为了让整个家，看起来更像个模拟的考场。

夜色已深。我捧着泡好的牛奶，看着虫喝下去，然后轻轻带上了房门。躺在床上，直到看到虫的房间的灯光熄灭，我们才放心地睡去。

九

妻穿起了她难得穿上的旗袍，戴上了她生日时我送给她的红珊瑚项链。惯于素面朝天的她甚至还涂了口红描了眉。虫则穿着休闲的夏装，在她的母亲面前仿佛是个跟班。而其实今天的主角是虫，因为今天她要奔赴考场。妻的打扮，是尊崇人们口耳相传的高考服饰美学，旗袍和红珊瑚，取"旗开得胜""红运当头"的寓意。

高考终于来了。清晨我们被精心设置的闹钟叫醒。我们刷牙，洗脸，吃着早餐，竭力让这日子看起来跟平日并无二致。可我们都心照不宣：该来的终于来了。所有的努力都要在今明两天得到检验。它是福还是祸？我们不得而知。然而既然它无法回避，我们唯有精神抖擞地去迎接它。

家离学校不远，可我还是发动了汽车的引擎。天热，我不希望第一场考试虫进入考场是汗水涔涔的样子。我希望她是轻松从容的。——虫放下了车窗玻璃，眯着眼睛，让风吹拂着她，完全是一副假日之中的模样。从后视镜里看她的脸色，昨夜她应该没有失眠，她的临考状态是不错的。我们都稍稍放了心。

路上到处都是警察。地铁口工地已经停了工，原本横冲直撞的工程车此刻整齐地停在工地，就像乖顺的羊群，或者慈悲的长者。惯于抢道和轰油门的出租车也不像平常那般粗鲁,而是读书人般的文明有序。我停好车,眼前的一切让我讶异:学校(考场)门口警戒线的前面,是一片旗袍的海洋。

我看见那些与我们年纪相仿的女人们,穿着各色各样的旗袍。她们有的浓妆艳抹,完全是节日盛装的装扮。有的却蓬头垢面,除了那件崭新的旗袍,其他的还来不及收拾,一切看起来是那么匆匆。有的身材消瘦,旗袍穿在身上倒是贴身,气质也与旗袍吻合。可有的身体完全走形,旗袍穿得就有些勉强,腰部有胀开的危险,神色与旗袍也一点不搭,样子就有几分滑稽。可她们集体的表情是不顾一切的,似乎是即使天上落下冰雹,也不能阻止她们把旗袍穿到底。

她们的身份是母亲。她们都送着孩子来到考场,用身体来祝福她们的孩子旗开得胜。想必这一年来,她们一定和我们一样,吃了太多的苦,受了太多的累吧?

而在学校的大门口,警戒线内,一群穿着红色 T 恤的人们牵着手一字排开,他们是这所学校的高三老师。他们来迎接他们精心培育的学生们步入考场,并以此来祝福学生们红运当头。

看着虫进入了考场,我和妻,都不由得攥紧了拳头。

十

在离考场几百米外的路口,家长们故作镇定,轻声交流,但都引颈而望,目光向着考场的出口。他们来迎接他们的英雄。还有一会儿,高考,让大家长时间喘不过气来的高考,就要结束了。

孩子们陆续走出了考场。他们鱼贯而出,集体走向几百米外的路口。没有人喊口令,但他们的步调几乎一致,表情也大致相同。他们不像往日,骑着单车,让速度产生的风吹动自己的衣襟和头发,或者疾走,大声喧哗,招呼着同行,而是缓慢、无声,脸上充满了迷茫和忧伤,以及耗尽了心力的虚弱无助。——与其说这是一支高考中走出的梦之队，不如说这是一支参加集体送别的队伍。

终于从人群中看见了虫。她与另一个女生一起走着,并且用了我们极其罕见的姿态。在我们的印象里,虫是独立性极强的女生,从小就不愿做小鸟依人状。可现在,她挽着她的同学,似乎是她们都快要虚脱了,需要相互支撑才可以自持。她们多像两个大病初愈的人!

她们似乎在轻声交谈什么。那话题应该是无比遥远的,比如暑假的安排,很早就转学的远方城市的同学信息,这世界她们把握不住的若干部分……刚刚过去的高考题目,宛如伤口,我想她们是不会碰的。

我和妻站在路口,与她们只有几米的距离。可以肯定她看到了我们,可她视若不见,继续挽着女生向前走。她们越过了通往我家的路口,却依然没有松手告别的意思。她们的脚步极慢极轻,好像怕惊醒了谁。她们不断地向前走,好像要走到天之尽头。

她的样子,让我心疼。——这个只有十七岁的女生，经过了高考之后,似乎是老了好几岁。

我和妻跟着她们,慢慢往前走。妻不自觉间挽起了我的胳膊。我感到妻,也仿佛是耗尽了心力,需要挽着我才有力气前行。

十一

高考一结束,我就出差了。我想经过了这么长时间的紧张备考,家里总归可以消停几日。可是不行。还在路上,就不断收到妻的短信。她说虫上午去学校估分了。虫回来后脸色不好了。虫把自己关在房间里很久了,叫她也不回应。虫刚刚打开房门告诉妻说,她这次可能考砸了。综合卷有好几道题好像没做对。语文卷阅读题与答案出入很大。她算了算分数,大概在 600~610 分之间。这样的成绩，怎么上 985、211 的学校？读什么好大学？我这辈子……

虫的状态越来越糟糕。同学的聚会也不参加，早上过了九点也不起床。妻劝慰她她也置若罔闻。妻想让她散散心，带她参加一个她的同学组织、熟悉的朋友参加的一个省内户外活动，她不愿去。后来终于勉强去了，可坐在车上谁也不搭理，只把脸转向窗外。到了景区也不下车。进入下榻酒店就死活不出门。妻说，晚上你劝劝她好不好？

好不容易挨到天黑。我打开了微信视频，虫在视频里望着我。她咬着嘴唇，眼睛里噙着泪。她可能是想不哭，可是她忍不住。只一会儿，她的眼泪夺眶而出。她眼睛表面的荫翳依然清晰可见。她干脆放肆地哭起来，声音近乎号啕，五官完全变了形。额角小时候受伤留下的小小疤痕瞬间变得无比触目。她说，爸怎么办？我完全考砸了。南京、浙大、复旦、中山这些学校是没法上了。我不甘心！我都想好了，我要去复读。我要上临川二中（一所离南昌一百多公里的有名的中学）！一年后我再考！

我看着手机里的虫。我从来没有见过她如此的焦虑、懊恼、痛苦、悲伤、气急败坏、失魂落魄、咬牙切齿。在我的印象里，她从来是冷静的，她总是有主见的样子。她一直按照我灌输给她的——做一个能独立思考、内心自由的人，去塑造自己。她看起来一直特别沉得住气。而她也是骄傲的，因为她的成绩一直很好。整个高三时期，她在她的学校的考试成绩一直没有掉出五十名之外。她的学校是南昌最好的学校之一，而她在零班——那是学校高三重点班中的重点。她最好的模拟考试成绩是全校第三名。可是现在，她有了前所未有的挫败感。她的冷静与骄傲，瞬间消遁无形。

我稍稍整理了下思绪，对她进行了艰难的劝慰。我告诉她，成绩没最后出来，你的估分也许并不准确。即使真是六百分，我也不认为你考砸了，中山、复旦、南京、浙大上不了，但可以挑的大学还是不少。高考只是人生的一个阶段而已，何须在这个阶段上耗心力太多？过于偏执人生会受苦。

如果认为这次是考砸了,又有多少关系?高考从来不是人生成败优劣的唯一分水岭,你还年少,未来可以纠错的机会还有很多很多,你想上的学校,考研考博时还有机会上。不要把自己当作与众不同的那一个,要接受自己是普通人的事实,是普通人,就允许自己有失败,原谅自己有过错。相信自己是普通人,就可以不那么脆弱,就可以让自己更加坚韧坚强,即使受到挫折也更加斗志昂扬……如此云云。

有一小段时间她没哭,她似乎在听我的话。可过一会儿,她又号啕起来。她边哭边说,我一定要复读!我一定要去临川!

十二

我坐不住了。我给上海在大学当教授的朋友打电话,问才成立不久的上海××大学如何?据说是全世界不少诺贝尔奖获得者会去讲学,可到现在为止还没有学生毕业,怎么评估它的治学理念?学生毕业后工作远景是否乐观?一座没有传统的大学值不值得信赖?虫报了提前录取,应该可以考上它。我问北京某高校的朋友,说你们学校是不是与西班牙有联合办学的事实?我的孩子如果考了六百分是否可以去,预科读完去西班牙读大学的比例有多少?每年学费贵不贵?毕业后前景如何?我问我在高招部门的朋友,哪些大学,适合六百分左右的、想学生物专业的考生?

我查找往年的大学在江西的招生分数与招生人数。我频频进入各种大学的网站。我把适合虫录取的各种信息搞到一个本子上,到了晚上就与妻分析辨别,直到把自己搞得筋疲力尽才肯罢休。

我把虫带到吉安,做报纸副刊编辑的我的朋友安面前。她的女儿高考因失误没考上北大。后来在北大读研,还到国外做了一年交换生,现在在北京一个大的金融公司做投资顾问。安笑着对虫说,那一年高考,分数出来后,女儿倒是没太难过,但她哭了三天三夜……

十三

虫在她的房间,读着过去没有读完的小说。这段时间,她读的是她最爱的马尔克斯的《霍乱时期的爱情》。这么厚的书,正好可以稀释她的悲伤。我在我的卧室里,浏览着电脑网页。我们貌似互不干涉,可我们都心照不宣。

今天是高考成绩出来的日子,是检验虫估分的精准度的时刻。是宣判,是一锤定音,是今年所有的高考家庭屏住呼吸的一刻。

妻上班去了。我向单位请了半天的假,我陪着虫。我守在电脑前,等待着成绩。

规定的时间还没到。可我一次次地把虫的准考证号输入指定的地址,一次次刷新网页。

终于在九点多,网页显示了虫的分数信息。648 分。名列全省 842 名。

这不是虫最好的水平。但也不是虫估计的那样糟糕,她并没有考砸。她的综合卷的确没考好,但语文和英语得了高分,部分弥补了综合卷的亏空。

是老家天玉山的菩萨显了灵。是今年大年初一父母买的鞭炮炸出了效果。是妻高考那天穿的旗袍、老师们的红色 T 恤发挥了作用。是虫一年来近乎苛刻的自制、超乎寻常的辛苦有了回报。

我试了试我的嗓音,努力找到那个正常的音域。我努力让自己声音的节奏变得平缓,然后我用那精心调试出来的声音叫着虫。我感到我的心跳得厉害,眼看就要从我的胸腔里跳出来。可我不想我的声音听起来太异常,我不想吓着她。

她来到了我的卧室。我告诉她说分数出来了,她考了 648。她并没有考砸。她故作镇定,凑近了电脑。她看到了她的名字、准考证号、分数、全省排名。毫无疑问,是她的估分错得太离谱了。

我突然听到了一声尖叫,紧接着又是一声。那是虫子的尖叫。她的内心积压了太多的委屈、焦虑、担心、无措,此刻唯有尖叫才能释放。

我听到了我的号叫,那是动物一般的号叫。那种号叫,几乎盖过了虫子的尖叫。它既不顾一切又如释重负。它锋利如刀又炽热如火。此刻我才知道,我的内心,也积压了那么多的委屈、担心和无措。我控制不住的号叫让我意识到,在整个事件当中,我也是一个受损之人。

我的泪水忍不住了。我和虫紧紧地拥抱在一起,仿佛两个受难得救的亲人。

十四

HK 校园内的植物无比丰茂,仿佛森林,可校舍显得老迈陈旧,看得出都是二十世纪的建筑。我去过许多近年扩张建起的大学,校门气派、张扬,里面的建筑现代崭新,花草树木遍布如园林。HK 明显没有那些新贵那样的奢华与铺张,然而它是国内综合排名前二十的大学。也许它并不屑于用崭新的教学楼、园林一般的花草来表达它的实力。它是穿旧中山装却德高望重的学者,是老牌的绅士,是在南方首屈一指的高等学府。

它接纳了虫。虫将在它的怀抱中成长。

选择大学的过程同样艰难。虫的兴趣在于生物,中学时就在老师指导下学习完三十多本生物学的相关课程,并参加了全省的生物竞赛,获得了二等奖。但生物是屠龙之术,据说全球只有 5% 的生物专科学生可以找到就业岗位。她转而去了解建筑设计。建筑需要想象力,需要绘画能力,需要人文素质,虫自小爱绘画、爱文学、爱艺术、爱文化,说不定能读进去。可理想的建筑专业在同济大学,她的分数够不上,只好作罢。最后,她选择了临床医学。那是与生物离得最近的、应用广泛的专业。这样,她来到 HK——

HK 的医学院,是我的医生朋友们集体认同的培养优秀医生的摇篮。

报到的前一晚虫收拾行李。我看到她带了长笛和小说——马尔克斯的《族长的秋天》和陀思妥耶夫斯基的《罪与罚》。这是不错的行李。是的,不管在哪里,不管学习何种专业从事何种工作,音乐和文学,永远是让梦想得到呵护乃至不断繁殖的元素。

——我和妻来到了虫的新宿舍。经过了一个暑假的搁置,整个宿舍一片脏乱。我和妻打来水,细细地擦洗床位和桌椅。我们想把以前的学生留下的痕迹擦洗干净,让虫有一个全新的开始。

给虫铺好了床。交代虫要多吃水果。要抽出时间锻炼身体。要与同学友好相处。要多参加大学主办的各种活动。出门要注意安全。不可夜归。不可有不良嗜好。不可心生恶念,纵容恶行……

我和妻走出了校舍,我忽然涌起了一阵感伤。是的,虫几乎从没有离开过我们。现在,她要一个人生活,我们的家将分成两半。一半是在外省的她,一半是在南昌的我和妻。之后的我们,会怀着怎样的牵挂和惦念?

我们是一直搀着她的。现在,手松了。以后的路,她要自己走。她从小到大都无比顺利。未来,她有了挫折,是依然无措、哭泣,还是会越来越坚韧坚强?

HK 远了。我和妻握着手,相顾无言,听凭马达声响个不停,道路在出租车的轮下卷起。

拜访伊凡·克里玛先生

◎ 苏童

去伊凡·克里玛家里拜访,早到了半个小时。

正好抽支烟。我和徐晖站在路边抽烟。路的一边是安静的居民区,多为两三层的独立别墅。建筑的外观小心翼翼的,似乎不想冒犯天空,或者路人的视线。花园多被规划为正方形,从面积到装饰,都很有节制。路的另一边,却不寻常,是一大片树林,很幽深,很茂密,黄了,满地落叶从林子里溢出来,爬到路上,粘在我们的鞋子上。

韩葵和李素两位女士或许是在看我们抽烟,或许是在看树林,我们四个人一定说了些什么,但我忘了。我朝克里玛家的小花园瞥了一眼,看见一个穿着驼色毛衣的老头出来倒垃圾,他与肖像照片上的克里玛很像,但眼神不像,并非那么锐利,不像鹰,他的脸型也显得方正一些,年轻一些,与我的想象稍有出入。所以我提醒他们注意花园里提着垃圾袋的老头,那是不是克里玛?

结果就是克里玛。我们看着他把一袋垃圾放进了花园门口的垃圾箱。他也在打量我们,一种无动于衷的表情,带着些许困倦,也像一个劳累的外科医生,打量着新来的病人。李素上去跟他说话,他的表情在阳光的映衬下,活泛了一些。这样,我们提前半小时,进入了克里玛的家。

第一次进入捷克人的家。一个典型的知识分子的家居,除了墙上随意挂了几个捷克木偶,似乎无意过度装饰,看不出主人喜欢什么,不喜欢什么。里屋有轻轻的脚步声,估计应该是克里玛太太。有一只吸尘器躺在地上,也许刚刚还在工作,也许是准备工作,我们的提前到来,不知道中断的是克里玛先生还是他太太的吸尘工作。

客厅里有一个茶几几把椅子,散落有序,对于中国人来说,怎么坐从来都是一个问题。我们几个人都看着克里玛,但他并没有如此的安排,他用鼓励的眼神看着我们,意思是怎么坐都可以,那我们就随便坐了。坐下以后,一时无话,隐隐觉得气氛古怪,窘迫,此时我才想起来,主人略去了必要的寒暄,克里玛先生甚至没有对我们说,你好,所以我也始终没有机会完成那个必要的问候,你好,克里玛先生。

但是他们都看着我,等我说话。是说话,不是寒暄。我必须像谈生意的商人一样,单刀直入地谈文学了。

我对克里玛先生并不是那么了解,这让我在得知徐晖、韩葵夫妇的安排之后,始终有点不安。所幸他们在 Jecna 街的公寓里留下了克里玛的好多中译本作品,整整一个上午,我都在恶补,像一个临考的中学生。长篇看不了,看了些中短篇。欣慰的是他的一个中篇小说《我的故土》,我很喜欢,又有疑问,很明显,这是谈话的资本。《我的故土》写二战结束后一个少年随父母去一个农庄旅馆度假,遇到形形色色的波西米亚资产阶级的度假家庭,大人们每天在茫然中狂欢,少年独自沉浸在一份貌似真切实则虚妄的爱情中。他受到了隔壁房间的医生太太的挑逗与诱惑,身心处于燃烧状态。少年在夜里苦候医生太太来敲门,却隔墙听见了医生夫妇床戏的声音。少年也许是被忽略了,也许是被遗忘了,又或者,是被愚弄了。这样的崩溃与幻灭施加于一个少年身上,令人印象深刻。小说里还有个细节,特别有意思:少年追逐医生太太去看戏的路上,看见田野里飘起一只热气球,一个女演员悬吊在热气球上,做出似真似幻的劈叉动作。如此写法,很夸张,感觉是受到了当时某些潮流绘画的影响,将超现实与梦幻元素植入了小说,但是这植入是妥帖的,恰好是这个故事的点睛之笔。我觉得这是一部极好的小说,有深入骨髓的浪漫和哀伤,疑问是:这篇本该行云流水的小说,横空飞出一些经典作家的作品片段,计有高尔基、肖洛霍夫、莫泊桑、司汤达、巴尔扎克,与小说并无必要的关联,我一头雾水,不知道那些片段的用途。这个疑问,与我对《我的故土》的喜欢一起,构成了我与克里玛先生探讨小说的一个假想话题。

这当然是我的想法。我先表达喜欢。我提及《我的故土》这篇小说时,李素提醒我,中文版的译本名字并不一定与捷克文原著对应,这也常见,是翻译与出版社的问题,对于我不是问题,那我就详细复述小说故事,我在复述故事李素在翻译的时候,我注意到克里玛先生的眼神忽明忽暗,他偶尔点头,大致记得我在谈论他的哪一篇小说,但当我提到那个热气球的细节时,我看见他的眼神中不仅有困倦,还有了歉意,他不记得热气球的细节了。我很意外,在窘迫中又谈起那个疑问,他在小说中录入的那些经典小说中并不经典的片段,我想问其用意,却不知道怎么问,对于这些片段,他倒是记得的,他似乎看懂了我挣扎的眼神,告诉我,我喜欢的《我的故土》,其实还是他年轻时候的作品。

年轻是一种答案。我懂。不过伊凡·克里玛先生的年轻时代,我不一定能懂。我是忽然想起来的,我面前这位老人,伊凡·克里玛先生,是纳粹集中营的幸存者,与众人不同,他今年已经八十六岁了,不再写作。用他的话说,他想写的已经都写出来了,没有必要再写什么了。这样的生命履历如今已不多见,这样赤诚地与写作告别,相忘于江湖,也不多见。坐在我斜对面的这位犹太裔捷克老人,他的写作,他的生活,横亘了几个时代,穿越了记忆的极限,他因此有权利选择记住什么,遗忘什么。无论是生活还是写作,该记住的他一定记住了,可以遗忘的,当然可以遗忘,包括他年轻时候写过的一只热气球。

然后问了另外一个问题,或许是我本人的疑惑,也或许出于很多中国作家的"捷克"好奇,我问他,从他评价米兰·昆德拉缺乏捷克经验的言辞中,我记住了捷克经验,那么,捷克经验到底是什么?它与匈牙利经验、波兰经验或者保加利亚、罗马尼亚经验有什么不同之处吗？这时克里玛先生陷入了长时间的考虑，回答很简短。我记得李素最后的翻译是这样的：克里玛先生说是法制，我们和他们，法制不一样。这回答乍听过于简单，旁边的韩葵对这个话题也有兴趣，她又追问，克里玛先生又考虑了很久，他说，我们捷克的历史上很少流血，很少流血。

迟缓的回答或许代表老人思维的迟缓，但同时它是深思熟虑的真知灼见。我有点懂了。我联想到了伟大的卡夫卡，奥匈帝国时期，他曾经也生活在布拉格这个城市，生活在布拉格的法制中。如果我有幸穿越时空去拜访他，如果我问他，"土地测量员"与城堡之间究竟隔着什么？他也有可能如此回答我，法制。就是法制——不管是奥匈帝国的"法制"，还是捷克的法制。如果我问他一个土地测量员与城堡之间的距离究竟有多远，回答可能是：并不远，但是"永远"。

克里玛先生明确宣称，自己的创作与哈谢克或者《好兵帅克》无关，但与卡夫卡有遗传关系。我问克里玛先生，是否真的做过土地测量员的工作，他竟然有点腼腆，说做过，大概一个多月。想想他的名字，这真的很有意思，不管怎样，克里玛先生曾经就是土地测量员 K，他也是要去城堡的人。与其说是巧合，不如说这短暂的经历，暗示了他与卡夫卡存在的清晰或者模糊的血缘关系。

当然，必须说到"很少流血"那个答案，这实际上是一个更令人浮想联翩的答案。这个世界上的所有国度，其历史大致分为"流血""少流血"或者"不流血"。但这个深邃宽大的话题，一时无从谈起。我只是忽然为布拉格的美丽、宁静与雅致找到了某种答案。我在布拉格的日子里，多次沿着伏尔塔瓦河散步，目光所及，皆为疑惑，这个城市何以在动荡岁月里保持这样古老而洁净的美貌？我很感谢克里玛先生精妙的答案，流血的河水会酿造某种风光，不流血会酿造另一种风光。后者理应美丽一些，雅致一些，洁净一些。

克里玛先生其实仍然充满活力。想到他已经八十六岁，不宜多扰，我后来莫名地如坐针毡，当我试探着起身告辞，发现周围气氛旁枝逸出，其实与我无关了。克里玛先生被漂亮的李素女士所吸引，他开始只与李素女士说话，我不懂捷克语，但我从李素女士害羞的表情中猜测，他大概在对李素女士说，你那么漂亮，你别走，让他们走吧，你多坐一会儿——这或许是妄加猜测。我希望我的猜测不会冒犯克里玛先生或者李素女士。用中国人喜欢的方式：此处一笑。

大多数情况下客人总是要一起走的。当我们四个人一起离开克里玛家，我看见路那边的树林被下午的阳光映照，树林呈现出一种金黄的色泽了，风不大，但依然有纷纷的树叶卷到路上，金黄色的。这是布拉格的落叶。金黄色，这大概也是布拉格的色彩。只是这条通往克里玛先生家的路，此生大概只能走一次吧。我往徐晖的汽车里走，回头，并没有看见克里玛先生，他还是没有客套，不送客。但我真的满意地笑了。我对自己说，当我八十六岁的时候，我很想成为八十六岁的克里玛先生。

邮　局

◎ 李敬泽

　　这就是西贡河。混浊肮脏的河水沉重地涌动。这样一条河正该在经济腾飞的大城穿过，冒着浓烟的工厂、热气蒸腾的排污口。他回想了一下，在那部电影里，这条河似乎也不是清澈的河，是黄色的、暧昧的，汇聚着热带的暴雨和情欲。但至少有一种风景，玛格丽特·杜拉斯肯定不曾在此见过，在河对岸，并排耸立着两块巨大的、一模一样的广告牌：那是一家日本电器，它甚至懒得说话，不屑于提供形象和幻觉，它并不打算美一点，聪明一点，它只是不容置疑地呈现商品的抽象符号。这两头巨物，面无表情，相互复制，遮挡着地平线和天际线，在这条大河之上宣示着资本和商品的统治。一个法国少女和一个中国男子的恋情被打下粗暴、黑色的邮戳，从孤寂伤感的殖民地时代直接快递到了此时此刻喧腾的世界市场。

　　好吧，他想，别这么多愁善感。这条河正是杜拉斯的那条河，法兰西帝国和其他帝国将这土地和河流纳入了一个新的世界体系。这河早已失去贞洁，它在这短短的百年间已像杜拉斯的容颜一样毁败苍老，它经历征服与反抗，经历忧伤和绝望，它在所有的人心里——征服者和被征服者、反抗者和被反抗者心里，都是一道流淌血泪的伤口。而现在，这个国家的经济正在高速增长，他们正以更低廉的成本获得世界市场的比较优势，他们为此支付的，就是更脏的水，就是天际线。

　　他转过头，看看陈——这位越南作家，黧黑，瘦硬，一根接一根地抽烟，声音嘶哑。陈负责接待他，他们迅速建立起热烈的友情——在昨天的欢迎晚宴上，他们成杯地干掉法国葡萄酒，他们重温中越友谊，我们是战友，我们曾经并肩战斗！他们甚至唱起了"越南中国山连山江连江，共临东海我们的友谊像朝阳……啊——共理想心相连，胜利路上红旗飘扬！"他的同行者，那些七零后和八零后，用看着两个老疯子的目光看着他们，他和陈挥舞着刀叉，打着节拍，汉语和越语同唱一首歌，在那时，他似乎行进在六零年代和七零年代。

现在，同行的人们沿着河岸走远，忙于以各种姿势和组合拍照，仿佛杜拉斯和梁家辉附体。翻译也跟了去，只剩下他和陈。沉默横亘于他们中间，他们重新成为陌生人。他忽然意识到，与陈独处，他有一种莫名的紧张。尽管昨晚他们勾肩搭背，亲密无间，但现在，水退去，陈如一块沉默的礁石。陈属于一九七五年最早冲进西贡的那批战士，陈参与创办了西贡解放后的第一张报纸。此时，陈的身上有那种老战士的威严，让他想起他年轻时见过的那些老人，他们老了，但他们衰老的身体里封藏着风云雷电。

他们就这么默默地望着河水。这个人，他在一九七五年闯进这个城市，他们赶走了法国人和美国人，四十多年过去了，他默默地站在河边，他在想什么？这条河怎样从一九七五年的胜利激情中流到此刻，流到这高耸的广告牌下面？

风吹过来，带着淡淡的腥味，无意间，他和陈对视一眼，陈的目光像河水一样混浊。

这是胡志明市，这是西贡。这是曾被强大的残暴势力统治的城市，这是正义与邪恶的决战之地。走在街上，他想起他的一九七五，那时他是小学五年级的学生，而解放西贡的战役对他来说就是"我的战争"。他每天在《人民日报》上注视着战事的进展，一切都是他在指挥部署，他真是很辛苦啊，他焦虑于他的军队不能有效地封锁和抢占机场，他长时间地研究从《世界地图册》上裁下来的那张越南地图，用红铅笔标示出进攻路线；他在想象中披着军大衣——他当然知道，对越南的 4 月来说，军大衣是太热了，但是，将军怎么能不披军大衣呢，最好有蒋匪军一样的笔挺的呢子大衣。每天放学后，他眼巴巴地等着母亲带回报纸，直到 5 月 1 日，劳动节，放假了，而战争不会放假，他逼着母亲专门去一趟单位，然后看见母亲远远地走来，喜笑颜开，手里挥动着那张报纸，他又酸又烫他想哭，胜利了！一定是胜利了，他正站在南越总统府的楼顶上，挥舞着红旗。

他站在西贡邮局。此时他才知道，比起昔日的总统府，这里才是这个城市的中心和标志。恢宏的粉红色立面耸然而起，走进大门，迎面是胡志明的巨幅画像。胡伯伯，他熟悉这个老人，很多照片中，他都如同一个慈祥的乡村教师，有时穿着夹趾凉鞋，有时居然赤着脚——这是多么有力的政治形象，这是一个牢牢站在自己土地上的人，他光着脚，他体现着与殖民主义帝国主义完全相反的价值：是本土的，是素朴的，他是绝对的主体，他和他的人民一起战斗。

胡志明俯视殿堂。他想他理解了为什么要把胡的像挂在一个邮局里，这就是殿堂，它的空间高旷，有巨大的拱顶，拱顶上绘制着十九世纪的越南地图，两边是栗色的柚木柜台，进门左右相对僻静的地方是封闭的木质电话亭，他想，那就是教堂中的告解室。

——这个邮局，它的原型就是教堂，它是世俗的教堂。他走出来，站在台阶上，只见那著名的红教堂灯火辉煌。那些法国人，他们强占此地，然后立即建造教堂，他们以教堂重新确立城市的中心，把佛陀和孔子之地付与上帝。然后，他们喘了口气，开始在教堂西侧建造邮局，这必须是一座与教堂相匹配的建筑，这是帝国主义世俗统治的象征和枢纽，通过邮局，遥远的殖民地维系着与殖民母国的联系，邮局和邮政从基础上构造了殖民与资本的全球网络，这是现代性的教堂，这里供奉的是攻击和占有、效率和进步。

台阶下，陈在抽烟，在这繁华都市的中心，灯红酒绿之间，陈落落寡合，桀骜不驯。他望着陈，他觉得陈很远。他们其实是各自封闭在不同的时空中，平行、映照，但并不融合。是的，他曾如此向往陈的生活和战斗，也是在一九七五年，他惊喜地在家里翻出了两册《南方来信》，那是作家出版社一九六四年的版本，那一年他刚刚出生。一九七五年，十一岁的中国少年读着越南南方的抗美战士们写给北方的战友和亲人的信，凝视着厮杀、分离和不屈的意志。那些信都不曾从这个邮局投寄，"许多信件送到收信人手里时，封皮已经皱褶不堪，字迹模糊，这些信没有贴邮票，也没有邮电局的日戳"（《南方来信·代序》），邮局属于杜拉斯或者马尔罗，而"南方来信"是泥泞的路、粗糙的手对邮局的抵抗。

多年以后，他还记得在那简朴刻板充斥口号的行文中忽然跳出来的生动的、闪闪发亮的词语，比如一个"小鬼"爱演"关公大战波拉埃特"，波拉埃特是法属印度支那的高级专员，该先生与关公之战应是喜剧性的宣传小品，当年的抗法军民必定看得前仰后合。一九七五年的他再过几年才听到侯宝林的相声《关公战秦琼》，在笑声中，他想起了波拉埃特，想到他的山西老乡关云长掌中青龙刀、胯下赤兔马，竟一直向南，走进南方之南的广大民间。

当他阅读《南方来信》的时候，陈，这个战士和作家或许也曾在膝盖上摊开一张纸，给北方写信。当然陈不可能是《南方来信》的作者，按年龄推算，他那时还小，但是，他必定经历了《南方来信》那样血腥、冷酷的战斗，在倔强的人群中，他锤炼着倔强的心，不会在敌人的枪口下颤抖，也不会为准星瞄中的那个人颤抖。

他是阅读者，而陈是书写者。

他在北京的夜里奔跑，不是为了追逐也不是为了逃，仅仅是为了消耗掉脂肪和卡路里，让内啡肽充分地分泌。

他跑过法国教堂。东交民巷或许是北京城里最静谧的街区，一个属于遥远时代,与古都格格不入的内向、异质的区域。教堂拱门上方的圣弥厄尔天使在虚黄的灯光中寂寞舞蹈。这座教堂一九〇四年开堂,在当年法国公使馆的边缘,只是一座精巧的两层哥特式建筑,好像从普罗旺斯的一个村庄飞来。他跑过去,一路向西,他的心他的肺正拼死挣扎,他的膝盖开始刺痛,好吧,投降吧,他精疲力尽地慢下来,靠在墙上。

就是在这里,他想起了西贡邮局,他还想起了阿尔及尔的法国邮局。La Poste,法国邮政局,从十九世纪到二十世纪初叶,邮局是殖民帝国的中心景观。

——他所靠的那面墙上,挂着一块牌子,借着路灯,他看见牌子上写着"北京市文物保护单位 法国邮政局旧址"。

昔日法国公使馆的两侧,左教堂右邮局,殖民帝国的三位一体。但这座邮局却是一幢平庸的单层房屋。门封着,里边黑洞洞的,显然空置已久。房屋破旧,依稀能够看出殖民地折中风格。他上网搜索一下,得知这座邮局一九一〇年开业,中华人民共和国成立后,曾被用作一家川菜馆——名叫静园餐厅。他不禁笑了,却原来,帝国的迷梦消散于烈火烹油的麻辣川菜。

在北京,法国人远不如在西贡或阿尔及尔那么自信恢宏,他们在此面对着自身的极限,面对着无边无际的庞大存在。而在西贡,他们曾有创世的气概,他在网上查阅西贡邮局的设计者,意外地发现,他竟然是埃菲尔,埃菲尔铁塔的设计者,纽约自由女神像的结构设计者,此人在一八九〇年设计了西贡邮局。那是资本主义和殖民主义的黄金时代,是法兰西帝国的全盛顶点,埃菲尔在巴黎,一边深情追怀逝去的爱人,一边以钢铁结构世界,召唤异教的巨神降临。

另一座法国邮局辉煌壮丽,它的名字就叫:"大邮局"。

"大邮局"是雪白的宫殿,在地中海南岸、阿尔及尔的夏天,"大邮局"

如同坚固的梦幻。西贡邮局的粉色或许是染自热带佛寺的外墙,而"大邮局"的风格则是摩尔的、伊斯兰的——现代殖民帝国的文化之胃强健贪婪,他们有一种探究和整理世界的惊人的狂妄和热情,对他们来说,世界的就是民族的、就是"我"的。那是第一次世界大战之前,法国人心在远方和星空——"大邮局"的穹顶令人晕眩,他见过撒哈拉沙漠的星空,现在,他站在"大邮局"的中央,仰面一望,只觉得这就是撒哈拉的纯粹星空,是奇迹,是水晶钻石的海,是诸神静默。

从邮局出来,走在大街上,加缪就在眼前。加缪正如他熟悉的样子,叼着烟,穿着风衣。好吧,阿尔及尔不需要风衣,而那时的加缪喜欢白衬衣、白袜子,他可能刚从邮局出来,他刚刚接到马尔罗的信,走在大街上,他是多么年轻。

在阿尔及尔的街上与加缪和默尔索同行,他意识到,加缪的荒诞并非哲学洞见,这是一个人在殖民主义体系中的经验和伤痛,成为"局外人",这并非虚无,这是一个人为自己保存自由和尊严的艰难战斗。

这个人,是个穷人,当他获得诺贝尔奖的消息传来,他妻子的反应是:他可不要拒绝啊,那可是一大笔钱,而我们一直没钱。加缪去领了那笔钱,然后,人们要求他表明立场,一边是法国人,一边是阿尔及利亚人,一场终结法国殖民统治的血腥战争正在进行。

加缪是法国人,加缪也是阿尔及利亚人。他生在阿尔及尔,他的母亲也生在阿尔及尔,近乎失聪的、对这世界满怀惊惧的母亲。加缪拒绝支持不义的殖民统治,但同时,上百万土生土长的阿尔及利亚法国人正从那片土地上被剥离出去。面对着如林如枪炮的麦克风,加缪犹豫着,他无法表态无法站队,最终,加缪说出了选择,他站在母亲身边:"我相信正义,但是在捍卫正义之前,我先要保护我的母亲。"

这真的很难。人们选择自己的正义,很多时候,人们忘了自己的母亲。

后来,他在重读《南方来信》时碰到了一个"知识分子",这个敌伪军官终于投向革命阵营,在给远在北方的妹妹的信中,他欣欣地写道:"我在生活中已扫除了'萨冈'式的消极厌世和'加缪'式的横蛮无理。"这个人,他必定曾是萨冈和加缪的读者,他曾深爱萨冈和加缪,当他在残酷的历史斗争中做出选择时,"扫除"萨冈和加缪就是与旧日之我决裂。

他想,我理解他,他是对的。我不能理解的仅仅是,他为什么说加缪"蛮横无理"?

——有谁能轻易地回答这个问题呢?在阿尔及利亚解放战争博物馆,他面对着布特弗利卡的画像。这位老人,现在是阿尔及利亚的总统。一九七一年,他七岁,刚上小学,大喇叭里传来喜讯:中国重返联合国,恢复合法席位。从那时起,他知道了中国原来在世界上必须要有一个座位,他也第一次听到"合法"一词。世界变大了,世界的图景清晰明确:阿尔巴尼亚、阿尔及利亚等二十三国站在我们一边,是他们向联合国大会提交了议案。而代表阿尔及利亚的正是当时的外长布特弗利卡,他是中国的朋友。

布特弗利卡,这位昔日阿尔及尔大学文学系的学生,他想必读过他的学长加缪的作品。一九五七年,当加缪获得诺贝尔奖时,二十岁的布特弗利卡已成为阿尔及利亚民族解放运动的斗士,他说:"我像其他阿尔及利亚人一样,希望历史回归正义!"

博物馆里游客寥寥,这是一座空旷的记忆之宫,在这里,并没有给加缪留下任何位置,而这个"局外人",他深爱着阿尔及利亚,他曾热情地设想,在这片土地上出生的所有人或许能够迎来公正的和平。

他试图想象布特弗利卡的回答,他是否也认为加缪"蛮横无理"?但在这座博物馆里,他意识到,布特弗利卡的回答很可能和那位越南人一样,一百万阿尔及利亚人在反抗中死去,你怎么能够期待他理解加缪?而加缪知道这一切,他确信,加缪深知越南人和阿尔及利亚人之心,就像他知道自己一样,正是为此,加缪才写了《局外人》,写了《鼠疫》。他的不可及在于,他生于贫困,却拥有一颗没有怨恨的心,同样的,在巨大的历史暴力中,加缪也竭尽全力,不怨恨。

他感到疲倦,这是考验耐力的长跑,他的身体里有一万只鸟在挣扎,他要出去,望着阿尔及尔的蓝天,抽一根烟。他走过一列照片,突然停住,再回来,他看见其中一张照片下方有几个汉字:石家庄照相馆。

是的,就叫石家庄照相馆,那是石家庄最老的照相馆,那张黑白照片也正如无数中国人的毕业照,十几个年轻的阿尔及利亚人,穿着六十年代初的中国人民解放军的军服,严肃地看着未来。

他想,这和我有关系,我的六七十年代的灰扑扑的石家庄,孤寂地守在一望无际的单调平原上的石家庄,原来曾经隐秘地通向地中海、通向撒哈拉沙漠。

后来他才知道,马克思曾经在一八八二年来过阿尔及尔,在这里治疗胸膜炎,思想者的生命正在接近终点,马克思将在第二年离去。他读了《马恩全集》第35卷在阿尔及尔的全部通信,他看到,在阿尔及尔的二月、三月和四月,这个被病痛折磨的人,以一种维多利亚时代的作风几乎每天给远方的亲人和友人写信。那时还没有"大邮局",那时的信可真长啊,混杂着生活琐事、思念、玩笑、回忆、天气、病情、见闻和种种断想,有时一封信会断断续续地写上两天。当然,现在已经没有人这样写信了。

一八八二年四月十三日到十四日,马克思写给劳拉·拉法格的信,是以一个摩尔人的寓言结束的:

"最后,像士瓦本的迈尔通常说的那样,我们要把自己放在稍微高一点的历史观点上。和我们同时代的游牧的阿拉伯人(应当说,在许多方面他们都衰落了,但是他们为生存而进行的斗争使他们也保留下来许多优良的品质)。记得,以前他们中间产生过许多伟大的哲学家和学者等等,也知道欧洲人因此而嘲笑他们现在的愚昧无知,由此产生了下面这个短小的明哲的阿拉伯寓言:有一个船夫准备好在激流的河水中驾驶小船,上面坐着一个想渡到河对岸去的哲学家。于是发生了下面的对话：

哲学家：船夫，你懂得历史吗？

船夫：不懂。

哲学家：那你就失去了一半生命！

哲学家又问：你研究过数学吗？

船夫：没有！

哲学家：那你就失去了一半以上的生命。

哲学家刚刚说完了这句话，风就把小船吹翻了，哲学家和船夫两人都落入水中，于是船夫喊道，你会游泳吗？

哲学家：不会！

船夫：那你就失去了你的整个生命！"

鼓岭遇雨

◎ 陈应松

　　那些冬天也被植物纠缠的山野,笼罩在黳铅色的天空下。寒意是从雨雾中升起的,通过古老的街道和房屋、石板路,这些越来越黯淡的景物,又通过冷雨聚集在一起。深埋在时间厚壤下的记忆,那些人,那些古人和洋人——番仔,在雨中,他们会时常出现在闪着冷冽光芒的街道上,彳亍游荡。他们,古老的人,仿佛有最后一个坚守者,一个番仔,执着地,打着洋伞,皮鞋发出被雨水浸过的沉闷橐橐声。他刚从大清五个夏季邮局之一的鼓岭邮局出来,给遥远的亲人发过一封信。贴上大龙邮票,有沉重的邮戳在信封上奋力一踩的声音,他在鼓岭生活的信息便传送到大洋的另一端。他趔了个弯到邮局背后的古街,用地道的福州话点了一碗放有岭上薤菜的海鲜锅边,与店里的山民食客们聊天。然后,他买了挑担卖菜的几把水灵灵的青菜,还有牛肉,有香草——那是炖牛肉必放的。这种鼓岭生长的草,会把沉醉的香味留在味蕾上、梦境里。那些低于街面房顶的黑瓦和蓄水的石槽,都在雨中顽强呈现。他孤独地走过田陌、水井、坟、荒地,走近石砌的屋子,百叶窗在风中啪哒作响。檐廊上,一杯咖啡已经冷凝。溪水正在流动,溪上的大石圆墩墩的。

　　那些干净的石墙,经过了一百年,依然百毒不侵,连青苔都没有感染星尘,它们的自净能力太强大太神奇。也许到了半夜,它会悄悄掸掉身上的尘土和苔藓,挺着贞洁干净的胸,拗着脖子,站在这风雨如磐的时间里。

　　开始蒸腾起来的市声在一个山岭上,在曾经虎蹲狼行、古木参天也鸡鸣狗吠的村落。千年紫杉横卧的虬枝像巨大的钢栅显示着它们的躯干。井壁上长满蕨类的水井台上，光滑的井圈刚被那个番仔汲水的绳子摩擦过。番仔在这儿有几百人，像候鸟一样，等五月天气转热后就会准时出现在这里。他们大兴土木，啸聚山林，兴办教育，传播宗教，免费治病。他们打网球、游泳、跳舞、赛马，也同时端着猎枪，射杀山兽，在他们打死的斑斓大虎面前吹着滚烫的枪口摆姿势。

杀老虎的美国牧师柯志仁，他还射杀过豹子和豺狼。他的枪和那只搁放死虎的凳子连同他自己，都不知所终。他们欣赏自然，扼杀自然，行为古怪。但他们优雅的生活透过幽冷空寂的石屋，使我们能看到精制瓷器的碎片、门的铜手柄、地板小心翼翼的纹路、沐风且私密的百叶窗、宽大舒适的石阶和设计精巧的地下室、通风口……

通过石阶凹陷磨损的部分，我想象着夏日清凉中那些在雨雾里撕扯的身影，他们走在宋代铺就的南洋官路上，在石磴道上，抬着"竹笕"的褐衣乱头的笕工，吱呀的竹杠刺出雾霭，沉重的喘息与白雾汇在一起，在迂回曲折的街巷逶迤移动……前面是什么？是卖油条、油饼、老鸭汤粉的小吃店。民宿。杂货店。杂货店门口摆有一溜小摊，塑料篮里有鼓岭生长的香草、人参菜和天门冬。香草炖鸡鸭鱼肉，是一些风干的藤叶，有着植物特有的香味，一元一捆，自己投币。钱投在一个空的剪口的油壶内，全凭良心。这是老街一百年的规矩，菜放门前，投币自取，绝无贪小便宜者。当年郁达夫和庐隐都来过这里，吃着村民的酒，睡着村民的床，也沉醉于此地的乡风人情，享受着仙境般的桃源生活。庐隐说："若能终老于此，可算是人间第一幸福人。"那个发现鼓岭的美国牧师伍丁应该是首先发现了这儿天境般的乡情才流连于此……

此刻的雨雾依然带着一点黛蓝，好像暮色早临。行人全无，门口的对联亮着唯一的红。但角落里的野茅、竹丛和梅花都在顽强生长，梅已打苞。往四下望去，松林和深厚的山体阴影将视线隐去，那些造型各异的石头屋,古堡一样蹲在蜃景中。在迷蒙深处飘浮的屋脊与院墙,全像是用巨石凿的,像搁在旷野的怪兽,在绵延的青烟中忍受风雨和寒冷的刮削,它们残存的身影是冬天黑色的慰藉。

那个在石头上凿出的游泳池,是浪漫主义的杰作。这个巨大的空间,像是一场舞会过后的枯寂空寞,盛满了特别伤感和别离的残液,落叶成为信物。我们坐在池畔的椅子上抽烟。隔着桌子,关仁山给我们敬烟点火,火光带来的丝丝温暖慢慢渗入身体,仿佛在劝说我们忍耐和勿言。烟在烧,风很硬,我们在寒冷中吸着烟。当年更衣的屋子成了茶室,有电暖器和热气腾腾的茶水。电暖器照着桌上喝茶的器皿和套绒的椅背,泛着归家的红光。可是我们还是不愿进屋,我们这些人,依然坐在洋人们夏天泳装坐过的地方,望着空阔枯竭的泳池,像坐在落叶荒寺前。山坡密匝匝的松林里,似还有别墅的废墟,在那儿半露着它们的哀伤。风动山冈,一阵阵的浓雾从山上翻滚过来,像是天瀑,使得这疏肃的季节,我们无论如何都无法逾越某种悲伤的意绪,各自想着那些与我们无关却深深触动我们的事情,内心空落茫然,莫名惆怅。

挖掘的石池,堆砌的石壁,在建造之初就似乎想到了它们的结局,隔绝了时光的温馨抚摸。芦花飘飘,冻雨霖霖,那些已经离弃的身影,像孤魂野鬼,飘浮在异国的荒野,或散落在破碎的回忆中。

奇异的失去主人的石屋,它们的内部是我不愿意走进的,好像你前行一步,就是与某个孤魂会合,看他手擎油灯,从百叶窗透出的幽幽光线里,那被石头潮湿的反光勾勒的脸,在一瞬间,又嵌进石壁,一阵淡墨洇开,变成了旧时的镜框和水渍。

在万国公益社高大的挡风墙外,当地人指给我看纪念郁达夫的鹤归亭,在那儿,是农历清明,他曾在村民自酿的酒中醉过,并酒后吐真言说:"魂若有灵,我总必再择一个清明的节日,化鹤重来一次。"更远处是东海,有一条通往连江县的路,但我们看到的依然是无边起伏在细雨中的山岭。

大梦书屋的出现是一个小小意外。也许它就是志书上记载的商务印书馆或者开明书局的前身——我愿意这样想。就像在无人荒郊遇到一个妖冶女子，有前世的气息。这座灵异的书楼，在冷雨清寂中独自优雅，也可以是一座书的教堂。是谁将那么有水准的书搬运至此，在门外的野云与寒风灌进来时，那些书，文史哲，都是精心挑选上山的。阔大，幽深，还有着书楼的美妙幽暗，仿佛偷蓄着随时可能失去的整个人类的智慧，让一个探秘者发现这儿满地宝藏。还是石屋，是一个石头垒砌的库室。

　　那些深刻的、在历史星空中闪亮的文字，静静地摆放在这里，因为潮湿，翻动书页的声音暗哑而低细。云雾一团团涌进，萦绕在书架和走廊里，你忍不住有想要挺身而出保护这些古老而脆弱的书籍的念头，怕它们在如此的严寒中衰老和死去。再新的书在这里，都像是一件古物，蒙上了羊皮封面，里面画着通往奇境的地图。它们如此幽寂，简直像在暗夜里摇曳的寺火。我们在迂曲的书架中穿梭，寻觅，脚步轻轻地迈上楼梯，进入二楼，继续寻找，看书，静坐，在窗口向外张望。绍武、跃文、马原、我，我们搭着肩，一张被夏无双小朋友拍摄的照片成为那个冬日书屋中精灵般的亮点。我们在书楼听雨。我们在窗口看山。那渐渐爬升的石磴道上，隐隐传来当年番仔们的赛马声，马蹄敲打着石头。蹄声远逝，云雾缭绕，寒风吹彻。这清简浩大的凉意，在白鹭与云雾沆瀣一气的野岭，适合我们在此楼远眺。

　　鼓岭最值得敬仰的景物是那棵有着一千三百年历史的紫杉树，在浓林如墨的时代，它只是其中的一棵，以它的体位占据庞大时空的树，枝丫泛滥，挣扎在微亮的雨中。"谷暗山尤静，林昏地愈明。"在那"如擘絮飘扬，如突烟滃涌"的鼓岭浓雾中，虎阚狼嗥的阵势敲击得群山嗡嗡直响，那种被群山掷下的空旷和时间，变得如此辽阔苍茫，它的挟风的厚重与神秘，几乎覆盖了一座山岭的历史。只有它才有资格与时间对峙，充当证人。想到与东海澎湃一样的字眼儿，那曾经连绵起伏、莽莽苍苍的紫杉丛林，奔跑过多少珍禽异兽，它们美丽的羽毛和花纹，它们强健的蹄爪和骨骼，它们的吼声，赋予了多少生命的壮美，每个夜晚的森林骚潮声，与那些灵兽同在。可这棵树，老树，它太老，太孤独，简直像神一样，这是多么可悲的现实。寒冬来临，它吞咽着扰人的雨雾，鼓岭的山川在它眼里缓缓移动。生命太久之后的寂静是一场苦刑，那些曾经一起磅礴流淌的吼声，消失在了大地深处。激越的倾诉，凶猛的摇撼和锥心的疼痛，漫漶成无边无际的悲剧。好在，在宜夏别墅门口，我又看到了两棵千年紫杉，无奈它们离得很远。孤独是永久存在的理由。孤独有着圣像般的庄严。

这一棵树，和这几棵树，有如鼓岭的沉重鼓槌，它们引而不发，永远只为汹涌欲狂的激情做一个姿势。

那天的雨，我又想起在吃饭过后，被马原索去的一苑蕹菜，青翠可人，它将被马原带去栽种在西双版纳的南糯山。无论是乔木还是柔软的草叶，在这里经历过万年，如果它们与我们相遇，一定有某种道理。现在我的口里还留有蕹菜香软腻滑的气息，那些植物生长的神秘气息和浓密阴影，有如穿过大地的深邃甬道，抵达生命的秘境。在生命尽情狂欢过后，一株草，连同一棵树庞大的影子，将带往各处，继续呼吸。

血脉之河的上游

◎ 李登建

一

在我试图破译家族的生命密码，悉数祖父、父亲、哥哥从事的职业的时候，那两个黑乎乎的家伙又浮现在眼前。又笨又丑，像两只大螃蟹，霸占了小小东屋的一大块地盘。这两个讨厌的黑家伙是什么呢？

少时我羸弱而孤独，胡同里没有同龄的孩子，到别的胡同去玩又常挨欺负，母亲在正屋忙她手里的活儿，无暇管我，我便自己钻进东屋，再掩上门。不知道为什么，东屋里幽暗的光线是那么契合我的心情——至今我还喜欢这种色调——我能在那里一待一个上午。屋子北面一间摆着几个盛粮食的大缸，缸后面不时有老鼠打闹，发出尖叫。我胆怯地摸着缸沿窥视，警觉的它们却仓皇逃窜。南面一间就是这两个黑乎乎的家伙了，横横斜斜躺在地上，很惬意的样子。起初它们并不惹我反感，我歪着脑袋从它们的圆形大口往里瞅，黑洞洞，那深处的黑一次次诱惑着我。但后来我想开辟一块场地，弄来木头制作小手枪、冲锋枪，削陀螺，做一些不为人知的私密事情——我有了独立意识，要找一个属于自己的空间——这里是我最好的选择，它们就碍手碍脚了。东屋的地面本来就不大，一山不容二虎，我又没见谁"理"过它们，"这是啥，不能把它们扔掉？"我问父亲。"你爷爷给我的，说不定还有用哩……"父亲丢下这么一句，急急忙忙奔田野去了。我只好费尽力气把它们竖起来，移到墙根，并狠狠地踹了两脚，但我的小脚却被它们硬邦邦的壳弹了回来。哦，它们不就是祖父的油篓吗？

一个黑大汉，两只大油篓，外加一支民间小调随着汉子的脚步忽高忽低。这个默契的组合持续了十多年——中华人民共和国成立前祖父是个卖油郎。那时祖父正当壮年，个头高大，肩膀宽阔，脚底生风，如果在好路上，挑着一百多斤油，他能让担子扇起来，一前一后两只笨重的油篓变成了宽大的翅膀，引得路旁干活的人朝这边看。这，我听在济南一家工厂当会计的石爷描述过，石爷说这些时不停地啧啧咂嘴，我则听得入迷，心驰神往。作为一个挑夫，祖父是好样的，但作为卖油郎，祖父却有天生的短板：他太要脸面，认为当小商贩丢人。第一回串乡，他练叫卖，一路对着杏花河两岸的树丛练，对着青龙山的大青石练，很熟练了，可是到了人家村里，舌头却像一块石头搁在嘴里，怎么也喊不出声。这样悄无声息地在街头站着，又溜到巷尾，做贼似的。尤其怕小媳妇们来买他的油，他平时见了俊女人都脸红。祖父此时的难堪我是能体会到的，读小学时每次上课我都羞于从讲桌前走；如今已年近花甲，也算见过一些大场面，还常常有模有样地坐在主席台上，但要让我独自从一个会场穿过，我还是感觉众目之下如有乱箭射来。这好像是老李家血液里的东西。

祖父从北乡解家起上油，到南山里去卖。南山里不种油料作物，没有油坊，吃油都是卖油郎送上门。解家距南山山口十几里，这段路祖父并不打怵，怵的是进了山，上坡下坡，一个崖头接一个崖头。大油篓开始捣蛋了，前后摆动，拉扯得你腰挺不直，身子拧着，一步迈不出半拃。好不容易找到一块平地，祖父放下担子，活动活动脚腕儿，然后敞开嗓门儿："卖油了——"——这个黑大汉早就不腼腆了——他的声音很高，像一声牛哞，据说他在村这头喊，村那头都听得见。以我的经历，不好理解祖父怎么像换了一个人，这不是祖父的性格。只能这样想，都是给逼的，家里穷得叮当响，老婆孩子在家张着嘴等着，脸面值多少钱？但可惜了这么响亮的叫卖声，这村子里的人听而不闻，任你吆喝，就是不出来买油。那年月农家都吃油少，一小陶罐油一家人能吃半年。

是南山里地势高、离太阳近的缘故吗？祖父在山旮旯里转来转去，本来就黑的脸酷似那两只油篓的表皮了，衣服上也沾满了油，成了一个真正的卖油郎。而至于手艺能不能比上欧阳修笔下那个通过铜钱孔把油倒进葫芦都沾不湿铜钱的卖油翁，我丝毫都不怀疑。祖父晚年我懂点事了，对他的生活习性有些注意，有一次，父亲从集上买回一小兜咸鸭蛋，我给祖父送去两个。祖父馋这一口。自从叔叔患精神病，家境每况愈下(祖父和叔叔在一个家里过)，碗里很少见荤腥。祖父把鸭蛋拿在手里，把玩一会儿，轻轻磕开，掏一个小孔，用筷子戳一下放在嘴里咂。这是他的吃法，这样吃，一个鸭蛋四五天还没吃完！家里病死了一只鸡，吃了病鸡肉会致病，母亲把它埋在院子西墙根枣树下。可祖父知道了，他不在乎这个，又扒出来放在锅里煮，结果祖父真的就大病一场，他却不后悔……

以祖父这样的习性，他怎么肯让油滴到外面，哪怕是一滴！

二

那时候，祖父肯定怀揣着一个梦，成为叫人羡慕的小地主。这个梦就像天边的月亮一样遥远，但我相信祖父是有这个野心的。我的祖父少言寡语，但他绝不是那种老实、愚鲁的人。年轻时的他挺拔得好像村东李家茔的那棵黑松，两道粗黑的眉，目光明亮而深沉，有几分英气，我能想象出祖父的心高气傲，他怎么甘心活得不如人？小村庄里个个都像五月田野里争相秀穗的麦子，为了出人头地，苦苦寻找着发家的门路，祖父不会没有干大事的冲动和谋划，可能是家底薄限制了他，选择贩油这一与他的性格极不协调的营生纯属不得已，贩油本钱小，不存在风险。卖一天油大约可赚一斗高粱米，家里人填饱肚子后有了剩余，祖父一点一点地把钱攒起来，置地用。

慢慢尝到甜头的祖父一心想把他儿子——我的父亲也培养成一个卖油郎。父亲十三四岁,刚刚读小学四年级(那时穷人都上学晚),就被祖父从课堂里拽出来,不情愿也不行,强迫你干。先是跟着他卖瓜果、柿饼,好像是他的跟班的。到父亲能够自己上路的时候,祖父有了腿疾,不能再串乡,这副担子就交给了父亲。然而,出乎祖父意料的是,没过多久,村里成立互助组,乡亲们推选小小年纪的父亲当组长。父亲心实得很,一是新时代的热浪鼓荡着他的脉管,二是怕有负重望,他没白没黑地在组里忙活。油篓便搁在东屋里,被厚厚的尘土封住了。油篓成为祖父留在我们家的一份"遗产"。

祖父还有一件被认为是"传家宝"的东西,那不过是一副石头眼镜,但那是曾祖父传给祖父的。曾祖父是个私塾先生,据说存有很多书,到我们这一代,那些书却散失了,石头眼镜是这个家族唯一一件可珍藏的物件。祖父弥留之际把哥哥叫到身边,叮嘱保存好它。"传家宝"只传长孙,哥哥一度对这件"宝物"爱不释手。石头眼镜有治眼病的功效,村里某人患了眼病,借去戴,哥哥很是舍不得,小心地攥着,人家接住了还不松手,"可别摔了,可别摔了",啰唆半天,好像那是一枚夜明珠。但是后来我发现,这副石头眼镜缺了一条腿,被搁在抽屉里,和用坏的手电筒、打火机、剪指刀等杂物混在一起,往昔的神采荡然无存。

我没有资格接受祖父的"传家宝",好多年对那副石头眼镜垂涎三尺。可是祖父的体貌特征却复制到了我身上。祖父眉粗黑,我的眉也粗黑,祖父唇厚我也唇厚,祖父背上有一颗红痣,就会从我背上或者肩膀上找到差不多的一颗。前些年我走路还不歪身子,可过了五十岁,竟也像祖父那样一肩高一肩低了。生命真是神秘莫测,走不出祖父的影子,叫我心生恐惧。

祖父患"梦游症",这是村人嚼得稀烂的一个谈资,人们背着我们家人谈论祖父梦游,好像在说一头驴被蒙住眼、在野外瞎撞,叽叽喳喳,又爆出哄然大笑。村人把笑话人,戏耍弱者当成一种娱乐。我高大的祖父、我拿破仑似的祖父——那时候祖父在我心目中就像拿破仑，其实我也不清楚拿破仑是个多么伟大的人物，我只见过他的画像，画像上的拿破仑目光如鹰隼，我祖父两只深深凹进去的眼睛就是那样；老师还讲拿破仑有一双铁臂，我祖父的肩膀能把陷在泥水里的大车扛起来，那不就是铁臂吗？石爷也说过拿破仑脾气暴躁，我祖父在家里怒吼的时候简直是一头雄狮。现在我心目中的拿破仑却成了最卑微的人，我感到无比的耻辱。我是隐隐约约听到的，那些龇着大黄牙的嘴巴、那些搅拌机一样的长舌，却在我眼前挥之不去。心上更是盘旋着一条蛇一样的阴影，老害怕自己也梦游，睡前告诫自己千万规矩点，重要的外出活动，住在宾馆，有过用绳子把四肢绑在床上的念头。

但是，"梦游症"还是在我身上出现了：深夜三四点钟，我"定时"醒来，再睡不着，脑子里又缠绕着正在写作的一篇文章中的句子。如果躺在床上，它们会越缠越紧，我索性下床，打开客厅里的灯，一幅幅地欣赏字画，换换脑筋。我客厅、书房里挂着二十多幅名人字画，看一遍得半个多小时。看完，平静下来了，回去躺下，很快又进入梦乡，有时还能接着原来的梦做下去。

我由此可以想见祖父的"梦游"——鸡刚叫两遍，因为叔叔拖累如风雨中一只破船的这个家，愁得身为艄公的祖父一觉醒来无法入睡。土炕像一盘热鏊子，他在上面翻饼。忽然想起傍晚收工路上看到的那摊牛粪——不是忽然想起，是一个晚上都惦记着——披上衣服，背着粪筐出门，拱开夜幕的一角。这几千年的夜，它的黑一成没减，浓浓的墨汁泼洒开，路坑坑洼洼，祖父深一脚浅一脚，险些绊倒。可能是路过村头的时候，住在湾边的王邪子恰好起来小解，王邪子看见一个黑影就喊了两声。祖父是迷迷糊糊没听见，还是老想着那冒着热气的牛粪，总之没搭腔。祖父找到牛粪，铲进筐，背回家，上床又睡了一觉才天明。第二天王邪子问祖父夜里做啥去了，祖父琢磨到哪里弄钱给叔叔治病的心思正集中在一个点上，被问得张口结舌，于是"新闻"便从王邪子这里向外扩散了……

我多么想为祖父辩解，洗刷耻辱啊，可是我的辩解有用吗？祖父成了村里的"底子户"，成了一个弱者，一个任人嘲弄的人，他的"梦游"才被人们当作笑料，好事的乡亲是专门向这类人开刀的。如果有人知道了我的"梦游"，说不定会把它渲染成一种雅习呢……

三

要说祖父留在我生命里最深的印记，还得说是我的名字。

在我们家族，祖父以他至高无上的权威给他的两个孙子起名，他像一位打制金银首饰的巧匠，精心地在我哥的名字里嵌进"勤"这颗绿宝石之后，又在我的名字里装上了"俭"字的翡翠。

大字不识一马车的祖父绝不会知道诸葛亮的"静以修身，俭以养德"什么含义，他也不懂老子的"俭故能广"，他的"俭"不过是一个咸鸭蛋吃四五天。祖父兄弟四人，四条大汉，四只饿虎，足以把一个穷家吃漏了底。那个晃着脑袋、拖着长腔诵诗书的私塾先生，喊破嗓子挣来的米面养活不了他们，便早早给他们分开家，各顾各。兄弟中祖父最小，也顶起一片天。他十六七岁就出去当长工，在村西头于家铡草六年，在村东头孙家赶大车四年，后又"流落"到街心王家。他勤快，打水、喂牛、扫院子，干完这些天还不亮，别人刚上坡，他已锄过一遭地了。东家心里有数，每天都额外赏给他一块黑面饼子，祖父把这块黑面饼子悄悄盖在衣衫下，收工时拿回家，奶奶便有了口粮。大热黄天，青纱帐里的活儿要人命，祖父膀粗腰圆，胳膊上凸起块块肉疙瘩，锄把在手中像魔术师挥舞的魔杖，锄头翩翩飞舞。可是日头才三竿子高，锄头发沉，两臂发僵，腿也拖不动，肚子咕咕叫起来。祖父无力地到树底下躺一躺，那块黑面饼子就在一旁，伸手可及，但祖父把头扭向别处。

祖父是这样"抠牙缝"过日子、攒钱买了这副油挑子的。自古"卖席的睡凉炕,卖盐的喝淡汤",祖父也不例外,一桶一桶黄澄澄的油从祖父手里流过,自己的饭菜里却不舍得放,做菜从来不炒,都是清水煮,然后拿小铁勺蜻蜓点水似的蘸一蘸油,在锅里画个圈,油花漂在水上,满锅都是,吃着那么香!这个过法还能不发家吗?没几年,兄弟分家时两手空空的祖父,居然置了八官亩薄地!"勤俭"二字是祖父的哲学,以他的哲学为依据,祖父为我们规定好了人生之路。

大凡有遗传就有变异,有继承就有叛逆。我怎么也不能领会祖父哲学的深意,从读初中就听着这个名字别扭,到高中阶段我悄悄鼓起勇气向祖父的权威挑战,私自重新起了个名,但却只能当笔名用。来到大城市上学,见识了城里人的阔绰和酒绿灯红,更加感觉原来的名字土气、寒酸,就像披着一件破衣烂衫,夹在服饰华贵的人群里,它下面的我瑟瑟缩缩,自惭形秽。我恨黑大汉祖父把他的意志强加给我,终于不能忍受,找到公安机关把名字彻底改掉了——拿到新身份证的一刻,浑身轻松,仿佛卸掉一块压在身上的巨石,这时候我好像成了一个全新的人!

哥哥青年时代也曾自己改过名,他用"芹"字取代"勤"。"芹"一般是女子名字里用的字,作为血性男儿的哥哥宁肯用它,这说明了什么?但是后来哥哥却又改了回去,且再没变过。一个人的名字和他的命运是否有某种对应关系?我说不清。哥哥的大半生确实是"勤"字的生动注解。哥哥初中毕业正值"文化大革命"爆发,招生工作中断,参加了升学考试的哥哥没有如期收到入学通知,父亲送他到五十里以外的坡庄油棉厂干临时工,扛棉包,偌大的棉包驮在背上,他小白杨似的躯干弯作九十度直角,扛一天下来,累得趴在床上挪不动身子。苦力换来的是四十元的月资,这些钱使我们干瘪的家得到滋润。这样过了三个月,邹平一中的录取通知书却鸟儿样翩翩飞来了,村里只有哥哥一人考取,是穷怕了太稀罕钱还是觉着读书无用(大喇叭里正批"读书做官论")?父亲竟把哥哥的通知书锁进了抽屉!

才华横溢的哥哥胸壁被远大的理想顶得阵阵作痛,他多么渴望读书,他嗜书如命,书不离手,吃饭眼睛都盯在书上,连同一字一句吞下去。自然才思敏捷,出口成章,同学、老师都喊他"大才子"。"大才子"干完临时工回到家乡,"嗅"出了压在抽屉底的秘密,号啕大哭。继而,他瞪圆两只血红的眼睛,像扫荡的日本鬼子一样,在院子、屋里乱窜、寻衅,但结局已无法改变。父亲自知理亏,托人求佛,又在公社给哥哥找过两份工作,可是也怪,哥哥去哪座庙哪座庙倒塌,那两个单位先后撤销。越两载,兴开推荐上大学,候选名单上有我根正苗红、在广阔天地滚了一身泥巴的哥哥。全公社选拔五名,多轮筛选,哥哥被终止在第六名上,而最终淘汰他的理由就是他缺高中文凭那张纸!

被祖父赐予的名字笼罩,青年李登勤绝望地跑到大东洼,发疯一般,呼哧呼哧抢铁锨,把满腔的痛苦、悲愤倾泻到田垄里。田垄长得看不到尽头,瘫倒的哥哥仰天长啸,声声凄厉如猿鸣。

哥哥重复了祖父的命运,出脱为一个像祖父一样又勤劳又会过日子的庄稼汉,脸朝黄土背朝天,累死累活讨生活。"开放搞活"后,他又像当年祖父一样做起了小买卖,走街串巷卖暖瓶。不过在我看来,哥哥和祖父还是不一样,不仅是他没有用祖父留下的那两只大油篓,卖的东西不同,就本质意义上也有区别。哥哥晚年轻松多了,他的三个孩子都吃"皇粮",孩子们都很孝顺,按时往回捎钱、捎食品,他喝上了瓷罐子装的茶叶,小北屋里摞着一箱箱好酒。理想由儿女们代他实现,对他也算是一种补偿,顶得胸壁疼痛的"硬块"变软、消失。他依然串乡,只是"权当散散心,活动活动",而不是像祖父那样为了生存。我觉得,哥哥是过上了好日子,可是在与命运搏斗的疆场上,他却是退却了,而祖父是拼杀到最后的。

四

祖父没留下一张照片——有一年一个照相师傅来到我们村,在中温大爷家的大门过道里支起相机架,街前街后男女老少都跑来,老人们瞅来瞅去看"变戏法儿",姑娘们则抢着坐在相机对面的板凳上摆弄姿态。父亲也想照张"全家福",可是却怎么也请不来祖父,祖父的借口是那蒙着黑布的照相机是妖魔,"咔"的一下,能把你的魂抓去,实际上他是不舍得花那两毛钱——我现在已想象不出祖父的模样,在我的头脑里,祖父模糊的面影好像是一团灰。父母一结婚就被祖父"赶"出来,他和我叔叔一块生活,我们成了两个家。他收工回来托着叔叔的儿子、我的堂弟在大门口玩耍,我记忆中他从没有对我这样亲过,这造成了我们祖孙的疏远。对祖父知之甚少,回溯的路上几乎无迹可求,我的灵魂难得与祖父的灵魂碰撞,无疑是我"寻根"的障碍。

但是我血脉之河的上游在祖父那里,我从下游完全可以想象到上游的景观。以我和哥哥的人品、性格推测祖父,他应该是一个正直、善良、厚道、本分、勤劳、节俭、不善交往、要面子的人,也是那类不服输、打碎牙往肚里咽的硬气汉子。如果上苍眷顾,他会成就一份家业。中年的他已经离一个小地主一步之遥,可遗憾的是祖父一生倒霉,贫穷和忧愁始终在追赶、逼迫他,我甚至没见他痛痛快快地笑过,一次都没有,他的脸总是阴沉得像要下雨的天空。但是祖父在逆境中的挣扎,特别是晚年在苦难的泥沼中越陷越深,也不悲观绝望垮塌下来,使他的生命有了真正的质量。我远远望着这位只留给我一个背影的老人,他黑红的肤色像镀了一层金,闪闪发光。

叔叔的病治好了复发,复发了又治。他的病是由穷苦、艰辛、烦闷、焦虑、再婚、村人欺负、歧视多种原因导致的,这样的病无法根除。这可苦了祖父,他"牵"着叔叔到处寻医问药,心力交瘁加穷困潦倒。草棚子里的木头卖光了,家里再没有值钱的东西可倒腾。这时,祖父瞅准一个差事——割草。生产队饲养棚门口贴出"告示",为牲口"征粮",一般青草一斤二分钱,嫩芦芽可按三分一斤收购。为了割嫩芦芽,七十多岁的祖父跑十多里,出征芽庄湖。早晨披星戴月上路,中午在太阳底下(荒洼里连棵树都没有)啃冷干粮,水葫芦不能补充淌干热汗的身体,半下午时口干舌燥,实在渴极了就扑向湖面,狠狠地灌一肚子生水。傍晚,祖父满载而归,小山一样的草捆把他压扁,只剩两条蹒跚的腿。他尽量把头埋在草下,从人们怜悯的目光里走过(生产队里只有那些学生娃才去挣这份牛粮钱,大人去挣被人瞧不起)。短短的村街,对这个很要脸面的老人来说是这么漫长,他的每一步都是沉重的、屈辱的。好歹后来他也麻木了,两边门洞里传来的议论他已听不见。

时光是最阴毒残忍的杀手,祖父一天天老了,芽庄湖已可望而不可即,这个倔老头却仍不死心,他又找到一个门道:赶明家集买来红麻坯子,搓成经子卖钱。这个活不用大力气,且可以在自己家里干。倔老头嘬着厚嘴唇,甩掉外衣,扫出一块地面,摊开一把麻坯子,先一缕一缕花成细条,喷上少量水,然后取两根细麻绞搓,不断续料,经子的长度便不断延伸。祖父的手很粗大、笨拙,搓得很慢,但他有耐性,白天夜晚,不歇一歇,在那里一蹲就是两个时辰。手掌全是厚厚的茧子,像裹上了一层铁皮。指甲比鹰喙还长,留着花麻。屋子里一股挺冲的臭泥巴味,那是麻坯子带来的(红麻秆子泡在湾里,沤烂了,才能剥下皮),粉尘、毛屑满屋飞就不用说了。早晨起来,祖父圪蹴在门槛上,大口吸烟,大声咳嗽,很长时间。他的肺里积压了成吨成吨的尘埃,得靠烟刺激咳出来。他咳得很凶,震天动地,这咳声把这个在外面没有发言权、被村人遗忘的人还活着的消息带到村子的角角落落。有时候咳得喘不上气,"死"过去了,半天又缓醒过来。我不敢看这死去活来的咳嗽,它让我的心一阵阵抽紧、痉挛,但他咳完却有了精神,又回到屋里抓起麻坯。祖父明白:他只能干这种活儿了,如果放弃这个活儿,他就什么都不能干了。

那个说话呱呱呱像驴叫的王邪子,晚年给镇上一个公司看大门,天天端着一只大茶缸子,晃着肉乎乎的脑瓜儿在门口兜圈子,见了熟人就说很粗俗的笑话。祖父本也应该有这样一份清闲的,如果看大门,他会比王邪子做得好,他看过坡,眼尖得很,可是他哪里有这福气?近八十岁的人了,还得豁出一把老骨头,和命运进行决一雌雄的摔跤。

祖父一天能搓一斤经子,卖掉可挣三四毛钱。五天赶一个集,卖货进料,乐此不疲。赶集是乡村的节日,如果不是抢收抢种的农忙时节,平日,庄稼人这一天撂下手里的活,到集上遛一趟,买不买、卖不卖东西不是主要的,是来松松枷,解解闷,沉重的岁月需要撕开一道缝吹进一缕微风。乡间小路上,两两成对的,三五一伙的,有说有笑,慢慢悠悠,好好地享受享受这一份情趣。祖父赶集却都是"走单帮",匆匆赶路。他不嫌孤单,早年卖油路上还借一支小曲儿驱遣寂寞,现在连这小曲儿也不哼了,一路只有橐橐的脚步声跟随。村子和明家集之间,有一条废弃的河道,从河底穿过能省不少脚力,然而那几乎被踏平的河岸,祖父经过却犯了难。因为有一回叔叔犯病,横冲直撞,把上前牵制他的祖父推倒,从此祖父多了一根木头腿。上坡时手扶拐杖拖着身子走还好说,下坡,整个人的重量几乎都集中到拐杖上,稍不留神就会连人带背上的麻坯摔下去,滚成一团。但祖父咬着牙,颤颤巍巍,一次次把河岸踩在脚下!每次爬上岸,他驻足,大喘粗气,再挺挺椽杆一样瘦硬的身躯,迷惘的眼睛望向远处。老北风呼啸着,把他单薄的衣衫鼓成一片帆……

五

暴雨刚刚停歇,团团黑云扬着长鬃驰向天边,不远处,隆隆的"雷声"反而更响了——青龙山山洪狂泻,千军万马呼啸而来,杏花河暴涨,大水漫过了老石桥,站在这边的人满脸惶恐,等水位落下去。祖父等不迭,他折了一根树枝子探路,战战兢兢到对岸去,我紧紧扯着他的衣角。

这是我还能记得的为数不多的与祖父在一起的情景,小时候我曾跟着祖父到大东洼看庄稼。他爬上瞭望台，手搭凉棚四下张望，我在台子下追逐我的蝴蝶或者蚂蚱。他望了远处望近处，用目光逐一翻动排排绿浪，偷庄稼的小毛贼休想得逞，就是一只田鼠的跳跃也逃不过他的眼睛，唯独忘记了我的存在，好像我不是他的孙子。回家吃饭的时候，我却跑过来把小手塞进他铁钳似的手掌。

蹚水过桥的情形深深刻在我的心底，我常常想起，并浮想联翩：河道是水的命，河水跑不出堤岸；而如果漫溢出来，那会是多么壮观的景象。河水溢出堤岸对河来说是壮举还是悲哀？在梁邹平原上，更多的河流却是干瘦在河底，弥漫着死亡的气息，给人以伤感、绝望。还有一种情况，大河的上游波澜壮阔，下游水跑进了一条条斜出的沟渠，沟渠上也有些小花小草，但这里的风光可与大河两面的林木森森媲美吗？

祖父是一条河流，至少是一段河流，这段河流水面上不曾跳跃阳光的金斑，总蒙着一层尘土样的黯淡，它也没有欢快的哗哗波涛声，当然更缺少滔滔激浪。但是它的下面，却有一股暗流涌动。

在我记忆中，祖父不擅在人前讲话，没出过风头；他不爱凑热闹，从不往人堆里钻。以我的性格来推测祖父，他有内向的一面，但骨子里应该也是一个有血性、爱冲动、不甘平庸的人，到底是什么让他变得如此沉默，如此孤僻和古怪？村人在背地里嘲笑他"梦游"，我想祖父是知晓的，他完全可以站出来澄清，但他一直装聋作哑，一直背着这口黑锅默默地度日。可能在他看来，没有谁听一个沉在生活最底层的人的话，一张嘴怎么说得过十张嘴百张嘴？还不如不说。

小胡同很窄，高高的墙把阳光挡在外面，除了正午之外，街面差不多都是暗红色的。祖父的家在小胡同深处，小胡同是他走的最多的一条路。就是在小胡同里走路，祖父也总是闷声不响，对面来了人他看也不看，你不和他打招呼，他绝不先开腔。如果有后生恭敬地问他："大爷，你上坡回来了？"他也只是"哦"一声。

踽踽而来,踽踽而去,空空的小胡同把他沉闷的脚步声放大着。

"批林批孔"那年,村里住进了工作组,那位工作组组长长长的绒线围巾搭在胸前,大背头梳得锃亮,走路把手倒剪在身后,迈四方步。这位特有派的组长到了会场上更是与众不同,讲起话来口若悬河,震得村人一愣一愣的。人们都很崇拜他,都争相亲近他,路上见了他老远就嘘寒问暖。有一天,他在小胡同里遇到了我祖父,两双眼睛对视,他等着我祖父跟他说话,可我祖父竟没吭声;他很意外,再次把目光投过来,恰巧我祖父也抬头看他,然而我祖父仍然不语,倒是他憋不住,主动跟我祖父打了招呼——这件事被当作一个笑话在村里传了好久。

我觉得这是祖父生命中很精彩的一笔!原先我很同情祖父,以为他自卑,软弱,以为他缩在自己孤寂、昏黑的世界里,逃避一切,现在我愿意从另一个角度来理解祖父,他多么了不起!内心多么强大才能让他沉默不语,让他像老牛反刍一样,一下一下消化掉闷在心里的屈辱和愁苦,而把自己铸成一块铁!我对祖父刮目相看了,我觉得我无法和祖父相比,我没有了祖父高大结实的身板,没有了他黧黑粗糙的脸膛,没有了他的坚韧、苍劲、铮铮硬骨和无视俗世的孤傲。"高考"使我很偶然地走出小村来到城市——我命运的改变是个偶然,农家子弟考出来的有几人?作为一个整体的农家子弟无法改变命运,他们一代一代,后辈踩着前辈的脚印走——成了一个体面的城里人,但是我身上脱不尽的泥土气味与城市的气味还不相融,尴尬、困厄、压抑、孤独,仿佛我又还原为东屋里那个沉迷于幽暗的孩子。这是一些时候的我,另一个我,虽然还保留着祖父那独来独往的秉性(这方面我像极了祖父),然而更多的是,有一点压力就叫苦连天,受一点冤屈就哭诉不止,碰到一点磨难就唉声叹气;还有,我学会了点头哈腰,学会了讨好、奉迎、唱赞歌……

离那块肥沃而贫瘠的土地越来越远,离祖父越来越远,我已退化成一副卑怯、猥琐的模样,退化得一点不像我祖父了……

作家视野

一把椅子

◎ 祝勇

一

　　我从伍嘉恩《明式家具经眼录》中看到过一把黄花梨波浪纹围子玫瑰椅。这把玫瑰椅最引人注目之处,就是波浪纹式的纤细直枨,装入椅背框与扶手下的空间,仿佛流水的曲线,让人看到自然界的无声运动。建筑师赖特(Frank Lloyd Wright)把别墅造在匹兹堡郊区的瀑布之上,于是有了世界上著名的"流水别墅"(Fallingwater House),但这不算牛,中国人把流水造在家具里,那样不动声色,又天衣无缝,这等想象力、创造力,除了中国人有,天底下再也找不出来,而且这发明权,最晚也可以追溯到明代,因为有这把明代玫瑰椅做证。更重要的是,在当时,它并不是为博物馆打造的陈列品,而是作为一件普通家具,被置放在最日常的生活空间里。明崇祯十三年(公元一六四〇年)版寓五本《西厢记》第十三回"就欢"一折的彩色版画插图中,在崔莺莺与张生的幽会之所,绘着一张四柱床,床帷子采用的也是这样的波浪纹。假如我们把目光放大,我们发现这样的靠背纹线设计,在许多园林亭台的"美人靠"上亦可见到。

　　几百年前的一把木椅,让我们在客厅的穿堂风里,感受到江河流淌、山川悠远,甚至可以想到大河之洲,我们文明源头的关关雎鸠。一如我的朋友徐累,在俄罗斯,被彼得堡宫殿里的水波形帘幕所撩动,引发了他对十九世纪末浪漫主义的伤感回顾。我想这不是过度阐释,在那把木椅里,在榫卯构件的起承转合里，一定藏着中国人对宇宙秩序的浪漫构想，然后，用一种最简单、最自然、最漫不经心的方式呈现出来——典型的中国式表达。中国人素来含蓄，从不构造浩大繁密的哲学著作，洋洋洒洒、滴水不漏地论述自己的哲学体系，但中国人是有哲学的，只不过那哲学渗透在万事万物中，看似不经意地表达出来。所以中国没有柏拉图、黑格尔，但中国有孔子，有惠能，他们的思想，像雨像雾又像风，让我们去感受和领悟。就像这把椅子，出自明代一个名不见经传的工匠之手，但那层层推展、收放自如的水波，"以一种程式化的模式反复排列"，循环推进，演示的却是无止境的生命律动，一生二，二生三，三生万物。

在中国，我们几乎找不到一件孤立存在的事物，一切物质之间，都存在着隐秘的勾连，像家具的不同零件，构成一个庞大的系统，因此，在古代中国，在老子、庄子那里，就已经产生了"系统论"。每一件事物，包括这样一件普通的家具，既是这宇宙的一分子，也可以被视作宇宙本身。一花一世界，一鸟一天堂。一件家具，就是一个微缩的宇宙，或者说，是宇宙的模型。中国的木质家具，在五行中属木，却容纳了水（波浪纹设计），暗含着土（所有的木都是从土中生长的），包含着金（木质家具一般采用榫卯结构，不用钉子，但有些家具有金属饰件，镶金错银、华美灿烂），亦离不开火（漆、胶等全需火来熔炼），融汇着世界上最基本的元素。世界附着在上面，它就像一只木船，把我们托起来。坐在一把木椅上，就是坐在这世界的中央（尽管那不是一把龙椅），天地与我并立，而万物与我为一。可品茗、可读书、可闲聊、可打盹、可调情、可做梦、可发千古之幽思，唯独不能把世界从自己身上甩掉。三十功名尘与土，八千里路云和月，家事国事，风声雨声，都在这里，入耳入梦。尽管，那只是一把椅子。

二

　　玫瑰椅——这名字，自带几分香艳感。但我查了许多史料，也没查出这种椅子跟玫瑰有什么关系。王世襄先生在《明式家具研究》里说："'玫瑰'两字，可能写法有误。"还说，"《扬州画舫录》讲到'鬼子椅'，不知即此椅否？"但它体量小、造型窈窕婉约，尤其靠背较矮，不会高出窗台，便于靠窗陈设，有人认为它是女眷的内房家具，比如故宫藏的那把紫檀雕夔龙纹玫瑰椅，原本是摆放在西六宫之翊坤宫的西配殿——道德堂的。其实文人也用，南宋刘松年《十八学士图》里，就可以看见玫瑰椅。王世襄先生说："在明清画本中可以看到玫瑰椅往往放在桌案的两边，对面陈设；或不用桌案，双双并列；或不规则地斜对着；摆法灵活多变。"

　　唐宋以后的中国人，已不再像《女史箴图》里的美女那样席地而坐，而是坐在榻上、椅上（像五代绘画《韩熙载夜宴图》所描述的），家具的重心全部因此升高，建筑的举架也增高了，礼仪方面，拱手作揖（像《韩熙载夜宴图》里的"叉手礼"）取代了跪拜，椅子拉近了人的身体与案牍的距离，从而带来了书法的变化，使它的笔触更趋细致。

　　但这把黄花梨波浪纹围子玫瑰椅，意义还不止于此。它用一种空灵的造型，诠释了中国人对"空"的理解。而这种诠释，可能完全是无意识的，因为这样一种理念，已经融入中国人的血液，成为一种本能。在玫瑰椅的家族，也早已成为一种惯常的形式，就像故宫藏的那把紫檀雕夔龙纹玫瑰椅，紫檀木沉穆的黑色，凸显了它端庄静雅的气质，让人联想起后妃们的富丽典雅（王世襄先生说：玫瑰椅很少用紫檀，而"多以黄花梨制成，其次是鸡翅木和铁力"，更见此件的珍贵）。但我所关注的，却是它的靠背做成了一个空框，像一张屏幕，什么都没有，却什么都有了。空框四周雕刻的夔龙纹，把我们的心思牵向古远的青铜时代，但绵密繁复的图案，似乎就是为了反衬中间的"空"。在这里，"空"成了主角，而其他的构件、纹饰，一律都成了配角。还有一些玫瑰椅,形式更加简练,像《明式家具经眼录》中收录的那对黄花梨仿竹材玫瑰椅,那份空灵,已经直追用来沉思入定、参禅修炼的禅椅。它们以一种近乎极端的形式,表达了中国人关于"盈"与"空"、"有"与"无"的辩证哲学。

前几天刚刚写完一篇关于黄公望的散文,叫《空山》,里面讲到了"空"。"空"就是"无",但不是真正的"无",里面什么都有。老子说:"天下万物生于有,有生于无。"一切有形的事物,都在无形中孕育、发酵。这是中国人创造的一个独特的概念,是中华文明的神秘之处,依本人所见,那也是中国人艺术观念领先于西方之处。所以中国画讲究留白,不像西画,画得满满当当。西画画得再满,也是有边框的,边框意味着有限性;中国画却可以破解绘画的这种有限性,因为中国画有留白,留白是无、是想象、是所有未尽的可能性。所以,空山旷谷,在中国艺术中成为永恒主题,像王维,不只是唐代伟大的诗人,也是绘画史上伟大的画家、"文人画"的鼻祖,所以,他对"空"有着独到的表达:

人闲桂花落,夜静春山空。

月出惊山鸟,时鸣春涧中。

你看那空山,什么都没有,但又什么都有,生命的各种迹象、世界的各种可能性,都住在这份"空"里,潜滋暗长。这四句诗,二十个字,翻译给外国人并不难,但这"空"的意念,该怎么翻译呢?不懂"空",就不懂中国诗、中国画,甚至不懂一把中国的椅子。

有人会说,明式家具并不实用。家具,首先要考虑为人所用,实用功能永远放在第一。这固然不错,但我想说,在古代中国,身体从来都是听命于心的,而生活的品质,首先取决于内心的品质。所以,明式家具,诸如书案画案、琴桌酒桌,虽是生活的必需品,也是灵魂的道场——中国人的精神修炼,就在日常生活里进行。它们引导我们的精神向上,而不是让我们的屁股沉沦向下。风骨传典,风物流芳,明式家具,就这样,承载着落实于物质的文化观念与精神图腾。

三

在当下中国,许多土豪都喜欢在办公室墙上挂一幅书法,上书四个大字:厚德载物。

并不是所有人都知道,这四个字原本出自《周易》,意思大抵是:只有德行淳厚,才配得到物质的供养。在中国,物从来都是与德相对应、成因果。因此,物,不只是“物”本身,而是生命、是精神,有时,还是政治,比如皇帝坐在世界的中央,不是因为他有权,而是因为他有德。孔子说:“为政以德,譬如北辰居其所而众星拱之。”因为有德,他才有资格像北极星一样坐在这世界的中心(皇宫),让万众像众星一样紧密地围绕在他的周围。中国人讲“物理”,不同于西方人讲“物理”。西方人的“物理”,纯属客观世界的规律,声光电色的运行之理。中国人的“物理”,是指“万物的道理”,“格物”作为儒家思想的重要理念,就是要以天地万物的道理完善我们的精神。所以《大学》里说:“格物、致知、诚意、正心、修身、齐家、治国、平天下。”儒家知识分子的这一系列必修课,物是最初的也是最根本的出发点,是一切思想和行为的源头。

很多年前,在春风沉醉的晚上,在故宫研究院满目花开的小院儿里,坐在办公室一把老旧的明式椅上,听郑珉中先生不紧不慢地讲琴之九德,谓:奇、古、透、静、润、圆、清、匀、芳,面目慈祥而陶然。那时,这位故宫古琴专家已年逾九旬,历经荣辱,人却变得格外温暖和透明。将近一个世纪的沧桑风雨,居住在他的心里,通过他的古琴流泻出来,宠辱不惊。与他面容的苍老相反,他拨动琴弦的手指,暗含着岁月赋予的灵巧与力道;他内心坚守的品德,亦像一件明式家具,越擦越亮,永不蒙尘。

一件家具、一张好琴,都自有它的品德所在,品德不佳之人,想必是摆弄不了。王世襄先生谈明式家具,谈到家具有"十六品",即:简练、淳朴、厚拙、凝重、雄伟、圆浑、沉穆、秾华、文绮、妍秀、劲挺、柔婉、空灵、玲珑、典型、清新。人与之相配,才称得上完美。不配,人就显得尴尬,反正家具不会尴尬。明代文震亨在《长物志》序里所说:"几榻有度,器具有式,位置有定,贵其精而便,简而裁,巧而自然也。"那格调,让炫奇斗富者一下子就可能漏了底,像文震亨所说的那样:"近来富贵家儿与一二庸奴钝汉,沾沾以好事自命,每经赏鉴,出口便俗,入手便粗,纵极其摩挲护持之情状,其污辱弥甚。"明式家具是中国人的雕塑,简洁空灵、亭亭玉立、举重若轻,凝聚着中国人对世界的完美想象,在人生哲学、视觉艺术与日常起居之间达成一种高度的统一。

四

明式家具鲜明的造型感,得自唐宋以来中国绘画的线条训练与积累。曹衣出水,吴带当风。终有一天,那精致、流畅、唯美的线条,超出了纸页的范围,落在了木材上。对大树进行剪裁,每一笔,都精准得当,无可挑剔,就像宋玉眼里的邻家少女,增一分则肥,减一分则瘦。有太多的文人,把自己的理想、意念融入设计中,却从来不留设计者的名姓(中国的建筑、服饰等亦是如此)。因此,与中国书画不同,中国的明式家具是由无数文人、工匠共同缔造的,在现实中不断地修改和调试,因此才能在最广阔的生活里降落。中国人自古有对物的崇拜,但对物的崇拜里,包含着对自己的崇拜。

从大树到家具,从山石到园林,这个世界的物质属性没有变化——中国人没有去改变这世界的分子结构,只是改变了它们的形状和位置,把森林、石头,甚至河流,安放在生活的周围,甚至安放在一把椅子上(有些椅子以大理石等石板做面心)。因此这变化是"物理"的(同时合乎东西方对"物理"的定义),而不是"化学"的。将一把椅子放大,就是一座园林;再放大,就是整个世界——因为它们完全是同构关系。坐在这样的椅子上,就可以与世界相通,世界也可以浓缩成自我,温暖的木、坚硬的石、柔媚的水,就此成为身体的一部分。

因此,一把椅子,不只是一个坐具,也是我们与世界联系的一个楔子、一个接口。我们人类的交流、学习、冥想,在许多时刻离不开一把椅子。把椅子抽走,大多数人会手足无措,我们的身体,也将因此而失去一个可靠的支点。

父亲的白衬衫

◎ 梁鸿

毋庸讳言,写这本书,是因为我的父亲。

在父亲生命后期,我和他才有机会较长时间亲密相处。因为写梁庄,他陪着我,拜访梁庄的每一户人家,又沿着梁庄人打工的足迹,去往二十几个城市,行走于中国最偏僻、最荒凉的土地上。没有任何夸张地说,没有父亲,就没有《中国在梁庄》和《出梁庄记》这两本书。对于我而言,因为父亲,梁庄才得以如此鲜活而广阔地存在。

那是我们的甜蜜时光。但是,我想,我并不真的了解他,虽然父亲特别擅长于叙说,在写梁庄时,我也曾把他作为其中一个人物而做了详细访谈。他身上表现出来的东西太过庞杂,我无法完全明白。

父亲一直是我的疑问。而所有疑问中最大的疑问就是他的白衬衫。

那时候,吴镇通往梁庄的老公路还丰满平整,两旁是挺拔粗大的白杨树,父亲正从吴镇往家赶,我要去镇上上学,我们就在这路上相遇了。他朝我笑着,惊喜地说,咦,长这么大啦。在遮天蔽日的绿荫下,父亲的白衬衫干净体面,柔软妥帖,闪闪发光。我被那光闪得睁不开眼。其实,我是被泪水模糊了双眼。在我心中,父亲和别人太不一样,我既因此崇拜他,又因此充满痛苦。

他的白衬衫从哪儿来?我记得那个时候我们全家连基本的食物都难以保证,那青色的深口面缸总是张着空荡荡的大嘴,等待有人往里面充实内容。父亲是怎么竭力省出一点钱来,去买这样一件颇为昂贵的不实用的奢侈品？他怎么能长年保持白衬衫一尘不染？他是一个农民，他要锄地撒种拔草翻秧，要搬砖扛泥打麦，哪一样植物的汁液都是吸附高手，一旦沾到衣服上，很难洗掉，哪一种劳作都要出汗，都会使白衬衫变黄。他的白衬衫洁净整齐。梁庄的路是泥泞的，梁庄的房屋是泥瓦房，梁庄的风黄沙漫天。他的白衬衫散发着耀眼的光。他带着这道光走过去，不知道遭受了多少嘲笑和鄙夷。

在讲述当年被批斗的细节时，父亲说，"白衬衫上都沾满了血"，在他心中，"白衬衫沾满了血"是一件非常严重的事情，严重到过了几十年之后，在随意的聊天中，他还是很愤怒。对他来讲，那件白衬衫到底意味着什么？尊严，底线，反抗，或者，仅仅只是可笑的虚荣？

为了破解这件闪光的白衬衫，我花了将近两年时间，一点点拼凑已成碎片的过去，进入并不遥远却已然被遗忘的时代，寻找他及他那一代人所留下的蛛丝马迹。

我赋予他一个名字，梁光正，给他四个子女，冬雪勇智冬竹冬玉，我重新塑造梁庄，一个广义的村庄。我和他一起下地干活，种麦冬种豆角种油菜，一起逃跑挨打做小偷，一起寻亲报恩找故人。我揣摩他的心理。我想看他如何在荒凉中厮杀出热闹，在颠倒中高举长矛坚持他的道理，看他如何在无限低的生活中，努力抓获他终生渴望的情感。

时间永无尽头，人生的分叉远超出想象。你抽出一个线头，无数个线头纷至沓来，然后，整个世界被团在了一起，不分彼此。也是在不断往返于历史与现实的过程中，我才意识到，一个家庭的破产并不只是一家人的悲剧，一个人的倔强远非只是个人事件，它们所荡起的涟漪，所经过的、到达的地点，所产生的后遗症远远大于我们所能看到的。唯有不断往更深和更远处看，才能看到一点点真相。

小说之事，远非编织故事那么简单。它是与风车作战，在虚拟之中，把散落在野风、街市、坟头或大河之中的人生碎片重新勾连起来，让它们拥有逻辑,并产生新的意义。

然而,梁光正是谁?即使在写了十几万字之后,我还没有完全了解他,甚至,可以说,是更加迷惑了。我只知道,他是我们的父辈。他们的经历也许我们未曾经历,但他们走过的路,做过的事,他们所遭受的痛苦,所昭示的人性,却值得我们思量再三。

这本书,唯有这件白衬衫是纯粹真实、未经虚构的。但是,你也可以说,所有的事情、人和书中出现的物品,又都是真实的。因为那些不可告人的秘密,相互的争吵索取,人性的光辉和晦暗,都由它而衍生出来。它们的真实感都附着在它身上。

我想念父亲。

我想念书中那个十六岁的少年。他正在努力攀爬麦地里的一棵老柳树,那棵老柳树枝叶繁茂,孤独傲立于原野之中。他看着东西南北、无边无际的麦田,大声喊着,麦女儿,麦女儿,我是梁光正,梁庄来的。没有人回应他。但我相信,藏身于麦地的麦女儿肯定看到他了,看到了那个英俊聪明的少年——她未来将要相伴一生的丈夫。

那一刻,金黄的麦浪起伏飘摇,饱满的麦穗锋芒朝天,馨香的气息溢满整个原野。丰收的一年就要到来,梁光正的幸福生活即将开始。

那味却在灯火阑珊处

◎ 丁帆

真正的厨艺高手或恐就在民间,尽管他们烧的是普通的家常菜,但稍有名气者,都是有着一两道拿手的看家菜,或是家传的,或是自创的,或是摸索的,总之,其独门绝活往往让人倾倒,一菜定乾坤,让你没齿难忘。

看着大宾馆、大饭店的总厨在后场操作间里背着手,踱着四方步,来回逡巡于配菜工、切菜工和掌勺厨师之间,偶尔甩出一句不轻不重的话,纠正操作中的偏差。这似乎就是在看工厂制作一件件没有生命产品的表演,便就慨叹天下的美食在工业化的流水线上销蚀了它的差异性和独特性,把一个个有着鲜活生命力的美食艺术作品被一次性地"后现代"拷贝了。孰料,每一道美食的制作也与手工制作的艺术品一样,是无法复制的,即便是同一个人制作同一道菜肴,因着食材、火候、作料等诸多因素的变化,都是会有差异性的,而这种差异性则就是美味赖以生存的空间,这也就是我们在吃了许许多多美食以后,还会去寻觅捕捉曾经消逝的美味的原因,因为味蕾是有记忆的,寻它千百度,那味却在灯火阑珊处。如今,你去大宾馆、大饭店里用餐,吃着标准化的产品,那吃的是排场,吃的是服务,少的是野趣,缺的是独味。难怪人们到乡间去寻找"土菜",为的就是摆脱工业化美食的千篇一律,而满足口舌上那点独特的味觉乐趣。由此而想起了"民以食为天"的人本思想中最具核心元素的一句谚语:食在民间!

缘此而推想,再好的厨师一旦被工业化生产圈养,就没有了创新能力;一旦被达官贵人或楼堂馆所豢养,他的艺术生命力就终止了。只有游走在民间,了解千千万万民间食客的味蕾情趣,采集各路美食英豪之长,补己之短,才能在不断创造中永葆勺下春秋。

小时候人们把"上馆子"作为最奢侈美食消费,那个年代进饭店被视为一种并不光彩的资产阶级生活方式,总是偷偷摸摸的。我考察过南京方言中有"上馆子"和"下馆子"两种不同的叫法,便猜度,大约民国时期会叫"下馆子",以示富有,炫耀阔绰;而到了共和国时期,改称"上馆子",便有了一种鄙视与嘲讽了,其中就带有了一种阶级划分的意识,因为资产阶级生活方式是带有原罪的。殊不知,资产阶级爱美食,无产阶级同样也爱美食,这是人类的共性,只不过富有富的食法,穷有穷的吃法而已。吃惯了家常便饭,偶尔去下一回馆子,你就会被那重油烹饪的菜肴所诱惑,长叹一声:还是馆子里的菜好吃啊!反之,让你经常出没于楼堂馆所,顿顿山珍海味,用不了一个星期,你就会慨叹:还是家常便饭吃得舒服!多想就着咸菜喝一碗白粥呀。所以,美食客观上来说是由味蕾来鉴别优劣的,但因时空的转移,以及生存的境遇的变化,美食又是由大脑的主观判断来决定的。这就是小时候听刘宝瑞单口相声《珍珠翡翠白玉汤》时的深切体会,那个还没有当上皇帝老儿的朱元璋在一次几乎要饿毙街头时,一个要饭花子喂了他一碗烂菜叶与残汤剩饭烀就的菜粥,于是在他的味蕾记忆里,就认定这是天下最好的美食了,因为这碗粥没有让他成为饿殍,而最终成了洪武皇帝。这便是美食的辩证法。

从小最喜欢的是母亲带我们去新街口木料市的姨娘家走亲戚,因为姨娘做得一手好菜,其中最最诱人的就是她的拿手菜炸虾饼了,往往是所有的菜都做好了,大家都围上了桌,她才开始炸虾饼,一盘金黄且带着点点暗红色的虾饼上桌,一下就被风卷残云了,虾饼的香味留在我的口舌之中几十年挥之不去。于是每每到大饭店的菜谱里去寻觅炸虾饼这道菜,真的是踏破铁鞋无觅处,我就一直弄不清这其中的缘由何在。后来,我请教过烹饪系的老师,他们说,其实淮扬菜谱中是有这道菜的,但是做起来太麻烦,一般菜馆是不愿意费这事的。我这才恍然大悟,怪不得姨娘为了准备这道菜要花很长时间呢,从一大早到菜场去选料,购买那种便宜经济实惠的小白米虾,再到把一个个米虾挤成一碗虾仁,这须得多少工夫?姨娘硬是用她的双手完成了这指尖上的细活。之后,她还得进行多道工艺流程。上浆:用淀粉、鸡蛋、盐等与虾仁一起调拌,使原料外层裹上一层薄薄浆液;上劲:将虾仁加精盐、水、淀粉及其他辅料后反复搅拌,使之达到色泽发亮、肉质细嫩、入油不散状态。炸时一定得用温油,俗称三至四成,温度一般在七十摄氏度至一百摄氏度。这样才能保持肉质的细嫩,材质的原味不被破坏,外表不煳不焦,内里口感鲜美。

其实这道菜的成本很低,全凭功夫活,但是做出来的口味却是天下美食的绝唱,这就是家常菜与馆子菜的根本区别,前者讲究的是在节俭当中追求食物的最佳效果,后者却是不计成本地褫夺食材的鲜美,只要达到口感的最佳效果即可,而费事费时的功夫活是不屑一顾的。因此,许许多多诸如炸虾饼之类的美食,便消逝在大菜馆的菜谱上,而深藏在寻常巷陌之中。

我插队的苏北宝应县城里有一道闻名遐迩的美食:捶藕。那是须得几十道工序才能完成的菜肴,至今早已匿迹了。前几年在南京马台街看到了一家名为"宝应菜馆"的饭店,进去一看,果然有捶藕这道名菜,可是吃起来却远没有当年的那种味道了,我反复猜度,是原料的问题呢,还是我的味蕾记忆出了问题呢?最终的判断就是:还是操作上出了问题!肯定是在几十道工序之中省略了许多他们认为并不重要的程序,让其速成化了,可见工业化的烹饪一旦取代手工操作的烹调技艺,许多传统菜肴必然会束之高阁,这是烹饪的幸还是不幸呢?

几乎每一个苏州菜馆里都有一道当地并不昂贵的名菜,那就是每餐必点的松子虾仁,小时候只记得苏州人爱吃甜品,各种各样的糖果中,记忆最深的就是松子粽子糖,甜为上,苏州卤干、红烧肉……一切带红汤的菜肴面点都是甜的,甚至连烧青菜里都搁一点糖,但是人们忽略了苏州人味蕾记忆中的一个细节,那就是对松子味道的青睐。我发现苏州菜肴中,尤其是冷盘中,都会撒上一些松子点缀,我以为这是厨师为了调食客的口味而精心设计的前戏,但是在一道地方名菜中用松子做辅料者,在其他城市的菜谱里是罕见的,但是,这有没有道理呢?显然,松子的味道会盖掉虾仁的原汁原味,然而,松子与虾仁一起咀嚼后,在齿间留下的那种特殊的味道,却让你难以忘怀。

苏州人做菜的绝活往往是与地域文化紧密相连的,难怪苏州人金圣叹的评点名著的路数也与众不同,就连被砍头时留下的遗言都是殊异的才气,"字付大儿看:盐菜与黄豆同吃,大有胡桃滋味。此法一传,吾无遗恨矣。"能够从咸菜黄豆里面吃出胡桃味的食客天下无双,也只有这样的文人才配称作美食家,因为我以为味蕾的记忆毕竟是要受着思想文化制约的,文化层次越高就越具备品鉴美食的独特口舌与感受。松子也好,胡桃也罢,足见地方美食特征是受制于文化熏陶的真谛。不过,吃惯了苏州菜馆里千篇一律的松子虾仁后,你偶尔去苏州乡下的农家菜馆里吃一顿炒虾仁,那种原汁原味的太湖小白虾挤出来的清炒虾仁,抑或比苏州城里更有文化含量的松子虾仁还要有味,浓郁是美味,原汁也是至上的美味,从中我才领悟到日本人在生冷菜肴中寻觅原始美味的道理来。美味只有在两者互相调剂当中,你才能在口味的不断转换与比较中获得最大的美食享受,这就是美食中"灵与肉"的辩证法:其"灵"为文化层次的愉悦,其"肉"乃口舌之快感也。

豆腐是中国家常菜中永远少不了的食材,这个菜的做法是在不断创新中获得永生的,一生当中吃过无数次豆腐,也见识过许许多多豆腐的配置与烧制方法,到头来给我味蕾留下最深刻记忆的就是两次豆腐的吃史,那都是插队苦难岁月里的美食回忆。一次是我在给邻村生产队开手扶拖拉机打场,派饭在人家时,那位大妈做出了三五个菜,其中印象最深刻的是油渣烧豆腐。当然,当时的豆腐食材原料绝对是上好的大豆做成的,绝无半点掺假,即便是豆渣做成的豆腐,也是一眼就可识破的。可惜没有见到主人操作的过程,所以当豆腐端上来的时候,看着那似无勾芡却又似挂糊的半固体状的普通豆腐羹,用调羹舀(之所以舀,就是因为豆腐比较嫩,筷子揿不起来)了一勺,霎时,热腾腾软滑的豆腐味与尚有咬劲的板油渣的肉香味扑面而来,一口抿入口中,豆腐味和油渣味浑然一体,素的清香,荤的浓香,软的滑溜,硬的耐嚼,顿时在你的口舌之间形成了一股沁人心脾的巨大美味冲击力,让你在人生的艰难困苦中感受到美食的欢愉。

还有一次是我即将离开插队之地,公社供销社的两位主任给我饯行时的那顿酒席上的蟹肉豆腐羹,那是请来了全公社最著名的民间厨子,当一大盆蟹肉豆腐羹端上来时,用调羹一挖,一口下去,便欲仙欲死了。在这以后,我在各大菜馆的酒宴上吃过无数次的"蟹粉豆腐",就是吃不到昔日的味道了。思量再三,我以为它的妙处有三:食材的原料新鲜环保;用料不惜工本;制作工艺原始且无任何添加剂。这第一点自不必多说,如今的大饭店都不一定能够达标;第二点倒是关键,厨子的用料是豆腐六,蟹肉蟹黄四,这样的配比是以牟利为终极目的饭店老板和大厨们不愿意做的。我之所以将它命名为"蟹肉豆腐",就是区别于"蟹粉豆腐",后者只是将少许所谓蟹黄作为调料而已,连辅料都说不上,美其名曰君子吃的就是一个味道,以此来掩饰牟取高额盈利之目的。第三点就是除了生态的调料外,如葱姜酒、味精之类的提鲜调味品一律不用,采用的是高汤提鲜。吃这样的蟹肉豆腐羹让你尝到了那种大快朵颐、享尽人间美味的痛快!绝无浅尝辄止的遗憾,一口一口地挖着豆腐羹,忘了举杯,忘了谦让,甚至进入了旁若无人之境,你沉浸在美味的海洋之中,真怕停箸会打断美味之梦,让齿间奏响的美食交响乐永不断续,才是冥冥无意识中的行状,虽丑陋,但真性情。我常想,那个当地的厨子有无将自己的绝活传给下一代呢,若是他赶上改革开放的年代,到大城市里来开一爿小饭店,能否招徕食客呢,这个时代会容得下民间高手的厨子吗？

那么在农村最底层的社会里，有没有美食可言呢，答案显然是肯定的。"文革"期间，苏北农村还没有从"三年自然灾害"的饥饿中苏醒过来，但是穷也有穷的美食法。那时只有两种情况下才能有肉吃，一种是逢年过节大家共同出钱杀一头猪，按钱分肉；另一种是生产队里谁家病死了瘟猪，每家出一名壮劳力"打平伙"（意为秋后算账时每家拨付一些工分给遭灾家庭，以弥补损失）。一年能够吃上两顿肉，那就是共产主义的生活了，那些超支户家庭吃不上猪肉，就会赊一些猪下水给孩子们打牙祭。有一年过年我没有回南京，眼见着我房前邻居赊了一挂猪肚肺，让婆娘在河码头上打挡，那清洗猪肺的工序还相当复杂呢，又是吹，又是拍，又是打，又是漂血水，又是稻糠搓，整整弄了两个小时。大年初一中午，邻居给我端来一碗奶白色的肚肺汤，上面漂着些许蒜花，甚是诱人，他一再强调说，他让老婆在猪肺里灌了三个鸡蛋的蛋清呢（那时一个鸡蛋卖给代销店五至七分钱，一切家用就靠两只母鸡的屁股），我连忙从锅里盛上一碗自己烧制的红烧肉还之。说实话，十七八岁的我在城里只吃过猪肚，尤其喜欢卤菜店的酱猪肚，还真的从来没有吃过猪肺，只听别人说这东西难吃，嚼在嘴里像烂棉花一样，于是便搛了一块肺，一尝，并没有别人所说的烂棉花口感，倒是那肺片显得很脆嫩，一咬就断，肚片自不必说了，汤也浓郁，咸淡适中，可吃出胡椒粉的味道来，这在那个时代的苏北农村是罕见的调料了。总之，那一年大年初一的午饭让我的味蕾牢牢地记住了肚肺汤的美味。可当我回城后吃过无数次的肚肺汤，那猪肺的口感真的就是烂棉花的嚼头了，那汤再也不是奶白色的了。我不知道那个邻居的婆娘是如何烧制的，居然能够在缺盐少油境遇下，把一锅肚肺汤烧得如此鲜美惊艳。

的确，在大城市中的食客（如今自嘲为"吃货"）们往往是在民间厨子中寻觅"野食"，因为他们知道只有"野味"才是追求味蕾最高美味的途径，所谓到乡间去，到城市里的寻常巷陌中去搜寻"土菜"，也就是这个道理。

在淮扬菜之中,狮子头是看家菜之一,江南一带各大菜馆都会有这道菜,每每去扬州吃"三头宴"(狮子头、大鱼头、烂猪头),其中的狮子头远没有传说中的那么好,真正能够将狮子头做到极致者甚少,因为一般厨师是没有这个耐心去烹制的。大约在世纪之交前后,在省作协的旧址颐和路口开了一家门面不大的饭店,菜肴平平,只有一道菜拿魂,那就是清水狮子头,其口感嫩如豆腐,其味道美若仙品。殊不知,这道菜靠的全是刀工、调料和火工的功夫,且不说肉糜的斩法一定要按规矩来,瘦肉斩细,肥肉切丁,配比肥略多瘦略少;一应调料自不必多说,只是蛋清一定不可少,用它来给肉糜上劲(上劲搅拌时一定须得顺时针旋转),使其起锅时不散;更讲究的就是火工,拳头大的肉圆汆在七十摄氏度水温的钢筋锅中,用豆油灯火维持这一温度,一直须得"养"上二十四个小时才行。肉圆出锅时当然是用漏勺轻轻舀,慢慢移入盘中,当然须得用秧草或鸡毛菜之类的青色蔬菜衬底,那肉圆是筷子搛不起来的,只有用调羹去挖,一勺入口,抿在齿舌间,滑爽中既有瘦肉的清香,又有些许肥肉嫩爽的劲道,这才让人知道什么是真正的扬州狮子头。那时去作协开会,都会用饭盒带几只回家让大家品尝,可惜那家饭店没有几年就关门了。后来食客们又赞赏晶丽饭店的那只"千斤顶"(大如铅球的红烧狮子头),果然要比一般饭店的狮子头要好吃,挺入味的,却总是能够吃出里面掺杂的淀粉类的辅料味,口感当然就远不及纯肉制作的正宗狮子头了。

饭馆里的厨师一般都是经过正统训练出来的,其刀工、配菜、火候、作料等环节的把控,都是见真功夫的。中国烹饪也是十分讲究色、香、味、形手法的,但是有没有那种对此不甚考究的调鼎手,也能做出上好的菜肴来呢?答案也是肯定的,即便是极少有的范例,民间的独门绝技还是有的。当年我在扬州供职时,单位食堂有个大师傅,平时就是炒炒大锅菜,烀猪食般的菜常常受到大家诟病,但是每年全校教职工聚餐时,他都要献上一道家传秘籍的拿手菜——蒜泥肉。这道菜看起来十分简单,选择猪槽头下方、前颊上方的所谓一号肉,绝大多数都是带筋夹肥的瘦肉。白汤煨到酥烂,用捣碎的蒜泥搅拌即可,似乎看不出有其他作料的配方菜,但夏天吃起来却是十分的爽口,入口烂而不泥,肉质有弹性,吃透蒜泥的肉味发出的是一股特有的余香,让人在大快朵颐中赞不绝口。这也是下酒的好菜,我曾经自己做过几回,却难以达到那种特有味道的境界,足见美食也是有家传秘方的。

在淮扬菜系中,炒软兜是一道厨师考级必选科目,选料一定是需要黄鳝脊背肉做主料的,且用教科书上面的规定,是不允许添加任何辅料的,这道菜主要考验的是厨师掌握口味的本领,关键是炒制时作料的配置和口味咸淡的把控,其中最后三个环节缺一不可,那就是起锅前先入蒜泥(捣碎了的蒜瓣更佳),再撒黑胡椒粉,搅拌均匀,最后浇上明油,才算大功告成。但是,并不是按照此法烧制才是最好吃的,我在乡下插队时,曾经吃过生产队妇女队长在大忙季节为辛苦加夜班的人烹调的韭菜炒长鱼,用当地农民一句生动的词语来说,那个菜直往肚子里爬!当然,那时的选料也都是一线的绿色品牌:家里菜园子里割下的头刀红根小韭菜,新榨的菜籽油,田里现捉的长鱼,长鱼的用料不单单是取脊背肉,肚皮上的那一条黄黄的长条肉同样是归为主料。当一大碗韭少肉多的炒长鱼端上桌子时,那种美味赛过了我以后几十年吃过的正宗炒鳝糊和炒软兜。因为人们的传统美食习惯都是认为脊背肉厚,吃起来过瘾,但是我觉得那黄澄澄的肚皮肉更富有弹性,口感更胜于脊背肉。至于土法炒出来的菜肴,因为工艺流程不一样所造成的口味的差异性,却正是食客们追求异类"野趣"的美味所在。

追求民间美味的殊异,当然是因各人的美食审美标准而定,比如说煮干丝这一道家常菜,用扬州菜的考核标准来说,如果一块干子劈不了十八片,切不成可以从钩被针穿过的细丝,就不能及格。我就觉得这是教条,未必就好。小时候在南京永和园吃汤包时,前菜就有一道茶点煮干丝,那干丝切得的确比扬州的干丝粗了许多,但很入味,看到自称是扬州人的朱自清在散文中也对此道菜印象颇深,就联想到从小在亲戚家里听那个表舅绘声绘色地讲解他煮干丝的秘诀:那端上来的鸡汤煮干丝,干丝也是挺粗的,但是揫在筷子上茸抖抖的,一口吃下去,口感极好,在充满着弹性的咀嚼中充分吸收了鸡汤的美味,那有咬劲的干丝才吃得过瘾,劲道十足。它去掉的是那种就着清茶缓缓啜食品评的慢节奏方式,却让你在尽情的享受中获得即时性的快感。

当然,也并不是所有的菜肴都不需要刀工支持的,如果能够让你在一道最最普通家常的小菜中获得那种高堂大宴中寻找不到的美味感受,那也算是一种绝技了。在我吃过的雪菜肉丝之中,让我终生难忘的是,一位家庭男夫完全是用刀工征服了食客,他切肉丝,无论肥瘦都切成了细如麻线的丝状,切成的雪菜也都是不足一厘米的极细末状,加上各种调料烹制,重油、加糖、加少许水,那出锅的雪菜肉丝绝对可以与精美的大菜媲美,让你多吃几碗饭,亦是佐酒的好菜哩。

人对美食的追求是无止境的,就像最爱吃的大诗人袁枚,我以为他在吃上下的功夫要比在诗文上下的功夫更深,他的《随园食单》在南京流传得远比他的诗歌强,想当年,他不仅请了家厨王小余,还处处上门请教做菜好的“野厨”,女厨娘便用轿子抬进门来请教,显然,一个真正的食客是懂得要在民间寻访厨艺高手的。据传,当他偶然吃到一道芙蓉花烹制的豆腐时,便四处寻访厨者,终于找到了那个赋闲在家的小官吏,为讨教手艺,他不齿为其三折腰。殊不知,只有多一些这种食客的美味追求,民间的独门绝技才不会失传。

其实,袁枚之所以请王小余来做家厨,并在他死后写了《厨者王小余传》,除了因为袁枚酷爱美食外,更重要的是,天下食者千千万,“知己难,知味更难”。真正懂得美味者寡,而能够把美味上升到美学层面者更寡。

去年十一月三十日新湘菜大师彭长贵逝世,这个曾经做过蒋家两代统治者家厨的人，他所创新的"左宗棠鸡"，不仅受到诸如蒋经国、贝聿铭和基辛格这些大佬的追捧，而且，从中国台湾红到美国，又从美国红遍中国大陆。这个十二岁就学厨，最后终老故里的大师，尽管是"天下第一厨师"曹荩臣的徒弟，但是，他如果一直被圈养在高楼深院里做家厨，看不见、听不到天下广大美食者的审美需求，他又何能做出创新菜来呢。所以，食在民间，高手在民间，就是这个道理，而大师不了解民间美食的时代发展，从中汲取民间美食的种种营养，有所参照，有所借鉴，那么，再好的厨师，也就永远死在你的那几个一成不变的"看家菜"上，因为味蕾是有记忆的，但它也是需要有所附丽的。

寻觅民间厨艺高手，寻找民间绝妙美味，发现他们，弘扬它们，应该是每一个厨者和食客义不容辞的义务和责任，尽管寻她千百度，也许"那味却在灯火阑珊处"！

在天堂喝下时间

◎ 毕淑敏

　　初到南极，你以为冰只有一种颜色，那就是纯白。看得多了，才发现南极冰的奥妙。冰川渗出幽蓝，如梦如幻。

　　那些刚刚从冰川口的"冰舌"上分裂下来的"新生冰山"，是凶猛的冰山婴童。它们重心不稳定，容易发生翻滚和倒塌。我们到南极时正值夏季，冰山消融变酥，塌落崩裂，轰然作响，掀起巨大涌浪。远眺之下，胆战心惊。

　　"金字塔"形的尖顶冰山，水下体积庞然。登陆艇无声滑过，冰山潜藏水底的部分历历在目。它们并不隐藏自己的狰狞，如无大风，它们也不会主动出击，只是寂静地守候在那里。你若远离，便也相安。

　　依我目测的结果，水面上的冰和水下冰的体积比例，有很大不同，有的是三五倍，有的几乎相当于十倍。

　　天堂湾是三面为巨型冰山环伺的海湾，冰山像巨型蓝宝，折射七彩阳光，深邃神秘。

　　南极的冰，为何有如此妖娆的湛蓝？

　　尽管我年轻时戍边，守卫过号称世界第三极的青藏高原。那里的冰雪和南极比，从体量上说，实为小巫。在中国南部城市中长大的孩子，常常以为冰箱里冻着的规整块状物，加上冰激凌冰棍儿，就是冰了。人造冰场的平滑冰面，便是冰的极致。以为白色和半透明，就是冰的全部真实和本质。到了极地，你才豁然醒悟，冰是一种多么伟大而凶猛的存在！它们或是无边海水凝冻而成，或是从南极冰山崩裂而下，身世显赫规模宏大，傲然不可一世。

冰变成深蓝色,需要四千年。变成近乎墨色,则至少需要一万年。关于冰山的水下水上体积比例,有说九倍,有说八倍,还有说三倍的。海明威著名的冰山原理,指导着他的创作方法和艺术风格。大文豪认为:一部作品好比"一座冰山",露出水面的是八分之一,剩下的八分之七则在水面之下。作为写作者,你只需表现"水面上"的那部分就足够了,剩下的八分之七,让读者自己去想象吧。

我向随船的极地专家,请教冰山理论。他说,那要看冰的籍贯和历史了。

我乐了,说冰还有出身论啊。

极地专家说,是的。最古老的形成于陆上的冰体,曾被剧烈压缩过,它们中间所含的空气很少,黑冰就属这类。它们一旦落入水中,大部分都会沉没,甚至有百分之九十潜藏水中。那些年轻的海水中冻结出的海冰,质地比较疏松,所含空气较多,甚至只有二分之一沉在水中。于是这个比喻各执一词,从十分之一到二分之一都是正确的。

我说,明白啦!海明威取了折中之法。

专家继续道,冰对南极极为重要,如果没有浮冰,南极就不会有冰藻、浮游生物,磷虾将无从觅食灭绝,企鹅也随之将陷入灭顶之灾,南极的整个生物链随之崩解。

他有些忧郁地补充道,现在,世界上很多淡水资源缺乏的国家,已经在琢磨如何把南极冰山拖回自家了。在可以想见的不远的未来,人们瓜分南极冰山的企图可能会变为现实。

骇然!南极冰啊,你可会有背井离乡被人拐走的那一天?

橡皮艇在天堂湾漫无目的地游荡。专家手指不远处道,布朗断崖属于南极大陆延伸出来的一部分。他又指指另一侧,说,从理论上讲,我们从那里一直向南走,突破无数冰山,便可直抵南极点。

我半仰头,极目眺望。南极冰山已修炼成自然界中最纯净的固体,浩瀚巍峨,昂然高耸至天之尽头,无际无涯。极远方连绵不断的冰山,给人无以言说的震慑感。冰山,统一单调,除了令人窒息的惨白色,没有一丝色彩装点其上。它严酷壮烈,无声地烈焰般喷射着拒人千万里的森冷。它屹立在寻常人等所有的想象之外,以顶天立地的旷世遗存,统摄我们卑微的灵魂。

执掌冲锋舟的探险队员,专门把船停到了一丛浮冰当中,我们如踏入水晶宫殿的围墙。我摘下手套,用手指尖轻触了一下冰川尖锐的棱角,立时冰得痛彻心扉。

专家说,请大家放下手机和相机,谁都不要说话,闭上眼睛,静静地,静静地,倾听南极的声音。

我先是听到了呼吸声,自己的,别人的。然后听到了心跳声,自己的。在熟悉了这两种属于人类的声音并把它们暂且放到一边之后,我听到了南极独有的声响。洋面之下,目光看不见的地方,有企鹅滑动水波的流畅浊音。洋流觥筹交错,在相互摩擦时发生水乳交融般的滑腻声。突然,我听到一声极短促极细微的尖细呢喃声。

我以为是错觉。万籁俱静易让人产生幻听。无意中睁开眼,看到极地专家。他好像知我疑问,肯定地点点头,以证明在此刻,确有极微弱的颤音依稀发生。

冲锋艇此刻正位于布朗断崖之下。它高达七百四十五米,陡直壁立,几乎可说直上直下。濒临天堂湾这一侧岩石,有锈黄色和碧绿色的淋漓之痕,在黝黑底色映衬下,甚为夺目。无数海鸟在岩峰盘旋飞舞。

什么声音?我忍不住轻声问,怕它稍纵即逝,我将永无答案。

是刚刚孵化出来的蓝眼鸬鹚宝宝在呼唤父母,恳请喂食……专家悄声解说。

我赶紧用望远镜朝岩壁看去。那声音细若游丝,我以为蓝眼鸬鹚是画眉般的小禽,却不料在峭壁如削的布朗断崖上,两只体长约半米大的鸟,正在哺喂一只小小幼雏。亲鸟背部皆为黑色,脖子、胸部至腹部披有白色羽毛。它们可能刚从冰海中潜泳后飞回家,羽毛湿透未干,似乎还有水滴溅落。它名叫"蓝眼鸬鹚",双眼突出裸露,呈明媚亮蓝色,在略显橘色的鼻部映衬下,艳丽醒目。它们英勇地把巢筑在高陡岩壁上,下方百米处,海水荡漾。

我分不清正在喂雏的亲鸟是雄还是雌,只见它大张着喙,耐心等着小小雏鸟把嘴探入自己咽部,来啄食亲鸟口腔内已经半消化的食物……雏鸟在吞咽间隔,偶尔撒娇鸣叫,索求更多哺喂,恰被我等听到……

人们渐渐从静默中醒来,神色庄重,似有万千感触不可言说。短暂的南极静默,会在今后漫长岁月中,被人们反复咀嚼回味。

天堂,第一是安静。

人间太喧嚣了。我们已经忘却了露水凝结的声音,花蕊伸展腰肢的声音,青风吹皱春水的声音,蚯蚓翻地促织寒鸣的声音……有的只是键盘滴答、短信提示、公交报站、银行医院排号点名,当然还有上司训导、同侪寒暄、不明就里的谣传、歇斯底里的哭泣与嘶喊……各种人工制造的声浪,无时无刻不在围剿撕扯着我们的耳鼓,让人心烦意乱纸醉金迷。

聂鲁达的诗陡地浮上脑海。"我喜欢你是寂静的。"

"我喜欢你是寂静的,仿佛你消失了一样,

你从远处聆听我,我的声音却无法触及你。

……"

老聂写的是一首情诗,追怀一名女子。此时此刻想起这诗,似乎有点不着边际。不过我们喜欢一首诗,有时只是喜欢其中一句话。这一句话,如同咒语,将无以言表的心绪捕捉。

那么现在,让我再次重复这箴言似的感叹———我喜欢你是寂静的……你的沉默明亮如灯,简单如指环,你就像黑夜,拥有寂寞与群星……

海冰专家俯下身去,从海水中捞起一块冰,说:它的年龄足有一万岁了。把它含在嘴里,你就在天堂喝下了时间,从此做人就有了更广博的尺度框架。

何似在人间

◎ 李修文

　　这位仁兄，听说你是个作家，想我年轻时候，也爱写个文章，最喜欢郭沫若戴望舒，次喜欢丛维熙刘绍棠。说起刘绍棠，那可是神童一个，还在上中学，写的小说就编入了课本。实话说，我上中学时，也有"才子"的美誉，写了不少作品，但都不屑于发表，只给友人分享，尽管如此，这位仁兄，我还是劝你就此罢手，停止写作，以免整天胡思乱想，最终落得个我这般下场。

　　什么下场？疯子的下场呗！当然，我不承认我是个疯子。你看王医生，你看田护士，我实话对你说，他们都比我疯多了，想必你已经听说，我们精神科的主任，外号就叫"陈疯子"，足以说明，群众的眼睛是雪亮的。说到这里，我必须强调一次毛主席当年的名言：人民，只有人民，才是创造世界历史的动力。

　　对不住，话扯远了，听说你想写我的故事，我本不想答应，没有特别的原因，主要是担心你的才华不够，我的故事，堪比梁山伯与祝英台，至少超过罗密欧与朱丽叶，本来我自己要写，但是自从住进这里，成天吃药，提笔忘字，只好一声叹息，就此作罢。听田护士说，你愿意代我走一趟边境，去给我的祝英台和朱丽叶上个坟，我就知道，你我有缘。现在，请允许我给你鞠躬作揖，别担心，我不是说疯话，我得的这个病，按他们的说法，叫作间歇性躁郁症，间歇性，就是有时候发病有时候不发病，我现在清醒着哪。

　　说起来，命运和生活对我们这些人很不公平，住在这里的人，全都是无辜的,你们给我们强加了一个名号,叫作疯子,又强迫我们住进这个地方,我们这里的很多人无法接受,我也无法接受,但是现在我接受了,世界就是这么残忍,按说我早就不应该为此感到大惊小怪了。你问我是怎么进来的? 实不相瞒,那是一个美丽的传奇——我以为自己是一只蝴蝶——对,你没听错,我的祝英台死了以后,我朝思夜想,跟戏里唱的电影里拍的一样,感觉自己和她都变成了蝴蝶,她在前面飞,我在后面追;她在街上飞,我就在街上追;她在楼顶上飞,我就在楼顶上追,然后,他们就说我疯了。

就算疯了又怎么样? 我们的这个世界很美,你们的世界不美,我说我是只蝴蝶,我的同屋认为自己是顶帽子,而你们敢吗? 我必须说句公道话:我们,是在代表懦弱的你们试验各种各样的活法,我们最勇敢,你们,一个个的,全都胆小如鼠。

对不住对不住,话又扯远了,好吧,我来跟你讲我的故事,但是从哪里说起呢? 从我的家乡还是从我去参战打仗说起? 好吧,听你的,就从家乡说起。我的家乡,是一座长江边的小镇,风光如画,可谓人间仙境,我最喜欢的,是它的梅雨季节,那时候,江水初绿,百舸争流,尤其是雨后,山顶上,长江上,全都云雾缭绕,置身其中,心都醉了。什么? 还是从打仗说起? 哈哈,你果然烦了,嫌我话多? 可是兄弟,我能叫你兄弟吗? 好,兄弟,请你原谅我总是忘不掉我的家乡,因为我这一辈子,出了家乡就没过上几天好日子。

好吧,从打仗说起,第一回上战场,说不害怕是假的,如你所知,当初我是个汽车兵,我们的队伍往边境上开的时候,月光下,甘蔗林一片片的,看上去,就像一个个的年轻人站在田野上,我在害怕之余,还在心底里为甘蔗林写了一首诗,但是,越往前走,遇见的满载着重伤员的医疗车就越多,有的重伤员腿都断了还在跟我们开玩笑,让我们别一枪没开就送了命,玩笑开多了,我也就不害怕了。

在边境上,哪怕战争打得最激烈的时候,我其实也是不用开枪的,一般来说,队伍先打到一个地方,站稳了脚跟,我们这些汽车兵才开始上路,给他们运送弹药物资。说到这里,我想再扯远一点儿,说一说战争,我对现在电视剧里的战争很不满,什么手撕鬼子,什么功夫抗日,全他妈的瞎扯淡啊,真打起来,你的功夫架势还没亮开,人只怕都被扫成筛子了。还有什么神枪手,我告诉你,仗打起来,再好的神枪手也没用,指定的时间,指定的地点,射出你的子弹,子弹打中了对方,那就算你有运气,打不中,那你就得死,仗要打赢,靠的是两个字:意志;靠的是看谁更不怕死,看谁还能挺最后一口气,我这真不是废话,我是从战场上下来的人,看过很多人死,人家都死了,你还在侮辱人家,说人家拼的不是命,而是拼的什么烂功夫,你们这样好意思吗?

所以,我经常讲,年年讲,月月讲,这个世界上,不是我们疯了,是你们疯了。

接着说打仗,那一年,边境上的雨水很多,这样,我们这些汽车兵就麻烦了,一来是,道路泥泞,极难行走;二来是,因为雨大,视线不好,容易被敌方的小规模武装突然袭击,说真的,那叫一个惨啊,好多人前一天还一起出车,第二天就没了,前线战事又吃紧,没有多的部队派出来保护我们,这样,为了不集中成为目标,我们的车队就不再统一出行了,每回接到命令之后,愿意走大路的走大路,愿意走小路的小路,只要在指定的时间将弹药物资送到指定的地点就行了。

于是,我也开辟了一条自己的秘密通道,前后走了几次,无一回不是顺利来去,因为任务完成得出色,前后受了好几次表彰,说实话,我已经几乎得意忘形,这样,我便迎来了灭顶之灾。那一回,在我的秘密通道上,刚刚贴着一座高山里的密林边缘走了半小时,我的汽车就中了地雷的埋伏,爆炸声轰然响起,我并没有被当场炸死,汽车却侧翻过去,跌落下了身边的悬崖,还没坠入谷底,我的眼前便猛然一黑,昏死了过去。

再醒过来已经是两天之后了,是被雨水浇醒的,我实在没有一点儿夸张:一只我从未看见过的什么动物,已经在开始啃我的胳膊了,最可怕的,是我完全不觉得疼,嘴巴里倒是渴得要命,所以,我就张大嘴巴,一边喝雨水,一边由着它啃我的胳膊。也就是这个时候,奇迹出现了,一个女人突然从密林里钻出来,赶走了那只动物,再对我说话,叽里呱啦,一听就不是中国人,我当然听不懂她在说什么,甚至也看不见她,可能是流血过多,眼睛几乎已经没有视力,我想着,接下来,这个女人就该杀死我了,哪里知道并没有,她竟然一步步地,将我拖进了一座山洞之内。

说到这里,你应该能猜得到了,这个异邦女人,就是我的妻子,我的朱丽叶,我的祝英台,她的名字叫小黎。

要到三个月以后,当我的伤慢慢变好,学会了简单的几句异邦话,小黎也学会了几句简单的中国话,我们才能互相知道对方的名字。

说到这里,你肯定会问,为什么小黎会救我,哪怕知道了我其实是她国家的敌人,她都没将我从山洞里赶出去?事情巧就巧在这里,她的家族,有遗传的所谓精神病史,好吧,我非常不愿意提起这几个字,但是,为了把故事如实说给你听,我也只好委屈我自己,接着说,她的家族有所谓精神病史,她的父亲,她的哥哥,都在发病的时候伤过人,这样,在她很小的时候,她们全家就被自己的村庄赶到了山上的密林中生活,后来,她的父亲死了,哥哥也死了,虽然只剩下了她一个人,她也没有回到原来的村庄,仍旧一个人住在密林里,所以,尽管两国交战已经死伤无数,但是小黎根本就不知道到底发生了什么。

一开始,小黎还以为我和她一样,都是她那个国家的人,也难怪,反正她的国家总在打仗,就算我说的话她都听不懂,她也仅仅以为那是因为我和她住在不同省份的缘故,后来就算知道了我是中国人,她也根本不能理解这到底意味着什么,仍然以为我跟她们差不多,我费尽了口舌,向她解释相关的争端与仇恨,可是,她还是听不懂,只是一个劲地对我笑,实话说,她长得并不算漂亮,但是,她的一口牙齿,真的比地下的盐粒、比天上的月光还要白。

她是我的活菩萨——也不知道她从哪里学来这么大的本事,像我这样一个垂死之人,竟然被她救活了。就像武侠小说里写过的那样,她每天清晨就出门采药,中午之前回到山洞,一回来就开始给我熬药,有的熬成了药汤,有的做成了膏药,我的伤就一天天好了起来;有好多次,我都觉得满世界都跟假的一样,我眼前一定都是幻觉,不怕你笑话,手指能动一点儿的时候,恶狠狠地,掐了自己好多遍,但是掐到哪里都疼,一切都是真的,山洞是真的,洒进山洞里的光是真的,山洞外面的树是真的,所以,小黎也是真的。

她是我的心尖尖——大概在我和她相识一个月之后,全都是因为她,我终于能站起来了,她就扶着我,在山洞外面活动一下筋骨,在一棵杉树底下,我看见了一只鸟窝,我也是厚颜无耻,竟然想吃鸟蛋,比比画画地告诉了小黎,没想到,小黎三步两步就攀上了树,兄弟,你也不是外人了,我就跟你把心掏出来,那时候,当我看着小黎从一棵树又攀到了另一棵树上,一下子就天旋地转了起来,心脏狂跳,但那不是因为身体的痛苦,却是觉得全世界都亮了,眼前见到的一切,山,树,鸟窝,因为小黎的存在,它们就变得特别的美,格外的美,对,是小黎把一切都变美了;还有一回,她采药去了,迟迟不归,我左等右等,她也不回,我就开始胡思乱想,觉得她可能嫌弃我是个拖累,把我丢掉了,一下子我就受不了了,跌跌撞撞,跑出了山洞,喊着她的名字,满山间找她,她正好回来,远远地看着我,笑了起来,从那时候起,我就知道,我已经深深地、深深地,容我再加一个形容词,不可救药,对,我不可救药地爱上了她。

你问我爱她什么?兄弟,问出这样的问题,我真为你害羞,那说明你没有真正爱过一个人。你听好了,我的答案是:全部。我爱她的头发,每天都散发着好闻的皂角香味;我爱她的破衣烂衫,它们让我知道美可以从最清苦的地方长出来；我爱她的皮肤，黑，但酷似我母亲的皮肤；我爱她的胸，对，就是胸，它们像我故乡的丘陵一样高耸在田野上；当然，我最爱她的牙齿，容我再说一次，她的一口牙齿，真的比地下的盐粒、比天上的月光还要白。

——如果将她比喻成我们的祖国，正所谓：这九百六十万平方公里，每一寸都不能丢。

所以，在养好伤以后，我胆大包天，翻山越岭，把小黎带回了部队，当然，我没敢将她直接带进营地，而是把她放在了营地附近的密林里，再嘱咐她藏好，这才进到营地里，那时候，我们所在的部队正要换防回撤，营地里忙作了一片，当我径直上前，几个与我相熟的战友吓得魂飞魄散，他们还以为是我的鬼魂回来了。

在营地里，当天晚上，我先是分配到了一辆新的卡车，而后，首长和战友为了欢迎我的归来，特地为我准备了一场丰盛的晚餐，但是没有酒，因为吃完这顿晚餐，我们就要开拔回国了，所有人都不知道，这顿饭，我吃得既开心，又难过，开心的是我又回到了战友们中间，难过的是，我在大块吃肉，小黎却躲在密林里等我，想着想着，我一阵酸楚，于是，趁战友们不注意，我偷偷给小黎留了一些饭菜，再用饭盒装好，跑出去，把饭盒放在了刚刚分配给我的那辆卡车上。

我还记得，那天晚上大风四起，但是月明星稀，部队出发的时候，我装作需要重新熟悉一下久不驾驶的汽车，故意磨蹭到了最后一个，等到战友们全都出发了以后，我快如闪电，跑进密林，找到了小黎，小黎看见我之后，没有任何埋怨，只顾对着我笑，我也来不及跟她说句话，拉扯着她，再如闪电般跑向我的卡车，让她藏进了车厢里满载的弹药箱中间，再把盒饭端给她，盒饭还是热的，当她掀开盒盖，惊叫了一声，又赶紧捂住了自己的嘴巴——是啊，她这辈子还从来没见过这么丰盛的饭菜。

上天做证，我根本没有意识到，我正在犯下一个多么大的错误，这个错误让我,让小黎,全都把一生过成了一场戏,但是很遗憾,这场戏不是喜剧,是悲剧,彻彻底底的悲剧。

第二天黎明时分,我驾驶的汽车刚刚进入我国境内,突然接到前方的通知,所有人就地休息,我回过头去,看见小黎已经在弹药箱中间睡着了,一路上,大概是因为第一次看见我开汽车,自己又是第一次坐汽车,小黎既震惊,又好奇,我劝了好几次,她却怎么也不肯睡,趴在弹药箱上,托着腮看了我一路,现在终于睡着了,于是,我也就趴在方向盘上睡着了。哪里知道,没过多久,我的车窗就被敲响了,我的心里骤然一紧,醒了过来,往窗外看,几个战友,还有一位首长,竟然一起站在我的车边,我觉得天都要塌下来了,但是仍然壮着胆子,打开了车门。

首长告诉我,我的车上,装着一箱战争中缴获的美式武器,他刚刚接到命令,要把这箱武器火速运送到前方,由另外一支部队的人接管,以便尽快将这箱武器送交到相关的部门用作研究,兄弟,我的劫难,小黎的劫难,就从这里开始了:首长下完命令,一挥手,几个战友跑向车厢,说话间就要上车,好像五雷轰顶,我失声大叫了起来,不不不,我喊了一遍,又喊一遍:不不不!除了一个不字,我再也说不出别的话,紧接着,我跳下车,去阻挡我的战友,首长诧异,厉声对我呵斥起来,我什么都听不进去,死命地护住车厢门,但是没有用,更多几个战友冲过来,三下两下把我拉开了,咣当一声,车门被打开,我绝望地回头,正好看见小黎刚刚睡醒,不明所以地看着我们,然而,当她看见我被牢牢地控制在战友的手中,顿时就化作一头母狼,叫喊着,凶狠地跳下车,朝我扑过来,然而没有用,没跑两步,她也被控制住了。

只是当时我还不知道,接下来,有半年左右的时间,我将再也见不到小黎了。

我和小黎都被控制住以后,被分别押上了两辆不同的车,我的在前,她的在后,我也不知道车会开往哪里,一路上,我不断回头去看小黎,依稀看见她就算在控制之下，身体仍然在激烈地挣扎，她似乎也在叫喊着什么，但是没人听得懂。大概两个小时以后，我坐的车停在了一座小镇上，而小黎的车却呼啸着继续向前了，临别的时候，透过玻璃窗，我看见她还在挣扎，还在叫喊。

临阵招亲，几千年来都是死罪，按理说，我应该被送上军事法庭，再处以极刑，但是我的首长和部队念我也曾出生入死，把事实弄清楚之后，放了我一马，最后对我的处罚，仅仅是让我脱掉军装，再遣送回家。之前，我在那座小镇上，关了超过一个月的禁闭，对此我没有任何怨言，只是担心小黎：这么久过去了，她到底在哪里呢？还有，没有我在旁边，她一个人可怎么活？可是，不管我向谁打听小黎的下落，不管我哀求了多少遍，没有一个人能够回答我的问题。

在关禁闭的一个多月里，几乎每天晚上，我都梦见小黎，梦见她光着双脚采浆果，梦见她在山洞外的溪水边洗头发，梦见她笑，梦见她笑完了又笑，每每醒来，早已双泪横流，兄弟，不瞒你说，正是在那时，我想清楚了爱的本质，爱的本质，就是怕，越爱就越怕，越怕就越爱。不是吗？其实，在把小黎带回来之前，我的内心可有一刻不曾感到害怕？没有，每一刻，我都害怕，只是每一刻，我都在爱。

禁闭结束之后，我被遣送回了家乡，家乡正是梅雨季节，江水初绿，百舸争流，尤其是雨后，山顶上，长江上，全都云雾缭绕，置身其中，心都醉了。什么，我对你说起过了？好好，那我就不向你介绍我的家乡了，家乡虽好，却终非久留之地，押送我回家的人前脚才走，我后脚就出发了，去哪里？去我的老部队，去找那个当初在边境上下令将我和小黎关押起来的首长，我下定了决心，如果他不告诉我小黎的下落，我就死在他跟前。

尽管心里很疼，但我知道，我已经变成一个笑话了。在家乡坐船渡过长江的时候，一路上，人们对我指指点点，纷纷说，我，就是那个被敌国的女特务拉下水的人；到了老部队，情况也没好多少，我再也进不去营区，只好整天守在营区门口，希望碰见当初的那位首长，没想到，老部队里也在传说我犯下了通敌大罪，是真正的十恶不赦，所以，当初的战友一旦看见我，马上掉头就走，不过，我不怪他们，谁都想要个前途对不对？

大概是嫌我每天守在营区门口有碍观瞻，终有一天，一个卫兵把我叫到岗哨边，递给我一张纸条，说是我一直想见的那位首长叫他给我的，我打开纸条，看见上面写了一个地址，还有首长写的两三句话，大意是：经过详细的调查，已经可以证明，小黎并非对方的情报人员，但现在是战时，两国正常人员来往口岸已经切断，此事又发生在部队，所以，小黎暂时跟随一群战俘一起，住进了广东湛江的一个战俘营。

当天晚上，我就坐上了去广东湛江的火车，不，不是坐，是站，甚至连个站的地方都没有，一路上我都在发高烧，但却并没有要死要活，相反，当车厢里的灯光照亮沿途的稻田、城镇和村落，这些平日里司空见惯的东西，都让我觉得全都比平日里更美，我想，我是深爱着我们这个国家的，如果需要我为了它再上一次战场，我也绝不会讨价还价，我的悲剧在于：除了爱我们的国家，我还爱小黎。

到了目的地，天上下着大雨，我在大雨中换乘了好几趟车，终于来到了首长写给我的地址：一个偏僻的镇子。天才蒙蒙亮，我也找不到人问路，就自己摸着黑四处打探，好在是雨渐渐停了，找了一会儿，天就亮了，我刚从一个工厂的围墙下钻出来，突然听见有人叫我的名字，只一声，我的身体就快瘫在了地上，因为那是小黎的声音，我流着泪，全身都颤抖着回头去看，这才看见，就在我刚刚路过的地方，有一个被高高的铁丝网围住的院子，小黎正在院子里晾衣服。

看见果真是我，小黎丢掉抱着的衣服，撒腿就朝我跑过来，虽说隔着铁丝网，但这已经足够，我又闻到了她头发的味道了，我看着她，她也看着我，我在哭，她也在哭，哭着哭着，小黎扑哧一笑，中国话竟然流利得很了：别哭，要笑。我听她的，就不哭了，与此同时，她想摸摸我的手，我也想摸摸她的手,但是,铁丝网上的孔太小了,手根本伸不进去。

从此以后,我就在这个镇子上生活下来了,兄弟,你猜我是怎么在那镇子上活下来的?说出来不怕你笑话:当和尚。没法子啊,我的士兵证已经被部队没收了,身份证还没办就跑出来了,所以,四处找打工的地方都没人收,到了晚上,连个过夜的地方都没有,好在镇子上有座庙,庙里有个老和尚,这个老和尚看我可怜,就把我收留了下来,时间长了,因为我的确有几分才华,还能写写画画,老和尚就不断劝我剃度,为了不让老和尚为难,我也就真的把头发剃了。

剃头发的那一天,老和尚非常欣慰,直接对我说,他有一件袈裟,已经传了好几代,是这座庙里每一任住持的信物,将来,他一定会把这件袈裟传给我,我给他作揖,点头称是,心里却非常难过,因为我一直在骗他。

对我而言,人间最美好的事,不是在佛前诵经,而是偷偷摸摸往战俘营跑的路上,兄弟,惨啊,我在这镇子上住了两年多,小黎的中国话都说得听不出来是外国人了,我每一回见她,却还是偷偷摸摸,一来是,她从来都是看管森严;二来是,我一个和尚,总不能把庙里的脸都丢尽了。不过,慢慢我也习惯了,习惯了等,习惯了等不到,习惯了小黎从黑暗中现身,也习惯了小黎刚刚笑了几声就赶紧捂住嘴巴的样子,兄弟,我很满足,我适应了这样的日子,反倒不觉得世上还有别的日子了。

兄弟,你累了吗?要不要喝口水?你可得保重身体,我还指望着你代我给小黎上坟呢,不累?那好,你要是不累,我也就不客气了,我接着讲——小黎从战俘营里放出来的那一天,我正在庙里给几尊佛像刷漆,一回头,简直要被吓死了:小黎竟然就站在大雄宝殿门口的菩提树下面,也不说话,只是一个劲地对我笑,我知道,她这是放出来了,所以,我丢了油漆刷子,蹲在地上,哭了起来。

事不宜迟,趁着老和尚关在卧室里打坐,我一刻也没有停,拉着小黎就从庙里跑了出去,我已经定下了主意,带着她回家乡,而且,一回去就结婚。跑出去没多远,我又觉得对不起老和尚,就让小黎在一家糕点铺门口等着我,我自己跑回去,在老和尚的卧室外面跪下了,然后,砰砰砰,给他磕了几十个头,这才又从庙里出来,走在街上,太阳明晃晃的,晒得人眼前发黑,我就在心里不断跟老和尚说话:老和尚啊,下辈子我再拜在你门下吧,这辈子,袈裟我已经有了,是错是对,是缘是罪,我都不打算再换了,我这件袈裟的名字,叫作小黎。

说起来,那真叫披星戴月啊,坐了火车换汽车,坐了汽车换火车,没几天工夫,我就带着小黎回到了家乡,乡亲们听说我带着媳妇回来了,也不像从前那样笑话我了,是啊,不管我犯过多大的错,但是,在我的家乡,一个在外闯荡的男人带回来一个媳妇,倒是也能重新把面子挣几分回来,怎么跟你说呢?听说我要结婚,乡亲们全都出动了,先杀猪,后杀鸡,红纸堆了一屋子,鞭炮堆了半屋子,那可真叫一个张灯结彩,就只等着两天后的婚礼了。

也是欢喜疯了,到了婚礼的前一天,我才想起来,结婚是要登记的,当然一刻也不能等,我就找人借了一辆摩托车,载着小黎,去镇子上登记,一路上,小黎脖子上的丝巾老是被风吹起,把我的脸都蒙住了,每回丝巾蒙住我脸的时候,小黎都开心地哈哈大笑,但是她不知道,我愿意一辈子走在那条去登记的路上,一辈子被她的丝巾蒙住脸。

登记之前,我们先去照相,照相馆就在登记处的隔壁,也是凑巧,那一天,十里八乡来登记的人特别多,我就让小黎在照相馆等我,我先去登记处领个号,等我领完号回来,小黎就不见了,有两个干部模样的人在等我,他们告诉我:小黎已经被他们的人带走了,接下来,她将被遣返回国。我的脑子像是被斧子劈了,半天才反应过来,当时就疯了,在照相馆内外四处喊着小黎的名字,又四处找着小黎的影子,但是一无所获,两个干部劝阻我,我把他们全都踹倒了,问他们,这究竟是为什么,他们告诉我,这是上面的规定,他们也没有办法,只听说这是对方国家的要求——因为战争流落在中国境内的本国人，一律得遣送回去，如若不然，就将影响到中国战俘的遣返。

你知道的，我就算把那两个干部活埋了，也没办法找回小黎，而我只想找回小黎，并不想把谁给活埋了，我拿着刀，逼问他们小黎的下落，他们倒是也如实回答了我，说我肯定追不上小黎了，因为小黎已经在去省城的路上了，下午就会从省城飞到边境上，下了飞机，对方的人就要把她接管过去，再和其他人一起被带回国。

说真的兄弟，这一生中，我的偶像不多，刘绍棠算一个，我自己也算一个，你可能会觉得我狂妄，但是，像我这样，明知道自己已经成了个大笑话，却又死不悔改的，我还没见过几个，再看看你们，什么什么写字楼，什么什么CBD，为了几个钱，为了升个职，多少人连自己的女人都可以不要，我早就说过了，你们，一个个的，全都胆小如鼠。

说回来，我把小黎又弄丢了，但是，就算有人拿枪顶着我的脑袋，有个念头我也绝对不会打消，那就是：既然弄丢了，我就得把她再找回来。跟当初去战俘营一样，我一刻都没有停，马上回到家，把父母留给我的房子低价卖了，凑了一点儿路费和生活费，当天晚上，我就朝着当年的战场出发了，根本不在乎我和它之间隔着千山万水，在走了好几千里路的火车上，我一直想，哪怕偷渡，我也得再把小黎带回来，只是没想到，这一去何止千山万水，好多次，我都差点死在了小黎的前头。

你绝对想不到，在两国的边境线上，我究竟受了多大的苦，这么跟你说吧，我在边境线上生活了六年，压根都没有越过国境一次，更别谈能见到小黎一面了。

那可真是九死一生的六年——两国虽已不再交战，但是边境上的每一座哨卡都守卫森严，仅以我方论，如果有人胆敢不听劝阻想要跑出国界，断然会遭到哨兵的射杀，我就曾亲眼看见过一个想闯关的人被射杀在了我眼前，后来听说，此人是一个走投无路想越境找条活路的杀人犯。尽管如此,我也没有一分钟不想偷偷越过国境,为了越过国境,我曾经加入过一支去对面国家淘金的队伍,据他们说,要是他们都进不了对面国境,这世上也就没什么人能够进得去了,哪里想到,我刚加入,没两天,大半夜的,他们突然火拼起来,莫名其妙的,我肚子上也被人捅了一刀,幸亏我跑得快,不然就没命了。

兄弟,在死里逃生方面,我绝对能算得上你的偶像:界河里,我差点被淤泥捂死;哨卡边上的稻田里,我差点被雷劈死;有一回,我和另外几个人勾搭在一起,来到了一排通了电的铁丝网前面,据领头的人说,因为停电,我们有十分钟时间可以翻过电网进入对面国境,领头的人话还没说完,有人就发了疯朝着电网跑,果然,一眨眼,他就翻过了电网,并且安然无恙,紧接着又翻过去了一个,如此一来,我再也沉不住气了,站起来就往前跑,刚跑了两步,却有个人超过了我,这人三步并作两步,劈头就要跳过电网,哪里想到,电来了,眼睁睁地,我就这样看着他被电打死了。

那也是猪狗不如的六年——在暂时找不到偷越国境的办法之后,我做了长期在边境线上生活的打算,所以,请你好好看看你眼前的这个人,正所谓:十八般武艺,样样精通。修伞补锅,编席子弹棉花,下矿井搭台唱戏,这些我全都干过,但是,就算这样,把肚子吃饱仍然不容易,有一回,我在一座矿井里挖了半个月的矿,出来一看,老板跑了,工钱没结上,喝凉水过了几天之后,再也忍不住了,半夜翻墙去一户人家里偷东西吃,好笑的是,东西都偷到了,都快递到嘴巴边上了,我反倒饿晕了,头往地上一栽,就什么都不知道了;还有一回,也是饿得受不了,正好路过一个棉花加工厂,我就跑进去,什么都不管,抓了两把棉籽塞进了肚子,哪里知道,一连好几天,肚子疼得我恨不得撞墙,要说还是我的命大,那时候我住在一家砖瓦厂的工棚里,砖瓦厂早就垮掉了,工棚里就我一个人,我哪怕喊破了喉咙,也没有人听见我在求救,可是最后,我还是命大,活生生挺了过来。

唯一的安慰,是小黎,我都记不清楚有多少次了,当我在鬼门关前面止住了脚,发烧也好,昏迷也好,每到这时候,小黎就出现了,就像在当初的山洞里,她蹲在我身边,我能听见她的呼吸,能闻见她身上的味道,她的头发轻轻地掠过我的脸,这样一来,我就想哭出来了,我还想对她说,你知道吗,为了找你,我已经受了天大的罪了,可是,我知道,这一切,全都是梦,是幻觉。

就算清醒的时候,我也能经常看见小黎——下矿井的时候,我就想着小黎的样子,盯着黑黢黢的矿道看,看着看着,小黎就出现了,一看见她,我就对她说,小黎,我在这儿呢;给人割稻子的时候,我就盯着稻田看,看着看着,小黎就出现了,一看见她,我就对她说,小黎,我在这儿呢;还有走街串巷四处补锅的时候,我就盯着近处的大路和远处的山死命看,看着看着,小黎就出现了,一看见她,我就对她说,小黎,我在这儿呢。

说起来,此生我的确有几分佛缘,有一年,当地农作物歉收,种什么死什么,这样一来,什么工都不好做,我也就吃了上顿没下顿了,正是走投无路的时候,又是一个游方的和尚救了我,见我可怜,每隔两天,他就把他化缘得来的吃喝送一点儿给我,这样我才没饿死,他也劝过我,不如跟他一起遁入空门,凭我的才华和见识,要是跟他一起回到安徽的庙中,说不定,还能得到方丈的袈裟。

我能活到今天,至少一半的命是一前一后两个和尚给的,所以,我不想再为了一碗吃喝去骗那个和尚了,哪怕饿死,也再没去找过他,每回他来找我,我都躲得远远的,等他走远了,我才在心里叹着气着对他说话:和尚大哥啊,下辈子我再跟你一起出家吧,这辈子,袈裟我已经有了,是错是对,是缘是罪,我都不打算再换了,我这件袈裟的名字,叫作小黎。

那时候的我并不知道,就在我挖空心思活下来的时候,身在边境线以南的小黎却正在坐牢:回到自己的国家之后,她被当成国家的叛徒,最后,判了九年刑,并且不予上诉。

兄弟,你看看,这就是我和小黎的命,天上地下的菩萨们啦,你们倒是看看,这就是我和小黎的命,兄弟,我必须向你承认,这一辈子里,有很多回,我都想摇身一变,变成个恶棍,说不定,当一个恶棍,我还会早一点儿找到小黎,可是转念又一想:想当初,小黎在密林里救下我的命,又或者后来,小黎糊里糊涂跟着我回来,难道是为了让我有朝一日当恶棍的吗?这么想着,我就把那些恶念掐灭了,哪怕是我被人冤枉,去坐牢,我也挺过来了,没有去放火,也没有去杀人,既然这是我的命,我就全都受下来,然后再想法子,看看自己能不能破了这个命,兄弟你信吗,这辈子里凡是害过我的人,我都忘记了。

是啊,跟小黎一样,我也坐过牢,整整坐了四年。那是我在边境线上的第三个年头刚开始的时候,恰好初春时节,群山翠绿,群鸟北返,我终于找到了一个像样子的工作,老本行,给一个沙场开货车,而且,工钱一日一结,蹉跎了两年,我竟然能找到这么一个中意的工作,你可以想象一下,我该有多么谢天谢地。

第一天出车非常顺利,我开车,老板的小舅子押车,到了目的地,天色已经黑下来了,我将满车沙子卸下之后,正要连夜回去,老板的小舅子却提议去喝酒,我不想喝,可是小舅子怒了,威胁我,说是不喝酒的话,他就不给结工钱,这样,想着我也算是在枪林弹雨里开过车的人,就跟他去喝了,没想到,没喝多久,他就喝多了,高低要在小酒馆隔壁的旅馆里住下,我可不敢不回去,只好先送他住下,再开车往回返。

事实上,一上路我就觉得自己不对劲,忘了告诉你,打上中学开始,除了才子的美誉,我还有酒神的名号,千杯不醉就不说了,但要说百杯不醉,我还是有把握的,那天却是十分反常,开着车,我不仅想吐,而且还特别累,眼皮子直打架,一闭眼就能睡着,我心知不对,想要停车睡一会儿,哪里知道,另外一辆货车突然从对面开过来,又开着大灯,灯光刺亮,亮花了我的眼睛,真是鬼使神差,我连个刹车都来不及踩,迎头就撞上去了。

你能想得到吗?我,一个在枪林弹雨里开过车的人,竟然撞翻了对面的货车,货车上,除了司机侥幸逃出一条命,其余三人,全都被我撞死了。

怎么办?除了坐牢你说怎么办?很快我就被逮捕了,很快又判了四年徒刑,时至今日,我始终都没忘记去监狱服刑的那一天,天上下着雨,地上起了雾,天地之间,白茫茫一片,什么都看不清,坐在囚车上,我第一次感到了绝望:我觉得我这辈子恐怕再也见不到小黎了。

哪里知道,真正的绝望,才刚刚开始,所谓的度日如年,才刚刚开始:我服刑的监狱,其实还是在边境线上,所以,在这里服刑的,多半都是当地人,到监狱的第一天晚上,我就被暴打了一顿,那真叫一个头破血流;没过几天,我又被暴打了一顿,还是头破血流;两个月下来,狱友们算是都看出来了,我是这里唯一一个没有人来探监的人,势单力薄,孤家寡人,这样,我挨打的次数就更多了。

终于也有受不了的时候,那一回,我被打得实在受不了了,就下了狠心,找了一块砖头藏在怀里,稍有机会,我就跟在打我的人后面,想找一个偏僻之地,趁他不备,趁别人没看见,用砖头砸死他,功夫不负有心人,很快我就找到了下手的机会,机会一来,我便二话不说往前冲,可是真要命啊,不知怎么,小黎突然站到了我面前,一向爱笑的她竟然哭了,也不说话,就那么哭着看着我,我能怎么办呢?我只好对她说,小黎,我在这儿呢。

下一回想杀人,是我的刑期快要结束的时候,对,我记得清清楚楚,大概还有不到三个月的样子,我的刑期就结束了。正是农忙时节,所有的犯人都在稻田里插秧,有一个新来的狱友,光着双脚踩在了一只农药瓶上,流了好多血,我看不下去,就去帮他插秧,秧快插完的时候,他突然问我认不认识他,我当然摇头,他却说,他认识我,他其实就是我当初撞死人时侥幸活下来的司机。

接下来的事情,才是我这辈子遇见过最荒唐的,那个司机告诉我,其实我根本没有撞死过人,从前到后,我所经历的,不过是一场骗局:撞死人的那天晚上,我之所以不胜酒力,是因为沙场老板的小舅子给我下了药,然后,又雇他开车去故意碰上我的车,被我撞死的三个人其实是前一天老板自己酒后开车撞死的,他自己怕坐牢,就临时雇了我,然后又把罪名给了我。

在我坐牢期间,难免会经常对自己撞死人这件事念念不忘,但是想来想去,一想到自己那天晚上的确喝了酒,就没有敢再往下想,哪里知道,事情的原委竟然是这样,兄弟,将心比心,如果是你,你是不是也想杀人?那一刻,我真是悲愤难当,只想越狱出去,杀掉沙场老板和他的小舅子,要说起来,还是那个司机比我更冷静,他劝我,说牢也坐了,现在就算把人杀了,也无非是接着坐牢,弄不好还会被枪毙,更何况,在我坐牢之后,沙场老板早就关了场子,举家消失了。为今之计,不如向国家申诉,索要赔偿,而且,冲着我帮他割稻子这件事,他已经看出来我是个好人,所以,他愿意为我的申诉做证。

我听了他的,开始了申诉,因为铁证如山,案子没几天就翻过来了,然后,我接到了通知,通知上说,我可以随时出狱,只是国家赔偿的钱还要一个月才能到,我想了想,就在监狱里多住了一个月,一来是为了等国家赔偿的钱;二来是,出去之后,也不知道去哪里。在这期间,我给家乡的一个远亲写了封信,想问问他,父母留给我的几亩薄田,我能否卖给他,因为我实在不知道国家到底会赔给我多少钱,万一没赔多少,把田卖了,我也可以在边境线上再撑些日子,是的,我从来没想过回到家乡,因为我从来没有断过找到小黎的念头。

要说这世上之人,十有八九都犯贱,世人之中,尤以我为最贱,你猜怎么着?出狱那天,当我从监狱长手中领到一个存折,再看到存折上的数字,不禁倒吸了一口凉气,过去几年受过的苦,一下子就全都忘掉了,甚至想,如果不坐牢,凭我这几斤几两,是断断不可能挣到这些钱的,以今天的眼光来看,当年那笔钱当然不值一提,但对当时的我来说,不啻是一笔天文数字,要命的是,我恨不得小黎马上就从天而降,跟我一起花钱。

随后，监狱长又交给我一封信，信是我的远亲回给我的，他同意买我那几亩薄田，同时，又让我开个价再写信给他，没想到的是，在他的信中还夹着另外一封信，这封信上字迹歪歪扭扭，简直不是中国人写的——是啊，它真就不是中国人写的，它是小黎写的，天知道她是找谁讨教的，竟然已经能用中文写字，这么跟你说吧，当我突然意识到这是小黎的信，我的全身都颤抖了起来，眼泪夺眶而出，一颗颗掉在了信纸上，我又手忙脚乱地去擦信纸上的眼泪，一边擦，一边哭得更凶了。

也就是在这封信上，我才知道，过去几年里，小黎也一直在坐牢，半年前，她被释放了，释放之后，她就来到了两国之间的一个镇子上，在那里打短工，她在信里说，如果我能看见这封信，千万要记得马上去找她，因为她生了病，而且是疯病，如果我再不去找她，她怕她就快认不出我来了。

——读小黎的信的时候，我的身体一直在发抖，读完了，我却难以置信，要知道，那个镇子距离我的监狱才不到五十公里，在我入狱之前，为了偷越国境，我不知道多少次去过那个镇子，因为那个镇子一半属于中国一半属于邻国，可以说，站在中国的土地上，跨一脚便是异邦，但也正因为如此，守卫就尤其森严，还记得我对你说过，我曾经看着一个通缉犯在我眼前被射杀吗？对，就是在那个镇子上。

但是，监狱长的话却不由得我不信，他告诉我，洞中一日，世上千年，现在的两国边境已经不是我入狱之前的样子了，两国的交往已经开始正常化了，好比从前打过架的亲戚，现在虽说谈不上和好，但再见面已经不用打架了。

兄弟，听完监狱长的话，你知道我有什么感受吗？对，我觉得自己像个笑话，一个天大的笑话，我和小黎，我们都成这样了，以前打架的人现在又不打了，是啊，他们不打了，我和小黎却变成这样了。我还想再说几句，监狱长却挥手让我离开，我也只好离开，出了监狱，我就去储蓄所取钱，取了钱出来，又赶紧去给自己买了身衣服，也给小黎买了几身衣服，对了，我还给小黎买了一条丝巾,红色的,跟当初我们去登记结婚时的那一条一模一样。

当天下午,天快黑的时候,我赶到了小黎在信里所说的那个镇子上,进了镇子,我逢人便问小黎的下落,所有人都说见过她,但是所有人都不知道她此刻在哪里,当然,也有人对我找她表示不解,他们径直问我为什么要找那个又脏又凶的疯婆子,兄弟,他们这么说小黎,我竟然没有动手,大概是因为,几年的牢坐下来,我已经想明白了:这世上的人啊,真正是各自有难,各自有命,绝大多数时候,我们都只能各自受难,各自拼命,谁也救不了谁。所以,我不怪他们,接下来,我要忘掉这辈子里所有不愿意记起来的人和事,只有这样,在余生里,我才能将自己彻底清空,专心做一件事,那就是,把小黎带给我的好全都还给她。

然而,小黎却已经不认识我了。

我是在一家学校的教室里找到她的。月光下,她睡得正香,虽然衣衫褴褛,脸和头发都好像很久没有洗过了,但她的牙齿还是那么白,我轻轻地走近她,在她身前坐下,看了又看,看了又看,终于没忍住,伸出手去碰一碰她的脸,她就惊醒了,猛然坐起来,嘴巴里大喊大叫,甚至朝我脸上吐唾沫,我叫她的名字,小黎,小黎,我叫了一遍,又叫一遍,可是她根本就不认识我了,仍然大喊大叫,仍然朝我脸上吐唾沫。

没有别的办法,我突然想起那条红色的丝巾,赶紧掏出来给她,没想到,一下子,她就安静了,眼睛里的神色也变得欢喜起来,迟疑了一会儿,接过丝巾,捧在了手上,捧了一会儿,像是怕我抢回去,跑到墙角里,系在了脖子上。

趁着她系丝巾,我再也忍不住了,冲上前,一把抱住了她,不管她怎么推我,不管她怎么骂我,我就是不松手,抱着抱着,奇迹就出现了,她不再推我,也不再骂我,反而伸出手来,摸着我的头发,红色的丝巾又蒙住了我的脸。

然而,她还是没有认出我来。

所以,在月光下,在教室里,不自禁地,我竟然笑了起来:还有比这更惨的事情吗?我找了小黎好几年,小黎找了我好几年,等我们互相找到了,她却再也不认得我了,在她心里,已经没有我这个人了,不信吗?你听听她大喊大叫的声音就知道了,她满口喊出来的,都是她的家乡话,她甚至连她辛辛苦苦学会的中国话都忘记了。

你以为这就是最惨的?不不不,兄弟,如果你觉得这就是最惨的,那就说明你还涉世未深,那就说明我担心你的才华是有道理的,在我看来,才华是什么?才华就是想象力,一个没有饱尝过生活之苦的人,是没有办法去想象真实的生活的,我就算把一切真实的遭遇端给你,你也还是不知道我在哪里哭过,又在哪里笑过。这么说你不会生气吧?兄弟,你千万不要生气,我们是有缘人,我对你的劝告,无非是苦口的良药。

兄弟,最惨的事情,不是小黎不记得我了,而是她根本就活不长了——从我找到她,到她死去,一共只有九天时间。我跟你说过,那天晚上,在学校的教室里,我抱着她的时候,她伸出手来摸了我的头发,不,那并不是她对我示出的好,而是她站不稳了,想撑住自己的身体,最后也没撑住,仰面倒在了地上,眼睛也闭得紧紧的,呼吸还有,但是怎么叫也叫不醒她,我吓死了,赶紧抱着她,跑出学校,在镇子上四处找医院。

到了医院,见到了医生,医生却是见怪不怪,原来,小黎初来这个镇子的时候,曾经找医生看过病,医生早就给出了诊断:活不过今年。小黎还没醒过来,我就问医生,她这到底是怎么了,医生这才告诉我,小黎患上的,是急性败血症导致的肝肾衰竭,如果没有什么念想支撑着她,她是断然活不到现在的。

我掏出存折,对医生说,我就是她的念想,如今,她的念想有钱了,不管花多少钱,也要把她的病治好,医生却两手一摊:晚了,没救了。

正说着,小黎醒过来了,一醒过来,就接着大喊大叫,我全都听不懂,她叫喊的，仍然是她的家乡话，但我可以猜得出来她的心思，她想从医院逃出去，因为吊瓶让她害怕，白大褂让她害怕，头顶上的灯也让她害怕，她的眼睛里除了惊恐，再也没有别的什么，但是，你说说，我怎么能让她走呢？哪怕是死，我也得让她死在医院里啊！再说，不管医生怎么说，我却怎么也不肯信小黎会死，我还以为，我和小黎的好日子，才刚刚开始呢，所以，不管她怎么叫喊，我也不能让她走，反而走上前，把她死死按在了病床上，她又要朝我吐唾沫，最终，也没有力气吐出来。

就算病入膏肓，小黎，她也是我的心尖尖——在医院的日子里，大部分时间，小黎都在昏迷之中，只是偶尔醒来的时候，才会叫喊出几句家乡话，都是些只言片语，不过我有办法，我对你说起过，这个镇子一半属于中国，一半属于邻国，所以外国人多得很，我找了一个小本子，只要小黎叫喊，我就把她的发音记下来，再去找人问她喊出来的到底是什么，有时候，她喊的是妈妈，有时候，她喊的是天上的鸟，就是从来没有一次喊起过我。

她叫喊得最多的，竟然是：放了我，放了我，放了我。我知道，那大概是她在自己国家坐牢期间，对管教、对监狱、对苍茫大地喊过最多的话，每到这时候，我就想抱着她哭，但是又不敢，一旦把她抱紧了，她就喘不上来气，我就只好趁她再次睡着的时候，躲到走廊上去号啕大哭。哭着哭着，突然想明白了一件事情，她之所以害怕医院，可能是病房太像监室了，一念及此，不由分说，我马上去说服医生，要把病房改成普通人家的模样，医生当然不干，但你知道的，我的存折上有的是钱，最终，医生还是同意了我的请求。

跟我想的一样，下一回小黎醒来的时候，看看墙角的立柜，再看看窗子上的花布窗帘，果然就不再叫喊了，大概有半小时吧，她就盯着它们看，看了一遍，又看一遍。

唯一的麻烦是，虽说两国已经实现了关系正常化，但是，边境管理却并未松懈，按照规定，白天里，两国公民可以在对方的地界活动，到了晚上,却必须各自回到自己的国家,这样,实际上,每到了夜晚,我就得雇上两个人,轻手轻脚地,把小黎的病床抬出医院,再抬到对面的地界,而我,则只能站在中国的地界里,对,病床放在国境那边,挂着吊瓶的铁架放在国境这边,要是遇见了下雨的天气,我就打上两把伞,把小黎罩得严严实实的,没下雨的话,我就站在中国,看一会儿小黎,再看一会儿她的国家。

兄弟,你真的没有累吗?好在是,我和小黎的故事,终于来到了快结尾的地方啦,在故事讲完之前,我想再向你鞠个躬,作个揖,如果故事讲完我不认得你了,请你原谅我,因为我突然觉得大事不好:我可能要回到我的世界里去了,对,就是你们所说的,那个所谓疯子的世界,但是如此甚好,那里正是我的故乡,在那里,我和小黎相亲相爱,比翼双飞,只是请你不要忘了,我是间歇性躁郁症,如果你不食言,代我去给小黎上了坟,请你一定在我下次回到你们的世界的时候来找我,到时候,再给我讲一讲小黎坟头上的草是青了还是黄了,可以吗?可以的话,我再接着把最后的结果讲完。

就算病入膏肓,小黎,她也是我的活菩萨——一天下午,小黎突然醒了过来,她用她的家乡话对我说,你听,在下雨。我向窗外看,烈日当空,哪里有一滴雨呢?小黎又说,你听,在下雨。好吧,我听她的,我就闭上眼睛,果然,闭上眼睛之后,我仿佛来到了另外一个世界,在那里,绿树成荫,小雨如酥,我和小黎都身无疾病,再并肩前行,一直前行到了我们当初生活过的山洞,这时候,我睁开眼睛,奇怪的事情发生了:眼前已经不是医院的病房了,而是真正的当初的山洞,我躺在山洞里纹丝不动,反倒是小黎,跳跃着就上了树,在树上,她麻利地从鸟窝里掏出两颗鸟蛋,再对我笑个不停。

说起来,这就是我幻听和幻视的开始,但我丝毫都不觉得恐惧,反而着了魔,就像吊瓶里的药水在支撑着小黎最后一口气,我也想要更多的幻听和幻视,好让我和小黎在另一世界里重新做人,结成真正的夫妻。幸运的是,在小黎弥留的最后几天里,我以闪电般的速度,终于获得了一个和她同进同出的世界,譬如,她说她的父亲和哥哥来了,我的眼前就会出现她的父亲和哥哥,虽然从未谋面,但是一见之下,异常欢喜,亲热得就像在一起过了半辈子;譬如,她喊着,不要打我,不要打我,于是,我的眼前就出现了一个被击毙的管教,击毙那个管教的人不是别人,正是我。

对,这就是你们说的疯了,是啊,我疯了,但我不以为耻,相反,当我终于确定,我和小黎拥有了一个共同的世界之后,我又哭了,那不是辛酸的哭,那是幸福的哭——就算小黎死了,只要有了这个世界,我也将和她在一起,我们将重新做人,结成夫妻,我们将相亲相爱,比翼双飞。

小黎走的那一天,清风吹过远方的山冈,往医院里送来了花香,她不光醒了过来,脸上还泛出了红晕,她盯着我,看了又看,我也盯着她,看了又看,终了,她还是没有认出我来,转而闭上眼睛,嘴巴里不断地用家乡话喊着一个词,我听了半天,听清楚了,她喊的是一个"洞"字,对,就是山洞的洞。也算是如有神助吧,我觉得,她可能是想起了当初我和她一起生活过的山洞,她想回到那里去,这样,我就满医院打听,看看镇子附近有什么山洞,就算以假乱真的在哪座山洞里活上片刻,也算是好的,没花多大工夫就打听出来了,距镇子十公里的地方,真的有一座巨大的山洞,于是,我就找人租了一辆摩托车,再将她放在摩托车后座上,给她系好丝巾,就朝着山洞出发了。

要说去山洞的路可真像我和小黎当初去结婚的那条路,我一边缓慢地往前开,一边竖起耳朵去听小黎的呼吸,她就趴在我的身上,所以,她的呼吸声就在我耳朵边上微弱地起伏着,大风又起,吹动了红色的丝巾,丝巾蒙住了我的脸,渐渐地,我就再也听不到她的呼吸声了。

我还是继续往前开,路过一座山坡的时候,在一丛野菊花中间,我看见一只蝴蝶打花丛里飞了出来,慢慢地就飞到我身边来了,我的摩托车开到哪里,它就跟到哪里,这样,我就想起了梁山伯与祝英台的故事——难道说,小黎已经变成了一只蝴蝶?果真如此的话,我也得赶紧步她的后尘,变成一只蝴蝶,这么想着,我就闭上了眼睛,果然,在我和小黎共同的世界里,我和小黎,一起变成了蝴蝶,她在前面飞,我在后面追,她在大街上飞,我在大街上追,她在楼顶上飞,我在楼顶上追。

兄弟,至此,我的故事就画上了句号了,你快走吧,记得下次在我回到你们这个世界的时候再来找我,到了那时候,你一定要好好对我说说,小黎坟头上的草是青了还是黄了,现在,我已经不是我了,我是一只蝴蝶,小黎也是一只蝴蝶,不信你看,她在前面飞,我在后面追,她在大街上飞,我在大街上追,她在楼顶上飞,我在楼顶上追……

一滴水的传说
——关于《湘源记》的元叙事

◎ 刘恪

　　一丝风／取走向下的树叶／还有草茎／对角线隐藏着一束惊慌／从石头上滴答出时间／斜坡上有一种恍动／不动的声音／等待一面心镜／照亮光线／鸟从树隙里飞翔

　　草丛有了说法／只要流动，就是在播放的／于是有了／音响的天空／云移动着／蓝色生根在／山岭／狗牙齿的缝隙

　　我总是仰望／在山里面等待着／跨过一块石／泥土有流动／声音来自隔山的树木／如同青春总是／来自她衰老的母亲／你从哪个地方来／你是何时开源／用手指弹弹蓝天

　　惊动白云／讲述舜帝的神话／湘妃在林中奔跑／憋急了的时候／翘着大屁股／一泡尿

声音

　　人关于水的记忆大都会来自童年，那时候童年都会有一种遥远的声响，是听觉播送到大脑里的。或者是梦幻给予的力量，永远是黑暗中的讲述。还有始初的记忆挪动着小腿不停地奔跑，真正体验着生命通道里的追赶，是他追赶着水，也可能是水追赶着他，水在生命的源头不过是一场竞赛而已。

　　我的生命之水是在桃花山的板桥湖。

顽强地记忆着那个带天井的老房子,青砖墙永远都是湿漉漉,布满了青苔,还会有一根两根青蕨,撩着阴郁的光线,仿佛那种声音来自砖缝,在青草尖流淌,那时祖母的衣角总是兜着我,力量来自大地四角,有一种被拎起来的感觉,每到夜晚那土陶的清油灯,燃着灯芯草,一根雪白的草管浸在暗红的清油里,还有黄豆大的灯光泛着黄豆的颜色,祖母摸着我头,嘴里唔,唔,唔含混不清的嗫嚅……我的客,客,客伢儿……水的声音就是从她的嘴角流出来的,她在板桥湖呼喊我的时候,音量就来自那湖水的中心。黑暗在继续,有声音从四周的荷叶穿出来,呜,呜,呜哇,咕咕咚,咕咕咚,南方的水声总是复杂一些,它来自哪里没人能回答,也不需要回答,祖母会说风吹草叶哗啦啦地响啦,青蛙的鸣叫,咕尔,咕尔——咚的一下,还有一种鸟儿跳入湖泊的水声。

夏夜,或者深秋,呜,呜——哇,哇,有时候朗丽,有时候唤着冬天摇摇晃晃地到来,沉重总是踩着黑暗以声响的方式,揪着你后脑勺渗漏一般神秘地浸入你的身体,那时候:水=声音。但这种水声在安然入睡的时候是不发声的,悄悄地逼近,很是让你恐惧,天幕突然撕开一个大口子,让你痛不欲生,即使这样我也不怕,我知道水是有声音的怪物,祖母手中的响竹篙一摇哗啦啦响,就是打怪物的,但我害怕与水声做伴的黑暗,那种黑色很重很重压得你喘不过气来,我恨透了黑色,所以我的房子里是有灯光的。水声是有自声和他声的,记录水声频率叫赫兹,一九一四年由费森登发明电动式水声换能器,电水声波测定距离。一九一九年朗之万超声波测定距离发明现代水声学。从此水的秘密开始流传。

大凡一种开始都是智力角逐的开始,开始都是关于起源的事情,关于起源的起源,追索的追索,没有穷尽,所有起源都不是自身的成长,其实都是一个他者的秘密,这个意思是说起源是他者导致的,一种事物导致了另一种事物的发生,它是怎么形成的,怎么开始的?探究,猜测,模拟,无数智力要求解释权,因此起源只是一种传说,所有的起源都归属于宇宙大爆炸的起源,一切关于起源的回答都是自我怀疑的开始。

水的起源来自声音,来自声音的流转。

我被这种想法吓了一跳,这是干什么呢?我在写一部叫《湘源记》的东西,考察水的源头,或者考察种族的源头,实际是生命的源头。这是一种超文本的东西,在《湘源记》里,一切事物都是真实的,就像一个侦探追查真相一样的,水是一个作案的高手,真相复杂得令人惊讶!它本身超过了一切小说的魅力,《湘源记》是这样开始它的叙述的,这一年的夏天,南方酷热得让人伤心,原指望立秋会凉快一点,没想到带来更持久的炎热,我从北京只身向南方逃亡……

身体的媒介

我是一滴水来自天空,来自大气。我是一滴水来自大地,来自大地内部的渗透。其实都不是,我来自哪里连我自己都不知道。我很小的时候,小到还是一个小学生时被母亲从床上拎着耳朵提起来,迷迷糊糊地跟她走到棉花地,那么白的大棉花在我眼里全是黑的,一朵一朵地放进围兜里,好不容易采了一围兜,母亲从腰间解下来放到筐里,哇,这么多白色,用手一摸湿漉漉的,这时的大地静得连针尖都可以扎破,我听到了纷纷扬扬,一种细密到棉花绒一样的声音,从四面八方落在棉花叶上,用指肚一点,水滴都摇摇晃晃地坠下去,那么细小的声音几乎都听不到,但它是声音,水声从天上来。哇,那么让人惊讶,天空中什么也没有,蓝黑蓝黑的,只有星星在不停地眨着,水下来了,棉花可以证明,它是湿的,棉花叶也可以证明。它是一滴一滴从叶尖坠下来,天边有一点点白色挤进来了,慢慢地胀开黑暗,感觉黑也是一点一滴退走的,不远处便是大大小小的湖,有水声汩汩的,偶尔静一下,又有点儿回荡的感觉,水旋转一个波圈,响声仅是敲击着的水草,芦苇窸窣一下,是水响吗?

水响也是可以从地下传来的。

分子模型

水怎么可以响成声音呢？三十年以后我在北京西四的地质矿产部上班，有一年的冬天，那个飞雪的冬天，我去城北的一个道观里开会，是圣琼·佩斯到过的地方。在偏僻而紧密的小房子里研究了雪与水的转换，水从哪儿来呢？从那时候开始，我就开始了《湘源记》的写作。水声的起源变成了对真相的探源，记得那个时候还开始了一部叫作《蓝雨徘徊》的写作。水是由微粒组成的化合物分子模型，由一个圈球一样的氧原子，加上一对耳朵样小而圆的氢原子，组成为一个鼠头一样的模型，一个氧原子与两个氢原子组成了稳定的共享电子，这种平衡联结科学上叫共价键。这种共价键因为氢氧原子大小不同，形成氧原子有超强的拉力，它们的比例就像一粒黄豆对两粒绿豆的比例，氧原子带有较多的负电荷，而氢原子带有稍高的正电荷，水的电荷便产生了不同的边角，这样氢氧原子总是处于此消彼长的对拉中，水分子就像一张杂乱无章的网络，我们从一杯开水里的水泡便看得出它们的拉拉扯扯，这种水分子联结叫氢键，它们是一种社会性集合构造。水的自声便归因于这氢键的作用，发现这一原理的人是美国化学家，叫莱纳斯·鲍林（Linus Parling），他由此获得了一九五四年的诺贝尔化学奖。

而我发现水响的奥秘归因于我在湘潭大学学过物理的女朋友，是她告诉了我水的化学组织，并附有图样标本。这一事实我记录在《湘源记》小说中的某一个折缝里。

对梦想所做的解释

无论听得见，与听不到，水都是一种声音，一种人耳能听到的东西。水

167

是白色,人眼能看到的东西,这给我很大的打击,能看到的东西给我们实在感,容易把握,而听到的是要流逝的,不易捕捉,这表明声响是一种流音,流音天然地具有水质感,是液体性。云彩,迷雾,空气,蓝色,雨雪,柔软,轻滑,一切阴性的事物都具水质感,由一些环绕你的事物培养造成的阴性事物,完全与湘水质量不符,我疑惑阳性也可以来自阴性。思维,思维也是一种阴性的事物,水完全变成了阴性的创造,安尼玛斯,永恒女性的创造者。女人创造生命的起源,女人是一种伟大的阴性,这种阴性起源于水,一行清澈而不见的流水,无论花叶还是山石,都是水的生存与滋养,山岚的轻烟与云雾,还有风吹而轻轻带过的林间的花香,水便是安尼玛斯的梦想,或者一个梦想者的陶醉,宁静而阴郁、持续不断地幻觉中,梦正在持续。这是什么意思?表明梦在生产,和水的性质一样,梦,女人,水,都是事物创生的伟大贡献者。梦创造了精神,女人创造了孩子,水创造了生命。

湘水创造了什么?

湘水创造了事物。

《湘源记》正式开始写作了。准确时间是九月十八日的一个炎热的午后。

如果再生有可能

水创造了世界,于此也是声音创造了世界。

我们从声音去追踪一种深刻,体验它的一种创造性意志。古人为什么总和水没完没了呢?大禹为什么要治水?舜帝为什么去天地所缺的东南隅,流水积焉?水反正是要流的,水永远都要有声音的,为什么要去治它们,古水在地球表面有二点四公里深,足够淹没所有事物,但它的流动性表明了它总是会让高山与陆地显露出来,水在声音中总是要走向一个地方,声音抵达耳根,水只要走遍万物,我们跃上马镫,抬手扬鞭,古代事物便在身后流转，一种运动总是要送我们去往终点的方向，其实人类和流水是一致的，都会去往一个归宿的地方。然后呢？再生。

然后呢？永恒。

极限

【起源】我们说起源，我们是在说一个没有的东西，起源，起源之前还是起源，关于起源的起源，无限往前推还是起源。因而在起源时间的探索中，没人寻求纵向之前的前，所有纵向之前的纵向，那就是宇宙演化生成。连时间都不能记录的起源有吗？可是"起源"一词还是存在。

我们告别了白天进入了冥冥的暗夜，让《湘源记》在暗夜里展开，如同展开古代秋案上的卷宗。我开始思索所有事物是如何开始的，就算博闻强记的富内斯也没有复原出这种起源的过程，俄罗斯人亚历山大·鲁利亚记述过一个具有无限能力的大脑，他把一天发生的事情一丝不漏地记录下来，把一本书倒背如流，但悖论在于时间，记录一天、把一天说出来，在时间上看是同样的一天，可是新的一天就在他的记录中丧失了。这种时间的剪刀差，表明了任何起源我们都可以一丝不差地去提起。所以阿梅森说我们的记忆会占据我们的绝大多数生命，在我们回忆过去的岁月时，我们同时失去了在重复之外体验新时间里的事物。因此我们无法把回忆归于自身。

所有的起源在过去就消失了。所以我们永远都不要提昨天发生的事，它任何时间出现都是对今天的伤害。就像富内斯记得每片森林中每棵树及其每片树叶，包括想象它的图景。这会是痛苦不堪的记忆，他记忆事无巨细填满了脑海，试想今天记得洞庭湖的每一滴水的样态，哪一拨流动的是湘、资、沅、澧呢？惊人的记忆和惊人的遗忘同理，或者是大脑冷库里存放的记忆变成了永远。事实上记忆的特征在于综合分析的能力，加工，转化,遗忘目标的扩大,成为变化的容量。

永不停止的起源,我们都不曾停止追踪它的脚步,假如有一天我们终于抓住起源,那我们就停在远征的终点,所有事物都回到最初的出发点。用生命折算除以二,我们就站在自己的终点上。我们还能够从这里重新出发吗?

生命不允许我们重新寻找一次出发。

瞬间与时光隧道

我们多么遗憾一个酷热的夏天度过去,又经历了一个严寒的冬天,我们和时间相守,一天,每一天都是在这种惊悸不安和忧郁中度过去,夜晚袭击我们表明一天已经死亡了,这一天我们什么也没实现,我们的欲望,我们的爱,我们的父母,我们的子嗣,我们家的一切都在缓慢而流动的时间里灭亡了。这一天发生的时候它正在死亡,重要的是我们无论如何在情感和肉体上留住今天。如此残酷的指向,所有事物成熟,一天也死于一天,这一切只有到了夜晚才能看清。从这个意义上说,没有《湘源记》。我的写作进行杀死了我的写作开始。

认识和理解都是在一切事物发展、完成、终结中,在他成熟的时候,我们才能理解和认识他们。如同我们认识另一个人,也就是他认识我一样,所有的认识都会关涉自己。我是我自己的梦,就像一个神秘女子,你要求同她做爱,在她的身体中实现的是你自己,你释放的是你自己的多巴胺,因此你并没有做爱,一种美艳就此失去,你会无限的忧伤。我相信最终只是你失去了你自己身体的感受,那个女子只是强奸了你一次视觉感受,什么都没有改变。一条古代的小河清浅见底,透亮,那比湖南的任何一条河都纯净,可以看见它每一滴水的纹路,但是透明了月光的水滴,仍然无法看到水自身的影子。每一滴水都是它自己,流逝的过去。

时光过去了／在夜色的颤抖中／唯有快乐是你最终的收获／即使有花的香气与美丽的色彩／我们用肉体计算／夜晚的感受

　　痛苦的劳作／与摇摆的大脑／是什么在撕裂我们不安身体／夜空中还动荡声音／一滴水坠在你额头的彷徨／闪亮就是他的本色

没有流向

　　【河】河的前后不能有任何附加词。长河,河流,大河,河岸,河沿,涉河,蓝河,河湖,银河,黄河,江河……河不能在具体的修饰词上改变它的性质。所有的河都写在大地上,成了大地上的血脉。不,还有地下的河流,或者星空之外的河流。我们找到一条河就意味着找到它的源泉,那是你身边的一条腰带,这个词就成了你村庄里的一个小河湾,或者河沟,你总是顺着河流行走,汇聚,拐弯,分岔,合并,开头或者消失。河流总是会走过你身体所在的地方,把你带向远方。你蹲在河滩上,河在行走,你成了陆地的一只船,放浪于远方,远方只是一种想象,一种梦幻,波浪还有白色的亮光。水边的菖蒲,水中的浪草,还有,会停泊在蒿草和芦苇的梃水植物,河沙戏弄的河卵石,沉淀于河中的淤泥,河在事物中穿行,这才有了流动的水液性,那才叫河流。

　　河流,我们会找到它的源头,但是你找到了河源之后呢? 它还是一条河流,河流永远是同质的水世界,在世界上任何一个地方你都会找到水,河就在那里,不动,它是河,河走了,河动,它也是河。河是任何时空里河的渊源,找到一滴就是一滴河,纵向上我们找到河流的起源似乎没有任何意义。

　　我认为水的源流不用寻找,要寻找的应该是水的根基,水是什么? 水是水对自身的诠释。水的声音也许就是水的根基,当然水没有那么简单。水是什么? 人类永恒的命题。

水在最小的微粒上它是声音,而声音仅是一种频率。

【频率】单位时间内波的振动次数,单位简称为赫兹 Hz。倒过来说就是振动一次所需要多少时间,也许称为周期,单位为秒(s)。水在氧与氢之间,在 H_2O 与 H_2O 之间它们对撞的频率是多少?无论观测还是实验都是没有规律的。但是氢键的联结(分子之间)要比氧原子与氢原子的共价键减弱十倍,所以频率是多少? 还是可以大约有一个测算,当然它仅仅只是一个概率。绝对准确在事物之间是不存在的。我们可以推断水无时无刻不在行动中,无论它多么安静,因为血脉的本质是水,水的能动性决定有机物是永恒的动。因此,在最初我构思《湘源记》的时候,水仅仅是一条测不准的动态。它的永恒性不是静止,不是何物。刚好相反,它永恒的是动态(声),它是一种叫虚拟物,它散在万山丛林中,你明明知道它存在,可你用手用视角又无法缉拿,只能感觉到你接近了它。《湘源记》没有起源,但它在动态的布散中你又觉得它是万事万物的起源。它只是一种虚的本质。

水的睡眠

静水。与河流相对应的一种水。水睡着了多么的美丽,水安静下来了,变成平静的湖,驻足水塘,还有水井,探视平缓的水面,不惊不叹,潜水植物在水下有鱼儿游翔,梃水植物在水波之上仰望星空。在静水的两极间张望,水把你牵入无限的想象之中。只能说水深不见底,那里有一条无限的路,幽蓝而昏暗,曲折而渺茫,从那里走向魔域,十八层地狱,是永恒灾难的寻找,人从这儿进入黑暗可以说每一个人都不可幸免。黑潭里的死水,中国人说死者最后的归宿地一定有一个奈何桥,桥下一定是奈河水,这有意思极了。说人归于水,奈河水。人对水而言真的是没有办法的动物,孟婆汤也是水,你在死水的包围中,根据记忆走在奈何桥上,实行人与水的约会,我们就成了土的一部分,水深不见底,人要见底的欲望是没有意义的,见到底最后的就是死亡,就是终结。

水是幻境。我们在静水里看到许多美丽的东西,天空,云彩,飞鸟,各种山、树、叶的影子。美妙极了。它们就寓驻在水中,在一种没有惊扰的环境里悠闲地活着,光线柱状下扫过,还留下光晕,那就是一个个圆形构成的影,金红而灿烂,在丛草的幽暗里留下瞬间的明艳。死亡如此地寄身于优雅之间。一种美丽的东西正在下沉,沉一定是和水相关的东西,沉下去,只有死亡会如此淡定,跟从水的意志往下沉,它利用自己的倒影,创造水本身。水又是个他者,让所有事物看清自己的脸庞,在下沉之前创造美,发现美,死亡真是一件很残酷的事儿。这正说明了水是虚的本质,一种虚幻的美。

静水就是自身的敌人。

长度以外

河,有一个响亮的元音。它被呼唤,被导引,是一种信任而被崇拜。河有一种大于自身的东西,任何个人都会在河的映照中觉出自身的渺小。河,一种永恒的声音,它也在呼喊与容纳,去找寻去运动,所以河也永远是与"流"字勾搭在一起的。"河流"当这个词语上口之时,它就浸透在你的脑海里,它是一个有长度的动物。当我们发出河的音,抛出去,吐露成一定的音响,空间回荡的是水声,河的波浪,河的沸腾,你呼唤,河——声音有一种被扼住了的感觉,不过就是被扼住,"河"仍在发出响声,河—河—呃—呃—呃——河流伟大不是因为它有多长,而是它有永不停息的声音,那种召唤之声。

河流也永远是有历史的,哪怕它被改写,被腰斩。人们常把历史比喻为一条河流,这是一个精致而浪漫的比喻,它的准确是不让别的事物产生同样的类比,只有一个特例,银河,它在自身的光辉灿烂中展示,在我们头顶暗示为一条无限的道路。可是它仅仅是一条夜晚才产生的河流,它被云层所遮掩或被日光与月光所左右,我们常常在童年的夜晚躺在凉板上看到它,充满了无限向往与想象。那棵最大的槭树遮挡了,我还是看到了银河里的树影,树叶像童年五个分岔的手指,它一串串的树籽活像了塘里排队的小鸭,树枝叶间我们只要看到了鸭仔的树籽,就会喊它鸭鸭树,鸭鸭树在晚风中摇曳,倒影却是银河里的光辉。

银河虽然不真实,但它仍然是我们童年内心一条信任的河流,它是大地上所有真实河流的等价物。

我们拥有两种河流。如果算上我们的身体与心灵,我们就拥有三条河流了。

还用问吗　形体

河流除了频率之外,还有另一种根基。那就是人类的心灵,心灵也是一条河流,同时也是一条河流的底盘。

水,河,河流。它还有一种最真实的表现形式,也是最好理解的:波形。河流是要振动的,要振动就会有波形。

【波形】就是波的各种具体形态。波是振动的结果。波振首先产生振幅,振幅就是振动中的某个物量(密度,压力,粒子运动的速度)偏离其平均值的最大量值。最简单的波形称之为:正弦波。从波峰到波谷的距离相差一百八十度。波总是重复地推动,称之为波的叠加性。波还形成了褶皱,在褶皱的纹路里隐藏了很多巨大的秘密。

人们爱称风平浪静,说明水是平的,水没有绝对平的,只是我们肉眼看不见它的波形,事物所发生的奥秘,正是在我们肉眼所看不见的底下,河流之上水波如同思维之线一样,思想折射中的事物我们也以为是直线所击中,其实思维之线,永远是波动的,这才有了反应事物的敏感度不一样、快慢不一样。我们能讲述一条河流，其实不是河本身的性质在讲述，河流的水液性就是水的性质。讲述河流就把河的流动性拆解开，单纯地给它一个地理性的说法，河的流动在一段一段地消除自己，河流来不及回头看自己，就已经很快被代替了。河流的这一段镶嵌在河流的那一段，永不安宁地被互相替代。这一点就如同时间属性一样总会奔向下一个端点，无论好坏都没有可逆性的替代。回头望，都是梦幻，时间与水，一条梦的河流，我们跟随梦的踪迹流过心的田野，只有带走，没有驻留，我们把大脑的仓库翻遍，都是锈迹斑斑的往事，这是一个顽固地不愿随着时间走的废渣，梦想不是索捡旧的账单，它是创造一个新的天地。河流只有水的种子，一路播撒、耕耘、浪游，从它所谓的源泉出发，接下又被另一条河流当作源泉，一路充满了声音的照亮，这样一来河水永远都成了梦、时间、记忆、历史的比喻。反过来正好这一切都是水提供给了它们的根基，水的根本属性，声音。最根本的基础就在它的属性上，频率，波形，还有一个就是，速度。

【速度】就是频率和波形所走的快慢，在这里时间、记忆、梦想、历史、水、河流都没有均质的速度，都会因人因环境而改变，是速度决定这一切的性价比。因此一切事物都是要把握速度的。所有事物都在和自身的速度做斗争，这也包括了人。什么是速度？波在一定的介质中传播的快慢，可见速度有传播快慢，那什么东西在传播呢？介质。空气是重要的介质。介质的密度和弹性决定了速度，因此，我们就提高了对空气的要求。

最理想的气体：由温度与压力决定。

频率，波形，速度，构成了水，水把自身传导给万事万物，但它依靠的就是气，空气。这表明水与气是一体的。

心河的来历

心之河，这里是湘湖的心之河，本质上是静水之河，是阴性的，它产生于南方之水,流入南方之湖。

心之河,还有崇山峻岭之河,本质上是涌动之河,是阳性的,它产生于北方之水,流入东方之海洋。

心起于草莽,发于山野,流于土地,对映于心灵之河,它又可能起于祖传,发于父母,流于自我。同样我们无法看到心之河只能听到心之河,聆听一条内心之河不终日月的涌动。

我们给自己开源,打开心门,注满生命力,那里是鲜花盛开的草地,我们采摘一朵花儿,便是心之河的一个种类,就是一个命名,心之河。我们从哪儿来? 我们在哪儿? 我们到哪儿去? 心河的词语有如珍宝,神秘,晶莹,自然,神奇,我想每一个人的心之河仅仅映照自我,一条流传自己的河流,那里面全部记载自己的踪迹。许多年以后我发现,我们错了,个人,内心,心灵只有一条体验和感受的河流。

这次《湘源记》立意探索一条内在的河流,我在瑶寨站在竹林村,一个姑娘像饱满的玉米从我眼前划过,她就是湘源的一滴水,你把玉米的胞衣剥开,洁白如玉的身体就涌动着最纯净的水,或者她蹲在草丛里撒了一泡热气腾腾的尿,那种旺壮的水汽带动一群动荡不安的水分子,推动着狗牙岭的水生物,追赶另一段时空的水滴,汇聚成了妖艳的水。因此瑶女也就成了《湘源记》不可篡改的主角。

从一个黑暗的地方来到一个未必光明的地方, 天空是永远也望不尽的空虚, 大地也是永远那么凹凸不平的表面, 你伏在阴冷潮湿的表面触摸、墙砖、台阶、大树、野草、田边的稻谷, 或者坪场之外的鸡鸭鹅狗。你没有一种高贵的东西,你感受和体验的仅仅是庸常的事物,蓬蓬勃勃的青蒿与奶马藤,交叉进去的还有车前子、看麦娘,或者还有苍耳。早晨是青露之气略有一点儿甜甜冲冲的,日午则是热气彰显了植物的气息,酸涩燠热扑打脑门儿,那种灵魂除了青草的气息就是板桥湖湾的水息,泥土和水边苇草有一种反复蒸煮沤熟了的冲鼻的味道。自我仅是一种苦役,被驱赶的牛马般卑微。生命始初并不知道哪些东西平庸、委琐、丑陋，没有绝望与希望，没有恐惧与不幸，空虚与毁灭。直到有一天接触到了文字的东西，最早构成的感性形象的文字，应该是：湖泊。从视觉的牢狱里找到的也许是带天井的房子，四周的黑暗呈扇形一样地包围你，你只能向上，看到天体的辉光，宁静的瞬间你听到了遥远的河流，华容河，藕池河，长江，它们为什么一刻也不停地流走。

它们没有在我的视觉里，它们只有一种声音的传递，它们活着的时候我只是一种想象，内心想象一条河流。并没有那么高贵，仅仅和我想象某种食品一样，如果它有味道它是最美好的，那时候内心的体验除了黑暗以外，就是祖母封闭在针线袋里的糖果，还有吊得高高的竹篮里的水果。我抱着祖母的腿，她揪我的衣脖子，哦，哦，我的客伢儿哟，冷不防地便塞一个甜果在我嘴里，那种甜水于是就从两津贯于我的脑聪，一种甜蜜的体验来自祖母之手，汇在心灵，那就是我童年的河流。

我后来看到了各种各样的河流。哦，河流原来是这样，其实我早就认识了它。人生之初，我便认为一切外在的事物决定了内在的形成，我们对一切外在的观照只不过加强内在的感受和体验罢了。

内因不能决定一切外在事物，相反而是一切外因决定了内因。换一句话说，一切外在事物的变化决定内在心灵的反应，不然一切内在的体验和感受来自哪儿？

并且要用话语说出那些体验和感受，《湘源记》就是说出那些水的内在体验和感受。

古水

我是临空的一滴水，在星斗之间结束，商量湿润的故事。一路上，是汽不是云，变变化化，斜斜直直，落在哪里，古天古地，古云古雨，古风古雾，古汽古水,独自来又独自而去,谁来告诉我,那滴古水叫什么?

《诗经》叫广汉,沔水,泉水,淇水,泮水,至少有三首同题作文《扬之水》,孔夫子也是一个很搞笑的人,动不动就用水来起兴,用水来撩拨事物,拿它说事儿呢。

关关雎鸠,在河之洲,男女在水边谈恋爱,很合适。汉之广矣,不可泳思,江之永矣,不可方思。以水喻求偶之难。溱与洧,方涣涣兮。溱与洧,浏其清。在溱水与洧水边游春的男女。瞻彼洛矣,维水泱泱,瞻彼洛矣,维水泱泱。其实这些淫荡之心的水,来自民间,古水就储存在民间。原来古水是和欲望连接在一起的。

从水的气到国王的气势,在水边举行仪式。

古水存于二十五亿年之前,这是一个大一统的地球,仅此一个大洋,古陆地分裂了,成了目前的五大洲四大洋,这件事发生在两亿年以前,那时还没有人,可见水比人还古老。古海分为古太平洋和特堤斯海。统一的古大陆怎么分裂了呢?德国人魏格纳在《海洋上的起源》中提出了大陆漂移说,既然大陆可以分裂为五大洲四大洋,今天在它们的边缘地带可以拼合出古大陆痕迹,这个学说同样是魏格纳提出来的,一九三〇年他在格陵兰水源做了考察,五十岁生日那天就死在那里。英国布拉德终于在计算机时代完美地拼接出了古大陆,其各板块间的平均误差均 1° 以下,这误差并不是古大陆分裂时产生的,而是分裂后海蚀和海沙堆积而产生的。

这时候古水覆盖了地球,平均高出于陆地二点四公里,用一片汪洋形容古代再合适不过了。

至于二十五亿年前的古水来自哪儿,没有人能知道,因为人活在水的后面,并产生于水,一切事物都浸泡在古水之中。

没有人能先于水知道水。

以前

　　两年前一个夏季的午后。我们几个友人约坐在湘江东岸的一个小酒吧边,撑开大洋伞,倚坐栏栅边。黄斌、易清华、吴刘维、袁剑虹及袁剑虹的朋友,对面湘水疯狂涨水,芦苇浮在水面就是几根绿色剑针插在水面,那绿蓬一样的柳枝散乱地漂在浑黄的水面,水浪打着旋,对面的橘子洲头淹了多半,活像一只黛绿色的船。老袁说,有几十年长沙没淹得咯样凡了。我心里一动,应该去看看湘水的源头了。记得清华说,我陪你去永州,永州文联主席蒋浦英是我表妹,湘江源在蓝山县境内。我说好。那次喝的是德国黑啤,大家都喝得东倒西歪了。

　　　　一个人的一生,只去一个地方。
　　　　也许,仅去一次的地方。
　　　　那就一定要去。
　　　　——《永州日报》的一次访谈

石头与草

　　水是日常生活中最平常的事物,但没人能离开水,这不仅因为它是生命之源。水有一种重要的功能:洗礼。水洗,一切事物经过水洗会显露它们的本色,也就是说水还原了事物本身。童年几乎是一个水洗的年代。静水的哺育。我祖母总把我两手提起来,将身体放在板桥湖里扑腾,水珠四溅,水色涟涟,水漫过身体所有毛孔,浸漫,进入。这是一种水意的进入,凉凉的冷冷的,在所有皮肤上光滑的部分,水走过的地方犹如阳光走过的地方,心灵也实实在在地水洗了一遍,快意,舒服,水走过的地方,有一只凉浸浸手捏过的腕圈,那里留着祖母动人的气息,水像海绵一样透过身体,

179

吸满,饱和,充盈,把身体的脏器都换了一遍。那是人生最惬意的一次吐纳,脱胎换骨,祖母就是我的人生至水,从至水到至善是祖母给予我的人生背景。水就是这样循环不断地在我的身体、我的道路、我的命运中汰洗,每一次洗涤都是一次新的轮回、新的感受。水液的流动性就是那么伟大,然后我就如此地被绑在华容河上,这一条长江的分支,长江从调弦口分水,到津湖、大王山、万庚、华容、珠头山(板桥湖),到潘家、南堤、团西、团东、灌头尖、六门闸,而后入洞庭湖。冬季流往洞庭湖,夏秋洞庭湖倒灌到华容河,因此夏水时岳阳的盐船可以直接到板桥湖。华容河称为一条内河,潺湲流动,勾连河湖港岔,并不依据山形岭脉的走势,而是在洞庭湖的北坡,如同犁铧一般在平原泥土中耕出河道,弯弯曲曲的堤坝围垦成弯弯曲曲的岸线。大堤无尽地高擎各种杨树、柳条,冬日退出甚至裸露河床,河滩成了一片草褥子,飞蓬草、蒲公英、长叶蒿草,波浪的纠缠,漩涡的沉积,泥土的淤堆,浮萍和芦苇被推到了滩头,草滩上出落一个个坑洼,叫牛塘。大的滩塘里浅水浮草,有荇菜、菖蒲、茅草,三三两两的杨柳树,在河湾大的地方能连成一片,树干上总留着当年的水线,极其偶然地拴牛绳拖在草地上。草甸子软软的能踩出脚印,有浅浅的水印,放松了,便是一堆堆的绿草。河流在春夏两季总是在它们身上流淌。

我们的河流总是有这么一个从江到湖的过程。

洞

童年的时候,有水的地方总会住着一位神。洞庭湖里肯定住着水龙王,还有龙女。河也有河神、水怪,长江里一定是一个大神。像板桥湖那样的小湖一定是一位慈祥善良的婆婆管着。在晨昏之际,或月明之夜他们会静悄悄地出来,白衣白发飘飘,杖藜龙头拐杖,悠闲行走,常常点化人们,渡人于光明的左岸。我最奇怪的是他的归去,总是悄然而逝,也不见白雾或者青烟,也许是湖区,我总相信曲折而隐秘的洞穴是他们归去的地方。因此我总会在湖边与河边悄悄地寻找,并自言自语地呢喃,它能在哪儿呢?我祖母找到我说,客伢儿,你找么事哟。她经常对我叔叔说,这个伢儿成了自说神了。那时候我不仅相信神怪有出入口,而且相信这个得隐藏于个人内心,不能随便对人说的。后来才知道西方的水神叫波塞冬,还知道自恋之神叫那喀索斯。"水边"一词赋予我特殊的意义,这不仅是水的边界,水与岸的连接点,更重要的是内部心灵的引渡,有彼岸,有那边,临水而居的特别意义是期待与等待。水——边,水一词传送得很远很远,飘逸而轻盈,水响之后的波纹,涟漪荡开,传送是一次有意义的远游,水,水水水水水了很久以后才有一个边字,停顿,可能有水神驻留的地方。水边是一个等待的符号,它期许着人类的愿望。

水边:能映出你个人自身的全部。

水边:也可能是你一次浪游的开始。

水边:也可能是你一次自我回忆。

总之,水边既是开始又是结束,等待是一定的了,接下来就是没完,向永恒的延续。约会的裂痕也是在水边,岸与水从此别过,没有交叉的等位线。

行走桑植

◎ 谢德才

利福塔的糖

舌尖上的桑植,有利福塔的糖。

在湖南省的桑植县城有条老街,老街上,常有卖糖人。他们在那儿摆上小摊,背篓上支个簸箕,簸箕里盛着红薯糖、苞谷糖和米糖。他们坐在那里,一声不吭,主动上门买糖的却不少。乡下人吃过早饭,挑个担儿笑嘻嘻地进了城,下午的时候,他们就把空担儿乐呵呵地挑回了家。如果你想打听这些卖糖人来自哪里?他们会幽默地给甩上一句:"利福塔的'糖客'!"

平日里,一些人有事无事总喜欢往利福塔跑,那地方是块风水宝地,那里有张家界西线旅游的景点,再就是盛产红薯糖、米糖和玉米糖了。

这地方的景致像姿色诱人的美女们。如九天洞,俗称亚洲第一大溶洞。它是不是亚洲第一大溶洞,我不用去考证,这也不用我考证。但,洞是超奇的怪,我得承认。洞内,天生的九个天窗像无法计量瓦数的灯泡照亮洞内。像这样的洞,依我想,除了这九天洞,全中国难找,全世界也找不出。这里的峰恋溪俗称是张家界天子山的"幺儿子"。山峰高得吓人,差点顶到云层里去了。最爱笑的小溪,它日日夜夜地鼓着掌,渗透着《儒林外史》中风景描写的清新与幽雅。走进千年的苦竹寨,等于走进了民风,走进了民俗,也走进了民情。这里有踩上去发出叮当响的石板路,陈年旧事也长满了大街小巷;苦竹寨,河边的苦竹们节奏性地摇曳着。一条前不见头后不着尾的苦竹河,养育出了满河的绿,还真难从字典中抠出一个准确的词儿来比拟它,即使拖出辞海也是瞎子点灯——白费气力。河边,会生活会过日子会享受的一些柳树,有四周的青山欣赏着,有飞来飞去的鸟儿陪伴着,有大大小小摇晃的船只依偎着……

我想去利福塔,想感受那里的糖。我急切地想去那个充满神秘的地方,一个人便挤上了去利福塔的车。

到了镇上,我问镇上人,利福塔的糖哪儿有现熬现卖的?他们的脑袋不是朝天昂起说话,很礼貌,也很文明。我喜欢这样的人,也很喜欢他们的热情与表达,倘若出了远门问路的话,遇上这样的人算是你的福气。他们为你提供准确的信息,你少走好多弯路。按照他们提供的路线,我去了利福塔镇的舒家坪村。听说,这个村熬糖的历史已有两三百年。

冬天的路上,没有雪花,但有寒冷。我在这条路上,不时碰上背着背篓和挑着担儿卖糖去的男人们和女人们。他们赶路,我也赶路。行走中,我突遇一股又一股的糖香。糖香的胆子够大,悄悄地拥抱了我,悄悄地抚摸了我,进了我的鼻孔还一个劲地往心底里钻。

这个村,水少,温柔全被女人占去了。但是,这村里的岩头甚多,一些岩匠来了这里,像磁铁般地给吸引住。在这里,他们一雕一刻,一待就是好几个月。不知怎么,红薯也跟这石匠一样钟情这里,尽管它们是在岩缝中生存,但,刨出来的红薯比别处的好,拳头大小,糖粉好。听人说,村里人熬糖就冲这红薯和一洞好水。

我走进一个院子。这院子,虽不及乔家大院的名气,但干净与古朴。我轻轻地推开虚掩的木门,屋子里,一位八十多岁的童姓的老奶奶走向我,她见我来,连忙从簸箕中锤块糖递给我,我摸着尚有余温的糖吃了起来,发现她提着一大桶水走起路来像个年轻人。我问她,你这么大的年纪,身体怎这样好?她露出得意的表情说,吃自家熬的糖呗!

她跟我说,自从村上修了公路通了车就很少熬红薯糖了,只熬苞谷糖和米糖。她认为熬红薯糖太苦太累。我看着她在屋子里像架机器转来转去，咱们间的对话便自然地简洁起来。与她的交流中，我了解了熬糖的过程，熬糖需要经过筛、磨、冲、酿造、榨糖、煎糖、冷却、打糖、拉条、切糖，等等。每一道工序，少不得，都得用心。

她将本地种植出来的稻米装在筛子里，筛，筛去杂质。她用石磨不停地磨着米粉且将磨好的米粉和干净的水倒入锅中搅起来，再把前两天生长茂盛的麦芽用对码舂细以后与锅中的米粉混合起来，反复地搅拌，让其发酵。这时的火，正如人们所说："烧火是师傅，炒糖是徒弟。"火大了，滤不出糖水；火小了，不能发酵，无糖。麦芽与米粉发酵两三个小时后，用包袱出糖水，再在锅中煎出糖水，锅中煎糖不冒白烟之时，则可炒糖。炒糖时，炒棒要像擀面粉一样不停地翅动；眼睛要像司机开车一样直直地盯着，心要像考试一样细细地想着，因稍一走神，一锅糖就甩了。

糖汁由液体渐渐地变黏稠起来。一锅铲铲下去，提起来，若有块糖往下落，用嘴一吹，锅中的糖冒出"泡泡"时，这糖便可出锅。等黏稠的糖稍稍冷却以后，糖往木梯的木钩子上一挂，就开始扯糖了。

扯糖时，童奶奶真有几招，她扯得有节奏感和快乐感。我想体验下扯糖的味道，主动向她提出要求让我尝试，她马上把扯糖的木棒交给我。我使劲一扯，人差点倒在地上，糖也差点掉到地面，幸亏她一手挽住，直引得旁边的观众哈哈大笑。我想，自己也是一个身强力壮的人，怎么操作起来赶不上她的手脚麻利呢？接着，我让她扯，她不慌不忙地扯着。一会儿喝彩声扯出来了，桑植民歌声也扯出来了："正月是新年，利福塔的糖甜又甜……"一扯，两扯，三扯，若干次地来回扯，青黄色的糖扯成了银白色。她是从青年扯到成年，从成年扯到老年；她是从幽幽的黑发扯到了满头白发。

利福塔的糖，人见人爱。看来，我走的这一趟，不算枉走。糖内的花生和芝麻塑造了糖香的地位和形象。这糖除非小孩子不看见，看见了会争着吃；大人们见了这糖，如猫儿见上了鱼，牙齿脱落了的老人有了这糖好像是他们的命根子,生怕吃完了再买不到,他们攒着吃。在炒米中,酌糖几小块,冲上开水吃,几口扒进喉咙,有说不完道不尽的舒服;在烤熟的粑粑中,随便戳上个小洞塞一块糖进去,一烤,糖给流了出来,这时一口咬下去,咬出的是甜甜的味道。这里的糖比蜜糖甜得浅,比白砂糖甜得正,比冰糖甜得久。

卖糖的人从县城回来了,他们哼着歌,走在乡村的小路上。这时,我也该返城了,童奶奶知道后,不许我走,紧握我的手说:"你来一趟不容易啊,铺不好睡就是一夜,还是在我家宿一晚吧……"她的话,贴心又贴肉,说得我都不好意思起来,我被她的诚心所感动,住了下来。

夜太寂静,寂寞得像石头缝中长出的红薯。我吃着糖,一会儿,甜甜的味道出来了,鼾声出来了,关于糖的梦也出来了。

天平山的花

花儿绽放,漫山遍野。

这个地方,是桑植县的天平山。当我还没见到花开的样子,花的芳香却已进入我的鼻孔和灵魂。花的绽放,赏心悦目,不然,人们不会拿少女比喻花季。夜里,我枕着喜欢的绿色入眠,山中的花,总是在我的梦中一次又一次地浮现!

人们常说,值得记忆的事情往往是在清晨时发生。凭我这次经历这件事,完全相信这句话的真实性。天一亮,我就开始散步来,那是有目的去一个农户人家。这人家,是我先天天黑以前就想去的。我经过一座简易的小木桥,到了他家的门口。这屋子,是一幢木屋,但,很精致、漂亮。屋旁的绿色几乎把整幢房屋掩饰起来,其实,在大自然中,美是无法遮掩的,越是掩饰,越是神秘,越是寻找,越是美丽。这屋子的厨房门半开半掩,屋里的灯,亮着,但不是太明,也不是太暗。走进这个家,一只狗向我冲来,叫着。这是一只上了年纪的狗,看样子,精明得厉害。它有节奏地在我的面前摇起尾巴,当时我有点害怕这样的气势。作为一只看家的狗,遇上了一个陌生人,出现几分不安是正常的。它的这样动作的出现,一般都以为会偷咬人,可它控制住自己的行为。这时,家里的主人从山里锄草回来壮了我的胆。我去看他家门前的一簇簇映山红,小狗以最快的速度跟上。我拈花,靠近鼻子闻,狗也闻起来,它的两眼还直直地监视着我,生怕我碰掉花瓣,生怕我摘花。这映山红,红如火,主人告诉我,自从他家门前屋后有了映山红,日子也红了起来,有了吃的,有了穿的……他拉着我的手,邀我去看看他家的竹园。竹园里,好大的一棵绣球花,花是那么白,那么圆,那么洁。那洁白的花朵静挂枝头,正如《幽梦影》中之言:"花之娇媚者,多不甚香"。在这园子里,不知哪来的一对外地人,他们摆着不同的姿势,尽情地在这园子里照着婚纱。依我想,他们像绣球花一样比较在乎空灵洁净,在乎一种难得的清雅。

从这农户家走出来,我沿一条小溪往上走。这溪水,清得能分辨出鱼儿的公母。我走,溪水也走。溪水的脚步比我快,它是在赶路。路上,外来的,一阵又一阵的男男女女默默行走着。人们求得心之宁静,来到这样没有物界喧嚣之地是最好的选择。这时,鸟声冒出,尽管就那么几声,但,极其昂贵,它叫出了我从遥远的地方到这里寻觅的音符,也是路上众人所喜欢的缠绵之声。路边的花,一见如故,频频招手,一直用灿烂的笑脸追逐着我们,虽没说出声,但,让我感受到了它待人的真诚与热情。

这时节,山里已穿上五颜六色的衣裳,花开没有罢休的意思。

人们说:"天平山,天平山,珙桐花开最好看!"为赏珙桐花,我找上一根小木棍,带上,边走边探。隔好几公里,山坡上的珙桐花就映入我的眼帘。当我走到世界上稀有的珙桐树下,坐了下来。这树,几人高,正是成熟期,一根根的枝条,一片片的绿叶显得格外活力。这树,几百年的历史,已戴上若干"勋章"。它开花了,花开像鸽子。它的叶子与花有约,同时开放,开始为绿色,然后黄绿色,最后晶莹的白色。花一旦开到极致,叶子也就长到极致。花飘飞的时候,更像一只只的鸽子展翅飞翔,故说鸽子花象征团结,象征和平,象征吉祥。欣赏中,我的耳朵开始嗡嗡作响起来,一只只小蜜蜂在鸽子花上采起蜜来。这到底是花爱上蜜蜂,还是蜜蜂恋上花?在这,我诵读起亨利·比尔斯的诗:"它喝饱了忍冬花美味的糖浆,喝成了好一个滚圆的大肚……"

刘家坪的饺子

刘家坪的饺子,好吃!

为了去吃刘家坪的饺子,我专门去了一趟刘家坪。刘家坪属于湖南省桑植县。刘家坪是红二方面军长征出发地。

这注定是一次历史的碰撞。

说起饺子的历史,源远流长。三国时期,魏人张辑所著《广雅》一书中就有涉及。另一说是由南北朝的"偃月形混沌",北宋时期的"细料馉饳儿"和南宋时期的"燥肉双下角子"发展而来,也有说饺子是中国东汉医圣张仲景发明的。不管怎么说,反正饺子是中国人的首创,是中国人逢年过节必吃的美食。

刘家坪的老饺子店在刘家坪的街上。一条街,像一根长长的竹篾,把街的两端紧紧地给串了起来。街边,一幢陈旧的砖房顶上,立着一块木制的广告牌,字有巴掌大小,赫然写着"刘家坪老饺子店"。

我进店,一个戴眼镜的男人正忙收钱,我一眼就认定他是这个店的老板。店老板,刘姓。刘家坪姓刘的是大姓。他,留有几根胡须,见我,微微一笑。他是该乡长征村的。长征村也在街上。我吆喝一声:"老板,来碗饺子!"

老板招呼我坐,又忙去收他的钱。我坐在店里的一个小角落里。这店,座无虚席。一条长凳,正常是坐两人,可它挤坐四人。来这店里吃饺子的人,有的背着背篓,有的抱着小孩,有的拄着拐杖,有的提着公文包……而今,刘家坪的饺子店已延伸到桑植县城、张家界、龙山等地,生意也是如火如荼。刘家坪的饺子,本乡的大人小孩都爱吃,邻乡镇的,还有其他区县乃至长沙、外省的好多人,都到这里吃过,尤其是外出打工的人,一带就是几百个上千个,带了一次又一次。外地人吃过之后都说:"好棒!"用咱们桑植的话说就是"好逮!"

我想与老板交谈交谈,可他忙得连擦汗的时间都没有。这里没有现代化的收银台,只见顾客给钱,老板把钱放在一个油黑黑的纸盒子里。纸盒摆在桌子上,没上锁,扫一眼过去,便可见纸盒里满满沓沓,是一些一百、五十、二十的人民币。他收钱,需找零,就让顾客自己拿一块、五块、十元的零钱。趁着空当,我们聊起来。他说,他主要是负责做饺子皮、剁肉馅、包饺子……

老板跟我说,做饺子,材料搭配,要合理,主次分明。只有这样,才能吃出有层次的口感。我见他把一盆的肉和少量的辣椒切细,又一个个地把饺子包出来。包出的饺子,肥硕结实。捏边时,像做艺术品一样,捏得精致漂亮,特别像女孩子的百褶裙。我诧异,作为一个山里的大老爷们,手法却是如此精巧。

他跟我说,饺子店的门一年四季敞开。春节期间,关门三天,店门都只差被那些想吃饺子的人敲破。

凡到这店里来的,无论是谁,他一样热情,一样的价格。先来后到,自觉排队。这是店里的规矩,我看着身边的人吃饺子,闻着香味,忍不住默默地吞咽口水,也只好耐心地等着,伸长脑袋盼着自己的那碗饺子快点到自己的面前。等待中,我明白等待也是一种境界。

等了十余分钟,饺子递上来,热气腾腾。

服务员说:"吃吧,等候了,不好意思!"尝上这饺,它真是表里如一,要皮有皮,皮不厚也不薄,要肉有肉,肉是精肉。肉中,裹着辣椒、葱蒜,还有养生的东西。吃之前,滴上几滴山胡椒油,味道更好,吃起来,有说不出的舒服,吃完碗中饺,莫忘碗中汤,那汤跟芭茅溪的"神仙汤"一样好喝。

听老板说,前不久,高山上下来一个美女,一餐吃上四十个,有个老红军一次吃了五十个……店中帮忙的,看出我对老板的话怀疑,马上插嘴:"那就是真的,吃完,还喊了两瓶水!"一位正吃得津津有味的白族姑娘放下勺子,甩出一首桑植民歌:"马桑树儿搭灯台(哟嗬),写封的书信与(也)姐带(哟),郎去当兵姐(也)在家(呀),我三五两年不得来(哟),你个儿移花别(也)处栽(哟)"……唱完,店里欢腾,掌声不断,大家洋溢着开心的笑容!那种感觉,谁也不会说在店中仅仅就是吃了一顿饺子呢!

28 岁上北大

◎ 陈建功

一九七七年恢复高考时,我已经 28 岁了。如果不是"文化大革命",我也该和今天的高中生们一样,18 岁就进考场了。18 岁那年, 我却卷起铺盖,到京西的木城涧煤矿当了一名岩石掘进工。那时候的我又瘦又小,体重不过百十斤,扛起和我一般沉的风锤,晃晃悠悠,龇牙咧嘴。我最拿手的活儿是跟车——叼着哨子,在飞驰的矿车间蹿上蹿下,摘钩、挂钩、甩车、追车……我时而指挥若定,时而欢实得像一只出溜出溜四处乱钻的老鼠。一干就是十年。28 岁了,居然又回到了考场。

说实在的,那十年里,我做过大学之梦。一九七三年,我满以为自己会成为南京大学中文系的"工农兵学员"。因为班组里的师傅们认定我这个人"实在、义气、不惜力",一致推荐我去上大学,而我又即将在《北京文艺》上发表我的处女作——那是一首歌颂"工农兵上大学"这一"新生事物"的诗歌……但我没想到, 无论是实实在在地干活儿, 还是不实实在在地拍"文化大革命"的马屁,都帮不了我——因为我有一个"臭老九"加"特嫌"的父亲,也因为我有所谓的"反动言论"。最终我被拒之门外。

一九七七年下半年,说是高考要恢复了。风传日盛。我对此却有些麻木,或者是因为我的自负——因为已有文字发表,就自以为已经迈出了当作家的第一步。当作家一定要上大学吗?高尔基、杰克·伦敦、马克·吐温……我一边挖煤,一边读这些人的书,虽说是"文革"时期,除了《毛选》和马列著作,几乎无书可读,可我还是读了不少——其中的大多数,就是我妈利用她负责北大附中教师资料室之便，偷偷拿来给我读的。就这样，我读了十年，算起来上两个大学都毕业了！自以为已经读了不少书的我，认为自己的当务之急是写小说、当作家，让那些当年把我拒之门外的人目瞪口呆。

母亲不是一个望子成龙的人，她只希望她的儿子活得明白、自信、充实。而要如此，她认定了非得送我去读大学不可。"五世业儒书有种，一生任运仕无媒"，我妈受陆放翁之毒颇深。她说我家是"书香门第"，能不能当官，那是命，甚至于能不能找一份好工作，她都无所谓——可绝了"书种"，她会愧对先人，死不瞑目。我妈还说，"四人帮"时代，她绝不逼我，谁让咱家不是"工农兵"呢，现在党又让咱考了，咱还不考？我妈啰唆得很，我怕她啰唆，只得从命。

我是在山脚下筛沙子的时候，听说自己被北大文学专业录取的。大约三年前，我在掌子面上被矿车撞断了腰。伤好以后，我就在那个井巷口，天天率领着四个老太太筛沙子。更确切地说，那位工友兴冲冲地跑来报信的时候，我正仰面朝天，躺在沙子堆上晒太阳。我记得，听到他气喘吁吁的报告，当时我似乎只是淡淡一笑，然后又翻了个身。我想晒晒后背。当后背也被晒得热烘烘之后，我爬起来，去领我的录取通知书。

回想起来，有点儿后怕——我的心，已经像岩石一样粗糙了。

28 岁，已经不是激情澎湃的年龄。

也许，回味那个年代，更值得叙说的，是思想解放的大潮如何涌入沉寂多年的未名湖，引起隆隆的回响，规模浩大的"五四"学术讨论会，日益开放、日益大胆的讲坛，活跃的学生社团，广泛的社会交流。熄灯后的宿舍，关于"凡是派"和"实践派"的喁喁低语。大礼堂里，倾听新学科讲座的一幕幕……

我知道，这种兴奋并不只属于我一个人。我曾经听着对门水房的"靡靡之音"，反省自己 18 岁到 28 岁的时光：你可曾有过一次酣畅淋漓的歌唱？当你被怀疑为"反革命集团成员"而接受"审查"的同时，你还接受了审查你的那位书记的吩咐，为他拟定了学习"九大"文件的辅导报告。当你被取消当"工农兵学员"资格的同时，你发表了你的"处女作"，那恰恰是一首讴歌"工农兵上大学"的诗篇。其实，严格地说，你的"处女作"早在这之前已经发表了，不过那署的是别人的名字——那位"劳动模范"器宇轩昂地在劳动人民文化宫朗读了"他的"诗作《煤矿工人这双手》，然后他到北京饭店吃庆功宴；第二天，"他的"诗作就登在了《北京日报》上。而你，老老实实地回到岩洞里开你的风钻……你可料到，会有这样一个时代到来？可曾知道，还有这样一种富于魅力的人生值得认同？

春天的步调

◎ 刘亮程

　　刚发现那只虫子时,我以为它在仰面朝天晒太阳呢。我正好走累了,坐在它旁边休息。其实我也想仰面朝天和它并排躺下来。我把铁锨插在地上。太阳正在头顶。春天刚刚开始,地还大片地裸露着。许多东西没有出来。包括草,只星星点点地探了个头儿,一半儿还是种子埋藏着。那些小虫子也是一半儿在漫长冬眠的苏醒中。这就是春天的步骤,几乎所有生命都留了一手。它们不会一下子全涌出来。即使早春的太阳再热烈,它们仍保持着应有的迟缓。因为,倒春寒是常有的。当一场寒流杀死先露头的绿芽儿,那些迟迟未发芽的草籽、未醒来的小虫子们便幸存下来,成为这片大地的又一次生机。

　　春天,我喜欢早早地走出村子,雪前脚消融,我后脚踩上冒着热气的荒地。我扛着锨,拿一截绳子。雪消之后荒野上会露出许多东西:一截干树桩,半边埋入土中的柴火棍……大地像突然被掀掉被子,那些东西来不及躲藏起来。草长高还得些时日。天却一天天变长。我可以走得稍远一些,绕到河湾里那棵歪榆树下,折一截细枝,看看断茬处的水绿便知道它多有生气,又能旺势地活上一年。每年春天我都会最先来到这棵榆树下,看上几眼。它是我的树。那根直端端指着我们家房顶的横权上少了两个细枝条,可能入冬后被谁砍去当筐把子了。上个秋天我趴在树上玩时就发现它是根好筐把子,我没舍得砍。再长粗些说不定是根好锨把呢。我想。它却没能长下去。

我无法把一棵树、树上的一根直爽枝条藏起来,让它秘密地为我一个人生长。我只藏埋过一个西瓜,它独独地为我长大、长熟了。

发现那棵西瓜时它已扯了一米来长的秧,而且结了拳头大的一个瓜蛋,梢上还挂着指头大两个小瓜蛋。我想是去年秋天挖柴的人在这儿吃西瓜掉的籽。正好这儿连根挖掉一棵红柳,土虚虚的,很肥沃,还有根挖走后留下的一个小蓄水坑,西瓜便长了起来。

那时候雨水盈足,荒野上常能看见野生的五谷作物:牛吃进肚子没消化掉又排出的整粒苞米,鸟飞过时一松嘴丢进土里的麦粒、油菜籽,鼠洞遭毁后埋下的稻米、葵花子……都会在春天发芽生长起来。但都长不了多高又被牲畜、野动物啃掉。

这棵西瓜迟早也会被打柴人或动物发现。他们不会等到瓜蛋子长熟便会生吃了它。谁都知道荒野中的一棵瓜你不会第二次碰见。除非你有闲工夫,在这棵西瓜旁搭个草棚住下来,一直守着它长熟。我倒真想这样去做。我住在野地的草棚中看守过几个月麦垛,也替大人看守过一片西瓜地。在荒野中搭草棚住下,独独地看着一棵西瓜长大这件事,多少年后还在我的脑子想着。我却没做到。我想了另外一个办法:在那棵瓜蛋子下面挖了一个坑,让瓜蛋吊进去。小心地把坑顶封住。把秧上另两个小瓜蛋掐去。秧头打断,不要它再张扬着长。让人一看就知道这是一截啥都没结的西瓜秧,不会对它过多留意。

此后的一个多月里,我又来看过它三次。显然,有人和动物已经来过,瓜秧旁有新脚印。一只圆形的牛蹄印,险些踩在我挖的坑上。有一个人在旁边站了好一阵,留下一对深脚印。他可能不太相信自己的眼睛。还蹲下用手拨了拨西瓜叶——这么粗壮的一截瓜秧,怎么会没结西瓜呢?

又过了一些日子,我估摸着那个瓜该熟了。大田里的头茬瓜已经下秧。我夹了条麻袋,一大早悄悄溜出村子。当我双手微颤着扒开盖在坑顶的土、草叶和木棍——我简直惊住了,那么大一个西瓜,满满地挤在土坑里。抱出来发现它几乎是方的。我挖的坑太小,太方正,让它委屈地长成这样。

当我把这个瓜背回家,家里人更是一片惊喜。他们都不敢相信这个怪模怪样的东西是一个西瓜。它咋长成这样了。

出河湾向北三四里,那片低洼的荒野中蹲着另一棵大榆树,向它走去时我怀着一丝的幻想与侥幸:或许今年它能活过来。

这棵树去年春天就没发芽。夏天我赶车路过它时仍没长出一片叶子。我想它活糊涂了,把春天该发芽长叶子这件事忘记了。树老到这个年纪就这样,死一阵子活一阵子。有时我们以为它死彻底了,过两年却又从干裂的躯体上生出几条嫩枝,几片绿叶子。它对生死无所谓了。它已长得足够粗。有足够多的枝杈,尽管被砍得剩下三两根。它再不指点什么。它指向的绿地都已荒芜。在荒野上一棵大树的每个枝杈都指示一条路。有生路有死路。会看树的人能从一棵粗壮枝杈的指向找到水源和有人家的居住地。

我们到黄沙梁时,这片土地上的东西已经不多了:树、牲畜、野动物、人、草地,少一个我便能觉察出。我知道有些东西不能再少下去。

每年春天,让我早早走出村子的,也许就是那几棵孤零零的大榆树、洼地里的片片绿草,还有划过头顶的一声声鸟叫——鸟儿们从一棵树,飞向远远的另一棵。飞累了,落到地上喘气……如果没有了它们,我会一年四季待在屋子里,四面墙壁,把门和窗户封死。我会不喜欢周围的每一个人。恨我自己。

在这个村庄里,人可以再少几个,再走掉一些。那些树却不能再少了。那些鸟叫与虫鸣再不能没有。

在春天,有许多人和我一样早早地走出村子,有的扛把锨去看看自己的地。尽管地还泥泞。苞谷茬端扎着。秋收时为了进车平掉的一截毛渠、一段埂子,还原样地放着。没什么好看的,却还是要绕着地看一圈子。

有的出去拾一捆柴背回来。还有的人,大概跟我一样没什么事情,只是想在冒着热气的野外走走。整个冬天冰封雪盖,这会儿脚终于踩在松软的土上了。很少有人在这样的天气窝在家里。春天不出门的人,大都在家里生病。病也是一种生命,在春天暖暖的阳光中苏醒。它们很猛地生发时,村里就会死人了。这时候,最先走出村子挥锨挖土的人,就不是在翻地播种,而是挖一个坟坑。这样的年成命定亏损。人们还没下种时,已经把一个人埋进土里。

在早春我喜欢迎着太阳走。一大早朝东走出去十几里,下午面向西逛荡回来。肩上仍旧一把锨一截绳子。有时多几根干柴,顶多三两根。我很少捡一大捆柴压在肩上,让自己弓着背从荒野里回来——走得最远的人往往背回来的东西最少。

我只是喜欢让太阳照在我的前身。清早,刚吃过饭,太阳照着鼓鼓的肚子,感觉嚼碎的粮食又在身体里葱葱郁郁地生长。尤其平射的热烈阳光一缕缕穿过我两腿之间。我尽量把腿叉得开些走路,让更多的阳光照在那里。这时我才体会到阳光普照这个词。阳光照在我的头上和肩上,也照在我正慢慢成长的阴囊上。

我注意到牛在春天喜欢屁股对着太阳吃草。驴和马也这样。狗爱坐着晒太阳。老鼠和猫也爱后腿叉开坐在地上晒太阳。它们和我一样会享受太阳普照在潮湿阴部的亢奋与舒坦劲儿。

我同样能体会到这只长年爬行、腹部晒不到太阳的小甲壳虫,此刻仰面朝天躺在地上的舒服劲儿。一个爬行动物,当它想让自己一向阴潮的腹部也能晒上太阳时,它便有可能直立起来,最终成为智慧动物。仰面朝天是直立动物享乐的特有方式。一般的爬行动物只有死的时候才会仰面朝天。

这样想时突然发现这只甲壳虫朝天蹬腿的动作有些僵滞,像在很痛苦地抽搐。它是否快要死了。我躺在它旁边。它就在我头边上。我侧过身,用一个小木棍拨了它一下,它正过身来,光滑的甲壳上反射着阳光,却很快又一歪身，仰面朝天躺在地上。

我想它是快要死了。不知什么东西伤害了它。这片荒野上一只虫子大概有两种死法：死于奔走的大动物蹄下，或死于天敌之口。还有另一种死法——老死，我不太清楚。在小动物中我只认识老蚊子。其他的小虫子，它们的死太微小，我看不清。当它们在地上走来奔去时，我确实弄不清哪个老了，哪个正年轻。看上去它们是一样的。

老蚊子朝人飞来时往往带着很大的嗡嗡声。飞得也不稳，好像一只翅膀有劲，一只没劲。往人皮肤上落时腿脚也不轻盈，很容易让人觉察，死于一巴掌之下。

一次我躺在草垛上想事情，一只老蚊子朝我飞过来，它的嗡嗡声似乎把它吵晕了，绕着我转了几圈才落在手臂上。落下了也不赶紧吸血，仰着头，像在观察动静，又像在大口喘气。它犹豫不定时，已经触动我的一两根汗毛，若在晚上我会立马一巴掌拍在那里。可这次，我懒得拍它。我的手正在远处干一件想象中的美妙事。我不忍将它抽回来。况且，一只老蚊子，已经不怕死，又何必置它于死地。再说我一挥手也耗血气，何不让它吸一点血赶紧走呢？

它终于站稳当了。它的小吸血管可能有点钝，我发现它往下扎了一下，没扎进去，又抬起头，猛扎了一下。一点细细的疼传到心里。是我看见的。我的身体不会把这点细小的疼传到心里。它在我痛感不知觉的范围内吸吮鲜血。那是我可以失去的。我看见它的小肚子一点点红起来，皮肤才有了点痒，我下意识抬起一只手，做挥赶的动作。它没看见。还在不停地吸，半个小肚子都红了。我想它该走了。我也只能让它吸半肚子血。剩下的到别人身上去吸吧。再贪嘴也不能叮住一个人吃饱。这样太危险。可它不害怕，吸得投入极了。我动了动胳膊，它翅膀扇了一下，站稳身体，丝毫没影响嘴的吮吸。我真恼了，想一巴掌拍死它，又觉得那身体里满是我的血，拍死了可惜。

这会儿它已经吸饱了，小肚子红红鼓鼓的，我看见它拔出小吸管，头晃了晃，好像在我的一根汗毛根上擦了擦它吸管头上的血迹，一蹬腿飞起来。飞了不到两拃高，一头栽下去，掉在地上。

这只贪婪的小东西，它拼命吸血时大概忘了自己是只老蚊子了。它的翅膀已驮不动一肚子血。它栽下去，立马就死了。它仰面朝天，细长的腿动了几下，我以为它在挣扎，想爬起来再飞。却不是。它的腿是风刮动的。

我知道有些看似在动的生命，其实早死亡了。风不住地刮着它们，从一个地方，到另一个地方，再回来。

这只甲壳虫没有马上死去。它挣扎了好一阵子了。我转过头看了会儿远处的荒野、荒野尽头的连片沙漠，又回过头，它还在蹬腿，只是动作越来越无力。它一下一下往空中蹬腿时，我仿佛看见一条天上的路。时光与正午的天空就这样被它朝天的小细腿一点点地西移了一截子。

接着它不动了。我用小棍拨了几下，仍没有反应。

我回过头开始想别的事情。或许我该起来走了。我不会为一只小虫子的死去悲哀。我最小的悲哀大于一只虫子的死亡。就像我最轻的疼痛在一只蚊子的叮咬之外。

我只是耐心地守候过一只小虫子的临终时光，在永无停息的生命喧哗中，我看到因为死了一只小虫而从此沉寂的这片土地。别的虫子在叫。别的鸟在飞。大地一片片明媚复苏时，在一只小虫子的全部感知里，大地暗淡下去。

父亲这扇门

◎ 吕虎平

一

记忆中,父亲在职工大返乡时迁回到蒲庄,仅仅是形式上的迁回,实际上他仍旧在西安做工,挣下的工钱,由村会计统一结算,折合成工分。父亲周末回来一次,我唯一能与父亲亲近的只有他包里的糖果和点心。此时,父亲必然高举了包,不让我拿。一次,看到父亲悄悄塞给二姐一块点心,我心里老大不悦。

我发誓不再吃父亲的东西。除夕夜,哥哥姐姐都喊父亲,然后得到一个红包,喊母亲同样得到一个红包。我坐在炕上,看着窗外谁家放的爆竹出神。母亲拽了我一把,我说:"妈,新年好!"母亲高兴得嘴都合不拢,急忙拿了一个红包塞给我。我想穿鞋下去和伙伴玩,母亲不让出门,让守岁。我又回到原位,用被子把自己裹得严严的。父亲看着我,脸上没有任何表情。我知道,他在等我叫一声"爸"。封好的红包攥在他的手心。母亲说叫呀,快叫呀!我把头扭向一边,没有叫出来。"爸"这个词几乎从我的记忆中消失了,叫不出口。母亲生气了,一巴掌捆在我的脸上。父亲淡淡地说:"大过年的,不要惹娃哭了。"父亲把红包放在衣柜边上,出门了。

父亲工资低,几乎不能养活全家。有一度,经济极度匮乏,父亲的挂包也不再出现在周末的自行车上,我唯一能与他亲近的方式没了。其实,在那次父亲给二姐点心的时候,已经没了。现在,哥哥姐姐们也没希望了。

母亲说我头上有三个旋：一旋硬，二旋愣，三旋打架不要命。母亲知道我的脾气倔，担心我在外惹是生非，但无论怎样，我还没有到与人打架不要命的程度。一次，我家的麦子被连畔种地的刘二头家割去了一镰肘子的宽度，整个一行下来，能脱几袋子麦粒。刘二头家弟兄多，欺负我家人少，加之父亲谦让温和，他们以为父亲软弱，柿子专拣软的捏。母亲找刘二头家理论，他们反而骂母亲血口喷人。母亲气不过，当街就讲。母亲一讲，刘二头家觉得颜面上过不去，和母亲厮打了起来。毕竟，母亲势单力薄，被打得身上青一块紫一块，还被揪下几绺头发。

我在县中读书期间住校。周末回家，看到母亲的样子，就问父亲，父亲只是生闷气。问急了，母亲才委屈地讲了经过。讲着讲着，母亲一把鼻涕一把泪。一股无名火，从我的心里蹿升起来。我觉得父亲实在窝囊，恨恨地剜了他一眼，去厨房揣了菜刀，直奔刘二头家。母亲疯一般追出来，扯着我坚决不松手。父亲拎了铁锨，说："都给我回去！"父亲的眼睛狼一般红，凶狠得要把人吃了。我说你有火给刘二头发去，在这装啥硬？父亲挥起巴掌，却没有落下来。我歪着头，咬着牙，鄙视着父亲。父亲抄起铁锨，直奔刘二头家。

刘二头家得到风声，将门关得死死的，不敢露面。刘二头老婆趴在窗户旁骂，我一菜刀劈在他家窗户上，窗框被劈得几乎散了架。农村的窗子一般还有一道小扇，刘二头老婆紧紧关了小扇，再也不敢言传。此事一出，没人再敢欺负我家了。

当天晚上，我正睡得迷迷糊糊，忽然听到一阵说话声，声音不大，但听得真切。

父亲说："狗小子还算有良心。"

"是啊，毕竟是你儿子。别看他平日少言语，心里还是有你这个老子的。"

父亲不再说话，母亲"哎哟"了一声。

我没吭声，鼻子酸酸的。

父亲爱喝酒，每次都醉，总还要喝。我不知他为啥要喝酒。父亲爱抽烟，每次抽烟都呛得快要背了过去，但他还要抽。我很少见他不抽烟的时候，有时火还没灭就又续上了。我也不知他为啥要抽。

二

和父亲的明火执仗是我上高一的时候。农村孩子上学，每年有秋、忙两个假。忙假也就是夏收假，让孩子们给家里一个帮衬。

我放假回家，帮父母割麦子，开始我铆足了劲儿，一会儿就割到了前头。到了大中午，我腰酸腿疼，身上的汗珠毛毛虫般游动。手上磨出了水泡，水泡磨破了，又磨出血泡，被麦芒扎一下，钻心地疼。抬头望着焦火的天，我恨不得在阴凉处美美地睡觉。刚开始的新鲜感没有了，我甚至产生了畏怯情绪，手底下开始胡割乱放。大中午，麦子被太阳一晒，麦粒容易脱落，被我这样折腾，麦粒就唰啦唰啦地掉。农忙时节，谁都焦火，像吃了火药，呛呛的。此时，我感觉不是在割麦子，而是在拔，拼命地拔。母亲没好气地说，割不动一边歇去，不要糟蹋行当。我没理会母亲。父亲先是瞪了眼，然后继续割，镰刀轮得很快，带了很大的气，恨不得把地搂穿了。忽然，父亲掣转身，拾起一块土块，向我砸过来，我躲过了。他又拾起一块，再次向我砸来。他一边砸一边骂："枉长了墙高的汉子，枉读了这些年书！"我这次没躲，你砸吧，看你能砸成啥样？土块偏不偏端不端砸在我的腿上，生疼。母亲就过来扯了我让快躲开，我一甩手，说："砸死了零干！"

父亲似乎砸上了瘾，他又拾起了一块，砸了过来。母亲急忙拦在前面，土块正好落在母亲头上。母亲用手去捂，我拽开母亲的手一看，头上出了一个大血包。我一下来了气，迎了上去，说你打你打，反正命是你给的，今天你就收回去。父亲被我的举动震住了，一双粗糙的大手，抱紧了灰发蓬乱的头,就像一头狮子,突然没了斗志。

父亲更加沉默了。要是以往,父亲的沉默是一种威严,现在,他的沉默就是无奈,就是对现实不得已的接受。过去,我与父亲之间缺乏沟通,缺乏交流,现在连交流的可能似乎都没了。过去我和父亲之间是冷战,现在,父亲连冷战的心劲儿都没了,他沉默得如一座冰山,咋也撞不开。

三

发现父亲的老态,是我参加高考。他对我已经不是过去的命令和严厉,似乎多了几分小心。

那天,父亲带着母亲给我煮的鸡蛋、烙的油饼,骑上自行车赶到县城,守候在铁门外。我和几个同学一边说话,一边往外走,看见父亲站在那里,戴了一顶草帽,佝偻着身子。我走过去问父亲咋来了?父亲拘谨地问我:"考得咋样?"我说就那样。父亲不好多问,将鸡蛋和油饼递过来,我还没接到手,他已经松开了,"啪嗒"一声掉在地上。父亲弯腰去捡,我说:"还捡啥?"父亲看了我一眼,很过意不去地说:"我们到外边吃吧。"我说不用了,一会儿几个同学一起吃。父亲就问我需要钱吗?我说够了,父亲也许觉得自己帮不上什么忙,就说他先回了。父亲走后,我觉得自己实在过分,连问父亲是否吃了饭都没有问。

此后,这个镜头反复在我面前出现,要么清晰,要么模糊。无论在什么季节,无论父亲穿什么衣服,我脑海里的父亲总是那个戴了草帽,佝偻了身子,站在学校门外的形象。

四

多年以来,一到天阴欲雨,父亲腰部就隐隐作痛。二十世纪七十年代中期,夏季麦子收上场,脱成粒,摊开晾晒。突然阴云满布,一场暴雨呼啸而来。队长敲钟,让村民去麦场收麦子。父亲赶到场间,一次两袋麦子往草棚扛。正扛着,大雨瓢泼一般浇下来。大家急急地找地方躲雨。父亲却继续扛着,脚下一滑,摔倒了,两袋麦子重重地压在他身上,扭伤了腰,落下了病根。母亲多次找村长,要求算工伤,但因我家成分关系,一直没人理会。

一九九九年夏天,我正上班,大哥来电话,问我周末回家不。我说要加班,说不准。大哥说"知道了",我觉得他好像有话要说,就又追问了一句,大哥才说父亲摔骨折了。我问哪里?大哥说股骨头。我心里"咯噔"一下。

要说我们单位的医院,条件好,照顾起父亲也方便。我哥却说住在县城医院。我一下子来气了,就问是为了节约钱,还是为了你们方便?我哥说,是市上的一个专科分院,名气很大的。我这才消了气,急忙请假,取钱,拦了一辆出租车直奔县城。到了医院,看到父亲腿上打了石膏,做了牵引,脸色蜡黄蜡黄的,心里很不是滋味。我问:"咋样?"父亲没说话。我回头问母亲:"情况咋样?"父亲突然睁开了眼,眼里蓄满了泪。我说:"爸,你好好养着,钱的事你不要操心,只要能好。这里不行,咱转院。"

我知道父亲爱吃馄饨,晚上在家里把馅做好,擀好皮,冷藏在冰箱。然后,烙一张鸡蛋饼,切成旗花状,作为作料,这是父亲最爱吃的了。母亲每次都这样做,我也习惯这样做。我早上上班,中午请假,奔波于西安和县城之间。从我工作的单位去县城,坐出租需要二十五分钟左右,坐公交车要倒一次车,折腾下来需要一个多时辰。为了节约时间,我每次坐出租车去,回来坐公交车。我天天给父亲做一顿馄饨,有时是鸡汤的,有时是排骨汤的,有时是鲫鱼汤的。这个时候,父亲需要补钙,我想着法子给他做补钙的汤和饭菜。我一勺一勺地喂,父亲孩子般吃着,有时不小心洒了,我拿餐巾纸给他拭干。一天,母亲告诉我:"你爸说,他听见你叫他爸了。"

我一直以为,父亲这扇大门总是紧闭着,没想到在这个时候却打开了。

五

　　父亲的手术相当成功,在医院住了两个月,医生说可以出院了,半年后来复查。

　　父亲的身体在慢慢恢复,从开始卧床不起,到后来可以挎双拐行走,再后来,可以挎单拐在院子走几圈。在此期间,我每周都回家,给父亲买些补钙食品和有益身体恢复的药物。之前,每次回家,总是匆匆来匆匆去,家就像临时的住店。现在每次回去,我都在家住一晚上,但和父亲之间话还是不多,总是精简的几个字。

　　父亲问:"最近工作忙?"

　　"忙。"

　　"娃上学咋样?"

　　"好着呢。"

　　于是,沉默,长久的沉默,或者还是简练的几句问答。一次,儿时几个朋友来家里,找我玩几圈牌,在院当间的树荫下撑开了摊子。不知怎么的,我的手气特别好,怎么打怎么和,真是"胡打胡有理"。我的工作还算满意,三个同学一个是邻村的小学老师,另外两个除了种庄稼,平日靠打零工挣点钱。我实在不忍心赢他们的钱,于是,有意识不和,给他们放和。父亲站在后面看,看着看着就急了,问我会打吗?我没搭理他,父亲说我是老宋(送)。我说:"能不说话吗?"父亲气得走开了,拐杖在地上跺得"咚咚"响。

　　儿子周末补课,还有大量作业,我好久没带儿子回家。平日里,父亲想孙子了,骑单车来我这里。走的时候,两个人下楼,到小区门口。父亲说:"你回,我走了。"然后,我就给父亲塞上一百元烟钱。父亲只说用不了的。我说不要抽太差的烟。父亲不说什么,骑上车子就走了。自从父亲摔伤后,行动不便,他就再没见过孙子。一天,父亲问我:"把娃咋不带回来?"我说上学呢。父亲不理解,问我星期天上啥学。我说不上就考不上重点中学,你不懂,不能让娃输在起跑线上。父亲说我不懂把你咋供出来的,你下次不带娃回来,你也甭回来。

我说知道了,父亲拄着拐杖"咚咚"地出门了。我知道,父亲又坐在地头抽烟去了。父亲有个习惯,喜欢坐在地头抽烟,无论高兴还是生气。看着庄稼,心里就踏实。我不知父亲到底想什么?父亲很少言语,他关闭着自己的那扇大门,我走不进去,即使走进去了,也是笼罩在朦胧的烟雾中。

对父亲的记恨是在儿时。那年我七岁,早该上学了。那些和我一起的玩伴一个个离我而去,只丢下我还守在家里。我缠着父亲要上学,父亲说没钱。那时的学费就一元钱,怎么可能没钱?

父亲刚说完没钱,我却看见他给二姐塞了两元钱,让她交学费。二姐上小学三年级,学费只有一元五角,父亲却多给了五毛。我什么话都没说,坐在门槛上生闷气。难道我不是父亲亲生的?否则,他怎么会对我和二姐完全两样态度。

四年以后,"文革"结束,才知道当时因成分问题,队长让我推后一年上学。我说那我爸咋说没钱?母亲说你爸不想让你知道太多。原来,父亲虽然平时很少把想法袒露出来,但他心里总装着每个子女,如一棵遮风挡雨的大树,每时每刻都庇护着家里的每个成员。

"文革"初,我家生活相当困顿。二姐刚满四岁,蒲西一户人家有三个儿子,没有女儿,便托人找我妈,想把二姐过继给他们。与其让二姐在我家受苦,还不如到别人家过个好日子,母亲虽然不舍,但也只好答应了。来人抱走了二姐,母亲难过极了,毕竟是剜自己的心头肉啊!父亲从西安回来,骂母亲糊涂!跑到村西头,把二姐抢了回来。看到二姐又回到身边,母亲抱紧她,说啥也不松手。在我们姊妹四个当中,父亲疼爱二姐,大概与此有关吧。

六

　　老屋被折价卖了,是叔父卖的。父亲有三个哥哥一个弟弟,大哥二哥是大娘所生,三哥是二娘所生,父亲和叔父是三娘也就是我祖母所生。叔父一家在湖北工作,父亲在西安工作。祖父死得早,祖母一个人守在老家。祖母和大伯同岁,年岁大了,谁也照顾不上谁,叔父只好将祖母接到了湖北。

　　早年,叔母在老家当小学老师,放学回家还能照顾祖母的饮食。叔母随叔父调天津工作,要带了祖母去,祖母不同意。父亲要将祖母接到蒲庄,祖母也不同意,任由谁说,都没用。那时,交通不便利,我们回一趟老家要走许多路,倒几次车。所以,总是一年两年难得回一趟。我年龄最小,父亲回老家一般不带我。八岁那年,我们家攒了些钱,我才随全家回蓝田老家了。这次回去,是我懂事起第一次回老家,我很高兴,快到的时候,我拽了大姐让跑快。大姐回去得多,认得门,而我对老家的概念是一片空白,神秘而美好。大姐指了村口那棵很大很老的核桃树,说那就是我们家的树,树下面的那个大屋就是我们家。

　　我快跑了几步,想看看我的祖母长什么样,毕竟,祖母在我心目中是虚幻的想象。到老屋门口,一个瘦小的老奶奶正摸索着劈柴,我不知道她是谁,我很好奇,再看,原来是个瞎子,我蹲下来看她。大姐也到了,大姐喊了一声奶,就哭了。我愣住了,我一心想见的祖母怎么是个瞎子,我从来没听说呀,我怎么会有个瞎子祖母?

　　当父亲他们都到了的时候,我和大姐已经搀扶着祖母坐在炕上。炕是冷冰冰的,锅里也没一口热水。父亲看见祖母苍老的样子,一下子惊呆了。他反复问祖母眼睛怎么了?我听出父亲沙哑的声音,也看到了父亲眼眶里混浊的泪水。这是我平生见到父亲感情的第一次外露,也是第一次听到父亲沙哑而急切的声音。

自从叔父一家去天津后,祖母的生活相当困苦,她想我父亲和叔父,几乎天天以泪洗面。一天早上起来,眼睛忽然就看不见了。祖母一生很要强,她没告诉任何人,包括父亲和叔父。要不是这次回老家,谁也不知道。正好,叔父一家也从天津回来探亲,看到祖母这样,叔父回去的时候坚决要带祖母去。在西安火车站,祖母悄悄告诉父亲,老屋的椽眼洞里,有一个布袋子,里面有三十二枚银圆和一些散碎金子,让父亲回去找。自从祖母走后,我们也就没再回老家去,过了五年,当叔父再回来的时候,带的却是祖母的骨灰。家人把祖母下葬了,与祖父合葬。叔父一家回天津前,将老屋卖了,连同那个布袋子的秘密。我一直想不通,在我家经济最困难的时候,父亲为什么不回老家把那个布袋子取来,换成接济家用的钱,那可是一笔不小的财富。父亲不但没有,至今也没提此事。我说谁买了咱老屋,谁就占了便宜,父亲狠狠地用眼睛剜我,我感到寒寒的。

记得二十世纪九十年代初,父亲在一所大学做门卫。一天,他捡了一个钱包,里面有三千元钱,这些钱相当于他一年的收入。父亲将钱夹放在传达室窗台让人认领。失主是一位大学教授,他要给父亲酬劳,被父亲拒绝了,这件事让我对父亲更为敬重。

七

父亲喜欢看庄稼,有事无事到田里走一走,有时一袋烟工夫,有时长久一点。父亲返回的脸色,能说明庄稼长势的好坏。父亲摔伤后,行动不便,看田的机会少了,有时拄着拐杖,半道上又折身回来。有人问父亲咋回来咧?父亲说,老咧,老咧不管事咧,不能把这把老骨头也扔进地头啊。

父亲这样说呢,他还是丢心不下,有时喊母亲去看一看,是否需要浇水,需要杀虫,需要间苗,需要锄草?反正,他腿闲下来了,嘴反而闲不下。有时在村口看见有人去地里,叮嘱人家顺道看看我家的田。

有一次周末刚回到家，父亲就对我说："喝完水到北头地看看去，这些日子天旱，不知道苗稀苗稠？"我"嗯"了一声。母亲说她一会儿去，我刚回来，让歇着。父亲瞪了一眼，不再言语。我说妈你不操心了，还是我去。父亲接了说："他有摩托，骑得快，你先做饭去。"我知道，父亲怕母亲去了耽搁时间做饭，他知道我一般吃过饭，和家人谝一会儿就该走了。我说今天不急，住一晚上，明天回。父亲不再说话，但能看出他的脸展拓了。这微小的变化，让我觉察到父亲的希望。只是他话少，不喜欢表露。

我和父亲的矛盾也许就是因为两个倔强的性格相遇、相撞、相顶的结果。

父亲摔伤后，我不再和他顶牛，父亲也有意这样做。我们之间虽然交流不多，但却越来越默契。父亲想什么，我能隐隐感觉到。

"前三十年看父敬子，后三十年看子敬父。"我突然觉得，父亲这扇门本来就一直敞开着，只是我有意回避，或者根本没有要走进去的打算，才让我和父亲之间产生了隔膜，甚至敌对。

渐行渐远的乡间手艺人

◎ 辛牧

拉大锯

说大黄是一个木匠,好多年里,很多人并不服。"他算什么木匠?他只会拉锯。""可不是哩!拉了一辈子大锯,没见他做出个什么像样的家具。"为了这,大黄没少受气,不管别人服不服,大黄一直认为自己就是木匠,而且是一个好木匠。有时在饭桌上,介绍自己是木匠时,有人会反驳他,帮他补充上一句:"拉锯的。"旁边其他人也会附和着说:"对,拉大锯的。"老黄听了就觉得很没面子,像是自己说了谎话,尴尬得很。有时也会辩白几句:"哪里的木匠也少不了拉锯的,好多人都称我师父哩。"他这一说,大家就不再言语了,像是默认了。以后,大黄很少解释什么了,任人家怎么说。后来,大多时候他干脆就直接介绍自己是拉锯的,还两手上下比画一下,"拉大锯。"这样,反而没人小瞧他,倒还抬举他了:"噢,是木匠啊,有手艺,好讨生活呀。"他也只是笑笑,不多说什么。

大黄姓黄,因为一生下来就十多斤重,三四岁上个头就超过了同龄的孩子,力气又大,大家就叫他大黄,一叫就是一辈子。

大黄虽然有些笨,却从小就想学一门手艺,专做自己喜欢的事情,他觉得,做自己喜欢的事,才能对得起自己的光阴岁月,才能不白活一辈子。他爷爷是一个木匠,到了他爹,竟然没有继承,而是喜欢种地侍弄庄稼。到了他,本来对木匠也没有什么感觉。爱上木匠,爱上拉锯,是从一首儿歌开始的。

拉大锯，扯大锯，姥娘门口唱大戏。接闺女，叫女婿，小外孙也要争着去。姥娘煮上大米饭，舅舅杀只大公鸡。

一首儿歌，唱来唱去，大黄便对锯产生了兴趣。很小的时候，他就不知从哪里弄来半截小钢锯条，这里锯那里锯的，将从木工那里捡到的一些木头儿锯得方方正正，就像现在小孩子玩的积木！有时，他还能用这半截小钢锯条锯开很粗的铁丝，在小朋友们面前很有面子，显得很神气。

年龄大一些了，大黄的父亲就让他劈柴。劈柴，尽管用斧子劈就是了，可他却喜欢"多此一举"，非得用手锯将杂七杂八的木头锯成一截一截，他甚至会在一块块看起来很不起眼很不规则的木头上用粉笔认真地画上一圈圆线，沿着这个弧线锯，这样就避免了锯偏锯斜。有一次，大黄的父亲大约在什么地方生了气，回到家时，正瞅见大黄撅着屁股在那里画线，赶上去，朝着大黄的屁股踢了一脚，嘴里还数落着："让你劈块烂木头当柴火烧，你比建座宫殿还下功夫，你小子在学校里念书怎么不用上这个劲儿？"大黄天生好脾气，并不恼，回头朝着父亲傻傻地笑一笑，从地上爬起来继续认真地画线，有时还把上学时用的尺子用上，直到画好了，然后再一板一眼地用手锯锯木头。手锯也叫单锯，很难掌握，正常大人都锯不了，可大黄却锯得游刃有余，他把木头锯得平整而规则，然后再用斧头劈开！大黄的父亲见他这般，也就无语了，摇一摇头，深深地叹口气离开了！

到了十六岁时，大黄便不上学了，跟着邻村师父学木匠，先是跟着师父拉锯，师父拉大锯（上锯），他拉小锯（下锯）。木匠行里有句话叫"百日斧子千日锛，大锯只需一早晨"。大锯太容易了，一早晨就能学会。但是大黄跟师傅学徒，一直拉大锯。

拉大锯，说到底就是手工开木头解木板。一根圆圆的大木头，首先要让它变成薄薄的木板，然后才能做各种家具。木头开板需要卧式拉锯，通过调整锯条的角度，把整根木头一片片地"片"出来。

锯木头前需要先拉墨线，这是鲁班发明的。两个人，一人在木头的一头儿捏紧墨线,对准角度,绷紧后,把墨线扯起,再弹下去,木头上就有了清晰笔直的黑色线;画好了墨线,然后是固定木头,将整根木头固定在架子上,两个人一推一进开始比着墨线拉锯。拉锯是一个十分讲究的活儿,需要两个人的配合。

大黄干上学徒工时,实际上,有好几次机会,几乎就不用拉大锯,而去学真正的木匠活了。在师父心里,觉得大黄是个干木匠活的料儿,"说不定还能成大器哩!"师父见他拉大锯很用心,考验得差不多了,已经准备让他开始学木工手艺,甚至要让他学"细工"。不巧,那段日子里,木匠活儿多,好多家早就准备好了木料,让木匠打家具。而锯木头是第一道工序,锯完了还需要晾干,木头板儿干了才能进入打家具工序。需要锯的木头太多,而正好又没有新的学徒工换。倒是来了一个学徒工,个子太小,根本拖不开锯,师父自然不放心,怕锯坏了,也怕伤着人,于是,师父就征求大黄意见:"能不能再干一段,你学活儿反正是早天晚天的事。"大黄一口就答应下来:"听师父的。"

其实,自从拉大锯后,大黄感觉一直挺好。听着那刺刺的锯声,或长或短,或轻或重,或粗或细,越听越悦耳,有时来回拉一上午都不觉得累,连拉下锯的都支撑不住了,他却像拉二胡一样,一副悠然自得的样子。特别是到了一些村庄,他在大树边借着大树干支起锯架,拉起锯来,好些人会过来围观,有时,一些上了年纪的大爷大娘会坐了马扎子一看一个上午,还不时议论一番:"这后生,这大锯拉得不孬哩!"大黄就觉得自己很是威风,比舞台上的武生都要神气一些。所以,他这一干又是半年。这时,师父已经不用再怎么操他的心,不论谁家有木工活儿,首先是派大黄先去拉大锯,而且师父连打架子都不用管了,大黄一律都干得妥妥的。等大黄把木头锯好,晾干后,真正的木工才开进"工区"干细活儿。而这边师父们干着细活儿时,那边大黄又去其他人家拉大锯了!

在农村木工活儿这个行当里,干木匠光会拉锯,而且是拉大锯,就等于上小学一直没考上中学。师父终于不忍心了，年底，决定无论如何要让大黄学习木工手艺！何况邻村已经有人说闲话了："人家娃老实，也不能让人家拉一辈子大锯啊！"都定了，到下一家干活儿时，就让大黄正式学习打家具。可准备去的那家人很"挑剔"，早早地备下了当时村子里最好的楸木，这种木料木质硬、木面光滑、花纹漂亮，比较贵，一听说要让两个新徒弟拉大锯解木头就不答应："我这是准备给儿子结婚打家具，这么好的木头，别给我锯坏了。""就让大黄师父掌上锯！至于谁拉下锯我就不管了。"那人也懂行，连上锯下锯都知道。尤其是大黄听了后，激动了一夜，人家一口一句"大黄师傅"，还把咱叫成了"掌锯的"，这话，越想越受用。于是，没等师父表态，第二天，大黄就主动找师父说："自己喜欢拉大锯。接着干拉大锯的活儿。"师父虽不忍心，却也没别的办法，就答应了。

不知不觉间，天长日久，大黄还真成了师父。他觉得，自己也可以掌管一门了！后来，他就专门拉大锯，不再考虑学细工技术的事了！有人说他傻，他也不管，只是一锯一锯地认真高兴地拉……

大黄的锯越拉越漂亮，名头也越来越大，谁家有木头，即使不做木工活，也请大黄去拉锯解木板，以备将来用！

当村子里通上了电，家家户户沉浸在光明的幸福中时，同样沐浴在电灯的光芒里意气风发的大黄一直陶醉在巨大的成就感里，他没想到，自己读书不中用，却是因为拉大锯而成为人们心目中的成功人士，这时，大黄丝毫没有意识到自己可能将要失业了！

大黄浑身充满着力量，一边享受着拉大锯而获得的羡慕和尊敬，一边每天里兢兢业业地忙碌着。他更加一丝不苟、一锯一锯地拉着，把木板解得平整规则，同时，他下定决心，这一辈子就拉大锯了，不再改行了，就让大锯来回抽动的韵律伴奏自己的一生！他觉得，自己的一生将是一首优美愉悦昂扬的诗，他为自己过上了诗意的生活而自豪，每天都精神焕发，憧憬着美好的明天！

然而，没过多久，一个新生事物出现在邻村！那家人做家具解木板没有请大黄，而是使用了电锯！起初，大黄有些不相信，那家人他熟悉啊，他的儿子结婚做家具时就是自己去拉的大锯，活儿干得很让他们满意，当时还说，等他的孙子结婚时还让他去拉大锯！怎么没请自己呢？大黄不相信有比自己拉大锯拉得好的！他决定亲自去看看！

到了现场一看，大黄惊得张口结舌！神奇的电锯终于征服了他。一会儿工夫就能干完几天的活儿，而且漂亮得很！

在回家路上，一种莫名的失落从大黄心底升起！他终于意识到，自己的风光不会有多久了。果然，后来虽说还有活儿，但明显少了！再后来，农村连自己打家具的也逐渐少了起来，好多人直接从城里买家具，一车就拉到家了！所以，连电锯也不稀罕了。

望着那生锈的大铁锯，满头白发的大黄时常陷入沉思中！不过，经常有一缕笑容挂上眉梢，那是大黄仿佛又听到了自己拉大锯的声音。

劁猪王

劁猪王本姓王，叫王长轮，因擅长劁猪，人们便叫他劁猪王。时间久了，也就很少有人记起他的真正名字了。以至于人们到村上询问起王长轮时，有人会摇头不知，但一说到劁猪王，则无人不晓。

劁猪，就是割掉猪的睾丸或卵巢，也称阉割，或称骟猪。劁猪王自小随从其父学兽医，练就了一手劁猪的手艺，父亲死后，他仍然以此为生。

劁猪王长得又黑又矮，浑身上下一般粗细。他有一双超大的眼睛，而且有点儿向外凸，让人胆心掉出来。所以，他很少瞪眼，偶尔瞪一次眼，便会有人说："你小心点，眼珠子掉地上就不好捡了！"单从面相上看，劁猪王就不像什么正经人。关键是人品也不怎么样，不管见了什么人，总是从上到下打量人家一番，即使人家表现出讨厌和反感了，他也像是不明白般满不在乎,依旧把人打量完。最后,目光若即若离地停留在被打量人的两腿之间,然后才算完。当然,他打量人的速度极快,对面来的人还没发现时,他可能早已经将来人打量过了。有时,有人偶尔从他侧面经过,并不相识,他甚至连头都没侧一下,却能将那人记得清清楚楚。其实,最让人烦的还不是这个,而是他的口头禅:"小心我劁了你。"不论对男人还是女人,这是他惯用的口头禅。即使对自己的孩子,他也经常用这句口头禅。一次,学校老师轮到他家吃饭,说到孩子学习成绩不佳时,他当着两个男教师一个女教师还有自己的妻子,一把将孩子拖到跟前,将孩子的头麻利地摁到饭桌上,另一只手轻巧地伸入孩子的裤裆,"你个熊鳖羔子,学习再不中,我就劁了你。"大约是他临松手时在孩子的什么部位捏了一下,孩子哇地叫一声便跑开了。劁猪王也不在意,用刚从孩子裤裆里掏出来的手抓起馒头向每个老师面前送,两个男老师倒也没在意,抓起来就吃,而那位女老师一边端着碗喝粥,一边望着馒头笼子里剩下的那个馒头。她刚要伸手去拿,劁猪王倒是眼疾手快,一把抓起来送到女老师手里:"来,老师,这个大,吃这个。"那天中午,女老师只好挨饿了。

　　劁猪王人不咋地,可生意却好得很。那个年代,乡下也的确需要劁猪的这一行,而这一行偏偏却让人看不起,所以,很少有人干这一行,附近几个村子也就劁猪王这么一个,生意当然好。有时,一天走七八个村子都黑不了天,晚上很晚了才提了半蟒皮袋子猪睾丸往家里赶。他家里,全家人几乎天天有肉吃。一家人有时吃不了这么多的睾丸,左邻右舍、全村子,以至于邻村的人便都拿了鸡蛋、油米,甚至布料等到他家中换猪睾丸尝鲜。由此,劁猪王一家的小日子过得颇有滋味,劁猪王的妻子更是整天打扮得利利索索、很优越地在大街上走来走去,颇为自豪。有时,在村口经常碰到前往找劁猪王做活儿的,人家一问,她便神采飞扬:"那是俺当家的,走,先到家喝水去,他正在家喝茶呢!"说着,便扭动着蛮腰领了人往家里走。离家门口还老远就喊起来:"劁猪王,劁猪王,别磨蹭了,有活计了。"据说,当

214

初配婚时,劁猪王曾是个老大难,大姑娘别说见人,光是一听说是个整天走四乡奔八村劁猪的,就摇头了,名声太不好听了。他这个妻子本来也是不同意的,可那天,正赶上劁猪王到她村上做活儿,她在一边偷看,发现这劁猪王人长得虽然丑陋,但干起活儿来手脚利索,动作干练,特别是弯腰按猪时紧绷的屁股,是那般的性感,她突然改变了主意,向媒人说同意见面,结果一见便谈成了。

婚后,两人的日子"芝麻开花节节高",一天比一天强。为此,好多以前没有同意婚事的姑娘还有后悔的。

我第一次欣赏劁猪王干活儿是在我们村上,一户人家有一窝子猪崽子需要劁,劁猪王来了。劁猪王最喜欢劁雄猪,因为雄猪的活儿比较容易干,还能够得到睾丸,回家吃肉。他一到客户家里,到猪圈里一扫,发现十几只猪崽几乎全是雄猪,便有些高兴,又见这天围观的人多,尤其还有一些小媳妇,他更是精神焕发。只见他将挂在腰上的一个油花花的皮带子往天井里一掷,弯腰在地上抓一把土,两手交互搓了几下,然后慢慢地移向猪群,瞅准一只,猛然出手,一把薅住猪的后腿,顺势一下将猪摔到地上,跟上去一跪,再用一条腿压到猪的脖子上,另一条腿则踩住猪的一条后腿,然后便喊起来:"上来个人!"男主家怯生生地走了过去。劁猪王毫不客气:"快点儿!别磨磨叽叽像个娘儿们。来,用手抓住这条腿,别让它并过来。"男主家照做了。只见劁猪王先是用手捏了捏猪的睾丸,刚刚不叫了的猪又随着号了两声。我知道,劁猪王要开始手术了,他用蘸了酒精的棉花在猪睾丸皮部胡乱擦了几下,用手挤起两个睾丸,从嘴角上取过不知他什么时候咬在嘴里的一把小柳叶刀,在其中一颗睾丸上划开一道口子,睾丸便魔术般地滚到了体外。然后,劁猪王用左手指捏住睾丸,右手轻轻一刀便割了下来,顺手向地上一抛,嘴里还没忘了嘟囔一句:"嘿!这家伙,个不大,蛋还不小哩!"他一边说着我叫你不小,我叫你不小,一边又依法将另一只睾丸也收拾了下来。取下睾丸后,他从油皮袋子里拿过早已串了腊线的针,三下五除二地给猪缝刀口。他一针一针地缝着,我看得都有些心疼,可那猪却只是哼哼,没有想象中痛苦的叫声,反而倒像是挠痒痒般。伤口很快缝好了,劁猪王捏过酒精棉向缝好的伤口处抹了几下,随口说了声:"放手吧!"男主家松了手,劁猪王也一撒手,猪崽便一扑棱从地上翻身立了起来跑开了。劁猪王立起身来,一边拍打着两手,一边又向下一个准备劁的猪身边移动。就这样,他一连为十三头小猪做完了手术,其中有九头是公猪,地上便零零散散地散落着十八个猪睾丸。然后,劁猪王开始朝雌猪下手,这个手术大一些,先是在雌猪肚子上割开一道口子,然后,将手从割开的口子伸进去,慢慢地往外拉肠子,一会儿,眼前就拉出一小堆,男主家见猪的肠子堆在地上,便找来一片破席头扔到劁猪王脚下,劁猪王便将猪肠子堆到破席头上,然后找到一小块肉,用刀割掉,再将肠子慢慢地捣入雌猪肚子,缝上几针,朝着猪肚子一拍,就了事了。一次,我还见过其他劁雌猪的方法,在猪肚子上割的口子很小,而且肠子也不用掏出来就能完成。劁猪王听了不以为然:"那是瞎糊弄,劁不干净。我这法是最好的。"

不大一会儿工夫,劁猪王就将四头雌猪劁完。他站起身,伸了几下腰,收拾好工具,两眼便集中到满地的睾丸上。他瞅了瞅男主家说,"留几个给孩子煮了吃吧。"就这样,他捡走了十只,给主家留下了八只。这天的中午饭,这家该像过年了!

说实在的,劁猪王的技术活儿是漂亮。当了一辈子劁猪工,从没听说把谁家的猪劁出毛病来,再说,当时的乡下,也的确少不了他这一手艺,他的脚印踩遍了十里八乡。称他劁猪王,也属无愧。而且,按时下的说法,劁猪王该堪称劁猪工匠了。

听人说,劁猪王去世了。这么多年了,对于劁猪王,印象早已模糊了,唯独他那句口头禅,有时偶尔在耳边响起:"小心,我劁了你。"让人觉得滑稽好笑,忍不住偷偷笑一下。

性情写作

"万念"汇成本真的河流

◎ 潘向黎

夏日里,台风将至的天空,透彻明亮得让人怔住的那种蓝,异常大朵而立体又压得特别低的云,爽快的风,梳理着尘世一切烦乱,面对一阳台带水珠的植物在风中的各种姿态,我突然想起了小林一茶著名的那几句:露水的世啊,虽然是露水的世,虽然是如此。

连绝望、连空寂都不能熄灭的对此生此世的恋慕。绝望过、超脱过,但依然还爱着,不能不爱着。

彻底看破,彻底"淡",彻底"空"的人,也许是没有的。因为所有人毕竟只活在此时此刻。

纵使有来生,此生也不知道。终究还是要一寸寸活过今生。

人生的关注像一个光圈,只有关注的内容在强光中,其余的暂时隐没在相对的昏暗之中。

关注的内容可能依次是:升学、恋爱、求职、婚姻、孕育、孩子、老人、丧事、第三代……依次明灭。

直到光柱消失。

年轻时看花都挑剔,要挑最完美的才肯久久凝视。

中年之后,依然爱花。但觉得朵朵都好,各有各的好处,各有各的委屈处。

不,不只是对花宽容,人生到此时,已经是有花看花,无花看叶。

在西泠印社,有一种不陌生的伤感在心间升起来。有的地方总让人有点伤心。因为你不是来迟了几百年,就是来早了几百年。总之,这个地方让你联想到的历史氛围,以及它所强烈暗示的时代,和你的此生,永远地错过了。

黑白分明的人觉得明哲保身的人不洁净,不可敬。明哲保身的人觉得黑白分明的人不聪明,不可爱。

因为人人觉得自己对,所以对另一种类型总暗含怜悯,或者不屑。

基本上,每个人在怜悯或者轻视别人的同时,也都被别人怜悯和轻视着。

想到这一层,人世有一种淡淡的幽默。

看过去自己恋爱时的日记,有一种看亡人书信的悲哀和感动。

"有情所喜,是险所在,有情所怖,是苦所在。——《自说经难陀品世间经》"

说的是。但,又如何?明白了,依然险,依然苦。

我们都像犯了重罪的人,虽然可以诚心诚意地认罪,但也不能减轻惩罚。

有些事是不可能用"忘记"来对付的。

或许,人只能将经历过的所有痛苦所沉积下来的黑,装进一个人生的小格子里,不再任它像墨汁一样,在人生的画布上四处洇开。

有时候疲倦又烦闷,就会渴望一个人待着。

不需要什么海边,不需要什么园林,只要在家里就好。也不需要有服务员招呼,更不需要家里人陪伴,只要一个人就好。

一整天,不需要考虑别人的存在,不需要照顾别人的需要和感受,大脑回归一种"空"的感觉,几乎就是睁着眼睛睡觉,这是最好的休息。

往往听着音乐休息个大半天,就会随手翻出一些书来看,这时候看的,都是真心喜欢而且让人放松的。就像一个人累极了,只能见见最知心的老朋友。

听到一个朋友评价一个人:此人比较混沌。

恍然大悟。过去总觉得那人是过于良善,有时是糊涂,有时是迟钝,原来是混沌!深以为然,可惜被评价的也曾是我的朋友,不便附和。

有的人很好,也不是不吸引你,但是没有合适的机缘让你们自然地接近,彼此也没有足够的冲动和心力去创造机会。于是这个人终究与你的人生无关。就像火车上经过的一片异常青翠的树林,一个碧清而幽深的湖泊。

有时候,人对人不深究,不是不想、不能,而是不敢。尤其是那种不能摆脱的关系,或者不能更改的感情。一探究,就会看到一口深深的井,黑洞洞,探究的人真敢探头张望吗?

这里面,并非善良,无关宽容,纯是怯懦。

咖啡厅里两个女人的对话:"要死啦,我发现我真的老了呀,你不知道,那天我发现……"以下耳语不可闻。

"别提了,我怎么会不知道! 我也是这样的!"

证明一个确实老了,而且另一个也是,这真是悲哀。

然而不知道为什么,她们两个是笑着的,旁边看着的我也是。

衰老是一个奇异的过程。就是它的发生始终是伴随着当事人的难以置信。

快。那么快。有一次,办公室的落地长窗外面,出现了一轮无比夺目的落日,像沸腾的钢水,像燃烧的红玫瑰,像巨大的正在融化的咸蛋黄。李清照所说的"落日熔金,暮云合璧",一直也不觉得多么好,但是真要找一个比喻代替她这句,却又着实的不容易。

同事们纷纷惊叹,说要拍下来,其中的一个人,拿着手机走到窗边,就在他走过去的时候,太阳落了下去,消失在一团灰紫色的雾霾之中。

一个人的衰老,让我想起那天的落日。

衰老这件事很无情。特别无情。

原来自信的部分,最先剥夺;原来的缺点,不用说,立即放大。往右走,显得为了扮嫩失了分寸;往左走,更显得老上加老。

如果一个人足够幸运,半辈子都没有尝过失恋的滋味,也无须夸口,因为终究会尝到的,就是被青春、被年轻的一切抛弃的滋味。是你那么深爱的,那么习惯依赖的,那么不可缺少的,但是就这样毫无征兆地弃你而去,那么无情,那么猝不及防,那么头也不回,那么决绝。

难怪大部分中年人的脸上都没有笑容,原来都是失恋的人。

> 我的人生理想 / 明月当空 / 水榭山亭 / 丹桂浓馥 / 素兰幽芳 /
> 茶泉两新 / 嘉朋三五 / 肥蟹一篓 / 九雌十雄 / 一口大锅 / 随蒸随吃 /
> 锡壶一把 / 陈年黄酒 / 生旦各一 / 游园惊梦 / 清风徐来 / 万念俱灰

有时候,有了一个好消息,想告诉一个故人,但是信息录入了一半,又一个字一个字删掉,因为不想打扰人家。这样的事情,扪心自问,每个人也都是有的吧。

这是成年人的无奈,也是成年人的好处。对于某个特定的人,我们动的念头,不再是亲近,而是体谅了。

所以,我会这样安慰自己,那么多没有音讯的故人里面,肯定也有一两个,是这样对我的。不是忘记了,只是出于体谅,没有来打扰我。

此刻的我,感到了一种深深的凄凉,混合着隐隐的暖意。这样与世无争、与人无碍地持一点妄断,即使有点自欺的可笑,也没有什么不妥吧。

心平气和。这个词不是一种状态,而是一个过程,心要平,气才会和。

但是心要平是一件多么难的事。飞鸟的心,走兽的心,我们不知道,人的心,是不容易平的。

长恨人心不如水,等闲平地起波澜。

人心就是水,人心就是险滩和乱石,所以随时随地等闲就可以起波澜。

"和家里人发生不和更辛苦,还是和单位的人不和更辛苦?"一个朋友问。

"和自己不和最辛苦。"

所有的人都沉默了。

中老年人看年轻人总觉得冲动,其实这正是年轻的特点,也是年轻的好处。

中老年人自己不冲动,是因为能量渐渐不足,更因为吃的亏多,已经满心怯意。

所以温和大方的年轻人、刚毅果决的中年人和热情单纯的老年人,都是具备了这个年轻通常不具备的优点,最是难得,也最值得珍惜。

有一种人,是天生的伤心人。

晏殊为官几十年,富贵荣华,妻妾美姬,亭台楼阁,歌舞欢宴,谁也不知他为什么能写那么多心事重重、缠缠绵绵的情诗。

还有李商隐、纳兰容若,那么深切的爱之哀伤、恋之凄酸,也并不全来自现实。现实中,他们的感情创伤不见得比常人多或者深。

可是,他们是天生的诗人。也许花谢、叶落、风过、雪化,也足以伤怀。一个梦,一个身影,一句话,一声箫,亦足以撼摇心魄。

何况,知己会离散,美人会离开,自己会老去,韶华匆匆,飞一般掠过的都是好时光。

元好问写下"问世间情为何物",催生的并非他本人的感情,甚至不是人类的,而是飞禽的痴情。

因此,对诗词,苦苦追索所谓"本事",是寻常人以寻常思路来探究,但这些伤心人都不是寻常人,因此,大可不必追索,只管沉入诗境,不辜负异代而一的伤心,也就是了。

林黛玉也是天生伤心人。或者说,曹雪芹是。这和家道败不败落没有关系。家道不败落,他也许写不出《红楼梦》,但他是宿命的"伤心人",诗意地感受和对待这个世界，却是天生的。

《陶庵梦忆》中的朱楚生亦是伤心人，而且她也有个来路的。

《红楼梦》里第二回说：有一类人，来路是"正邪两赋而来的"，禀灵秀之气与邪气于一体，"上则不能为仁人为君子，下亦不能为大凶大恶。置之千万人之中，其聪俊灵秀之气，则在千万人之上；其乖僻邪谬不近人情之态，又在千万人之下。若生于公侯富贵之家，则为情痴情种；若生于诗书清贫之族，则为逸士高人。纵然生于薄祚寒门，甚至为奇优，为名娼，亦断不至为走卒健仆，甘遭庸夫驱制。如前之许由、陶潜、阮籍、嵇康、刘伶、王谢二族、顾虎头、陈后主、唐明皇、宋徽宗、刘庭芝、温飞卿、米南宫、石曼卿、柳耆卿、秦少游，近日倪云林、唐伯虎、祝枝山，再如李龟年、黄幡绰、敬新磨、卓文君、红拂、薛涛、崔莺、朝云之流，此皆易地则同之人也"。

这一流人物！

《红楼梦》里，宝玉、黛玉是，妙玉、尤三姐、晴雯恐怕也是。张岱是，他笔下这样的人也不少，他所欣赏的"女戏"朱楚生，也正是。

"楚生色不甚美，虽绝世佳人，无其风韵。楚楚谡谡，其孤意在眉，其深情在睫，其解意在烟视媚行。性命于戏，下全力为之。曲白有误，稍为订正之，虽后数月，其误处必改削如所语。楚生多坐驰，一往深情，摇飐无主。一日，同余在定香桥，日晡烟生，林木窅冥，楚生低头不语，泣如雨下，余问之，作饰语以对。劳心忡忡，终以情死。"

"多坐驰""以情死"，这不是纯粹的诗人、天生的情种吗？

这个情，不一定限于对某一个人的，并非仅仅为了张公子李公子。所谓"一往深情，摇飐无主"，就是天生一段痴情，至死方休。

张岱也是这一路来的人，所以是朱楚生的知音。

木棉之旅

◎ 余光中

　　世界上的花树之中，若论阳刚之美，我的一票要投给木棉。因为此树的主干坚挺而正直，打桩一样地向大地扎根。发枝的形态水平而对称，每层三尺，一层层抽发上去，乃使全树的轮廓像一座火塔。花发五瓣，其色亮橘或艳红，一丛丛地顺枝发作，但从树下仰望，一朵朵都被黑萼托住，明丽之中另有一种庄严。一棵盛开的木棉树展示出匀称而豪健的抽象之美。

　　高雄人虽然把木棉选成了市花，春天来时，市内的紫荆和黄槿虽然处处惊艳，却少见木棉朗爽的影子。整个中山大学的校园只有瘦瘦的一株，高雄女中的前院有一对；最动人的一丛，约为八九株，却在师范学院里面。其他的地方应该还有，不过为数有限，否则去年三月，木棉花文艺季要做海报，不至于找不到可以取景的地方。

　　倒是沿着初春的高速公路北上，一出了高雄，往往一排排盛开的木棉，像服饰鲜丽的春之仪队，夹道飞迎而来，那么猝不及防，又像是美之奇袭，一下子照得人眼红心热，四周的风景也兴奋起来。美，有什么用呢？常有精明的人这么精明地问。我也说不出它究竟有什么用，只觉得它忽然令你心跳，血脉的河流畅通无阻，肺叶的翅膀迎风欲飞，世界忽然新奇起来。这还不够吗？

　　木棉之市而不见木棉，总有点徒具虚名，而所谓木棉花文艺季也只是心里发热而已。与其艳羡别的地方木棉成行成队，例如台北的罗斯福路，何如趁早在自己的门口植树呢？所以在三月二十一日，春分那天，木棉花的信徒们便荷铲提水,在仁爱公园里种下了一百多棵木棉的树苗,满怀希望,预约一个火红的春天。参加种树的家庭各认领一棵幼苗,不但全家一起填土浇水,而且以后还要定期回来护苗。有两个小姊妹都穿着木棉红的短装,戴着木棉落瓣编成的花冠,也忙着为新苗浇水:她们父母的巧思赢得其他种树人的称赞。

一排美丽而伶俐的女童子军列队在凉亭边,等着把带头的种树人领去各自的新苗之前。她们不也是青青的新苗吗?我满心愉悦地想。苏南成市长种的是一号树苗,我则被领去第二号。那天气候晴爽,不算很热,苏市长兴奋得像个大孩子,反过来领着他的那位女童子军,大呼一声"跟我来!"他铲了好多泥土填坑,对四周的市民和记者说:"这棵树就是我了,树在人在,树死人亡。你们要好好保护。"逗得大家都笑起来。

预约一个火红的春天吗?要再过几年才会成树发花呢?真令人等得心焦。但是才过了几天,就有人告诉我说,那些新苗已经有不少被人拔掉了,或是折断了。我的心凉了半截。让春天从高雄出发吗?大话是我说的。也许我是太天真了,才看到种子就幻想一座森林。如果心中没有春天,即使街上有成排的花树,空中有成群的燕子,这仍是一座冷酷的城市。如果人人都不浇别人的树,绿阴就不会来遮你的头。

就在这时,远离五福路和七贤路的滚滚红尘,在东北东的方向,在两千八百多公尺的南大武山影下,在一所山胞读书的"国小"校园里,一座百龄以上的原始木棉树林,却天长地久地矗在半空,耸着英雄木高贵的门第。

这是薛璋听来的消息。他只身下乡去探虚实,回来告诉我们说,花期已过,满树的蒴果悬在半空,不久就会迸裂,只等风来吹棉。还有,他说,那些老树都已参天,有十层楼那么高。

"真的呀?"好几双眉毛全抬了起来,没有十层楼高,却至少有一寸高。

终于一辆游览车载着我们一行二十多人,越过宽宽的高屏溪,深入屏东县境,来到雾台乡武潭小学的平和分校。正是星期天的中午,只偶然看见三两个衣着简朴肤色微暗的排湾族小孩。车未停定,蔽天的林木之间已可窥见学校的校舍。等到停定,发现入林已深,天色竟然有点暗了下来,众人下车,四下里打量,才省悟不是天变了,而是树林又密又高,丛叶虽然不很浓茂,但是树多,一有缺口,便有更多的树围拢过来,而最触目惊心的,是那些灰褐的树干全都矗然而直,挺拔而起,几何美的线条把仰望的目光一路提上天去。

"这些——"一个昂起的头,曳着秀长的黑发说,"就是木棉树吗?"

"是啊,这些全是木棉。"黄孝椾校长说。

"黄校长以前在屏东做过教育局长,"薛璋说,"这一带每一所小学他都到过。"

"这些木棉怎么会这么高呢?"那颗昂头垂下来问道。

"哦,这些都是外国品种,相传是三百年前由荷兰人带来的。"不知是谁回答。

"林务局的人告诉我,"心岱说,"这些树是四十五年前,日据的末期种的,品种来自美洲。植了四千株,现在只剩五百多株了。"

"怪不得跟我们本地的不一样,"那颗长发之头又昂起来了,"不但高,而且发枝的姿态也是往上斜翘,不像本地的那样平伸。"

"好高啊,"另一颗头颅仰面说道,"恐怕有十层楼高吧?"

"没有十层,至少也有七八层楼高,"我说,"可惜花期已过,否则这几百棵木棉一起发作,怕不要烧红半边天。"

"啊不,"薛璋说,"本地人说,这些吉贝属的老木棉开的是一丛丛的白花。现在花期虽过,蒴果却结了满树,再过不久,果都裂开,风一来,就会飘起满天的飞絮。"

"真的?"好几颗放平了的头又仰起脸来,向七层楼上扫描。果然,满天都挂着土褐色的蒴果,形状有点像甘薯,简直成百成千。

"哇！棉花就在里面吗？"几张嘴抢着问树顶。累累的蒴果并无反应，空气寂静无风。

"那么高，否则采一只下来剥剥看。"谁在埋怨。

"哪，这里有一只呢。"有人叫道，一面蹲下去捡了起来。几颗头都围了过去。那人把枯裂的棉荚剥开，里面露出一团团白中带点淡黄的棉絮，拿到嘴边一吹，几朵胖胖的小云便懒懒地飘扬起来。一时众人都低下头去，向树底的板根四周，去寻找落地的枯荚。寻获的人一声惊喜，就剥开来大吹其棉絮，只见乱云纷纷，有的浮荡了一阵落到泥地上，有的就沾上头发和衣服。远远望去，又像是一群儿童在吹肥皂泡。

大家兴奋地朝前走，画眉鸟啾唪的森林浴里，来到木棉林的另一端。绿荫疏处，南大武山的翠微隐隐在望。黄校长手里捧着两只蒴果，跑过来送我；君鹤又捡到一只颜色青嫩的，说是落地不久。有人找了一只纸袋给我装起来，很快地，袋里就有了半打蒴果了。

我们走到一柱巨干的面前，细细观赏树皮的肌理。只见古拙而粗糙的表皮，瓦灰色之中带点淡赭，十分耐看，纵走的裂纹之间，长着一簇簇的尖刺，望之坚挺而犀利，有两厘米长。长得密的部分，像是严阵待敌，令人想起一枝巨型的狼牙棒。大家忍不住用手指去试那一排排骇目的锋芒，像是在摸一件年淹代久而犹张牙舞爪的兵器。

"你看这木棉树，"我说，"刚柔都备于一身，有那么温柔的棉絮，也有这么刚烈的刺。"

"本地的木棉也有刺的，"宓宓说，"不过没有这么坚锐，倒像是脸上的疱。"

大家都笑了。我说香港的木棉也是如此。忽然树皮上有物在蠕动，其色暗褐，近于树皮。原来是一只大天牛，正在向上攀爬，触须挥舞着一对长鞭。向阳拾起一根断枝，逗弄了一会儿，好不容易才把这难缠的"锯树郎"引下树来。

227

我和黄校长、君鹤先后合抱住这座千刺的巨树，让宓宓照相，一面留神，不让这狼牙巨棒把我们搠成蜂窝。刚毅而魁梧的生命，用这许多硬角护住胸中同心圆年轮的秘辛，就在我们软弱的手臂间向上升举，举到不见项背的空际。拔之不起，撼之不摇，一刹那间，人与树似乎合成一体，我的生命似乎也沛然向上而提升，泰然向下而锥扎，有顶天立地之概。这当然是瞬间的幻觉罢了。无根之人凭什么去攀附深根的巨树？且不说树根入地有多深多广，就看地上的板根，三褶四叠，斜斜地张着，有如怪鸟的巨蹼，虽然比不上银叶树蟠踞的板根，也够壮观的了。

　　正想着，脚下踩着一样东西，厚笃笃的，原来又是一只蒴果。俯拾起来，沿着裂缝剥开，里面一包包尽是似绢若棉的纤维，安排得非常紧凑。再把棉絮剥开，里面就包着一粒豆大的光滑黑籽。就着唇边猛力一吹，飘飘忽忽，一朵懒慵慵的白云就随风而去。只可惜吹的是口气，不是山风。午日寂寂，一点风也没有。若是起风，这朵云的飞程就会长久多了，而种子呢当然会播得更远。我不禁想起了蒲公英。

　　"真应该得最佳设计奖。"我赞叹道。

　　"但是吹到哪里去呢？"宓宓像在问自己。

　　"那些小树不就是吗？"君鹤指着十码外的几株青青幼树，细干上长满了丛刺，有如玫瑰的刺茎。最令人惊奇注目的，是有些多节的断桩上，亭亭而立抽出嫩青的新干；有的新干也断了，竟长出更嫩更细的茎来，形成三代同根的奇景。先先后后，我们不都是乘风漂海而来的吗？为什么树皆有根，大地曾不吝乳汁，而人，几十年了，却无处容你落根。不知道我们是谁设计的，竟这么不够完善。

　　楚戈走了过来，看见我们正在指点一株三代树，断桩高可及腰，断面有椅面那么大，正围在三枝新干之间，顶上还覆着一簇簇五片的鲜绿新叶。"太好了！"楚戈说着，脱去鞋子，径自登上桩座，靠在三干之间，盘腿闭目，打起坐来。几架摄影机向他对准。楚戈浑然不觉。

"你们看哪,木棉道人!"我说。大家笑了起来。

回程的车上,仍然有人在谈论木棉,几乎每人都带回一只蒴果。我在想,木棉的叶子并不茂密,遮荫无功。它的木质松软,只能做包装箱板。自从合成棉采用之后,它的棉絮已经没有人要收了。据说干了的花瓣以前可以做药,有助消炎。而现在,此树几乎没有什么实用了,它纯然是为了美而存在,花季虽然不长,比起夜深才灿发的昙花却耐久多了。当它满枝的红葩一齐烧起,火炬一般的接力赛向北传递,春天所有的眼睛全都亮了。木棉花季是醉了的视觉。凡·高死了,凡·高的灵魂在向日葵里熊熊发光。但愿木棉能找到中国的凡·高。

菩萨的香火

◎ 刘星元

一

　　黄泥巴糊成的墙壁上，留下一个四四方方的橱洞，橱洞里安放着一尊尺把高的白瓷菩萨。菩萨站在莲花座上，莲花是白的，菩萨是白的，菩萨怀里的婴儿也是白的。菩萨双眼微闭，似乎是在躲避人间的香火。

　　菩萨的座下，香火在燃。一支纤细的佛香已经燃了一半，未燃的部分托举着已经燃过的部分，看起来摇摇欲坠。它在等风卸下自己的疲惫，而风却始终未来。没有风，那些从香木中抽身而出的烟，就在这一方斗室里游走，它们一会儿流到地面，一会儿爬上梁头，偶尔也会在菩萨面前稍留片刻。

　　菩萨的对面，跪着我的祖母，跪着我们这个小地方最后一位接生婆。

　　祖母的嘴里念念有词，随着念词，她将自己的额头一次次触向地面。她的面孔上，有时充盈着愉悦，有时笼罩着悲伤。愉悦和悲伤存在的方式都是一层层的，似乎那愉悦源源不断，似乎那悲伤无始无终。香火在菩萨和祖母之间不断汇聚，又不断散开。聚，总也聚不齐；散，总也散不开。隔着这时而薄时而厚的烟雾，祖母看不清菩萨，菩萨也看不清祖母。

　　月光照在小屋里。月光照在烟雾上，把烟雾织成了软绵绵、滑溜溜的素锦。那些带着柔和的光亮的素锦，一定是怕深夜的寒气惊扰了菩萨和祖母，就悄悄把自己分成两条，一条披在了菩萨身上，一条披在了祖母身上。

菩萨的身体是白瓷做的,天气越寒,越能擦出她的光芒。祖母却不。祖母的身子是草药做的,虽然有一副副偏方托着她的身体,她还是在不断地咳嗽。祖母咳嗽起来时,全身颤抖,弯曲,像一条濒死的虫子,想要把自己最后的力气藏进自己的身体。

香火燃尽,烟雾消散,菩萨已经睡去。跪了好久的祖母这才坐在蒲团上,揉揉自己的膝盖,然后站起来,退出去。在此之前,我应像祖母豢养的那只小黑猫,蹑手蹑脚地从窥视之处返回到另一间屋子的老床上,假装已睡着多时。另一间屋子里,祖母将会为我轻轻地塞严被子,整理好我的陶人、木刀和陀螺,这才和衣睡去。

祖母一合上眼睛,村庄里的最后一盏灯就灭了。

二

如果一生只能写一篇文章,那我势必会写到祖母,写到我生命的双重来源。我将会写下她赐予我的血脉。我将会写下她如何站在人间的入口,第一个迎接我的到来。

作为本地唯一的接生婆,令祖母引以为豪的是,她这一辈子,曾像菩萨一般将二百七十多条生命带到人间。而我只是这其中的一个。令祖母自责一生的是,她这一辈子,曾像魔鬼一样将十多条生命拦回地狱。而我的小姑姑也只是其中的一个。

祖母是从什么时候干上接生婆这一行当的?极少人说得清。说得清的人大多已经入土。但能够说得清的是,接生婆是一种自然而然的传承。上一代的接生婆,忽然有一天,老了,不能动了,一个新的接生婆就应运而生。

虽说传承,却并无师承。她们往往是因为一场巧合,从事了这一行当。譬如我的祖母。那一日,年轻的祖母回五里外的娘家小住,身怀六甲的嫂子忽然腹痛难耐。孩子眼看就要降生,村里的接生婆却一大早就被人接到了别处接生,始终没有回还。外曾祖母、外曾祖父和我舅爷围着疼得打滚的舅奶奶手足无措。生死之际,祖母被尚在娘胎中的孩子的召唤推到了前台。她想起曾在我们村照料孕妇的旧事,想起那颤颤巍巍的老接生婆是如何将孩子带到了人间。凭着那些破碎的记忆,她忐忑不安地拼凑着那个孩子的降临。

那孩子的头露了出来——那孩子的脚露了出来——那孩子哭了起来——那孩子的脐带与母亲分割出来……就这样,那个孩子从祖母的手中开始了人世的历程。余后的日子里,那孩子开始给她叫姑姑,她第一个接生出来的孩子,成了她的侄子。

我们村里的接生婆死了。就像一截草头香,无声无息地燃到了最后,被弃之大地。村子里少了接生婆,大家难免有些恐慌。后来有人提醒大家,祖母曾在娘家为嫂子接生,他们觉得这是天意的安排,上天已经为他们选好了新的接生婆。于是,祖母就这样稀里糊涂地做了接生婆。各行各业,新手总是难被人接受的,一开始,是有人家于慌乱之中来不及到别村接有经验的老接生婆的时候,才请来祖母。结果祖母不负所望,孩子安全降生。之后数次屡试不爽的接生为祖母扬了名,立了腕儿,再往后,本村和临近几个村子的人家再有孩子降生,就必定要求助祖母了。

越来越多的孩子在祖母的手中降生。这些人家新添了人口,将无限的感激呈送给祖母,他们给我们家送来用颜料涂染或蘸点的鸡蛋和馒头。世代单传的人家新添了男丁,他们甚至会给祖母跪下,祖母想拦都拦不住。也有一些孩子在祖母的手中死去了。这些人家并未因此怨恨祖母。他们觉得,这是上天的安排——天要赐予他们这场美梦,现在天反悔了,要收回他们的孩子,逆来顺受的他们向来无话可说。

生死向来都是人世间最大的事。见证了那么多的生生死死,祖母还是不能做到心如止水,不喜不悲。正是在那时候,祖母请人在左厢房的墙壁上掏出了一个方方正正的壁洞，将那尊托人从庙里带回的白瓷送子菩萨像请了进来，向她跪拜，让她听她的喜和悲。

每次接生已毕，深夜，她就会跪在菩萨面前。孩子顺利出生的人家，会送来香火，祖母就将这些香火点燃，毫无保留地供给菩萨享用。孩子夭折的人家没有香火可送，祖母就用自备的香火来供奉菩萨。

她在向菩萨表达心中的欢喜。她已经很老了，但她的眉目却还会像年轻人一样招摇、跳动。她在说那个新降生的孩子：那个孩子的皮肤黑黝黝泛着油光，那孩子的第一声哭喊像响雷一样在房间里炸了开来，那孩子睡着的样子就像是菩萨怀里抱着的那个婴儿……

她在向菩萨倾诉心中的不安。她已经很老了，但此刻的她看上去更老。她的面孔上堆积着那么多的悲戚。她的腰弯得那么弓，她的头低得那么深，她多像一个负罪的人在忏悔。她在说那个刚夭折的孩子：他的那两条胡萝卜一样的小腿儿先来到人世，他来到人世后连看都没有看一眼就已经睡着了，他有一只小而挺的好看的鼻子，他的嘴微微向上翘着，泛出一种柔软而神秘的笑……

祖母说着说着就流下泪来——为那些降生的孩子，也为那些死去的孩子。

面对信徒的喜与悲，站在她面前的菩萨，像世间所有的神一样，始终不言不语。

三

该怎样去界定我的祖母呢？

我曾在书中看到过一幅古埃及壁画，壁画的中央站立着手执权杖的阿努比斯。数千年前古老而斑驳的壁画之上，阿努比斯正在引领亡灵前行。作为古埃及亡灵的引导者和守护者，狼首人身的冥界之神阿努比斯高大、英武、肃穆,他目视前方,眼神平静中折射出胡狼的凶狠和坚毅。在生死途中,他正护送灵魂通向另一个世界。

我也曾在他处的城隍庙里看到过送子娘娘。金身朱粉的娘娘高高在上,俯视着前来参拜的众生,她的身边,集拢着四五个嬉戏的陶塑顽童。求子的香客摆上香果供品,拈香跪拜祷告,请求娘娘赐子。就连庙宇外的千年老槐也未能幸免:香客们从庙宇里请来的红丝带,在它的枝丫间飘动,丝带浓密,就像老槐的破衣烂衫。从那些香客的动作上,你看到的是一丝不苟;从那些香客的眼神里,你看到的是近乎沉迷的虔诚。香客那么多,香客还会越来越多,这众多的香客之中,有几人最终得偿所愿、享用天伦?

相比之下,我的祖母要复杂得多。

祖母的职责是将生命安全地护送到人间,这是她与阿努比斯的相左之处。作为神灵,阿努比斯将驱赶亡灵到达生命之外的所在。作为接生婆,祖母却要接迎新的生命来到人间。然而,那些夭折在祖母手中的生命又该如何解释呢?

祖母的职责是将生命安全地护送到人间,这是她与送子娘娘的相同之处。作为接生婆,祖母以一位母亲的姿态去安抚那些在母胎中闹腾的孩子,将他们安安稳稳地接到蓝天白云之下,让这世间赐予他们姓氏,让这尘世的风一遍遍吹过他们。作为神灵,送子娘娘菩萨心肠、有求必应。然而,面对世间那么多的绝嗣人家,她又该如何解释呢?

想到这里,我想起了官地,想起了那些早夭的孩子。

所谓官地,其实就是旧年月里附近的几个村子商量着辟出的一块极为偏僻的土地,用来安葬或丢弃附近村庄早夭的孩子。这里面不种庄稼,只长野草:杂乱的野草,疯狂的野草,随风摇摆的野草。野草之下,安睡着从祖母手中死去的孩子们。我是祖母最后接生的那一批孩子中的一个,接完我们这批孩子,她就失业了。孩子得落户口,落户口得有出生证明,乡里的卫生院可以给孩子开出生证明,但祖母不能。卫生院接管了祖母的职责之后,婴儿的成活率高了起来,官地已无存在的必要。村人们开始在官地上除草、翻耕,播下种子。那片地里,年年都能打出别的土地打不出的粮食。

有时候我会忍不住胡思乱想,自从种了庄稼后,那些死去的孩子究竟到了哪里,他们会不会就躲藏在庄稼们之中,以天真、好奇的眼睛打量着途经此地的我们。或者,那些庄稼会不会就是他们的化身,死去的他们就是想以庄稼的方式,活过来;就是想用结成粮食的方式,回到出生时的家?

我在想,在他们眼中,祖母是一种怎样的存在呢?作为都是从祖母手中经过的孩子,没有谁能比我和他们更有资格去定义祖母。

我的答案已经想好,而他们却迟迟没有回音。

四

小时候爱听故事。听得最多的是包龙图案,印象最深的是狸猫换太子。故事里也有一个接生婆。她就是尤氏,胆小怕事又爱财如命。

说的是,宋真宗赵恒年长无子,江山后继乏人,恰在此时,他的两个妃子刘妃和李妃相继有了身孕,真宗将她们一起召见,各给信物,言明谁生下太子就立谁为皇后。狡诈阴险的刘妃生怕李妃早生太子,夺取后位,便勾结死党太监郭槐,买通接生婆尤氏,用剥去皮的狸猫,换取了李妃所生的太子……

后来跟随长辈们去邻村观看草台班子的地方戏,唱的依然是这个故事。戏台上的接生婆尤氏身着灰不溜秋的衣衫,在隐秘处左瞧瞧右看看,贼眉鼠眼的;戏台上的接生婆尤氏紧紧抱着高高在上的郭槐扔过来的金元宝、夜明珠,低眉顺眼的。她初听阴谋时是那样的惊惧,她实施阴谋时又是那样的狠毒。她怀抱着那剥了皮的狸猫,在光线阴暗处紧张地小跑着,她慌乱的脚步像两柄鼓槌,敲得我们同样紧张得心脏咚咚响。

多少次，我都把尤氏当成了祖母。

那时候，祖母已经不再做接生婆了。每日每夜，寒来暑往，祖母只安心养她的猫。那只猫通体黝黑，眼神里泛着时而柔软时而犀利的光亮。祖母将它抱在怀中，像抱着一个初生的婴儿。晴好的日子，小院里，祖母时常抱着那黑猫儿晒太阳。阳光很和缓，它们流在祖母和那懒猫儿身上，有些痒。祖母坐在藤椅上，悄悄打起了盹。懒猫儿看见祖母睡着了，也随之眯起了眼。但只要一有风吹草动，那小懒猫就立刻扬起头来，用那双警觉中带着神秘的眼睛直视声音的来源。更多的时候，那猫儿会趁着祖母瞌睡的空隙，爬墙上瓦、追鸡逐鸭地溜达一圈儿，并在祖母醒来之前，重又奔回到祖母怀里。

都是接生婆，都有一只猫。在一个无知而多疑的孩子心里，尤氏和祖母就这样被悄悄地置换了身份。这种置换的影响不大也不小，但足以让我对祖母和她的小黑猫儿隐隐生出一种似有若无的恐惧——这种恐惧曾占据了一个孩子童年的一半。

某一年秋天，祖母忽然生了一场大病。她卧在床上不能起身，咳嗽一声接着一声，没昼没夜地侵蚀着她本就衰老羸弱的身体。家里支起了药锅，一副副偏方驱使着那些我叫得上名字或叫不上名字的草药在砂锅中翻身。草药的香气弥漫在小院里，潜藏进祖母的身体里，让我没来由地想起祖母供奉给那尊白瓷送子菩萨的香火。其实，因为疾病，祖母对菩萨的礼拜仪式早已停废了。那尊菩萨像上，尘埃一层层地落了下来，白色的胎体泛着微黄，像是一种预示。至于预示什么，我说不出。

父亲和叔叔们终于聊起祖母的身后之事。他们皆提到一件我闻所未闻的事。他们说，本地的传统中，接生婆的双手沾染了太多的阴血，这些阴晦污浊的血会在另一个空间里使她们的身份暴露。到了那边，因为身负污血，免不了有刽子手的嫌疑，势必会遭受剁手的酷刑。他们还说到解脱的方法：只需在入殓之时戴上一副红手套，表示双手已断，就再无鬼神追究了。

庆幸的是,祖母熬过了那场大病,暂时免去了红手套的厄运。大病初愈,更为羸弱的祖母又开始坐在小院里的藤椅上等阳光洒下来了。她豢养的那只小懒猫儿趴在她的脚边,和她不离不弃。一切似乎和以前没有什么不同,唯一不同的是,她再也没有力气把它抱在怀里了。

又一日,一位算命先生打此经过,村里的很多人找他算命,屡试不爽。"活神仙"的风声也将祖母惊动了,她让我母亲搀着,来到算命先生面前。算命先生先是很随意地瞥了一眼祖母的手掌。没想到这一瞥竟然让算命先生愣住了。他重又端起祖母的手掌看了又看,他抬起头来又将祖母的五官瞅了又瞅,他深吸一口气,脱口而出:您是一位落难的老菩萨呀!

说这话时,算命先生双手合十,就像祖母对待她的神灵一样虔诚。

听这话时,恰好有一阵风打此吹过,它吹过祖母,吹乱了她的满头银发。祖母微闭着双眼,用手撩了撩头发。她微闭双眼的样子,像极了她在橱洞里供奉着的那尊白瓷送子菩萨。

小温暖

◎ 人邻

沿墙

沿墙,是玩。没什么的玩。学校一楼,绕着楼房有一道宽四五寸的楼沿。楼沿很窄,大人不行,可是一个孩子是可以沿着它,肚子壁虎一样地紧紧贴着墙,手指抠着砖缝,慢慢移动脚沿过去的。反正不高,掉下去也没事。

孩子从地上攀住楼沿,再抠住掉了油灰的窗框,胳膊腿慢慢蹭着,就爬了上去。孩子从窗子向外横出半步,左手的手指摸索着寻找第一个可以抠住的砖缝,抠紧了,左脚再往外蹭半步,右脚再跟过去半步。这时,右手手指也紧跟着寻找一个可以抠住的砖缝,待抠紧了,左脚再往外半步,右脚再跟上。身子的紧贴,没有太大作用,关键是手指必须抠紧了砖缝。沿墙,不仅是比不掉下来,还得比快慢。没有表计时,谁快谁慢,不过是后面沿墙的催着前面的。有时候后面的急了,急着追,一急就掉了下来。下来不甘心,在地上顺手拽住上面孩子的裤腿,一起拖了下来。也有后面的催得急了,前面的沿不过去,不好意思,自己跳了下来的。

有极窄或砖缝很浅的,就成了挑战的地方。手指紧紧抠住很浅的一痕砖缝,怎么也用不上力,手指战栗着,脸憋得通红,终于过去,或不能过去。

现在,还有这样的青砖红砖的楼房,每每经过,若有楼沿的话,会仔细看看墙的砖缝,想象一下,手指在哪儿抠住,如何能沿了过去。走过去了,也会低头看看自己苍白的手指。那时候的孩子，大多玩这游戏，手指都练得极坚韧，抓住点什么毫不起眼的，都能抓得死死的。

买菜

大概八九岁吧，学着买菜。那时候没有反季节，菜的种类不多，萝卜（还有胡萝卜水萝卜、红皮的水萝卜和白色的水萝卜）、小油菜、白菜、西红柿、莲花菜（也就是甘蓝）、菜花、韭苔、韭菜、蒜薹、洋葱、茄子、土豆（西北叫洋芋），不过是这几样。

奢侈的是韭黄，那非得快过年的时候，据说是捂在草棚子里，用热性的马粪暖着养才能生长的。

那时候只有国营菜店，稍晚就没有新鲜菜了。为了买新鲜的菜，会在放学之后，或者是周末，去比较远的地方。所谓比较远，最远也不过是三四里地。从西站出发向东，不过走到七里河，最远到小西湖；或者向另外一个方向，向北，去十里店桥那边。

买菜，手里钱最少的时候，不过五毛钱；多的时候也不过块把钱。兜里揣着一个塑料丝线的网兜，若买西红柿的话，为了避免挤烂会拎一只竹编的篮子。

那时候蔬菜很便宜，大多是几分钱。西红柿三分钱一斤，五毛钱就可以买十斤黄色的西红柿。甚至有些菜不过是一两分钱一斤。

偶尔，也会买几斤梨，苏木梨，记得是两三分钱一斤。冬果梨贵一些，苹果也贵一些，记得是一毛几一斤。

有时候走着走着，就走远了。买了十几斤菜，很沉，走走就拿不动了。那时候是有马车的，会拦住一辆，跟赶马车的人商量，带上一截路。有心好的，就上去。也有不愿意的，磨蹭着跟着，一边走一边把菜篮子放在马车上，手里就轻省了。不行，就这样走，反正菜篮子不在手上。也有的赶车人，见篮子里有西红柿,会要上一个,袖子上擦擦就吃了。心里舍不得,只是希望别挑太大的就是了。最糟糕的是,赶车人根本就不理,刚要靠近,那人鞭子虚空一晃,"嘎"的一声,怕抽着了,赶紧后退。

过几年,稍稍大了,也去买鱼、肉。鱼有两种,一种是黄花鱼,三毛多钱一斤;还有一种就是带鱼,稍便宜些。肉,就是猪肉,六七毛钱一斤。那时候菜油很少,都一大堆挤在柜台上等着上一级二级肉,肥肉,好炼油。

买好了东西,尤其是买了又好又便宜东西的时候,心里是格外高兴的,甚至会有些兴奋。知道推开家门,母亲看见会有多高兴。母亲高兴的时候,我毕竟是孩子,有一点虚荣,邀宠那样,会有意擦擦头上的汗,就是为了惹得母亲爱怜地说上一句什么。

若家里偶尔买了几只鸡雏,头菜的时候,会捡一些菜叶。不待母亲说些什么,就大黑小黑、大母小母地叫着去喂了。大黑小黑、大母小母,是几个孩子命名的属于自己的鸡的名字。那些鸡雏,也是孩子们的玩具。鸡雏很难养,不幸养大的,要杀了吃了的时候,会难过吗?好像也记不得了。似乎鸡也是该吃的,哭一下,可是鸡肉炖好了的时候,也是会高高兴兴去吃的。吃的时候,也不会想哪一块是大黑小黑的,哪一块是大母小母的。

写作业

那时候写作业没有现在的条件,哪里有所谓的写字台。写作业都在吃饭的小桌子上,若谁家有一张高一些的吃饭桌,那简直是奢侈了。

放学了,写作业是约在一起的。什么小花、小丽、小乖的,几个人放学的时候甚至是前一天就约好了,在谁家写作业。

回家转一圈,说,去谁谁家写作业了,背着书包,或简直连书包也不背,拿着书和作业本、铅笔盒就走了。

一张吃饭桌上,围着三四个孩子,一边写,一边叽叽嘎嘎说着话。谁不懂了,懂的孩子就凑过去说上一阵。

不到半个小时,作业就写完了。说好了一会儿去哪儿玩,忽地几个人就跑了。大人在后面喊,孩子们回答:作业写完了,去玩一会儿。

可哪里是玩一会儿,要一直玩到天色暗下来,大人喊着:"小乖,吃饭了!"才会回去。那个时候,叫得最土最好笑的是建新的奶奶。建新奶奶是天水人,一到时候就喊:"建新,回家喝疙瘩汤!"建新奶奶是把"新"读成"xing",把喝读成"huo",把疙瘩读成"guoda"的。

现在,偶尔也能听见院子里的大人喊孩子,可是都没有建新奶奶叫得好听亲切。建新奶奶已经去世好几十年了。偶尔会想起建新奶奶的小脚,在黄昏里深一脚浅一脚地走着,边走边喊。忽然有点怀念她。

打脚头

冬天,为了省煤,压着的炉子后半夜几乎就没有火气,屋子里跟冰窖差不多。为了暖和,也许还有棉被的缺少,会两个人打脚头。打脚头是两个人一人睡一头,盖一床被子。打脚头大多是两个半大孩子,俩人睡觉前不闹别扭的话,会把这边脚头的被子掖得严严实实的,不让对方的脚露出去受凉。两人若睡觉前闹别扭了,或者是根本就不愿意跟人打脚头,那就麻烦。若对方脚臭,又不愿意洗脚(其实那时候哪有那么多热水,大多时候是不洗脚的),两人会因为打脚头来回撕扯,掀翻了被子,甚至只穿着短裤就下地打架的。

跟谁打过脚头,记不清了,大约跟俩弟弟都打过脚头的。也许还跟老家来的表姐打过脚头。父亲出差的时候,也许跟母亲也打过脚头。

那时候家里住两间套间的青砖平房,墙壁极薄。冬天也只生一个炉子。炉子架在所谓的外屋里,里间没有门,就那么一点热气,两间屋子凑合着取暖,两个人打脚头就会暖和许多。依稀还记得打脚头的印象,侧着身子睡,手从里面把被子掖得严严实实的。开始的时候被子里面是冰冷的,可是很快就暖和了,毕竟是两个人身子的暖。两个人相互焐着打脚头的对方的脚,那样的日子会叫人一辈子都记着,不会忘了的。臭脚丫,干净脚丫,哪里会计较呢。

清早了,母亲在厨房里喊,饭好了!被窝里焐着的人暖暖的,舍不得爬起来。

火炉

现在的饭食已经没有那样的味儿了。炉子上蒸、煮、烤的一切,现在想起来那么怀念。

没什么好吃的,炉子上除了蒸馒头、炒青菜、烧开水,再就是孩子们中午上学前,在炉门里放一个不大的土豆。下午放学了,一进门,放下书包,就直奔炉子那儿。打开炉门,炉灰掩着土豆,用铲子拨开扒拉出来。烤熟了的土豆烫得下不了手,在青砖铺的地上,拨拉来拨拉去,等不及凉下来,就用衣襟(反正也是旧衣服,不怕糟践了)兜着,把土豆掰开,烫人的热气还冒着,就急不可耐地咬一口,一边吃一边烫得直张嘴哈气。

粉条呢,也可以烤着吃。捏着一根粉条,在炉火上烤,粉条会吱吱地膨大起来。

炉火上烤馒头片最好,掌握住火候,馒头片烤得金黄酥脆的。奢侈的是在馒头片上抹点大油,撒点盐,看着加热的馒头片上的大油吱吱地化了,浸透了,金黄黄的,口水早就淌下来了。

也见过一个喝酒的老人,捏着一根干辣椒,在炉火上吱啦吱啦地烤烤,嘎吱一口,呷一口酒。老人把烤了的干辣椒和酒混在一起咂摸的时候,眼睛眯着,满足呀。

现在已经没有那样的火炉了。偶然会想起,若屋子里有火炉,可以一边看书,一边弄点什么好吃的。尤其是冬天,火炉上炖点热冬果什么的,暖暖的热气冒着,心里会有多暖呀。

煮粥

闲来煮粥,怕粥"噗"了,遂跟母亲从前一样,端个小凳子,踏实坐在厨房里候着。

无人说话,拿一本书翻看。看几页,粥还没滚;再看几页,粥还是没滚。于是,安下心来。十几页过去,正看间,粥忽地"噗"了,可是近呀,抬手就把锅盖揭了,火也关小了。

用抹布把灶上收拾了,盖上半个锅盖,小火慢慢熬。小火熬着,人就不必待在这儿候着了。

回到屋子里,接着看书,却看不进去了。刚才厨房里暖暖的,米粥的味儿暖暖的,真好。那样看书,心里踏实呀。

以后看书就那样吧,就煮一锅粥,小火,慢慢煮,就为着在厨房里看书。粥的米香味儿腾腾地弥漫了整个厨房。知道有一锅粥在那儿,有半碟切得细细香油拌得透亮的芥菜丝,什么书看不下去呢。

窗子,也开一条窄窄的缝,偶尔一丝儿清风吹进来,是田野的树叶和青草的味儿,嗅一下,清苦苦、清凉凉的;再嗅,依旧是粥的香,叫人心里踏实的粥。几十页书,忽忽就看过去了。

那粥叫什么,就叫书粥。好吗?

干菜

干菜。极其干净。水洗般又晾干了的干净。

问了人,知道是白菜。白菜也是可以晾干菜的吗?

干了的白菜帮子，脱水后干瘦到只有一窄条，本来的菜白色大略还在，只是觉出一点时间干枯了过去了的意思，微微得一点褪色的白。

好看的是白菜叶子，本来的菜绿，不知怎么竟然变成了墨色。以水墨的办法画这干菜，该是好看。只是水墨却要少，羊毫的笔，在柔软的宣纸上"吱"地擦过去就是。

拿起一小把干白菜，深吸一口气，嗅出是过了滚水，才晾干的。白菜的味儿，很浓，甚至觉得比新鲜的白菜还要浓。

再细细嗅，是曾经的清水、粪肥、泥土的味儿。

真的是好闻。新鲜的白菜呢，哪里有这样的味儿。

小风景

黄土干燥如齑粉，轻的呀，人都不敢碰，一碰，就飞了。

远处小山顶上，若有，若无，赭色一点，似是庙。也许，只是一座屋子，偶然相仿罢了。

梨花，细碎，怒放。繁乱的只是叶子，若没有叶子，尽是梨花，一色的白，半透明到可以融入空气里。

车沿着铁路边上走，铁轨上停着的平板车上，是硕大无比的某种机械，涂了炫目的鲜黄。极其沉重的机械，因着鲜黄，叫人说不清楚，轻，还是重。鲜黄覆盖的铁，黑的铁，表层忽然的轻，叫人心疑，那么沉的，怎么就有了轻的意思。轻得叫人禁不起它内里的沉。

一侧有河。人是随着河水生活的。车弯一下，那河水也随着弯了过去。

乡亲徐晓光

◎ 马未都

　　呜呼哀哉,伏惟尚飨!得知晓光罹患癌症的消息时,已是他生命的最后时光。我马上安排时间去看望他,尽管有了充分的精神准备,但还是被他瘦骨嶙峋的模样吓了一跳。彼时,他夫人儿子均在场,但我眼中的他仍是不满十八岁的模样。

　　那是一九七三年十二月二十七日,我们下乡插队的那天,刻骨铭心。那一年我已满十八岁,他只有十七,比我小一岁多。当时大规模上山下乡运动过去了两年,与我同龄人大部分都留在城市分配了工作,去补齐城市前两年人口流失的空缺。我由于父亲的大劫难,没有任何人生出路,在家漂泊了两年多,直到父亲重获人身自由第十二天,我背起背包,离开城市奔赴农村。

　　我们下乡与上山下乡运动时略有不同,前几拨知青不论去哪里,大都是同一学校或几校合一的。尽管知青们都第一次离开父母的羽翼,但多数同学基本都来自同一学校,在生疏的环境中相互还有个关照。而我们这拨下乡的知青十分零散,我那待了两个月的中学只有两个名额,另外一个戴高度近视眼镜的同学我根本不认识,至今也只记得他姓胡,记不清名了,打离开农村再无交集。

　　大轿车最先接的我俩,然后一站又一站地接人,断断续续地跑了好几站,最后到了中关村。中关村今天名声在外,有中国的硅谷之称,可当时真就是个"村",荒郊野外地戳着公共汽车牌,半天也不来一辆车。晓光就是在中关村上的车,比我所在的学校多几个人,我们俩个头差不多,都瘦,他一上车我就在人群中先看见了他。那天前前后后几乎坐满一大车人,但我只和他有眼缘,可见人生有投缘之说。

我们在农村安营扎寨,开始了新生活。比较起今天的年轻一代,生活质的改变有天壤之别。我们都是"由奢入俭",由城市下放到农村的。晓光与我的父辈们都是从战争年代走过来的,大小都为国家负了点责,家庭生活条件在那个年月算是非常好的;突然一下子自我革命,响应国家号召,下乡当了农民,开始干起了农活儿,吃糙粮穿补丁衣,真需要适应些一些日子。

我们下乡时比起大我两届的知青要好很多,首先是地处北京郊区,再穷也是北京。北京老知青头几拨去的地方都是东北、内蒙古、陕西、云南等老少边穷之地,而我们羊拉屎般地稀稀拉拉分布在北京郊区,全是时代的点缀。我们所在的苏家坨公社(乡)西小营大队(村)一年时间内前后接收了一百四十六名知青,来自多少个学校谁也说不清。能说清的是大家来源太分散,都抱不成团,打不了群架,和其他村的人打起架来势单力薄,总会吃亏。

我们在农村只待了两年,在打打杀杀中逐渐有了新社会的平衡,也和农民搞得好像亲人一般。离开农村时心里也难受,也举杯说了山盟海誓的醉话,但走了就再也没回去过。可见临时攒的感情不是感情,栽培出来的友情也禁不起风雨。

我和晓光是同一天去工厂报到的,算是命好,到了工厂又分配在同一厂房,他车工我铣工,改头换面由农民成了工人。在工人阶级领导一切的年月里,当工人还是很光荣。掌握一门手艺很可能靠它吃一辈子饭。说来我们俩有许多相同之处,爱读书,都喜欢打篮球,个头也差不多高,在球场上配合得默契,那年月能一起打篮球的人说话都投机;我们俩也都是在工厂谈的恋爱,结的婚,他比我晚要孩子两年,除了我比他早调离工厂去了出版社,青春岁月中最浪漫的日子大家都是一起度过的,今日忆起,恍如隔世。

我调离工厂去了出版社当上了文学编辑,也算世俗意义的出人头地。晓光依旧在工厂熬着,我知道他不甘心,常常约在一起聊聊天,说说未来。他告诉我,他唯一改变自己的途径就是出国,别无他途。我可能是好日子来得太早,对出国失去了兴趣,就鼓励他想办法。直到有一天他告诉我,他出国的手续都办好了,万事俱备,只欠东风了。我问他什么东风,他说钱,出国需要不大不小的一笔钱。我问他需要多少钱,他说了,我又问他你有多少,他说有一半,我说我借你,我有。

隔了一段日子,我见他没走就又问他为什么没走,他吞吞吐吐地告诉我说他准备的钱只有我这一半,那一半还没有着落。我想好人做到底,又给了他那一半钱,他揣着去了远隔万水千山的澳大利亚,这一去就是五年,回来时才约我见面。那时通讯远不如今日发达,朋友如果懒得写信,基本上一走就没了音信,什么时候再见到都是人生惊喜。晓光在澳洲怎么度过的我不知道,只知道留洋在外的生活彻底摆脱"文革"十年给我们这一代人造成的贫穷阴影。

他回国时正赶上改革开放的大潮涌来,改革开放的头十几年,国家都是有心无力,想做的事多,能成的事少。直到二十世纪最后几年,整个社会才算有了本质的改观,社会眼看着富足了,道德跟着就滑坡了,人们的举止在高贵中透着轻浮,有钱人瞧着神气活现,没钱人也没黑没白地奔命。在这种纷杂的日子里,晓光永远笑呵呵的,不染红尘。我们一年半载地见个面吃个饭叙叙旧,尽管他早已今非昔比,有了成就,但他很少说发财之道,说的都是理想责任。这是我们这一代人的通病,谁也医不好的。

在全社会最忙活发财的日子,我们也都各自忙活,连电话都少。手机能发信息之后,时不常地发个信息问候,寻个机会见面,多数也是节庆假日。近几年,一起插队的几个说得来的又通过现代通讯凑在了一起,我们六个人,三男三女,弄了个西小营乡亲群,六人六地,一个美国,一个瑞士,一个澳大利亚，一个新西兰，我在中国，晓光一半在中国一半在澳大利亚，谁也不能想象当年在一起插队的少男少女们此时此刻天各一方，各自都已有完全不同的人生轨迹，最后被现代科技又搞到了一起，在这个乡亲群里畅所欲言，叙述旧事，开着玩笑。

这玩笑突然，突然戛然而止。变得小心中的沉重，温暖中的担心。生活真不过分给予人们欢乐啊，凡事适可而止，凡情过犹不及，只是我们都年过花甲，小心翼翼地生活，最怕听见不愿听见的消息……

探视晓光的时候我就知凶多吉少，出门后几日内多次无缘由地一声长叹；半夜惊醒过来，掐指一算，与晓光相识四十五年了，由风华正茂的小伙子变成满头风霜的老者，生活就是这样，一天天在手中滑走，无论你愿意与否，幸福还是苦难，生活该来的一定会来，该走的一定会走，正如我们那青春岁月。

今天中午，手机里传来晓光公子的短信："马伯伯，我父亲刚刚走了。后期血酸很高，基本处于半昏迷状态，没有痛苦。"我这些日子不知为什么最担心看见他的信息，虽然知道这一天早晚会到来，但没曾想到来得这么快。我把消息发到了我们六人的乡亲群里，远在美国、澳大利亚、新西兰、瑞士的乡亲们跟我一同哀悼晓光，西小营六人组从今天起少了一个人，剩下的人说话气氛都凝重，都掺杂着四十多年的情感沧桑。

我们这一代人的人生真是可以用"沧桑"描述，沧海桑田。二十世纪五十年代生人，跟随祖国一同成长；五六十年代的贫穷，七八十年代的动荡，二十世纪末二十一世纪初的改革浪潮，由穷到富，由贫到贵，看着社会物质富有起来，继而精神干瘪下去，每个人都很难保持一个纯洁的心。晓光尽管后来这些年一直在生意场上打拼，但从未沾染生意人的恶习，谦和不夸张，永远笑眯眯地敏于行而讷于言。

像一个长篇的乐曲刚完成了第一乐章，西小营的乡亲中，晓光一个人先自驾鹤西去，留下我们在夕阳晚霞中，看他那从年轻时就消瘦的身影缓缓独自孤飞。陆放翁有诗：驾鹤孤飞万里风，偶然来憩大峨东。持杯露坐无人会，要看青天入酒中。我们情感不及大诗人，有言不能诗，有哀不能唱，只能借千古诗人之语，独自在家，自斟自饮三杯酒，为晓光兄弟洒泪送行，扼腕长叹；晓光不善酒量，我愿再替他饮上三杯，一杯青春，一杯友谊，一杯情感，兄弟之间有这三杯酒足矣，愿晓光九泉之下能够知晓。

海棠和紫藤

◎ 肖复兴

一

在北京，老四合院里讲究种些花草，民谚说天棚鱼缸石榴树，其实，老院子里种海棠和紫藤比种石榴树的更多。我一直不明就里，为什么对此两种树情有独钟。

据说，海棠最早最盛，在如今的公主坟。不知辽代的哪位公主死后埋葬在那里，在坟前种植了一片海棠，逐渐繁殖，越来越茂盛，在每年的清明前后争奇斗艳，成为京城海棠花艳和传说凄美的独一处。

可以说，以后步入园林和四合院里的海棠，都是从公主坟来的。久负盛名的海棠有多处，其中南城有阅微草堂，相传那里的海棠为纪晓岚手植；西城有李释戡院落，在黄羊胡同，原是一座灵官古庙，有海棠两株，年头老矣，花开甚茂，因花命名。李释戡将自己的这个院落称之为双棠馆，后来成了中美文化办事处。

如今，李释戡这个名字显得有些陌生，但说起齐如山来，知道的人更多些。民国时期，李和齐同为"梅党"，都是梅兰芳的文案，为梅兰芳写过很多新派京剧的剧本。当时，李释戡请陈师曾为他的这个双棠馆题写匾额。这帧书法作品在二〇〇七年以三十万元价格拍卖了出去。在"双棠馆"三字后，陈师曾还写了几行小字："释戡所居有海棠两株，犹吾三槐堂也。"让双棠馆和三槐堂合为一副有趣的对仗，成一时的佳话。

二

　　在北京,有海棠树的四合院很多。其中有一个小院最让我难忘,便是前辈作家叶圣陶先生家的小院,院子里有两棵西府海棠。几乎每年春天开花的时候,叶圣陶先生都要和冰心和俞平伯等几位老友约好,到小院里一起看海棠花,一时,这两棵海棠树很有名。

　　我第一次走进东四八条这座西府海棠掩映的小院,是一九六三年的暑假,我还只是一个初三的学生。那一年,北京市少年儿童征文比赛中,我的一篇作文获奖并得到叶圣陶先生的亲自批改,还得到叶圣陶先生的接见和教诲。那个下午,是叶至善先生站在门口,因为个子高,他弯着腰,和蔼地掀开竹门帘,带我走进叶圣陶先生的客厅。这个印象很深。那时候,我不知道,是他从二十四篇作文中选了二十篇交给他父亲,其中有我的那一篇,要不我不会和这座小院结缘。

　　我和叶至善先生的女儿小沫同岁,同属于"老三届",都去了北大荒,彼此有信件往来。第一次回家探亲,我和她约好,想到她家看望她的父亲和爷爷,因还在"文革"之中,怕给两位老人带来麻烦,谁想到两位欢迎我们的造访。我和我的弟弟还有一位同学一起来到那座熟悉的小院,叶至善先生已经到河南潢川"五七干校"放牛去了。只有叶圣陶先生在,他见到我们很高兴,要我们每人演一个节目,老人看得津津有味。时值冬日,大雪刚过,白雪红炉,那情景真是难忘。聚会结束,叶圣陶先生还走出小院陪我们照相,就站在西府海棠的下面。只是那海棠已是叶枯干凋,积雪压满枝头,一片肃然。

　　一九七二年的冬天,在北大荒得罪了生产队的头头,我被发配到猪号喂猪,成天和一群"猪八戒"厮混,无所事事,一口气写了十篇散文,寄给小沫看,她转给了她的父亲。那时,叶至善先生刚刚从河南干校回来,赋闲在家,认真地帮我修改了每一篇单薄的习作。我们便有了整整一个冬天的信件往来,他对每篇都提出了具体的意见,有的还帮我一遍遍修改,怕我看不清楚,又特意抄写一份寄我,然后在信中写道:"用我们当编辑的行话来说,基本可以'定稿'了。"如他说的一样,我将十篇中的一篇《照相》寄了出去,真的"定稿"了,发表在那年复刊号的《北方文学》上。这是我的处女作,可以说,是叶先生鼓励并具体帮助我走上了文学之路。

"四人帮"被粉碎不久,中国少年儿童出版社恢复,叶至善先生重新走马上任,着手《儿童文学》杂志复刊的时候,曾经推荐我去那里当编辑。《儿童文学》杂志的同志找到我,那时我刚刚考入大学,没有去成。但我并不知道是他推荐的我,一直到很多年过去,才知道这件事,体会到他的为人,让我感动的同时也让我感慨,因为今天这样的人已经越来越少。叶先生地位不可谓不高,但他总是这样平易近人,谦和,严于己而宽待他人,替别人想却润物无声。在他家的墙上,曾有这样一副篆字联:得失塞翁马,襟怀孺子牛。此联是叶先生撰,请父亲写的。我想这是叶家父子达观的人生态度和一生追求境界的写照。

叶家小院我虽不常去,偶尔还是会拜访。前些年秋天的一个下午,我去得早了些,走进那座熟悉的小院,又看见那两株西府海棠,这两株树很有意思,叶至善先生说是"很通人性"——"文革"开始时小沫、小沫的弟弟还有至善先生都先后离开了家,海棠枯萎了,后来家人陆续回来,它们又茂盛了起来。如今,海棠依然绿意葱茏,只是有些苍老,疏枝横斜,晒在树上的斑斑点点的阳光,被风吹得摇曳,似乎将往昔的岁月一并摇曳了起来,有些凄迷。

我的心里有点不安,生怕打扰了叶先生的午睡,小沫招呼我进屋,说爸爸早就醒了,等着你呢!叶先生从他父亲睡过的床上下来,走出卧室,伏在他家的旧餐桌上和我交谈。坐在我对面的叶先生已经是银髯飘飘,让我恍然觉得白云苍狗,人老景老,老人的身体已经大不如以前了。那些年,他一直疲于忙碌,编完二十五卷《叶圣陶集》,又以每天五百字的速度写父亲的回忆录,马不停蹄地整整写了二十个月,一共写了四十万字,不要说是一位八十多岁的老人,就是壮汉又如何扛得下如此重任,他实在有些太辛苦了。在这部回忆录的自序中,他这样写道:"时不待我,传记等着发排,我只好再贾余勇,投入对我来说肯定是规模空前,而且必然绝后的一次大练笔了。"

那天,临别走出屋子,来到院里,我和小沫在那两株熟悉的西府海棠树下站了很久,说了一会儿话。午后的阳光很温暖,能看见枝头上青青的小海棠果在阳光中闪烁。我想起叶圣陶先生去世之前的春天,叶先生陪着父亲和冰心先生一起在这个小院看海棠花的情景。那天风很大,却在冰心到来的时候停了;那天,海棠花开得很旺。

如今,海棠依旧,年年花开。叶圣陶和叶至善两位老人都已经不在了。

三

在老北京的院落里,讲究种植海棠之外,还有讲究种植紫藤的。紫藤和海棠不同,海棠单株而立,紫藤铺展成片,需要搭架,占更大的地方才行。所以讲究种紫藤的,大多出自名人或富足之家,尤其在宣南,似乎更多。所以,龚自珍称之为"宣南掌故花"。

宣南一带,最老最大的一株紫藤,在给孤寺之东一户姓吕的人家。给孤寺的位置在如今珠市口之西,陕西巷南口之东。清人有诗这样形容这株紫藤:"一庭芳草围新绿,十亩藤花落古香"。说其十亩,自然是夸张,但说它是古香,却是实在的。

在宣南,仅我所知道的,就有杨梅竹斜街梁诗正(他当时任吏部尚书)的清勤堂,虎坊桥纪晓岚的阅微草堂,海柏胡同朱彝尊的古藤书屋,孔尚任的岸堂和琉璃厂夹道王渔洋的故居,这五家的紫藤最为出名,据说都为

主人当时亲手种植。"满架藤荫史局中";"庭前十丈藤萝花";"藤花红满
檐";"海柏巷里红尘少,一架紫藤是岸堂";"诗人老去迹犹在,古屋藤花认
旧门"。这五句诗,分别是写给这五家紫藤的,也是后人遥想当年藤花盛开
如锦的凭证。

好多年前,我分别造访过这五处,王渔洋旧居和孔尚任的岸堂已无处
可寻,古藤书屋正被拆得七零八落,清勤堂的院落虽然破败却还健在,阅
微草堂被装点一新,成了晋阳饭店。

前些日子,我又去那里一趟,阅微草堂的紫藤,因修两广大街时扩道,
大门被拆,本来藏在院子里的紫藤亮相在大街上,一架紫色花瓣翩翩欲
飞,倚门卖俏,成了一街的盛景。杨梅竹斜街已经改造,焕然一新,只是街
东口的清勤堂越发低矮破旧,老态龙钟,大门洼陷下很多,院子里的人家
搬空,肯定会被整修。只是不知道会不会补种一株紫藤,再现"满架藤荫史
局中"的繁盛。

四

海棠和紫藤两者皆可食,只不过,一个是食果,一个是食花。

紫藤的花期比较长,花开之余,用花做藤萝饼,曾经是老北京人的时
令食品。邓云乡先生曾经说:"藤萝饼的馅子,是以鲜藤萝花为主,和以熬
稀的好白糖、蜂蜜,再加以果料松子仁、青丝、红丝等制成。因以藤萝花为
主,吃到嘴里,全是藤萝花香味,与一般的玫瑰、山楂、桂花等是迥然不同
的。"

如今,老四合院里的藤萝少见了,味道迥然不同的藤萝饼,已经多年
没有见到了。因为藤萝花不好保存,又无法如玫瑰一样做成蜜饯备用,因
此,如今北京最大的点心铺稻香村里,有卖玫瑰饼的,没有卖藤萝饼的。以
前春末时分遍布京城,藤萝饼很容易买到,并不是什么新鲜的点心,而今

成了稀罕物了。老北京失去的东西很多,不在乎藤萝饼这区区一样。

有意思的是,海棠花开得越是漂亮的,结出的果越是不好吃。院子里栽有西府海棠,人们一般都不会吃,落在地上,任其烂掉,或者被小孩子捡起来玩。要吃,吃从西山或怀柔密云的海棠树结的果子,被小贩挑着担,穿街走巷卖。那时候,有专门卖一种熟海棠的,毕竟再好的海棠也有一点儿酸涩味儿,用水煮熟,再加一点儿糖,味道和生海棠大不一样。我更喜欢吃用熟海棠果做成的冰糖葫芦,压得扁扁的熟海棠果,甜酸之中还有一种面面的感觉,和山里红不一样。如今,卖熟海棠的也见不到了。

这个世界一切都在变化着,京城花事随京城世事沧桑变幻,是再正常不过的。想当年,法源寺盛开的是海棠,泰戈尔和徐志摩在法源寺海棠花下吟诗一夜,梁启超作词说:"此意平生飞动,海棠花下,吹笛到天明。"如今,那里已经变成丁香花海一片了,泰徐二位,再吹留天明,得到丁香花下了。

苍茫牧道

◎ 白福成

通向深山中的哈英不拉牧道,成了我少年人生的转折。

村庄的畜群,已先我半个月进入了哈英不拉。与父亲放牧的年轻搭档因熬不住荒古草原的清寂,在山里没待几天便跑回来,说啥也不去了。于是,父亲只好带话让我去。

就这样,我骑着一匹枣骝马,踽踽上路了。

那时,我只有十六岁。我本该走向学校的大门,却走向一片深山老林。村庄,还有我憧憬中的校园生活,如梦幻般地远离我而去了!这就是某个时代,中国政治暗示于我的命运走向,一个少年牧人的荒凉姿态就这样出现在了通向哈英不拉原始的牧道上。

初秋的阳光融融地洒落在辽阔的草原与河谷间,耸立在河谷两旁的恢宏峭拔的山峰默默地注视着我,马蹄声单调地敲击着布满石子的道路……我像一个远古时代的行者,在空寂的大峡谷中向前、向前,转过一个弯道,前面又出现一个弯道。

当河水每流过一地时,都要回过头来,闪着清澈的目光,望我一眼,然后拐出一道弯,再拐出一道弯……河水似乎不愿意出山,于是,它一路上左拐右拐,徘徊犹豫,一步三回头,拐出了许多弯弯曲曲的河道。

我知道,前面一定还有许多弯道在等着我,那些让我躲不开也逃不掉的弯道成了我命里的道路,它引领我一步一步走向草原牧地的纵深。

快进入羌塔寺时,我看到一片叫"火烧洼"的阴坡上长着一大片白桦林。白桦林摇摇曳曳,闪动着黄金般的色泽。据说,早年因这里森林着火,烧掉了一洼的白桦树。许多年后,新长出来的白桦树金色闪烁,到了秋天更加生机勃勃。

人们总喜欢把森林着火归咎于人。其实,森林本身也会燃烧的。每棵树,从幼年长到成年,当它的机体充满勃勃生机时,它也需要宣泄和释放,于是,它选择了燃烧。树的每一次燃烧,更像一次凤凰涅槃。燃烧过的那些白桦树再一次成长起来时,显得那样的金碧辉煌,就像从皇宫走出的一群身着鹅黄色裙裾倩装的宫女一样。

"宫女们"亭亭玉立在山坡上,挥动着纤纤优雅的手臂,微笑着向我招手致意。

一路上,布满山冈的原始森林,还有那一片又一片缓缓摇动枝丫的白桦林,向我挥手致意,又像是夹道欢迎。正是这雄浑壮美的原始风景,它及时地安抚了一个心情沉落、被政治赶出校园的少年牧童,它让我渐渐远离骚乱而狂暴的现实,走向一片清虚无为的纯美净地。

我想,其实这样很好。

当我穿越一片牧地时,我看到一种极不和谐的文化现象出现在了牧道上,它让我感到既惊诧又向往!

这里有十几位少男少女正在载歌载舞地为牧人表演着节目。于是,我下了马,与哈萨克牧人稍稍拉开一点距离,开始观看起来。演员们都穿着清一色的军装,系着武装带,个个显得挺拔俊俏、精神饱满。其中,有一位和我年龄相仿的女孩一边表演节目,一边闪动着一双晶莹黑亮的大眼睛在注视着我。她的目光中充满疑惑和探询——她一定在揣测着,在这深山老林里,出现这唯一的同族少年观者,这究竟是怎么回事?

正是由于在这人心苍凉的古老牧道上,突然遇到这样一双纯真动人的目光注视,那意义就有点不同凡响了。其实,我也一直在注视着她——这是一种命运与另一种命运的相互打量和探询。

他们跳完唱完，便由一辆卡车载着，说说笑笑走出山去。而我和他们背道而驰，继续向纵深的哈英不拉走去。

一路上，我沉默无声。

后来，那些姑娘轻盈欢快的舞姿一直舞动在我人生的牧道上。在缀满金黄色叶片的白桦林和墨绿色云杉草地间，总有一双探询和疑惑的目光在闪动着，有一缕清亮优美的歌声在草原与河谷间回荡着……她让我的游牧之道平添了一份迷惘，一份对美好人生的追忆和怀想。那种永驻心间的珍贵记忆在我继续向前的道路上，渐渐融进了壮美无比的风景深处，融进了我生命的心田，她唤起了一个游牧少年对生命之美的顿悟。

我就在这种现实与梦幻交织的牧道中，完成着命运指于我的浪漫长旅。

河谷两岸如锦的青山与草原变换着各种姿态向前绵延着；清澈的河水泛着灿亮激冷的光波从我的眼前哗哗流淌而过，一去永不复返；远处的山峦上晃动着一些星星点点的羊群；河岸边的牧民毡房里升腾起一缕缕淡蓝色的炊烟；偶尔有一两只牧羊狗汪汪吠叫着凶猛地追扑过来，使我和枣骝马惊乱骚动一阵，而后，牧道又重归寂然。

越走近哈英不拉，便感觉离红尘越远。哈英不拉牧道，是一条引领我走向至美境界的神圣之道，是我少年逃离现实的避难之道。其实，无论你是谁，无论你是封疆大吏还是黎民百姓，只要你曾经涉足过哈英不拉，被哈英不拉原始质朴的风景收容过和陶冶过，从此，在茫茫岁月中，无论你经受过多么沉重的磨难，你心灵的光辉是不会彻底泯灭的，你内心深处始终会保留着一块永不被现实浸污的绿地！

一路上，我被黄绿相间、浓淡相宜的草原风景熏陶着、感染着，犹如走在一位伟大画家晕染的大泼墨山水画中。充满我心间的，有那么一缕亲切，一缕纯真，还有那么一缕感伤和落寞。当我的人生道路被限定在这样一条游牧之道上时，眼前宏大而宽厚的哈英不拉风景及时地收留并安抚了我。这对我来说,无论是过去还是今天,都至关重要!

当我走向草原深处,走向一片静玄之地时,我突然感悟到那人世的纠纷和疯狂的政治运动都变得那样荒唐和无聊。

如果我压根儿就没有经历过那样一条游牧之道,如果我从来就不曾领略过那种深邃博大、高贵质朴的哈英不拉风景,那么,在我如今的内心深处,还会留存那一份美好而珍贵的怀想吗?

我想,那一定是一种前定的缘分。

到了黄昏时分,我已走进了哈英不拉牧地。我看到了血红的晚霞,看到从父亲的毡包里升腾而起的那一缕袅袅炊烟,我听到马群在河谷和山冈上咴咴嘶鸣的叫声……我知道,这是一处恬静之地,我的少年游牧之路将从这里起步、成型,并最终显示我原初的生命状态。于是,我感到有点茫然,有点陌生,甚至有点乐颠颠的。

我给枣骝马加了一鞭,马在黄昏的哈英不拉牧道上放开步子,嘚嘚地颠跑起来。

孤独的马蹄声

每次看到一个穿着宽大、厚重的黑色条绒袷袢的哈萨克土著骑手骑着一匹马摇摇晃晃地走在草原上,走在戈壁上,或格格不入地走进一座城市时,我的内心总有一种说不出来的孤独感袭上心头。

我从小生存于山地,和草原上的哈萨克土著人相邻。于是,我才有机会那样贴近地触摸到隐藏在荒蛮之地的哈萨克土著人灵魂深处的那一份孤寂。

那时,我常常看到,从沉寂的山梁上,从空旷的茫茫雪原上,有一位哈萨克土著骑手骑一匹小红马或枣骝马犹如闪电般飞驰而过。于是,有一串激烈的马蹄声踏破草原的宁静,由近及远,渐渐散淡在高远的天空中……

那种驰马飞掠而过的孤独身影,如石雕般定格于我的记忆深处,许多年久久不肯忘却!

骑马奔驰在一年一度的岁月里,肯定是哈萨克土著人对寂寞心绪的一种最直接的排遣形式。这是我离开山地许多年后才略为感悟到的。许多年后,我偶尔回到山地,看到昔日的毡包依然如故地坐落在那里,沉寂无声,犹如一个原始的古堡。有一缕青烟孤直地升入高空,好像许多年前的那一缕炊烟从未中断过。

那种驰马踽踽走在草原大地的马背生活,在哈萨克土著人的岁月中,究竟持续了多少年多少代呢?而哈萨克土著又是怎样选择了这样一条孤独而飘忽不定的游牧之道呢?哈萨克土著啊,你总是徘徊地域边缘,远离人类中心……你难道在回避着什么吗?

我这样不断地叩问哈萨克土著,叩问历史,叩问着我自己。

每次,只要我看到哈萨克土著骑马走过茫茫戈壁,走过荒山野岭;看到干涸而空寂的戈壁滩上孤零零地伫立着一座毡房;看到一个穿着宽大袷袢的哈萨克土著赶着羊群踽踽行走在一条荒寒又沉寂的游牧之道上时,我的内心不免要升腾起一种强烈而心酸的崇高感,我感觉到我就是他们的一部分!于是,我更容易理解一个土著为什么总是那么渴望拍马奔驰的心情了。

多年以来,我始终都记着哈萨克土著创造的一个又一个赛马的日子。我不断地看到骑手们跃马扬鞭跑过草原的情景,那种如春雷般掠过草原大地的马蹄声至今还訇訇喧响在我的耳畔!

就说说某一次的赛马场景吧。

记得是在初秋的太阳刚刚升起不久,从蓝天白云下,从高远的山脊上,突然出现了骑手的涌动。刹那间,骑手与马嘶的喧响,打破了草原亘古的沉寂,马蹄声和骑手的奋喊响彻云霄,激烈而杂沓的声音在草原大地訇訇地回荡着。

赛马场的喧腾,使我想到了那些骑手昨日还沉默如山,如一个征战万里的疲惫将士孤独地走在苍凉的远征之路上。

骑手忽聚忽散,奋喊声一浪高过一浪。

难得的群聚难得的激奋啊!

骑手们如一只只飞掠而过的大鸟,幻影般闪动在草原的绿色背景上。在赛马场的奔跑之路上,骑手与马构成了一个抗击荒寒和沉寂的联盟。骑手们明白,赛马过后,草原就要重归沉寂。喧腾是暂时的,而孤寂才是永恒的。骑手们一次又一次地打破沉寂,可一次又一次地重新再归于沉寂;他们向往充满激情的赛场,但赛场又是那样的短暂。

骑手们惧怕终点,但终点还是到了。

在骑手们奔跑喧响的声音渐渐沉落下去时,从高高的山梁上涌出了整个草原大地的土著。他们吼叫着,狂欢着。各色头巾和马鞭在他们手中高扬着、舞动着……

母亲的意象

◎ 朱鸿

　　我的母亲是俊秀的、白皙的,是进取的、劳苦的,是忍让的、慷慨的,是敏捷的、坚毅的,是喜悦的、仁慈的。

　　不过她也在春秋交替之间不知不觉地把对襟衣服换成了斜襟衣服,衣服上的花也没有了;渐渐地,她皱纹萌额,白发染鬓;终于疾病降临,更是残酷地扭曲她的肢体,扰乱她的语言。

一

　　我爱我的母亲。

　　小时候我就懂得保护母亲,也许我可以对母亲发火,然而我不允许任何人欺负我的母亲。

　　六七岁那年吧,我的叔叔蓦地寻隙挑衅,惹得邻居围观。他站在厨房的檐下,赖我母亲弄脏了井水,母亲便据理反驳。他恼羞成怒,竟抬脚踢我母亲。虽然足尖落空,但他的行为却震荡着我的整个身心。当时我站在母亲背后偏右的地方,这一幕完全看到了。我感觉自己仿佛一头小小的雄狮,泪水盈眶,紧盯着叔叔的手,所有的血液都推动着我,使我扑过去,咬断他的指头。发现我已经变形,他猝然收声敛焰,显然是害怕了。这天以后,叔叔再也不敢冒犯我的母亲了,他对我也辄示喜欢,并日益器重。

　　十二三岁那年,生产队近百社员在场里碾麦,真是热火朝天,可惜场长派烂活给我母亲干。我恨之入骨,遂堵住他,站在他面前指摘、叱骂。场长拿着木杈检查麦秸的厚薄,这儿抖一抖,那儿翻一翻,到处走动。他转到什么地方,我就跟到什么地方,总是站在他面前叱骂他、指摘他。我像一头小小的公牛似的,摇头甩尾,逼得场长发蔫。多年以后,有老师问我:"你就不怕场长戳你一木杈?"我说:"没有想!"

十五六岁那年,父亲和母亲有了芥蒂,经常争吵。父亲在工厂上班,虽然赚钱,不过我坚定地站在母亲一边,斟酌着如果他们离婚,我就随母亲。有一次,一言不合,父亲跟母亲就又闹开了。我放下作业,批评了父亲一顿,结论是:"我母亲去世了,我要给她立一个碑子,不给你立。"父亲颇为尴尬,也很是无奈,遂佯装大度地说:"儿子爱他母亲是正常的。你这样,我也放心了。"

二

母亲更爱我。

小学就在村子里,生产队的孩子念书,几乎都是自己去,很少有家长送的。但我念书的第一天,上课的第一天,母亲却送我出门,出朱家巷,陪我走了半个村子,直到看见小学的屋舍,才让我自己去。母亲送我念书,此举固然平凡,不过我似乎获得了追求知识的永恒动力,想起来也十分温暖。

二十世纪七十年代,冬天甚冷,我的同学多冻伤了耳朵、手、脚和脸。然而我有母亲做的两件棉衣、两条棉裤、两双棉鞋,轮换着穿,并戴着可以保护耳朵的棉帽,戴着手套,从而避免了冻伤。

中学在韩家湾村,一天跑两趟或三趟,时间不确定,不过冬天总是有热饭。实际上锅早就凉了,是母亲隔一会儿就点火烧一次,才保证我放学回家,扔下书包,能吃热饭。

父亲从工厂带了一顶军帽给我,我兴奋至极,急于戴上它炫耀,可惜军帽大一圈,在头上晃来晃去的。母亲便改它,连夜垫一圈草绿色布以缩小。线细针密,毫无痕迹。不幸的是,看露天电影,甫感头上触动,军帽就飞了。我左顾右盼,见所有的五官都颇为平静,根本不知道谁是贼!

考大学,我一败二败,不过也越考越勇,志在必得。母亲支持我,除了不让家务使我分心以外,她还给了我辄有变化的一日三餐。我往韦曲的长安二中去补习,有时候会碰到她在田野锄草。她看我一眼,算是目送。她收回眼睛,埋头继续劳动。踏着乡间的小路,想象着大学之门,我信心更足。她以我托,每天早晨在窗口喊我起床。复习真是累极了,要不是母亲喊我,也许我每天都会从早晨睡到中午。

大学三年级,我身体不适,休学回家,以中药调理。母亲替我煎药,早晨半碗,晚上半碗。她是在下工以后,吃了饭,收拾了厨房,才至院子的一个墙角煎药。秋深霜重,夜气拂面。她一把一把地烧着麦秸,以保持平稳的文火。母亲垂着头,不过文火的闪烁还是照亮了她的疲惫和忧伤。此情此景,烙印在我的心上,到现在还有抓挠之感。

入职了,结婚了,本当自立,遗憾我仍为母亲添了麻烦。有一年,我不得不应付一场灾难,遂把不足两岁的女儿送母亲带。少陵原上浩瀚的秋风和凛冽的冬雪之中,满是她的愁绪,她一边经管着儿子的女儿,一边恐慌儿子的命运。

一天早晨,母亲正在下米熬粥,猝闻女儿尖叫。她猛然转身,只见女儿在案板上摸什么,竟把一杯开水灌进了棉衣的袖筒,灼得当然尖叫。母亲吓坏了,匆匆剪开袖筒,然而她不在村子找医生处理。她抱着我女儿,抄小路,走十数里,再乘车进城,把孩子送我,以求所谓高明的治疗。母亲的棉衣湿透了,背上热气直冒。她也很是内疚,怪自己疏忽,几乎要哭。

三十一岁是我坎坷以后新的跋涉的发轫,不胜艰辛和孤愤,遂不能从容回家。尽管西安和少陵原也不过相距三十里,然而我未必会保证每月探望一次父亲和母亲。那时候,我已经零落成泥,资产为负了。命运坠入低谷,就得为翻身而战。不但不能经常回家,也不能经常报讯。

母亲不放心,便进城看我。我不清楚她是如何辗转乘车的,总之,她像一片白云一样忽然就出现在我的门口。又激动,又难过,几乎使我落泪。那时候还没有家装电话,更没有个人手机,不能预约以等她。有几次她到了小区,偏巧我不在,她便安安静静地坐在门外的楼梯上。获悉母亲在门外等待,我迅速回家,看到我,她的眉梢溢满了笑。她不知道我的感动和难过,不知道我想落泪。

父亲患脑溢血后遗症,母亲患脑血栓后遗症,手脚都不灵便,遂硬撑着生活。我也明白他们需要一个保姆,唯经济拮据,是心有余而力不足。不忍,我也无法。一旦我缓过来,便立即雇了一个保姆。可惜一月之后,不告诉我,母亲就把保姆辞退了。我以为这个保姆不妥,又雇了一个。然而一月做满,她又辞退了。我打电话问:"咋辞退保姆呢?是不是嫌花钱呢?"母亲慢慢地说:"娃呀,雇保姆,你是为了我。我用保姆,你就把我害了。""为什么?""生活能行,用保姆干什么?不行了,再雇保姆吧!在村子里生活,不兴用保姆啊!"实际上母亲仍是觉得我经济紧张,不舍得让我雇保姆。

二〇一四年秋冬之际,是我父亲去世三年以后了,有一天,我和母亲聊天,无非是评姨姨,论姑姑,让母亲高兴而已。俄顷,她在房子里悠悠地转了一圈,似乎若有所思,渐渐抬起头,郑重地对我说:"娃呀,我要是不行咧,我就想走快一点!"我的心顿然沉了一下,没有应接,旋即岔开了。

母亲是神的女儿,尽悉自己的生命属于神,应该不会胡思乱想。我父亲临终之前,完全卧床,这是母亲看到了的。我以为,母亲所谓的想走快一点,当是指不要完全卧床的结局,也有不希望再加重我负担的考虑。我了解母亲,她非常自尊,即使万难也要自力,即使儿子反哺,她也存打扰儿子的歉意。

三

在人民公社的那些岁月，母亲是我家唯一的劳力。从一九五七年至一九六八年，她先后生有四个孩子，姐姐、我、妹妹、弟弟，都需要她抚养。我的祖父和祖母，已经不能在田间耕耘了，也需她照顾。关键是七个人的口粮，要靠母亲所挣的工分而取得。为了工分，她竭尽了所能。

父亲也是生活所赖的半壁江山，其以人民币供给我家所资。不过生产队有自己的规则，它以劳力及其所挣的工分断其所获。我父亲不算劳力，于是居住在少陵原的这七个人的生活，就主要靠母亲了。

只要闭上眼睛，我便看到母亲忙碌的样子。春天她扛着镢头打胡基、修梯田，没有一晌不是一副受饿之态。夏天割麦，没有一晌不是累得虚脱的神色。秋天她握锨浇地、抡镐砍苞谷、挖红苕，没有一晌不是服役之状。冬天拉着架子车施肥，没有一晌不是汗水淋漓，棉衣从里向外蒸发其汗的。

几乎是每天，母亲下工会小跑回家，利索地择菜、擀面，或做别的饭。她一勺一勺舀到碗里，一碗一碗地端给老老少少。终于姐姐长大了，我也长大了，可以给祖父祖母端饭了。母亲最后一个吃饭，接着洗碗洗锅。天黑了，星辰如洗，母亲坐在炕沿穿针引线，为公婆、子女和我的舅爷舅奶缝棉衣、缝棉裤、纳鞋底、纳袜底，不知道月驰中空，夜逼未央。晚上如厕，从偏厦出来，我总是看到母亲的影子映在正房东屋的窗纸上。

给我祖父祖母四季浣涤，顿顿馍面，这也罢了。难能可贵的是，祖父去世以后，祖母半身不遂，她毅然承担了全程护理。白天所食，皆由母亲喂之，因为姐姐和我在上学，妹妹和弟弟尚幼，对母亲的夹辅只能是零星的。晚上她按时间抱起祖母，执盆溲溺。点灯、招呼、擦洗，难免会吵到我，在半睡半醒之中，我倍感母亲之累。每天晚上，她有两次助我祖母，从而保持了被褥干净，空气清爽，直至祖母安然殁矣。

有了农闲,母亲便往娘家去,看望自己的父亲和母亲。她做一笼花卷,再做几箩凉皮,分类放在竹篮里。她用纱布盖住,以防灰土落上。她把公婆和子女的生活安排妥当,再三嘱咐,便踏着乡间的小路,匆匆而去。她给我的舅爷舅奶整理房间,拆了被子,去污、晾干,再捶展,再缝了被子,拭窗揩壁,淘米炒菜,做了所有当做的活,又匆匆而返。母亲为大,她的三个弟弟、两个妹妹,无不由衷敬重她。她晚上很少在娘家待,因为公婆和子女不可须臾离开她。

母亲至娘家,我总是若有所失。黄昏披垂,我便在村口向乡间的小路远眺,希望迎接她,可惜她迟迟不归。终于月悬秦岭,星辰灿烂,母亲像一个漂移的点似的在白杨萧萧的小路上出现了。

小时候,姐姐、我、妹妹、弟弟,跟母亲在一起生活,因为父亲只有星期三才回少陵原。懵懵懂懂,打打闹闹,一个接一个地长大了。姐姐在人民公社的商店工作数年,便如期出嫁。一九七九年,我进了大学。妹妹机会难得,接班到了父亲的工厂。弟弟情绪起伏,无所适从,遂成我家之惑。一九九六年,我经大夫分析才弄懂,此乃疾病之端。

大约这个阶段,淡雅的梅花或菊花就从母亲的衣服上消失了。她开始改穿蓝的灰的一类单色衣服。她明朗的容光之中,也加入了忧郁的元素。然而母亲仍是刚强的,仍是非常能干的。

在我生于斯长于斯的朱家巷,在我少年隶属的生产队,谁有我母亲能干呢?

我家的自留地,不管是小麦还是谷子,母亲可以种得没有一棵草,疏密适度,整齐茁壮。凡是经过我家自留地的长者,多会驻足欣赏,连连赞叹。

过年以前,母亲会使我家庭院的里外和前后焕然一新。她把笤帚绑在一根长长的竹竿上,够着打扫房梁上、天花板上及房间里所有的尘埃,之后化白土于水盆里,一刷一刷地漫墙。所有的被子,她要洗一遍。她把被子

267

搭在两树之间的绳子上,一经冬日阳光的照晒,盖起来真是又暖又香。她撕下旧窗纸,糊上新窗纸,并要对称地贴上窗花。

母亲还有杰出的表现,一般妇女是不具备的。房顶上生长青苔和瓦松很正常,不过繁茂了便要阻水,导致屋子漏雨,是应该拔掉的。母亲就借了梯子,从墙头爬至房顶,自高而低,仔细除草,并统统清扫一遍。看到别的小孩吃槐花麦饭,嘴馋也要吃,然而我家老的老,少的少,谁能钩槐花呢?母亲便爬上槐树,坐在树杈之间,钩下枝干,之后溜下槐树,捋了槐花,濯净拌面,以蒸麦饭。当时母亲不到三十五岁,显然就是一个英雄。

四

酸楚起于父亲的疾病,随之是我的灾难及其离婚,接着是我弟弟诊断为精神分裂症。接二连三的变故,沉重地摧残了母亲。她白发剧增,皱纹加深。然而生活是要继续的,天也不会绝路。

母亲左右求索,得到了神的启示,遂能凭着信仰行世。我以为她六十岁以后的幸福,主要源于此。父亲留下了脑溢血后遗症,只能由母亲照料。虽然是不虞之祸,她也心平气和。给弟弟积极治疗,也应该是有希望的。一九九五年我又结婚了,它显然也是对弥漫在少陵原的一种悲哀气氛的反击与否定。妻子真爱婆婆,婆婆真爱妻子。我觉得惬快,视我命运的吉庆是给母亲的安慰。

此间,母亲有几次进城看我。我自幼喜欢吃她做的凉皮,母亲遂带凉皮来,并用瓶瓶罐罐装着自己炝的豆芽及其他佐料。在享受凉皮之际,我会问村子里的情况,随之慢慢转向问父亲、问弟弟,给母亲以鼓舞。见我平安,妻子平安,女儿也乖,她便轻松地说:"娃呀,你们都好,我就放心了。"便返少陵原,以照管我的父亲。

多年以后,只要想到母亲进城看我,我就为自己的一个疏忽深为遗憾,顿生隐痛。每次见母亲,不管在哪里,我都会给母亲一些零花钱。然而母亲进城看我,我竟有一次或两次忘了给母亲零花钱,让她空手归去。固然父亲有工资,固然母亲并未提出缺钱,不过,如果母亲钱不宽展,需要儿子的钱予以补贴日用呢? 多年以后,当我意识到这样一个问题,我就为让母亲空手归去而悔恨得想哭,我就想抽自己的耳光。

我对生活的重整,尤其以拼命翻身,多少让母亲释怀且高兴。她不能放心的是弟弟。春夏之交,弟弟不禁会有狂暴的举动。住院治疗,有药控制,遂还平静。出院回家,他服着服着便中断了药,于是狂暴就又爆发了。反复如此,母亲不得不携父亲离开少陵原,寓居于樊川或韦曲一带。母亲说:"把他交给神吧!"见我沉郁,她就说:"娃呀,不发愁,天哪里黑,在哪里歇!"

五

在我父亲得脑溢血后遗症九年以后,二〇〇〇年的冬天,我接到一个电话称母亲感冒了。不可能! 我想,一定是严重的疾病。

我火速奔赴少陵原,只见她躺在床上,已经处于昏迷状态。急忙住院,诊断为脑血栓。几天之后,恢复清醒。三个月之后,可以出院了,然而右腿和右手都不灵便,语言也疙疙瘩瘩的。不过她坚持祷告,笑迎日出和日落。

我不如母亲,暗忖我家沉疴三人,难免忧闷。那些年,我经常从梦中猝然惊醒,旋坐床上,一再想我弟弟吃什么饭,我父亲和母亲会不会摔倒,遂再也不能入眠。

母亲的伟大,是她能顺应惨绝的遭遇,不抱怨、不叹息,并能把一种内在的明亮和温暖投射到外在的形容上和声音里。她确实是黑暗世间难能可贵的一盏灯!

右腿坏了,不过步行是可以的,她就一高一低地赴市场买菜。右手坏了,她便用左手擀面、烙馍、洗衣服。她拿布条缠住刀片的一半,左手握之,以刀片的另一半切土豆、切萝卜、切白菜、切豆腐、切黄瓜、切肉。她用左手持铲炒菜,并用左手掌勺盛到碗里。

父亲仍由她照拂,屋子照旧干干净净、井井有条,甚至每一个用过的塑料袋也会绾结成团,放在一个纸盒里,以方便再用。

大约就是这些日子,我的逆境得以改变,遂给母亲雇了保姆。然而她一再辞退,认为自己能行。二〇一〇年秋天,父亲再犯脑溢血,乃至瘫痪,侍护起来甚为艰巨,她才同意我请保姆。

算一算,我母亲共照顾父亲二十年,其中她以脑血栓后遗症之躯,照顾我父亲十一年。二〇一一年五月一日,我的父亲去世了。

办完父亲的丧事,母亲便独立生活。此前,我已经接母亲进城了。她和我共住西安明德门小区,我妻子给她买菜,我也可以随时看她。我数征意见,要雇保姆给她,她无不干脆地说:"不要! 娃呀,我能行。"见我默然,她补充说:"我不行了,你就雇。"我依了母亲,她便快乐的样子。

我父亲去世三年以后,母亲衰颓明显。她移趾拖沓,扬眉拙滞,常常有所疑虑。母亲虽然没有多少学历,不过她是睿智的、通明的,生命感觉颇为敏锐。

在这一年,她有两次郑重交代,我以为它就是遗嘱了。秋冬之际的一个黄昏,她对我说:"娃呀,我要是不行咧,我就想走快一点! "

为了安全和容易操作,我买了电磁炉,以让母亲做饭烧水。烧水的壶,有一个弧形的柄,因为她左手之力有限,只能垂提,不能平端。她先提壶接水,再提壶放到电磁炉上,再提壶灌进保温瓶里。数年如此,并无大碍。不过有一天她笑着对我说:"不行咧,不行咧! 一壶水提不起了。"

母亲的坦诚让我起敬,也让我伤感。母亲承认她不行了,就实实在在是不行了。我宽慰她说:"放心吧! 现在给你请保姆。"她说:"请保姆吧!"

母亲在八十一岁的时候,以其之老,以其之羔,终于不能自己做饭烧水了。对此变故，我当谨记。

我便四处奔走，给母亲雇保姆。此事既是轻车熟路，又是无从把握的。中国的保姆让人生畏，令人失望。你可以交心，你难以得心。保姆是赚钱来的，这无大错，不过保姆来赚钱，是否会敬业，是否凭良知？总之，换了一个，又请一个，循环往复，计有五次。

六

二〇一五年一月十六日早晨，刚刚起床，我便接到保姆的电话，告我母亲情况有异。我一边打120，一边跑。三五分钟我便见到母亲，不过她已经昏迷。急救车随之而至，径送医学院。诊断为脑溢血，便直入重症监护室。

经过四十三天的治疗，一切都正常了，不过脑溢血后遗症严重至极：除了思维尚有，母亲彻底瘫痪，包括彻底失语。

大夫让母亲回家康复，我怕难保平安，便托朋友，让母亲进了另一个医学院，在所谓的干部病房过年，过农历十五。一切都稳定了，我才接母亲回家。

母亲躺在床上，头不能在枕上转，脚不能在空中抬，十指也没有一个可以动。母亲几乎变形了，生命仿佛演化成了一棵植物。

然而任何珍贵的植物也不会有灵魂寓于生命之中。

我的母亲是有灵魂的。她紧闭嘴唇，凄迷满目。我想，她一定是觉得自己成了一个拖累吧！母亲是要强的，她不愿意这样。

我对妻子说："不管怎样，我还有母亲。即使她不会答应，我也可以叫妈。如果母亲走了，就永远没有人可以让我叫妈了。"

为了振作和激发母亲，我说："妈，现在要训练说话呢。你跟我读。"我便发音：一、二、三、四、五、六、七。母亲也随我发音：一、二、三、四、五、六、

271

七。她舌头僵硬,发音含糊。

我非常清楚,已经无法让母亲恢复说话的功能了,然而我想让母亲意识到我爱她,我需要她。我想让母亲明白,即使她躺在白色的护理床上,一动也不会动,她也仍有一个母亲的价值和尊严。

母亲很是幸运,临终之前的数月,竟碰到了一个天使般的保姆。母亲及母亲的房间一直是清洁的,连一个从新西兰来的护理专家也为之称赞。我以为此乃母亲的善报,是神的恩赐。

妻子、我姐姐和我妹妹,交替着跟母亲说话,保姆也跟母亲说话,目的是促进交流,可惜她不应答、不理睬。她面向天花板,望着虚无,没有任何表情。

我必须唤醒母亲对生活的关注和热情,否则她的虚弱会加速的。我搬来一个方凳,挨近母亲坐下,讲我小时候所经历的她的故事。我讲她掐生产队的苜蓿,讲她用架子车拉小麦磨面,讲她买猪、养猪和卖猪,讲她肩上搭着毛巾,一边擦汗,一边拌搅团,讲她腊月的黄昏在荒地里碰到了一匹狼,讲她把我绑在后院的槐树上打我、教训我。我唯一不能告诉她的是,我可怜的弟弟已经不在了。

母亲嘴唇嚅动,咽喉里也有了声响,显然百感交集,要表达什么意思。可惜她主侧大脑半球受损,完全失语了,遂在脸上涌满了哀戚。

保姆夸我,我妻子扫视一周,对我点了点头。我姐姐和我妹妹颇为嫉妒地站起来,拉了拉母亲的枕巾,又抚了抚床单的皱痕。

母亲躺在床上生活着,我不知道她是否懂得春去矣,秋也去矣!

七

二〇一六年十一月八日上午,我母亲走了。

野猫记（节选）

◎ 周晓枫

一

我对邻居的负评，因为野猫发生转折。

我们住一楼，门前有个下陷式小花园。我疏于打理，只种了一层敷衍的草皮，斑秃似的生长着。邻居家利用这块空地，搭建了半间玻璃房，剩下的地面铺满瓷砖。他家养了巨型狼犬，它还是条小奶狗时，就能看出是城市禁养的危险品种。幼年期的狼犬，每天还能放到院子里儿分钟去拉撒。长大了，不行，它的样子接近福尔摩斯侦探小说里的恶魔。狼犬每天在玻璃房里狂吠一会儿——它炭黑的脸阴郁，骨白的牙冰冷，令我不寒而栗，路过的孩子有时会被吓哭。

邻居家的男主人彪悍，晚秋也光着膀子或穿着短薄的内衣裤在外面走动，抽烟，边骂边大声打手机——他的后脖梗上积着一圈发硬的肉。他直接跳入小区草坪，搬开井盖，拧动阀门，接上胶皮管，例行地盗用公共水源，给自家院子浇灌花草。女主人样貌年轻，睡醒了，不换睡衣、首如飞蓬……但她对流浪猫来说，美丽如天使，明亮如圣母。

邻居家也养猫。两只名贵些：一只美短，背后花纹像地图上的等高线；一只布偶，脸上一团晕染开的深暗，像被防色狼的喷雾袭击过。此外，女主人还收养了两只残疾猫，一只路上捡的幼猫。猫猫狗狗加起来六口，家里不能再接纳什么了，何况小区里的野猫那么多。她只能把宠物的口粮，分

274

给那些风餐露宿的小可怜。

流浪猫到离我几有数米之遥的邻居家取食、喝水、晒太阳。女主人不仅提供基础猫粮，还因为偏爱，给它们加餐猫罐头。一边喂食，她一边胡乱地抓起毛丛打结、藏污纳垢的猫放在怀里抚弄。最胆怯的野猫也敢把身体平放在女主人的怀里几分钟，状若婴儿，然后才从这种不适应的体姿摆脱出来。

这些流浪猫一点都不消瘦，除了个别天然有着整容脸追求的尖下颌，多数都有圆实的小腿、胖胖的指爪。如果不仔细看，就注意不到它们的毛皮有种隐约的雾灰，缺乏缎光——那种经心保养才能闪烁的缎光。不过，至少从仪态上看，它们一点儿不颠沛流离，倒有些养尊处优的架势。有只大狸猫的体型，简直胖成了短腿的柯基犬。

它们或野心勃勃，或自命不凡，它们也被自己的缺陷所害，比如一只猫蹿到了让自己下不了台的高度，在二楼阳台上发出阵阵不顾体面的哀求……后来被女邻居和孩子，搭着梯子，拯救下来。

二

许多孩子童年都有养猫的经历，我也有，前后养过三只。过程愉快，但总是以惆怅和悲伤结束，回忆起来有阴影。

第一次养猫，我还上小学。小伙伴掏猫窝带回来的黑白狸，起名小偷。它刚开始是贼眉鼠眼地偷东西，很快演变为公然抢劫。印象深的一幕出现在厨房：拔光了毛的光裸鸡，鸡头被小偷死死咬住，紫瘦的鸡腿被爸爸拽住，双方都在一边咆哮，一边较力。小偷每天在院子里自由玩耍一会儿，它和第二只名为肖邦的爱听音乐的猫一样，后来自愿选择流浪和逃亡。第三只猫泡泡，在我的宠溺下，反而性格怪诞，也许是因为我当时缺乏喂养常识，吃了过多的熏鸡肝而导致它患上肾病。泡泡形销骨立，瘦到失去猫形，腹侧像是搭在脊椎上的一张猫皮……我泣不成声，无望地眼看它被一个擅长救治的朋友接走。我后来不敢追问泡泡的下落或下场，以至疏远朋友，断了彼此音信。

看样子，我不是个理想的主人，猫比我更早认识到这点。

前两年，我发现一只母猫在我荒凉的杂草院里产崽。我生怕惊动它们母子，我知道即使喂食，也会引起猫妈妈的警觉和不安，并将迅速转移幼崽。所以，我每天克制自己的好奇，始终坐在外飘窗台上，观察两米之外那些活动着的小毛球。

有一天，哺乳之后的猫妈妈出门打猎，只剩几个小崽子，在草地上踉踉跄跄、跌跌撞撞。阳光晴朗，它们的毛丝有着芒尖，状如晶簇。我打开阳台上的推拉门，从露台走了几级台阶，走到下陷花园的草皮上。我什么也没干，只是近切观察了一会儿那些可爱的小家伙。真的没有碰触，我只是隔着几十公分米近距离问候。三只萌物走路都不稳，还是坚持着摇摇晃晃地挺直身子，试图用凶悍而嚣张的表情恐吓我。停留了大概十几秒，我快速后撤，我怕留下自己的气味，惊扰到它们多疑的母亲。

数小时之后，母猫回来看望孩子。

我没有留下踪迹，我几乎倒退着走在自己来时的脚印上。我确信自己毫无破绽。然而，母猫当天搬家，逃难般，把自己的孩子转移到某个秘密巢穴。幼猫在草丛里的轻微压痕还没有消除，院子一下就撤得空空荡荡。问题是，那些不会说话的小崽子，它们是怎么告的黑状？我百思不解。

三

猫和狗是不同的。土耳其一部关于猫的记录片里说：狗以为人类是神，猫不这么看。猫，神秘得迹近诡异的动物，它本身被认为具有超能力。

通常认为，狗有憨厚的忠心，猫有灵巧的狡诈——甚至在身体条件上,猫都灵活到诡谲。缩骨术是人类里的杂技与绝学,表演者并非真能缩小骨骼体积,而是通过训练,压缩骨间隙,使得全身骨头有序地紧密叠排。猫的骨头有二百三十根,比人类还多二十四根,显然出自更精密灵巧的组装。猫天生就会缩骨功,大概跟它没有锁骨很有关系;它可以像水流一样,摊溢并塞满窄口的玻璃圆罐,以至有人说:猫是一种液态。

　　九条命的猫,擅长的奇技淫巧颇多。既可以上树,行走在细悬的树枝间;又可以高空翻转,完美落地。热爱晒太阳,在弱光环境乃至黑暗里也畅行无碍。被公认为是最具好奇心的动物,又是极尽谨慎的蹑足者。猫的野外生存能力很强,并且能保持优雅和克制。有只猫潜入养殖户的院落,它每天只偷一只鸡,视之为羽毛包装起来的点心——猫有节制地享用,控制得近于自律;不像狐狸,有着作恶的乐趣,饱腹的狐狸也会无端咬死许多无辜者,不为明天节省口粮。

　　我们小区有假山和池塘。人有两只手也捞不起来鱼,猫可以。仿佛会下蛊,猫凝视水面;鱼见到水面之上那双矿物质般的眼睛,就丧失反抗能力……呆滞也好,听从也好,反正结局是被猫捞出来吃了。据说鱼的记忆力不好,它们的确不长教训,每天上当,日复一日上演剧情单调的悲剧——就像单恋者倾心于让它绝望的爱人,不惜用生命去喂养自己钟情的杀手。有时两只陌生的猫相遇,它们一言不发、一动不动,长时间彼此凝视,直到瞳孔深处……我怀疑它们是在彼此下咒,比拼谁的法力更厉害。

　　猫不仅是城市里的宠物,乡村也爱养猫,据说只有它们能看见鬼魂渐近。出殡时要有专人守夜,陪伴逝者最后的旅程,尤其要防范着猫:传言猫若跳上棺木,里面就会诈尸。也许,因果相反。猫有狱警般的使命,它要监督关在肉身监狱里的魂魄。如果发现风吹草动,魂魄想趁机逃亡,猫就跳上去,按住棺材;魂魄疯狂挣扎,所以才会诈尸。都市里没有类似的机会,猫不会跳到棺材上,要跳,也只有一个狭小的骨灰盒——诈尸不能,顶多,腾起一团由灰烬构成的迷雾。

猫对死神的气息格外敏感。有个故事，说主人善待他的猫，猫忽然不肯好好吃饭，整晚凄伤地惨叫。主人以为猫病了，马上带它去看病，医生却查不出个所以然来。回到家以后，这只猫一反常态，惊恐挣扎，无论如何也不肯待在主人的怀里……主人抱怨这只被宠溺的猫，直到他的抱怨变成呻吟，一头栽倒在地，死了。

猫能看透白昼，也能看透暗夜；能看透生，也能看透死。所谓暮色和虚无，只是为了人类设置的障碍，对猫，构不成任何威胁，它畅行无障。也许，这是神明对猫的偏爱，为了凸显它们的神异。

四

我和这些游荡的野猫关系密切起来，是因为一次偶然。我发现，猫对生死的参破，确有天赋。

我爱吃螃蟹。朋友们知道我的饕餮爱好，每到应季时节，纷纷快递给我。我每天乐此不疲地拆卸，餐桌上堆积着赤红的甲壳、圆实的钳子还有细而弯折的腿。直到有一天，吃到肠胃寒凉，腹腔痉挛且疼痛。冰箱里还剩下三只生蟹，我如何也消化不了。我稍一犹豫，眼看两只公蟹就咽气了，一只母蟹也气息奄奄——它们的生死间距，大概只有二十几分钟。河蟹昂贵，我不忍弃掷，还是把它们放进蒸锅。我把三只升腾热气的熟蟹拣出来，盛在简易纸盘里，拉开阳台推拉门，端到外面的平台上，看看野猫们有无食欲。被吸引的它们隔着距离观望，很快从邻居家跑过来，一探究竟。

它们灵巧、警惕，有着超乎想象的生存智慧。对这种它们从未见识过的生物，能分辨细微死亡气息的猫，竟天然知晓刚死的螃蟹也会积聚毒素——它们吃死鱼，不吃死蟹。它们把那只母蟹吃得很干净，找不到一丝肉屑；两只公蟹，它们不屑于尝尝一条小腿。也许，野猫把我鱼目混珠的行为视为对尊严的挑衅，它们把两只公蟹踢出盘子，让它们四仰八叉地翻倒地上。它们能够分辨,精确到分针的死亡。

隔着推拉门的落地玻璃,它们与我对视……睥睨,然后一哄而散。

五

也许它们的眼神真让我羞愧了。虽然出差频繁,但只要在家,我总会放置一些食物和水。我谨慎选择,我知道含盐和含添加剂的食物对它们的健康不利。除了清蒸鱼、白灼虾的头尾,还有家几乎像是专为高血压病人准备的所谓熏鸡:只有肉香而毫无盐味,我又用水反复泡过,才敢喂过两次。剩下时间,我都选用猫粮。

它们挑剔,猫粮口味不同,它们有的喜欢,有的不。我出于科学上的理解,坚持喂些天然材质的猫粮,可它们自有鉴赏力,尤其喜欢人类的鲜食。如果我喂食可以共享的食物,我是否在鼓励它们的僭越?还是说,我们靠食物建立的某种等级制度,并不能约束这些流浪而自由的灵魂?我怕随意喂食,营养配方不全面,影响它们的健康,乃至重蹈泡泡身上的覆辙,我下决心断供别的,只喂口碑之选:各种猫粮、猫罐头和猫零食。

它们逐渐前来,依然高度提防。发现我在偷窥,即使我站在绝对安全的距离之外,猫也会停止进食,转头,纵身跳入灌丛。我猜它们不是害怕,是难堪。猫被视为一种高自尊的动物。它们热爱清洁,每天精心打理自己,这几乎占据醒着的三分之一时间;来努力掩盖排泄物,这是被视作羞耻心的表现。排泄难堪,接受嗟来之食也难堪,这些小东西的内心戏丰富;除非信任,它们才肯施展撒娇卖萌的绝技,否则,它们维护着冷傲。

猫是如何判断人类,如何建立信任感的?前年冬天,地下车库有只行动迟缓的年迈猫,每次见到我,无论隔得多远,都乐颠颠地疾跑过来。它不停蹭磨我的裤脚,让我蹲下来,替它搔痒或摩挲腮骨。这只老猫对其他路人非常警惕,几乎缺乏直视的胆量;最初它与我并无交道,它的直感从何而来？老猫乐于与我亲近，会随行数百米；哪怕我手里没有食物，它也能跟入电梯间和房门，信任得就像它从小就是我的家族成员。后来看不见它了，也许它没能熬过随后的冬天。

我又想起一件事，不知是聊天中的戏言，还是生活里的实情。刘亮程说他从村庄经过，所有的猫都跟随，并且向他跪拜。猫到底是出于敬畏，辨识出他有虎之威仪；还是出于好色的求欢，嗅探出他身上有撩动的气息——如此迷魅，以至它们不惜降尊以求？我难解其意。不过从此再见刘亮程，我就怀疑他有怪力乱神的能力。

随着喂食时间和频率的稳定，野猫们越来越多地光顾我的平台。它们早晨会集中来一会儿，没有谁守在这里。它们从不抢食。无论是多么诱惑的食物，它们都心如止水，团起爪子，以标准的猫式立姿站着。一只吃过早餐，不慌不忙地离开，下一只慢条斯理地靠近陶瓷的饭盆。它们三三两两，看似毫无规则，其实是按照隐形秩序在排队。

多数猫看起来年纪不大，像是青春期，只是即将成年，若算作成年就有点勉强。它们平常在哪儿？想象中，我把它们当作在公园里晃荡的流浪少年，有陪它们一起浪荡的问题少女，有随遇而安的住所和食物。喝水的时候，它们弹簧般的小舌头快速进出，比弹簧刀还快。还有几只成年了，也让我想起电影镜头里，桥洞里围拢篝火餐风饮露的流浪汉们，在勉强可以避雨的夜晚抵足而眠。也许正因江湖险恶、兄弟情深，所以无论大猫小猫，它们都不抢食。

过了数日，我才反应过来。之所以不争，到底是超乎生存的情感力量，还是这本身就是生存技巧？它们一只一只有序地尝试食物，并未一拥而上——不过是，免得集体中毒？对陌生的善意，它们并未丧失警觉。

六

它们来来往往,新面孔此起彼伏,像缺乏管理的流动人口。有的毛色斑斓,如海龟里的玳瑁;有的表情忧郁,甚至像是有了熬夜后的眼袋。有的猫一看就是江湖出身,野力十足;有的可能经历过从宠物到弃儿的命运转折,它们依然保持着良好仪容和典雅举止,包括与人亲近的强烈渴望。有的体型优雅如芭蕾演员,有的走路骄傲得像只猎豹。它们绿松石或蜂蜜色的眼睛,闪烁着童话之美……不过,猫的视力不如人类,并且它们还是色盲。

野猫开始比小区保安还殷勤地巡查我的露台。虽然喂的都是品牌猫粮,不存在什么厨艺大赛,但邻居女主人和我,依然像两家在门口竞争拉客的服务员那样,殷切盼望到来的客人走向自家的餐桌。

渐渐地,我总能在附近发现它们的身影,拿我的露台当猫客栈;即使没有食物,它们也来此小睡。它们卧在植物已经枯死的花盆里。它们藏身在露台下面的阴影里,一旦我抓取猫粮,撕开零食的包装袋,或者拉开铁皮口的罐头……它们就像登台的谢幕演员,瞬间集体涌现。

更熟悉以后,它们喜欢透过落地玻璃向里窥视,像一群间谍。它们更喜欢溜进打开的推拉门,小心翼翼地勘探环境。如果我坐在沙发上,它们不敢前进又不愿后退,就站在它们认定的心理安全线上,观望。

猫能够长时间不眨眼睛,所以显得特别专注。最初,它们总是标准立姿,笔直地站在对面,仪态有如奢华酒店的西餐侍者,只是表情有些呆萌。后来画风变了。我感到迷惑,它们为什么一见我就乏困。无论刚才多么闪转腾挪,我们的目光只要对视超过数秒,它们就微眯眼睛,很快半闭半挤,合拢的眼睑一线隐约。屡试不爽,它们简直无一例外。我仿佛突然成了擅长催眠的巫师,我对自己陌生的特异功能颇为不解。许久之后,我反应过来,这是向我示意信任的表情语言:比抛媚眼更端庄、诚恳。我体会到小小的暖意，只是这个景象有些诡异。进门来的六七只猫，都冲着我的方向形成小扇面，它们立姿，挤着挤着眼睛，就变成紧闭双眼……我就像面对着一个盲人乞讨团。不过，我也像一个沙眼症患者那样，频繁地挤眼，以回应它们的示好。

七

斗斗，长得难看。

不像别的猫眼那样晶亮、圆润、微凸，它的眼睛平，并且下陷。它的瞳孔不居中，明显向上眼角倾靠。我分不清，这在猫世界里算近视还是斜视。斗斗也不像别的猫——胡子是集束的射线，或是微弯、在嘴巴两侧呈现小幅的扇形——斗斗的胡子，没有神气地上扬，甚至没有支撑起码的直线，而是像老鼠须一样，弯曲得厉害，对称地塌下来，就像快合拢的括号。

斗斗和梦露的毛色相近，都是橘猫，只不过它是混沌的橘色，不像梦露那么层次清晰。梦露漂亮得惊人，一看就是女孩；斗斗从样子到性格，都是典型的男孩。它特别淘，胆子大，它总是率先大摇大摆进入客厅深处；等我离猫群近了，它总是最后一个撤离。斗斗，能像越位的足球运动员那样超过我的防守线，得意地钻到沙发底下，和我兜圈子、捉迷藏。它与我的互动最强，热衷追逐逗猫棒上的毛绒挂物。

我不知道，斗斗的勇敢，来自它的好奇与热情，还是因为智力上的缺陷。它的样子，就像没有正常发育，至少是在某方面还未完备。我从未见它在斗争或男女情事上有所挂碍，它每天热衷在玩耍中自我挑战。

它走路，从来不走已经好生狭窄的边台，而是走在台上架起的只有半寸宽的金属栏杆上，它就喜欢杂技般的挑战感。即使是梳舔毛发，扭头又劈腿的，它也很少在平地上完成。它喜欢跳到露台四周的防腐木桩上——那个平面，大概只有十厘米见方。斗斗得把四爪拢紧，才能维护站立。它的胸部高耸,头颅后仰,很像拴马石上雕着个小狮子。不仅如此,斗斗竟然喜欢在上面睡觉,旁边,就是落差两米多的草地。不明白,它为什么选择在悬崖般的险境里安睡。让人担心啊,可它就那么一直待在上面,简直有着孟姜女般的决心。猫群里,只有斗斗,保持着这么古怪又执拗的爱好。

它的胆子,大到贪婪和妄想的程度。我后来发现,斗斗一点儿也不迟钝。树上落了两只喜鹊,眨眼之间,斗斗就电流一样蹿升到高高的树杈上,觊觎这两个被羽毛包裹的肉团。喜鹊无动于衷,因为它们站立的枝条非常纤弱,根本承载不了斗斗的体重。另外有只喜鹊,甚至从相隔二十米的邻树上飞过来,更靠近也更戏弄斗斗这个杀心已起却难以得逞的阴谋家。

狩猎无望,斗斗潦草地跳下树。捉鸟失败,但它捕鱼技术很高,我两次看到它从小区池塘里捞鱼回来吃。海盗也捕鱼,但失手失足的时候多,枉担水上英雄的虚名,每每半截尾巴像被沥青粘住似的,湿得像根老鼠尾巴。斗斗别说尾巴,还爪子都不带湿的。的确,斗斗不笨,我发现它是动作最灵活的,体形更大的公猫比不上这个少年的迅捷。

我甚至怀疑胆子大,与情感丰富相关。斗斗的自尊心特别强,假设它已经表达了兴趣和渴望,而我当天并没有放它进入房间,我明显感到斗斗的情绪和情感都会后撤;再见面,它会蓄意和我保持一个对待陌生者的距离,让我意识到它的不快。家猫尚且不喜欢被颐指气使地对待,何况这个骄傲的少年。

我曾管它叫斗眼,后来它的好奇、勇气和热情征服了我,我因这个称呼感到失敬和抱歉。我两面三刀,背着它叫"斗眼",当它的面儿,我尊称它"冒险家"。是种巧合,从我用"冒险家"跟它打招呼的当天,它就中了虚荣的蛊符,肯于放心地在我脚下吃饭、喝水,无论我离得多近,它都不带抬眼皮的。它勇敢得,迹近草率和鲁莽。

"蒙娜丽莎"改名为"海盗"的数天之内,它的名字也从"斗眼"定格为"斗斗"。猫不认识你的时候不叫。开始,是短促的一声。渐渐,声音变成拖腔，这就算是熟了。斗斗回应我的时候最多，因为它的拖音，我得以观察它参差不齐的乱牙。

八

和斗斗形成反差，梦露极具美色，而且行为谨慎，从来不会离得太近。它习惯远远地待着，待确定安全以后，才肯靠近。梦露的旁边从没有缺过陪伴，有时我怀疑那是它的警卫班。院子里的橘猫那么多，可无论混杂在多么近似的橘色系里，你一眼注意到的，都是梦露被其他色彩所烘托的姿色。

我们小时候，称既漂亮又不羁的美人为小野猫类型——看到梦露，你几乎立即就能领会修辞发明者的当时感受。我的惊艳，它是一只天生经过全套美容之后才降生于世的猫。梦露有张粉雕玉琢的俏脸，有双勾魂摄魄的美目——它盯着你看的时候，是那种令人怦然心动而它自己却无动于衷的眼神。同是橘猫，它是澄金色与亚麻色结合，脸部和肚皮的部分白色，是童话里才配有的雪白。猫的瞳孔形状跟光线强弱有关，可我觉得，梦露的眼睛很少出现锁孔般的细线，它的瞳孔又圆又亮。天真、俏皮、傲娇、慵懒、羞怯，又敏感、好奇、不乏端庄……这就是传说中的风情万种吧？梦露就是这么绝妙，它显然是只少女猫。眼神清亮，梦露之所以有这样具美瞳效果的眼睛，是因为瞳孔经常也是圆的，带有轻微的吃惊感。不像大花生见多识广，不再被许多事情惊扰，瞳孔总是细线状。也不像正值青年的警长，眼角有眵目糊，像老人那样经常蒙着一层隐约的泪水。梦露的娇俏模样，能让人把它的缺点都当特点。一只美得浑身发光的猫，离开阳光，它也自带光环。难以置信，它的嘴角竟然颗美人痣，所以我管它叫梦露。

不仅容貌，梦露的姿态尤为性感。猫喜欢伸懒腰，把自己抻到长度的极限。它们两只并拢的前爪尽量前探，塌下肩膀，然后重心转移，用力蹬直两条后腿，伸展弹簧般的脊椎。它们还喜欢拱成一个 U 型磁铁的样子。每只猫都是动作轻松的瑜伽大师。只有梦露,把伸懒腰时两只前爪常规的并拢动作,改为交叠,一条玉臂搭在另一条玉臂上。这么一点儿变化,就如同外八字变成了模特步——你观察一百只猫,也找不出这样百里挑一的妩媚动作。梦露侧卧的样子格外娇嗔,它只差支起一只前爪托住自己的香腮了。

我沿客厅落地窗摆了一排花,溜进来的猫都喜欢嗅探一番。唯梦露,香花美人,相得益彰。它沉静的时候,就像中世纪油画中的女贵族那样典雅;它饱餐以后,用小舌头舔净唇边的油脂,看起来比情色明星的海报还要性感。我的露台上也摆着花盆,不过,植栽没有熬过刚刚过去的寒冬,花都死了。别人家种花,我的花盆里种着猫——梦露躺在里面,我的盆栽美人猫。它就像貌美而挑剔的白雪公主,在摆放的六个花盆里轮流试过,寻找最满意的床。因为有的花盆大,有的花盆小,有的土深,有的土浅,这样它或低于边沿,或溢出边沿。光线稍有转换,它就要换个地方睡。只有频繁调换,才能在不同时间和气候下,让睡眠感受最舒适的温度、风力和阴影面积。梦露最喜欢的和相对固定的卧榻,是靠内侧的一个中等大小的白瓷花盆。过了两天,我看到它刚从朦胧的睡意中慢慢醒来,微风吹拂它披光的毛丝,我才发现它最为钟意的瓷盆,上面有着牡丹图案,旁边手书的毛笔题字是:"国色天香"。

竟然是若干天之后,我才得知,自己中了美人计。梦露根本没有痣,那是不知在哪儿吃东西时蹭上的难以清除的食渣或污渍。它怎么这么聪明呢?竟能如此化解尴尬,不洁之物都有了点睛的妙用。不过,没有痣又怎么样呢?它那穿越人神之别的美,其征服力,随时能够得到证明。

九

梦露每天用很长时间梳妆,它热衷打理自己,有时跑着跑着就骤停,开始频繁地舔洗,舌梳毛丝,咬通毛结。它蹲坐,斜直伸开芭蕾舞般的后腿,埋头清理腹部的皮毛和隐私处的穴道。这是猫的日常动作:大角度劈开后腿,仿佛鞍马里的托马斯全旋——别的猫像体操运动员;唯有梦露这样做的时候,春意盎然。

风情之所以迷人,在于它是如此自然而然,没有刻意的修饰。它以那么轻盈甚至是轻佻的姿态跳回那个破旧的沙发套,就像跳进了席梦思的床垫上。它以杨贵妃的体态斜倚在垫子上,又有茶花女的做派。它的身材一点也不单薄,可就是让人产生娇惜之感。它大概相当于猫里的梦露,突破瘦小抵达丰腴可就是感觉玲珑的那种分寸感,实在是太难拿捏……它做到了。

梦露是典型的美貌有余,美德欠奉,既馋又胆怯。嘴刁,有今早新做的就不吃昨晚的,有立等可取的就不吃放置一会儿的。它吃到一半,不忘去邻家看看,主要是吃个变数,它不喜欢餐食单一。我因为被嫌弃而略感羞愧,希望能自己争气些,能提供更令它满意的食物。这加重了我和邻居之间的微妙竞争。梦露对食物饶有兴趣,是只挑剔的馋嘴猫;不像警长,即使正在进食,如果有哪个迫切者挤靠着它的头去吃饭,它就若无其事地让开。警长对梦露宠爱有加,它看着梦露吃饭,就一副心满意足的样子。

我和斗斗、梦露见面最多。久而久之,难免偏袒,我总为它们准备口味获赞的鱼罐头。不好看的斗斗,在我眼里,越来越长出一种可爱的喜剧感。我喜欢斗斗的与众不同,喜欢它不谙世事的英气。像个肉质小闹钟,斗斗每天来得最早,准时伫立在高高的方木桩上,歪着呆萌的脑袋等待。

梦露呢,吃什么都心安理得。

黄昏,梦露停在一个被丢弃的沙发套那里。沙发套里有根散落的条带,它万般活泼地玩耍,时而身体拱成彩虹,时而像瑜伽一样绷直两只前脚趴俯下来,时而柔媚地翻转,露出雪白透粉的肚腹……它沉浸在自己的游戏之中。

不过,梦露和所有猫都关系美好到暧昧。猫有时发生情绪上的摩擦,眼神乃至肢体的挑衅，梦露一定是不惹麻烦的。梦露对人类的态度并不亲近，始终隔着谨慎的距离。当女邻居和我尝试抚摸，它的双耳向后紧贴，愤怒龇牙，发出"嘶嘶嘶"的警告。但是和猫，它的瓜葛多，公共关系却处理得极为妥当。梦露与别的猫互嗅，像是潦草、礼貌或庄重的亲吻。我隐隐怀疑，梦露与其他猫关系良好，是因为与它们多有"私交"。它在情爱中表情寡淡，让我怀疑，它仅仅是和平爱好者——是以身体换和平，它不觉得颠鸾倒凤有什么了不起。它结识新欢，又不忘旧爱。它到底是用纵欲，还是用淡漠，支配了它的情人们？

　　梦露以情商处理情爱，绝少引发冲突，它只是平静地离开一个又一个男性，平静地和一个又一个男性依偎，看不出什么暗战或隐恨的迹象。梦露对围绕而来的追求者，既不谄媚，又不奴役。它仿佛置身事外。

每一种植物都有神的面孔

◎ 傅菲

谁知松的苦

过冬,有两样东西是极其珍贵的——柴火和粮食。在大雪封山之前,各户便储藏干柴。最好的干柴,便是松片和松枝。当柴火的松树是病树。松树很容易被松毛虫侵害,松针不再发绿,慢慢枯涩下去,直至完全焦黄,树干脱皮。很多昆虫都喜爱以松树的木质或松果或松针为食,如松茸针毒蛾、松针小卷蛾、大袋蛾、新松叶蜂、微红梢斑螟、球果螟、松十二齿小蠹、落叶松八齿小蠹、云杉八齿小蠹、松干蚧、松材线虫、松褐天牛。松毛虫全身斑毛,深黑色或黑黄色,看一眼,也让人毛骨悚然。松毛虫也叫毛虫、火毛虫,古称松蚕,有剧毒,在人皮肤上爬过,瞬间起斑疹,火辣辣地痛,如不及时医治,皮肤会溃烂化脓。初秋,季风来临,松毛虫随风而飘。我在浦城工作的时候,有一天,我的同事对我说:"这几天,有几十个孩子,手上、脖子上,长红斑,不知是什么原因引起的,每年的初秋,孩子都会得这样的病,孩子有些恐慌。"我说是季风吹来了松毛虫,落在孩子身上,涂抹一下皮炎平,涂抹两次就好了。同事说,之前还特意请县医院和疾控中心的医务人员来检查过,也查不出原因。我说,后山全是松树,松毛虫不会比蚂蚁少,把教室和宿舍门窗关上,即可预防了。

从打松苗开始,松树便饱受虫食。难熬的是夏秋季,虫日日饱食松质,很多松树在秋季结束之前,便枯萎而死。砍柴人用大柴刀伐下死松,在院

288

子里晒几天,锯断,劈裂,码在屋檐下,成了过冬的柴火。枯死的松树无湿气,干裂,烧火旺。烧炭的人,不用松木杉木,烧炭的取材,要硬木,如紫荆、杜鹃、乌桕、山毛榉、青冈栎、冬青。

南方多松树。红土易沙化,水土易流失,便大面积种植湿地松。山区多油毛松和青松。松有蓬松的树冠,斜顶而上,呈"人"字形。松长寿,可活上千年。美国加州狐尾松,有活了六千多年的,且继续活,比我们有记载的文明史还长。乡村人有自己的取材之法,每砍一棵松树,便在原地植一棵苗,叫砍树不失数。青松一般长在深山,且岩石嶙峋之地,迎风傲雪,百年常青。在乡间老式的大堂屋,门窗和悬梁,会有很多木雕,"松鹤图"是必不可少,寓意屋主人长寿安康。油松一般生长在矮山冈上。油松也叫油毛松,松针发黄,像营养不良的孩子,木质松脆,长得快,适合做木材。

昆虫多,引来很多鸟。大山雀、灰鹊、低地苇莺、画眉,一整天在松树林,吵闹不停。松林是鸟的天堂。我家的后山,有一大片的松树林,天麻麻亮,鸟叽叽呱呱地叫,叫得清脆欢快,好像每一天都过着好生活。鸟多,蛇也多。乌梢蛇和花蛇,悄悄地溜上树偷鸟蛋。春天雨季,松林里,有蘑菇,褐黄色的蘑菇伞,一朵朵地撑在树底下,或斜插在树腰上。我们提一个竹篮,手上拿一条长竹梢上山采蘑菇。松蘑菇鲜美,做汤或炒肉丝,让人吃得不想下桌。竹梢是用来赶蛇的。蛇缠在树上,一竹梢打下去,蛇便烂绳一样掉下来。竹梢枝丫多,分叉,再灵活的蛇也逃不了竹梢的"魔爪"。

我家里种了一棵石榴,十几年了,每年石榴压翻了树。我家老二说:"石榴熟了,叼米老鼠天天来吃。"我看看他,问:"叼米老鼠是什么动物。"老二说,叼米老鼠你不知道啊,就是松鼠。我哦了一声。松鼠爱吃松果,在松林里,太多了。松鼠机灵,又会大幅度跳来跳去,打猎的人可以猎杀野猪、山鸡、黄鼠狼,但猎杀不了松鼠。打猎的人便说,松鼠是山里最小的神,神得敬着,松树长了松果,是一种供奉。

松树下,一般长蕨萁或刺藤,不长灌木和芭茅。松针是松树的叶子,也叫松毛,扎人,有痛感。秋尽,老松针慢慢脱落,落在蕨萁上。冬雨倾泻,松针一层层积在地上。干枯的松针毛黄色。放了学,我们挑一担竹萁,耙松毛。用箱耙。箱是用竹子搣出来,像一只手。松毛好烧,每次用它发灶膛。松毛不耙,松林很容易发生火灾。松毛烧起来,火苗要不了几分钟便蹿上松树。

前年春,在驮里岩,我看见了整个山冈的松林被烧毁后的惨然景象。如同大地的废墟。我走在山冈,斜坡发辫一样垂下来。大片的油毛松在早年被野火烧死,它们死亡的姿势仍然是活着的那副样子,遒劲,听命于自然造化,枝杈在树身上留存着阳光的形状。蕨萁微黄地卷曲在低坡,更平坦的坡地上,翻挖出来的条垄覆盖了一层枯死的针耳草。我抬头望一眼天,什么也没有,天是空的,空得容不下一朵云。天也不蓝,银灰色,圆弧形,空空茫茫地罩下来。天那么空,空得像一双容不下泪水的眼睛。翻过岭,油毛松继续死。它们是同一天被野火烧死的,但死得有点前仆后继,死得有点视死如归,死得似乎生命没有意义,死得活着和死没有差别,于是选择了相同的告别的形式,和相同的仪式。岭下,有简陋的寺庙,庙前是一个山谷。山谷多毛竹,也有三棵伞盖一样的冬青树。我见过很多冬青,挤压在灌木或乔木林里,树皮灰色或淡灰色,有纵沟,小枝淡绿色。水桶粗的冬青,确是第一次在这里见识。立春之后,太阳一日黄过一日,小枝发蕊,米白粟黄,小撮小撮地积,积到发胀,淡的花点缀在绿叶间,细细一瞧,蕊里还有几只细腰蚂蚁。小径上,是发白的砍下来的竹枝和凌乱的杂草,以及细碎的树叶。水井被水泥石块盖着,石板上是青黄的苔藓,老年斑一样,衰老而颓败。而有几棵烧成了黑色的松树,又发出了新枝,细小的一枝枝,油青色,夹在枯死的枝丫间。每一枝新枝,显得多么倔强。

松树会分泌树脂,叫松脂,是植物糖,是一种淡黄色或深褐色液体,有松根油的特殊气味,可作溶剂,也可作矿物浮选剂、酒精变性剂、防沫剂和润湿剂。人是贪婪的物种。"物尽其用",换一个说法,是榨取物的所有价值，一滴不剩，把人的贪婪发挥到淋漓尽致。松脂让松树在劫难逃。人成了松树最大的"病虫害"。我看过人割开松树皮，在树肉里开槽，取松脂。我在安徽工作时，有一天中午，单位后面的矮山冈，来了一个五十来岁的人，提篮里放着几把刀，刀型是我不曾见识的。他戴头巾，路过门前池塘，我散了一支烟给他，问："师傅，这刀是干什么的？"他脸上有一块斜疤，手指很粗，解放鞋上有厚厚的泥垢。他说，割脂刀。他翘起嘴角抽烟。我把玩割脂刀，短把刀柄，有定向片和沟槽刀片，凸弧状刀口向前倾斜。我随他到了矮山冈。山冈夹杂生长苦竹、野蔷薇、芭茅、山毛榉、野柿子树，落叶枯败。几座颓墓，荒草零落，松毛积了厚厚的一层。旧墓有的被掏空，但石碑还在。一些新坟残留着花圈的竹条，锡箔压着泥尘。脖子粗的松树，在距地面一米以上的树干上，有下三角形的槽，槽嘴里套了一个白色的塑料袋，松脂液从槽嘴滑进塑料袋里。树脂从树干流出时，无色透明，与空气接触后，呈结晶状态析出，松脂逐渐变成蜂蜜状的半流体。

　　他在松树上割皮。他把刀摁在疤节较少树干上，刮去粗皮，刮到无裂纹，凿开制中沟和侧沟，形成沟槽，沟槽外宽内窄，笔直而光滑。师傅每次用力，牙齿狠狠地咬住嘴唇，眉头紧锁，肩胛骨抵住树身。我问："你割它，它知道痛吗？"师傅龇牙笑，嘿嘿嘿地笑。我说，钱是害万物的东西。他又嘿嘿嘿笑。他说他每年都要来割脂，在旧三角形上，往上割，割更大的面，四至十月，提着桶来采集树脂。每割一刀，树身会颤抖一下。这是松树在痛，只是它的痛喊声，我们听不到。它把痛塌在肌肉里，渗透在血液里，假如它有血肉的话。它把痛通过根系，传到大地深处，埋在我们发现不了的土层最厚处。它痛，却喊不出来。刀扎进去，它若无其事地抖一抖身子，落几片针叶。刀一层一层往上割，一年一年往上割，直到树脂流尽，一天比一天枯萎，被风吹倒，朽烂山冈。矮山冈上，横七竖八地倒着被割死的松树，没死的都割了皮，裸露出来的刮面像一张张狰狞的脸，满是疤，斜斜的刀痕，被雨水湮黑。松树看起来木讷，无动于衷，生不荣死不哀。

人，从没想过给一棵树以尊严。松的痛苦是人的罪。松知道人有多恶。

松不但给人生活的尊严，还给人精神的尊严。松木板，一块块铆钉成一个敞开的"回"字形，是我们的打谷桶；松木板，依墙体铆钉成一个盖井，开一个窗，是我们的谷仓；松木板，平铺在横梁上，钉实轧紧，是我们的楼板……我们在松下结庐，烹泉煮茗，舞风弄影。我们听松涛，看大雪压松枝，提着松灯访友……黄山松迎天下客。岁寒三友：松、竹、梅。明月夜，短松冈。松，等同命运。

夜雨桃花

假如你问我，夜雨中的桃花，怎么破碎的。我会说，又有一个人已离去。水带走的人不复返。

雨自中午滴滴答答地下，绵长轻柔，地上的灰尘黏结，像一粒蜗牛肉。到了傍晚，雨势乌黑黑，从江边压来。樟树桂花树，和池塘边的芭蕉，雨珠当啷啷地跳荡。密密麻麻的，漆黑中的雨滴，落在江面上，溅起一阵阵风。

我打一把伞，去不远处的山上。那里有十几亩地的桃林，我得去探望。昨天早上，我去过。桃枝缀满了艳丽的桃花，如初晨的霞光，稀疏的桃叶还正在不断地发青。从桃树发第一个花苞，我便每天都要去林子里。我想细细地看桃花初开到凋谢的过程。每一棵桃树，什么时间开花，开了几朵花，在哪一天凋谢了几朵，我心里有数。每次站在林子里，我便满心的愉悦。在很多年里，我十分讨厌人。我甚至不愿和人说话，更别说去认识人了。没有比人更令我厌恶的物种了。这是一个烂掉的物种，畸形的物种。我知道，这是我的心理疾病，但我没办法克服这样的想法。于是，我在山上种树，种了梨树、枇杷、枣树、柚子树、橘子树，还种了很多花，迎春、葱兰、藤本蔷薇、串串红。我在列种植的植物名单，列出的第一个名字便是桃树。我不吃桃子，但我爱桃花。

桃花烂漫时节,让人迷醉。我不知道,有哪一种花,能像桃花一样,让人内心焚烧起来。

在很多年前,我去过一个山中废弃的林场。林场前有一个三五平方公里的水库,四周无人居住。林场后面的山上,种满了桃树。正是桃花明媚的季节,树上罩着一片霞云。我惊呆了。我从没看过那么广袤繁盛的桃花。我在桃林里四处游走,头上,衣裳上,落了很多花瓣。一个人在桃花林里,会想起曾经的海誓山盟,会想起曾经同船共渡的人。假如你爱一个人,不要带恋人去桃花林踏春赏花,有一天,恋人离去了,而桃花依旧灿烂,那会多么悲酸。唐代诗人崔护写《题都城南庄》:"去年今日此门中,人面桃花相映红。人面不知何处去,桃花依旧笑春风。"假如有一天,你去一个村舍寻访,久叩柴扉门不开,而门前的桃花恰好怒放,满树的焰火。柴门里的故人,去了哪里呢?看到桃花的瞬间,你会海潮填满胸膛。

桃花。念起来,它像一段往事。

桃花。想起来,它像一缕影子。

桃花。春天枝头上的一个秘密驿站。

在驿站里,相悦的人,有说不完的话,执手相看,转眼间,天已黑。脸颊上的花香,风也带不走吹不散。

曹露写黛玉死前,在沁芳闸桥边葬花,每每读之让人伤心欲绝。黛玉肩上担着花锄,锄上挂着花囊,手拿花帚,唱着《葬花吟》:

············

尔今死去侬收葬,未卜侬身何日丧?侬今葬花人笑痴,他年葬侬知是谁?试看春残花渐落,便是红颜老死时。一朝春尽红颜老,花落人亡两不知!

在桃花飘落的季节,一个失情的姑娘,把花葬在泥土里,让花回归到最圣洁的地方。沁芳闸桥边，是恋人约会、吟诗的去处，也成了诀别的地方。桃花成了生命消逝的证词。

我去过很多寺庙，寺庙也大多种桃树。在南岩寺，在博山寺，在天荫寺，寺庙门口两边的路上，都种了桃树。今年春，去南岩寺看望朋友，正值桃花盛开时节，在院子里，十几棵桃树压着积雪一样堆着白花。寺庙沉静，空旷无人，虽似积雪，但寂寞无声。白居易在《大林寺桃花》写道："人间四月芳菲尽，山寺桃花始盛开。长恨春归无觅处，不知转入此中来。"也许，寺庙种桃树，是自古以来就有的。桃花，在出其不意时，给人深邃的禅境。人间的繁华不再，红尘似云飘散，踏入山寺，山道两旁的桃花成团，清泉自山岩轻轻滴落，叮咚叮咚，有枯寂的韵致，让人悲欣交集。我去过一个无人的山寺，叫太平圣寺。去山寺，徒步五华里，沿山道，弯弯而入峡谷，峡谷蜿蜒逼仄。我一个人散步，到了山寺。山寺无人，屋舍干净，寺庙前的水井清冽，翻涌。寺前有一个回廊般的山坳。山坳里开满了桃花。在春寒尚未完全消退之际，一个冷寂的山坳，遍野的桃花如一群故人，适时相聚。

桃和李，相当于两个同桌。桃和梨，相当于两个动荡年代的兄弟。桃即逃，梨即离，有着人间最深的况味。赠之以桃，报之以李，不会相忘于江湖。桃，从木从兆，兆亦声，"兆"意为"远"，即远方的果树，爱桃之人，钟情于远方。

桃是时间翻过去之前，所停顿下来的钟摆。过年的时候，我们用桃木板分别写上"神荼""郁垒"二神的名字，悬挂门首，祈福灭祸。这就是桃符。桃木有压邪驱鬼的作用。家中的香桌是桃木做的。道士的剑是桃木做的，桃木剑是道教的重要法器。钟馗的大木棒叫"终葵"，也是桃木做的，用于驱鬼杀鬼。传说后羿被桃木棒所杀，死后封为宗布神。桃木乃五木之精，门厅插桃枝，鬼不敢进门。桃木乃神器，又叫神仙木。神仙吃的水果，不是葡萄荔枝石榴雪梨，也不是火龙果榴梿香蕉杧果，而是蟠桃。

金庸写武侠，造了一个童话般的岛，叫桃花岛。桃花岛可能是历代小说中,最著名的岛了——与世隔绝,无忧无虑,桃花开遍了山崖,涛声拍岸,浪花如飞雪。陶渊明写了一个"无论魏晋"的桃花源。桃花有隐逸之美。

在南方山间的小村,院子里,桃树是常见的树。种树的人,不仅仅是为了赏花,更是为了吃桃。桃分油桃、蟠桃、寿星桃、碧桃、毛桃、水蜜桃。桃多汁,甜,口感柔绵爽脆,汁液清凉。

桃子熟了,可以采摘吃了。不摘,便会烂在树上,或被鸟吃。桃分泌糖味,鸟爱吃。鸟也爱在桃树上筑巢。鸟都来吃了,人怎么可以不采摘呢?唐代诗人杜牧有一个红粉知己,叫杜秋娘,写过一首《金缕衣》:"劝君莫惜金缕衣,劝君惜取少年时。花开堪折直须折,莫待无花空折枝。"有好的姑娘,你一定要表白,要把她带回家。水蜜桃熟了,也是姑娘初长成了。在对姑娘所有的比喻词语之中,没有哪个词可以超越水蜜桃了——有质感,有视觉感,有触摸感,让人荷尔蒙加速分泌。水蜜桃,有绯红的脸颊,青春的肿胀的汁液,既羞赧又孤高。

孩童时代,我家有一棵高大的桃树,两米来高分丫,向南的一枝压在下屋的屋顶,向西的一枝斜出围墙。桃树分泌一团团松黄色树油脂,从树皮的裂缝里淌出来,捏起来软软的,像糖糕。鸡在树下扒食。红艳艳的桃花在三月,蹿出上枝头。可能在乡间长大的孩子,都会有一个关于桃花的记忆。

山上有了一块空地之后,我便想着种桃花。不是每一个人会有岛,有一个小山坳也是好的,种上三五亩桃树,春天了,散淡又热烈地开花。两个多小时的大雨,桃花也许落地成泥了。"每一次看到桃花,都像第一次看它。"我低低自语。每次站在桃花下,看着开在枝节的桃花,我能听到阳光在它体内的声音——在经脉里漫游,传递寂寥的心跳,把隐秘的雨水带回高处。花还没完全撑出来,像一个女人,渴望爱又不知怎么去爱,把爱含在眼睛里,把火焰含在水里。桃叶一小片一小片,衔在枝节上,浅绿,敷着绒毛,小女孩头上的兔耳辫一样翘着。说实在的,我不太喜欢桃花,艳艳的,像焚烧起来的情欲。多旺盛的情欲,足可以把初春的空气点燃,几乎可以让人感觉到空气噼噼啪啪的震颤之声。去年种了桃树,我喜欢上了桃花翛然的样子,奔放,拥抱自由的焚烧。热烈多好,桃花不是开的,而是裂,把最绚烂的光阴,裂成花瓣的形态。

黄夜,风呼呼大作,滔滔之水灌进一般。风在咆哮。雨啪啪啪,雨线闪射着光,发亮,漆黑的亮,蒙蒙一片。桃树在风中惊慌地摇来摇去,像一艘小船在大海遭遇海浪。雨打在桃花上,桃花颤抖一下身子。水从树身下滑,把天空多余的重量,带进大地。绽开的花瓣,坠下,斜斜的,被风刮走。刚刚泛青的杂草上,台阶上,矮墙上,躺着零乱的花瓣。

不知是否有这样的植物,一生只开一次花。一生之中,人又会有几次花期?可能一次花期即穿越一生,也许一次花期仅仅一个晚上。春天的雨略带寒意,雨丝抽下来,哒哒哒。桃花有的依然盎然,有的被雨打翻落地。之前,我臆想,花瓣落地会像一具尸体摔在地上,轰然作响,事实上,悄然无声,只是在枝头上削去了踪迹,在空气中晃了晃身子,甚至来不及喊一声痛,脱下鲜艳的舞衣,轻得连大地都没有觉察到飘落的颤动。

倘若这里有一座寺庙该多好,那样,桃花的劫难有了慈悲的意味。

草盛豆苗稀

陶渊明这个邋遢的老先生,写《归园田居》五首,我最喜欢的是那句"种豆南山下,草盛豆苗稀"。结多少果是不重要的,重要的是种下去。他种豆,是一种怡情,虽然他穷得连酒也买不起。穷怡情,是一种生命本真的态度。

黄土适合种红薯、包皮瓜、辣椒。最适合种黄豆。如今,田地大面积荒芜,鲜有人在山上种黄豆,要种也只是在田埂上栽几排育种了的毛豆。毛豆日照期短,最长的不超过三个月,叶茂茎长,豆粒饱满,颗粒粗大。在田园的乡居生活中,是离不开豆的,像离不开水井、月亮一样。在山垄或在山南,垦出一片地,清明前,撒下豆种,撮上草木灰,撮上几粒黄土,浇几木勺水,隔上三五天,豆子摇着小辫子一样的芽,钻出来。芽是一根脆脆的茎,头上两瓣芽叶,像甲壳虫。这是一个童话世界。芽叶过个十天半月,由黄转绿,像甲壳虫长出的两只翅膀,豆芽成了豆苗。把豆苗移栽到地里,开始了日晒雨淋的一生。土黄豆苗矮矮的,叶子稀疏,中秋后,叶子发黄,豆荚鼓起来,像吃饱了蚱蜢。豆叶凋敝,把豆秆拔出土,用稻草绑起来,挂在屋檐下或挂在竹竿上翻晒。豆秆发黑了,豆子从豆荚里蹦跳出来。土黄豆,颗粒小,滚圆。

在物质贫乏的年代,二十世纪七十年代出生的乡村人,大多数人都有这样的生活经历。饿不住了,躲在豆丛里,坐在地上,剥生豆吃。黄豆也称大豆,是中国重要粮食作物之一,已有五千年栽培历史,古称菽,富含蛋白质、脂肪、碳水化合物、钙、磷、铁、胡萝卜素、硫胺素、核黄素、烟酸、卵磷脂、大豆皂醇、各种维生素等。大豆不但有营养,而且还有药用价值。《贵州民间方药集》:"用于催乳;研成末外敷,可止刀伤出血,及拔疔毒。"因大豆富含植物性雌激素,是女性预防乳腺疾病的最佳食品。但黄豆含氨基酸种类少,含有消化抑制剂,妨碍消化吸收,会产生大量的气体,使肚子发胀。坐在地里吃饱了生豆,要不了一个时辰,鼓胀胀的肚子便会噗噗腹泻。

《广雅》云:"大豆,菽也。角曰荚,叶曰藿,茎曰萁。"晒干了的豆秆,在灶膛里,噼噼啪啪烧得特别畅快,火苗青蓝色,水在铁锅里扑扑翻腾。曹植写《七步诗》:"煮豆持作羹,漉菽以为汁。萁在釜下燃,豆在釜中泣。本自同根生,相煎何太急?"看样子,帝王之家的人,还不如山中种豆之人惬意。我儿子安安,在七岁的时候,看电视剧《三国演义》,便背下了这首诗,问我:煮豆为什么烧豆萁啊。我说,那是兄弟以死相争的意思。以死相争,人世间,还是有许多东西比生命更重要的。其实我到现在还不明白,哪有比生命更重要的东西呢?

中国是一个豆制品十分丰富的国家,有毛豆腐、酿豆腐、豆花(又称豆腐脑、豆腐花)、麻婆豆腐、臭豆腐、干豆腐、豆腐皮、豆干、冻豆腐、豆卜、霉豆腐、豆腐乳。我见过很多偏食的人,有不吃带眼睛食物的,有不吃带鳞片食物的,有不吃带毛食物的,有全素食的,但我还没见过不吃豆制品的(疾病原因除外)。毛豆腐是徽州名菜。酿豆腐是客家名菜。麻婆豆腐是川蜀名菜,始创于清代同治年间,由成都万福桥"陈兴盛饭铺"老板娘陈刘氏所创。因她脸上有几颗麻子,故称麻婆豆腐。临湖豆腐是上饶名菜。

山里人用石磨磨黄豆。山泉水泡了一天的黄豆,完全发涨了,黄圆珠般晶莹发亮,手抄下去,清凉的黄豆一下子让人安静下来。用木勺掬豆子掺入磨眼,石磨转动,白白的豆浆汁淌入木桶或木盘里。石磨一般是麻石磨或青石磨,人工凿出一条凹槽。豆浆汁用白纱布过滤出浆汁,倾入铁锅煮熟,加石膏,放在豆腐箱里压榨,豆腐便成行了。元代的张劭写《豆腐诗》:"漉珠磨雪湿霏霏,炼作琼浆起素衣。出匣宁愁方璧碎,忧羹常见白云飞。蔬盘惯杂同羊酪,象箸难挑比髓肥。却笑北平思食乳,霜刀不切粉酥归。"新鲜黄豆的豆腐渣,其实也是一道上好的佳肴。铁锅的熟油噼噼啪啪作响,把豆腐渣翻下去热炒,半生熟,放两个鸡蛋清下去拌炒,熟透了,放蒜叶再炒。也是很多人的挚爱。闽北人把发酵了的豆腐渣,拌以调味酱汁搓团,放在竹编上,用米糠灰煨熟,擀开切片,熟油煎黄,抿一口酒吃一口豆腐渣片,或唆一口粥吃一口豆腐渣片,算是半个神仙。

苏东坡是文学家、酿酒家,也是一个美食家,后半生颠沛流离,热衷于厨艺,不改达观性情。他写《蜜酒诗》:"脯青苔,炙青莆,烂蒸鹅鸭乃匏壶,煮豆作乳脂为酥,高烧油烛斟蜜酒。"真是很有情致。山中人,最为敬客人的三样东西,老母鸡、新做一箱豆腐、蒸糯米打麻子粿。出箱的豆腐,无论怎么烧法,都是非常美味的。水煮,半煎煮,煎四面黄蒜叶炒,或煮肉、煮霜后白菜,或和青椒芹菜丝咸肉煮干锅,皆为菜中上品。豆腐是个娇贵的东西,到了第二天,便发酸,即使不发酸,口感也粗粝,便用笪箩把豆腐晾干,做豆干做霉豆腐做熰豆腐做酱豆干。

自小在乡间长大，常见乡邻做豆腐。我却从没把豆腐和美学联系在一起。忘记是哪一年了，我去广丰铜钹山深山，见一户人家做豆腐，我傻子一样看了半天。时值初冬，做豆腐的妇人三十来岁，穿一件大红的棉袄，磨豆煮浆。黄黄的豆，白白的豆腐脑，木质的厅堂，黑黑的瓦屋，青色的砖墙，幽绿的柚子树，红红的棉袄，微笑的脸，长长的辫子，腾腾的蒸汽。我恍惚进入了油画世界。

我尤爱霉豆腐和豆卜。霉豆腐富含天然氨基酸，黏到舌尖，鲜味便散布全身。前几日，颜志华兄送我小罐霉豆腐，每小块豆腐用箬叶包起来，很是精致。想必做这个霉豆腐的人，是个年迈的婆婆，坐在门前的太阳底下，洗净箬叶，一块一块地包，像给婴儿穿衣服，格外的细致。豆卜也叫油豆腐、豆泡，用油把豆腐炸干水分，中空，呈金黄色。煮白菜，文肉，炒野葱咸肉，炒白菜心，豆泡都是绝佳的配料。豆泡和白菜切细丝做馄饨馅，和榨菜紫菜切细丝做汤，和青椒切细丝做地皮菇羹汤，也是难得的配料。

豆腐娇嫩，是一种心肠柔软的食物，像一个滋美的女人。我常想，能把豆腐做出佳品的人，肯定是有一副好心肠的人，不邪恶，不贪婪，懂得养人爱人，有热热的血。这样的人，住在竹林或阔叶林里，喝甜美的山泉水，说温软的吴语。和这样的人生活在一起，即使艰难，也是美满的。一个内心腌臜的人，是不配去吃一块好豆腐的。鲁迅在《故乡》中写杨二嫂这个人物："我吃了一吓，赶忙抬起头，却见一个凸颧骨，薄嘴唇，五十岁上下的女人站在我面前，两手搭在髀间，没有系裙，张着两脚，正像一个画图仪器里细脚伶仃的圆规。"我敢说，杨二嫂做的豆腐肯定不招人喜欢。

其实，我并没有看过草盛豆苗稀。黄豆，家家户户都种。在我孩童时代，我祖父对我讲，在民国时期，祖父山地多，能产八十多担豆子。傅氏在村里是孤姓，受人欺负。收了的豆子，有一半会被村里的恶霸夺走。我祖父善种豆。在后山，有一块黄土地，每年都种满了豆子。祖父垦出一块地，挑来两担沙子，打豆秧。打豆秧不需要施肥，早晚往沙上泼水，三五日，黄黄的豆芽露出了两片瘦削的芽脸。从炉里，扒出草木灰，往地上撒一层，豆芽第二天便绿了。憨头憨脑的豆芽，显得清秀，苗条。把开叶的豆苗选出来，移栽到黄土地了。黄土地铺了一层茅草，雨啪啪啪下来，豆秧成了豆苗。盖了茅草的地，荒草是怎么样也长不出来的。没有开叶的豆芽，拔出来，做了一盘青嫩的豆芽菜。

在打豆秧的时候，我会暗自孵豆芽。我把豆子泡半天，放在鱼篓里，盖上沙土，早晚洒水一次，隔几天，豆芽便孵出来了。用铁盒养蚕和鱼篓孵豆芽，是我玩不厌的，乐此不疲。那时，我便觉得最美好的事情，便是看着动物和植物一天天地成长。

我们种豆，是为了收获豆子。"种瓜得瓜，种豆得豆。"是一句乡间俚语。我的哲学老师，讲因果关系时，这句俚语，足足讲了一节课，我也足足趴在桌子上睡了一节课。种豆当然得豆啊。也得花。黄豆苗开花，甚美。可无人在意。花，多瓣，外瓣浅紫，内瓣深白，多像一张美人脸。可花期太短，花瓣收缩，豆荚毛茸茸地长出来了。其实，种豆也不一定得豆。豆子收获了，自己却吃不上。小时候家里穷，祖父年年会种出几担子黄豆，都卖给了公社的粮站。卖出不多的钱，供家里开销。一年难得吃几次自家做的白豆腐。种豆不得豆，便是大苦。

司马迁的选择

◎ 徐可

一

汉武帝天汉二年(公元前九九年)的秋天,一股肃杀之气弥漫在京都长安城内。秋风萧飒,草木枯槁,寒意袭人。

这一年,对太史令司马迁来说,是黑色的,他的人生从此堕入无尽的寒冬和黑夜;而这场灾难,又如凤凰涅槃一般,成就了人类文明史上一位百科全书式的文化巨人。

汉廷未央宫内,空气格外凝重。

汉武帝在大发雷霆,大臣们随声附和。

事情起因于李陵——西汉名将"飞将军"李广的孙子。

这年夏天,汉武帝派宠姬李夫人之兄、贰师将军李广利率三万骑兵去攻打匈奴,想让他立功封侯,同时又命李陵担任他的后勤指挥官,但是为高傲的李陵所拒绝。李陵认为他的部下都是荆楚勇士,奇才剑客,力能扼虎,箭法高超,不愿接受这种后勤的差事。他请求汉武帝派他独率兵马到兰干山一带活动,这样就可分散单于兵力,减轻李广利的压力。汉武帝说:"我现在发的兵多,再无骑兵派给你。"于是拨给他五千步卒,命令他立即出击。李陵率兵从居延出塞,向北行军,行军三十余日,进展顺利,最后深入浚稽山一带扎营,并把沿途所见山川形势绘成地图,派部将陈步乐呈送汉武帝。汉武帝闻报,大为高兴,朝中大臣们也无不举杯欢庆李陵纵横千里的英雄壮举。

可是不久,李陵所部遭遇匈奴大军围攻。他身先士卒、智勇果敢,杀敌万人。可是由于叛徒告密、矢尽粮绝、后无援军,终于战败被俘。消息传来,武帝大怒,那些以前为李陵唱赞歌的大臣们也见风使舵,跟着皇帝大骂李陵。就在这一片讨伐声中,司马迁站了出来,仗义执言,勇敢地为李陵做了辩护。在十年后他写给好友任安的信中,我们看到了他是如何为李陵辩护的:

"夫人臣出万死不顾一生之计,赴公家之难,斯已奇矣。今举事一不当,而全躯保妻子之臣,随而媒蘗其短,仆诚私心痛之!且李陵提步卒不满五千,深践戎马之地,足历王庭,垂饵虎口,横挑强胡,仰亿万之师,与单于连战十有余日,所杀过当。虏救死扶伤不给,旃裘之君长咸震怖,乃悉征其左右贤王,举引弓之民,一国共攻而围之。转斗千里,矢尽道穷,救兵不至,士卒死伤如积。然李陵一呼劳军,士无不起,躬流涕,沫血饮泣,更张空拳,冒白刃,北首争死敌者。"

"李陵素与士大夫绝甘分少,能得人死力,虽古之名将不能过也;身虽陷败,彼观其意,且欲得其当而报于汉;事已无可奈何,其所摧败,功亦足以暴于天下矣。"

在司马迁看来,李陵置生死于度外,赴国家之难,这已经是非常难得的英雄壮举了。他深入匈奴腹地,以五千步卒对抗八万骑兵,并杀敌万人。如今事情已经无可奈何,但如此卓越战功,也足以向天下显示他的本心了。虽然他最后投降了,但我相信,只要一有机会,他还会重新报效汉朝的。

这一番话条分缕析,入情入理,有节有据。司马迁讲这些,没有丝毫私心,他看到皇上悲戚哀伤,真心想献上自己的恳切忠诚,为皇上解忧。"仆窃不自料其卑贱,见主上惨凄怛悼,诚欲效其款款之愚。""欲以广主上之意,塞睚眦之辞。"他想用这番话宽慰皇上的心胸,并堵塞那些攻击、诬陷李陵的言论。没想到,他的几句话如同一勺凉水倒进沸腾的油锅里,不仅没有降温,反而点燃熊熊烈火。

当司马迁在皇上面前侃侃而谈的时候,这个不会察言观色的书生没有注意到,汉武帝的脸色渐渐阴沉下来;他没有想到,他的无心之言,恰恰触到了汉武帝的痛处。汉武帝认为,他为李陵辩护,称颂李陵的战功,实是讽刺李广利的庸懦无能,而讽刺皇帝宠幸的人,也就是讽刺皇帝本人。汉武帝大怒之下,当即把司马迁投入大牢。"明主不晓,以为仆沮贰师,而为李陵说游,遂下于理。"不久,又传来李陵为匈奴练兵的消息,于是汉武帝下令杀了李陵全家,并判处司马迁死刑。

这一年,司马迁三十七岁,在朝廷里担任着一个不大不小的职务:太史令。官虽不大,吏禄只有六百石,却是他喜欢的职务。他继承父志,正在全力著述的《太史公书》(即《史记》)已经进入第七个年头。如果司马迁此时被杀,将是中华文明史上的巨大损失。

二

司马迁的先世源远流长,司马迁自称其先祖是颛顼时期的天官。《史记·太史公自序》记载:"昔在颛顼,命南正重司天,北正黎司地。唐虞之际,绍重黎之后,使复典之,至于夏商,故重黎氏世序天地。"

司马迁的父亲司马谈是西汉武帝时期太史令。司马谈是一位非常杰出的学者,著有《论六家要旨》一文,系统总结了春秋战国秦至汉初以来阴阳、儒、墨、法、名、道各家思想的利弊得失,并对道家思想进行了高度肯定。他在司马迁的教育上起到了关键的作用。

具有讽刺意味而又令人悲哀的是,身为历史学家,司马迁本人的生卒年份却是一个谜。《史记·太史公自序》和《汉书·司马迁传》都没有记载他的出生年代。后人根据唐人的两条《史记》注文,分为两派意见。一派推定司马迁诞生于汉武帝建元六年（公元前一三五年），另一派则推定司马迁当生于汉景帝中元五年（公元前一四五年），两种说法相差十岁。我认真比对了有关资料，倾向于取前说。

司马迁的童年是在故乡左冯翊夏阳县（今陕西韩城市）度过的。他自述这段经历说："迁生龙门，耕牧河山之阳。"龙门山，横跨黄河两岸，对峙秦晋之间，两岸山崖高峻欲倾，湍急水流从中穿过，波涛激荡，声若雷鸣，是著名的险阻。清乾隆《韩城县志》卷一载："两崖皆断山绝壁，相对如门，惟神龙可越，故曰龙门。"雄奇的河山，圣王的遗迹，优美的神话，在童年司马迁的心里刻下了深深的印记。在父亲的指导下，他刻苦学习，"年十岁则诵古文"。司马迁所学的"古文"，不是我们今天理解的文言文，而是用周代篆文书写的先秦残存的古籍。《史记》中提到的，便有《春秋古文》《国语》《系本》《论言弟子籍》。他向孔子第十二世孙、武帝朝著名的古文大师孔安国请教《古文尚书》，跟随董仲舒学习《公羊春秋》。

汉武帝元鼎元年（公元前一一六年），司马迁开始壮游天下。二十岁的他已研习了当时所能见读的今、古文典籍，学问具备了坚实的根底。司马谈为他安排的这次壮游，是一次有目的、有计划的行动。他从长安出发，足迹遍及江淮流域和中原地区，所到之处考察风俗，采集传说。《自序》记载了这次行程："二十而南游江、淮，上会稽，探禹穴，窥九嶷，浮于沅、湘。北涉汶、泗，讲业齐、鲁之都，观孔子之遗风，乡射邹、峄；厄困鄱、薛、彭城，过梁、楚以归。"在汨罗江畔，他凭吊屈原投水自杀处，深为诗人的伟大人格与不幸遭遇所感动："余读《离骚》《天问》《招魂》《哀郢》，悲其志。适长沙，观屈原所自沉渊，未尝不垂涕，想见其为人。"（《屈原贾生列传》）"想见其为人"这句话，在《史记》中至少出现了两次。还有一处是："余读孔氏书，想见其为人。适鲁，观仲尼庙堂、车服、礼器，诸生以时习礼其家，余祗回留之，不能去云。"（《孔子世家》）当司马迁与屈原、孔子等古圣贤相遇时，他的脑海里浮现出传主的音容笑貌，不禁潸然泪下，低回不能去。他把自己的感情直接带入文中,丝毫不掩饰自己对先贤的追慕和怀想。他是带着感情来写传主的,不是冷冰冰的。

这次壮游大约花了一两年时间,足迹踏遍汉王朝的腹心地带,是为写《史记》做准备的一次实地考察。他亲自采访,获得了许多第一手材料,保证了《史记》的真实性和科学性。他这个漫游,也是《史记》实录精神的一种具体体现。回京后,他当了汉武帝的侍卫,护卫皇上祭祀天地、诸神、名山大川、封禅泰山,又奉使出征西南夷,行踪遍及全中国。正如他在《史记·五帝本纪》中所说:"余尝西至崆峒,北过涿鹿,东渐于海,南浮江、淮矣。"这在古今文人中是罕有其匹的。

元封元年(公元前一一〇年)司马谈卒,弥留之际,要求儿子在他死后一定要接任太史的职务,一定要完成他生前未能实现的宏愿:继续孔子的事业,作第二部《春秋》。"余死,汝必为太史;为太史,无忘吾所欲论著矣。""今汉兴,海内一统,明主贤君忠臣死义之士,余为太史而弗论载,废天下之史文,余甚惧焉!汝其念哉!"面对赍志将终的父亲,司马迁俯首流涕,对父亲立下了庄严的誓言:

"小子不敏,请悉论先人所次旧闻,弗敢阙!"

——儿子虽然驽钝,但我会全力编撰先人所记的历史材料,不敢稍有遗漏!

司马迁深深地理解父亲的心愿。父亲带着事业未竟的遗憾而死,他希望司马迁子承父业,克绍箕裘。面对父亲的重托,司马迁做出了庄重承诺,也做出了他人生中的第一次选择。这次选择,确定了司马迁的人生目标和价值标准。他立志要当一名历史学家,要写出一部伟大的史书。"迁闻君子所贵乎道者三:太上立德,其次立功,其次立言。"父亲的临终遗命、自己的庄严承诺,成为司马迁前进的动力、精神的支柱,指引着他历经磨难而无怨无悔地把第二部《春秋》——《太史公书》写下去。

站在中华历史三千年文明之巅——大汉盛世,司马迁深刻地意识到自己所负的历史使命和责任担当,发出了"舍我其谁"的洪钟巨响。"先人有言:'自周公卒五百岁而有孔子。孔子卒后至于今五百岁,有能绍明世,正《易传》,继《春秋》,本《诗》《书》《礼》《乐》之际?'意在斯乎!意在斯乎!小子何敢让焉!"著史,成为司马迁人生中的第一次抉择。

元封三年(公元前一〇八年),司马迁继任太史令。他"绌(读)史记、石室、金匮之书",开始了庞大而浩繁的资料整理编辑。太初元年(公元前一〇四年)正式开始著述。

正当司马迁全心全意撰著《史记》的时候,一场飞来横祸使他深陷于生命的绝境之中。

三

司马迁被投入监狱后,很快以"诬上罪"被判以死刑。

据汉朝的刑法,死刑有两种减免办法:一是拿五十万钱赎罪。二是受"宫刑"。如果这两条路都走不通的话,就只有死路一条了。

司马迁又一次面临人生的选择,而且是生死抉择:是选择生还是选择死?

求生避死,是人之本能。生命是世间最可宝贵的,不到万不得已,谁都愿意活下去。司马迁受到冤屈,当然也有活下去的权利。为了活下去,现在他有两条路可走:

第一是花钱赎罪。司马迁官小家贫,当然拿不出这么多钱赎罪。司马迁当时担任的是太史令,每年的官俸是六百石谷子。从公元前一〇八年开始担任太史令职位,到他受冤下狱正好十年。五十万钱相当于他十年全部收入的一半。这样的收入维持正常生活应该没有问题,但是估计也所剩无几,一下子要拿出这么多钱肯定不行。所以他说:"家贫,财赂不足以自赎。"不唯如此,往日的亲朋好友就像对待瘟疫一样避之唯恐不及,没有谁敢去为他说上一句好话，没有谁肯出资为他赎罪。"交游莫救，左右亲近不为一言。"也不能怪亲朋好友们势利眼。在汉武帝的淫威之下，谁还敢为司马迁辩解，谁还敢施以援手？即使他们心怀同情也不敢流露半分，司马迁本人的遭遇就是前车之鉴。这条路显然是走不通了。

二是接受"宫刑"。宫刑，又称蚕室、腐刑、阴刑和椓刑，就是阉割男子生殖器、破坏女子生殖机能的一种肉刑，是古代极为残忍的一种刑罚。接受宫刑之后，一个正常的人就变成废人，与太监无异。孔夫子强调："身体发肤，受之父母，不敢毁伤，孝之始也。"一个人的身体发肤尚且不能受到损伤，何况是阉割生殖器这样的极刑？所以受过宫刑的人，被视为对祖先大不孝，生前被人鄙视，死后不能入祖坟。宫刑不但给当事人的身体造成巨大伤害和痛苦，而且残酷地摧残人的精神，极大地侮辱人格，这是士大夫万万不能接受的奇耻大辱。作为一个深受儒家思想影响的知识分子，司马迁比一般人保有更高的个人尊严，当然不愿意忍受这样的刑罚。他说：行莫丑于辱先，而诟莫大于宫刑。"也就是说，最丑的行为就是侮辱先人，而一个人最大的污点，就是被处以宫刑。又说："太上不辱先，其次不辱身，其次不辱理色，其次不辱辞令；其次诎体受辱，其次易服受辱，其次关木索、被箠楚受辱，其次剔毛发、婴金铁受辱，其次毁肌肤、断支体受辱，最下腐刑极矣！"显然，这也不是他应有的选择。

既然无钱赎罪，又不愿苟且偷生，那么，现在就剩下最后一条路了：接受死刑。中国古代文人特别重视个人名节，把它看得比个人的生命都重要。宁可丧失生命，不能丧失名节。在生命与仁义的关系上，先贤有过很多精辟的论述。"儒有可亲而不可劫也，可近而不可迫也，可杀而不可辱也。""志士仁人，无求生以害仁，有杀身以成仁。""生，亦我所欲也；义，亦我所欲也。二者不可得兼，舍生而取义也。"司马迁不怕死，事实上他也考虑过接受这一选择。"人生实难，死如之何！"牺牲生命，以"全其名节"，这是司马迁最好的选择。

然而,如我们所知,司马迁最终选择的是第二条路:接受宫刑。他接受了阉割,接受了奇耻大辱,从此成了一个与太监一样的废人,成为一个苟且偷生的废人,终生生活在奇耻大辱中,生活在别人的白眼和鄙夷中。

　　难道他忘了先贤的教诲吗?难道他贪生怕死吗?

　　不。司马迁没有忘记先贤的教诲,他也不怕死。他之所以在这生死关头选择屈辱地活下来,是他想起了自己肩负的使命:他还有大业没有完成。他的心里有一个伟大的任务,有一个伟大的理想,他要写一部在他之前还没有过的、贯通千古的史书。这不仅是他的目标,也是他父亲的目标。他不能死,他的生命已经不属于他自己,他得为这个目标而活着。

　　接受宫刑,司马迁经受了痛苦的灵魂挣扎。他在《报任安书》中详细叙述了当时自己的心理纠结:"夫人情莫不贪生恶死,念亲戚,顾妻子;至激于义理者不然,乃有不得已也。今仆不幸,蚤失二亲,无兄弟之亲,独身孤立。少卿视仆于妻子何如哉?且勇者不必死节,怯夫慕义,何处不勉焉!仆虽怯懦,欲苟活,亦颇识去就之分矣,何至自沉溺缧绁之辱哉?且夫臧获婢妾,由(犹)能引决,况仆之不得已乎?"

　　接受宫刑,司马迁遭受了残忍的肉体虐待。"身非木石,独与法吏为伍,深幽囹圄之中,谁可告愬者!""今交手足,受木索,暴肌肤,受榜箠,幽于圜墙之中,当此之时,见狱吏则头抢地,视徒隶则心惕息。"

　　接受宫刑,司马迁承受了沉重的精神压力。"仆以口语遇遭此祸,重为乡党戮笑,污辱先人,亦何面目复上父母之丘墓乎?虽累百世,垢弥甚耳!是以肠一日而九回,居则忽忽若有所亡,出则不知其所往。每念斯耻,汗未尝不发背沾衣也。"

　　受宫刑对司马迁是一种难以忍受的侮辱,是对司马迁精神和肉体的无以复加的折磨和摧残。

　　当他的身体和精神备受摧残和凌辱的时候,为了维护人格的尊严,他曾多次萌生自杀的念头。但一想到《史记》尚未完成,他便涣然清醒了,他告诫自己:他无权选择自尽!"(《史记》)草创未就,会遭此祸,惜其不成,是以就极刑而无愠色。"众多倜傥不群的古圣先贤忍辱负重、发愤著书的壮举更坚定了他的生命意志:"古者富贵而名摩灭,不可胜记,唯倜傥非常之人称焉。盖西伯拘,而演《周易》;仲尼厄,而作《春秋》;屈原放逐,乃赋《离骚》;左丘失明,厥有《国语》;孙子膑脚,兵法修列;不韦迁蜀,世传《吕览》;韩非囚秦,《说难》《孤愤》;《诗》三百篇,大抵圣贤发愤之所为作也。"他从古圣先贤发愤著书的榜样中获得力量,终于战胜了人生的大灾难、大痛苦、大屈辱,为自己寻求到了一条未来的战斗道路:隐忍苟活,发愤著书。"所以隐忍苟活,幽于粪土之中而不辞者,恨私心有所不尽,鄙陋没世而文采不表于后世也。""发愤著书",是司马迁选择"隐忍苟活"的唯一目的、唯一动力。为了实现父亲的遗嘱,为了实现自己的承诺,他以沉雄果毅的大勇主动申请接受奇耻大辱。

四

　　司马迁接受宫刑后,仍系狱服刑,直到太始元年(公元前九六年)"夏,六月,赦天下",司马迁方有机会被赦出狱。他出狱之后不久,就以"中人"(太监)身份被汉武帝任命为中书令,以"闺阁之臣"的身份"领赞尚书,出入奏事",类似于皇帝在后宫的秘书长。表面看来,是在皇帝近旁"尊宠任职",实际上却是对司马迁人格的莫大污辱。但是,他以极大的毅力忍受着这种屈辱,全力以赴、争分夺秒地撰写《史记》。

　　李陵之祸,让司马迁重新审视他的撰述工作。他对汉武帝、对汉王朝有了新的认识,他对《史记》的撰述也有了新的考虑。在《史记》的叙事断限上,他将叙事上限由战国上升到陶唐,与孔子整理的《尚书》断于尧取齐,叙事下限由当初的"至太初而讫"下延到汉武帝铸黄金为麟止的太始二年。"七年而太史公遭李陵之祸,幽于缧绁。乃喟然而叹曰:'是余之罪也夫！是余之罪也夫！身毁不用矣。'退而深惟曰：'夫《诗》《书》，隐约者欲遂其志之思也。……此人皆意有所郁结，不得通其道也，故述往事，思来者。'于是卒述陶唐以来，至于麟止，自黄帝始。"而实际上，最后的下限是"下至于兹"。"下至于兹"当指《报任安书》写作和《史记》纪事截止的实际年代，也就是征和二年八月巫蛊之难中的卫太子刘据之死。这是《史记》最后的纪事。巫蛊之难对于司马迁来说，也是一大悲剧。他曾寄希望于刘据嗣位后能够拨乱反正，中兴汉室。而汉武帝一手导演的家族巫蛊之难逼迫太子自经，使司马迁在现实世界拨乱反正的最后一线希望彻底破灭。这是继李陵之祸后对司马迁的又一次沉重打击。于是他将《史记》纪事的下限"麟止"，延伸到巫蛊之难，在卫太子刘据自杀之日画上一个句号，宣告《史记》至此绝笔！

《史记》的编纂主旨也发生了重大变化，由原来的为汉武帝歌功颂德改为"究天人之际，通古今之变，成一家之言"。他秉笔直书，在称赞汉武帝功德的同时，也斥责了汉武帝"内多欲而外施仁义"。《史记》由原先的颂汉尽忠之史，升华为拨乱反正之经，如包世臣所说的"百王大法"。司马迁在《史记·太史公自序》中说："维昔黄帝，法天则地。四圣遵序，各成法度；唐尧逊位，虞舜不台；厥美帝功，万世载之。作《五帝本纪第一》。""法天则地"是《史记》的总主题。天道公明无私，地道厚德载物。这是百王治国的大本，也是生民为人的准则。这真正是应该"万世载之"的金言！经历李陵之祸后重新命笔，《史记》方才成为真正意义上的第二部《春秋》。

征和二年(公元前九一年)，司马迁终于完成了《史记》这部巨著。这年十一月他在《报任安书》中向"知己"任安通报了这个消息。"仆窃不逊，近自托于无能之辞，网罗天下放失旧闻，略考之行事，综其终始，稽其成败兴坏之理。上计轩辕，下至于兹，为十表，本纪十二，书八章，世家三十，列传七十，凡百三十篇。……仆诚已著此书，藏之名山，传之其人。"

从太初元年(公元前一〇四年)开始起草，到征和二年(公元前九一年)杀青成书,司马迁用了十四年时间完成《史记》的写作。如果算上写作的资料准备,则超过了二十个年头。现在,他已没有遗憾,没有牵挂,可以坦然走向死亡了。

这是司马迁人生中的第三次重大选择,也是他最后一次选择:死亡!他的使命已经完成,现在他可以慷慨赴死了,以死抗争,以死明志,以死洗刷汉武帝带给他的耻辱!第一次选择,是遵父嘱而作,确立人生目标。第二次选择,是被汉武帝逼迫,在生死关头他选择了隐忍苟活,发愤著书。而第三次选择,则是他主动做出的,在没有任何外力的情况下,他主动选择了死亡。他不怕死,但是要死得其所,死得有价值,死得"重于泰山"。

《报任安书》是司马迁的一次总爆发,也是他勇敢地面对死亡的挑战!"要之死日,然后是非乃定。"司马迁决心用死来洗清那么多年来所受的屈辱,他要用壮烈的死来表明自己的心迹,让他和他的价值真正地被人们所认识。所以,死,对他来说是一个心甘情愿的选择。"仆诚已著此书,藏之名山,传之其人,通邑大都,则仆偿前辱之责(债),虽万被戮,岂有悔哉!"

任安(少卿),是司马迁的好朋友,汉武帝时曾为卫青舍人,后迁任为益州刺史。征和二年(公元前九一年)因太子事变被判处死刑。在司马迁受宫刑后出狱担任中书令时,他曾写信给司马迁,多有指责,"教以慎于接物,推贤进士为务"。"故人益州刺史任安予迁书,责以古贤臣之义。"(班固《汉书·司马迁传》)许是出于《史记》尚未写完的考虑,司马迁没有作答。现在,《史记》已经完成,故友面临死刑,司马迁终于无所顾忌,把一腔怒火倾泻而出。学界多数认为,正是这篇《报任安书》再一次触怒了汉武帝,致使他最终杀死了司马迁。

关于司马迁的卒年,古代典籍皆无记述。《汉书·司马迁传》叙述司马迁生平,只到全文转录《报任安书》便戛然而止,以后的事迹只字不提,更不记司马迁卒于何时,对于司马迁之死只以一语带过:"迁既死后,其书稍出。宣帝时,迁外孙平通侯杨恽祖述其书,遂宣布焉。至王莽时,求封迁后,为史通子。"这一反常做法显然是有所隐讳。而前后汉之际的著名古文经学家卫宏在《汉旧仪注》中则明确写道:"司马迁作《景帝本纪》,极言其短及武帝过。武帝怒而削去之。后坐举李陵,陵降匈奴,故下迁蚕室。有怨言,下狱死。"司马迁在递送出《报任安书》后不久,再度下狱骤死,时间当在征和二年年尾(公元前九〇年),终年四十五岁。

五

司马迁在李陵之祸后选择隐忍苟活,蒙受了巨大的耻辱,"重为乡党戮笑"。与司马迁差不多同时期的桑弘羊就曾说过:"一日下蚕室,疮未瘳而宿卫人主,出入宫殿,得由受俸禄,食太官享赐,身以尊荣,妻子获其饶。"(桓宽《盐铁论·周秦》)这段话似有所指。不仅桑弘羊,很可能任安在给司马迁的信中也触及了这个问题,对司马迁有所误解和指责,所以司马迁在《报任安书》中才用了那么大的篇幅引今说古地反复解释自己的动机。

然而,时间的长河终于洗刷了汉武帝泼在司马迁身上的脏水,洗刷了他所蒙受的奇耻大辱。司马迁伟大的灵魂终于放射出璀璨光辉,《史记》也显示其巨大价值,成为中华文明史上一座巍然耸立、永不倾颓的丰碑。

最早对司马迁及《史记》做出高度评价的,是汉代史学家班固。他在《汉书·司马迁传》中写道:"自刘向、扬雄博极群书,皆称迁有良史之材,服其状善序事理,辩而不华,质而不俚,其文直、其事核,不虚美、不隐恶,故谓之实录。"扬雄也在《法言》一书中写道:"太史迁,曰实录。"他们不约而同地赞扬了司马迁"不虚美、不隐恶"的实录精神,可谓一语中的。

宋元之际的史学家郑樵对《史记》极为推崇,他说:"百代而下,史官不能易其法,学者不能舍其书,六经之后,惟有此书。"清代杰出史学家章学诚在他的史学理论名著《文史通义》中说:"史迁之学,《春秋》之后一人而已。"梁启超说："史界太祖,端推司马迁。"更为当代中国人所熟知的是鲁迅先生的评价："史家之绝唱,无韵之离骚。"司马迁为了实现自己的艺术理想、为了完成自己的历史使命,不惜做出巨大的牺牲,他的英名永载史册。

多年来,我曾多次阅读《史记》,我是把它当成伟大的教科书来读的。书中那些英雄故事给我无尽的遐思和启迪。"人固有一死,或重于泰山,或轻于鸿毛,用之所趋异也。"在中国,这句话因为一位伟人的引用而深入人心。在生与死、义与利、荣与辱之间,司马迁做出了人生正确的选择,他用自己的抉择完美地诠释了生命的价值。

捧读《史记》,我时时触摸到那个伟大的、孤独的、不屈的灵魂。

"余读太史公书,未尝不垂涕,想见其为人。"

栖居于潮落潮起

◎ 黄桂元

隐约雷动

　　一九七八年春寒料峭，我们衣衫不整，满血复活，集结在绿树环绕的南开校园主楼。中文系 111 教室是阶梯构造，空间阔大，腹地纵深，很适合检阅七七级阵容的成色。十二生肖一应俱全，齐聚于同一条起跑线，其中侥幸搭上末班车的大哥大姐居多。别管十七八还是三十几，我们习惯了"散养"，童心依旧兼野性未泯，难免会有调皮捣蛋、没大没小、临阵磨枪、起哄架秧子、人约黄昏后、隐秘结婚的"劣迹"，以滋养贫血的青春。至于一些人如何成为学霸、大亨和栋梁，那是后话。

　　既然是大学生就没有不轻狂的道理，而中文系学生的轻狂则更是透着不知天高地厚的自负和轻慢，似乎当代文学百废待兴，不搞几个文学社拯救一番，简直就是对不起后人。这源于一种滴血的情结，每每文学名刊新鲜出炉，争相传阅，大惊小怪，品头论足，煞是热闹，《班主任》《伤痕》《神圣的使命》《我该怎么办》《天云山传奇》《犯人李铜钟的故事》《大墙下的红玉兰》《剪辑错了的故事》等影响一时的作品，都曾经是我们热议的话题。我们的眼力的确不错，那些小说果然撑起了新时期"伤痕文学"或"反思文学"的坚硬骨架，我们也成了一段新时期文学风景的见证者。

　　《伤痕》最初发表在《文汇报》，据说当时全中国读这篇小说流出的眼泪可以汇成一条河，引以为傲的是作者卢新华居然是同为七七级的复旦中文系学生。我读《伤痕》及同类题材的小说很少落泪，这当然不值得炫耀。不过也有例外，读发表在《收获》一九七九年第二期复刊号的《铺花的歧路》，我的枕头就被泪水濡湿了。小说写了女红卫兵白慧参与殴打过一位女教师，不料她后来结识的男朋友常鸣竟是女教师的儿子，故事之外，便多了悬念，比如，白慧殴打过的那位女教师，究竟是死是活，一直是个谜团，这个悬念折磨着白慧，也揪扯着读者的心。作者的叙事才华也很打动我，印象最深的，常鸣对白慧讲述母亲被暴打的场面时情绪激动，一屁股坐在铺得平平的淡蓝色床单上，床单的皱纹向四周炸开，好像坐碎了一块玻璃……这个细节搅得我整夜恍惚。听说作者冯骥才是天津的，我深感惊异。据说小说原题目叫《创伤》，完成的时间不比《伤痕》晚，由于刊物出版周期原因而发表延迟，为避免题目撞车而临时改为《铺花的歧路》，不然，说不准新时期第一个文学思潮就是"创伤文学"了。当人人心里都有伤痛时，最要紧的不是励志、鸡汤，而是申冤、喊疼，谁捷足先登喊出第一声，就有可能被写进文学史，有点类似于中彩。若干年后，当卢新华被凤凰卫视主持人问到小说《伤痕》时，也的确是如此回答的，哦，你问的是那张"彩票"？卢新华可以自我调侃，历史老人却最尊重岁月真相。

我从小就被视为"根红苗壮"，周围接触的多属于"物以类聚"，对于那些因出身"原罪"而噤若寒蝉，因政治原因而家破人亡的悲剧比较隔膜，缺乏感同身受。但我还是被惊吓过。那年刚进中学，一个下午我见黑板下面空着，随手用粉笔画了只龇牙的狗，正画着，就听背后有人大喊黄桂元，你好反动！我惊回头，看到的是排长的一双怒目。那时中学模仿军队建制，班集体为排，年级为连，排长就是这个班的学生头儿。排长的父亲是老工人，出身苦大仇深，他手指戳向黑板厉声质问，领袖像挂在上面，你画狗，嘛意思？说着拽我去找辅导员张老师。张老师听了排长报告，低头不语。我傻眼了。张老师是位归国华侨，身子瘦瘦巴巴，对学生活动总是听之任之，近乎软弱。我开始抹泪。张老师忽然抬起头，操着带南方口音的普通话问我，听说你父母都是老红军？我呜呜哭着，说是。张老师又用商量口吻征求排长意见，老红军跟毛主席爬雪山，走草地，说老红军的孩子反动，不太可能吧？排长紧咬嘴唇，迟疑着点点头。张老师又说，黄桂元同学也要多注意，不要再乱写乱画了。我永远忘不了张老师和善的目光。同时也意识到，即使"红后代"，也不可忘乎所以。

父母曾是我的政治"护身符"，这固然不假，若说我是"温室里的花朵"，却是只知其一，不知其二。我的童年记忆始于断崖，而非花丛。六岁丧父，九岁失母，我像是一只破壳小鸟，一下子面对满天乌云而茫然无措。我成了一个爱哭的男孩儿，怎么也想不通，为什么孤儿偏偏是我？为了找到寄宿学校，我曾四次转学，仿佛不是学生，而是一个背着书包和行囊行走于一所又一所学校的过客，行踪可疑，居无定所，老师对不上号，同学总是生面孔。我十五岁过早地走进军营，其实没有什么可荣耀，我的目的近乎卑微，就是找个归宿结束漂泊。我并非一无所得，生活给予我的最大馈赠，就是可以用文学取暖。如今看来比起一代人的伤痕，我的故事微不足道，打个蹩脚的比喻，这是整体性与个案性，或全民性与私我性的关系，怎可同日而语？不过，一切都成了过去。

这年七月，《人民文学》发表了《乔厂长上任记》。我加塞儿先睹为快，理由堂而皇之，我认识作者。有同学很好奇，追问你真的认识蒋子龙？我信誓旦旦，这事还能假？又补充一句，也可能，他不认识我。顿时引起一阵哄笑。我说的是实话。我在《天津文艺》(《天津文学》前身)诗歌组曾供职两年，借助近水楼台，见过其"庐山真面目"，他每次来编辑部的小楼，都会有"子龙来了"的消息在各屋传开。他一般是去小说组，并不落座，直奔主题，完事扭头便走，虎步生风。有几次，我都是扒着玻璃窗，目送楼下不远处他的背影匆匆消失。

一段时间里我亢奋不已，眼前总有个毛遂自荐、大刀阔斧搞改革的人物形象晃来晃去，他的名字叫乔光朴。不久前，郭沫若曾引用"日出江花红胜火,春来江水绿如蓝"的古诗,激情预言"科学的春天"即将到来,但谁都清楚,若无经济振兴,何谈"科学的春天"?在我看来,乔光朴就是先觉式的经济实干家,而作者骨子里的英雄主义情结也很对我的胃口。我一气呵成写了篇阅读心得,题为《卓有成效的探索》,寄给了《天津日报》。二十多天过去,文章发表了,前面特意加了"编者按",满满一版只发了两篇评论,主打文章对小说持否定意见,且措辞严厉,我的文章作为陪衬被放在右下角。编者的倾向性是明显的。之后《天津日报》摆开阵势,接连又编排了三个整版,否定方版面突出,长篇大论,可闻到渐浓的火药味。很快,便有为小说撑腰打气的声援文章纷纷亮相,国内一些重要报刊参与其间,蒋子龙也被视为"改革文学"的开创者和旗帜性人物,当属时势使然。如今,当中国人源源不断地享受"改革开放"带来的巨大红利时,这样一篇隐匿于岁月深处的小说,尤其值得我们尊敬。

当年仅仅是一篇即兴挥就的自投稿,却成了我的评论"处子秀",并左右了我未来的文学方向,是我事前没有料到的。我不是一个品学兼优的学生,浪漫幼稚,多愁善感,理性薄弱而感性膨胀,从没想过有朝一日会与文学评论为伍,日后被"架上"批评的战车而左支右绌,无法退身,也是一种宿命。

春风化雨

洛杉矶的天气即使在冬季也总是透透亮亮的。那个早上它却晦暗朦胧。我打开窗子,细雨如织。这时有敲门声。是萍子。我做出请坐的手势,她站在门口不动,面色淡漠,说吃完早饭我们就走。

我明白了。这一天终于来临。

早饭有些沉闷。然后我随萍子上楼。她进了卫生间,"砰"地关上门。我在门外踱着步,问怎么是今天?外面在下雨。这话我自己都觉得透着虚伪。

她在里面硬邦邦回答，这与下雨有什么关系，我可是替你着想，过几天我可就没时间了。我纳闷她怎么会就没时间呢，萍子开了门，说我肚子下面长个小东西，医生让我下星期动手术。我着实一惊，不会有大碍吧？萍子穿上外套，并不看我，顾自往外走。自从分手的事摆上桌面，我就被萍子视为一个与她不再相干的外人，她不愿谈，我就没有资格深究，可毕竟是身体里长的"小东西"啊。我跟在她身后，说还是先看病，其他的事，拖拖也行……萍子站住了，嗓音的分贝在升高，拖拖？还有必要吗？你这次为什么来洛杉矶？别担心，医生排除了恶性的可能，你的既定方针不受影响。我瞧了瞧楼下，那段日子她的父母正来美国探亲，我低声说，即使去领事馆，最好也别让孩子和老人知道。是的，我无法面对杉杉，她未满十二岁，根本无力扭转父母加给自己的命运。我也无法面对萍子父母那一双日渐衰老的眼睛，尽管他们并非毫无思想准备，但毕竟已是古稀之年。我从小失去双亲，这些年他们待我如同儿子。萍子冷笑道，这种事能瞒得住谁？不过放心，他们还没有老糊涂。

　　乘车去领事馆的路上，雨淅淅沥沥一直未停。车窗玻璃上爬满了晶亮的水痕，像是挂着一双双流泪的眼睛。萍子开着车沉默不语。她完全想开了。到美国后，我发现她其实活得很粗糙，平时就连最简单的化妆也省了，真正的素面朝天。这使她明显老了许多。我的心一阵凄凉，赶紧移开了视线。

　　剩下的日子可用难堪形容。萍子陌生得像雾中人。她只是一个与我曾共同拥有一张结婚证的女人，一个我的女儿杉杉称之为"妈妈"的女人。我在这里成了多余的人。我的生活被一再删减，仅仅是一日三餐和昼伏夜寝，近乎行尸走肉。

　　依然记得，十五年前初次去她家，我的身份还只是她哥哥的同事。正聊着，屋外一阵响动，她哥哥欠起身，说我妹妹来了！话音未落，萍子拎包进来，她步态轻盈，惊鸿一瞥，又悄然离去。日后我与萍子完婚，才悟出她哥哥的良苦用心。萍子学的是机械专业,在一家研究所当绘图员。每次下班都是我先回家,刚蒸上米饭,便听到房间锁孔里有转动钥匙的声音,我扭过脸,视线里一只满满的车筐正顺墙角落在地上,车筐里是肉菜蛋之类副食品。这样的镜头每日傍晚都要重复,持续了约三年,便随着她调进一家大型商贸公司戛然而止。

萍子很快就受到赏识,当了计划科长。公司每年都要进京争取一定数量的经营权、许可证,一旦受阻,都是她临危受命,马到成功,她也成了下班没准点且经常出差在外的超级大忙人。这时邓小平"南巡"讲话发表,春潮涌动,全民皆商,谁手里都煞有介事地握有货单、批文、车皮,似乎熟人见面不谈上几句水泥、钢材、水果、服装、粮油、烟酒什么的,简直就不配活在热气腾腾的中国。

一九九二年冬季,萍子做出了一项颠覆旧日人生路径的决策:辞职南下。公司领导怎肯放她?再三挽留,但萍子去意已决,不愿沉沦于大锅饭,甚至不惜与档案"拜拜"。可真要丢掉铁饭碗,她又信心不足,问我的意见,我说,既然天时地利人和条件都具备,不妨试试,不是谁都有机会实现自己的价值和梦想的,至于这个家,尽可放心,杉杉我会照顾好的。她问失败了怎么办,我壮着胆说,那就回来嘛,没什么大不了的,我吐血挣稿费还养活不了你?话一出口,我都被自己感动了。其实我很心虚,我这么一位无用书生敢拍胸脯说狠话,完全基于我对她能力的判断。况且也需要我这么表态,机会来了不去试试水性,她会抱憾终生。萍子听了,激动得抱住我泪花涟涟,并承诺此番南下打拼是暂时的,两三年里赚个十万八万,就回来过安稳日子。

那时候,我对她将来可能会遭遇的逆境想得貌似周全,诸如上当、遭劫、被坑、破产等等不测,都替她考虑到了,单单遗漏了一个最容易忽视的后果:这是一条不归路。其实有些好事者早就断言:这对夫妻这么天南海北下去,分手只是个时间问题。萍子对我转述,是当作玩笑说的,我们嘻嘻哈哈,谁都没有多想。萍子第一次回津是在转年冬季。她手持砖头状的"大哥大",驾一辆黑色"马自达"日出夜归,环佩叮当,尽显华贵。我过的是以不变应万变的静态日子,长年在爬格子编稿子,与萍子动荡刺激的商战生活相比,有天渊之别。美国企业家哈默说过,人一旦进入商界,如同站在一列呼啸的战车上,身不由己。当了老板的萍子曾在海南被骗过,对商界不讲规矩的厚黑行为深怀恐惧,终于移居美国。我戏言,香港一九九七年才会实现"一国两制",我家却先行进入了"一家两制"。这个过程是潜移默化的,浑然不觉中,夫妻就已不再同路,甚至陌路。

一九九六年元月,我第一次到洛杉矶,她就把选择的权利交给了我:去,还是留。这个选择太过沉重,对于年已不惑的我,并不亚于"生,还是死"的哈姆雷特之问。湖南作家阎真在加拿大求学期间,写过长篇小说《白雪红尘》(国内出版改名为《曾在天涯》),把这种两难选择表现得惊神泣鬼,我攥着这部书,曾在洛杉矶住所旁的一条伴山坡道久久徘徊。那是个黄昏。身边不时有人走过,或白或黑或男或女,嘴里吐出一串串英语,和我毫不相干。我站住了,喂老兄,你是谁?从哪里来?到哪里去?怎么会在这里出现?夜幕垂临。我驻足仰望,星空迷乱,似有无数神秘的眼睛在注视我。俯瞰山下,洛杉矶像个巨型魔幻场,密集闪烁的车灯汇成奔流不息的波浪。据说洛杉矶已稳居华人移民数量之最,我也曾试图为自己的留下寻找理由。难道还有什么比家人团聚更重要?有人说,移民相当于重新投胎,在有限的一生中活过两回,既然如此,何乐不为?一个人活过两回,难道不是天赐的幸运吗?但我还是摇了摇头。王小波说,移居异国,人生主题就会被改变;周国平则忧虑,移居他国,所有的人生问题都会被简化为生存层面。这也正是我难下决心的痛点。放弃并非逃避,归来也不等于败阵。我从没有像此刻这样渴望回到天津,回到熟悉的小屋子里,听潮声临窗,继续爬格子编稿子,日子虽普普通通,却实实在在。

一周后,我如期在洛杉矶国际机场登上返程航班。我把揪心的最后一瞥留在了大洋彼岸,那里毕竟有曾与我相濡以沫的亲人!我戴上墨镜,为的是隐藏泪光。至于在国内朋友和同事眼里,我的归来,是愚蠢抑或明智,坠落还是升华,都不重要了。

回到空荡荡的家,我在一片狼藉中翻检旧人旧物,像是在清理生活废墟。裙子。大衣。化妆盒。墨镜。围巾。两册业务笔记本。一捆显然再也派不上用场的机械专业书。箱子里有一副娇小的手套,羊皮的,杏黄色,我甚至不敢碰它。以往冬天,出门前她把小手伸进手套的习惯动作历历在目。我在抽屉里摸到一盘满是灰尘的录音磁带,手触电般缩回来。磁带录着曾经的一家三口说笑聊天,节假日里,萍子常常一边做家务一边反复聆听,如今却有隔世之遥。还有那件我去上海出差时买的毛衣,价格低廉,萍子却如获至宝,急急穿上对镜子左右转动,一脸灿烂。但萍子下海之后,我再没有能力让她惊喜了。

枯坐中,几滴咸涩的泪水顺着我的面颊滚落下来,终于酿成一个男人的失声恸哭。"时光的河入海流,终于我们分头走。没有哪个港口,是永远的停留。"一些年后,我听到林志炫唱的这两句歌词,觉得仿佛就是为我定制的。别了,洛杉矶。为结束,也为开始。

遥远阑珊

某日,有位朋友闻讯而至,打量着我问,我是为你悲伤呢,还是向你道喜?我没好气说,本人沦落至此,喜从何来?朋友坏笑,说这件事要看怎么理解,就算分手是个打击,为它悲伤,却大可不必,它的另一层含义是什么?是重获自由,你离开一棵树,却拥有了一片森林,还不是喜事?我说,喜事?你何不争取一下?朋友拍拍我肩头仰天长叹,上苍不公啊,你以为,谁都像你那么好命!我哑然,苦笑。

实际情形却是,我何时起居,与谁交往,温饱如何,是死是活,不再有人过问。日升月隐，秋去冬来，我的日子有如钟摆，了无生气。我常常伴书枯坐，闭目养神。据说马克思当年常在自己房间走来走去，时间久了，地面竟被磨出一道道凹槽，许多经典思想就是那样形成的。我也做沉思状，在屋里来回走动，脑子却一片空白。

一天傍晚，同为单身汉的两位朋友咋咋呼呼携酒造访，美其名曰来个"雄性"小聚。几杯酒落肚，开始口无遮拦，话题就扯到了单身的利与弊，认为托翁那句"幸福的家庭总相似，不幸的家庭各有各的不幸"的名言，用来形容单身也成立。所谓利，已是共识，不用多说，弊呢，每一条都沉甸甸，不能细琢磨。酒喝到午夜时分，臭烘烘的三个单身汉才肯罢休，分别在床上和沙发上东倒西歪，鼾声起伏，睡姿三分潇洒四分憨相还有四分悲壮。随着明晃晃的太阳照常升起，大家各自奔逃作鸟兽散，活法依旧。

有时候我也出去散步。"五大道"深处，躺着一条又短又窄的百多米小路，极不起眼，却居然叫香港路。我的想象中，香港不仅神秘、遥远，而且构成了一个无比超级的"大"。那种"大"，容纳了太多的豪华、显赫、摩登和富有，五光十色，奇形怪状，灯红酒绿，纸醉金迷。那种"大"，还隐喻了一个不真实的梦，与我有限的历史知识和人生经验格格不入。

戏剧性的是，有一天我竟然"摇身一变"成了香港的"女婿"。其实，思维稍微正常的人，都能看出这件事的发生有着无数的不可能和不现实。记得第一次听到有关波的介绍，我甚至觉得挺搞笑，姑且不说洛杉矶和香港对于我本无区别，单从世俗角度，我和波的落差是显见的。香港女人难道不是比任何内地女人都更实际，更挑剔，也更懂得有钱的快乐与没钱的苦恼吗？在可以想象的港人价值观中，我这个内地半百书生，绝对不是一个值得浪费时间和精力的婚姻人选，没有这种自知之明，也真是白活了一把年纪。至于如何处理一国两制的婚姻，我更是想都不敢想。何况我从美国回国那年曾落地香港，并没留下值得怀恋的印象。那是一堆密集而逼仄的"水泥森林"，直通通戳向低窄的天空，狭窄的马路，人如蚁群，车似虫队，塞满了我的视野。特别是内地口音在这里不受待见,使人兴致大减,难以亲近。我只待了两天便离去。后来我答应介绍人与女方走走看,更多出于寂寞。

然而波的出现,一切变得不一样了。波说,在香港接触的多是生意人,已经厌烦,很希望找到一种清清爽爽的异性感觉,不一定多浪漫,但一定没有杂质,找到了,西藏雪山、黄土高坡也是天堂。我问找到了吗?波说,拜托,帮帮忙!说完大笑。

波的选择理所当然地招致女友们的一致反对。她们最初觉得波不过是随便说说,波还年轻,凭她的条件完全可以好好挑一挑,借助婚姻过上富有的生活,告别奔波劳碌。她们甚至没有听说过天津,退一百步,即使考虑天津,也不该完全不顾对方的经济状况。她们万没料到波这次动了真的。她们批评她太过幼稚,忠告她择偶是女人一生中最大的事业,在香港生活了这么多年,还这么不开窍,不成熟?一位闺蜜甚至声泪俱下苦苦相求,姐妹一场,我不能见死不救!波却主意已定。一段时间,她有意疏远了女友,不是怕自己动摇,而是眼不见耳不听心不乱,波说她不希望因为自己而破坏了女友们的好心情。

随之,"爱屋及乌",亲近香港也成了顺理成章。香港的百年沧桑堪称"冒险家乐园"的精华版,若真正容纳香港的繁荣史,需要一部厚厚大书。乔尔·科特金在《全球城市史》中认为,成为世界名城,应具备三特质——精神、政治、经济。香港的殖民史经历,决定了其精神根系是漂浮的,但它的经济作用却如巨大的魔术杠杆,足以撬动东西,辐射全球。香港城市功能运转之安全、繁忙、秩序,也是有口皆碑,具有典范意义:它以法治为根本,所以安全;它视效率为命脉,所以繁忙;它认和谐为归宗,所以秩序。这就是为什么香港这个位于维多利亚港湾的"弹丸之地",至今仍让世界不敢小视的根由。

一个周末的清晨,波带我出门,换了两次巴士,风尘仆仆赶到大屿山的灵隐寺吃素斋，与众僧虔诚请教，傍晚方归。这种乐此不疲的往返，曾填满了她许多的周末日子。我想象，这大概就属于波在香港的"风花雪月"了。波却说那不过是让自己远离浮躁、融入静乡的一种方式。但节假日里，朋友们在一起聚餐，看电影、听音乐、观话剧，跳交谊舞或"卡拉OK"一把，也是常有的。波老家在北京石景山区，典型的"北京大妞"神经大条，在香港说粤语，离开香港便是一口京片子，移居香港近二十年，早已入乡随俗，敛声静气。她在一家"朝九晚五"的公司当文员，每天六点半起床，洗漱简妆，熨烫衣物，收拾房间，七点半准时离家，雷打不动。起初我不明白，公司距家只有五站路，何至于如此早早，匆匆？后来知道，她八点到公司，用十分钟吃早餐，然后打扫房间，记录、归纳、整理晚间收到的各种传真、快递，分门别类摆在老总案头，算是一天工作的开始，且十五年如一日，从未请过一天假。我惊呼你比劳模还劳模啊，波却嫌我少见多怪，在香港，大家都是这个样子！

于是在我眼里，勤勉、敬业的波几乎就是新一代港人的缩影。不过，波也时有"无知"的表现。相识初期，波对香港"回归"的意义全无心得，总觉得那么宏大的事，轮不到她来考虑，她做好自己的事就是了。波喜欢粤菜的精致，晚茶的氛围，挑剔内地北方的大盘鸡、大碗肉、大杯酒的粗制滥造。有时候聊天，波会下意识脱口而出，"你们国内"如何如何，我听着不是滋味，问她，香港难道不是国内？她一愣，说香港是特区呀。我说香港再是特区，也是"中国香港"，中国"特区"啊！波眨巴眨巴眼睛，不好意思地点头，说这么复杂，搞不明白。有趣的是，波对于"国家大事"常常一脸茫然，对"国家兴亡，匹夫有责"的古训更是闻所未闻，其缺乏政治常识的"小儿科"水平每每让我哭笑不得。比如，她不懂得何为人大、政协，不清楚"一把手"是什么官，奇怪内地城市的最高长官何以不是市长而是书记？却对港台巨商的发迹秘史明星的八卦新闻如数家珍。面对美国金融海啸的危机不断加剧，波先是担忧，后来说自己已经不担心这些了，外面海啸再厉害，有中央扶助,香港的脚跟就可以稳稳当当,不会跌倒。以前夏季来临,香港屡屡受到八级以上的"风球"袭扰,令人惊恐不安,"回归"后,"风球"依旧会有,却总是沿着维多利亚港湾擦身而过,咆哮着转向其他沿海城市,香港竟然成了安全的避风港,她觉得蹊跷,又开心。我半信半疑,但还是认同波的结论:"回归"多好,瞧,老天爷也在护佑香港呢!

波不久迁居内地,扎根天津,迄今已有十一载。她先在外企打工,同时考下了从事保险业务的资格证书,又在无锡某酒店当经理,在上海某公司做管理,在北京搞过直销,风尘仆仆,拳打脚踢,忙如旋风,这种打拼状态把女友们过去的担忧、忠告一一坐实。此情此景,总使我生出似曾相识的恍惚。我为此愧疚不已,波却从无抱怨,说先生和乔乔在,家园就在。她还引用苏东坡"此心安处是吾家"的句子,对内地乃至中国的发展前景非常看好,她说她喜欢天津,相互依存,感恩生活。说这话时,她的笑容质朴,真诚,知足,竟使我受宠若惊。

生命谣曲

公元二〇〇八年五月十二日,我正在西安参加一个期刊会议。

一早,按照日程,主办者安排与会人员驱车去乾陵参观。下午两点多,我们从十五米深处的"太子墓"拾级而上,回到出口,沿一条宽阔平坦的石砖路朝数百米远的"公主墓"方向走去。在刺眼的阳光里我们边走边聊,忽觉地面似在痉挛,脚跟有些踉跄,有人喊地震了!大地果然有如巨大的摇篮,我们的身子也随之颠簸起伏,这种状态持续大约一分钟,同行的两位高校女教师惊慌失措,竟紧紧搂抱一起,像是遇到了世界末日。

大地不再晃动,一切回到沉静。依然天空湛蓝,大地青翠,阳光灿烂。大家三三两两地议论着刚才的震感,话语轻松,并没有觉得问题有多严重。然后按照既定安排,我们来到"公主墓"入口处。年轻的女讲解员提示大家,这个墓穴比刚才去过的"太子墓"还要深,还要大,大家自己选择,继续参观的,请跟我走。毕竟刚刚经历了明显震感,多数人面面相觑,只有五位"勇敢者"做不在乎状,尾随着讲解员次第沿阶而下,钻进幽暗的墓穴深处,围着那个沉睡千年的棺椁细细观察。这其中就有我。

从"公主墓"出来,已有人接到手机短信,说震中在四川的一个叫作"汶川"的地方。大家纷纷猜测那里的受损程度。一位蹒跚老者自言自语念叨着,应该给儿女们打个电话,报报平安。我的心抽搐了一下。隐约间,仿佛有谣曲在耳边出现。我想起了襁褓中的小女儿乔乔。此刻,整个世界在她的意识里混沌如初。她还没有语言表达能力,更不可能懂得,此时远在西安的老爸的一路平安对她意味着什么。而只有我明白,刚才我之所以深入墓穴,多少有些虚荣和逞强,这样做,对乔乔是一种负责任的行为吗?我感到了内心的疚痛和煎熬。

记得会议期间,与会者闲聊起各自的家庭,有人问起我的孩子,我说,可不比你们轻松,我的孩子还小。对方打量着我问,儿子吗,在读小学?我说是女儿,刚刚四个月,不好意思。众讶然,一连啧啧,不简单,女儿孝顺,老来有福!我却听着不入耳。胡适在自己有了一个儿子后,曾著文谈道:"我想这个孩子自己并不曾自由主张要生在我家,我们做父母的不曾得到他的同意,就糊里糊涂地给了他一条命。况且我们也不曾有意送给他这条生命。我们既无意,如何能居功?如何能自以为有恩于他?他既无意求生,我们生了他,我们对他只有抱歉,更不能'市恩'了。……至于我的儿子将来怎样待我,那是他自己的事。我绝不期望他报答我的恩,因为我已宣言无恩于他。"据此,他主张,父母不要把"儿子孝顺父母"列为一种"信条",更"不要把自己看作一种'放高利贷'的债主"。胡文写于二十世纪初,百年过后,今人在伦理哲学层面却并没有太多超越性的进步。

与许多偶然或疏忽的情形不同,我家乔乔的呱呱坠地是一群亲人刻意为之的结果。出于诸多原因,我和波艰难地策划了这个生育事件。我们以年近半百的身体劣势，并没有经过乔乔的允许，强行让孩子付出有可能先天体弱的代价，把她带到这个人满为患、变数莫测的世界，不管出于何种冠冕堂皇的考虑，都属于自私行为。乔乔就这么别无选择地有了我这个名副其实的"老爸"。她将经历咿呀学语、蹒跚学步，将和同龄孩子一起玩耍，一起读书，一起长大，当同龄小伙伴们的父母亲还处在盛年，她的父母双亲却已进入黄昏老境。她的笑容将不再单纯，她的心智会提前成熟，她将用稚嫩肩膀过早地负重跋涉。

回到天津，我常常抱着乔乔站在窗边，望着街头熙熙攘攘的车辆和人群，轻轻哼着自编的谣曲。乔乔在我怀里睁大羔羊般的亮晶晶眸子，惊奇地注视我，使我隐隐不安。我问乔乔，你是不是疑惑，我真的是你的老爸？乔乔的眼睛睁得更圆了，好像什么事都懂。有时候我在想，只要乔乔能一天天健康成长，幸与不幸，都不重要了。

乔乔在一天天成长，而远在洛杉矶的杉杉早已长大成人。

忘不了几年前的一个早上，睡梦中的我突然被电话铃声惊醒了。我懵懂着爬起来，听见杉杉告诉我，她和妈妈已正式拥有了美国公民身份，刚刚参加入籍仪式回来。杉杉说得很随便，好像在说别人的事。我好半天才反应过来，一阵哑然。我很想问，既然你已经拿到了绿卡，何必要急着入人家美国籍呢？嘴上却嗫嚅道，好啊，好啊……便撂下了电话。杉杉从此以后名实相符地不再是一个中国女孩了。我自信不是一个狭隘的"民族至上"主义者，选择做哪国人终归是女儿的权利，可作为她的父亲，我实在无法超然地对待这个问题。

杉杉不在身边的岁月，最让我牵肠挂肚的就是她的学业。杉杉不是个"乖乖女"，从小就很有个性和主意，这让我喜忧参半。她十岁半移居美国读小学，我认为是个失误。那时候人们把美国想成了天堂，小学教育自然也是世界一流，还哀叹孩子在中国只有"法西斯般"的学习而没有花季童年。我清楚记得，在洛杉矶机场的接机口，萍子泪流满面地捧着杉杉的小脸蛋亲个不停,并说她已经为孩子联系了一所小学,还声讨国内的"填鸭式"应试教育简直就是摧残儿童,孩子被无用的功课压得喘不过气,个性呆板,创造力萎缩,少年老成,即使考了高分也出息不大。我被说动了。我的认同源于我对杉杉的信任。说起来难以置信,那次我能够正常出美国海关还多亏了杉杉。记得飞机降落在洛杉矶国际机场时正是中午。当我们推着行李车出关时却遇到了一次"下马威",一位高大硕胸的黑人女关员忽然把我拦住,嘀里嘟噜说了一串英语,我哪里听得懂,看我愣住,她开始摇头,表情更加严肃,场面有些僵持。我忘记了杉杉的存在,这个小小的"救兵"拉一下我的手,踮起脚尖仰着小脸悄悄说:"爸爸,她让你出示一下我妈妈的工作证明!"我赶忙从随身包里找出萍子的美国公司名片,女黑人关员接过来看罢一笑,露出雪白牙齿,然后弯下胖身子,伸出厚嘴唇亲吻了一下杉杉稚嫩的小脸蛋。在场的"老外"们也纷纷发出称赞声。我无意中了解了女儿的英语水准,也更加相信即使与土生土长的美国孩子相比,杉杉肯定不会比任何人差。

杉杉一接触美国小学,就再也不愿意回国了。每日她的学校放学之早,作业之少,简直有些离谱,在一个不看重分数、缺乏学习动力的环境,杉杉也逐渐失去对学习成绩的高标准严要求。上了大学,杉杉边打工边读书,我行我素,逍遥自在。在美国其实也有大学生主动给自己加压,用三年时间读完四年的学分,杉杉却相反,四年课程打算用五年、六年时间完成,理由很简单,学习不能耽误挣钱,不能降低生活开销。平时她热衷于同学的生日聚会,异性朋友渐多,回家没准点儿,甚至偶有夜不归宿。萍子在电话中抱怨孩子难管,我说事已至此,请务必管住杉杉两点:一是千万不能沾染毒品;二是不要成为未婚妈妈。我说这已经是底线了,其他的,让孩子好自为之吧。我的牵挂鞭长莫及,期望值已趋于零,我想杉杉在美国活得健康,尊严,快乐,就可以了。让我大跌眼镜的是,曾几何时杉杉居然化蛹为蝶,完成了人生的神奇蜕变。她用漫长的时间读完大学之后,接着考取了北大光华学院国际 **EMBA** 学位。毕业回到美国，正赶上"摩根士丹利"公司在加州招聘，应聘者达四千余人却只取两名，经过笔试面试的层层筛选，杉杉杀出重围，脱颖而出。"摩根士丹利"在美国财经界有"大摩"之称，金融服务实力首屈一指，全球领先，她的聘用在朋友圈里一时传为佳话。与此同时，杉杉也解决了婚姻大事，神不知鬼不觉地就成了北京"媳妇"。我进京参加她的婚礼，目睹新娘新郎大秀恩爱，那一幕，永远温暖着我日渐衰老的记忆。

清夜扪心，我何德何能，竟能得到命运的如此眷顾？

人类身居其间的这个蓝色星球正在变小，可以接纳任何的聚散离合，世事沧桑，生命谣曲，人间大剧。是的，活在潮落潮起的当世，没有什么奇迹是不可能发生的。

与鲁院有关（节选）

◎ 林纾英

　　鲁院与我的想象有些不一样，没有高大的门墙，也没有辉煌的灯火，我在看向门的时候就看见了一盏灯，灯光向着一侧门柱白色瓷砖上镶嵌的"鲁迅文学院"几个鎏金大字斜照去。两扇宽大的铁栅栏门已合拢，侧门也关着，旁边不大的门房内没有灯光。我踩着台阶向里看了看，我看见月光透过玻璃落在靠着窗子的写字台上，写字台上有一个本子，本子是翻开的，上面有大半页字，看不清写了什么，本子合页处搁着一支水笔。

　　我在房间内没有看到守门的人。北京的夜深了，门卫一定睡去了，晨与俊老师也一定睡去了。我走下了台阶，我没有给晨与俊老师打电话，不想惊他们的梦，也没有去敲传达室的窗子。

　　夜比以往我来时要静谧，阴历的七月十六，空中的月亮很圆，星星也清晰可见，看不出传说中雾霾大爆发丝缕的迹象，空气也不似几年前来时那么燥，温吞吞，不冷也不热，一切都恰到好处，宁静，平和，友好。在我无意识地深呼吸时，隐隐品出空气中一股说不明白的味道，似乎某种花香。

　　我想，那香一定来自鲁院。

　　抬起头来，我看到了空旷辽远的星野，还有星空中挂着的那一盘杏黄色羞答答的月亮。

　　这是鲁院的月，柔婉，静美，它令我出神。

　　已经很久顾不得去看月看星星了，我似乎总在步履匆匆地行走。我脚下的路很坎坷，我总怕被绊着，还怕落入不确定的陷阱，我不敢像别人一样抬头阔步行走,我的路总是走得很小心。路途中我也见过令我抑制不住心动的一些风景,但我不能停下脚步,我不能忘情,不敢投入。

所有的错过都是我刻意的,我错过了时令,错过了年月季节,我无暇也无心情抬头去看月的圆缺,看星星的隐现。我磕磕绊绊地走了很远很长的路,走得很辛苦,很刻苦,走到此时,我才能够停下我匆忙的脚步,因为我已经抵达。

我抵达了鲁院,这是一个里程碑。

我再一次抬头去看月亮,还有星星,我要记住这个夜晚。

月是圆满的,星星是散淡的,秋风送来了鲁院里花淡淡的香。星月和花香就像宋词一样浸淫着我,婉约和感动了我。于是,鲁院的夜色,它的大门便深深印刻在我的记忆中,定格在了满月的星空下。

传达室的灯亮了,一个年轻人推开门轻轻走了出来,他站在门口看看我,又看了看我身边的行李,他静静地站在那里,像星星月亮那般安静,没有说什么。我想,他一定见惯了往届作家在这一时刻到来,也必定见惯了他们如我一般的忘情。不然他何以处变不惊,不发一声?

这也许是文人们共同的心灵朝圣仪式吧。

他在看着我,在等我说话。

我拿出录取通知书给他看了,说:"我是来报到的三十三届学员。"他便为我打开侧门,伸手向里指了指,告诉我沿着路一直向前走,走到路头见着右手边一幢大楼就是鲁迅文学院。

路没有多远,一百米左右的样子,在那里我见到了一块汉白玉大理石牌子,写着"鲁迅文学院"。

楼前的路不是很宽,路两旁的灯也不是很亮,水泥混凝土的路面很干净,干净的连一片落叶都没有。北京的初秋温度似乎比烟台要高出一些,路旁的树木花草看起来根本就没感受到渐凉的秋意,它们的枝叶依然生得茂盛。有几盏灯埋在了树的枝叶间,被遮住了一些的光。

楼对面有一片小树林,路灯幽暗的光照不进去,里面黑漆漆的,看不清什么,却明明白白照见了它身侧的小池塘。池塘里的水在黑色的夜里呈现了黑的颜色,黑色的水明晃晃的倒映着空中的月亮,像墨镜里聚焦的一点光。在池塘中间有一团荷花,确切地说是荷叶,荷花是看不到的,那些荷叶影影绰绰、亭亭玉立在黑色的水面之上。

我是很喜欢这样意境的,像一幅水墨画。

两个人最好的默契就是不要把话说得太明白,却又彼此再明白不过,爱的至高境界大概便是如此吧。

他不是作家,不是诗人,他是音乐家。安顿好后,我告诉他,一切都在有条不紊进行着,我告诉他我很喜欢这里,这里的一切都很适合我,这里的庭院池塘花草每一处都是一首宋词,是婉约;这里又是肃穆与古拙的,像豪放的七律诗,他便懂了。他说:"那不正是你想要的吗?"

之后,他不断地给我发东发西来,几乎全是我喜欢的。一天,他给我发来两箱冬枣,冬枣我最喜欢吃的水果,打开箱子见了我很开心,在里面我还见到一张折成蝴蝶状的粉红色纸条,展开来,见着了他拉小提琴的简笔自画像,画像旁边是他粗楞楞笔力遒劲的两行字,而且谱了曲:"想你了,我就把枣子送给你,再想你了,我会把整棵枣树送给你。"他的曲符我看不懂,他的字我懂了。

他不是诗人,他的话却比诗人的诗更有诗意,比他送来的枣子更甜,使我受用和温暖。

我问他:"枣树什么时间送过来?"他说:"等你也想我了的时候。"

我就笑了:"我现在很充实呢,还没顾得上想你。"他就骂了句:"臭丫头!"认识了他,我一直就是不懂事的"臭丫头",在他面前我就不想懂事了,也不必懂事。

能在一个男人面前做一个不懂事的臭丫头大概是女人最惬意的事

吧,像隔壁的雪梅姐,五十多岁了,一米七多的个子,偎在她的男人身边,整个一个娇媚小女人情态,笑的满脸阳光灿烂。雪梅姐的笔名就叫"阳光女人",我想,她是那样的幸福,她在姐夫面前一准也是个臭丫头的。

雪梅姐毫不掩饰她小女人样的幸福,她幸福的几乎就要盛不下了。

记得开学第一天杨律师请我们吃饭,雪梅姐喝了点酒,她两腮挂着红扑扑的酒靥,笑得眉眼快眯成了一条缝,就像十几岁的小女生,当着几十个同学的面,她用纯粹的东北普通话介绍了自己,完后她又补充道:"忘了告诉你们,我的笔名叫阳光女人,因为我一直是幸福和阳光的"她最后这句话让我有点不很舒服,觉得她纯属多此一举的矫情。

雪梅姐就住我隔壁,几天后我到她屋里串门,她告诉我她的老公是延边森林公安局的局长。我护犊,也护警察,我甚至连近亲近邻都护着,因为她老公是警察的缘故,也因她比我大几岁,我就称她雪梅姐,他的警察老公就成了我的姐夫,我们之间的谈话因这层缘故就近了起来。谈话渐渐深入了,深入了个人生活,她就从手机上找出了姐夫的照片给我看,直到见了她们两人的合影,我才真正懂了她的笔名,懂了她的那些矫情。

雪梅姐一米七几的个子, 一米八几相貌堂堂的警察姐夫比穿着高跟鞋的她高不出多少,照片中我却看不出她们是夫妻,他很像一个慈祥的父亲,腻歪在他身侧的她神态事那样的嗲,全然一个被宠坏了的无赖小女生相。我才明白当日酒宴上的她不是在矫情, 实在是她盛不了装不下的幸福。

才明白世间是有着真正男欢女爱的。

我很渴望我的幸福能像雪梅姐一样。

他说红酒是女人酒,说我是红酒中的女人。

也许他说得是对的,因为我的写作一直就伴着红酒。我享受红酒,更享受饮酒的那个过程。用手捏住一支白天鹅般高雅的高颈细脚水晶杯,平视着它圆润流畅的曲线,对于我来说,那便也是一份极好的视觉与精神享受。然后慢慢地凑近双唇，低眉顺眼似有若无地看着那些红宝石般晶莹的酒液自杯底缓缓滑入口中，过程仿佛要经历一个世纪那样悠远绵长，那些发自骨子里孤芳自赏的清高便沉溺于每一杯红酒的寂寞与忧伤里，令每一个平凡的日子都拥有了精致的浪漫与芬芳诗意。

当小提琴遇到了红酒，当音乐家遇到了作家，当男人遇到了女人，即便他的音乐也变得如红酒一般小资和缠绵了起来，由最初的不懂，到心动，一直到惊艳、共鸣。

他远远地看着，他见证了我饮酒的一个完整过程。他说我太小资，却又说很喜欢我的小资。他甚至能从我的文章中读出酒的味道，他说："你的文字带有淡淡的酒香。"我想，一个人对一个人的懂得是不必说出来，知味就够了，这是令我欣慰的。

文人之间是文化的事，说话再多的拐弯抹角，却也彼此能够明白，就连骂人都会骂出艺术来。

父母在宾馆住着，要好的同学纷纷打听要住多久，纷纷扰扰地要安排请客吃饭。父母年事已高，再好的东西也吃不进多少，酒也喝得少，与这群吵吵嚷嚷的同学一起吃饭喝酒实在是一件受罪的事。他们不愿意去，同学就跑去他们住的宾馆请。父母还是有水平的，他们不说去了吃不多净受罪的话，只说客套话："谢谢你的好意，我们就不去了，哪里好意思让你破费呀。"

父母不去，他们不能强拉硬拽。虽然是好心请吃饭不去，对待老人武请自然是不成的，那就文来，文人自有文办法："叔叔阿姨，孔子讲：'故人不独亲其亲，不独子其子'，孟子讲：'老吾老以及人之老，幼吾幼以及人之幼'。阿姨叔叔，纾英的爸爸妈妈就是我们的爸爸妈妈，请爸爸妈妈吃饭，孝敬老人是儿女的本分。"爸妈就被这突如其来诸多儿女的孔孟之道给绕糊涂了，笑看着我不能说话。

我也怕他们受累,却架不住同学的热情,毕竟盛情难却。我对他们说:"去吧,能吃多少吃多少,能喝多少喝多少,吃饱了,累了可以随时回来。"他们才同意出去。

　　鲁院从来无他事,除了学习讲座与写作就是聚集喝酒。大家开始请客还有说法,吃着吃着就没了说法,干脆就说:"今晚喝酒哈,没理由。"我家父母来了,大家一起吃饭也不多两双筷子,于是请老人吃饭也成了大家聚餐喝酒嘻乐的一个由头。俊老师是山东人,在大北京遇到了山东人自然就攀上了老乡。吃饭时我喊上了他,酒桌上我向父母介绍他时,他嘴张了几张,眼睛眨巴了半天,愣是没有喊出什么来,他就问我:"林姐,你的爸爸妈妈我该称呼什么?"

　　我楞了一下,莫非学问多了人会变愚?怎么会连这个都不知道了,该称呼什么不是明摆着嘛。

　　俊老师虽然是我们的班主任,却比我们任何一个人年龄都小,日常他喊我都是林姐,按着这叫法,他该称呼我父母叔叔阿姨。我对他的问题感到好笑,想逗他一下,就对他说:"自然喊叔叔阿姨了,如果你觉得我太老,就喊他们爷爷奶奶吧。"我说完,他的脸就红了红,"我还是称呼二老吧。"

　　菜上齐了,父母很快吃饱了,我们喝酒说话他们插不上,我打车送走了他们,回头接着与老师同学喝酒吹牛侃大山,一直到很晚。

　　回到宿舍,手机连上了鲁院的 wifi,微信就响了,是春光同学发来的。

　　春光是我高中同学,我在他圈子里读了他的文章,就极力撺掇他拿出发表,他总不肯,一谦逊再谦逊,我就烦了,不再去理他的事。

　　春光同学身在高位,却理凡间事。见我不理他,他知道我赌气,就整理了文章给我看。我心里暗自好笑,那样古板的一个人,却还是知情懂趣的,就收拾起矜持,不再与他怄。我对他说:"你文档格式不对,再整理下给我。"

　　他发微信讲的就是那篇文章的事,我简单回了他一句:"酒喝多了。"

因为我确实喝多了。

春光是知道我喝酒的,因为常联系的同学就那么几个,几个人就形成了固定的吃饭喝酒圈,谈事也在酒席桌上。胶东人酒喝的猛,酒喝的也有讲究,关系越好越要喝,喝死了也要喝,酒桌上有劝酒的话"关系铁喝出血",还有"宁伤身体不伤感情"。我曾经写过清康熙年间藏传佛教领袖仓央嘉措,题目叫《宁负如来不负卿》。对于仓央嘉措我不赞成他"耽于酒色",我却极喜欢他的真性情。春光同学的酒不行,却敢拼,不矫情,尽管一餐酒后他会三天爬不起来。除了他的文章,他的酒德也是我欣赏他的一个方面。

早晨起来,见他回来的微信:"酒仙。"

因为交流的多了,我知道他本意不在夸我,明明是在骂我"酒鬼"。是拐着弯在骂我呢。

所以说,文人间话说的再幽婉,再拐弯抹角,也会被文人看穿。

我回复他:"道仙不道鬼,骂人不须嘴。"

他回了我:"佩服老同学,真正高水平的骂人不须嘴呀。"

一来一往,耐人寻味的文人掐架,这算不算得高级国骂呢?

別具只眼

蝴　蝶

◎　杨文丰

一

　　花鸟虫鱼之中，美得如此翩跹、灵气和超然者，我以为首推蝴蝶。今天，我正沐南窗冬阳而欣然撰文，虽未有"蝴蝶飞入我的窗口"，但我揣想，在广漠的锦绣江山的花丛草径之间，该正有多少蝴蝶，在上下翩跹着她们的美丽呢！

　　蝴蝶之美，我以为是一种华贵美。如果将它比喻成花，若非牡丹，也是蜡梅了。假如比作鱼儿，恐也只有高贵的金鱼才能匹配。当然，它只能是会飞的蜡梅，或游动的金鱼。蝴蝶的美丽，更多表现在气息上，这气息既抽象，又具体，可说有些儿像珍稀邮票。你若不信，可仔细去瞧瞧鳞片细密的蝴蝶翅膀。闪烁冷光的翅片，反射着赤、橙、黄、绿、青、蓝、紫七色光波，活像朝暾初露时的云蒸霞蔚。

　　蝴蝶，在山水间留下了美丽的"投影"。有一眼泉，叫蝴蝶泉；有一种花，叫蝴蝶花；有一个梦，叫《蝴蝶梦》；也该有一座山，叫蝴蝶山吧！

　　蝴蝶，经常飞入浪漫艺术的花园。中国花鸟画，蝴蝶是"法定"的传统题材之一。蝴蝶双飞，自古以来都象征美满的爱情。诗人表达缱绻深情，多喜欢用词牌《蝶恋花》。在古典诗词中，咏吟蝴蝶的佳句俯拾皆是，譬如"花卉蝴蝶浑难辨，飞去方知不是花""狂随柳絮有时见，舞入梨花何处寻""蝶来风有致，人去月无聊"等等。江西派诗人谢逸，曾作咏蝶诗三百首，多有

"江南日暖午风细,频逐卖花人过桥"之类佳句,被人誉为"谢蝴蝶"。

斑斓的蝴蝶,达到了大混大沌的哲学人生"物化"境界。"昔者庄周梦为蝴蝶,栩栩然蝴蝶也,自喻适志与!不知周也。俄然觉,则蘧蘧然周也。不知周之梦为蝴蝶与,蝴蝶之梦为周与?周与蝴蝶,则必有分矣。"(庄子《齐物论》)必定蝴蝶身上可小可大、又灵又动的哲学意蕴,使庄周"才下眉头,却上心头",方没有去梦什么蜻蜓、纺织娘、金龟子、东风螺、寒蝉一类凡俗生灵,而专梦,其实也就梦了一回超然物外的蝴蝶吧。在中国文化里名高千丈的蝴蝶,除受庄周青睐,被艺术点化外,主要的,我想还应该是蝴蝶自身的"争气"吧。

蝴蝶,既属于艺术又属于哲学。

浪漫与抽象,是那么和谐地统一于蝴蝶。

蝴蝶真美!

二

令人难以接受的,是蝴蝶羽化之前,竟然是菜农所深恶痛绝、丑陋的菜青虫。

在这个世界上,真、善、美比较和谐、统一的物事,当然比比皆是。譬如,春天的燕子、夏天的玫瑰、秋天的菊花、冬天的雪野,但真、善、美绝对统一,即所谓"绝对纯"的物事,在世界上却无法存在,至少也是甚难存在的。

美丽的蝴蝶与可恶的害虫,当是"美丑合一"的代表。美丑合一的物事,地球村还很多,比如,鲜丽的植物一品红,顶端的红叶却藏着毒汁。迷人的罂粟花,乃鸦片的原料。波德莱尔名著《恶之花》,描写的多是巴黎生活的阴暗。这种美丑合一的矛盾,姑且杜撰一个新词,称之为"蝴蝶现象"吧。

"矛盾是智慧的代价。"（钱钟书《论快乐》）在识破蝴蝶现象之前，人们对蝴蝶已存在美丽的初始印象。蝴蝶现象被识破之后，人们的审美感受，却像天平突然被取走了砝码，顷刻便出现倾斜。有的人在观赏蝴蝶之时，还会竭力不去想其"家庭出身"，企求乌托邦式的完美。除了侥幸的疏忽或遗漏外，还可能出现"矫枉过正"式的疾恶如仇。诗人臧克家，原先也极喜欢蝴蝶，对"蝶来风有致，人去月无聊"之类的诗句，颇为赞赏。抗日战争时期，他家居重庆乡间，辛辛苦苦种植了一畦蔬菜，竟在一夜之间，全被菜青虫"享用"个精光。此后，他便变得视蝶为敌，见蝶即打。蝴蝶美感之于他，尚存几许？

用科学的尺度衡量艺术，本属无可厚非，但从审美和艺术创造计，我以为科学之于艺术，最好能够采用一种"若即若离"，或者"难得糊涂"的态度。因为严谨与浪漫，实乃烈火与坚冰，或许可以这样说：艺术创造，在于非艺术因素的合理解除。

蝴蝶现象，至少明确地告诉我们：科学向艺术渗透，艺术向科学靠拢（比如艺术摄影），必然会产生相当数量的美学课题；艺术是一回事，功利又是一回事，任何"偏斜"，都是艺术的片面。但在某种情势下，"艺术片面"，还是艺术创造之需。要求艺术尽善尽美，往往会出现创造上的矛盾。艺术美，除了纯洁美（如春兰、秋菊）之外，还该有芜杂美（如蝴蝶、一品红）。甚至某些芜杂美，给人的审美感受，还会比纯洁美来得更生动、更丰富、更深刻和更强烈。

雪夜闭门拣落花

◎ 李金荣

家是什么

年少的时候，以为一座房子或一个庭院，就代表一个家。后来才意识到，如果在那儿，你感觉不到身心愉悦，也唤不起你的留恋，那就不是家，是家的外壳，是你存在世间的一种空间符号，或是生存的落脚点。真正的家，是白居易那种海角与天涯的心安，是你一生为之无悔的爱恋与牵挂。

家可以是花园别墅，也可以是竹篱茅舍，甚至是流浪的途中，只要自在就好。爱因斯坦热衷物理，把实验室当成家；凡·高把大自然当成家；我的女友把出租屋视为家，虽然不足二十平方米。她说女人不一定非得结婚，但要有属于自己的家，下班后可以随心所欲地看书写作，干自己喜欢干的事。

家无论富有，还是贫穷，有两样东西不可或缺，一个是书籍，一个是有生命的绿色植物。家里即使再穷，只要有书，就不显得空荡；只要有绿植，哪怕是一盆不起眼的吊兰，屋里就显明亮。蓦然发现，我钟爱的书籍和植物，都是画家笔下的静物画，原来关于家的概念，只不过是一个能让自己安静思索，悄然藏身而心灵恣意飞扬的地方。

家是生命里的最爱。因为一盏灯、一声亲昵的呼唤，以及一顿并不丰盛的晚餐，使心里充满醉人的温馨；因为有一扇门，感到隐秘和安全，可以撒娇、生气、欢笑或哭泣；因为有窗，可以怀着一份浪漫与遐想，感受阳光照耀，月光流动的自然气息。还有夜雨敲窗、西窗燃烛，那又是何等的诗情画意。

家是心中的太阳，照耀和温暖人生的每一个驿站。走在回家的路上，无论是疾风骤雨，还是大雪纷飞；无论是疾步而行，还是缓步轻移，都会有磁石般的引力与家相吸。每当远远望见家里的灯光，所有困苦都会变得无足轻重，只有一种美好的心绪，在暮色中弥漫开来。

家是灵魂的归宿。它的建筑风格，呈现出只有家才有的属性。在那里，得以隐藏人生最为隐秘，最富活力的东西。那里收藏着我们个人的历史，以及其他什么怪癖的物证，装满自由与幻想。交织着我们的生活经历、命运及无数细小而宝贵的记忆，其中有辛劳也有慰藉。

爱是什么

歌德在莱比锡上大学的时候，爱上当地一位姑娘，爱得认真、冲动。姑娘不理解，他十分痛苦。一天，他向一位神学院的学生诉说心中的苦恼，神学生很是同情，建议他去美丽的德累斯顿散散心，那里不仅有许多画廊可以参观，还有神学生的一个亲戚，一位可爱的老鞋匠，可以陪他聊天。

歌德按照他给的引荐信上的地址，找到了老鞋匠。那是一间简陋到不能再简陋的房子，临街而居。当时，老鞋匠正坐在门口的一个小凳子上，修补一双旧鞋子，脖子上系着一块围裙。围裙下摆搭在膝盖上，上面沾满了皮子的碎屑。

来找他的人真多，大多数是青年学生。他修鞋时，他们就坐在他身边，跟他吐槽各种烦恼。吐槽完了，他随便说几句，便让当事人忍不住笑出声。歌德发现他是那么豁达，再多的不如意，都能一笑了之，心想：这样的人，该会有多么幸福的人生？不禁悄悄问他，您年轻的时候有过难忘的爱情吗？

老鞋匠想了一会儿，对歌德说，年轻的时候，有一个漂亮姑娘，经常从他鞋摊前经过。每次经过时，他的心就怦怦跳，觉得全身充满阳光。这样过了大约两年，她出嫁了。他伤心了好些日子。后来把这件事埋在心底，学着忘记。现在，她儿子也是个大学生，常来店里玩。

歌德问，最后她知道吗？老鞋匠笑了，说不知道，其实这不重要，重要的是你喜欢的人幸福。歌德心头一惊，豁然开朗。那不曾说出口的爱，在老鞋匠心里早已化作美好的回忆，而不是痛苦。原来爱是成全，是为你所爱的人带去祝福，而不是惊扰或别的什么。

什么是享受

在孙犁的《书衣文录》里，我读到这样的句子："一九七五年，十一月十六日上午，冬日透窗，光明在案。裁纸装书，甚适。"可见人生的享受很多，每个人都可以找到适合自己的方式，而且高雅的享受不一定意味着高消费，重要的是随心，高兴。

聊天是享受。"晚来天欲雪，能饮一杯无？"在如此诗意的氛围中，朋友相聚，发语无端，起落无迹，说到妙处会心大笑，该有多惬意。施耐庵创作《水浒传》，专门开一家客店，白天坐馆教书，晚上与客人闲聊，搜集民间故事，虽是山野闲谈，却也兴趣盎然。有品位的聊天，让生命充满弹性，使我们在纷繁、紧张的生活面前更显从容。

午睡是享受。特别是夏天，在蝉鸣声中把竹帘垂下，在一帘幽梦中恬逸睡去。醒来，闲适的心境，如风过疏竹，风过而竹不留声；似雁渡寒潭，雁去而潭不留影。关于午睡，还是宋人杨万里说得好：梅子留酸软齿牙，芭蕉分绿与窗纱。日长睡起无情思，闲看儿童捉柳花。

读书是享受。春天，在桃花堤，伴着花香读；夏天，在大树下放把藤椅，一边纳凉一边读；秋天，在枫林里，一边欣赏飞舞的红叶一边读；冬天围炉而坐，一边品茶一边读。想当年，林语堂拿一本《离骚》牵着爱人的手到河边去读，如果恰巧天上有可爱的白云，那么，白云与书共读。

听音乐、踏青、看电影，或像诗人济慈那样，守着一株花，看花苞徐徐展瓣，都是享受，只要身心舒畅，和形式无关。"采菊东篱下，悠然见南山"是陶渊明式的享受；"老夫聊发少年狂，左牵黄，右擎苍"则是苏东坡式的享受；"清风明月本无价，远山近水皆有情"是苏舜钦式的享受。你若有情，江上清风，山间明月，无不是上苍赐予的礼物。

好了，就此打住，你若懂我，就好好享受人生吧。

什么是浪漫

什么是浪漫？法式烛光晚餐，平安夜聚会？情人节的巧克力和玫瑰以及甜言蜜语和小小惊喜？这些在我看来不能说不浪漫，只是多了一些"秀"的味道，少了一些本真。

浪漫的本质不是刻意追求，而是心的体会。生活中任何事情都可以和浪漫结缘。在校园读书的时候，我见过这样一幅人生画卷：夕阳下，"精勤园"长椅上坐着一对老人，八十多岁的样子，互相靠着，神情专注地对着晚霞，共同沐浴在和谐怡然的光芒中。我不由得心头一热。哦，这就是浪漫，浪漫就是陪着爱人一起变老。

杜拉斯在小说《情人》中，有这样一段独白："我"已经很老很老了。一天，一个同样衰老的男人走过来对我说：与你年轻时相比，我更爱你现在备受摧残的容颜。他就是我少女时代爱得生生死死的情人。这就是浪漫的爱情，纵然光阴老去，而你依旧是我心中的唯一。

浪漫是一种情趣，一种从庸常琐碎中打捞诗意的情趣。就像我的女友雪那样，她和爱人都是北漂，生活拮据，却不乏色彩。家里没电视，晚饭后就凑在一起看小说；春天，没钱去旅行，就到乡间走走或野餐一把；冬天的第一场雪,到初恋的小树林散步,重温往日情怀。

浪漫也是一种能力,一种爱自己的能力。在工作和家务之外,有独处的空间,放飞自己。用精致的杯子,泡一杯好茶,悠闲地品尝;穿一件小清新调调的连衣裙,去民俗馆走走,感受岁月的积淀;有月亮的夜晚,关掉室内的灯,让月光从窗外照进来。这样的夜晚,最适合听音乐,让音符雨打芭蕉般在夜色中流动,任幸福蔓延。

当然,生活中像这样的浪漫还有很多很多,只要你心中有爱,爱自然爱生活爱人,浪漫就会无处不在。

什么是快乐

快乐就是一份心境。就像此刻的我,在乡村的夜,听檐雨弹奏,放一首舒缓或激昂的乐曲,然后,把这份心情流于笔端,这是写作的快乐。间或友人的电话从遥远的地方逶迤而来,是祝福,是问候,是倾诉。同时,我也把祝福、问候、倾诉带给远方的她,这种快乐没有功利,只有美好。

快乐就这么简单,不需要任何投资,只要你热爱生活,有一颗善感而知足的心,快乐就会随叫随到。上班,我感觉快乐,因为能胜任这份工作,并努力做好。在家里,我感到幸福,尽管房子不大,装修简单,但温暖随心,有体贴的丈夫和可爱的女儿,还有好多书,这就够了。

一提到女儿,我高兴得找不着北。她今年十一岁,小学五年级,当班长,成绩优秀,漂亮可爱,弹一手动人的电子琴,国画也不错。在华北和全国青少年电子琴和绘画比赛上,都名列前茅。她知道孝敬老人,尊重老师,帮助同学,这些好品行我都看在眼里,也不断地完善自己,让快乐同行。

亲人的爱,让我快乐并感动。一个问候的电话,一袋自制小食品,一条母亲给孩子缝的棉裤,一件姐姐织的毛衣,一桌父亲张罗的饭菜,传递着他们的爱。让我从那一双双关切的眼神里,读懂了什么叫亲情。同时给我动力,给我勇气,使我奋进。

快乐的事,还有很多很多。信任别人是一种快乐,帮助别人是一种快乐,故人重逢更是一种快乐。还有,结识新朋友,全家外出旅游或走亲访友,买到一本好书,甚至什么都不做,什么都不想,坐在床边看女儿写作业,感受心中那片刻无所欲求的惬意,都是快乐。

还有海伦·凯勒,她的书《假如给我三天光明》让我一生铭记,为世上有这样的作家高兴。她生活在无光无声的世界里,却活出五彩斑斓的人生。是她,让我知道什么是真正的强大。后来我结识了史铁生,发现他们两个人虽然国籍、年代、性别都不同,但却是同一类人——把痛苦和磨难演绎为快乐的人,快乐便成为一种品格,一种力量,穿越时空和地域,走进读者的心中。

当爱已成往事

爱一个人,不一定厮守一生。缘分尽了,要学着放弃。感情是一份没有答案的问卷,苦苦地追寻谁对谁错,并不能让生活更圆满。好聚好散,既然对方提出分手,就不要再苦苦挽留,给爱留一份空间和自由,给自己留一点自尊和余地,微笑着说"再见",在落泪以前转身离去,留下简单的背影。

也许心有不甘,但谁的情感世界里没有遗憾?从相爱到分离,无论时间长短,情深抑或缘浅,都是一份难得的经历,可遇不可求。失去了,也不要怨恨,毕竟彼此陪伴过,哪份感情没有动人的时刻?哪一程相伴没有令人迷醉的地方?让往事随风,只留最美的回忆在心里。

爱走了,让自己也走吧。错过了花,你将收获雨;错过了她,我才遇到你。走吧,去寻找属于自己的美丽。

他乡的重影

◎ 葛亮

今年夏天，我去了圣彼得堡。

这是个值得徜徉的城市。在 Airbnb 短租了公寓。从窗子望下去就是格里博耶多夫运河，所以也常常下来转悠。运河上的桥很多，桥上有一些穿着宫廷服装的年轻人，在兜售旅游照。他们多半很高大，脸上带着旧贵族的矜持和雍容。但是其中一个掏出手机来打电话，整个人就好像破了功。

这个城市也是如此，完整地保留了三百年前的风貌。天际线依然如帝国时代的低矮。十八九世纪的巴洛克与新古典主义建筑，规整有序地坐落于纵横水道的两岸。经过了彼得格勒与列宁格勒的历史跌宕，苏联解体后，有市民投票，重新回到了最初的名字。这中间或包含积蓄已久的眷恋。在这短暂的日子里，我每天大约只做一两件自认为重要的事。除此之外，活动范围仅限于基督喋血教堂与圣以撒大教堂的周边。据说那一带，是陀思妥耶夫斯基日常行走的区域。

俄罗斯的饭菜并不算好吃，楼下的一间叫作 Mama Roma 的意大利餐厅，就成了我的食堂。因为比起欧洲，出奇的价格公道与口味地道，我放弃了房东鼓励自己烹煮的建议。用火柴点老式的煤气灶，本身也是一件极需要技术的事情。所谓重要的事，其实也稀松，不过是去冬宫看艺术品。冬宫的馆藏之丰，其实很见伊丽莎白与叶卡捷琳娜二世两位女皇的跋扈与强烈的占有欲。但是，大而精致的布局，却足让人流连不去。在那里，遇到一个在列宾美术学院学习文物修复的东北人，当时他正在《浪子回头》的原作前驻足。大概彼此都站了很久，就开始分享对伦勃朗的看法，似乎很谈得来。从冬宫出来，去了一家超市，买了一只烤鸡。开始坐在公园里分食，然后继续讨论这个国家与欧洲壁垒分明的审美。的确，似乎很久没有这样酣畅地谈过艺术了。不远的广场上，是一个军事展，已经退役的装甲车与迫击炮，成了游客们喧嚣的背景。一些士兵，脸上带着喜洋洋的表情，投入这热闹。

在圣彼得堡的停留，另一个重要内容是去马林斯基剧场看一场《天鹅湖》。这对我而言有朝圣的意义。即使不提柴可夫斯基的渊源，基洛夫芭蕾舞剧团，出入过的那些巨星，已足以令它的光华不会因时间暗淡。这里诞生了称霸西方芭蕾舞界的雷里耶夫、巴里什尼可夫和马卡洛娃，当然还有长着鸟的踝骨的尼金斯基。或许预期过高，此次的观看经验并不算很美好。这场演出令人体会到薪火的式微。我的印象停留在马林斯基剧院在十年前的官方录像，Uliana Lopatkina 与 Danila Korsuntsev 依然有着神一样的光彩。所以即使这剧院陈设老旧，你会依然将之理解为某种传统的魅力。但王子的出场与失误，以及在大跳时的笨拙，的确有些煞风景。女主角是不错的，熟练而似乎缺乏激情。直到黑天鹅的段落出现，她才开始迸发出活力。在舞会上，黑天鹅以强势的方式吸引王子。最经典的是第三幕宴会独舞中的旋转，堪称是芭蕾舞炫技的极致。在这一点上，玛格芳婷与安娜尼雅舒薇莉，都曾做出最好的示范。这个女主角，轻松地转了三十二圈后稳稳停住，是不错的表现。其实在这场表演中，最夺目的并非首席，而是小丑这个角色，有着令人惊艳的力量与技巧。但是到了谢幕时，却不见了踪影。旁边一个韩国人告诉我，很可能他是个外聘的演员，还有其他的演出要赶去。但是，谢幕作为表演完结的环节，似乎与尊重相关。韩国人摇摇头说，这些年轻人。

我想，他的感叹或许代表着很多人对这个国家的见识。最好与悠久的传统，渐渐徒具优雅的形式。它还保留着某些文化上的自尊，比如对英语的抗拒。但是，计程车司机也已会娴熟地运用 google translater 和游客交流。

晚间，格里博耶多夫运河两岸的集市散去，整个城市安静了下来。夜再深沉一些的时候，半梦半醒之间，忽然听到很响的声音，几成喧嚣。打开窗子，看到几艘快艇迅速地驶过，激起层叠的浪花。快艇上缀着霓虹一样闪烁的灯饰，放着高分贝的音乐。这是一些在运河流域"飙船"的青年人，趁着河道通畅玩起了漂移。发现你在看，他们便得意地从船上站起来，向你挥手致意。而河的对岸，不知何时有了一支小乐队。电吉他的声音响起，也是喧天的。主唱的声音粗厚沙哑，让我想起 Rod Stewart，但摇滚的活力却是年轻的。因为太吵了，楼上的窗户打开。我便听见一个上了年纪的声音，从喉咙管里发出来，我虽听不懂，却知道是清晰而有节奏的谩骂声。小乐队暂停了表演，主唱对着窗口，很绅士地鞠了一躬。动作华丽而有教养。他或许与同伴商量了一下，音乐再响起，很舒缓。主唱开了口，我心里一惊，竟是俄文版的 *Field of Gold*。这是我大爱的歌曲，心随意动。他唱得，竟然是无限的温柔。在这催眠曲一样的歌声里，窗子次第关上了。

这城市的暗夜，连接着无尽流淌的涅瓦河。在不远处的地方，浩浩汤汤。这条河曾出现在我的小说《北鸢》中。

说是以往，只因十月革命之后，苏联政府宣布放弃俄罗斯帝国在华的特权，天津与汉口的租界自然也交还给了中国。只是，当时的北洋政府有大事要做，无暇顾及海河两岸的弹丸之地。如此，一时间，这里竟成了天津土地上的著名的"三不管"。谁都不要好得很，沙俄的旧贵族们，惶惶然间定下一颗心来。有了落脚之处，建立起他们自己的小公国，颇过了数年歌舞升平的日子。从俄式的面包房、大菜馆，到早上佐餐的酸黄瓜，应有尽有。认起真来，除了没有涅瓦河，比起圣彼得堡并无太大分别。

我外公的少年时，随他的姨父母在天津的意大利租界度过。他的姨父褚玉璞，在北伐之前，是中国最有权势的军阀之一，曾任直隶省长与天津军务督办。外公依稀记得在督办衙门前放风筝的情形。这个衙门，后来被日本人炸毁。多年后，曾有一次去天津的寻访。马可·波罗广场与祖父就读的耀华中学，都还在。但督办衙门如今已了无痕迹，原址建起了一个公园。

意大利租界乃至五大道一带，当时住着一些有来历的中国人。他们被通称为"寓公"。清代的王室贵胄，下野的政要与失势的军阀。他们的人生，或许从未如此暗淡无望。久了之后，有人便甘心下来。如北洋政府的总统徐世昌，归隐自守，工于书画，写出了一部《退耕集》。自然，也有许多不甘心的，在天津这政治后院窥伺着北京，觊觎着东山再起。但无法否认，"大势已去"是这些人的人生共同的关键词。彼时的中国，各种力量经过洗牌之后，已进入了新的格局。无论昔日权倾朝野，或是纵横捭阖，都已经是旧人的明日黄花了。

儿时日子，对外公而言，并不很清晰。那些灰扑扑的中西合璧的陈设，揳入了他的记忆。但是，他却记得家中的客人们。大多是中国人，有着和姨父相似的面目与声气。外国人，则有英国人与日本人。有些来了，直接就进入了姨父的书房，许久出来后，便匆匆地走了。但唯有一个，与女眷有更深的交情。是一个旧俄的子爵，曾担任中国的公使，却因为国家的剧变而无法归乡。他的落魄与风趣，给外公留下了同样深刻的印象。他保留着旧贵族的自尊，但因生活所迫，这自尊日益淡去，却仍维持着表面的矜持。这令人觉得荒诞而痛楚。外公天性温厚，这俄国人与他形成了奇异的友谊。子爵怀恋故乡。外公记得他的讲述，有关圣彼得堡的一切。食物、建筑、女人以及财富。所有孩童似懂非懂的东西，如同长篇的连载。他在讲述的终结，会反复吟唱一首歌，关于涅瓦河。

在去夏宫的路上，打了一个电话给外公。说我在圣彼得堡。外公想了想问，替我看一下，他说的那个教堂，还在吗？

在这个城市的市内与城郊，坐落着大小一百多个教堂，外公亦无法准确描述子爵提到的这个教堂的特征与位置。我也想了想，很肯定地回答他：还在。

从往事开始

——谈文学写作

◎ 肖克凡

作家与写作者

我喜欢称作家为写作者，这种称谓可能使写作这种行为更加自然、更加随性，也使这个行当更加宽泛、更加没有门槛。尤其进入互联网时代，写作已然成为世人皆可为之的事情，也成为世人皆可表达的事情。互联网的普及与应用，确实使得世人极大地获得了写作的权利。写作即表达，也可以说世人极大地获得了表达自我的权利。

写作是一种表达，尤其是一种自我表达。这种自我表达就是个体生命经验的传递，从而送达群体生命以共享。无论诗歌、散文、小说以及其他文体，只要拿出去发表就可以视为将个体生命经验传递给群体生命经验，这种传递的过程是个性化的，因此这种传递本身就是写作者个性的彰显。

任何写作者都是个人写作，因此，他的作品肯定充满个性化印记。张三与李四肯定不一样，张三模仿李四难度很大，李四模仿张三同样不容易做到。艺术个性是天生的，因为人与人有着不同的血型、血质以及神经类型。同时，艺术个性更需要写作者的后天强化。我混迹文坛三十年了，看到有些作家艺术个性的消失和变异，有的甚至成为土豪和把头，有的甚至成为官痞和小爬虫，这是现实生活对作家的消磨，还谈何艺术个性呢？

那么，一个写作者究竟应当是个什么样的人呢？答案很简单，什么样的人都可能成为写作者。放眼当今文坛，好比非洲野生动物园，什么动物都有。从这个意义上讲，我们很难从作家队伍里找出带有规律性的东西。换言之，文坛是现实世界最为杂乱的地方，这里有最好的人，这里也有最不好的人。然而，我还是有自己的想法。只要从事写作，写作者就应当是一个有往事的人。或者说，一个没有往事的人很难从事写作，很难成为一个丰富的诗人、丰富的散文家、丰富的小说家。

写作应当拥有深厚的生活积累，也就是很多很多往事，为什么这样说呢？因为写作本身就是对往事的咀嚼与回望，就是对人生的反思与痛惜。比如，我们常讲人生苦短、人生无常，这种感慨正是我们对往事经验的总结。一个没有往事的人，很可能难以成为一个真正的作家。一个不珍惜往事的人，很可能缺乏心灵生活，很可能不是一个深情的人。

因为我们的人生就是由一件件、一桩桩往事堆累起来，正是这一件件、一桩桩往事，塑造我们的人品、影响着我们的灵魂、铺展开我们的命运。没有往事的人就是健忘的人，健忘者不可能成为好的作家。写作，就是对忘却的一种抵抗。只有珍惜往事的作家，才可能拥有真正的生活与真正的写作。往事，是唤醒文学记忆的温床。往事，是凝结情感的容器。从功利意义上讲，往事是我们的写作资源。

一个心智健全的人，谁又能没有往事呢？但是，我要讲的是写作者的往事，是文学意义上的往事。

我们真实的经历

从童年开始，或者说从我们具有记忆时开始，我们便有了生活经历。每个人的经历各有不同，有人自幼娇生惯养，有人从小失去双亲，于是，人与人自幼就显现出差异。这种差异将人与人区别开来，也就是我们通常所说的命运。命运从童年开始，童年成为命运的起点，这也是写作的起点。

写作者的生活经历各有不同，但是这种经历通通被写成为生活积累，这种生活积累与写作者的生活轨迹是同步的。从童年、少年、青年、中年乃至老年，每天每月每年的生活经历，都成为写作者的生活积累，从而转化为写作者的写作资源。如何描述生活积累这个概念呢？我想用两个字来形容，这就是所谓往事。显而易见，从文学意义上讲，所有的生活积累都属于往事——过往的人物与事情。

人生往事的起点既然是童年，尽管你到了十八岁、二十八岁，甚至三十八岁才开始写作，你的写作出发地仍然是童年，因为我们的写作都是从一张白纸开始的，童年时代恰恰是我们人生的一张白纸。人生没有第二张白纸，只有这一张。在这一张白纸上落下第一笔的肯定是童年经历与感受。广义地说，所有的人都是写作者，日后成为作家的，他属于显性写作者，日后没有成为作家的，他属于隐性写作者。两者的区别在于"你的往事是否被唤醒"，或者说"你的写作是否被往事所主宰着"，两者的区别还在于，"你的往事被唤醒后，你是否将它们表达出来了"。

《创作心理学》认为，一个作家终生走不出自己的童年，一个作家的写作终生被童年经历所注定。比如，美国作家福克纳的名言："我的像邮票那样大小的故乡是值得好好描写的，而且，即使写一辈子，我也写不尽那里的人和事。"以前，我们解读福克纳的这句话，往往认为他是一个伟大的乡土作家。我则认为这句话恰恰说明，一个作家终生为童年经历所注定。因为我们看到"故乡"二字，首先想到童年生活场景，无论来自农村还是来自城市。一个写作者童年的特殊经历，无疑属于他的往事范畴。他的真实的人生经历对他的写作必然产生影响，甚至主宰着他后天的写作。当然，也有不真实的人生经历，这正是应当重点讨论的命题。

我们虚假的经历

关于写作者的往事，现在我要转换说法，一个写作者除了属于自己的真实人生经历,更为重要的应当具有不真实的人生经历,或者说虚假的人生经历。你虚假的人生经历与你真实的人生经历相比,它才是文学意义上的"往事"。写作者需要的是这种并不真实的"往事"。只有在这种时候,我们的写作才逼近于文学的本质,我们也将进入一个更为自由、更为广阔的写作天地。

写作,就是从真实到虚假,再从虚假到真实的过程。这个过程是作家精神化的过程,就是所谓从"看山是山,看水是水",到"看山不是山,看水不是水",最终抵达"看山是山,看水是水"的过程。

你是一个写作者,你积累的往事都是真实的。这些生活积累随着时光推移,你内心一次次复述着,便开始了"精神发酵"的过程。这个过程是你难以察觉的,有时候甚至很像我们的潜意识。

如何描述这个"精神发酵"现象呢?如果你是一个真正的写作者,那么你所积累的所谓往事,应当是你真实经历的变形,这种变形过程就是"精神发酵"的过程。这个"精神发酵"过程,也正是你的最为原始的文学创作,它是依照你对这个世界的认知,而无意间创造出来的一个故居、一段经历,甚至初恋。有时候,我们认定的自己的初恋或暗恋,很可能跟真实情况不一样,甚至大不一样。我们根据自己心理需求和精神需求,不知不觉创造了一段其实并非完全真实的往事。

写作者恰恰需要这种并不真实的往事,同时恰恰需要具有这种创造并非真实往事的能力。我们姑且将自己的生活积累称为写作资源。写作者应当具备的能力,就是将自己的亲身经历与道听途说的事情渐渐融合起来,酝酿出来一个精神化的真实世界,或者叫心理事实。久而久之,就连作家自己都难以辨别哪些是亲历,哪些是耳闻。这好比那句名言:谎话重复一千遍就是真理。一个追求百分之百客观真实的作家,恐怕难以构建一个属于自己的精神世界。

而我们的小说、散文、诗歌,恰恰出自这个精神世界,写作者是生存在客观世界与主观世界接壤地带的人，也是拥有主观世界与客观世界双重身份的人，更是终生难以逃离童年情结的人。我们通常所说的"孩子气"，其实恰恰逼近了写作的本质，谁能说得清楚"孩子气"属于主观世界还是客观世界。

童年情结是文学酵母，"孩子气"是这块文学酵母的气质特征。写作者的生活积累，是经过文学发酵的往事，写作者不需要绝对意义的真实，也不存在这种绝对意义的真实。

举凡我们看到的东西都是具体的，都是有形有状的，都是被几何原理锁定的，比如长的方的圆的扁的……因为太具体了，它们也失去弹性变形能力，不具备任何可能性了。如果我们被所谓真实经历锁定，1+1=2，恐怕永远就是这个样子了。

作家不应当这样。作家永远追求多种可能性，即使百分之百真实的经历，它储存在作家记忆里，也会不断被丰富被变形被改造，成为作家独有的记忆。这种作家记忆库里的东西，就是我所说的"往事"。这种往事已经不是通常意义上的往事了，这就是文学创作的弹性功能。

一个孩子讲了一个故事，大人们肯定认为它只是故事，绝非真实。然而，对于这个孩子来说，这绝对是一个真实的故事。这就是孩子与大人的区别。在这里，孩子代表着文学，大人代表着凝固的现实世界。

写作者大多是往事的编造者，这也是童年情结的表现与佐证。写作，就是追求真实的虚假，或者说虚假的真实。只要用来自童年情结的"孩子气"来解释，就比较容易理解写作本身的动因。写作者的任务，就是拒绝那种固化的俗套的毫无精神含量的叙述，保持童真的表达。

精神寄生的经历

一个写作者的写作初期，往往依靠直接生活积累，或者说以直接生活经验为写作资源。这种例子很多的,比如新时期文学以来,大量知青题材的文学作品,都是有着知青经历的作家写出来的,也可以说他们在写自己的直接生活积累。

我的初期写作,也是以直接生活积累开始的,工厂生活是我文学素材积累的第一桶金,我开始写小说就是以工厂生活为主的,也就是所谓工业题材。然而,大家也看到很多作家的作品,并不是他的亲身经历或者直接生活积累,没当过警察的人,把警察写得活灵活现,没坐过监狱的人,把大墙生活写得惟妙惟肖。甚至男作家写女人,并不比女作家差。这种现象非常普遍,这说明什么问题呢? 这就引出"别人的往事"的概念。

一个写作者要有将他人往事变成自己往事的能力。比如,通过阅读前人的回忆录,我得知了前人的童年生活,那么我便进入了他的童年世界,渐渐将他替换为我,将他的往事成为我的往事。于是我们获得了"提前出生效应",或者"前世生活经历",将自己的生命向前延展,你便赢得了一百二十岁的生活阅历。作家,就应当有这种异乎常人的感觉——他山即我山,他人即我,前世即我世。

一个写作者通过间接生活积累方式,能够使我们的灵魂抵达我们肉身所没有抵达的地方。没有去过西藏的人也可能写好西藏,这正是间接生活积累在文学写作中的作用,同时也印证了文学属于精神世界,它肯定与人的灵魂有关。

将他人的往事化作自己的往事,将他人的生活经验化作自己的生活积累,这正是一个写作者精神寄生的能力。如何提高这种能力呢? 首先在于发现,然后将自己融入其中,甚至反客为主。这种能力不是虚空的也不是玄幻的,我将其命名为作家的"精神溶解能力"。

我们在中学时代学过化学,老师讲"溶解"概念的时候,肯定提出"溶质"和"溶剂"这两个字眼儿。我以一杯茶水举例,茶叶是溶质,开水是溶剂。溶剂冲泡溶质,就是沏成一杯茶。

我们把生活积累比喻为溶质也就是茶叶,溶剂呢,就是作者的能力。你有多少溶剂,就能沏开多少溶质,这是一个精神化的过程。一个作家在这个过程中表现出来的能力,我称其为"精神溶解能力"。

　　溶质是物质的,溶剂是精神化的,溶质是生活积累的素材,溶剂是作家的能力。一个作家的"精神溶解能力"大小,就看你有多少溶剂了。

　　我山寨一句名言:生活中不是缺少文学素材,而是缺少精神溶解力。

　　写作者是生活的寄生虫。他寄生于社会生活,寄生于历史资料,寄生于他人的回忆录,寄生于所有不属于自己,但是随时可以溶解的客体。从这个意义上讲,写作者就是掠夺者,就是索取者,这使我想起婴儿时代,我们在母亲怀抱里理直气壮地吮吸母亲的乳汁,稍不满意就哭泣;我也想起童年时代,我们掠夺小伙伴的玩具,我们向大人索取糖果,这一切行为都将延续到我们的写作当中,只不过我们成人了,却以别样的方式掠夺与索取着,然后将自己对生命与生活的感受传达给别人。

　　将"前人的往事"或者说"他人生活积累",化作你的写作资源,这反映了写作者的创造性劳动,它更加逼近文学创作的本质,之后经过我们的重建与虚构,更加真实地传给读者。

　　写作本身就意味着成年的成熟与清醒,同时也意味着童年的迷失。我们得意地看到自己有了知识、有了理性,有了面对社会生活的诸种本领,甚至可以打败竞争对手。我们也感伤地看到,自己回不去了,没有重返童年的可能了,所以我们写作,写作的原始冲动很可能来自我们对生命终点的恐惧,我们通过写作力求逆袭,尽管我们知道这种逆袭也是不可能的。

　　人生无常,有时生活真假难辨,有时爱恨交织无解,有时真理甚至受到质疑。于是,写作只是微弱的人生表达而已。但愿,我们的写作依然能够不时流露童年时代残存的"孩子气",这才是我们不愿放弃写作的基本理由之一,没有之二。

燕儿燕儿吱吱

◎ 王选

燕儿燕儿吱吱,不吃你的糜子。

不吃你的糜子,只借你的房子。

只借你的房子,想抱一窝儿子。

——儿歌

宁可青龙高万丈,不叫白虎抬起头;活人不要见阎王,住房不要住南房。

啥意思?

相院廓,你是不知道,讲究得很。一要向阳避风,也就是坐北朝南,有啥好处呢? 避北风,太阳照的时辰长,向阳门第春来早嘛。二要利水路通,这个好理解。三要近地近水,离的田地近,离的水源近,人种地、吃水,方便。

有道理。

当然,还有左青龙、右白虎、前朱雀、后玄武,这么另外一个说辞。

讲来听听。

这其中青龙、白虎、玄武指的是山脉,朱雀是指流水,盖房子也要背山面水,其中这背山玄武越是高大厚实越好,这背山要比左侧的青龙高,左侧的青龙要比右侧的白虎高,知道吧? 这样的地方,就像一把太师椅,坐上去,人财两旺。

还有这说法？

哎呀，赵老师，你好歹也是个教授，还晓不得这点风水上的皮毛？我给你说，这青龙一定要比白虎高，青龙是男人，白虎是女人，白虎高的话，家里女人当家，男人受气，不好。

那你就给我看个青龙压住白虎的，看能不能把我们家怕老婆的门风转过来。

没问题，你放心，我走艺多少年了，这点水平还是有的。

那就好，来来来，贵子，敬你一个。

谷雨刚过，落了一层薄雨，秦源罩在朦朦胧胧的绿意里。赵世杰和赵贵子，两个小时候穿开裆裤、和尿尿泥的老头，盘腿坐在赵世杰弟弟赵世平家的后院偏房里，喝着赵世杰买的九十元一瓶的世纪金辉，抽着十六元一包的黑兰州，说着办院盖房的事。风水赵贵子是赵世杰专门请来的。下午，赵贵子本来要去洋芋地里锄地，苦苣都快把洋芋苗淹死了。赵世杰进了院，来请赵贵子去他那里坐一坐，叙叙旧。赵贵子受宠若惊，他压根没想到西秦岭一带名头不小的赵世杰赵教授会登上他的门，请他叙旧。他摸了一把额头上皱纹里汗水和灰尘混合的泥浆，放下锄头，一边用破蓝帽子拍打着裤管上的土，一边跟着赵世杰走了。

酒过三巡，他们一直聊着小时候的事，都是旧的发黄的往事。过了六巡，赵世杰才说出了请赵贵子来的本意，是想请他给他和老伴看个盖房的地方，准备在秦源颐养天年，安度余生，等死了也准备土葬在这山尖上，落叶归根。赵贵子把一口胡萝卜丝夹了三筷子，也没喂进嘴里。他索性一手夹着筷子一手盛着，捂进了嘴。他嚼着胡萝卜丝，咿咿呀呀满口应允着，说，咱老弟兄，还用得着客气嘛，我也没啥本事，就会看个地方，你能叫我看，也实是抬举我了。

其实，赵贵子这几年基本不看风水了。他对外人说，刀枪入库、马放南山，歇了。还说一个人一辈子干啥事，不能太满，满是盈，盈则亏，看风水也一样,到时候,就该收手了。其实,他不走艺的原因,他最清楚。有一年,给董村一户有钱人家看坟地,选了一块,说是这地方迁了坟之后,保证三年内儿子考上大学,男人日进斗金,全家安康如意。他光看了这一次,就收了三千元的盘缠。但在随后的三年里,那户人家的儿子非但没有考上大学反而成了贼被派出所提走了,男人非但没有发财还生意亏本赔了个一塌糊涂,家里非但没有平安反而女人进城时被车碰成了植物人。这事传出去后,赵贵子的手艺就受到了整个西秦岭人的质疑,最后被冷落遗忘,成了过了气的风水。当然,这些,大半辈子都在西安的赵世杰不知道,在他心里,赵贵子依旧是个道行很深的风水。

一场酒后的第三天,赵贵子就给赵世杰在村口的一个崖下面相了一个新院址。那地方看着实在不错,有玄武,一座崖,有青龙、白虎,青龙还骑在白虎脊背上,最重要的是还有一条朱雀,虽然早已干枯,但在少雨干旱的西秦岭,已实属不易了。赵世杰对这个地方也很满意。

选了院址,赵贵子掰着指头算了通行大利的日子。小满当天,就能动土了。

赵世杰是真的要和老伴在秦源安家落户、度过余生了。

这个在外四十多年的人,回来了。四十多年前,十八岁的赵世杰作为西秦岭地区最早的大学生之一,考上了西安一所大学,后来留校任教,娶妻生子,改变了祖辈为农的状况,一跃成为城里人。在当时,大家一致认为赵世杰是秦源这鬼不下蛋的地方飞出去的一只金凤凰,这肯定是他们家祖坟埋得好,或者是坟头上长了一根不一样的蒿。赵世杰兄妹四人,他排行老小。两个姐姐,嫁在外乡,大姐因病早早去世了,二姐中过风,不能动弹。三哥赵世平,在家务农,兼着村里的文书。

赵世杰在西安定居之后,就很少回秦源了,三两年也难得回来一次。对秦源人来说,赵世杰早已不是村里人了,这里的婚嫁丧娶等集体事务他也没有参与,大家也早已忘了他和秦源之间的牵扯。只是偶尔说起,才想起他是秦源这块土皮上滚爬大的,这里的山水养活了他。

当人们彻底忘了他的时候,某个中午,没有风,阳光透明地罩在土路上,赵世杰和老婆在儿子的陪送之下回来了。他真有衣锦还乡的感觉,坐着儿子的宝马,穿着千把元的衣裳,提着大包小包的东西,进村了。他逢人便问好、发烟,拉着一双双瘦干的手,推心置腹地聊几句。他常想起少小离家老大回这首诗,在肚子反复默念着,感慨颇多。

回老家秦源,一开始,是老婆提议的。但当时,也仅是茶余饭后的一次闲聊而已,可赵世杰却记在了心里。他觉得是该回去了,他深知,树高千丈,叶落归根。他首先想到的是生活环境,在西安,人多、车多、事情多,干什么都得拼命、都得争抢。一睁眼,就看到满世界浩浩荡荡的人群,就听见各种机器声嘶力竭的轰鸣,就疲于应付各种人事、逢场伪装各种把戏。随着年岁渐高,他开始惧怕看见密密麻麻的人,开始惧怕听见钢铁撕裂的声音,开始惧怕在人面前把自己伪装成一头蒜。他就想活得清闲一点,自由一点,安静一点。当然,还有,吃的,看着大小超市,物种丰富,满目琳琅,可大多是添加剂、勾兑剂整出来的化学品,安全毫无保障,跟吃垃圾没有多大区别。喝的,隔三岔五停水,这也罢了,水还未必安全卫生,他闻到水里漂白粉的味道就恶心不止。吸的,全是尾气和雾霾,整个嗓子总是跟挂着一层破棉絮一样吃力,吐不出来,吸不进去。就连死了,还要烧成灰,装在两巴掌大的盒子里,花几十万买块案板大的地,跟一堆陌生鬼拥挤在一起,成天吵吵嚷嚷。他常常到处宣布:城市,让生活更糟糕。

当然,除了上面糟糕的生活环境,他最大的愿望之一,就是衣锦还乡,荣归故里。他是受过中国传统文化熏陶的人,觉得像他这样的人,一辈子在外,功成名就,老了,不回到故乡,背着一身名,有何用处?再说,他还是搽了胭粉进棺材——死爱面子的人,他不回来,面子谁给?

另外,他的理想生活,是陶渊明式的,有一方小院,养三两只母鸡,种半院花草,辟一块菜地,伺弄一只画眉,看花退残红,看青杏渐黄,看麦子收了落霜,看玉米上架柿子红了,麻雀在远方歌唱,看天光昏暗,流年缓慢,白雪盖了南山。

他也想自己的故乡,尤其是这两年,老是梦见,那些人和事,全是童年时期的、放牛、背粪、吃野果、走亲戚、看舅婆、爬梨树,还有坐在院角劈柴的父亲、补裤腿的母亲,越来越逼真,像从脑袋里走出来的一样。梦着,梦着,就醒了。那些美好的事情被一瞬间剪短,他依旧睡在异乡,何时还乡啊?他真的想故乡了。

就这么着,秦源出的人物——赵世杰回来了。

盖房的日子,敲定了。小满动土,但没有破木、上梁的仪式。赵世杰把修房的事,委托给三哥赵世平,赵世平找了工程队,全部承包出去了,不管吃住,最后五间房,盖好后一次性结账十二万。新房,是平顶,用砖头和水泥,一层层砌起来,上面打个水泥顶。在秦源,房子大多是土坯和砖混的,这还托了二〇〇八年"5·12"地震的福,政府有灾后重建补助款,大家把牙一咬,借钱、贷款,盖起了新房。可新房都是马鞍架,就连一坡水也少。按秦源老风俗,动土百日后,还要退土,向太岁他老人家汇报一下,恳请诸神莫要为难,给予方便。随后便是很隆重的上梁了。上梁,得择吉日,收集五色杂粮,装于红布袋内,悬挂正梁中间,焚香祭奠。当然,放鞭炮、贴对联,是不可少的。对联上书"周公卜定三基地,鲁班造就五福门",横额,"上梁大吉"。随后,就是按部就班的修建,等着圆工、入烟了。

赵世杰盖平房,他想着,首先是洋气,看着耍人,这与他的身份就相符了。屋顶四周带着酒红色边沿,墙上贴着白瓷砖,不比那些砖木的,一看就老旧保守没品位。其次是,平顶房好收拾、好打理。基本是个水泥盒子,不见土。他们是城里人,最怕土了。三是村里还没有像样的平房,他盖起后,就是鹤立鸡群,首屈一指。四是省事,承包出去,自己不用操心,也不用备木料,他们爱咋盖就咋盖,到时候一手验货,一手交钱,简单得很。

四个月后,房子盖起了,气派得很。雪白的墙壁,横在村里,像一只天鹅起舞在驴群里。

新宅落成,赵世杰请赵贵子又给他掐了一指头,八月初六,大吉大利,宜搬迁。赵世杰就在这一天搬进了新房,也从这一天起,他宣告,自己现在再一次真正成秦源人了。安家落户,他安了家,就算落了户。搬进去的那天,他请了村里对路的亲朋来入烟,攘踏新房。在村里人的指拨下,赵世杰的女人把柴米油盐和锅锅灶灶端进厨房,安顿好灶爷,烧了一锅开水,供了香火,放鞭炮安神。按老风俗,赵世杰还要抱一盆冒烟的火,老伴还要抱一头小猪,拍打着,让猪哼叫,并提一壶水,在新屋烧开,才算入烟了。老风俗,懂的人不多,赵世杰是新派人,自然是不会端盆抱猪了,只是烧了一壶水。然后就用烟酒糖茶招待来人。人们面红耳赤、大声划拳、大口喝酒,庆祝赵世杰的归来。赵世杰双眼迷离,醉醉醺醺,心满意足地接受着人们的赞扬和奉承。

盖了房,入了烟,日子开始按部就班进入常轨了。

每天早晨,赵世杰和老伴还保持着在城里的习惯,起来跑步。他们换上运动服,登上白球鞋,沿青泥梁一路小跑。他们和拾粪的、耕地的、磨面的、背柴的、割草的人打着招呼,向青草和鸟鸣深处跑去。秦源人是难以理解这种行为的,有那工夫,还不如倒头在炕上睡一觉,或者拾一泡粪割一捆草捡一根柴。把大清早那么好的光景和精力浪费在路上,实在是可惜啊。一开始,人们还絮絮叨叨,看着稀罕,后来也就习以为常了。毕竟他们两口子是村里的闲人,又没种地没养牲口还有钱花,把一天的精力不跑掉,憋死了咋办?

除了跑步,他们还刷牙,早晚一次,蹲在门口,口吐白沫。也洗头发,白泡沫在头发上跳动着,噼里啪啦破碎着,洗头膏的香味笼罩了整个院子。每天洗脚,清凌凌一盆水,洗不下来一点垢甲,也要洗老半天,最后把清得能捞出月亮的水,哗啦一声泼掉了。在秦源,像他们这个年龄的老人,基本是不刷牙、不洗头、不洗脚的,即便洗刷,也是大雨洗头、露水洗脚。人们才舍不得花几个钱买什么牙刷牙膏洗头膏呢,也舍不得用多半盆水洗脚板。

跑完步,赵世杰两口子就开始吃早餐。秦源人,早餐,多是半片干馍馍,几盅罐罐茶。他们吃得精细,鸡蛋、牛奶,还有油饼,有时喝豆浆机现磨的豆浆。吃毕早饭,他们要么看会儿电视,要么满村子转转。反正他们不像秦源其他人,整天忙于推不完的光阴,他们背搭着手,东走走,西瞅瞅。或者出了东家门,进了西家门,闲聊几句,问问人家的人口、收入、娃娃的学习等,也总是带着一种旁观者的、高高在上的口气。不过秦源人憨厚、老实,夹杂着自卑和对城里人天生的敬重和善意,总是殷勤地招呼着赵世杰两口子,积极地回答着他们的询问,端茶倒水,留着中午吃饭。临出门离开时,还不忘给他们送一把韭菜、半篮洋芋、一捆粉条、一兜葵花。

午饭,一般是面条。吃毕,睡觉。下午,去外面山坡上溜溜。赵世杰穿着白衬衣,入进裤腰,一副干部模样,领着烫发头、涂脂粉的老伴,指指这山头,看看那坡地,说着过去的事情。有时候,看着不顺眼或者不对路的事,就去村支书赵喜来家,以大学教授的身份和口气,把赵喜来训斥一番,气呼呼地走了。偶尔也去学校,在几间蓝顶活动彩钢房里,翻看孩子们的作业,点评着字的好歹,也和校长闲聊几句,说说自己所认为的教育理念。村里的红白喜事,大家都会前来邀请,他们也随份子,也吃席喝酒。其他集体事务,赵世杰也参与,毕竟自己也是个教授,是个人物,他的意见,大家多少还听。偶尔有时候,也会挽起袖子亲自上阵指挥,真像个没退休的干部。当然,有些话,多少还是说不到地方,有些事指挥不到点上,毕竟中国乡村是人情社会,风俗习惯、道德评判有自己独特的体系,不是任何条条框框性的东西所能约束的。赵世杰在外一辈子,虽然有乡村生活的基础,但多少年过去了,有些人情世故早已发生了变化,大学里的那一套也在这里吃不开。

晚上,吃米饭。饭后,别无他事,看电视。

日子就这样,简单、安闲、舒适、乏味、无聊地过着。一天天,一月月。除了依旧保持着城市人的某些生活习性外,他们真把自己当秦源人了。

他们想着,这样单调、平淡的日子会一直推下去,推到他们去世,入土为安,化成秦源的泥。然而,事情并没有这么简单,随着时间的推移,生活中的一些不便就慢慢显现出来了,而这种不便,也开始影响着他们的生活。

首先是没地方洗澡。赵世杰的老伴有洁癖,在西安时,几乎每晚上一洗,就算落一点浮尘,也要钻进澡堂子,一个小时不出来。她常说,杨贵妃,美不美?那是人家在华清池洗出来的。可是在秦源,刷牙洗头泡脚完全可以,但洗澡就没这个条件了。秦源的老人大多一辈子没洗过一次澡,洗也是雨水和汗水,或者泥土和西北风。村里没有澡堂,祖祖辈辈就没有。她家里也没有浴室,当时修房时没想到。没法洗澡,赵世杰的老伴就感觉浑身不自在,隔三岔五在赵世杰耳边叨叨叨,听得赵世杰直咧嘴。

当然,洗澡,得有水。秦源人,吃的是井水。下雨天,在院子四角绑定一块塑料布,雨水落下来,流进窖里,储存着,平时吃。这已经很好了,以前,秦源人吃水要人挑驴驮,天旱的话,一天守不满一桶水。赵世杰家里没有水窖,吃水,有时赵世平给他们背几壶,倒进缸,攒着吃。有时提邻居家的。所以,赵世杰两口子,吃水,多多少少也是个问题。老让上了年龄的三哥背水,也不好意思,要是挣下个病,咋办?去邻居家提,邻居虽然明不说什么,但心底里也想,我们冒着雨淋成狗,挂塑料布,洗水池子,储一点水,你们提着桶三番五次来要,真是拾便宜。

水不方便,生活就不方便了。洗澡,嗐!想都别想了。

秦源人,顿顿浆水面。浆水面,两根葱,一颗洋芋,半把香菜,就是所有食材。葱炝浆水,浆水翻白花,就好了。切成丁的洋芋,进锅,熟透,捞出来。下面。面熟,捞碗里,放洋芋,浇浆水,撒香菜,就可以狼吞虎咽了。秦源人平时很少吃菜,有菜,也是玉米行里套种的,不是辣椒白菜,就是白菜辣椒,大不了添几根刀豆。可赵世杰两口子是城里来的,要吃菜。吃菜,自己没种,就得去镇子上买。

村里有一个商店,东西不多,以油盐酱醋、白纸鞭炮、香烟白酒为主,其余的,就没有了。要买东西,就得赶集。以前,赶集基本都是两个脚板走,十来里路,一来一去近三十里。现在,倒是有了三轮车。三六九,逢集日,早上九点,人们提着空化肥袋,坐在车斗里,挤一堆,在三轮车突突突的叫声里,去了镇子上。赵世杰的老伴也挤在人堆里。赵世杰不喜欢去赶集,只有打发老伴去。老伴也不想去。她觉得自己好歹也是城里人,怎么能和这些满身灰土、满脸黝黑、浑身散发着驴粪味的乡民们挤在一起? 再说她在城里也是常常坐小轿车,再不行也是坐公交的人,怎么能坐颠三倒四、尘土飞扬的三轮车? 还有她在城里也是常常逛大商厦、东西应有尽有随着性子买的人,怎么能在拥挤嘈杂的街道上和乡民们为了一个胡萝卜讨价还价? 可没办法,在秦源,要把日子调理得舒坦些,只有去集上。

每次赶集回来,老伴涂过油的鬈发头上,总是落一层土,好似驴粪蛋上落了霜。她低垂着眼皮,嘴里叨叨着,骂着鬼不下蛋、穷得要死、生活不便的秦源村,也骂赵世杰。

当然,赶集,坐三轮,并不是所有的时候。天下雨,或者三轮车的主人有事,不去集上。那就只有步行着去赶集了。赵世杰的老伴,城里人,娇贵惯了,才不会走三十里路,背着东西赶集去的。所以,他们就只有吃剩菜或者顿顿面条了。每当下雨天,赵世杰吃着寡淡的面条,看着老伴皱成核桃皮的脸,心里就烦透了。老伴还在耳边叨叨着,说着各种城里的好,乡里的糟糕。最后怪怨赵世杰,西安的楼房里待着,不舒服,非要跑着破山沟里活受罪,简直脑子出了毛病。她在厨房把锅碗磕碰得哐当响,表达着自己的不满。

屋外的秋雨,毫无休止地下着,像被上天忘关的水龙头一样。

赵世杰坐在炕上,屋里冷冷清清。七十岁的人,一到秋天,骨头就先冷起了。在秦源,他需要一把火,烤着。秦源的老人,开始用隔年的树叶在烧炕，烘烤骨骸。赵世杰不会填炕，他在电热毯上缩成一堆，吸收着稀薄的温度。他想到了不远的冬天，秦源的寒冷铺天盖地而来，他们如何经受得住。在秦源，没有一坨烫熟屁股的好炕，是难以过冬的，而他们没有。再说，一场大雪，封了山川，十天半月，出不来门，他们是没有存粮的人，到时候吃什么、喝什么？在秦源，日子都是实实在在摊在眼前，等着人拾掇的。一想到这些，赵世杰就无所适从了。他一边忍受着老伴日渐繁密的抱怨，一边想着生活中的诸多不便和苦闷，屋外的雨又厚了一层，扎起了准备下十天半月的架势。黑云绕窗，难以消弭。

当然，除了物质方面的麻烦，随着日子的推移，赵世杰感觉到，他虽然人在秦源安了家，可心里，依然把自己当作城里人，老觉得自己是一个过客或者寄居者。他在西安生活惯了，似乎根在那里的水泥钢筋里扎了进去，现在要拔出来，在秦源贫瘠的黄土上再扎根，已没有那个精力，也不服水土了。他做事、和村里人闲聊也总是带着一种城里人的语调，带着大学教授的语调，喜欢发一通议论，喜欢指手画脚，渐渐地时间一长，他觉得自己有点像过了春的大白菜——不吃香了。他难以融入村庄，即便自己使再大的力气，也浮于表面，中间隔着一层板。反过来，村庄也难以吸纳他。村里人总是看不惯他们的生活方式，一开始当新奇，后来当矫情看了。村里人也始终把他们当作西安人，有敬重，有关心，但这些只是出于表面的应付和秦源人祖辈相传的品性，在他们内心深处其实是一种不屑。

时间久了，赵世杰发现，在秦源，没有几个人和他能说上话，满村的人和他打招呼，也仅仅是出于礼节。再说，人们那么忙，谁有闲暇和他们坐一起扯半天闲？就连赵贵子也忙着跑光阴，没时间和他瞎白话。忙，是一个方面，最主要的是村里人不知道和他说什么，一开始说说农事、说说家道，还行，但几句下来，就无话可说了。后面的话搭不在一个调上，秦源人关心的是驴几月下崽、粮食涨了几分、野鸡糟蹋了谁家的庄稼、谁多拾了一背篓驴粪、谁家的地埂上多长了一棵洋槐树、谁的媳妇喝农药用大粪灌了半天等,而赵世杰关心的是国际国内的大事、大学古代汉语的教学方法、村庄如何发展现代农业、电磁炉如何使用才功率大、豆浆机打磨后如何清洗、运动鞋怎么系鞋带才能穿着更舒服等。

在秦源,赵世杰满村找不下一个谈得来的人。有些话就憋着,憋在他肚子,成天翻滚闹腾着,像怀了娃,让他痛苦不堪。

赵世杰坐在门口的躺椅上,看着忙忙碌碌如蝼蚁的秦源人,心里充满了悲哀。这悲哀,既是为这黄土深处麻木活着的卑贱的人群,也是为回到故乡可融不进故乡也被故乡排除着的可怜人。

秋田收了,落霜。白霜万里,大地冰凉。赵世杰顶着一头白霜,心想,是故乡变了,还是他变了?或许都有吧,故乡已不是童年的故乡,人也不是孩提时的人。故乡和他,貌似看着交集在了一起,但实则却奔跑在相反的方向。

快要落雪了。

赵世杰锁上门,和老伴走了。儿子的私家车,停在村口。他们悄无声息地走了,没有刚来时那样的惊天动地,没有给任何人打招呼。他们像逃跑一样,出了村。

雪糁子扑簌簌落着,落在晃悠悠的锁子上,填满了锁孔。人们知道,秦源出的人物——大学教授赵世杰,又走了。

云南五记

◎ 洪峰

关于山间生活

古人说小隐隐于野大隐隐于市，讲的是真隐假装隐，隐的境界。就是说从古至今烂文人就喜欢整事儿：隐居也还非要分出个大隐小隐来，都是用来证明自己那个才正宗。党同伐异争个虚名儿在所有事情上都不让步，你即便隐了居了还是免不了给人攘进这只大酱缸里搅和。

我来到云南山里不是要隐什么居，大隐小隐都不是。只要不是一个过分矫情的人，只要你别假装虚无，你就清楚：不管你喜欢还是不喜欢，人离了人没法活。生活在山里或城里的绝大部分人只是因为爹妈在那儿造出了他，属于被选择之类的问题。当然了，如今生活中多出了一个生活质量问题，对质量这个概念的不同理解决定你对生活环境的不同评价和选择。我没觉得都市人文化人比山里人更好或者更坏，我曾经一直是他们中间的一部分；同样的判断是我也不觉得这个世界有什么特别的不好，因而我从来没有尝试过切断和这个世界的正常联系。我想过死，但这个问题不属于今天要说的范畴。

山村如今有电灯有电话（农民们也差不多家家有手机），还有网络（电信的联通的铁通的），有电视还是有线的或者数字的，有高速公路跑长途大巴有山间柏油路砂石路跑摩托和电动三轮。这些都是一个正常人和外界沟通的基本途径，你在中国北京上海在美国华盛顿纽约在大不列颠伦敦，不一定就比在山村更多地了解整个世界。前提是你有愿望有精力建立这种联系，你所处的位置不是很重要。电讯这东西不偏不倚都是一个速度，它绝对不会有选择地供应信息。你不必为自己不能陶渊明而感到不那么高贵，更不必把信息是否通畅作为不能陶隐居一把的理由。喜欢都市生活从来都不是罪过，那是大多数人都喜欢都适应的生活。我只是从生活多元性的角度告诉你，山里的世界极有可能成为你永远的谜面，你即便来旅游了照相了感慨了，还是免不了一加一算错了等于三甚至等于一百。问题是你不知道错了，也没必要知道错了。彼此都有自己认可的和固定的生活，自娱自乐都很惬意。

都市生活对很多人是美好的和充满诱惑力的，我是个例外。我成年之后就不喜欢城市生活，梦想着有朝一日过上山间生活。心理学家说这是我的性格因素决定的，还说："你有社交恐惧症。"说这话的是我一个认识不久的人，她是搞生命遗传工程的，对生命的态度比心理学家更神秘更敬畏。我喜欢对生命心存敬畏的人，我以为这样的人才有可能尊重生命。

既然大师们都说性格即命运，到我这儿就不能不认可命运即生活，于是到山间过一种不那么社交的生活就成为梦想了。

这个梦想能够相对实现是因为它正在实现，没有很多哲学呀宗教呀，也没有大隐小隐境界的考量。比如能来云南也是因为各种机缘巧合：二十年前第一次来云南，一进昆明就被它吸引了。离开昆明到了大理和丽江，越发认定那时候的云南就是梦想中的山间，天空离你那么近，一伸手似乎就可以抓到一片云彩；后来有机会接触了一些山里姑娘，觉得这些姑娘不喜欢没事儿整事儿，想什么就说就做，省心；再后来真的和一个山里姑娘生活了，更感觉人全方位干净，舒心；再再后来因为这姑娘是滇东北的山村长大的，滇东北刚好还没有被都市人破坏殆尽（大理丽江西双版纳已经不是梦想的世界了），就到了这儿。

我喜欢带着一只成年藏獒在山边或者山中走走坐坐，有树林和溪水，还有一些小动物,兔子野鸡偶尔还有猞猁。我还喜欢在半山坡的平台上坐着,屁股下边是软乎乎的青草,脑袋瓜顶上是清洁的太阳。我在那里等着老燕采蘑菇,我只会采有毒的那种蘑菇,老燕就说你看书吧好不好?要么就和狗练习爬山。她钻进树林里找蘑菇,看不见她的踪影了,我就对着茂密的林子喊几声,听见老燕的声音传回来,就继续在山脚下的溪水边上看看书假装文化人。藏獒一般都蹲在我身边,它始终很专注地注视着女主人的方向,每次它站起来并且发出吱吱声,我就知道老燕又没影了,就再喊叫几声,老燕的声音再传回来。

重申一下:没有隐居的想法,只是居;没有学习陶渊明的想法,没有很多人疑问中的那些内容,洪峰只是喜欢这种相对安静清洁的生活,他正在努力把这种喜欢变成完全的现实。

我不太清楚人们的询问出于怎样的考虑,只是感觉出些许不真实或者矫情。真实的情况应该是一方面假装向往山间生活一方面离不开都市,至于都市的繁华属于谁,不是最要紧的,要紧的是那些东西他至少看得见。就如同没吃过猪肉也见过猪跑一样,山民进城之后回到山里要跟寨子里的其他人炫耀,他当然不会计较那个城镇是不是他的,别人也不会计较。住在城里的大部分人瞧不起乡下人,唯一理由是你住在乡下我住在城里。至于他在城里活成什么样子,根本不在比较范围之内。上海人瞧不起外地人的原因也就这一个:他是上海的户口,你是外地的户口。还是不必管谁生活得如何,居住地决定一切了。外地人对上海人看不惯,其中也难免有同样的原因,只是不愿意认账罢了。

我不喜欢上海人,只是因为不喜欢他们吵架的方式:鸡毛蒜皮能纠扯三天三夜,男人之间也经常是低着脑袋往对方怀里拱——给你打给你打!上海外滩的后半夜是美妙的,灯火繁星倒映水中,安静得能听见自己的心跳……

我不喜欢北京人,只是因为他们说话永远卷着舌头,好不容易不卷了,嘴里又含了蛋似的东西,就像给人宠坏的孩子话也不能好好说。清晨的天安门广场是舒畅的,五星红旗升起的那个瞬间,人若神灵……更多的人不喜欢东北,也是因为东北人本身的臭毛病太多。这些单独的或集合的原因对单个人来说都有最强的说服力,它足以影响你对居住地的选择。

还会有很多理由,比如饮食,比如空气,比如声音,比如你对熟悉的环境熟悉的人抱有怎么样的感情……任何一种都可能成为选择自身生活的根本原因,所有一切也可能对你的选择不相干。每个人都有自己生活中最看重的部分,他总是会在选择中以那个部分作为基点。更多的人没有选择,众人的选择就是他的选择:世世代代都差不多那样过的,他也就那样跟随了。也正为这样才有了传统,正因为这样才有了秩序。户口本只是为了更有传统更有秩序,至于何时成为一种身份和价值的无价证券,没考察过,不好瞎说。得益于这个无价证券,我们可以利用老燕的农民户口置换土地,也可以被允许盖房子。这时候城市户口没用,一寸土地也换不来。

你可以想清楚的:山间的生活属于人类生活,属于人类生活中最普通的一种生活。

你不太容易想清楚的:山间的生活是那种山民必须接受的生活,属于都市人走一趟的生活。

山间生活和都市人想象的相同又不同,相同的是青山绿水,不同的是青山绿水不当饭吃,你住上几天就得滚蛋了。最根本的大概是太安静,你受不了这种安静,你宁可去忍受都市的喧嚣,你知道那里才是你能够活下去的地方,那里有你习惯的传统和秩序。

我的意思是:山间生活并不是随便什么人都可以享受的生活。

准确说,不是随便谁都有能力享受的生活——这句话包含的实际内容很多,只有你在山间生活了,你才有可能明白这不是瞎说。

藏獒卡邦

曲靖市郊区有一个叫西山的地方,那里有一所公办小学。教音乐的老师姓李,女的,今年刚刚三十岁。李老师的丈夫小金是搞美术的,他最大的愿望是成为画家。为了成为画家,小金放弃了教员的职业。妻子对丈夫的理想理解也支持,具体表现就是陪同丈夫一起走青藏跨天山,几乎走遍了中国的西南和西北。丈夫画了数不清的画,但还没有得到权威的认可。小金很想举办一个个人画展,但没有钱也没有单位肯出场地。也就是说他们的生活不是很富裕,准确讲是很拮据。两个人的小家庭和小金的大家庭住在一起,基本上是一个女人挣现钱,其他人挣的钱就不那么及时了。

云南人吃马铃薯很闻名,曲靖一带马铃薯尤其丰产。小金和小李也经常吃马铃薯,李老师的卡邦也和人一样吃马铃薯。不同的是人不把马铃薯当作主食,卡邦把马铃薯当主食。

李老师说:"我的卡邦只吃洋芋(云南人称马铃薯为洋芋),我的卡邦从来就不吃肉。"事实上卡邦见到生肉或者熟肉都要眼睛发直,馋得流口水,但它能忍受。

小金和李老师的日常生活水平可见一斑,但卡邦的身体状况一直不错,从来没有闹过什么病。

卡邦是一只俗称"铁包金"的藏獒,李老师在西藏买回来的。他们在买到卡邦之前已经买了两只幼獒,两个人口袋里总共还剩下不到一千元钱。看见卡邦之后小金就说这只要比那两只好,是真正的铁包金。李老师买藏獒完全是受丈夫的蛊惑,她最初的想法是要养藏獒挣钱。李老师听小金说一只藏獒能卖几百万元,就决定把现有的钱用来买藏獒。她从来都认定丈夫是个天才,否则也不会这么跟着他吃洋芋。李老师把自己口袋里的钱全掏出来给了那个康巴汉子,然后抱着出生五十多天的小卡邦回到了云南。汽车一路颠簸走了十几天,小卡邦几乎就没有离开过李老师的怀抱。

卡邦从此只认李老师这一个主人,它连小金也不认。卡邦平时对小金敬而远之,但他只要是敢碰李老师一下,卡邦上来就咬,一点面子也不给。李老师开始的时候很得意,但看到卡邦拒绝所有家人才开始感到不妥。其他人也不敢招惹卡邦,除了卡邦太凶,还因为另外两只小藏獒带回到云南不久就死了,卡邦是全家脱贫致富的唯一希望了。

为了能和卡邦搞好关系,李老师就让小金带着卡邦遛弯。卡邦没有反对的意思,小金就拉着链子和卡邦出去。卡邦到了野外就兴奋,它想跑起来但小金跑不了那么快,小金就只能拽住链子。卡邦回头看小金,小金也看卡邦。

大概小金的眼光有些愤怒的内容,卡邦转回身就扑向小金。小金丢开链子拼命朝家里逃窜,卡邦已经自顾自地玩耍去了。

小金跑回家,气喘吁吁叫道:"老婆!快去把卡邦弄回来!"

李老师问:"卡邦不是跟你出去的吗?"

"它疯子似的朝前跑,我拽链子它就回头瞪我。我怎么也得回瞪它吧?拉瘟的红着眼转回来就咬,除了撒腿就跑,我还能做什么?"

后来卡邦白天关在李老师的房间,中午和晚上李老师回家才敢把卡邦放出来在外面遛遛。夜间就把卡邦拴在院门旁边,外人谁也别想完好地通过这一关。卡邦还有一个非常奇怪的行为:它只允许你双脚不着地,也就是坐在凳子上还要举着脚;你一旦脚挨了地面,卡邦就要冲上去咬你。

小金一直想把卡邦卖掉,但李老师已经不想卖了。

卡邦两岁大的时候小金的弟弟结婚了,卡邦坐在院子里照看家门。

金家的一个亲戚从山里赶过来参加婚礼,他当然还不知道有一只叫卡邦的狗会咬人。他走近金家大门的时候卡邦用叫声警告,这个亲戚以为卡邦是金家过去养的一只小狗长大了。他大声骂:"叫什么叫你这拉瘟的!怎么连我也敢咬?"他以主人的心态抬脚踢向卡邦,卡邦张开嘴巴正好把他的腿肚子咬住。亲戚来不及后悔,整个小腿肚子的肉就已经没了。

李老师已经病了很久，是很难治疗的一种疾病。家里办喜事也是为了冲一冲，结果反倒见了血。当地迷信说大喜的日子见血非常不吉利，要想冲散这股晦气，就只能把卡邦杀了。

李老师说什么也不同意杀死卡邦，她哭得昏迷了好几次，但亲友们依旧坚持要杀掉卡邦。小金虽然也不喜欢卡邦，但知道妻子把卡邦看成自己的孩子一样。小金不忍心让妻子在病中还要遭受打击，就给养狗的朋友打电话："你把卡邦拿走吧。你要让它好好活着。"

卡邦被注射了镇静剂，这样做是为了防止卡邦醒来之后再找回它的家。专家说注射了镇静剂或者服用了安眠药的狗，再有本事也会失去各种记忆能力，醒来之后基本上对环境和路途的记忆是一片空白。

卡邦醒来以后就再没有吃过东西，谁给它东西连看都不看一眼。新主人不想看着卡邦死掉，就绑住卡邦的四肢给它注射葡萄糖灌一些营养液。卡邦站立的时候四肢已经没有力气支撑身体，但它还是摇摇晃晃试图攻击接近它的人。

狗场主打电话给我妻子蒋燕，他想请蒋燕过去看一看。他知道蒋燕有这个本领：陌生的狗很快就能和她建立起友好关系。"它已经一个月没有吃东西了，这样下去会死掉的。"

我和蒋燕去看望卡邦的时候，卡邦已经不能站立，它趴在笼子里，头高高地抬着。它不叫是因为没有力气叫，它一直看着笼子对面的墙壁。

我试图和它说话，它看我一眼，然后转脸又看墙壁。卡邦瘦得只剩下骨头了，脸长长嘴巴也尖尖。正常情况下的藏獒可不是这样：宽脸宽嘴巴。卡邦下半身的毛都和泥巴粪便粘在一起，很远就能闻到腥臭的气味。

听了狗场主讲的故事，我觉得卡邦只认李老师一个人完全是人为造成的。她基本上不允许卡邦和别人亲近，卡邦和家人的关系非常疏远。藏獒的个性之一是对陌生人戒备心强且充满敌意，金家人和陌生人没什么两样，只是见面次数多一些罢了。藏獒的另一特性是不会因为和你见面次数多就对你放松警惕，它或许会吃你给它的东西，甚至可以和你玩玩，但如果你什么举动不太适合，它依旧随时准备进攻。藏獒的第三个特点是对它认定的主人极度忠诚，一个新主人要一只成年藏獒接受他的领导难于上青天。正因为这样，我不相信蒋燕这次能做到和卡邦建立联系。

"试试看吧，能让卡邦吃东西就好了。"蒋燕说。

葡萄糖和营养液起了作用，我们再次看望卡邦的时候卡邦已经可以站起来了，卡邦又开始有力气叫了。

蒋燕进入狗舍的院子以后，卡邦站起来粗声粗气地叫起来。蒋燕走近笼子跟它打招呼，卡邦奇怪地看着这个人，忘记叫的事情了。蒋燕坐在笼子外和卡邦说话，一直说了半小时。卡邦一直站着看蒋燕，后来估计是累了，终于卧下了。它看着从笼子的网眼塞进去的香肠，又看着拿香肠的人，然后它把香肠衔进笼子，把香肠放在地上看了看又嗅了一会儿，然后卡邦把香肠慢慢地吃了。

狗场主用双手轻轻捶打自己的前胸，说："妈呀妈呀！它终于肯吃人给它的东西啦！"

他很激动，声音颤巍巍的。"我的妈！一个多月啦，卡邦还是头一次吃东西！人给它的东西！"

珞妮，对不起……

二〇一六年十二月六日上午，我们一家到了昆明。王茜在昆明拍戏，原计划她拍完戏直接到会泽。估计是不愿意自己跑单儿，就说要是在昆明会面然后一起去会泽就好了。珞妮妈妈于是准备带珞妮去昆明，她想让珞妮看看拍摄现场。接下来我们知道黄志忠也在昆明拍戏，不是友情客串，是主演。很多年前我看过《人间正道是沧桑》，最喜欢里面的五个角色：杨立仁、瞿霞、瞿恩、杨立华、林娥。后来，我从网上查找黄志忠和柯蓝出演过的电视剧,结论是:好演员!

不说这些,说在昆明的事儿。

晚上黄志忠做东,导演高群书和几位演员也在座。高群书要埋单,黄志忠说那可不行,柯蓝下命令招待好大哥,可不能含糊。

吃饭期间珞妮挨着黄叔叔,两个人闹得热火朝天,基本上顾不上动筷子。

珞妮扒着黄叔叔的耳朵小声说:黄叔叔,你来珞妮山庄,我给你杀羊吃。

把黄叔叔感动得眼圈都红了。

珞妮还不会虚头巴脑,她说的是真心话。她不喜欢的人,打死也不会邀请人家来珞妮山庄。即便你来了,她也会赶你走。虽然这会让爸爸妈妈和客人双双尴尬,但我几乎从来没有严厉责备过她。我顶多就是说珞妮不能这样对待客人,客人会很伤心。比如你到了叔叔(阿姨)家里,人家要是这样赶你走,你是不是会很伤心?这种时候珞妮不会胡搅蛮缠,她会认同我的说法。认同是一回事,改变她的态度又是一回事。到了这个时候,我就不会勉强。我甚至会直接跟客人说:你需要在自己身上找找原因,珞妮所受的教育不会是为了礼貌而礼貌。其实我想说的是孩子是靠直觉和人打交道的,你是不是对她真心好,她能感受得到。你只要对她一分好,她肯定回报你两分。

记忆中珞妮山庄曾经来过一个客人,很漂亮的一个女人。珞妮对她始终凶巴巴的,怎么劝说都没用。我注意观察,发现女客人和珞妮亲热时没有任何诚意,说好话听着都假掰掰的。她始终是心不在焉地应付,我猜是担心珞妮的爸爸妈妈不高兴不得不应付。后来我就跟她说:你不需要对珞妮好,她如果纠缠你你可以直接告诉她你不喜欢。但一定不要应付,小孩子感受得到,所以就会拒绝你。我说珞妮貌似集万般宠爱于一身,但她并不享受特权。马武村里任何一家的孩子都比她受娇宠,都可以胡搅蛮缠满地打滚。

珞妮是真心喜欢黄叔叔，因为黄叔叔像孩子一样跟她玩。

后来，后来发生了一件事，一件珞妮的爸爸妈妈都深感难堪的事。

珞妮又跟黄志忠说悄悄话：黄叔叔，我明天就过生日了。

黄志忠愣了一两秒钟，他说叔叔给你变个魔术。他迅速站起来离开座位，走到窗前朝外虚抓了一把，然后回到珞妮身边。当他松开紧握的拳头时，掌心是一条玉石手链。

他说：这是叔叔送给珞妮的生日礼物。

珞妮惊讶极了，她真的认为黄叔叔会变魔术。

这时候妈妈说：珞妮，不能跟叔叔要礼物，这样不好。

珞妮说我是想让黄叔叔去珞妮山庄吃蛋糕。

然后她跟黄叔叔说：我不要你的这个东西。

这次黄叔叔有点尴尬了。

珞妮妈妈连忙说叔叔是为了祝福你，才给你的礼物，你可以要。

珞妮接过来，谢了黄叔叔。

之后，珞妮的情绪似乎低落下去了。

之后，王茜给大家品尝珞妮山庄的丑苹果。

我说王茜你看你像个推销商似的，弄得我像是来这里卖苹果一样。我知道我们的丑苹果属于独一份，珞妮妈妈给王茜带过来一箱，也是显摆显摆。我不知道她带了苹果，知道是不会同意的。

晚上十点钟我们离开昆明，到珞妮山庄已经凌晨一点多了。在客厅里跟王茜又说了一会儿话，凌晨三点大家才睡。

第二天下午王茜急急忙忙赶飞机回北京，送别她之后我带珞妮上楼。

我认为有必要跟珞妮谈谈，我总觉得要礼物这件事有点蹊跷。她从小就被告诉不能跟别人要礼物，不论是吃的还是玩的，都不可以。她也一直是这样做的,这似乎有悖她已经形成的习惯。

我说珞妮黄叔叔给你的手链呢?

在楼下呢,妈妈的桌子上。

为什么没有戴? 不喜欢吗?

珞妮的眼神暗淡下去,没有说话也没有点头或摇头。

跟爸爸说说,昨晚跟黄叔叔要礼物的事。

爸爸,我没有要礼物,我是想要黄叔叔来我们家吃我的生日蛋糕。

但是,你还是得到了黄叔叔的礼物啊。

爸爸,我还没有说完,黄叔叔就走了,然后他回来就变魔术,变出来一条手链。

珞妮的眼泪在眼眶里晃动。

爸爸明白了,你的确没有想跟叔叔要礼物,你还没来得及说下面的话。

是的,爸爸。珞妮的眼泪掉下来:妈妈也不听我说。

爸爸明白了。是妈妈和爸爸错怪你了。你可以戴那条手链。

爸爸,还是你替我收起来吧,我不想戴了。

好,爸爸替你收着。

我蹲下,把她的眼泪擦干。

爸爸跟你说哈:当你说要过生日的时候,大人马上想到的是要给你一个礼物。事实是你没想要礼物,只是想黄叔叔跟你一起吃蛋糕。

珞妮点点头,她说不出话。

这就是大人和孩子的不同,我们这些大人习惯了生日和礼物不可分离,却不知道你过生日最关心的只是吃蛋糕。

是的,爸爸,我就是想吃蛋糕。

所以说是爸爸妈妈误会了你,让你伤心了。

她点点头:是的,爸爸。

我们再说黄叔叔,他不知道你过生日,一下子就不知道该怎么办了。所以他说变魔术,把自己正戴着的手链偷偷摘下来给了你。

是的爸爸,黄叔叔说变魔术,就变出了手链。

黄叔叔是真心的,你可以接受。

妈妈说了,我就不想要了。

后来妈妈不是同意你要了吗?

可是,我真没想要啊。

爸爸替你说哈,你是想说妈妈虽然同意你要了,但妈妈还是认为你是跟黄叔叔要的,还是在误会你。是吗?

是的,爸爸。

好了,现在一切都清楚了。爸爸也替妈妈跟你说你被误会了,你是好姑娘。

珞妮的神情平静下来,说:爸爸,黄叔叔给我的手链上有一个蝴蝶结。

那个不是蝴蝶结,是中国结。

什么是中国结?

这个爸爸还真说不清楚,大概就是只有中国才有的一种绳结。

什么是绳结?

就是用各种绳子编织成各种形状,蝴蝶结和中国结就是其中的两种。

爸爸,你就把它放在我的盒子里吧。

好,我会替你保管起来,这是你的纪念品。

爸爸,我说给黄叔叔杀羊吃,是真的。

爸爸知道,我们一定会杀羊给黄叔叔吃。

还有柯蓝阿姨呢? 她也吃羊吗?

嗯……大概也吃吧?

柯蓝阿姨一定最喜欢吃饼干和巧克力。

呃,这个爸爸不知道。

她给我寄来的都是饼干和巧克力。

我笑起来,她也笑起来。

我摸摸她的头,心说:闺女,对不起……

我什么都没说……

你不知道自己是多么幸福

我这一生有两大遗憾,一是没有一口好牙,二是没有一双好眼睛。

眼睛不多说,高度近视的不幸别人无法体会,它给人生带来的祸害经常是灾难性的。我讲过有一天晚上,冬天的晚上,东北冬天的晚上,我去学校值夜班时一边走一边撒尿,结果直接把对面过来的一个人给尿了。我庆幸被我尿的是个男人,否则我有可能不是今天的珞妮山庄庄主,我可能是东北哪个地窖子的窖主了。因为看不见黑板上写的粉笔字,我听课十几年。这帮助我有了一双比较好使的耳朵和特别灵敏的鼻子,但在城市生活的年头太多,耳朵和鼻子也不那么管用了。幸好我在四十几岁时到了山里,耳朵和鼻子逐渐恢复了它们的功能。有时候,我会比我的藏獒们更早一些听见来人的脚步声。还能区别脚步声属于谁,属于珞妮妈妈还是珞妮。至于鼻子,它可以嗅见一个人即将死亡的独有气味。这个我不敢跟人述说,怕人们把我当成进宅的夜猫子,不祥之物。

今天主要说牙齿。

生活在东北科尔沁草原的人都知道,那里的盐碱地风沙特别大。我在一九八七年写过一部中篇小说,把那里的风定义为一年两场:冬天到春天一场风,夏天到秋天一场风。

大部分上世纪五十年代之前出生的吉林西部草原人都有一口黄牙,六十年代出生的人群中也有一部分拥有同样黄的牙。再后来,黄牙齿的人越来越少了,这是因为饮用水中的氟被去掉了。形成黄牙还有一个原因,就是孩子的母亲在怀孕期间服用了四环素，四环素是那个年代最常用的杀菌消炎药。

我的黄牙齿主要是来源于母亲的四环素。她身体不好，长年累月吃药，不是四环素就是土霉素。

说这些没想要博同情，是因为时不时有爱干净的女士说我不刷牙。

孙子才不刷牙！我恨不能刷掉牙齿那层黄皮！问题是那层珐琅质刷掉也没用，还是黄的。

我很少笑，不敢笑啊。当然这是产生爱美之心之后的事情，小的时候还是经常咧着嘴巴肆无忌惮地笑。其实我原本是个爱笑之人，笑点非常低。很多时候别人没感觉到有什么好笑的，我已经笑得快要尿裤子了。

上初中之后我就很少笑了，但这只是相对自己而言。在白牙齿的人眼里，我笑一次就相当于笑了半辈子，不忍目睹。上了大学我就更少笑了，大学是啥地方啊？黄牙齿哗啦露出来，女同学别说不会喜欢你，就是多看你一眼都觉得降低身份了。所以大学四年中我连自己班的同学都记不全，我尽量躲避班级的集体活动，能自己待着绝不会找个伴。

我也谈过恋爱，都特么黄了。

我不知道是不是牙齿的原因，我倾向于是。

因为自己的牙齿太操蛋，我对所有白牙齿的人都充满好感。这有点奇怪，我从来没有产生过妒忌，我只是羡慕甚至崇拜这些人。我选对象也首选白牙齿的姑娘，牙齿和我一样黄的坚决不搭拢。前边说了我眼睛不好，谈对象一般都不会选在阳光灿烂的环境中，在那种不太明亮的环境里，我基本上是看不清人家的牙的。我只能凭感觉，东北话是大荒儿溜一眼，看见嘴巴那里有一溜白的，多半就是白牙齿了。如果来到明亮处，我一定想法子让对方笑一笑。实践证明我这个念头是多余的，白牙齿的姑娘很少会憋着嘴巴想哲学，她们特别喜欢笑。我不清楚她们是不是没笑找笑也要笑，就是笑给黄牙看的。阳光或者灯光下，洁白的牙齿闪着柔润的白光，像穿透雾霾(强调下:那时候还没有雾霾哈)中的阳光一样温暖着我。

往事不堪回首,说多了都是泪。

说现在。

珞妮山庄的饮用水出自于我们自己挖的井。这里的水化验后属于富含矿泉水的类型,唯一的缺陷是含氟高。我认为珞妮妈妈的牙齿一般白,这说明也受到了含氟水的影响。我最担心的是珞妮也会受影响,所以决不允许珞妮喝生水。含氟水只要烧开,氟就会沉淀依附在器皿的内壁和底座上。

现在看珞妮的牙齿似乎还没有受到破坏,但两个门牙中间有缝隙。我怀疑是不是因为水中含氟造成的,医生说不是,长出恒齿之后就不会这样了。不管他们怎么说,我还是提心吊胆的。我甚至想到那个缝隙真的合不拢,就找最好的牙医想办法矫正。

我可不愿意我的女儿跟她老爹一样为笑和不笑纠结一生,难堪一生,痛苦一生。

对了,我的牙齿在二十岁时就掉了一颗。它就没长根儿,用舌头舔啊舔就给舔掉了。我一直没镶牙,我不想在满嘴黄色中突然出现一个白点儿,除了显得更黄,没别的用处。

其他的牙齿还长着,但好几颗是晃动的,晃动了几十年。

今天,左边最大那颗牙齿终于快要不行了。这颗牙居然也没有牙根,它能坚持五十多年也真心不容易。它很顽强地连在一片肉上,硬扯,还挺疼。我的想法是不要去拔,还是用舌头舔掉吧。

这是命,它的和我的。

说到这儿,我很想告诉有一口白牙齿的人:

你不知道自己是多么幸福……

需要的和不需要的生活

一夜无眠。

习惯性地等待珞妮憋尿的时间。快到四点的时候她开始折腾,问她是不是憋尿了?她点头。她尿完了重新睡下,我却睡不着了。

我心里有事。

其实这种情况已经有一段时间了,只是在这一天尤其让人不安。几十年活下来,对生活中可能发生的事情预感总是很准确。这种能力给我带来的不是得意而是焦虑:总是应验那些预感,换了谁都可能精神崩溃。

临睡前我很郑重地跟珞妮妈妈说:从明天起,第一你不能每天十几个小时拿着手机回复信息,不能躺在床上也看手机,不能长时间打电话;第二不能长时间在 QQ 群和微信里回复各种问题;第三不能和员工每天一起工作;第四早睡多睡;第五每隔一天去泡一次温泉。

我说要相信我的预感,你知道我的预感从来没有出现过差错。我说我注意到你的身体状况突然变得不好,经常性荨麻疹肯定和过敏无关,那一定是免疫系统出了一些问题。你知道这意味着什么,不可以抱有侥幸心理,没有侥幸。

我说我不反对你挣钱,但要知道挣钱的目的不是为了治病,而是为了更好地生活。

我说你挣了很多钱然后看病,然后可能是医治无效,然后我们会发现一切都是零,然后我们人财两空。

我说这不是我们想要的和应该要的生活。

她说是的,想想,我们三个人现在谁离开谁都不行。

我说知道这个就好,我们明天就要开始另外一种生活。

她同意了。

我心里略微宽慰了一些,但又不知不觉中生出了莫名的伤感。我想起很多往事,每件事都足以让人对生活和活着产生疑惑。这中间让人快乐的时间不多,有时候度日如年。我希望珞妮妈妈也能记得那些往事,不要为了得到更好的生活却最终失去已经拥有的生活。人要学会的最有价值的能力是舍得和放弃,这往往是收获的前提。婚姻、夫妻、父女和母女,家庭,是一种特殊的感情,那是一种适应,一种习惯,一种依靠,一种任何人际关系都不能取代的关心,挂怀,照顾,还有生气和愤怒。这一切,成为一个人生命中最不能割舍的部分。不敢想象失去,不敢。

钱在,人没了;人在,钱没了。

无论哪一种,都是很糟糕的事情,都是人生的最大不幸。其实每个人只要不走火入魔,只要不鬼迷心窍,都有能力理性地处理这对矛盾,让自己的生活变得平常和轻松。

二〇一五年,我希望是这样的生活:每个月能和珞妮妈妈一起带着珞妮外出三五天或者一个星期,走动一下,活动一下,放松一下,不为工作和金钱所困。

要能舍得!

大不了不做了,也不能钱在,人没了;人在,钱没了。

这不是我们想要的人生。

春有信

◎ 钱红莉

一

H君：

小长假，我们去了一座孤岛，桃花源一样的偏僻宁静。岛上隐有一个小渔村，走着走着，我看见泡桐树在开花，浑身上下，几乎没长一片叶子。这棵树很有些年纪了，老得褪去所有枝条，只剩下一根骨感铮铮的主干，冒出几串紫花……那一刻，无比恍惚，瞬间决定，留下来居一宿。

这里四面环湖，必须靠船才能到达。

尤其是孩子。我们一起寻找居宿，找了好几家，终于找到一处，讲好价格，我坐在他们家的客厅里歇息，忽然发现有好几户人家养了许多公鸡，意味着凌晨三点开始打鸣——我神经衰弱，一听声音便醒。那一刻有悔意，还是想乘船离开，可是，孩子怎么劝，也不愿意走。他说非常喜欢这里的环境。孩子自在小城里生活，只去过一次我的故乡，可是他的气质，还是随我。

这一晚，我几乎没阖眼，鸡鸣太过频繁。枕了一夜油菜花的香味，半眠半寐，山风依稀吹来蚕豆花的香味，豌豆花的香味，我睡在虚幻的水之上，醒神的花香之中……

黄昏，众鸟归林，八哥最多，一起停在树梢间，讲个不停。山下有水潭，成千上万只蝌蚪扭成一股黑绳子，在水里蛇行。这里的几棵辛夷，仍在开花,橙黄色系,纤尘不染。看见这样的辛夷,自然会想起王维以及《辋川集》。王维这个人就应该活在中年的春天,活在四面皆水的孤岛之上,活在鸟鸣山更幽的诗歌版图里。

所有游客在五点半之前乘最后一班船离开了,只剩下我们一家三口,在山脚下捡拾黄昏。

这里有一座古寺,初建于东晋,历千年而衰落,残破不堪。有两位居士,义务帮忙,一位烧火的厨师,一名住持,没见着他,会客室里有一套工夫茶具,泛着光,有些年月了,仿佛刚泡过一场茶,不便进去打探。天井里的牡丹正开着,白色的,无比宁寂,一棵紫色的,尚打着花苞。我和孩子坐在花阶上,各想各的心思。

喜欢这样的荒无一人的残败、凋清、寥落,别有一股寂气,什么都是破的,下雨时,屋顶漏水,许多铝盆在那里等着接水……寺院东面荒着七八垄菜地,烧火的师父拿着镰刀正在四周锄草。我问他,怎么不种些菜。他说,平时太忙了,要劈柴,买菜,烧饭,没有时间种。寺院后面平房屋顶上,果然有一个大烟囱。师父还说,虫子也多,种出的菜都被虫子吃了。这些年,我一直有疑惑——为什么小时候跟着妈妈种菜的年代,没有那么多的虫子呢?

中国土地的生态系统,什么时候失控的,也不得而知了。

拿起锄头挖了几下地,一块黝黑肥沃的好土壤,一个劲地怂恿师父春来一定种点东西。菜地边缘有一畦地,被白色塑料布覆盖着。师父说,是沤的底肥,豆角秧子、南瓜秧子要用的。听说终于要种菜,方心满意足离开。

——正是我所向往的地方啊。幽寂无人,一些些的衰落,两棵朴树站了怕也几百年了,刚刚萌发新叶,四望,皆是一望无际的湖水,大海一样雾气茫茫,没有边界。真想去挂单。白天给他们种菜,夜里写东西,一夜一夜,想必睡得香。

黄昏的时候,我与孩子在村里游荡,又碰到寺里烧火的师父,他拎着一只桶,黑狗在他面前欢快地引路,乌黑的毛色里已然杂有白发,上了年岁的一只狗了,我们去时,它趴院落的路上晒太阳,眼神温和,见惯了陌生人,永远放下了警惕,眼里有佛一样的光芒。我对着师父惊讶一下,笑笑,他也笑,侧身而过。我回头又看看他,敦实的背影,仿佛有独自的意味,也是无边的寂寞了。他是庐江人,把一生都献给佛了。不忍问他有没有儿女。

若有儿女,儿女又怎么舍得让自己如此大岁数的父亲孤身前来僻野之地辛苦地生活?

怕是没有儿女的,孑然一身……只顾着与他聊天,临走时竟忘了给他一点钱。或许给了也不要的。他活得自尊。

回到城里,常常想起他来。一个人孤苦伶仃在荒岛生活,劈柴,洒扫,煮饭,炒菜……没完没了的一日三餐。

他说话非常非常慢,特别结巴。我尊重他,耐心听他叙说一切日常琐碎……那一刻,他可以感受得到一个陌生人对于他的尊重。我说,你好忙啊,真不容易啊……他笑笑,仿佛有一点苦涩。

以后有空,我们还带孩子去看他,以及天井里那几棵白牡丹。一株蜡梅高过天井的围栏,隆冬大雪之际,又是另一番景象吧。

临走,问居士,可接受挂单。她说,没有房子居,有时来人,四个人挤在两张单人床上。

晚餐时,见我一个劲儿地说着小村的好。那家的女儿说,你待一天觉得好,时间长了你肯定受不了的。我说,怎么会呢。到底,她不懂我的心意。

这个村里,仿佛从来没有过年轻人,都居到岸上镇上了。只有老人,还有一口井。

一位老人在洗衣服,我给她打水,好像她就是外婆,她向我荣耀地诉说着,这里的好处,空气好,安静,树叶上没有灰尘。她说,不像你们城里,我是居不惯,那么多车子,吵死了……这里家家户户都是平房,整洁干净。每家门前都栽枇杷树,正值挂果期,郁郁累累,隐在白墙黛瓦间。鱼鳞瓦上生着青草,苍苍翠翠……随便坐在石级上,望天,望水,淤积多年的体内浊气被悉数清空,鼻腔里被灌满花草的芬芳馥郁……

夜里,吃罢晚餐,借了一盏矿灯,我们在山脚下闲走,是弯弯的细月,隐在薄云里,仿佛长了毛,恰便是古诗里的毛毛月吧,并非杜甫的藤萝月。天上没有一颗星星,四周皆黑,有一点点害怕。湖之对岸,有灯火,白练一样飘拂在遥远的天边,离我们很远很远,真是孤岛,九八年通电,至今没有自来水,我们用的喝的都是井水。

黄昏,与孩子四处闲走,又看见下午井边洗衣的奶奶,她坐在门口矮凳上嗑瓜子,咫尺之地,是菜园,青蒜壮硕苍翠,豌豆花幽幽白白,植物们一齐默默地生长着。

生长,也是一种陪伴,长情地陪伴,比如寺院里那只上了年纪的黑狗,对于烧火师父的陪伴,比如这些蔬菜对于洗衣老人的陪伴……

人与人的陪伴,终归是短暂的,唯有植物,唯有山水自然,对于人的陪伴才是永恒不灭的。它们一直在,但凡需要,它们随时会来到你的身边。

虽一夜未眠,但空气好,第二日,人依然有精神。用过早餐,我们又上山了。

整座山都是我们的——苍松高耸,枇杷树郁郁幽幽,茶园苍古……清晨雾气中的翠竹修篁,比昨日阳光下的更具审美;大片的杉木林,一棵棵,可合抱之,春天既萌发生机,也催生衰残没落——刺状杉木枯枝一根根落得满地,叫人想起儿时,去外婆屋后的杉木林捡拾枯枝,回来烧火,毕剥作响的往事。通往山上的,有许多小道,山幽气清,晨鸟众鸣,还是八哥最多。八哥这种鸟,气长,咏叹调一样,把一句话拉得太长,加上悦耳,我们只能倾听,无法插嘴。实在忍不住,朝树巅的它们打一声呼哨,嗬,不得了,它们不依了,说起话来,频率更加密集,密不透风,那一句句话,真长啊,可与西方小说的长句媲美,在人前,八哥终于炫了一次技。我们只能倾听,这天籁中的一籁。

渐渐地,岛上陆续来了外人。我们悄悄乘一艘渡轮离开,风大,微微有一些凉意。行于茫茫水上,回头看,那座孤岛越来越小,越来越远,我们仿佛不曾去过……

二

H君:

昨夜大雨如注。不及凌晨四点,便被雨声惊醒,再也没有睡意……总是侥幸心理,不起来,说不定过一会儿还能睡得着呢。只是,每一次都失望——没有人像我这样在四季的黑夜里轮番坚守。黑夜它究竟有多么深刻广袤,是无法诉说一二的。

临睡读萧红,她在小说里写:满天星光,满屋月亮,人生何如,为什么这么悲凉。

萧红没有用问号收束,她用的是句号。原本谈不上诘问的,只能自己悲伤给自己听。这女子在短暂的一生中,纵然尝尽人世的悲苦哀凉,下起笔来,却也冷静从容。

《呼兰河传》,我是坐月子的时候看的。最近,朋友赠来一箱书,这本书也在其中,我又拿来重读。一本经典的书,是可以印证心迹的。这七八年,因为孩子,吃了很多难言之苦……而今再来读萧红,又是不同感受,句句贴心入骨。她的眼界真高啊,置身那样混乱的年代,一直写自己认为值得写的一切。多少年过去,浊浪淘沙,她的昔日友好,如今一个个地成了"古人",唯有她历久愈新,永远光芒四射。她天生就是写小说的胚子,把呼兰河街上的一个大水坑,都表述得如此神奇,是抽离的、冷淡的,一点点地描摹,犹如一个顽皮孩子,看着众生在水坑前尴尬辗转,都是引车卖浆者,贫苦的人,赶大车的人,卖豆腐的人。

说起贫苦者,没有人有萧红那么垂怜他们,一字一句里都饱含着爱意,是广大的慈悲一点点地分布。一个平凡人家,想吃一块豆腐都得忍住,实在忍不了,撂下一句狠话:"不过了,买一块豆腐吃去!"萧红在后面添几句:

"这'不过了'三个字,用旧的语言来翻译,就是毁家纾难的意思;用现代的话来说,就是:'我破产了!'"

无比淘气灵性又老成持重的写法,真是爱死人了。

然而,贫苦之人,吃一块豆腐,都要下这样大的狠心……往深处读,简直字字血泪。

可是,萧红却以如此轻松俏皮的语言去描摹,足见其功底,有多深厚。

我一章一章往后读。读着,读着,又倒过来,回头再翻,一遍一遍重读,翻来覆去的,不过是无比欣赏,这样好的文笔,每一个字,每一个句子,都是那么平凡,为什么她把它们这么随意地一组合,则发出了这样奇异的光彩,叫人如此难舍?

难怪鲁迅那么爱惜她——这世间不可多得的聪明女子。

可是,她在处理自己的感情生活方面,却又那么的糊涂,错一步,步步错,一路错下去。她太弱了,无力挣脱命运的牢笼。我不太懂得她的心意,也不可妄说——说得不对,反而是对她的折辱。

她身上有一股子侠气。与端木婚后,朋友帮她搞来一张离开重庆的船票,她竟给了端木,让他先走,自己挺着个大肚子借居在小友杂志社里,就那么旁若无人地,于人来人往的走廊上铺一张席子,两手后撑着地,艰难而缓慢地坐下去……朋友们都不解,简直生她的气了。她这是为的什么呢?在许鞍华的电影里,看着那一幕,我一点也不替她难堪尴尬,反而看出了一种地母精神——她如此的艰难不便,却把唯一的船票让给那个原本由他来照顾自己的人。

那个人一直挺欣赏自己的,这就够了嘛。这一张船票里,有无尽的恩情。这世间,有多种爱,男女之爱,原本算不了什么了不得的情爱。

爱情是不堪一击的。

我一直欣赏林贤治先生的那本《漂泊者萧红》(许鞍华电影里每一个细节几乎来自这本书),以一个男性的角度去写一本关于女性的传记,满目里皆是慈悲怜惜,真的难得。

有一天,接到一个陌生电话,是谈一本书稿的。之前,朋友对我讲,广州某出版社邀请他代约一部系列丛书,朋友便约了我的一部。后来他叮嘱,责编是个"老人",不用微信、微博什么的,叫我发书稿的同时,把电话号码留给对方就可以了。

电话接通,原来就是林贤治先生,他的普通话里杂有浓重的粤语味道。第一次与自己敬重的师长通话,本能的紧张,不晓得说什么才得体,只一个劲儿地"唔唔唔"。林先生还说,买过我的《诗经别意》,顿时惭愧,觉得没写好,更加不好意思起来。我也想说,买过他的萧红传记,可是,脑海里怎么也搜索不到传记的名字,只好把话咽下去。

那天下班回家,太累了,真是累得手机都拿不动。我用的是免提,自己瘫在沙发上,手机放在耳朵边……

挂掉电话,家属忽然说一句:这个人好正派!

真是奇怪,为什么讲几分钟的电话,就能判断出一个人的人品呢?

我的不擅于口头表达,往往被人误以为冷漠,不懂事,不讲礼数。永远这样,真是百口莫辩。我也委屈啊,可是,你能叫一个口讷的人怎么样呢?

每个人都有死结吧。我也不想努力去解了,随它去吧。

这几天,看看萧红,又忍不住看看汪曾祺。一样爱不释手。

汪老头的小说,几乎全涉猎过,这次重读,还是有新意。

他的东西为什么好?

因为古拙。

一个卖馄饨的,挑的担子都是楠木制的,精巧,耐用,整天挑着这副担子走街串户,别提多有古意了。

汪老头的这一副文字的担子，可真有来历呀。

现在的作家太缺乏古意了，只有一身的匪气，戾气。

蒋勋的气息也好，都是一脉承担下来的。我们全家听他讲杜甫讲红楼，听了五六年，听坏了两只小录音机。再去下单同款的，淘宝早已缺货失传，说是厂家不生产了。我们每天早晨听，刷牙的时候开始，一直到早餐结束，成了惯性。后来再也听不见了，怅然若失。

有一次，与家属提起，叫他再买一只别的款式的小录音机。最近，我们家又恢复了早间蒋勋课堂。还是杜甫李白，还是红楼，一段段地听。这也是一份氤氲吧。起先，是家属想给孩子启蒙古诗词，未曾想，把我这个大人也听入迷了。我会在心里比较，我的对于古诗词的见解，与蒋勋的，有什么不同。

古诗词是永恒的好，但，这种好，它对于不同知识背景的人，则有着不同的投射。蒋勋的眼界，高度，都比我的开阔，令人瞬间"补了差价"，久而久之，你的眼界就会被提升——因为会心，而被提升。蒋勋讲王维也讲得好，这样的好，不是每个人都能体会得到的，应该庆幸，感恩。中国的文字延续几千年，其间承载的东西太多了，然后我们学会一点点地剔除，还原，回到本质，慢慢地，走向天心月圆，走向白茫茫大地真干净……

这么说，热爱文学的，都是荒凉一派。最后，什么也没有被拥有，可是，我们的心里应有尽有。

好想居山去，最好在一个寺院里挂单，哪怕居两个月也行，每天按时吃饭，按时休息。我想完成一本书——将宋元的那些画家捋一遍，慢慢将他们的画写出来。不晓得多喜欢范宽等人的画，有许多话要讲出来，需要长时间的安静，不被俗务打扰。现在的时间都是零碎式的，总被工作、家务、孩子所切割，无法凝神静气。真怕憋着憋着，便消逝了，待日后动笔，再也流淌不出了。

有一天，看见溥雪斋的画，满眼雪意，简直被震动。好喜欢啊，那么的脱俗高远……可是，听故宫博物院的人讲，他的画四九年之前很有市场，但之后,由于审美的关系,价格就掉下来了。

三

H君:

这里七八天,阴雨连绵。今天终于晴了,并非朗晴,是夹杂了雾蒙蒙的晴。阳光仿佛无力得很,穿不透低垂的云层。五点未到,被楼下人大声的咳嗽声惊醒,再也无法入眠。六点半起来,抽空去外面慢跑几圈。几日不见,我家屋后草丛里除了茂盛的野豌豆苗以外,竟然有了数不清的紫花地丁、白花地丁,星星点点,紫白相间,开在杂草缝间,望之,悦然。去年一棵都没有,今年突然长出来,犹如天外来客——得归于飞鸟的功劳,它们不晓得在哪里吃了籽实,恰好飞到我们小区上空排泄,从此便也留下种子。

万物神奇啊,一颗颗小小的种子自遥远的地方被飞鸟带至四面八荒,落地生根,发芽,开花,从此定居下来。这些美丽的存在,永恒的存在,恒星一样,千万年未曾改变过。

往年,一树李花落了,也就落了,今年大不同,经过李树下,不经意一望,嗬,吊挂着无数小果子,暗红色系,椭圆形樱桃那么点大,一场一场雨过,长得太过迅速,今年终于有野李子吃了。李树的叶子异常茂密,小果子长在密叶缝中,往下垂着,宛如迷你版马奶葡萄,让人禁不住要伸手去触摸,李树太高了,我太矮了,够不着,只能站在树下看,像看着自己的孩子——见风长。

春天是造物送给人类的礼物,让你一次次猝不及防,收获新鲜与神奇。昨天,送孩子上学,七岁的他又发出了天问:为什么春天叫春天,而不是叫冬天呢?我起先没太在意,就回答他:一年四季,春夏秋冬,是远古的祖先早就给命名好了的嘛?他锲而不舍:那为什么春天叫春天,而不是叫冬天呢?

真是把人问住了。我无法给他一个信服的答案。

大人的一颗心早已蒙尘，不比孩子，他初来人世，小脑瓜里想的都是终极命题，可以上升至哲学高度的。

是啊，我们正遭遇着的春天为什么不叫"冬天"呢？夏天为什么不叫"秋天"呢？

一个拥有赤子之心的孩童所发出的疑惑，在做大人的这里，真是无解啊。可见，我们多么苍白浅薄。是俗世的污浊一点点把我们原本无尘的心灵遮蔽了，以致整天浑浑噩噩而不自知。

人的及时反省，该有多难。

阴雨前一阵子，天气无比晴朗，连续两个早晨去屋后荒坡的甬道上慢跑，所看到的景象真是无与伦比。这些天忙别的事，忘了跟你讲讲。

晨曦微露，一踏上甬道，沟渠里竟然闪烁着无数钻石，它们滚动在茂盛的草叶上。这个时候，朝阳刚刚升起，一霎时，玫瑰色、橘黄色的光线斜射到沟渠，人有一种幻觉，仿佛整个草叶上的钻石在微微晃动，那真是被神所照亮的千金一刻。由于地势的关系，白雾仿佛一齐集中在沟渠里，紧邻沟渠的是荒坡，荒坡上杨柳依依，美得无言——有一种记忆被迅速唤醒过来，还是童年，牵着牛去放牧，每一个早晨都是如此美丽，只是浑然不觉——晨曦微露至煦日东升，天地间白雾袅袅，草叶上的夜露闪闪发光，原来人世就是有仙境之地。不知道露珠为何要如此炫技，高难度地于草叶尖上玩杂耍，生了根一样立在草尖子上——怎么就滚不下来呢？真是天机。

春露与冬露是截然不同的，春露更白更亮，更晶莹，尤其心里还居着一个个天使的样子——旭日乍出，这些数不尽的露珠仿佛成了一个个宝盒，倒映着宝光，甚至忘了自己的存在，一味地在人世建立起七宝楼台。魏晋的诗词里已经有了"晨露晞晞"的句子，干干净净的，穿越千年而来。我们这里的晨露，也是魏晋的晨露吧，几千年未变，一夜一夜跨千山万水而来，难得的几个晴天，被早起慢跑的我发现了，一直铭记于心。

现在是晚春了，柳絮纷纷拂拂，飘得满池塘都是，金鱼好像不感兴趣，如果是松花就好了，鱼儿喜爱掠食飘到水面的松花，这个时候的鱼，叫松花鱼，新安江一代的水域就有的。我一直希望可以走一走徽杭古道，总是没有机会。月底会再去一次杭州，再去一次千岛湖。原本可以不去的，但，还是答应主办方了。非常喜欢杭州，可能与南宋的历史有关吧。我叫他们提前一天订票，这样就可以腾出半天去西湖周边看看，小孤山、满觉垅等地是我特别感兴趣的地方。去年秋天，没有时间，只在杭州过了一夜，深夜跟着众人在苏堤上走了一个来回，什么也看不见……

　　在经常慢跑的那条甬道上，从冬天就开始发现一对喜鹊夫妇，总是停驻在固定的那棵白杨树上商量着什么。每次去，它们每次都在，好像每天都在讲同一件事的样子。一开始，我没明白，待到初春，它们一点点地衔树枝搭窝，我才恍然有所悟——原来，夫妇俩一直为把窝搭在何处商量了半个冬天呢。好珍重的决定啊——两个一个劲儿地叫着叫着，临了，是要孕育小喜鹊呢。那只窝，它们搭得好漫长，及至春深，终于搭好，再去，就看见一只喜鹊在沟渠里觅食，再也不见另一只的身影，在这之前，飞到哪里，它俩都一起。可能另一只在趴窝了吧。如今，怕也是雏鸟出世了。这些天总是阴雨，一直没有去了。

　　喜鹊真是漂亮。它们身上的毛，除了洁白的那一部分，还有一部分根本不是黑色的，我仔细观察过，应该叫"紫檀色"才确切，就是那种黑得醇正，黑得绝望，然后有了涅槃新生，就成就了紫檀色系，无比高贵的颜色。它们停驻不动的时候，把翅膀收束得紧紧的，只有前胸是白色的，等到飞翔时，又是两样的了。双双俯冲滑翔时，有一种异端的美。黑白永远是经典色系，不比孔雀、鹦鹉们，乍看，怪惊艳的，但，不禁看，看多了便审美疲劳了，有一种脏兮兮的不洁感。而所有黑白色系的鸟儿都耐看，除了喜鹊，还有小燕子，披一身黑，到哪里都带着一把长且细的剪刀，精灵一样掠过水面，你看着它们，感觉人世一会儿静下来，身边的草正在生长，万物都有着它们永恒的秩序。

小区里的紫藤终于开了。天若不晴，都对不起这一架紫藤，一年只有唯一的一次的花开机会。紫藤在阳光下，格外的静，有一种静是瀑布的静，兜头倾泻而下，你是接不住的，这种静，只会被鸟鸣声打破秩序。除了紫藤，西洋杜鹃也要大面积开了。等杜鹃谢了，便轮到蔷薇了。蔷薇有了许多青色花骨朵，一日大似一日。

春天所有的花，仿佛都在赛跑着开，都是性子急的，一刻不能偷懒，小号、单簧管、小提琴一齐出动，一个劲儿地演奏……春天的交响乐轰隆隆的，已然进入高潮，接下来会被满架的蔷薇拉入尾声，无声地开，无声地落，满地残红……

看着绿天绿地的，人总是惆怅落寞感伤，犹如雨天在家听帕赫贝尔的《卡农》，小提琴拉得直比割肉剔骨——好痛啊，结果是，你什么也追不上，什么也无法拥有，甚至不及一棵小草，小草在每一个醒来的凌晨，可以拥有钻石一般的露珠；你甚至不比一朵落花，落花也曾被蝴蝶蜜蜂关注过的——还是伸手留不住岁月啊。人一入中年，便江河日下了，老得厉害，你无法对抗生命的衰老倦怠，只有一颗心，鸽子一样飞去飞来的，是苍灰色的。

到了夏天，就好了。夏天是德沃夏克的《幽默曲》，一点一点地带人升腾，自高处俯望人间的繁荫乍地，所有的日子都是明晃晃的，火热的，激情的，没有死角的，可以坐在地板上，静静读一本书，听一首交响乐——所有的荫翳不请自来。

何时才能完成一本古典音乐随笔呢？什么时候才能写出一本宋元时期的"读画记"？对他们早已烂熟于心，昨晚，家属随便翻范宽、宋徽宗等人的画，我一下便能指认出他们来，满纸苍烟，厚古辽远，现代人的画真不能看啊……

这个时候桐花也开了，可惜无缘得见。《子夜歌》写得真是好——桐花万里路，连朝语不息。

有凤来仪

◎ 管弦

荼蘼木香

木香和荼蘼盛开的时候,都是花繁香浓,一幅韶华美景。两种花儿形态比较相近,均为白色或黄色,有藤蔓,攀附而生,她们的花都是很好的蜜源,可以提炼香精油。

只是,荼蘼花常常被人说成是一种伤感颓废的花,认为她是春天最后开花的植物,她的盛开意味着春天的结束,"三春过后诸芳尽",开花的季节就结束了。宋代诗人任拙斋也说"一年春事到荼蘼"。荼蘼的枝茎还比较多刺,这也许也让人纠结。甚至,现代很多人并不认识她,却认为她的花语是"末路之花",代表韶华盛极、群芳凋谢之意。记得有一天,我和朋友经过荼蘼树,当大片荼蘼花扑面而来、惊艳了眼睛之时,我忍不住采摘了几朵,想带回家制作成书签。朋友也惊喜着,问,这是什么花呀? 得知是荼蘼花,便放下了采摘的手,说,太伤感了。而同是春末夏初开放的木香却没有一丝伤情,她气质高雅神秘,枝茎几乎无刺,又被叫作七里香、十里香,据说在十里之内都能闻到其香味。传说玉皇大帝出巡时,喜欢乘坐木香花搭架的蔓藤,以花铺路,使人一见木香时,便目不暇接,心意万千。由此足见木香的魅力和吉庆。木香又辛温无毒,可以理气疏肝、温中止痛、健脾消滞、辟毒强志,还被中国现存最早的药物学专著《神农本草经》列为上品,上品为君,主养命以应天,无毒,多服、久服不伤人,可轻身益气,不老延年。

所以，同花不同命。只是，木香和荼蘼却很早就奇妙地融合在一起。甚至，贵为上品的木香还曾略居配角位置。那是在宋代，喜欢享受和讲究的宋人发明了一种制作荼蘼木香酒的方法，即先把木香研磨成细末，投入酒瓶中，然后将酒瓶加以密封保藏。到了饮酒的时候，开瓶取酒，待掺杂木香的酒液早已芳香四溢之时，再临时往酒面上撒上荼蘼花瓣。此时的酒，更是香飘满天，令人心花怒放到了极致。而且，几乎难以分辨荼蘼和木香香气的区别，更多的是荼蘼花香。于是，浮着片片荼蘼花瓣、暗藏木香的酒儿，成就了宋人在暮春里的一场场欢会。

那时的大户人家，还喜欢在庭院中种上荼蘼，每到春季，花儿繁盛之时，宴请宾客于荼蘼架下。笑语喧哗中，他们相约酒令，荼蘼飞花落在谁的酒杯里，谁就把杯中酒喝干。微风过处，满座醇香，片片荼蘼落瓣像雪花一样，撒在杯中、案上、座中人的衣襟上。那样的场景，实在有着清雅到了极点的风流。

可见，荼蘼在古代是非常有名的花木。荼，本义为苦菜，也叫茅草白花，多用来形容女子容貌。蘼也作蘼，意为蘼芜，是一种草名。"其茎叶蘼弱而繁芜，故以名之。""其叶似当归，其香似白芷。"荼蘼二字最早作"酴醾"，是指重酿之酒，荼蘼的花色和香味与酒近似，花瓣和果实也可制酒，故而有了这个名字。明代学者王象晋编撰的介绍栽培植物的著作《群芳谱》中也描述过荼蘼与酒的渊源："本名荼蘼，一种色黄似酒，故加酉字。"不过，南宋文学家杨万里并不喜欢将酴醾与酒相提并论，还专为此事著诗："以酒为名却谤他，冰为肌骨月为家。"唯恐玷污了荼蘼的清白。南宋诗人陆游也以"吴地春寒花渐晚，北归一路摘香来"，盛评荼蘼。北宋文学家晁无咎甚至说荼蘼应该取代牡丹为花王。

因此，荼蘼的盛开，并不是一年花事的终结。春季花期过后，自有夏、秋、冬三个季节的花会依次绽放。"荼蘼不争春，寂寞开最晚……不妆艳已绝，无风香自远。"在北宋文学家苏轼的诗中，荼蘼有些像"俏也不争春，只

399

把春来报"的梅花,将美好的春天让与百花。北宋诗人王淇那句著名的"开到荼蘼花事了",改为"开到荼蘼花未了",也是合适的。

结束,也是一种开始。荼蘼和木香一样,都有着高贵的风范,更何况,我们发明美的目光,从未停歇过。在那样的春天里,看茂盛的、繁复的木香花和荼蘼花簇拥着竞相开放,让幽雅的、恬淡的花香弥漫和沁透心脾。

花开,花谢,圆满,如常。

山楂和墨

很久以前,山楂和墨,相依相伴。

当然,单看他们俩,好像完全不搭界。

山楂,给人的感觉有一份浪漫,这红红圆圆的果子,经常被裹上冰糖或红糖,被竹签串着,变成糖葫芦,被人们擎在手中,行走在大街小巷。她的历史,可以追溯到中国第一部综合性辞书《尔雅》。两千多年前,人们就已经知道山楂可以食用了,只是在很长时期内把她当成一种野果,还因"猴、鼠喜食之",把她叫作猴楂、鼠楂。山楂作为药用的历史,可以上溯到东晋时代。唐代医药学家王焘《外台秘要》引东晋医药学家葛洪所著《肘后备急方》佚文说:"浓煮楂茎叶洗之,亦可捣取汁以涂之。"用以治疗一种感受漆气而发的皮肤病"漆疮"。

墨,古者以黑土为墨,字从黑土,辛、温、无毒。墨至少在春秋战国时就有了,在汉代得到一定的发展,至唐代达到鼎盛。墨可用来书写,也可作药用,宋代医药学家马志、刘翰编著的汉族药物学著作《开宝本草》记载,墨能够"止血,生肌肤,合金疮"。金疮即常见的刀枪伤。墨,在古代对于行军打仗很有意义。

因此,墨就被书写在山楂制成的果子单上,使果子单成为军书。果子单类似现在的一种大众化食品果丹皮,比果丹皮要薄很多。果子单既可以传递信息,又可以在信息被阅读或执行完毕后吃掉,还不至于泄露军事秘密。对于缺水少食的行军打仗者来说,这饱腹行气、生津止渴的果子单,比"望梅止渴"还有意义。清代一名叫作高士奇的宫廷作家,写过一首名为《果子单》的七言诗,就特别提到了这一点:"绀红透骨油拳薄,滑腻轻碓粉蜡匀。草罢军书还灭迹,嚼来枯思顿生津。"油拳、粉蜡,是唐宋时期的纸名。高士奇还在诗下自注道:"山楂,煮浆为之,状如纸薄,匀净,可舒卷。色绀红,故名果子单。味甘酸,止渴"。

无论品种、类型、模样都不属于同种类别的山楂和墨,竟如此奇妙地相依,简直有珠联璧合的意味。而且,他们还一度被广泛地用于民间。他们被用作了情书,传递相爱之人的情谊。红黑相间的融合里,包裹了无限的深情。这样的深情,使得山楂和墨不再成为食物,而是被赋予了崭新的精神意义。相爱的人儿,怎么舍得把"深情"吃下去呢。

可是,不吃掉的话,保存就成了问题,这样的情书放置久了容易长霉生虫、腐败变质。而且,帛、竹简、纸张的便捷和较为长久的保存时间,也让山楂和墨做成的情书慢慢消失了。

各自奔天涯,好像只能成为山楂和墨的命运。相遇和相守,起因于现实,成长于浪漫。离别,却只因现实。守或离,既难也易。更何况,这一切,全由不得山楂和墨做主。

山楂,便更多地用来健胃补脾了。这一点,明代医药学家李时珍在《本草纲目》中借助一个病例说得很明白。李时珍邻居家的孩子,因食积而面黄肌瘦、腹胀如鼓,一天偶尔在山里发现了红红圆圆的山楂,尝了几颗,觉得酸甜可口,便狂吃一通,没多久大大地呕吐了一番,而这之后,身体竟然痊愈了。在难以煮烂的老硬之肉中,放几颗山楂同煮,也能即刻将肉煮烂,也佐证了其消积之强效。因为这些特点,山楂能养颜瘦身、养肝养心、去脂降压抗氧化,适当地吃些山楂,能增强免疫力、清除胃肠道有害细菌,还可预防衰老、抗癌等。

墨呢,就更多地被当作了书写工具。和他做伴的材质越来越多。除了纸帛,还有陶瓷、木板等各种器皿材料,甚至,大地、泥土、人的皮肤等都与墨有过热情的拥吻。

只是,经年的往事,依然仿如一册册的画卷,闪烁的流光,还会织出梦一般的幻影。夜凉如水的时候,山楂和墨也会忆起那曾经相随相伴的时光。若还在那样的时光里,该是多么温柔多么美。

而那样纯朴清洁的时光,终究是不会再来了。

有凤来仪

凤仙花。

写下这几个字的时候,脑海里跳出的是被凤仙花花瓣染红的指甲,在轻举慢拂之间,宛若瓣瓣花瓣抖落下来,一点一点地,惊耀了眼睛。

凤仙花又叫指甲花。她艳丽的颜色不仅能为美人的鬓间添色,更能"烂漫只教儿女爱,指甲装点锦成纹"。用凤仙花花瓣染指甲,是一件很艺术很环保的事情。把或红或紫的凤仙花花瓣轻轻研碎,任花汁沁出来,将花汁涂在指甲上,再用凤仙花的叶子包裹,以棉质细绳固定,数十分钟或几个小时,清亮光润的指甲就形成了。这样染上的指甲、颜色不易褪落,好看程度和保存时间也远远优于市面上用化学物品制成的指甲油。染有凤仙花汁的手,可以随意抓东西吃,不用担心把化学物质吃进去了。

天然的东西,就是这么好。真的是"小窗儿女娇怜甚,手指争夸一捻红"。

而天然姿态优美、妩媚悦人的凤仙花,在我国花卉文化史上还很有名。因其头翅尾足俱具,翘然如凤状,状如飞禽,飘飘欲仙,故被叫作了凤仙、金凤仙。古代的人爱把凤仙花和凤凰联系在一起。凤凰是鸟中之王,是人世间幸福吉祥的使者,雄鸟名凤,雌鸟名凰。唐代诗人吴仁璧在《凤仙花》中吟诵的"香红嫩绿正开时,冷蝶饥蜂两不知。此际最宜何处看,朝阳初上碧梧枝"就是把凤仙花当作凤凰的化身的。碧梧枝指的是梧桐树枝,而高贵的凤凰是非梧桐树不栖的。

此外,清代园艺学家陈淏子的《花镜》中记载的一种一茎绽开红、紫、白、青、绿五色的凤仙花,其花瓣五色相杂,也与凤凰之"羽毛五色,声如箫乐"相吻合。宋代文学家舒岳祥在《同正仲赋凤仙花》中所写的"本爱真红一种奇,后来紫白自繁滋。青冠轻举真仙子,彩羽来仪瑞凤儿",和宋代诗人刘学箕《次刘伯益三咏韵·金凤花》所云的"鲜华五色翅飞低,不比寻常鹊踏枝"都道出五色杂陈的凤仙花既如悄然下凡的仙子,又像翩翩起舞的凤凰。

形神兼备之时,凤仙更被赋予了凤凰的坚强和高贵。凤仙花生命力顽强,花期较长,可随处繁衍,房前屋后、街前巷口皆能种植,"秋来红紫纷罗,叠砌盈阶",并不稀奇。像南宋文学家杨万里的《夏日绝句》写的一样,"不但春妍夏亦佳,随缘花草是生涯。鹿葱解插纤长柄,金凤仍开最小花"。

凤仙还是凛然不可侵犯的。明代医药学家李时珍的《本草纲目》说她"自夏初至秋尽,开谢相续。结实累然,大如樱桃,其形微长,色如毛桃,生青熟黄,犯之即自裂"。也就是说、成熟的凤仙的籽荚只要轻轻一碰就会弹射出很多籽儿来。籽儿又性子急速,能"透骨软坚,最能损齿,凡服者不可着齿也"。"庖人烹鱼肉硬者,投数粒即易软烂,是其验也。"所以凤仙的花语是"别碰我",与英文别名 Touch me not、美语别名 Don't touch me 同义。特别激烈的一个词儿,却说明了一个最基本的道理,对于高贵、优良、有品质的精灵儿,哪能随便触碰。"九苞颜色春霞萃,丹楔威仪秀气攒。题品直须名最上,昂昂骧首倚朱栏。"北宋文学家晏殊在《金凤花》中更是把凤仙花的高贵大气,赞美到极致。

这就真像了凤凰,有着不同凡响的绚美与璀璨。每五百年,凤凰都要背负着积累于人世间的所有不快和仇恨恩怨,投身于集香木燃起的熊熊烈火中，以生命和美丽的终结换取人世的祥和与幸福，在烈火中经受了巨大的痛苦和磨炼后又以更美好的躯体得以重生，从此鲜美异常，不再死。

凤仙花，也以一种透骨的香，行过静谧幽寂的街巷，越过风霜沉积的高楼，穿过一个个安宁恬淡的夜和万千岁月，在旧事、残梦、离愁、迷途和万里山河中，解读世俗，找寻来路。

花开花落，都怀思绵绵，醉在恒久的梦想里。

海外华文散文

父辈的来信

◎ 叶周(美国)

今天的人不写信,或打电话,或发短讯,写微信。再好诗句,再深情感,只能通过一个个没有个性的方块字体传递。以前就不同,古时候鱼雁传书,到了现代用毛笔小楷写在宣纸上,随后,又改为墨水笔,虽然已未能尽显笔触,但仍能感受到书写者的性格,和执笔者手腕中散发出的力量。尤其是天长日久,空间相隔,当你手捧着来自远方,经过人手传递的友人或是亲人的书信,手里感受到的是物质的触觉,而物质中传递着远方写信人的生命信息。套用一句现时流行的话语,信纸上留着书写者的指纹和生命能量,那是现在的电脑书写所不具备的。

我保留的前辈的来信中,有爸爸叶以群外出开会时从外地的来信,也有前辈作家在我去美国后,经过航空传送跨越太平洋的贺年卡。所以每当看见这些在空间和时间中穿梭旅行的小小书信,我时常会忆起信中蕴含的故事。虽然时光已逝,人已去,这些信却依然作为一件实实在在的物品珍藏在我的书橱里。

前辈的鼓励

有一封信来自作家陈荒煤。那时我大学刚毕业,到电影杂志工作不久,与同学朱小如一起在上海《解放日报》的朝花评论版上写了一篇四千字的文章《电影语言创新随想》。文中对二十世纪八十年代初期,中国影坛在创新思潮的鼓舞下,涌现的各种电影创新作品做了点评。我把文章寄给前辈陈荒煤,当时他担任文化部副部长,分管电影界,同时他更是电影评论的专家。他看了后给我来信:

新跃(我的本名)同志:

寄来报纸一文已收到。因病忙乱,未能及时复信,请原谅!

开始写作评论文章,最好从实际出发,联系实际作品做些具体分析来谈某一种观点或问题、倾向,易于着手,也是一种锻炼,也容易为读者接受。

你们这篇文章就是如此,希望坚持下去。托人带给你散文集一册,作为纪念,并希指正。

祝全家好!并问你母亲好!

陈荒煤

二月十四日(一九八四年)

荒煤的字迹非常娟秀,竖着从右向左写在道林纸信笺上。他的指导和肯定给初涉影评界的我是非常大的鼓舞。

记得一九八四年在济南举行的电影金鸡奖、百花奖授奖会期间,我去采访荒煤。当时,复苏后的中国电影出现了喜忧参半的情况,作为电影界领导的荒煤反复呼吁电影人应该破除公式化和概念化的创作模式,注重写人,写出人们的真实感情,以情动人。要注重题材的多样化,拍摄老百姓喜闻乐见的电影。

后来我把那篇关于电影的采访打出清样寄给他,他认真地数易其稿。数月之后,他到上海来开会,住在衡山饭店,我去和他最后定稿。荒煤见窗外是一个阳光明媚的好天,就提议我们到户外边走边谈。那天是一个和风轻拂的初夏,衡山路两边人行道上的法国梧桐树高大而浓密。我陪着荒煤在疏落有致的树荫下散步,听他谈笑风生。他步速不紧不慢,边说边走,一点也没有疲倦的样子。

一九八八年六月我作为上海电影制片厂文学部的剧本策划去北京组稿,去木樨地荒煤的住所拜访他。一天下午,当我去到荒煤家的时候,是他亲自给我开的门。他把我引进面向复兴门大街的书房后,又亲自到厨房里给我倒了一杯茶。那天荒煤的心情不太好,整个下午没有笑容。我知道不久之前,他在影协的大会上受到误解,受了委屈。可是他仍然没有丝毫减弱对文学和电影事业的热情。

当时我已经在电影界工作六年多,我向荒煤陈述我这些年的工作情况,坦陈工作中的快乐和苦恼。荒煤一直默默地听着,毫无倦意。我永远忘不了他的一对慈祥目光,像一位理解的父亲!我说到快乐时,他倾听着;我诉说苦恼,他也不责备。有时我们相对无言,可是至今我仍记忆着那份祥和。

第二年夏天,我到美国留学。行前给荒煤写信辞行。感谢他多年来对我的关怀,希望他老人家保重身体,健康长寿,若干年后我们再见面畅谈!次年春节过后,也是我在美国最艰苦的留学岁月,我收到了家人寄来的荒煤发表在上海《解放日报》的文章《九十年代第一个新春的祝愿》。他在文中引用了我的信,并情真意切地写道:"我当然希望等待那一次见面畅谈的机会,早日看到孩子们都能够在祖国的大地上展翅高飞!但我还能等若干年——我能否硬硬朗朗地等到那一天!因此,我也真希望孩子们能听到我真挚的呼唤和祝愿:我等待你们,落叶归根,早日学成归国!"自从那一个时刻开始,荒煤的呼唤便时时在我耳际回响。每当我遇到艰难困境,对自己没有信心的时候,我就会重读荒煤的文章。多少年他一直在鼓舞着我!当我的毕业作品——纪录片《文化对话》在哥伦布国际电视节获奖时,面对记者,我的第一句话就是:"我在回应一位老人的呼唤!他就是我的忘年交,我尊敬的荒煤!"几天后,我把报纸上有关的报道剪下来寄给荒煤。

一九九五年底，我回国探亲，专程去了北京，去看荒煤！我和赵丹的女儿赵青和陈明远一同去北京医院看望荒煤，当我紧紧握住荒煤的手时，我终于舒了一口气。我在心里说，我终于赶回来了！我高兴地告诉赵青和明远，我和荒煤都信守了自己的诺言，我们终于又见面畅谈了。大家听了都很高兴。赵青说："你今天来了，陈伯伯很高兴，话也特别多。"荒煤明显地较以前瘦了许多，可是精神还不错，步履尚稳健。

我和荒煤谈起在美国的日日夜夜，他关切地听着。我的目光偶然一瞥，竟然发现我从美国寄给他的报纸，夹在写字桌上的书页中。

过了几天，我又去探望荒煤。我兴致勃勃地谈着正在酝酿的一个题材——留美学人的两性关系；听我讲起一个个令人忍俊不禁的故事，冷不丁荒煤问我："你的感情生活怎么样？"我还没来得及回答，荒煤心直口快的女儿急忙在一边阻拦："你怎么能这样问人？"我直率地回答了荒煤的问题："我是覆巢之下幸存的完卵，至今还安然无恙。"荒煤脸上隐隐地露出了欣慰的笑容。看到荒煤笑了，我也由衷地感动，我看到了荒煤童心未泯的一面。这个构思我后来写成了长篇小说《美国爱情》，这也是我的第一部长篇小说。

可是小说的出版过程并不顺利，我曾和作家周而复提起这事。二〇〇〇年新年前，我在美国旧金山收到他寄来一张美丽的贺卡。贺卡的画面是一条飞舞的巨龙，在霞光万道的天空中翱翔。"龙年鸿运"四个字落在右角上。正是迎接中国农历新年的前夕，前辈周而复为我送来祝福和鼓励："新跃贤侄：新年快乐，努力学习，继续创作！不怕不刊登作品，所有大作家最初都曾被退稿或迟迟刊出，并不稀奇。不要灰心，只要写出好作品，即便不发表，也可传诸后世。"后来，小说由江苏文艺出版社出版了，我还托顺道北京的朋友，代我送了一册请前辈指正。

我家在上海枕流公寓住的房子，原来是周而复住的，他在那里写作了《上海的早晨》。后来他去北京后，我家搬了进去。"文革"后只要他公干到上海,都会忙里偷闲地来看看妈妈。在他走后,我们时常会谈论他在我家宾至如归的随意和不拘小节。有一次他刚坐下就看见水果篮里的李子,于是连声说:"渴死了,渴死了……"说着自己动手,洗了李子,削了皮,津津有味地享受着;还有一次一进门就嚷嚷着:"困死了,困死了。"进屋找了张床倒头就睡。

周而复的潇洒倜傥是显而易见的,曾听说过他参加舞会,可以一两个小时不休息。最著名的那次,是"四人帮"被打倒以后,在人民大会堂的一次活动中,他邀请复出后第一次公开露面的刘少奇主席的夫人王光美跳舞,第二天中央电视台的《新闻联播》播出了那段画面。当朋友们说在电视上看见他优美的舞姿,他开玩笑说:"我只是当了一次群众演员,让观众看到获得解放后的王光美的精神面貌。"

我每次到北京都会去拜访他。通常他都会与我讲一些文化界的事,或者是历史的,或者是现实的。记得有一次到他在国务院宿舍的家,听他讲了许多在"文革"中智斗造反派的趣事。"文革"开始后,他的长篇小说《上海的早晨》被打成美化资产阶级、丑化工人阶级的大毒草,他也为此受到冲击,失去自由达七年之久。不过谈起"文革"中的那段经历,他的话语间充满了调侃,他自夸是写交代的能手,连篇累牍地写,专拣鸡毛蒜皮的事情交代,而且交代得不厌其详,让造反派看得烦。可是造反派要的关键,一点也不能交代。他还说,以前我也喜欢书法,可是写得不怎么样。"文革"的时候被关在牛棚里,就坚持用毛笔写交代,练书法。等到我从里面放出来,我的书法有了很大提高。现在我是中国书法家协会副主席了。说着他颇为得意地大声笑起来。至今我仍能清晰地听见他的笑声。

父亲的嘱托

我与爸爸叶以群的生命交集只有短短八年,我八岁时他就突然离开了。我唯一保留的一封爸爸给我的信，是他"文革"的前一年去外地出差时写的。我记得他走时我随作协的车送他到机场。那时汽车就停在停机坪附近，我看到他在机舱里的窗口对我挥着手，我目送着飞机起飞，在高空中远去。

新跃：

你的短信收到了。开学之后，学校里的生活怎样？每天几点钟去学校？几点钟放学？家庭作业难不难？每天都能做完吗？得了几分？写信告诉我。

学校里有没有吸收少先队员？你报名了没有？国庆日的时候会戴红领巾吗？你在家要带老四和妹妹好好玩，不要吵架。要教老四读书、写字。在家里也要像学校里一样乖！

家里的花都浇水没有？你每天都记住，请阿婆、阿姨浇水，不要干死了！

我要国庆日以后（十日后）才能回来。国庆日的时候可以请妈妈带你们出去玩。问阿婆、妈妈、大哥、二哥大家好。星期日叫大哥写封信来。老三也写。

祝你快乐！

爸爸

一九六五年九月二十日

那是爸爸离世前一年，我刚上小学一年级，信中所说之事也是爸爸对我唯一的嘱托，我没有辜负他的信任。爸爸的信寥寥数语，让我忆起他在家喜欢养盆景。写作之余，给窗台上摆满的花卉修枝浇水，是他最放松的时候。由于从幼年就帮着爸爸伺候花卉，后来这也成了我的爱好。成年后我也喜欢在家里养一些常绿的植物，给家里增添一些生气。还记得那次爸爸从北京回家后，过了几个月，又要离家去农村搞"四清"运动。有一个情景在我记忆中一直非常清晰，一个周末的午后，他忧思重重地躺在客厅的躺椅上沉思，我则侧身坐在躺椅的一侧，就着他的写作桌，按照他的吩咐为他整理每天不离手的香烟。他喜欢抽精装的牡丹牌香烟，可是去农村工作不能那么张扬，就嘱咐我把精装的香烟放在平装的盒子里。那应该是我在他生命的最后岁月中与他最近距离的接触了。他躺在躺椅中，独自沉思，脸上难得看见笑容。当时上海已是鹤唳风声，"文革"前整人的大幕早已拉开，他已经预感到自己在那份黑名单上。可是我尚还只有八岁，根本无法理解这些，更无法分担。

我们家是一个不算小的家，妈妈、姨婆，还有四男一女五个兄妹。妹妹是最小的，爸爸离世时年仅四岁。爸爸就为了生个女儿，所以一生再生直到第五胎才如愿以偿。在于伶伯伯的文章中曾经读道："我知道你（以群）怎样爱这小女儿，记得她生下刚几天，金仲华同志（当时的副市长）和我正在从北京来的夏衍、陈荒煤同志的房里，你也来了。我说以群有'弄瓦'之喜！于是大家要你请客。你笑得合不拢嘴，请我们在'锦江'美美地吃了晚餐。"

女儿生下来时体弱多病，所以爸爸对她爱护有加，为了把女儿养好养胖他费了不少心思。他对于孩子有特别的爱心，可是他又没有许多的时间可以和孩子在一起。他是个工作狂，整天上班，外面还有很多社会活动。即便回到家里还要熬夜，因为他先后担任过《收获》和《上海文学》的副主编，主编是巴金先生。而实际的编辑审稿都是他在负责，当然他还要自己写作。于是他有自己独特的爱孩子的方式。每天下班回家，即便会开得很晚，也力争给孩子们带些可口的食品；逐个轮流地在星期天带着孩子去附近的文艺会堂散步，吃碗馄饨；或是节假日从抽屉里拿出别人送的明信片或是书签分送给孩子……虽然父亲在我八岁那年就离开了，不过我还记得他曾经几次单独带我去饭店吃饭，去剧场看京剧，去文艺会堂见朋友，还有去东湖宾馆看望北京来的作家好友。

当我已是耳顺之年，看着五十多年前爸爸的来信，睹物思人，触摸着信纸如同触摸着爸爸的手，心可以感受到来自他的信息。

战友的怀念

于伶伯伯是父亲最亲密的战友，也是爸爸离开后对我们最为关心的前辈。一九八〇年我约于伯伯为父亲的论文集写一篇序，这一下触发了于伯伯对许多往事的回忆，艰难岁月的友谊与动乱年代的生离死别交织，思绪一发不可收拾，后来他完成的是一篇万字长文。当年于伯伯已经七十多岁，为了写这篇文章经常被我催稿，一次他来信说：

新跃同志：

信收到了。我明午飞北京，参加鲁迅纪念会。因身体不好，不会在京逗留多天的。

文章很想写得好些，却几次握笔，思忆，写不下去！！！这次北京去去，振振思绪，可能容易下笔！

孟波同志已到北京，在中央党校学习半年。我把你的信加上我的信寄给他了。请他回忆一下，托他夫人在家里找找。找到之后，由我去翻印复制几张，供出版社用。

可是，你应做两种准备，也可能他根本没有这张照片，或者有而抄家抄掉了。那你还是先将那本杂志上那张搞来翻印。杂志一般是纸张不好，照片模糊不太清楚。复制出来，品质不太好。可以托照相复制者，用心描描加加工。品质会好些。

前次，我给周而复、孔罗荪信，抄去以群同志的译书目录，讲了其中三数种是目前急需的有价值的。而目前抢印出的关于儿童文学

413

及给青年作者等书,其内容品质很差。讲了些气话。

吴泰昌同志复我信,(因我的信是写他,请他转致周、孔的。)说:而复去大连疗养,罗荪在病中。他(吴)一定努力,促成能先出版几种云云。

这次我去京,可以看到三人,当面谈谈。总得出版,着落一下的。

今天上午,而复同志给我电话,他是陪外宾来上海的。上午没陪外宾去苏州。讲定二十四、五日,纪念鲁迅会上再见面。

待我回来,再当面告诉你吧。

(我精力还是很差,行前有些信债待还,写多了一些,精神就很不集中了。你看看我这信写得多糟!有如小学生了啊!)

问候:妈妈、哥、妹!

祝好!

于伶

九月十九日夜(一九八一年)

当时我在《人民音乐》杂志上看见孟波的文章配了一幅刘少奇主席、宋庆龄副主席接见文艺界代表的照片。其中以群和孟波站在前排。我即通过于伶去向孟波要照片。

于伯伯的字迹颇大,写了两张信纸,可以从字迹上看出他的手抖得厉害,难怪他自谦:"你看看我这信写得多糟!有如小学生了啊!"可是他还是坚持写信。此情可感!

于伯伯的家离得不远,周五的下午我从大学回家时常会去拜访。他在文艺界德高望重,前去拜访的人多,经常会在他家里邂逅方方面面的人士。有时听他们聊天,就是做个旁观者也会获益不浅。尽管我那时才二十多岁,于伯伯也从不把我当后生小子。还会时常征求意见。

第一次见到于伯伯,是"文革"结束的前一年,我家来了一位不速之客。高高瘦瘦的个子，戴着墨镜。他来之前，住在楼下的原上海戏剧学院院长朱端钧先生已经上来关照了，有人要来看我们。来的人就是于伶，他被囚禁在北京秦城监狱长达九年之后回到上海不久。

进屋坐下后，于伶问了家里各方面的情况。那时父亲的冤案还没有得当平反，家里也没有放父亲的相片。于伶环顾左右突然问："有没有爸爸的照片？"我们异口同声地说有。于伶突然提高了声音说："挑张最大的，挂在墙上，让我们时刻看见他对着我们微笑吧！他是战斗了一生，最后以死抗争的堂堂正正的共产党员、革命文学家！"已经将近十年了，没有听见过对父亲正面的评价，于伶伯伯第一次为父亲平了反。

后来读了于伶伯伯回忆以群的文章，才知道为什么那天原本只打算匆匆访问朱端钧的于伶，突然上了二楼来到我家。是因为朱端钧告诉于伶，十年以前以群告别人世的前一天，突然敲开了他的家门，叫他转告于伶："我过去所写的许多交代与潘汉年关系的材料，都被张春桥翻了一个个儿，一件件定为罪状！叫于伶当心！"一个延迟了十年的口信，使于伶一定要对已经离去的战友以群的家人表达他的哀思。那天于伶伯伯坐下没多久，与我们交谈了一下，突然起身告辞。他还不让我们送出门。他一个人快步走到楼梯拐角，扶着楼梯低头抽泣。

除了于伯伯的信，我还珍藏着一封周扬的来信，当时周扬仍担任中共中央宣传部副部长。他在来信中表达了对昔日战友的缅怀：

新跃同志：

收到来信和《以群文艺论文集》目次，我很庆幸您父亲的遗著能及时问世。我回顾早年和他共事的艰苦岁月，想到他最后竟含冤饮恨以终，甚是感慨万端，不胜痛惜。但真理和正义是永在的，他一生为革命文艺事业辛勤劳动的功绩也将永远被后人所记忆。他的一些生前战友将会对他的生平和著作做出公正的评价，不要我多说了。

匆复，并祝

您们全家都好。

周扬

三月十八日（一九八二年）

　　周扬的信用的是中宣部的信笺，字迹较小，娟秀，斜着从左面向右面高去。周扬信中所说的"早年和他共事的艰苦岁月"，我想指的是二十世纪三十年代在"左联"共同奋斗的历史。一九三二年左联在上海活动时，周扬是党团书记，以群是组织部部长，他们之间自然需要经常聚会。只是后来周扬去了延安，以群长期从事地下活动。

　　中华人民共和国成立后周扬给以群在北京安排了工作，以群因潘汉年等上海朋友的挽留留在了上海，可是与周扬的联系并没有减少。我曾经看到过一幅照片，周扬和电影《鲁迅传》创作组合影，其中就有编剧以群、陈白尘、导演陈鲤庭，以及演员赵丹、于蓝和于是之等人。《鲁迅传》的剧本是以群先写了一个初稿，然后由国务院文化部确立为重点项目后，再成立了由众多作家参加的创作组。周扬曾经多次对剧本的创作做过具体的指示。可是后来柯庆施提出"大写十三年"，也就是写中华人民共和国成立以后的生活，属于过去时代的鲁迅被排除在外了。《鲁迅传》无疾而终。

　　后来，爸爸以群因为潘汉年案件的牵累，被免去上海电影制片厂副厂长的职务，在家受审查。上海一直不用他。也是周扬向上海市委宣传部过问说，如果你们不用，我就把他调到北京。这样以群才被安排去上海作家协会编刊物。一九六一年周扬领导了全国高校文科教材建设的巨大工程，组织全国的著名专家学者编写自己的政治、经济、哲学、文学等各种学科的教材。周扬对学者们说：政治上我负责，学术上你们负责。由此可见这项浩大的文化基础建设工程深远的影响。当时周扬把文学概论编撰的任务交给了以群。也就产生了由以群主编的《文学的基本原理》。

"文革"结束后，为了适应新的形势，要对原先的教材《文学的基本原理》进行修改，去除一些不合时宜的提法。一九七八年十月十六日周扬在中国社会科学院与教材修订小组见面时表示："你们可以增加一些以群当时也想到的意见嘛。"由此可见周扬还记得以群十多年前主编教材时渴望突破教条主义框框的一些未能实现的想法。之后又读到李子云的文章，记述了作者和周扬"文革"后在北京第一次见面时，"我讲到他所熟悉的上海作家们在这场运动中的遭遇，特别是以群和傅雷夫妇自杀惨状的时候，他刚开口说：'这给党造成多大的损失！'就已泪流如注难以止住了。"

后来父亲的文集出版时，他特地嘱咐与父亲情感较深的作家荒煤和刘白羽写了文章放在书中。我把他的来信，放在了文集的开头。文集出版后，我寄了一本给周扬作为留念。一九九五年，我从美国回来，去北京参观了筹建中的中国文学馆。当时新馆的大楼还没有建成，所有的资料都储存在一处年久失修的清代皇家四合院里。走进古老的建筑，置身于茫茫书海中，我看见有一处挂着"周扬书库"的牌子，里面存着一些周扬生前的用品和书籍。我便征得管理人员的同意进去浏览一番。打开书橱，我看到那本我寄出的《以群文艺论文集》，便拿出来翻阅。扉页上是我的题款：周扬伯伯留念一九八四年于上海。底下是我的签名。翻过扉页，是周扬为父亲的遗作出版写给我的信。转眼十几年过去了，周扬也已经过世多年。可是我却清晰地记得当时自己正在大学读书时收到他来信的情景。

书信作为一种人们交流的方式，具有它不可取代的特殊文化价值。如今电脑传递的信息逐渐取代了笔墨书写的书信，这是时代的发展带给现代人的一项便利，但同时也带来了无法弥补的缺失和遗憾，以后用笔写的书信会越来越少。为此，我会更珍惜先人们留下的笔墨。我可以从那些充满个性的墨迹中体察到书写者的个性，感受到语言之外更丰富的信息。

大师身影

◎ 顾月华(美国)

在我的一生中,有一件事相当奇怪,大人物总是不经意地出现在我的生活中,往往在平常心交往许久以后,才渐渐发现这些人都是大师级的人物,这在我后半生的海外朋友圈里,尤为明显。

怀念恩师任书博时,一些艺术大师的身影总是若隐若现,那些与我有缘相识无缘拜师的大师们,曾经被我轻忽地擦肩而过,而对他们真正心生崇敬是在经历了大半生沧桑之后了。

回顾一生中那些慈蔼的、严格的、怪癖的、有成就的许多老师时,我的面前便会浮现出一个微笑,这微笑出现在我在高中认识的美术老师任书博的脸上,他教初中部美术课,高中没有美术课,他从来没有教过我。

我是校刊的副总编辑,其实也就是每个星期要出黑板报,我负责写文章,画报头,装饰花边,在学生会开会的时候就认识了美术老师任书博,我对他印象很一般,因为他不像一个严肃的老师,凌驾于学生之上,他脸上老是挂着一种微笑,对每个人都很客气。

不知怎么,后来就让他看了我的水彩画,这一看不要紧,他就开始非常地关心我,总想帮我,也许他也觉得我的命是属于艺术的。

到我快毕业时,任老师提出来,要去拜访我的家长,我就去跟我的父母说,有一个初中部美术老师想来见你们,我父母就约了他。

任老师是一个非常朴素的人,穿着一件灰不溜秋的中山装,不修边幅，但是他的态度，却始终是非常的真诚大方，不卑不亢，脸上挂着微笑。他对我的父母说我是一个很有前途的美术学生，希望我朝艺术发展，他正好认识一些很有名的画家，他希望得到我父母的允许，暑假中带我去一一拜访，看我愿意跟哪一位老师学画，父母就问他，你认识谁呢？他把名字说出来，把我们都吓一跳。

中国画画家里，他说了吴湖帆、陆俨少、江寒汀、任伯年等好些人的名字。西洋画画家里，他说了颜文梁、李咏森、张充仁、钱君陶等画家的名字。

任先生的意思，他的水平教不了我，但是也许这些老师，可以对我有帮助，我喜欢哪一个老师，他就去请求他们收我为学生，单独教我，当时我父亲听了有点心动，就问我愿意吗？我说好啊。

任先生打电话来约我，我从常熟路走到淮海路上海新邨他的家里，认识了他的妻子和他的儿子，他的妻子是江南女子，娇俏温柔大方得体，默默地做家务，儿子在读小学，倒是很调皮。任先生带我去坐电车，到各位画家家中，都是他买票。

任先生果然神通广大，好像最早是去见水彩画家李咏森，他住在一套大楼公寓里，墙上挂了许多水彩画，以城市风景为主，可是我不太喜欢他的水彩画，反而很快被他的夫人邵靓云吸引了，她的亮丽打扮及丰姿绰约使人眼前一亮，而且她也画画，画水彩画和中国画，画得明快流畅，李先生是一个又高又瘦的人，画一些风景与静物，他是中国水彩画的先驱，一九五九年李咏森先生是上海同济大学建筑系水彩画教授，兼任上海美专国画系、油画系、工艺美术系教学，在上海的名气很响。

当时任先生让我带自己的画去给画家看，似乎受到他们夫妇一致的认可，答应我以后可以自己去拜望他们，可是我没有再去看过他们，我觉得李咏森水彩画作品的色彩不能打动我。

任先生对于我的选择全无责备，他是那样一天到晚乐呵呵的，似乎啥都不在他心上，其实他做事非常认真，不久，他带我去拜访的第二个画家是陆俨少,陆俨少是非常著名的中国画画家,以我的想象应该会看到一个仙风道骨的老画家,结果他躺在屋角一张床上与我们说话,天气很热,那年头都没有空调,门窗大开,他衣冠不整地躺着,似乎是病中,摇着一把大蒲扇,屋子里杂乱无序,他那放荡不羁的懒散,也立即让我打了退堂鼓。

从陆先生家出来,我便对任先生说我不喜欢这个画家,也不想跟他学。任先生笑笑,没有再劝我。我后来慢慢知道,这个陆俨少的画非比寻常,人家评他的技法为前无古人,因为他在通过各种笔墨技法的探讨后,在他自己的作品里有突破有创新,如对勾云、大块留白、墨块等技法的运用。但是我是一个初出茅庐的学生,跟他差了十万八千里,用今天的话我们不在一个起跑线上,我怎么能看懂一个与李可染一起被誉为"北李南陆",以传统的笔墨意蕴审视,其成就显然在李之上的大师?

因为陆俨少和任先生都是吴湖帆的入门弟子,所以任先生才能够随意带一个学生到他的家里,让我看到两个不拘小节的画家汗流浃背地喝茶聊天。懂得欣赏这一幕,是经历了大半世的沧桑以后了。

接着任先生又带我去了张充仁大师家里,好像是在一个弄堂里。张充仁大师年轻的时候就非常聪明,他在考试的时候,拿了一个头等奖,但是当时大风把那个奖品的名字吹掉了,所以他就变成了第二名,但是这件事情,就成为他的宿命,很多的奖他都是拿了第二名。张充仁在油画水彩画和雕塑方面的造诣很深,尤其是雕塑,非常有名。作为留学生,又是从海外回来的艺术家,他是与众不同的。他戴着一顶法国帽,穿着西装背心,感觉比别的画家都洋气得多,但是我还是没有想拜他为师,虽然看了他很多的欧洲速写,觉得非常佩服,可是他仍没有引起我要拜他为师的愿望,我觉得他也并没有兴趣收我做学生。

终于,去拜访了一代油画大师:颜文梁。

颜文梁住在上方花园,就在我住的常熟路的尽头淮海路上,所以去看他非常方便,而且颜先生说的是一口苏州话,所以我们就有一种比较亲切的乡亲感觉。他开创的苏州美术专科学校,后来成为浙江美术学院前身。

颜先生个子不高,脸胖胖的,眼睛很小,嘴唇特别厚,他对我非常厚爱,认识了以后,给他看了我的画,他就做了好几件事情来帮助我。第一,他让我随时可以拿我的画去请教他,让他指点。第二,他给我找了一个他的学生,陪我去写生。第三,他亲自教会了我透视原理,跟色彩的色调色度色相的关系。第四,他给我看了他很多的原作,有些是欧洲的写生,或者是创作得奖的作品如粉画《厨房》等等。

我通常下午一点左右去,静静地坐在客厅里等,颜先生睡完午觉,下到客堂里,就不住口地给我上课般地讲开了。

他的画非常多,他会一件一件的,不厌其烦的,解说给我听,一张一张地翻给我看,有的是在玻璃镜框里,如粉画《厨房》画一个厨娘坐在中式的大灶前,所有物体极尽真实,细节刻画精致入微,是得了一九二九年法国春季沙龙荣誉奖的。有的就是在一张一张的硬纸板和三夹板上画的写生,在欧洲,他很穷,买不起画布,就在那些硬纸板上,画了一张又一张的色彩速写,油画的光影写生,有极美的印象派色彩,我非常入迷。

那些油画作品之美,当时就把我给惊到了,他的古典写实手法中运用了印象派色彩,我喜欢光影中色彩的热烈,也喜欢生活中有温馨人文的气息。他讲起画来,非常的专注。好像面对一室的学生,他眯着眼睛,看着前面,手比画着远方,给我讲透视、结构,怎么样去画透视。透视精确了,一张画的构图就平稳了,形象便立体了,我觉得他的话,说出了西洋画与中国画的差异之本,对我有醍醐灌顶的启蒙作用,我觉得跟颜先生学习便可以了。

虽然我已经认识了好几个老师,但是任先生说,你还有几位老师必须要认识,我让你去学习,去开眼界。其中一位是钱君陶老师,他是金石篆刻与书籍装帧权威。

夏日傍晚,我们走进弄堂里的一栋小洋房,钱君陶家住在这栋楼里,见到我们后，他像要献宝似的，领着我忽上忽下的，到每一间房间里去看东西，每间房间有不同功效，一幢房子像一幢美术馆。有的是放画的，有一间亭子间里是放他的金石刻印的，很多的图章，精美绝伦的装帧，也有的房间放了很多书籍，都是他的封面设计，排列得像展览馆一样。他把金石印刻精品拿给我看，我似懂非懂，很认真地看了又看，知其然不知其所以然地说好。

钱君陶先生也是一个不平常的人物。他是鲁迅先生的学生，装帧艺术的开拓者，帮鲁迅、沈雁冰的《小说月刊》，叶圣陶的《妇女杂志》，钱智修的《东方杂志》及诸多名家著作担任装帧设计，也是中国当代著名篆刻家及书画家，一生制印两万余方。在他的夯倦苦斋里，我确实开了眼界，领略了金石篆刻臻于至善的境界。

在这期间，任先生坚持要我见一见吴湖帆先生，他劝说吴湖帆先生答应收我做弟子，他说吴先生经他再三推荐，已经同意先见我了，我就跟他去了。

吴先生居住的地方并不宽敞，他不在家里，有一个学生招呼我们，说老师有事出门了，一会儿回来。让我们在二楼坐等，中式的太师椅，坐久了很不舒服，我们干坐着等了两个小时，也没见到，我们就回去了。不久任先生带着我去他家，我们又等了两个小时。最后还是没见到。学生偷偷告诉我这是在考验我的态度和决心。任先生还要去约，我不耐烦了，我说既然他不想收学生了，我们便不要去打扰了。

任先生说，错啦，他是考验你有没有这个诚意。事不过三，如果你第三次自己放弃了，那很可惜，如果你再去等过两小时，可能他就收你做徒弟了。我想来想去，还是自己放弃了，我知道自己喜欢学油画，即使吴湖帆大师真的收了我，我还是觉得缺乏色彩光影的中国画水墨艺术不是我要的人生。

任老师的心中，想让我接受吴湖帆大师的衣钵，但我竟是让他失望了。

最后，我考入上海戏剧学院舞台美术系，有了素描、油画、中国画、水粉画各科老师，当时上海美术馆展出一批上海画家的油画，涂克老师的江南风景，用了三种颜色：黑瓦，白墙，绿树，他由此声名鹊起，风靡了上海油画界。

我这个诲人不倦的任老师，又帮我介绍了涂克老师，他让我拿了我的画，去请教涂克老师，我记得我带去的那些油画中有一张油画，地面上有点湿，所以在水中反射出天的蔚蓝，两边郁郁葱葱的树却在浓绿中，这一条路就非常的美丽，涂克老师很喜欢，他当时是上海美专的油画系及雕塑系主任，他的学生非常崇拜他，但是我却能自由出入他的家里，聆听涂克老师的教诲。

后来涂克老师被调回广西，离行前向我要那幅有雨水反射天光的小画，我送给他了，这时我也分配到河南，一直与他有书信往来。

到了特殊年代里，任先生收不到我的信非常不安，特地又去我家询问我的情况，父母向他说了我在河南的情况，任先生非常难过，在那个年代里，人们变得自制而噤声，人情渐渐疏远下来，我离沪又出国，漫漫几十年人事丕变，我与任先生也就失去了联系。

但是我却时常会怀念他，那一间局促的小屋中那巨大的书案上，堆积着任先生的书法及国画作品，字如其人，先生写楷书，师承秦汉及魏晋唐诸家，金石偏重周秦古玺，汉印傍及明清诸家，不仅如此，在他简陋的松竹草堂里，他的国画取法宋元，以画竹闻名天下，任先生如此待我，对别人也一样，他为人的至诚至善也为他博得很高的赞誉。

陆俨少先生评任先生时用了十二个字："擅画松竹，醇厚真挚，始终如一。"

说到任书博的竹，连程十发都叫好！任先生为人，诚如潇洒出尘之竹，其率真自然便是先生脾性，任先生四岁开蒙识字后，六岁入私塾习古文，十四岁始涉篆刻,十六岁作画,十八岁便能有机会拜吴湖帆为师。想必他也是养尊处优过来的人。虽然他目前的生活与富贵是不沾边的,但是他的大气与磊落,一派潇洒不羁中透着豪放也是我在其他权贵贤达中少见的。

任先生在二〇一二年去世,非常幸运的是在他去世前一年,我遇到了他的侄女,她说你不必去看他了,因为他谁也不记得,谁也不认识了。我说任先生一定记得我的,仍向她要了任先生的地址,并由她先告诉他的儿子,我会去看望任先生。

这一次真的是一次阔别,这新的小公寓里住着他们父子两人,师母早在几年前去世了,那个调皮的男孩已经不见了,他成为一个青年画家,追随他的父亲,照顾和陪伴着任先生。两个男人的画室堆满了书画及杂物,窗外射进来的阳光中,可见灰尘在光柱中飞舞,我进去向任先生的儿子报了姓名,他说我父亲不会记得你了,我去叫他。

过了片刻,他扶着任先生出来了,这一年,他已经九十五岁了,虽然嗓音暗哑虚弱,脸容却并无老年人常有的呆滞愁容,瞳仁里依然是一片祥和的慈光,我上前叫了声任老师,任先生问:"侬是啥人啊?"

我说了我的名字,他儿子说她是从美国回来看你的。

任先生说:"噢,啥辰光回来的?"

我回答了他,我说:"你记得我吗?我是顾月华呀。"

他又说:"啥辰光回来的?侬是啥人?"

他儿子便说:"他不记得刚才说过的话了,要一直这样问你同样的问题。"

我又回答了他几次相同的问题,忽然任先生盯着我看了一会儿后,突然问我:"你是住在常熟路的顾月华吗?"

他儿子惊呼:"我爸爸记得侬了!"

我从来没有怀疑过他会忘记我。

后来他们送给我他们父子两人合出的画册《任书博任德洪父子书画

集》，这是任先生九十岁画展的成果。任先生最后的岁月依旧发热发光，担任上海文史馆馆员、中国书法家协会会员，无论是画坛巨擘抑或是印坛泰斗，谈起任书博，都很敬重他的人格魅力和艺术成就。以任先生穷年累月的钻研感悟，他自成一派的苍浑重拙、敦厚涵奇之风貌，至晚年的书法益见古朴圆健、雄杰老成、大气磅礴、浑厚朴茂。虽然他师从吴湖帆，终未落秀润雅微之套路，他的为人处世也恰如其艺术风格，于平凡处见崔巍，你能见到的便是他的真诚。

至于其他的教过我或没有教过我的老师们，他们无一不是从年轻时怀抱理想，中年便如日中天，在挫折中饱受考验后，至晚年仍然没有放弃，最后又再度崛起，建树更大的辉煌。

李咏森夫妇一九八八年开双人画展；陆俨少一生对上柏山情有独钟，从一九八一年七十三岁一画上柏山，至一九九〇年八十二岁四画上柏山，是他最令我心动的赤子之心的故事，因为那是他少年住过的地方，老了想去上柏山上盖个屋，种千株梨树，听流水淙淙……钱君匋一九七八年担任西泠印社副社长，他价值连城之丰藏共计 4083 件，于一九八七年全部捐给桐乡君匋艺术院，有了真正的安身之处。并在九旬高龄举办画展，设立钱君匋艺术基金会，造福桑梓。

任书博先生引领我认识了这些大师，虽因自己的幼稚、浅薄、狂妄、偏见，无缘传承衣钵，但对中国画家有了更高的理解与敬意，在他们毕生的求索中，中华传统文化精神融汇觉通在他们生命中、血液里。

在任先生身上大写着"温良恭俭让"五个大字，你与之相处，如同读一本历史书、一本古文书、一本无字书。严格地讲他没有在课堂上教过我，但是在我心中，他教给我的东西很多，我敬重的是他的精神。半个世纪过去，永远不会消失的是任先生带着我一次次登门求教的热心与虔诚的往事，和任先生脸上永远的慈祥笑容。